· 西北大学120周年校庆献礼

· 西北大学“双一流”建设项目资助

Sponsored by First-class Universities and Academic Programs of Northwest University

西北联大

文学作品选

姜彩燕　主编

西北大学出版社

· 西安 ·

图书在版编目(CIP)数据

西北联大文学作品选 / 姜彩燕主编. —西安：西北大学出版社，2023. 10

ISBN 978-7-5604-5119-0

Ⅰ.①西… Ⅱ.①姜… Ⅲ.①中国文学—现代文学—作品综合集 Ⅳ.①I216. 1

中国国家版本馆 CIP 数据核字(2023)第 068933 号

西北联大文学作品选

姜彩燕　主编

出版发行	西北大学出版社
地　　址	西安市太白北路 229 号
邮　　编	710069
网　　址	http://nwupress. nwu. edu. cn
E - mail	xdpress@ nwu. edu. cn
电　　话	029-88303996
经　　销	全国新华书店
印　　装	陕西博文印务有限责任公司
开　　本	787 毫米×1092 毫米　1/16
印　　张	33. 5
字　　数	690 千字
版　　次	2023 年 10 月第 1 版　2023 年 10 月第 1 次印刷
书　　号	ISBN 978-7-5604-5119-0
定　　价	198. 00 元

如有印装质量问题，请与本社联系调换，电话 029-88302966。

◎国立西北联合大学旧址

◎黎锦熙

◎许寿裳

◎罗章龙

◎曹靖华

◎盛澄华

◎于赓虞

◎许兴凯

◎《县太爷》

◎尹雪曼

◎唐 祈

文藝習作

現階段我們的任務

◎《文艺习作》

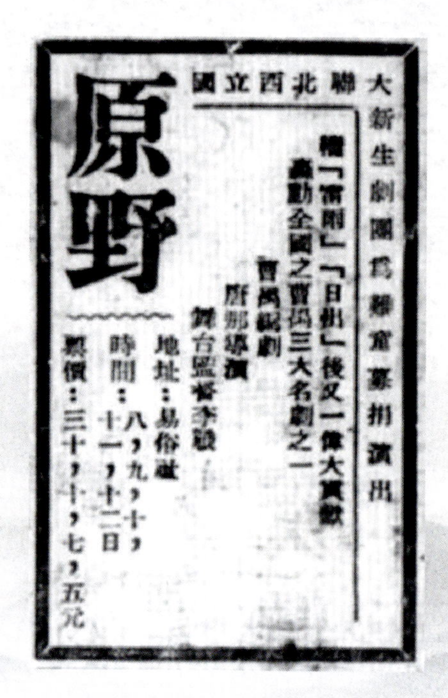

◎新生剧团《原野》演出公告

◎牛汉主编《流火》

◎牛汉与夫人吴平，均为国立西北大学外文系学生

◎牛汉（前排左一）与国立西北大学同学合影

◎《红灯》

◎《三月江城》

序

李　浩

有幸提前阅读姜彩燕教授主编的《西北联大文学作品选》一书，与近年来坊间流行的各种作品选本和校园文学选本相比，我感觉本书有以下诸端特色。

一是在文学的边缘地带耕耘。彩燕指出，有关西北联大与中国现代文学的关系，对于学界来说，还几乎是一个学术盲点。她是现代文学研究圈中人，这个看法她可以讲，我则不敢这样断言。但以这个时期的陕西文学来说，陕北主要是红色文艺，以西安为中心的关中当时属于国统区，国统区文艺研究的重点一般是重庆、武汉，西北联大的行踪跨西安和陕南的汉中两地，以陕南为主。对于一般仅仅读统编教材的文学爱好者来说，此时期的陕西仅有陕甘宁边区的文艺作品入选并被介绍，其他就所知甚少了。

当然，近几十年来，有关现代中国大学史的研究不断深入，以西南联大的研究最为持久深入。文学书写也与这种研究互为表里，涌现出的作品不少。虚构类作品如鹿桥的《未央歌》、宗璞的《野葫芦引》（包括《南渡记》《东藏记》《西征记》《北归记》四部），纪实类作品如齐邦媛的《巨流河》、岳南的《南渡北归》（包括《南渡》《北归》《离别》三部曲）。其中虚构类作品主要在文学爱好者圈子传播，纪实类作品则影响了两岸三地不同类型的读者。以西南联大学生为背景的电影《无问西东》，因为有几位高颜值的一线影星加盟，遂使这部主旋律作品反成了引发网民民国想象的触媒，21 世纪初的影视明星为 20 世纪抗战时期的知识青年做了群体广告。

陈平原先生的《抗战烽火中的中国大学》，属于他的“大学五书”之一，其中有一章叙述抗战中西南联大教授的旧体诗作。应该说，对这个时期老大学追忆的著述越来越多，但还没有细化到对大学的文学创作进行深入研究，更少有（人）将此时期的文学作品汇总选辑的。

从这个意义上说，彩燕的这个选本不仅有益于现代文学史料的勾稽，而且细化了现代大学教育史，我们回过头再看西北联大的老照片，一下子就增加了这么多的像素。这也为这个选本增添了学术意义。据我所知，彩燕有关西北联大文学创作的研究曾获省级科研奖励，她在此基础上选编本书，应该说是题中应有之义。

二是“笳吹弦诵”汇交响。编选者在本书的后记中感慨道：“当我们从泛黄的书页中逐字逐句辑录出这些文字，抗战烽火中西北联大师生的身影渐渐清晰起来。他们虽然偏居陕南小城，但始终情系家乡，心怀祖国，以高度的热情、坚韧的毅力从事文学写作、演剧活动、学术研究，以多种形式参与到大后方的文化事业当中，这种精神使人油然而生敬意和感动。”编选者的这种感受与我的阅读体会大体类似。

从黎锦熙、许寿裳所撰，作为本书序曲的《国立西北联合大学校歌》，到黎锦熙正面写中国军队抗战的长诗《铁军抗战歌》，李满红的新诗《我走向祖国的边疆》，牛汉的新诗《大地底脉搏》，唐祈的《边塞十四行诗之七·河边》，李紫尼的散文《战时后方的大学生活》，许兴凯的通俗章回小说《县太爷》，扬禾的短篇小说《麦收》，文体虽然不同，但都是一个大时代主旋律的展开和变奏。

这里让我们看一位理工科教授刘拓的《苏幕遮》：

国立北平师范大学三十五周年纪念日前三日（即卢沟桥事变发生后一百六十日，亦即南京失陷之翌日），作于西安临时大学，聊以遣怀，并资纪念，词之工拙，非所计也。

夜方阑，风乍烈。鼙鼓东来，震破卢沟月。猛兽横行人迹绝。肠断金陵，梦绕燕山缺。吊忠魂，埋暴骨。仰问穹苍，此耻何时雪。浩劫当头宜自决。三户犹存，曷患秦难灭。

全篇纯是一腔热血，壮怀激烈。词风与南宋豪放派近，就连意象用词也胎息自苏辛派词人。西南联大的冯友兰、罗庸两位教授合作《满江红》：

万里长征，辞却了五朝宫阙，暂驻足衡山湘水，又成离别。绝徼移栽桢干质，九州遍洒黎元血。尽笳吹，弦诵在山城，情弥切。千秋耻，终当雪。中兴业，须人杰。便一成三户，壮怀难折。多难殷忧新国运，动心忍性希前哲。待驱除仇寇，复神京，还燕碣。

“梦绕燕山缺”与“辞却了五朝宫阙”，“此耻何时雪”与“千秋耻，终当雪”，“三户犹存，曷患秦难灭”与“便一成三户，壮怀难折”，一南一北两校教授的作品，不仅仅词句相关联，更重要的是情感相呼应，他们以自己的方式唱响了时代的主旋律。

据本书简介知，《苏幕遮》的作者刘拓是湖北黄陂人，1920 年毕业于北平师范大学，后考取留美公费生，赴美国攻读博士学位。学成归国后，先后任北平师范大学化学系教授、化学系主任和理学院院长等职。全面抗战爆发后，旋即赶赴西安，历任西安临时大学、西北联合大学和西北大学教授、化学系主任、理学院院长等。因善书法能诗词，还曾兼任过文学院院长。在城固时，他曾利用当地的土特产资源指导青年教师和学生造纸并研制蜡烛、栲胶等，缓解了物资缺乏的困难。抗战胜利后，赴台湾负责接收糖业。20 世纪 70 年代初与人合作翻译李约瑟《中国之科学与文明》，在台北出版繁体中文版。

另外一位教授罗章龙，是中国现代革命史上的知名人物，当时在西北联大教经济学课，曾写《过定军山》：“满天兵气战犹艰，褒沔千年旧垒间。蔽日车尘驰栈道，仓黄戎马过军山。”首尾点出时代背景，中间则叙事怀古，含蓄蕴藉。其他还有：

投荒万里欲无家，千里征程沸暮笳。（《宿大安驿》）

长怜战骨埋高埠，红叶秋风渡剑门。（《经龙背洞登剑门关》）

百战关河诗愈健，八年梁益朱颜苍。（《车降秦岭至宝鸡道中）》）

或隐或显，或曲或直，弥散着对战事的隐忧和战局的关注，诗意的感性与历史的沉思水乳交融。值得注意的是，虽然当时平津不靖，全国不宁，教授们一方面要忙于应付抗战急需，但另一方面仍想着研讨高深学问，讲授专门课程，为未来国家的和平建设作育专才：

频年依岭麓，研理望高岑。辨字探嶓冢，忘机息汉阴。授徒惭自了，树木盼成林。浩瀚巴山表，千山雨作霖。（罗章龙《秦麓草堂述怀》）

狂风天外至，万树鹤巢欹。转徙存完卵，栽培衍嫩枝。廓清秦海宇，遍植汉旌旗。痛饮扶桑国，明年上巳时。（刘拓《辛巳乐城春禊》）

无论是“树木盼成林”，还是“栽培衍嫩枝”，与屈原《离骚》“余既滋兰之九畹兮，又树蕙之百亩。畦留夷与揭车兮，杂杜衡与芳芷。冀枝叶之峻茂兮，愿俟时乎吾将刈”旨趣类似，寄托相同。应该说，二十世纪五六十年代和平建设时期，各个领域还有不少专门人才砥柱其间，应该感谢抗战时期这批教育家的高瞻远瞩。

三是下海从游重实践。曾任西南联大校长的梅贻琦《大学一解》中说：

古者学子从师受业，谓之从游。孟子曰：“游于圣人之门者难为言。”间尝思之，游之时义大矣哉。学校犹水也，师生犹鱼也，其行动犹游泳也。大鱼前导，小鱼尾随，是从游也。从游既久，其濡染观摩之效，自不求而至，不为而成。反观今日师生之关系，直一奏技者与看客之关系耳，去从游之义不綦远哉！此则于大学之道，体认尚有未尽、实践尚有不力之第二端也。

与梅先生另一段传诵甚广的大学定义相比，这段论述并没有引起足够的关注。我自己也仅能从实践教学的浅层次理解，但梅先生则是从“大学之道”的层面来立论的。熟悉中国古典教育的人会马上由孟子的“游于圣人之门”，联想到《论语·述而》中的“子曰：志于道，据于德，依于仁，游于艺。”“游于圣人之门”与“游于艺”是两个层面的，但也是相联系的。孔门的“艺”主要指六艺，即礼、乐、射、御、书、数等六种需要通过实践才能掌握的技能型知识，与今人所谓文艺不是一回事，但暗示了无论是学理类还是技能类的知识，都需要在体认的基础上，反复实践，如切如磋，如琢如磨，才能从娴熟到精湛，由精湛到出神入化。

彩燕精选西北联大教授和学生所创作的诗歌（包括旧体诗和新诗）、散文、小说、戏剧以及翻译作品共 70 多篇。迄今许多文学选本多不选翻译类作品；在诗选部分，本书将古今体诗歌打通来选，也与早期现代文学文选不同。尤为难得的是，本书将教授和学生的作品打通来选，师生中既有科班的文史专业的，也有许多非文史背景的。大学的文史学科，尤其是文学专业，并不是专门培养作家的，此一常识大家都认可。但是作为通识教育的一部分，接受过大学教育者，无论文理，都应该能用母语进行典雅的书面表达，此一要求并不过分。教授在这方面率先垂范，学生竞相模仿，师生互动，蔚然成风，此一做法值得大书特书。

四是“采铜于山”的编选原则。被梁任公誉为“清学开山之祖”的顾炎武将学术研究中从第一手资料入手称为“采铜于山”，而将辗转拼凑资料称为“废铜充铸”。据本书的编选说明及后记知，本书选编了 1937—1946 年间西北联大师生的文学作品，主要选择西安临时大学、国立西北联合大学、国立西北五校分立合作时期师生的作品。作品的出处主要是与西北联大密切相关的刊物《西北学术》《青年月刊》《文艺习作》《流火》《城固青年》等，有关西北联大师生的身份确认依据西北联大校史和相关档案史料。因为没有现成的选本及资料汇编供选编，需要从当时的报纸、刊物、档案中翻检查找。民国时期的地方报纸、学校刊物，尚未形成数据库，也无法一键检索，可知编选工作是很辛苦的。彩燕为此组织了一个专门的编辑小组，吸纳她的硕博士生参与，并结合学生的学位论文写作来确定相近的搜集范围。

五是以“考索之功”助编选之务。章学诚《文史通义》卷五有一段很有名的话：

> 由汉氏以来，学者以其所得，托之撰述以自表见者，盖不少矣。高明者多独断之学，沉潜者尚考索之功，天下之学术，不能不具此二途。譬犹日昼而月夜，暑夏而寒冬，以之推代而成岁功，则有相需之益；以之自封而立畛域，则有两伤之弊。

对这段话一直有不同的理解，章学诚所归纳的学问类型究竟是两种还是三种也有不同说法，此不赘。从表面来看，现代文学作品集的编选既不属于独断之学，也不属于考索之功。但鉴于这个选本是第一次做，涉及许多极为基础的工作。

首先是作者身份的确认。当时很多作者都使用笔名，需要考订作者身份，这项工作对于一些后来成名的作家来说，还较为容易，比如说牛汉原名史成汉，笔名谷风；唐祈原名唐克蕃，在校时发表作品大多用唐那这个笔名。不过如少颖、紫纹等，从作品内容可以推断是西北联大的学生，但无法确认到底是谁。这就需要编选者做考订。其次还需要确认作品发表时间和作者在西北联大读书工作的时间是否对应。编选者充分考虑到文学作品的酝酿、写作、发表是一个较为长期的过程，抗战时期交通不便，投稿和发表的周期较长，所以有些作品虽在作者离校后发表，如时间非常接近，或者有资料可以证明这些作品与他在西北联大时的经历有关也照收。编选者举了两个例子：一是唐祈，另一是杨晦。第三是旧报刊往往字迹漫漶不清，有的辨认起来相当困难，需要反复推敲，多方求教。以上是我援引彩燕编选说明和后记中所提及的例子，这些工作都要需花时间和精力去做细致的考索。

我曾写过一篇读陈之藩散文的小文章《桂冠文学家》，提及知名华人科学家、散文家陈之藩可能与西北联大工学院（原北洋大学的一部分，即抗战复员后迁回津门的天津大学)的学缘。彩燕看过拙文后,专门查了陈之藩40年代的作品,发现有三篇:一是1944年陈之藩、王警愚合作编译的《一月的星空》,发表在《每月科学画报》上,像是一个科学内容的小话剧;第二篇是1947年1月28日发表于《大公报》天津版上的《我们为什么苦闷》;第三篇是1948年发表在《周论》上的《世纪的苦闷与自我的彷徨》,核心观点与第二篇相同。她感觉这三篇都不太合适入选,因为第一篇是编译,后面两篇时间太晚,已经不属于西北联大时期。我同意她的处理意见。

虽然我不敢断定本书所有的考订都准确无误,但是编选者能运用现代文学版本学、目录学、考据学的原理,处理一些极细微棘手的文学史料学问题,需要下很大功夫。个中甘苦,只可与同道分享,不足与外人言说。

今年5月中旬,彩燕教授说她编好了《西北联大文学作品选》,书稿已交出版社,请我为这个选本写一篇序。我当时坚拒,告诉她书出版后我愿意盥诵,但撰序云云,我没有资格。有关西北联大时期师生的文学创作话题,比我有资格谈论的大有人在。现在在校仍有几位我们的老师辈,都可以为她撰序。彩燕担心老师们年纪大了,怕他们觉得负担太重。她看我每天忙忙碌碌,步履还算轻快,貌似还能扛活,就压在我肩上了。上大学时,我给彩燕那个班上过一学期课,此后我们又长期做同事。她现在担任教研室主任,我说过会支持她的工作,现在就不好食言了。

以上文字与其说是一篇序言,不如说是一篇读后感。至于我说的是否允当,还需要读者朋友来判断,希望同道阅读后既评论这个选本,也批评我的推荐意见。

2022年8月19日抗疫期间草成,26日改稿

目录/

小说

戏剧

翻译

编选说明

一、本书搜集 1937—1946 年间西北联大(包括西安临时大学、国立西北联合大学以及国立西北五校分立合作时期)师生的文学作品。

二、本书涉及的作家众多,原则上只选择他们在西北联大工作或求学期间创作或发表的作品。因抗战时期人员流动大,个别作家暂时无法考订到校和离校的具体日期,故于时间相近的范围内选择收录。部分作品虽在离校后发表或出版,如写作内容与西北联大相关,且时间较为接近,亦收在内。

三、本书中西北联大师生的身份确认主要依据西北联大校史、相关档案史料,并结合与西北联大密切相关的刊物《西北学术》《青年月刊》《文艺习作》《流火》《城固青年》等,以及相关作者的回忆录、年谱、自传、日记等。

四、本书按照诗歌(包括旧体诗和新诗)、散文、小说、戏剧、翻译分类编排。翻译类篇幅太长的进行节选,戏剧类暂未找到剧本,仅以存目形式出现。

五、每篇作品都标注原始出处,大多以最初发表或出版的版本录入,个别篇目未找到原刊本,或原刊本字迹模糊,错漏较多,则选择后来的版本录入。原文中词语与标准用法有不同者,为尊重作者用语习惯及时代与地域差异等,不做修改,一仍其旧。编者仅对原文中明显的差错做了校正,将较为生僻的异体字改为通行字体,并酌情加注说明。因民国时期报刊文字漫漶不清,实在无法辨认的以“□”代替。原文的繁体竖排改成简体横排。

六、原文中标点符号的使用有不统一及不符合标准用法的,尽量保持原貌,其中或有个别地方可能导致阅读障碍的,由编者重新标点。

七、凡在本书中第一次出现某作者,即在首篇文下附有作者简介。个别作者因生平史料匮乏,简介暂缺。

八、本书所选作品多写于抗战时期,控诉日本侵略者的罪行,反映西北联大师生的爱国情怀,是其主旋律。为保留作品的完整性,尊重原文及作者观点,编者仅对个别明显不符合时代要求的字句做了删节,其他作品中人物的个别言论则是为了展现时代风貌,塑造多元角色,相信读者自能甄别分辨。

序 曲

国立西北联合大学校歌[①]

黎锦熙　许寿裳

并序连黉，
卌载燕都迴。
联辉合耀，
文化开秦陇。
汉江千里源嶓冢，
天山万仞自卑隆。
文理导愚蒙；
政法倡忠勇；
师资树人表；
实业拯民穷；
健体明医弱者雄。
勤朴公诚校训崇。
华夏声威，神州文物，
原从西北，化被南东。
努力发扬我四千年国族之雄风！

① 原刊于《西北联大校刊》第6期，1938年12月1日，后由联大常委会呈教育部备案，歌词现存南京中国第二历史档案馆。1944年5月，黎锦熙在城固撰写《国立西北大学校史》，又对歌词进行逐句解说。以上三个版本除了个别标点不同，异文主要集中在首句，校刊版为“联黉”，二史馆和黎氏校史版为“连黉”；另，校刊版和二史馆版本都用“卅载”，而黎氏校史版为“卌载”。现今各类校史论著统一采用“卌”，但首句的“联”和“连”尚有分歧，本书以二史馆和黎氏校史版为据，用“连”。

诗歌

SHIGE

（一）旧体诗

铁军抗战歌[①]

黎锦熙

二十六年新七夕，魔兵轰桥牛女泣。
溯自倭寇陷东北，中经淞沪又榆热；
冀北逼我城下盟，冀东旋报金瓯缺；
丰台咫尺森炮垒，一声惊破卢沟月。
举国怨愤已六载，虎贲之士尤激切；
至是中枢免顾瞻，抗战从兹定国策，
一时腾踊竞请缨，我今请歌高建白。
（以上九一八至卢沟桥抗战）
高君儒将籍米脂，二五一旅八四师；

① 原刊于《城固青年》第1卷第1期，1941年4月，第23-24页，收录于《劭西诗存》，北平经世日报社1948年版，第9-10页。本文据后一版本录入。

作者简介：黎锦熙（1890—1978），字劭西，出生于湖南湘潭，汉语言文字学家、词典编纂家、文字改革家、教育家，九三学社创始人之一。著有《新著国语文法》《比较文法》《国语运动史纲》等，主编《汉语词典》。1911年毕业于湖南优级师范史地部，后主要从事报业活动，先后担任《长沙日报》《湖南公报》《湖南大公报》主编。1914年，任湖南省立第一师范学校历史教师。1920年起任北京高等师范学校国文系教授，并兼任北京大学、北京女子师范大学、燕京大学教授，曾与钱玄同、赵元任等组成国语罗马字拼音研究会。1937年，抗日战争爆发，国立北平师范大学、国立北平大学、国立北洋工学院迁至西安，合并为国立西安临时大学，黎锦熙任国文系教授、主任。1938年，国立西安临时大学迁至汉中，改称国立西北联合大学，黎锦熙任文理、师范两院国文系教授兼主任，还兼任校秘书处主任。1939年，西北联大分出国立西北师范学院，后迁往兰州，黎锦熙兼任教务主任。1950年，任北京师范大学教授兼中文系主任，中国大辞典编纂处总主任。1955年，被聘为中国科学院哲学社会科学部第一届学部委员。

拊循部曲在陕北，瓦窑堡上建将旗。
东征令下兼程进，横渡黄河溽暑时；
并车碾月起汾阳，雁塞踏云趋朔方，
即指赤城移察北，长城风卷日昏黄；
双旬转动三千里，一旅分防廿余口。
其时八月秋渐高，故都已沦敌军手，
顿兵南口老无功，乃窥独石联群丑，
边墙之外井儿沟，蓄锐连营伸一肘。
将军雨夜出奇兵，李愬衔枚袭蔡城，
虎穴霎时成扫荡，遗尸填谷谷为陵。
再度突击喜峰砦，敌虽增援亦大败；
肉搏能坚士卒心，冲锋况有将军在！
歼灭步骑且两团，虏获炮马聚如山。
敌酋少将号藤井，不辞相乞伪军怜。
沽源伪军谋反正，血书驰抵将军阵；
正拟大举复河山，张北俄传失雄镇；
南口同亏一篑功，沙城亟解三军困，
掩护突围二百里，飞鹏始免折两翼。
更渡桑乾涉涿河，九月秋霖复猥至，
高原流潦妨毂行，谷道深洪及颈际；
沿途寇扰陆复空，相薄方休又相值。
(以上独石口袭敌，即南口之役)
间关西向驻平型，晋北雄关朔代分，
南控五台蔽阳曲，西循夏屋掎雁门。
敌稔雁门险难入，因度平型虚可乘，
板垣师团素称锐，疾攻猛扑如雷霆。
将军到此刚两日，鞠旅陈师剑履及；
连朝鏖战敌胆摧，两将殉身士气激，
忍饥三日夺高山，铁鸟盘空无辟易，
引锯陷阵十余次，浴血斩首二千级，
直到弹尽援绝时，血染千山万山碧。
(以上平型关之役)
十月之交忻口战，将军灵山当一面；
五台一瞥入定襄，便上陵乔过忻县。

诗歌

忻口扼敌六万人，太原视此为亡存；
天险巧凭建坚垒，夜凉深袭捣中军；
我师如林斗经月，寇骨充堑光成燐。
强虏看成强弩末，谁知铁铸并州错，
娘子当关输一夫，瞬息寿阳惊陷落！
东路夷师逼晋阳，南瞻云水转仓皇，
从兹河朔藩篱尽，慷慨悲歌西战场。
将军竟作孟之反，殿此友军数十万，
奋臂挥戈却追骑，稳渡汾河入天栈。
（以上忻口之役）
离石整军抵岁暮，风送雪花飞故故，
挟纩如怀喘息苏，解悬有术流亡聚。
移师东指二月初，山程旧岁嵯峨度。
敌师川岸酋香月，凶锋进犯同蒲路，
欲冲灵霍取临汾，尧都平阳此其处。
将军率众截平遥，十数重围非所顾；
庐舍推残走甲车，雉堞微茫迷毒雾；
敌死千余我三百，营长捐躯发犹怒；
余弹七颗毙敌六，一卒如此他可喻；
将军急智坠高城，脱险从容突围去。
吁嗟三晋黯云山，蒲坂舜都安邑禹，
一路夷氛尽笼罩，尾闾直泄风陵渡。
（以上平遥守城，即同蒲路南段之役）
晋军不任退河西，此是中枢上著棋：
关陕无虞连巩洛，太行有守控燕畿。
自此河东兵百万，一致展开游击战。
霍山太岳接绵山，介子当年罢餐饭；
将军虎踞奋龙韬，坐使东瀛鬼夜号。
东复沁源正寒食，西屏潞泽限天骄，
殉国留芬吕团长，忘家破虏霍嫖姚。
霍城匝月凡七袭，兵站奇攻是钻穴；
破坏交通神截车，组织情报鬼为谍；
忽而伏起虏被狙，忽而围合瓮捉鳖；
更展阴谋间敌伪，伪将投诚络不绝；

敌策围攻会四路，一齐粉碎墓自掘：
猗欤高家游击军，敌畏如虎谥曰铁！
（以上太岳山游击战）
星移物换又新年，粤海荆湖败耗传；
寇呼春暮荡汾晋，将军驰赴中条山；
中条绵亘数百里，保障河内如肠延。
河野部隶牛岛团，晋南驻队皆动员，
风陵为首绛作尾，毒牙利齿蛇盘桓；
苦斗经旬搤其颈，石门亲斸将军镵；
机轰炮迫失功效，白刃赤膊相周旋，
我长在此彼所短，所以奔窜馘逾千。
中条大捷世称艳，事在六月端阳前；
使敌困突汾沁间，不敢进伺河西南。
愿得千百此良将，全局胜利拭目看。
（以上中条山游击战）
高君介弟是吾徒，持示琳瑯纪战书，
吴君一记撷其要，宋翁张老歌乌乌。
君歌既阕听我歌，我歌未与君殊科：
抗战三年壮迹多，北路诸役为根柯，
我今不歌奈史何！
（以上后序）

二十八年十二月于城固

自渝归城固途中杂诗[①]

黎锦熙

出岫非云心，
归鸟因倦飞。
一旬二千里，
蜀道多崔巍。
褒姒重巧笑，
警报徒纷豗；
南郑不入城，
骄阳况相催！
四轮换单毂，
九曲终一逵。
路柳有余青，
新橘盈筐绯。
乐城似故乡，
三载相凭依。
皱水不干事，
董生仍下帷。[②]

① 该诗创作于1940年11月，原诗为组诗，今只选取作于城固境内诗歌一首。初刊于《读书通讯》第84期，1944年2月15日，第10页。

② 《黎锦熙纪事诗存》中附作者原注：抵褒次日遇防空演习。城固柑橘，陕中有名。时西北大学有拒留校长风潮，在渝解决，我不与闻此事。

游城固城南桃林五律[①]

黎锦熙

华狱难归马，
桃林小放牛。
背吹闻短笛，
心坠发羁愁。
烂漫当前失，
繁华一望收。
远香萦汉水，
莫遣逐东流。

① 原刊于《西北研究(西安)》第5卷第9、10期(合刊),1942年10月15日,第39页。

赠祝氏①

许寿裳

轼游邀饮祝公馆，赋诗一首以赠祝氏。

想见芳园对酒尊，
梅花愈老愈精神。
画图留祝金婚好，
长喜英雄伴美人。

一九三八年九月七日

① 创作于 1938 年 9 月 7 日，由许世瑮提供手稿，辑于倪墨炎、陈九英编：《许寿裳文集》（下卷），百家出版社 2003 年版，第 645 页。祝氏即祝绍周（1893—1976），字芾南，浙江杭州人，保定军官学校毕业，时任鄂陕甘边区警备总司令。徐轼游，时任西北联合大学校务委员会常委。原诗无题目，此题为《许寿裳文集》编者所加。

作者简介：许寿裳（1883—1948），字季茀，号上遂，浙江绍兴人，中国近现代著名学者、传记作家，毕业于日本东京高等师范，曾任北京大学、北京高等师范学校讲师，北京女子高等师范学校校长，中山大学教授。1934 年，任北平大学女子文理学院院长，历史系主任、教授，创办《新苗》院刊。抗战爆发后，他随校西迁，于 1937 年 10 月 9 日抵西安，被聘为新成立的西安临时大学历史系主任、教授；1938 年又随校迁往陕南城固，任西北联合大学文理学院历史系教授、法商学院院长（1938.9—1938.11），兼任文理学院国文系讲师、校建筑设备委员会主席等。1939 年离开西北大学，后在国立中山大学师范学院、华西协和大学文学院任教。1946 年，辞去考试院考选委员会专门委员职务，于 6 月 25 日赴台任省立编译馆馆长。1947 年 6 月，出任台湾大学文学院国文系主任。1948 年 2 月在台北寓所惨遭杀害。著有《章炳麟传》《鲁迅年谱》《亡友鲁迅印象记》《我所认识的鲁迅》《俞樾传》等。

成都飞昆明机中[1]

许寿裳

由成都飞昆明机中，追念近事，口占八首。

万重云岭脚跟迎，
一碧天光分外明。
愧我劳人过五十，
而今才始御风行。

飘泊生涯亦自耽，
忽从西北到西南。
长安城固名何好，
都是匆匆暂驻骖。

细雨敞车登剑阁，
怒涛小艇访离堆。[2]
蜀中名胜多焦土，
血债何时偿得来。

新桥清丽近行都，
兄子从公伯嫂娱。
小住匝旬乡味美，
潇潇风雨又征途。[3]

① 创作于1939年10月31日，由许世瑛提供手稿，辑于《许寿裳文集》，百家出版社2003年版，第646–648页。原诗无题目，此题为《许寿裳文集》编者所加。

② 作者自注："嘉定乌尤山谓即班志之离堆。"

③ 作者自注："由重庆新桥返成都汽车二日程，第一日风雨凄其。"

孔怀兄弟脊令飞，
恸绝今朝五七期。①
更念同胞长抗战，
山丘华屋景全非。

去年九一八何如，
万里丧音哭外姑。
国难家忧谁共诉，
长教冷月照鸳湖。②

家寄鸳湖劫火空，
流离妻子各西东。
无端唱出香山句，
一夜乡心五处同。③

有美同机吐若泉，
晕官特敏亦堪怜。④
顽躯偏自宜茶果，
俯视尘寰瞬刻仙。

一九三九年十月三十一日

---

① 作者自注："仲兄在绍病故，余在新桥闻讣，今日五七。"

② 作者自注："外姑家住嘉兴，抗战后辗转避至沪上，去年九一八突以中风逝世，余在城固闻赴已迟四日。"

③ 作者自注："内子及瑛、玚、玮三女在上海，瑛儿在北平，琯女在九龙，瑮儿在成都，余则在飞昆途中，嘉兴家沦陷后已成灰烬。"

④ 作者自注："耳中三规管是司晕眩之官。"

川陕栈道诗(十首)[1]

罗章龙

赠潘伯夫

一九三七年暑假,自成都赴西北大学任教。以偶然机会,搭乘苏联军事顾问团专车。川陕道上,经时半月,得识团长潘伯夫。车至广元,共访武则天故里周陵;过宁羌,潘亲自掌盘开车,邀余同坐司机台,两人以德语谈东西时局,上下古今,相得甚欢。临别赋赠此诗。据潘自云:一八九六年生于卡鲁加州,曾参加第一次世界大战。一九四二年任苏联驻中国使馆武官,兼国民政府军事总顾问。

川陕征途结友朋,嘉陵渡口访周陵。
清风明月宁羌道,谈笑风生驷马腾。

同潘伯夫访广元武则天庙

则天庙貌壮清都,半曲江流涨势纡。
一代才人春去疾,远山犹自听啼鸪。

过定军山

与西大罗云峰同访。

满天兵气战犹艰,褒沔千年旧垒间。
蔽日车尘驰栈道,仓黄戎马过军山。

---

① 选自罗章龙:《椿园诗草》,岳麓书社 1987 年版,第 75-77 页。

作者简介:罗章龙 (1896—1995),原名罗璈阶,字仲言,号文虎,别名纵宇一郎,笔名沧海、景云、真君等,湖南浏阳人。杰出的政治活动家,新民学会发起人之一,老一辈无产阶级革命家、政治家。1934 年起,任河南大学经济学系教授。1938 年任西北联大法商学院经济系教授,教授经济学、银行论、中国经济问题等课程,并完成了专著《中国国民经济史》,该书被国内外经济学家及史学家称赞为"近年出版经济史中之佳构"。1949 年后,先后在湖南大学、中南财经学院、湖北大学任教。

褒城驿

从蜀入陕，道经褒城。嶓[①]冢山在汉中西部，为汉水发源处，号称东方瑞士。附近有周褒姒故里。

嶓冢渊渊汉水源，万山叠翠日云昏。
夕阳鸟道褒城驿，太姒于今尚有村。

宿大安驿

大安驿为川陕通途。杜甫入川经此有诗句云“无风云出塞，不夜月临关”。

投荒万里欲无家，千里征程沸暮笳。
憔悴江南多契阔，又随旅梦到天涯。

阳平关

穿云栈道白龙湾，辙辗苍溪越万山。
明月中秋天宇净，振衣千仞渡萧关。

经龙背洞登剑门关

剑锷森严旧垒平，激流龙背地中行。[②]
如今橐笔百盘道，万壑千岩风雨生。

钟邓[③]奇谋智自昏，后先夷族血污魂。
长怜战骨埋高埠，红叶秋风渡剑门。

车降秦岭至宝鸡道中

十年不涉黄河浪，今日安车渡渭桥。
地北天南兵气满，陇云汉月梦痕娇。

百战关河诗愈健，八年梁益朱颜苍。
云程万里何寥廓，看起风雷法后王。

---

① 原文为“皤”，一律改为“嶓”。

② “激流”句：龙背洞据巉岩上，其下江水经行，伏流洞中，约数里复出。

③ 钟邓：指三国钟会、邓艾。

城固汉江晚眺[1]

罗章龙

八年抗战期间，避地城固，与外间隔绝，以著述授徒为生。

平沙渺渺阔，春水绕巴丘。
草树粘天远，烟波抚岸柔。
明霞镶锦绣，紫雁恣沉浮。
避地依嶓冢，遐思迈汉周。

① 创作于1937—1946年间，收于《椿园诗草》，岳麓书社1987年版，第79页。此篇为《城固秦麓草堂诗（十七首）》之一。

秦麓草堂述怀[①]

罗章龙

一九三七年至一九四六年间,在城固西北大学任教,住秦岭南麓之秦麓草堂,著述自遣。怀十年树木之愿,有望峰息影之思。

频年依岭麓,研理望高岑。
辨字探嶓冢,忘机息汉阴。
授徒惭自了,树木盼成林。
浩瀚巴山表,千山雨作霖。

① 创作于 1937—1946 年间,收于《椿园诗草》,岳麓书社 1987 年版,第 80 页。此篇为《城固秦麓草堂诗(十七首)》之一。

苏幕遮[1]

刘　拓

国立北平师范大学三十五周年纪念日前三日(即卢沟桥事变发生后一百六十日,亦即南京失陷之翌日),作于西安临时大学,聊以遣怀,并资纪念,词之工拙,非所计也。

夜方阑,风乍烈。
鼙鼓东来,震破卢沟月。
猛兽横行人迹绝。
肠断金陵,梦绕燕山缺。
吊忠魂,埋暴骨。
仰问穹苍,此耻何时雪。
浩劫当头宜自决。
三户犹存,曷患秦难灭。

① 原刊于《国立师范大学卅五周年纪念专刊》1937 年 12 月,第 25 页。

作者简介:刘拓(1897—1989),字泛驰,湖北黄陂人。1920 年毕业于北京高等师范学校理化部,并留校任教;后考取留美公费生,赴美国攻读博士学位。回国后,先后任北平师范大学化学系教授、化学系主任和理学院院长等职。1937 年抗日战争爆发后,历任西安临时大学、西北联合大学和西北大学教授、化学系主任、理学院院长等。因兴趣广泛,善书法、能诗词,故曾兼任文学院院长。在城固时,他利用当地的土特产资源指导青年教师和学生造纸并研制蜡烛、栲胶等,缓解了物资缺乏的困难。1945 年抗战胜利后,赴台湾负责接收糖业。20 世纪 70 年代初,与陈立夫等合作翻译李约瑟的《中国之科学与文明》。

辛巳乐城春禊[1]

刘　拓

民国卅年三月卅日，即旧历年辛巳三月三日，友人招禊城固小东门外萧何墓侧，依杜少陵上巳日徐司禄园林宴席五律一章，分韵得欹字。

狂风天外至，万树鹤巢欹。
转徙存完卵，栽培衍嫩枝。
廓清秦海宇，遍植汉旌旗。
痛饮扶桑国，明年上巳时。

① 原刊于《星期评论(重庆)》第32期，1941年7月18日，第14页。

汉中古迹杂咏[①]

陆懋德

诸葛武侯北征,常驻南郑,今南郑县南门外有武侯祠,惜已荒废,有康熙十九年碑尚存。石质颇粗,已剥落不可读。

废瓦颓垣风飒飒,
淡云斜日雨丝丝。
丰碑剥落沦秋草,
谁识当年丞相祠。

南郑城南门外东行,有土丘,高三丈许,俗称为韩信拜将台,相传为韩信登坛之所,今已重修一新矣。

乞食王孙一世轻,
登坛大将万人惊。
项刘成败何关己,
赢得血淋长乐钟。

① 原刊于《西北学术》(月刊)第4期,1944年2月15日,第25-26页。此为组诗,共17首,今选录其中4首。

作者简介:陆懋德(1888—1965),字用仪,别号咏沂,山东历城人。1911年考入清华学堂,同年留学美国威斯康星大学,修教育学;后入俄亥俄州立大学,攻读政治学硕士。1919年任北京法政专门学校教授。1922年任清华学校教授,1926年创办历史系并兼系主任。曾任北平师范大学历史系教授,后兼系主任,同时在北平大学女子师范学院、辅仁大学、燕京大学、北京大学等校兼课,并于1937年参与创办《历史教育》杂志。1937年9月随北平师范大学西迁,任西北联合大学文理学院历史系教授,讲授中国通史、西洋史学名著通读、考古学通论、政治学原理等课程。1944年任陕西省立师范专科学校史地科教授。抗战胜利后,任教于北平师范大学。1960年任东北文史研究所研究员。在史学理论、史学史方面很有造诣,著有《周秦哲学史》《中国史学史》《史学方法大纲》等。

樊哙墓在城固县城北十里,高三丈许,广十余丈,旧志作樊哙台是也,前有毕秋帆题碑,作樊将军墓,从俗之误也。

闲屠狗肉何贫也?
生食彘肩亦勇哉!
救主鸿门传汉史,
只今犹有点兵台。

城固县西六里博望乡,有张骞墓,墓前有二石兽甚古朴,西汉物也。又十余里,有胡城,相传即张氏胡妻所居之地。

寂寂麒麟镇墓门,
青松深处是侯坟。
力通大夏穷西海,
艳说胡姬尚有村。

（二）新诗

向汉江[1]

木　将

翻着凛冽
湍急如风的
雪浪，
曳长了白练的细流
携着两岸的
黄橘的馥郁和
赤红的枫叶
迤逦着，
　　迤逦在
　　　白沙无垠
　　　　山光掩映里的
你，
　　听厌了古老风物的
　　窸窣的愁苦，然而你却
永远年青的汉江！
流吧！流向遥遥的远方！

① 原刊于《精忠》第2期，1939年3月1日，第4-7页。后收入木将：《风雨十年》，西南师范大学出版社1985年版，第27页。本文据原刊本录入。

作者简介：木将（1913—1985），原名耿振华，北平师范大学国文系学生，1938年就读于西安临时大学，后随校迁至陕南城固，就读于西北联大。其间开始发表诗作，受到老师曹靖华的赏识。后多次在《华西晚报》副刊《艺坛》《每周文艺》上发表诗作。其诗重在讽喻，多记录抗战时期的艰难岁月，被称为“愤怒的诗”。后任教于西南师范大学，出版抗战诗集《风雨十年》等。

高岸上，
眺望着的
遍布青苔的
森然的
古代城堡，
在那里孤独的
曝露给
朝雾与
夜风；
深谷里，
苦撑着命运之索的
败颓，阴凉的
茅屋，
疏疏落落的
蹲伏着
悄悄地呻吟；
往来的，
蛰伏着的
生养在斯土的民族呵，
蜷曲着腰
悲冷的
露出一双陌生的眼；
在一家古老的茶馆里，
一阵风过去了，
破门帘起处，
我看见——

　　一双佝偻着的瘦腰，
　　在贪婪的抽烟，
　　菜油灯发出灰扑扑的光芒
　　照着一张张青黄的脸。

而我，而我呵
被羁留在寂寞、寒冷的国土里，
背着荒野的秋色
干咳一声

伫立在汉江之滨！
我寂寞，
我寒冷，
我无视了隆夏的荣华。
像一个被放逐的
吉卜赛，在寻觅
露西亚的水、草，
追逐着祖国，
离开了家。
我头上看不见太阳，
我鼻中闻不到花香，
我眼中透不出秋色，
我喉中挤不出歌唱，
我冷，
我寂寞，
我孤独而无俦侣。
冷呵，
冷压迫着我
要我窒息。——
是的，我病了呵，
我病了呵！
你寂寞而年青的水呀
汉江，
流吧！
流向那迢遥的远方！
在远方，
你狂欢在山下，
你旋动在荒原，
你不会寒冷与寂寞的，
你会汇集一切抑郁
发出一声叫喊——
　　四五〇〇〇〇〇〇〇个
　　被侮辱的，悲哀
　　种族的孑遗，

愤怒的在燃起，
旷世的烽烟！
“卑辱的东西”！
有谁借用我无力的喉
叫了一声，
冥顽的脑海里扬起了波澜：
平原落日了，
山边棘草晒黄，
北国的河流
该已停止了她
浑黄的波浪，
听农屋和泥舍
在秋风里歌唱。——
一缕长发
衔在嘴角
那个挣扎的妇女，
一脸白须
舞动斧头
那个怒吼的老人！
篱笆内僵卧着
孩子们的尸体，
弟兄们握着 Rifle
狂笑了！……
我伫立在汉江之滨，
我寂寞，我寒冷，
在这里战栗而悄吟。
今天，就是今天，
我甩开这古墓的生活
乘流水漂向东方的草原。
汉江呵，流吧！请你带给我力
向着那遥遥的远方。
向着那遥遥的远方呵！

1938 年 12 月 3 日，在陕南汉江之滨

悼钱玄同先生[①]

木　将

当风暴洒落在
静静的顿河
草原上的时候,
千万个哥萨克
在黑暗中
走向黎明。
一个战士倒下去了!
喂,安息吧,
让冬日的风雪
掩没你的伤痛。

——序诗

歌唱着钢铁的生活,
用血泪浸润着大地。
我们,
这草原的儿女们,
在夜色下
前进。……
但是,作为一个英勇的战士,
你——倒下去了,
当早晨的阳光
徘徊在幽暗的牢门!

伙伴们,

① 木将:《风雨十年》,西南师范大学出版社 1985 年版,第 32 页。

读过历史吗?
历史的陈叶上,
刻着他的名字:
玄同,
疑古,
钱夏,
是的,就是他。
把紧
　　枪杆,
　　笔管,
　　铁锹,
　　算盘,……
站在自己的岗位上
为死者默念三分钟吧!
为了祖国,
为了祛除黑暗,
为了已失去的弟兄。……

“五四”,
狂飙般的号角高啸了,
你,已死的战士,
赫然地撑起时代的大纛:
　　让经典的王冠焚毁吧!
　　让方块字的魔力绝灭吧!
　　让禹王现出大虫的原形吧!
　　……
站在一切勇士的前面,
你以彻头彻尾的
学者的姿态,
向旧世界的强盗们
宣布死刑!

你工作着,工作着,……
像往古小亚细亚草原上的

殉道者，
被疾病、
　贫穷、
　冷消、
　压迫、
困阻着，
英勇地走上十字架。
在沙滩，
在琉璃厂，
在孔德学校，
在石驸马大街，
在悠悠的二十年岁月中，
你孤独地，悄然地，
在青年的心田里
种下反抗的种子。

"学问"是人类知识的蓄积，
　　是真理的表征。
带着粗直的热诚①，
在远东冷酷的风暴旋动中，
你保持着庄严的讽刺和
　　严肃的面孔，
矗立不动。
你是在徘徊吗？
你是在疑虑吗？
不——不是，
你是病了，病了呵！
疾病决定了你的时代，
疾病毁灭了你的生命。
但你有一个忠耿的心——
你嘲讽着半农的幽默，
你鄙睨着品茶的岂明；

① 原文为"城"。

进而你与鲁迅先生和解了，
——因为他走向伟大的路，
你把一切付予真诚。

“七七”，
当吉星文这祖国的孩子开始射击，
一个燥热的下午，
我们溜出了故都。
无限的怀恋，
无限的悒郁，
无限的兴奋，
无限的愤激，
洒把泪离开故都，
我们走向战斗的路！
我们到处燃动烽火，
而你，却被疾病留住！

在北国的红绡灯影里，
在阿谀的红笑中，
演着一个讽刺的剧：
　　鲁迅——岂明，
　　而你，钱夏——稻荪，
这旷世的悲哀打碎了你的心。
当岂明遭到川岛芳子的命运，
你，我们的战士，
　　被滞留在旧时代中，
　　凄苦地四顾着，
　　但永远没有梦见黎明，
却带着永恒的黑暗倒下去了！
　　——记住吧！这是一九三九年
　　　　一月十七日上午九时，
　　　　在故都德国医院里。

安睡吧，

你一代的战士呵！
愿北国的风雪掩没了你的
悲哀，
愿平明的欢跃代替长夜的
悒郁，
愿时代的风暴磨亮我们的
眼睛，
愿徘徊与呻吟变成血红的
豪歌：
　　“不是无耻的投降，
　　就是英勇地战斗！”
安息吧！
当你静听：
我们，
放开脚步，
在亚细亚的土地上，
夜色下，
队伍，
歌声，
向着东方的鱼白
前进！……

1939 年 2 月初，城固

红　灯[①]

李满红

这样浓密的雨雾的黑夜
我真的迷失了方向,走错路了——
我希望眼前有个光亮,
哪怕是一团阴绿的鬼火!

若有人老远地
提来一个红灯笼,
这使我多么欢喜而扑向前去啊……
在家的时候
爷爷便喜欢做这件事情的——

天天夜晚,
老人便吩咐我
爬上房后那座高大的岩石,
把一个红灯笼
挂在和老人一般大年岁的松树上——
这时候,往往是满天星光,
海上的帆船正好归来,

---

① 选自李满红:《红灯》,国民出版社 1944 年版,第 1 页。

作者简介:李满红(1917—1942),原名陈庆福,又名墨痕,辽宁庄河人。“九一八”事变后流亡关内,在北平读书时参加了“一二·九”学生抗日救亡运动,曾在《中学生》上发表短诗。1939 年考入西北联合大学文学院外文系,学习俄语。求学期间,他潜心研习俄国诗人普希金、莱蒙托夫的诗歌,推崇艾青的诗作,并以李满红为笔名在《诗创作》《诗垦地》《文艺杂志》等刊物上发表诗作,以《失去轨道的火车头》《枷锁》及长诗《枪的故事》等作品受到文坛关注。1942 年 6 月 12 日,李满红于陕西汉中病逝,年仅 25 岁。

年青的舵手，
借着红灯笼的指示
将船头拢进了大洋河口；
而从海南漂泊来的
到“北边外”开荒的人，
也晓得到了关东的海岸了——

也是一个秋天的夜晚，
那点了几十年的红灯笼
便再也看不见了！

从此以后，
帆船往往在海上
航行了一个整夜
却进不来河口；
那些到“北边外”开荒的人
也被鬼子严令驱逐，
又回到往年登岸的地方——

——我茫然而迂缓地
向着这雨雾的黑夜行走，
心里悲哀地记着：
一座高大的岩石，
一棵苍然的松树，
一个红灯笼，
一位温存而朴实的老人……

一九三九年七月

我走向祖国的边疆[①]

李满红

我呼吸着旅途的风尘，
走向祖国的边疆；
边疆的山林美丽而橙红，
边疆的秋阳亲切而明朗。

来自大戈壁的骆驼呵，
你蒙古的漫长的行列呵，
背负着庞大的棉花包
我知道，祖国的战士，
将在隆冬的战壕里温暖了，
而从南方来的运货车
也将无量的盐，粮，油，糖，
运往遥远的边疆，
饥荒的边疆
不就有了充足的滋养？

我恨不是一个运转手，
但我却是一个歌唱者
我将以战斗的歌曲
播唱给祖国的北方。

我呼吸着旅途的风尘，
走向祖国的边疆；
边疆的河水流向大海，
边疆的秋风来自西北方……

一九三九，十一月，西北途中

① 选自李满红：《红灯》，国民出版社 1944 年版，第 7 页。

哀萧红[1]

李满红

在天国的花园里，
开了一支永恒美丽的花朵；
但在这人间的大地上啊！
却有一枝同样美丽的花朵，
　含着露珠凋谢了……

我仿佛听见：
那个科尔沁草原的诗人
　在为你痛哭啊！
那南国的海滨，
在黑夜里袭来的
　那疯狂的风潮和雷雨……

啊，
你呼兰河的女儿！
你那双水汪汪的眼睛，
真地闭上了
　不再为他张开了么？
你躺在那南国的墓穴里，
真地睡着，永远的睡着
不再微笑地
　醒来了么？

---

① 原刊于《现代文艺(永安)》第5卷第3期，1942年6月25日，第101-102页，后收入李满红：《红灯》，国民出版社1944年版，第39-41页。本文据初刊本录入。

今晚，
我是站在这高原的江边上，
向星光的远天
　在凄然地思念着你啊！
山的那边
　亮着一颗星。
她是那样的奇异和美丽！
那智慧的光芒如海岛的灯火
　在燃烧地闪烁；
她仿佛在幻想：
那黑夜里的太阳
　在放大着自己。
但她却终于
　只画了一条带着血光的火线，
悄然隐逝了……

啊，
这就是你的命运么？
今晚，我站在这高原的江边上，
　在凄然地思念着你啊！
那颗隐逝的星，
　是会再出现的；
而谢世了的你，
却不能再返回人间了！

对于死，
这战争的年代
　我是不常悲哀或感动的；
但如你那青春的夭折，
我却要向苍天怨诉了！
啊，那些阴阴和邪恶的
　为什么还都活着？
那些凶暴和残忍的
　为什么还都活着啊？

假如真有阴间,
我要闯入那森罗宝殿,
把那个阎王拖下宝座来,
癫狂地问:
　“为什么,
　那杀人放火的恶魔
　　不让他死?
　为什么,
　那荒淫无耻的强盗
　　不让他死?
　却偏让我那善良的红姐,
　夭折了啊?”

但阴间是不存在的,
我只有悲愤地痛哭了!
啊,人世间的生与死
　永远如此的么?

在天国的花园里,
开了一支永恒美丽的花朵
但在这人间的大地上啊!
却有一枝
　同样美丽的花朵,
含着露珠凋谢了……

一九四二年五月西北

汉江和我们一同朗诵诗[1]

牛　汉

汉江跃动着青色的嘴唇
哗啦哗啦地吹着歌
我们,几个亲爱的诗友
像青蛙敲着鼓蹲在江边
我们躺在沙滩上
我们紫红的脸闪着光
　　紫红色的大嘴巴喷着响亮的诗句

我们响亮地粗野地笑
笑,泛滥在江边
笑,心灵热情的拥抱呵

江水的笑,拥抱着我们的笑……

除去诗
什么都对我们是遥远的
除去诗的诱惑

---

① 原刊于《诗月报》第1期,1943年6月10日,为诗辑《绿色的诗草》第3首,署名谷风;后收入《牛汉诗文补编》,略作改动,本文据此版本录入。

作者简介:牛汉(1923—2013),原名史承汉、史成汉,又名牛汀,蒙古族,曾用笔名谷风,山西定襄人,“七月派”代表诗人之一。1943年夏考入国立西北大学外文系俄文专业。1945年因故休学赴西安创办《流火》杂志。在校期间曾发表《老哥萨克刘果夫》《长剑,留给我们》《生活的花朵》(诗辑)等诗歌。1946年因参加西大学生运动被捕入狱,经组织营救出狱后一直从事革命活动。曾任《新文学史料》主编,《中国》执行副主编等职。代表诗作有《鄂尔多斯草原》《华南虎》《悼念一棵枫树》《半棵树》等;著有诗集《彩色的生活》《祖国》《爱与歌》《温泉》《沉默的悬崖》等。

我们的生活是苍白的呵

汉江和我们一同朗诵诗
汉江朗诵着大地的绿色的诗章
我们朗诵着梦境中的绿色的生活的诗句

天真的歌[①]

牛　汉

带着天真来到世界上
也要带着不可受污的天真
　　大笑地走在世界上
　　大笑地死去

我底生活的路
一条直线
不会狡猾的像狗尾巴打了弯
不会像乌鸦底贪婪的嘴打了钩
没有诱惑人的曲线美呵

我知道
一根不直的瘫软的歌弦
不会弹出迷人的好歌

我走不惯
这纡曲的路
假如生活的路
被鞭打得弯曲了
我宁愿慷慨地大笑死去
我知道
纡曲的狡猾的路
那仿佛老人脸上的皱纹
毁灭的通知呵

① 原刊于《西京日报·旌头》1944 年 5 月 9 日,署名谷风。

自由的土地上
天真不会变
天真和法律同样神圣

我希望
有一天
路像阳光一样的平直
路像响亮的歌弦一样平直
好　好的生活
不会变了,弯了
太阳不会变,永远美丽
我们底土地不会变,永远美丽
美丽的人性
正直生活
慷慨的人笑的死

唱着天真的歌
我大胆地也大笑地
从人们的身边走过……
我要使嘲笑的人们
摇着头躲开我底路
我要拷问这狡猾的世界
拿天真来哟……

1943年10月11日夜

长剑，留给我们[①]
——纪念诗人李满红

牛　汉

当一颗瘦瘪的种子
　　落到土地上
就会生长出绿叶和红花
种子，是诚实的……

当一个骑士大笑的死去的时候
他会将长剑慷慨的遗留给我们
说：剑，是诚实的……

李满红死了
让我说：他是一颗诚实的种子
　　　　埋在我们底未来的发亮的世纪里
　　　　有一天
　　　　会从带着枷锁的世纪底土壤里
　　　　开放出哗笑的花朵
　　　　　　剑一样倔强的花朵
　　　　那花朵
　　　　密集在人民底劳动的广场
　　　　仿佛美丽的童话
　　　　密集在人民的心里

听说在天青色的露西亚的土地上
老人们坐在顿河的果园里

① 原刊于《枫林文艺》第6辑，1944年5月17日，第1-2页，署名谷风。

讲着往日的哭泣的故事
在他底心里
　　　结着成获[1]的童话
　　　像一片等待收获[2]的果园

当老人们
朗诵尼克拉索夫底泥土味的诗章的时候
那些倚着拖拉机的劳动的少年们
感动得流出谷穗一样的泪
那些在集体牧场挤牛奶归来的姑娘
会将她们底胸膛贴在土地上
幻想着将她们底脉搏
　　　灌注进干瘪的土地里
　　　让土地哺养那些沉默的种子
诗和童话
都是人民底粮食

李满红死了
他底血流
已汇注到新世纪底脉搏里
他底呼吸
已灌进大地底胸膛里

李满红
新世纪的大红花
当我们的土地孕育满种子
当我们底少年的心里
　　孕育满美丽的童话
当我们底蓝天孕育满合唱的歌声
当我们底土地缀满花朵
让我说：

① 原文为“穫”。
② 原文为“獲”。

　　我们底未来
　　是迷人的……

有一天
我们底劳动的土地上
李满红底诗响着
仿佛成熟的穗子摇响在健康的土地上
他底诗
和幸福的人民底呼吸响在一起
和马车的滚响一同飘进静静的村落
和河边的水磨的音乐队
和森林中的飞鸟底歌声
一同跃响着……
像阳光一样的哗笑在
　　　　我们底土地上

李满红
新世纪的大红花
诚实的种子
不会欺骗土地
李满红底正直的诗
不会欺骗我们底历史

曾经裹着草鞋一样发臭的军衣
李满红摇摇晃晃地走在
　　　这座江城的街上
挺着高傲的头
提着他底长剑
那支剑缀着像太阳的头发的
　　　　像一颗开花的心的
　　　　一束红色的大丝穗子

他热爱一支剑
剑是诚实的

剑能自杀
剑也能暴躁的杀人

李满红死了
暴动的诗留给我们
暴动的剑留给我们

李满红
一支历史底人民底长剑
卫护着我们的新世纪

呵,长剑
留给我们……

当一颗瘦瘪的种子
　　　　落在土地上
就会生长出绿叶和红花
种子,是诚实的呵

当人民底剑
挥击在历史的围墙上
挥击着带着枷锁的流泪的世纪
一个新世纪就奔出来了
剑,是新世纪底种子

大地底脉搏[①]

牛　汉

从河那岸
我们底骑兵队
　　哗响地奔来了

汾河平原上
　　吹着好响的大风哟
　　落着好浓的大雪哟
阴寒的驼背的雾
卷动着贪婪的舌头
啃着大地上剩余的温暖
那些和平的村落里
　　寒冷暴动着……
白杨林向天
　　摇晃着反抗的拳头
张着哭诉的大嘴的街口
　　呼喊着,诅骂着……
破烂的没有高大的围墙
　　卫护的北方的村落
　　寒风大步地踏进去了
　　贪婪的雾随便闯进去了
　　冬天,横行着
　　雪落着……
　　平原
　　不声不响的人民底广场

① 原刊于《西京日报·旄头》1944年5月14日,署名谷风。

骑兵们
牵着棕红的大马
从汾河的冰桥上
叮铛地踩踏过去
他们用枪杆敲开冰
披雪的马群
喝着十二月的河水
而骑兵们
却裹着灌满风的皮大衣
风帽的带子
仿佛美丽的马鬃
　　　　　　飘哟卷哟
他们喝着
　　满天满地的大风雪

在河边
可怜的和平的村落哆嗦着
人民在土炕上打抖
牲口在风雨棚里
　　吃着结冰的干草
拉谷的大车
仿佛苍白的骆驼底大骷髅
呵,善良的女人们
　　踏着雪提着水桶
走向河边……
到马群那里去打水去了

寒冷呵,北方的人民
告诉你们
中国的骑兵队
打马过河来了
给你们驮送来
　　　　　　温暖的希望

燃烧着的生活

看呵，骑兵队哗响地走进村落
雾躲闪地缩在枯林中
风流落在平原上
寒冷溃退了……

看呵，人民跳下冷炕[1]出来了
笑得像雪地里的野鸭
他们知道
骑兵们送来比谷粒更亲切的希望
人民
欢迎这哗响的骑兵队

炭火
只能烤热冷冻的身子
而棕红的马队哟
一片火把的森林
烤热的是人民底冰冷的心
　　　　冰冷的生活哟
骑兵队出击了
扫荡着人民底广场上的寒冷
扫荡着冬天

呵，大地底滚热的脉搏呵
呵，大地底胸膛的呼吸呵
马蹄在哗响
短铳枪在哗响
风帽底带子飘哟响哟
那旗，涨红的大脸
　　　　向落雪的平原
　　　　呼唤着战斗

① 原文为“坑”，据《牛汉诗文集》改为“炕”。

马蹄的林子
短铳枪的林子
旗哟,风帽带哟
密密的跳荡的音符
呵,骑兵队哗响着
战斗的中国
　　　　　　　在响呵

噢 骑兵队
　　　　　　　好响的歌
　　　　　好响的平原的广阔的呼吸呵

骑兵队
冒着雪,踏着雪
迎着大风出击去了
平原上
留下一条泥泞的黑色的路
鼓起的大地底青筋哟

骑兵队
出击了
哗响着
哗笑着
哗哗地歌着……

1943 年 10 月 10 日夜

青色的童话[①]

牛　汉

一个青色的童话
迷惑着北方人民底心

说远古
一个寒冷的土地上
哭泣的人民
他们底血流凝结得如青色的冰
在那里
听不见温暖的呼吸的音响
云朵像石块
阳光阴湿得如雨丝
土地冻结着
生活冻结着……

一个歌人来了
吹着青色的芦笛
吹着燃烧着火星的歌
在这片冻结的土地上
仿佛滚来第二个太阳

于是
这片土地上
开始有了
　　蓝色的流水

① 原刊于《西京日报·旌头》1944年5月21日,署名谷风。

　　燃烧着的太阳光
　　绿色的年青的森林
　　开花的森林
人民开始有了
　　玛瑙红的血流
　　大风一样广阔的呼吸

噢,土地解冻了
　　土地美丽了
　　土地有声有色了

人民
阳光一样的流荡
生活在园林里
智慧的鸟
飞舞哟歌唱哟

这是上帝底别墅呵
开放着人的花朵

人民
采花的大行列
生活是一个美丽的花篮
自由自在地走来走去
摘吧,那是自由
采吧,那是智慧
收集吧,那是遍地阳光
　　　那是遍地花朵
　　　那是遍地的梦

人民底生活
　　丰满呵
再也加不进一点自由了
再也加不进一点智慧了

而在这以后
这片土地上的人民
变成了一颗智慧的大胆的赌徒
　　自由的流氓
土地底温暖
被他们捕完了
土地底花朵
被他们摘完了
土地底阳光
被他们捕捉完了
噢,这片土地瘦弱了
　　穷乏地衰老了

那个吹芦笛的歌人
郁郁地走在监狱一样和赌场一样的土
地上
歌声底燃烧着的火星熄灭了
土地上
又吹起了风
天落下了雪
太阳冻得如一颗烂橘子
满天星
翻飞的枯叶哟
花朵枯落了
血流凝结了
呼吸窒息了
河水结冰了
自由又冻结在冰层里
智慧又放逐到远方
这片土地
大块的化石呵
大块的骷髅呵

人民哭泣
他们幻想着
第三个温暖的太阳
于是剖开了歌者底胸膛
然而,噢,然而哟
没有太阳
没有火星
剩下了一颗腐烂了的心

他们把那支青色的芦笛剖开了
里面
凝结满受创的血
那芦笛
一根血管的化石呵

人民开始知道了
他吹出的不是歌音
　　不是火星
那歌
心的跃响呵
那芦笛
一根喷血的脉搏呵

现在
北方寒冷
南方温暖
说就是那个行走在北方的吹芦笛的歌
人
死了……

青色的童话
流传在北方
北方的受难的人民
迷惑着

那个歌人
那一只吹火星的芦笛

他们幻想着
有一天
北方的土地永远没有冰
人民底心
就是太阳的纵队
人民底心
就是吹火星的芦笛

他们幻想
有一天
北方,童话里的土地
人民底大行列
就是青色的芦笛的森林

呵,我预言
这片广阔的青色的森林
欢迎你们
我们共和国底选手们
进来吧
谱造声音的人哟
调染颜色的人哟
开采智慧的人哟
卫护自由的带武器的人

不是上帝底别墅
这是人民底大公园

1943 年 10 月 12 日夜

河　边[①]

唐　祈

河边吹起了清脆的号角，
集合了许多的牧羊人，
没有驼铃和纯白的羊群：
符号却告诉你是一个兵丁。

沙原的青草已很嫩绿；
岸边的蹄印里仍积结了薄冰。
是要抛开这寂寞的年月了；
用欢喜来听取入伍的命令。

羊皮袄上肩一枝马枪，
那根牧鞭已交给自己的女人。
知道这是防备的时候了，
否则，黑色的强盗会闯进来！

河上吹响了亮亮的号角，
牧羊人的队伍走过了山坡。

二月，兰州

① 原刊于《现代评坛》第5卷第17、18期（合期），1940年5月20日。又见国立西北大学文艺习作社编《青年月刊·文艺习作》第3期，1940年4月15日，署名唐那，大标题为《边塞十四行诗抄》，本文据此版本录入。

作者简介：唐祈（1920—1990），原名唐克蕃，江苏苏州人。“九叶派”重要诗人之一。1939年10月考入国立西北大学文学院历史系，曾任西北大学“新生剧社”社长，主演过《雷雨》《原野》《家》等话剧，并在西北地区从事进步戏剧运动。1943年任西北大学文学院历史系助教。在校期间曾发表《边塞十四行诗抄》《招魂》（散文诗）、《冰原的故事》。曾任《中国新诗》编委，《人民文学》小说散文组组长，《诗刊》编辑等职。代表诗作有《蒙海》《游牧人》《最末的时辰》《时间与旗》等。

送征吟[1]

唐　祈

征　妇

如今,送你过大桥头去
杨花在肩上絮絮的
寄语;从此出征去哟,莫踌躇!

如今,还伴行在你的身前
今夜的明月照你到遥遥的天边,
莫要将我哟,依依的牵恋。

如今,村头的旁边长别离
流水映下了多少往夜的回忆,
我也长愿随你去哟,永远为你……

如今,你将跋涉到千里外
是出征哟,压下了涌来的悲哀,
那一天哟,你的歌声再从江上归来?

征　男

明天,白云送我远远的去,
往日的梦里是天涯的儿女
长征的路呀,也有幽怨的风雨。

---

① 原刊于《现代评坛》第5卷第21、22期(合期),1940年2月20日,署名唐那。收入《唐祈诗全编》,人民文学出版社2018年版,第38-39页,本文据此版本录入。

明天,行军到天的那一面
我将应着号筒勇敢的向前
可是,有一个影子呀,仍将挂念。

明天,风霜将扑打来征衣
你不要为远方的征人而叹息
就是百般磨折呀,也难将你忘记。

明天,兵车将我带到边塞,
你不要长此在岸边徘徊,
征战不休止呀,我还不应归来。

2 月城固

航　海①

唐　祈

当我们的船舶离港，航行
在海上，世界愈远愈觉苍茫，
无涯底气象，船是一个虚点在
椭圆的大海面上升，下降。

载着满船的交换物资和梦想；
远飏呀，另一些船舶疾驰过去；
气笛放射着警戒的言语。

世界很大，大得可怕，
多少没有发现的陆地开始
沉沦，海底有期待突出的悬崖。

越走，越感出人类狭隘：
一个海岸划分生死般森严，
城市：检查一些属于自己的利益。

一个国度是一些孤立派的
岛屿，希望海水四面守护围绕，
军舰在沉默呼吸，并且夜里巡弋。

自然却静穆地倾诉，从不急躁；
大海有时长啸，却有时孩子般大笑，
星星月亮都欢迎飞入它们怀抱。

---

① 写于 1942 年，选自唐祈：《诗第一册》，上海星群出版社 1948 年版，第 22-23 页。

太阳下虽也有阴影，坦白的
平面都闪耀得金珠辉煌，
世界在远航中有我的改造和理想。

未来航线的指标都是一个彩色
与方向，辽远的海岸像自己的故乡，
海上唱着同样歌声，欢呼一个方式！

1942

十四行诗给沙合[①]

唐 祈

虽说是最亲切的人，
一次别离，会划开两个人生。
清晚的微明里，
想像不出更远的疏淡的黄昏。

虽然你的影子闪在记忆的
湖面，一棵树下我寻找你的声音；
你的形容幻作过一朵夕阳里的云，
但云和树都向我宣布了异乡的陌生。

别离，寓言里一次短暂的死亡；
为什么时间，这茫茫的
海水，不在眼前的都流得遗忘，
直流到再相见的眼泪里……

愿远方彼此的静默和同在时一样，
像故乡树林守着门前的池塘。

---

① 选自唐祈：《诗第一册》，上海星群出版社 1948 年版，第 31 页。该诗 1945 年 9 月作于成都，虽然不是作于西北联大时期，但诗歌的主人公沙合（真名孙材英）为唐祈在西北联大的同学，皆为西北联大新生剧团的成员，故此编入。

骑马的夜[1]

扬　禾

石槽边拴下马，
坐在播散着谷香的
　　打麦场；
我一声不响，
扪了发热的额角，
望着北方的天上，
第一颗星星出来。

第一颗出来，
还有
　　千颗，
　　万颗。

像千缕
　　万缕的红络缨，
在林立的枪矛的梢头
　　披洒。
像千只，

① 原刊于《诗创作》第9期，1942年3月30日，第11－12页。原为组诗，总标题为《骑马的夜及其他》。本文选择第1首《骑马的夜》和第3首《写给兰》。

作者简介：扬禾（1918—1994），原名牛树禾，有时用笔名“杨禾”，山东安丘人。1938年以同等学力考入西南联合大学中文系，因故未成。1939年起在国立西北大学借读，1941年正式转入该校文学院中文系读书。在校期间曾发表《骑马的夜》《四月的诗》等诗歌，在《七月》上发表小说《麦收》。扬禾的诗歌充满对沦陷区土地的深切眷恋，又被称为“小农的诗”。曾任重庆大学国文系副教授。后在四川省作协从事专业创作。1994年出版诗文选集《逆旅萧萧》。

　　万只的灯笼，
在船桅的长杆上
　　燃灼了。

像千朵，
　　万朵的，
榴花开放！

灿烂的星星们，
眯着绿色的眼睛，
从沾着露水的枝叶，
从隆起的房居的背脊，
　　喘息着
　　　　出来！

出来，
　　照耀着没有月亮的
　　　　夜晚。
我的马呀，
还有长远的路啊。

就是这样的夜晚，
豆秸一样发响的
　　星光下，
我曾蜷弓着腰，
在打麦场
　　打谷，
　　簸谷。
有枣紫脸的老汉，
　红绒辫的姑娘，
　　伴着我，
度尽这黄花的九月。

小姑娘，

她给我小板凳坐；
嘴角流出远古的神话，
　　野生花一样美丽的。
她捉着我的衣袖，
　隔了篱笆，
听月光下园里的胡瓜，
在地上簌簌地爬蔓。

　　呃，那些日子，
我是快乐的：
老汉教导我
要成个好农人；
小姑娘也答应了
　　花烛的时辰……

我的马踏着蹄子，
　　咆哮着，
不再嚼芬芳的干草；
我站起来，
抚摩着它露湿的鬃毛。
因为这回忆，
一时间，
　我的心，
　　悲伤！
马鞍放好了，
我把这些全丢掉；
扬起鞭，
　　向山根下的
　　　　那军营
急急奔去。

写给兰[1]

扬　禾

你忘掉我好久了,
　那天,
我捧着来信,
　酸楚的眼睛,
　读不完你一行。

我又回到了童年;
想一溜烟跑到河坝,
偷偷地搽泪。
　　是的,
　　朋友呀,
　　你讲到了祖国;
你是真正地了解了,
这被人欺压的国度。

你还记得啊,
那一幢草房,
藤萝护着的窗户。
我们剔灯,
　　温书。
你抬起宁静的眉毛,
眺望着我。
我们的爱情,
　晚溪一样

① 原刊于《诗创作》第9期,1942年3月30日。

丰富地流动。
我们的心，
藤萝一般青。

好久，
没有人和我谈到以往了。
我的回忆是低徊的，
停在涪河旁
我们同声高唱的日子里。

而我，
也怎么会忘记了
你，自由的赞美者；
你是和我一同在农村
哭大的孩子。

那时节，
稻子熟了，
在橘黄醉人的风里，
我迷昏着，
我随脚乱走：
我的回忆是明亮的，
它映着那条柔泥的草径，
通到细柳，
和水溪的地方。
那里，
青石桥上，
曾痴心地站着
喜爱日出美丽的我们……

我们是爱惜
今日的战斗，
毫无羞耻地，我们说：
啊，我是一名青年的兵。

这些日子是珍贵的，
珍贵的是我们的苦痛。

别离在战斗的时候[1]

孙艺秋

你真的走了吗?
你上哪儿去了呢?
把流浪的愁苦
与别离的伤心,
用一封短简寄给了我,
让我独自守着黄昏

翻遍了地图
找不到那一个城镇。
三年两年,
我们的步子踏过万水千山。
在秋天的早晨,
薄雾笼罩着落叶
荒凉的渡口
我看着你的影子消逝在远方。
如今
你绿色的服装破旧了吧!

沿着祖国的边疆,

① 原刊于《文艺阵地》第4卷第6期,1940年1月16日,第1403-1405页。

作者简介:孙艺秋(1918—1998),原名孙三同,曾用名孙萍,还有笔名楚篱、孙彻等,河南安阳人。1939年至1943年就读于国立西北大学文学院国文系。在校期间在当时颇具影响的刊物《诗创作》上发表了《山野偶得》《永远的星辰》《泥泞》等作品。他的诗歌独具特色,具有强烈的战斗性,1940年刊登于《文艺阵地》的《祖国战斗曲》是其代表作。1942年,他的第一本诗集《泥泞集》问世,由桂林诗创作社出版。后来在台湾大学、中原工学院、嵩华文法学院、兰州大学、西北民族学院等院校任教,主要从事唐宋诗词、元曲等中国古典文学的研究以及新、旧体诗的创作。

步子“杀杀”的像水样的流！
撞过山涉过水，
沐浴着敌人的弹雨；
抱着我的步枪。
但是
你哪儿去了呢？
那不知名的村庄
在东南？东北？家园的正北方？

如今，是春天了！
春风飘扬着中国的旌旗，
春风飘扬着野花香；
春风飘扬着嫩枝条；
春风飘扬着新希望。
然而，朋友，
是为和平而战死？
是为仇恨而吞声？

胜利的消息
杏花样的已经蓓蕾！
这惨情的受难，
将以合宜的代价
偿过我们几年来的血泪！
用你的破衣裳擦亮刺刀！
朋友，我们向战争
争取和平！
我们向侵略者
争取和平！
用你的歌声歌唱战争，
朋友，我们对战争
歌吹战争！
　　　　我们对侵略者
歌吹战争，战争…

于兰州

山女之恋[①]

孙艺秋

在那些发霉的夜晚，
蔚蓝的天空绣上黑白的云彩。
在鸣泉谷里，
你徘徊在溪水边。
我梦里的小邻女啊，
用你的红灯，
　　召唤着远方的行客。

你提着红灯，
走过浮桥。
从黑色的夜的山涧，
吹过来你的歌声。
我知道，
春天，对你是愉快的。
你喜欢神秘的夜，
与那一双明亮的，诱惑的眼睛。
在红灯旁边，
你告诉我的一些秘密，
是你生命的宝藏。
羞涩的眼睛像鸣泉谷奔溅的水花，
脸颊的红啊，
　　像你的红灯哪！

我记起那些过往的日子，

① 原刊于《文学评论》第1卷第1期，1943年12月，第6页。

在那间古老的草房里住着的时候。
我把迎春花满插在你的发辫上,
我涉过溪水,在夜晚,
　　为你寻觅那闪落的流星……

走出鸣泉谷时我是幼小的,
如今回来一个年青人。
我的热情曾经熔化钢铁,
我的臂膀曾经紧抱枪支。
我的牧鞭已经朽腐,
我的羊群已经散尽。
我低垂的头,不敢再看你,
　　梦里的小邻女啊!
你是个快乐的水手,
航行在明亮的,引诱的,一双眼睛的海波上。

鸣泉谷的溪水呜咽,
你的红灯摇摆在山谷里。
我把眼泪伴着你的歌声,
洒落在鸣泉谷的草叶上,
洒落在一去不回的流水间……
故居的山野开放了春天的花朵,
我必须带着伤病远离这里。
但我留恋着:
这生长我的鸣泉谷,
　　四月的翡翠鸟,
　　　　你的歌声……

西北

白杨树[①]

孙艺秋

白杨树用颤抖的手指指着天空，
天空，用蔚蓝色的眼睛，
　明朗的笑着……
在我的身边，丁丁河的流水，
　　温暖的阳光，
　　　　　与歌唱……

白杨树肃杀而又愤怒的叫喊，
白杨树飘摇着黄叶。
在原野上，秋风徘徊着，
在村庄上，寒冷进行着！

孩子们用乌黑的小手攀住白杨树的枝条，
他们拆下枝条，拾起落叶。
他们的歌声清脆而遥远的飞，
　　飞过白杨林，飞过丁丁河的流水。

我要说我的心是辽远的吗？
我要说我的哀怨是辽远的吗？
那些小小的村落，曾是我梦里灵魂的寄舍，
　在我远方的故乡，
　在我逝去的童年。
而当我站立在异乡的村前，
听白杨树幽吟的时候。

① 原刊于《学习生活》第4卷第4期，1943年4月1日，第39-40页。

像是对一张引起昔日的幸福的照像，
我流落一滴喜悦的眼泪，
　徘徊不忍离去……

这夹路的白杨树许是一种乡土的标记，
告诉迷路的人，那里是前方，
　　那里是村庄……
或许那老年的农夫，
能看到一棵树记起他行程的距离。
或许一个小姑娘，
看到一棵树会记起她的年龄……
但是我呢？
我闻到白杨树的气息，
我踏着白杨树的落叶……

我像闻到了一阵陈年烟袋燃烧出来的苦味，
像坐在家门的青石阶上听老人们的故事。
那些苍哑的嗓子又回到了我的耳边，
仿佛我又看见了淡淡的烟圈与一张衰老的脸容
——白杨树是不祥的，
　　白杨树夜里引鬼哟……

白杨树，站立在大路的两边，
永远荫翳着辛苦的行路人。
在我所走过的地方，白杨树到处生长着。
它从泥土吸取养料，
把苦涩的枯叶喂养牛羊。
永不诉说的辛酸亦是幸福，
白杨树的歌声在中国响亮……

我想到被囚的普罗米修斯，
用肉体的痛苦，换取人类的温暖与光明。
我不知道，
是因为你的名字世界上才有光荣的字？

或是因为你的光荣才这样呼唤你？

秋风吹过树林，
乌鸦与落叶一齐离开枝干。
白杨树，寂寞的站立在原野上，
用颤抖的手指指着天空。
天空，用蔚蓝色的眼睛启示我，
在我的身边，丁丁河的流水，
　　温暖的阳光，
　　　　与歌唱。

1942 年 12 月 19 日夜西北

黎明散歌[1]

王秉钧

我望见黎明
从远方走来。
原野的大路旁,
开着美丽的花朵。
我爱这一段旅行,
虽然我孤独。

听,
我的生命,
寂寞地流去。
没有一点声息,
没有一点力量吗?
我感激——
母亲的眼泪,
朋友的手。
滚开吧!
银灰色的烦恼。

大风雪的平原上,
有着我的群兄弟,

---

① 原刊于《青年月刊》第13卷第3期,1942年3月,第34页。

作者简介:王秉钧(1919—1999),字景康,笔名魏放,山东桓台人。1939年考入国立西北大学理学院化学系,后转入西北工学院航空工程系,1944年毕业。其间于《文艺杂志》《青年月刊》《现代文艺》《文学周报》《大地》等杂志发表了大量文学作品。1949年后任教于湖南大学、南京工学院、江西工学院(后并入南昌大学)。著有《风云诗集》《风云文集》《风云放歌》等。

他们正在和恶魔斗争,
幸福世界创造者,
我的亲爱的同志们。
我热烈地
伸出双臂。

为什么我不能
　　撕破那甜蜜的梦的帷幕?
眼前的世界
　　不是很可爱的吗?
纵使不得亲眼看到
被遗弃了的人类的爱。
战争,我的父亲,
给我一支枪吧!

跨上快马,
我要去了,
今天没有怯懦叹息……
啊,再见,
我的破碎的家乡。

于古路坝

寄祖母[①]

王秉钊

同从前一样地，祖母
我现在——
思念着你，
时光带着苦难，
悄悄地流去，
四年，已经四年了，
我流浪，
在遥远的异乡，
异乡是这样的
唉，我不能不直说，
是这样的寒冷啊！
然而你，
亲爱的祖母，
不必为我辛酸，
在这里
有祖国的希望，
　祖国的健康！
我想着，
我们门前的孝妇河，
在那蓊郁的柳荫下，缓缓地
流着平静的岁月。
我想着，
我们村后的锦秋湖，
那连天的芦苇，

① 原刊于《青年月刊》第14卷第4期，1942年10月，第36-38页。

那清香的荷花，
那翡翠鸟的，
　怡悦的歌唱！
我还想着，
我们的美丽的田园，
　五月的薰风麦浪，
　八月的大豆花香，
　还有那篱笆旁边，
　满树绯红的石榴桃子，
这，曾经使你——
反复着疼爱，
唠叨着赞美！

我的孝妇河，
我的锦秋湖，
我的美丽的田园，
梦一样的，
真的，梦一样的，
它们现在都还好吧？
告诉我，祖母，
告诉我，
它们现在都还好吧？
不……我难过……
强盗们，
家贼们，
谁都看见的，
在我们的土地上，
横行，劫掠，烧杀！
他们已经失去了人性，
好吧，让他们暂且得意，
有那么一天，
一定有，祖母！
我们叫这些恶魔，
和毁灭一同滚去！

也许,你现在——
急切地望我回家,
唉,不能……祖母,
我的眼泪流尽了,
我不能回家,
我们的仇敌还没有死,
新中国也还没有建设,
很荣耀——
民族需要我。
　我的生命,
　我的热血!
我自愿追随自由和真理!
把酸苦的眼泪咽下去吧,祖母!
不要再惦记着我,
别的人,一样地
倘如他们问:
就说——
　我很忙,
　不能回家!
大概你还记得,祖母,
自从很小,似乎是四五岁吧!
我就离开了母亲,
同你住在一起,
　拉着你的衣襟,
　睡在你的身旁,
　一步也不曾离,
这是我的小尾巴,
——微笑地你对别人说,
有时我淘气,
你呵责了……马上又
抚摸着我的头,
带我去玩耍,
谢谢你,祖母,
是你养育起来的呀!

现在,我们离别,
的确,已经很久了,
可是我不能回家,
啊,我不能回家!

向着故乡,
遥远地祝福你,
我的慈爱的祖母,
　衰老的祖母啊!
在可怕的黑暗里,
你煎熬了七十多年的日子,
如今,你老了,
祖国的明天也快到了,
然而,你能赶得上看吗?
我禁不住伤心!

同从前一样地,祖母!
我现在——
思念着你,
我不敢计算……
　你的年纪,和我们
　再会的时期!
我只祷求,
　你的健康,
　和那伟大的
未来的降临!

一九四一年五月廿三日于古路坝

散文

SANWEN

勾践的精神[①]

许寿裳

今天早晨蒙祝主任的招待,能够参观集训出队式,现在又能够参加会餐式,典礼非常隆重,意义非常深远,诸位的动作又极其认真,兄弟看了实在感到莫大的光荣和忻幸。这次集训和今天的会餐,可以称为诸位的第二次诞生,应该郑重庆祝的;我想一定使诸位永远感动,毕生不会忘记的。

刚才会餐的时候,受祝主任之命,要我说几句话。我就立刻想起一件越王勾践的故事来。诸位都在青年期,所处的时代又是一个伟大而严重的,抗战建国的时代。越王勾践是我国历史上一位报仇雪耻的好英雄,也是一位抗战建国的好模范。他在会稽山困守的时候,是怎样的重视青年儿童。《国语》上说得好:"勾践载稻与脂于舟以行;国之孺子之游者,无不补也,无不歠也,必问其名。"这是说凡路上遇到了青年儿童,个个都给予米食和肉汤,没有一个遗漏。这好像就是今天会餐式上的食品。为什么要"必问其名"呢?就是为的要留待后来的任用,使得彼此亲爱如同一家人。

我希望诸位出队以后,永远保持着受训时期的生活努力前进,并且学着勾践的精神,对于我们抗战建国的大事业,有所贡献。勾践的精神是什么呢?可以分作四点来说:

第一,有自信心。据史记,勾践的祖先是大禹王的苗裔,自从夏后帝少康的庶子封于会稽,奉守禹王的祭祀,传了二十余世以至于他。少康是我国历史上第一位光复国家的出色的人物。勾践既然有了这样光荣的祖宗,自然容易有坚固,不可动摇的自信心,相信抗战必胜,建国必成。当他困守一隅,万分无聊的时候,虽然也不免发生牢骚"喟然叹曰:'吾终于此乎?'种曰:'汤系夏台,文王囚羑里,晋重耳奔翟,齐小白奔莒,其卒王霸。由是观之,何遽不谓福乎?'"(见《史记》)受了大夫文种这样的鼓励,他便振作精神,重新自奋,再接再厉了。

第二,有整个的计划。勾践对于抗战有整个的计划。这可以分成几个节目如下:(一)开放政权来征求民意。《国语》说道:"越王勾践栖于会稽之上,乃号令于三军曰,

---

① 原刊于《西北联大校刊》第12期,1939年3月1日,第75-76页,为许寿裳1938年11月6日在西北联大的演讲稿。

‘凡我父兄昆弟及国子姓,有能助寡人谋而退吴者,吾与之共知越国之政’。”这很有点像现在中央所设立的国民参政会议。(二)致力民生。他对于奖励人口,优待儿童,无所不用其极。国语说道:“命壮者无取老妇;令老者无取壮妻。女子十七不嫁,其父母有罪;丈夫二十不娶,其父母有罪。将免(免,乳也。通俗作娩)者以告,公令医守之。生丈夫,二壶酒,一犬;生女子,二壶酒,一豚。生三人,公与之母;生二人,公与之饩。……”又说道:“葬死者,问伤者,养生者,吊有忧,贺有喜,送往者,迎来者,去民之所恶,补民之不足。”(三)注意外交。结齐,亲楚,附晋以厚吴;广派情报员来窥探吴国。他一方面用卑辞尊礼,玩好女乐,使大夫文种,求和于吴,后来自己又和范蠡入吴,去做吴王夫差的听差;一方面多派间谍,如柘稽、逢同诸人为质于吴,后来竟弄到吴国的太宰嚭,曾和逢同两人共谋,去向吴王谗害伍子胥。此外,如修缮甲兵,尊礼贤士等等都是井井有条,不遑列举。

第三,能苦硬干。夫差赦了勾践以后,勾践就返国,“苦身焦思,置胆于坐,坐卧皆仰胆,饮食亦尝胆也。曰:‘女(汝)忘会稽之耻耶?’身自耕作,夫人自织,食不加肉,衣不重采”(见《史记》)。从此,埋头苦干,经过了非常的艰难困苦。国民屡次请战,总是听着范蠡之计,不许轻启兵端,忍耐而又忍耐,如是者有好几年,完全免去了国民幸胜幸得的心理。

散文

第四,能持久战。到后来,生聚教训,一切都有了准备,国民一听了勾践的誓师,自然一致拥护。父勉其子,兄勉其弟,妇勉其夫,曰,“孰是君也,而可无死乎?”全国民众这样的敌忾同仇,不但在他的命令之下,任何牺牲在所不惜,而且能够持久抗战,越战越有精神,不达目的不止。果然,相持三年之后,终于使吴国的军队自己崩溃。

以上所讲的勾践故事,报仇雪耻,复兴国家,终于成功,宛然是我们这次抵抗暴日的神圣战争的预兆。自从“七七”抗战,到现在还不过一年有余,比起越国和吴国的相持,并不算得什么。只要我们能够学着勾践的精神有自信,有计划,刻苦耐劳,长期抗战,上下一心,共赴国难,那么我们的抗战建国,革命大业,一定是成功的。

(1938年11月6日)

十二月的风[1]

曹靖华

在北平，十二月的风是多么狂暴呵！它魔手似地撕断了电线，咆哮着把灰尘扬到天空，使天地立即变为昏暗，人马车辆都瞎子似地呆在当路上，不敢向前摸索；它尖刀似的刺入人的骨髓，使人呼吸短促，喘不过气来。它……但在它的严威里，也精炼出了千千万万纯钢似的为民族独立自由而苦斗的可爱的青年。

这是前年十二月八日的深夜，S[2]冒着狂风，到了我的寓所里，从武汉大革命时代闯过来的他的双目，特别显得明亮。不待他坐定我就问道："怎么样？"

"决定了。明天来一个行动。给明天要成立的汉奸组织及侵略者一个坚决的回答……这显示着华北民族对汉奸政权是狂愤的，抗拒的，这显示着……"

……

在北平，十二月的风是多么狂暴呵！它加速了我血液的循环，使我兴奋，失眠。

次日早晨，一早就往东北大学去，刚到了校门口，即见好多学生到大门口集合。后边还在连续不绝地由饭厅、宿舍向门口飞奔。十二月的狂风，尖刀似地向穿着薄衣服的他们无情地乱刺。俨然赴战场似的，他们的面孔上都带着极度紧张的表情。遇着熟识面孔的时候，相互间只匆匆地投一个会心的笑。

"打倒汉奸！"

---

① 原刊于《救亡》周刊(西安)第3期，1937年12月，第235-239页。

作者简介：曹靖华(1897—1987)，原名曹联亚，笔名亚丹，化名汝珍，河南卢氏人，中国现代文学翻译家、散文家、教育家。1920年在上海外国语学社学俄文，加入社会主义青年团，后被派往莫斯科东方大学学习，1922年回国。1924年加入文学研究会，1927年4月，重赴苏联。1933年回国，任中国大学、民国大学、国立北平大学女子文理学院、省立东北大学、中法大学等校教授，并从事文学翻译工作。"七七"事变以后，曹靖华随东北大学西迁来到西安，任西安临时大学文理学院国文系副教授，后又随校迁至陕南城固，任西北联大法商学院商学系教授。1938年底因"宣传马列主义"被解聘。1939年至重庆任中苏文化协会常务理事、《中苏文化》月刊常务编委等。1948年任国立清华大学教授。1949年任北京大学俄罗斯语言文学系教授、主任，后任人民文学出版社副总编辑等职务。译有《铁流》《三姐妹》《保卫察里津》等，主编《俄国文学史》，著有《花》《飞花集》《春城飞花》等。

② 原注：S即邹鲁风同志。参见《电工鲁迅》一文。

“反对伪组织!”

“打倒日本帝国主义!”

“……”

大队冒着十二月的狂风,冲过了西四牌楼的森严的警戒线,向西单挺进,与中国大学等校会合了……

晚间又遇到今天担任了全队总指挥的S君,他刚下战场似的饥渴困倦地说:

“今天大队经过西四、王府井等地,遭到警犬的水龙猛烈地冲射,刺刀,大刀,木棍,枪托,皮带的毒打与刺杀……结果,有不少同学受伤,有不少同学被捕了。但是……”

但是,这一笔血债激起了更猛烈的狂愤,准备着更勇壮的新的行动。

在北平,十二月的风是多么狂暴呵!它卷起了青年的血潮,洒遍了故都!它卷起了争自由的怒吼滚遍了全中国,滚遍了全世界!侵略者及其走狗们在这狂暴的血潮与怒吼前边都抖颤,胆寒。

“一二·九”血的日子过去,在故都处处都充满着一片杀机,人人都有一种火山将要爆发的预感:青年大众准备着更勇壮的行动,汉奸们准备着更残酷的屠杀!

暴风雨前的死寂过去了。

这是十六日的早晨,我又往东北大学去,沿途经过的要道,路口,都有大批荷枪实弹的军警把守着。穿黑短皮衣的什么队,背着大刀,带着盒子枪,三五成群地骑着车子各街巷巡逻着。校门口的马路上,站着两排武装军警。严肃,热烈,紧张的空气弥漫了全校。学生纠察队执着木棍严守着校门。在大礼堂开会之后,为着避免军警的截击,就化整为零,三五成群地沿着马路或胡同,往西单北大街的马路上作滚雪球式的行进的集合。与中国大学等校汇合成大队后再向目的地——天桥迈进。

我到西四下了电车,马路两旁的便道上,到处都涌出了三五一群的同学,好像便衣队似的,匆忙地,机警地,敏捷地向西单行进。

“先生,上天桥去不去?”

“去!你们从这里走,我由这里到东四去看看,再由东四坐电车去。……”

说罢我就转入了西安门大街,坐上洋车经过北平图书馆门口,向北海的石桥走去了。

坚冰把北海的水面完全封住了,一辆救火车呆呆地蹲在石桥的西口,忠实地执行着扼守要道的职务。荷枪的警察站在汽车的附近。桥下北海的冰面被凿开了一个大洞,很粗的橡皮管子插在水里,做随时可以冲射的准备。

在这样森严的戒备中,我坐着车子,通过了石桥。刚刚绕过了团城,就望见黑压压的火山熔岩似的前不见头、后不见尾的人群由大石作的南口往北长街通过来。

传单与各种的旗帜,在十二月的狂风里飞舞着……

“打倒汉奸!”

“反对伪组织!”

“……”

呵,在北平,十二月的风是多么狂暴呵! 但现在它却遮不断这万众一声的怒吼!

我好似一粒铁屑,被这由万众组成的一条巨大的磁石吸去了。

到了距南长街南口不远的地方,担任交通的一位骑车的同学,由南口折回来,骑到车上,高举着右手,吹着哨子喊道:

“诸位同学注意! 前面有戒备! ……”

大队密集地向前挺进了。说话之间,枪托,木棍,水龙一齐向着大队打击冲射起来……

“打倒汉奸!”

“打倒日本帝国主义走狗!”

“同学们冲上去!”

“冲上去!”

十二月的狂风卷着震动天地的怒吼,万众一心的火山熔岩似的人群,冒着水龙、木棍、枪托、大刀,冲破了要塞似的南长街口,从警察手里抢过了水龙,照准刚才手执龙头的警察冲起来。

南长街口转角地方的救火汽车被击毁了。

“打倒汉奸!”

“打倒日本帝国主义!”

“……”

十二月的狂风,卷着万众的怒吼,冲过了南长街的要口向西长安街滚去了。

府右街南口的十字街口,大批的军警在扼守着。等待大队快要接近的时候,冲锋似的——

“杀! ……”

“杀! ……”

大刀、枪刺的晶亮的光辉在闪耀着,军警像猛兽似地向大队扑过来……

热血在汇流了。

“……”

呵! 在北平,十二月的风是多么狂暴呵! 它卷起了为民族争自由的怒吼,滚过了故都,滚过了全中华,滚过了全世界!

民族解放的号音——十二月的风呵,在这抗战的烽火里,你更猛烈地吹起来吧!

忆纪德[1]

盛澄华

福楼拜(Gustave Flaubert)曾梦想把自己全部作品完成以后,在一天中呈放在读者的眼前;斯当达耳(Henri Beyle Stendhal)曾预言自己的作品须在四十年后才能受人理解,他爱在自己的书上写道:For the Happy Few。表现在这两种姿态中的艺术家穆肃的灵魂,我揣想,都曾为少年时代的纪德所渴望,所憧憬的。纪德早年的书有印三五本的,十数本的,较多的如《背德者》初版印三百本,《地粮集》才印五百本。为什么?珍惜自己的作品,抑是对自己作品的缺乏自信?宁得少数知心的读者而不图一时的虚荣,不求一时的名利?这都可能。总之,这心理是相当复杂而微妙的。但有一点应是很明显而不容置疑的,即是以严肃、纯洁的态度来接应艺术。不说视艺术重于生命,至少把艺术看作自己生命的一部分,或竟自己生命的连续。

散文

纪德自一八九一年发表《安德烈·凡尔德手册》至一九三九年的日记全集,将近五十年间,前后出版小说、戏剧、文艺论文集、日记、杂笔等共五十余种;以一生从事于生活与写作,从未接受任何其他有给或无给职务,在如许长的时间内写出五十余种著作实在不能算多,何况其中半数以上都是短篇或中篇。纪德的书有费五六年而成的,也有历十余年而成的。最美的作品应是受狂妄的默启,而由理性所写成,这话像是在他日记中说过。所谓狂妄的默启,也许就是灵感,而后者无疑是技巧。纪德文笔的谨严与纯净,在当代法国作家中除梵莱莉(Paul Vlery)外恐无出其右。纪德不是一个多产的作家。

五十年的写作生活,这期间,可怕的是灵魂在长途中所经历的险遇:由诗情的沉醉,创始时期中的友谊——梵莱莉与鲁意斯(Pierre Louys),以至罗马街象征主义派大

---

① 原刊于《时与潮文艺》第1卷第1期(创刊号),1943年3月15日,第150-152页。

作者简介:盛澄华(1913—1970),浙江萧山人。1935年自清华大学外国语言文学系毕业后,赴法国巴黎大学文学院深造。1940年回国后任陕南城固国立西北大学外文系教授。三年后,调任复旦大学外文系教授,1947年转至清华大学外文系任教授。1949年参加中国人民解放军第四野战军南下工作团,在武汉军管会文管部任武汉大学接管小组联络员。1950年重返清华大学外文系任主任。在全国高等院校调整时,调入北京大学西方语言文学系任教。曾为中国作家协会会员。著有《论纪德》《纪德艺术与思想的演进》《纪德的文艺观》《诺贝尔奖金获得者纪德》《新法兰西评论与法国现代文学》等。译作有纪德的《伪币制造者》《地粮》等。

师马拉尔美(Stephane Mallarme)的住宅黄昏时轻柔抑扬的语声,含笑谈真理的情趣,而终至感到空虚,落寞,不安,以坚强的心出发去沙漠中觅回自己对生命的热诚;由自我解放所产生的生命力,通过福音中“忘去自身”的启示,必然地指向大同的憧憬。“别人——他生活的重要性,对他说……”。这过程曾是痛楚而艰难,但它终于使晚年的纪德成为更乐观、更坚强、更宁静,使他的生活与思想达到某种健全的平衡。

这三五粒、十数粒散播在地上的种子,近二十年来已得到大量的收获,像是投在湖心的小石,这小小的漩涡慢慢扩散,终至无限。“纪德思想”已引起广泛的研讨,他的作品已有各国文字的译本,他的书已由十数本而成为十数版,其中重版百次以上的也有不少种;一九三六年出版的《从苏联归来》,一月内重印至几十版,但这是一本时事性的著作,自应看作例外。归根,纪德永不能是一个通俗性,或通俗化的作家,如果某一书的出版得到超异的销路,这在他不一定是一种光荣。我不禁想起鲁迅先生“伟人的化石”的话,人在成名后,别人没有不把你供奉作偶像的,这无法逃避的命运,对一个永远在更新中,永远在求解脱的作家,不知将作何感想。

A.纪德(Andre Gide)生于一八六九年十一月二十二日,今年正好是七十三岁。一九三六年十月出版的 Maurice Sach 的纪德评传中描写纪德说:

> 高身材,坍肩膀,骨质的身躯,其上是一个许久以来已早秃顶的头颅,有着乡下人似的焦枯的皮肤。他像是从一颗粗糙的大树上所取来的坚洁的木材所雕成。他的眼睛,有时是灰色,有时是青色,像有些青石片,也像有时晴天下白杨树的叶子,显示出一种明净,坦朗,顿悟的目光。他的口唇,王尔德(Oscar Wilde)曾说“正直得像一个从未说谎者的口唇”,在面部上清晰地截成一种与其是任情无宁是缄默的线条。坚方的颚骨显示出不为任何浓重的情欲所凝滞的一种意志。纪德的面目所予人的是乡人,学者,雅士三者间的一种完美的结合。

我于一九三五年冬天第一次会见纪德时所得的印象也大致相仿。

他独居在巴黎第七区凡诺路副一号的一所公寓的顶层。临街的两间正房,其一,传统的高书架上放满着各作家寄赠的新出版的书籍,他的女打字员就在那室内工作;另一是小客厅,从客厅有长廊通到后排临院子的一间大房子,这长廊宛如贯通前后的一座桥梁,靠墙也是陈列的书架,上面是他自己作品的各国文字的译本,但其中独无中文的。国人翻译纪德,就我所知,最早的当推穆木天先生所译的《窄门》,可惜我当时手头没有,结果是我把从国内寄来的丽尼先生由英文传译的《田园交响乐》送给了他,使他书桌上又多了一种新的点缀。长廊尽头临院子的一间大房子是纪德的卧室同时也是他的工作室。像大多数新式的顶层房子一样,这间房子的后半部有一个半楼,有一道小扶梯可以上下,这半楼纪德布置成一个小型的书库,成行的书架上是古今名家的全集以及一已所收藏的珍版图书。室内临窗处是一张棕色坚实的大书桌,不远

(处)是一架钢琴。从窗口看去,惟有城市的屋顶与冬日的树梢。纪德爱住高楼,无疑为使自己身心永远保持空旷与豁朗的感觉。他的床铺设在室内一隅,用具的色调与品质,一望而知是非洲的产品,我想这大概都是屡次在非洲的旅行中带回的。纪德一向不长住在巴黎,但近来每次回到巴黎总住在凡诺路他所租赁的寓所。一八九八年为答辩巴蕾士(Maurice Barres)所写的一篇短文是这样开始的:

父亲是于塞斯(Uzes)人,母亲是诺曼地(Normandie)人,而我自己偏又生在巴黎,巴蕾士先生,请问你叫我往何处生根!

于是我决定旅行。

纪德始终认为只有使自己的灵魂永不松弛,永不祈求安息,人才能永远年青。今日已超七十一岁的老人,谁看去都是不能相信的。记得有一次他陪我去看雷斯普朗日侯爵夫人,我们从他寓所出发,公寓中原有自动电梯可供上下,但他宁爱徒步下楼,从他所住的第七层顶楼到地面的一层,其间二百余级的梯阶,他一口气跑尽,全无喘息之意。纪德幼年体质羸弱,如今却反老当益壮了。

对于一个自始受重重传说所笼罩的作家如纪德者,一旦有人告诉你这是一个人性地正常而正直的人也许反会引起一部分[1]的人失望。当《从苏联归来》出版后,一度纪德颇受左右夹攻,我曾问他对此作何感想,“这有什么,”他坦然回答说,“十年前我发表《刚果旅次》[2],揭发在殖民地所目击的种种,当时也没有人能相信;如果我在《从苏联归来》中还不曾把有些事实作更切实的报道,一来因为我自己既不是新闻记者,更不是社会学者或经济学者,但最大的原因倒是怕危累及一部分在苏联的友人。如果人们以为我出版这书足以证明我对自己所期待的新理想的实现的信念已是动摇,那他们是错误的,这正像不能因我对法国在殖民地设施的不满而来证明我不爱祖国的错误是一样的。我正在写《再谈从苏联归来》,在这书中我预备发表一部分我实地所得的数字资料。”

纪德晚年的第二重打击,则是夫人 Emmanuel 的故世。那是一九三八年初春的事。他回答我吊唁的信中说:“……是的,这伤逝使我几个月来感到消沉。你读过我的作品,应能衡量这一位在我生活中所处的无限的地位,我自身中最高的一切无不以她为指归……”

接着是大战的爆发。一九三九年九月我从巴黎近郊的寓所给纪德去电话,我在耳鼓中听到电铃在对方室内振振作声,但许久无人接话,纪德已不在巴黎。第二天我动身到马赛。是年十一月在上海接到他从尼斯来信并寄到新出版的日记全集。这是最后的音息。遥念生活在苦难中的人们以及这一位始终受青年所敬爱的作家,使我们不期然地作了这一段叙述。

---

① 原文为“份”。

② 今译《刚果之行》。

曹禺论[1]

杨 晦

曹禺先生是中国近年来戏剧界中最值得注意的一位作家。他近十年来,自《雷雨》《日出》,到最近的《家》,已出版了六部长剧,另外还有一部独幕剧集,大概还没有印出。这是很可观的一种成绩。我们对于这样一位忠于艺术,也有了极大贡献的作家,自然要感到无限的尊敬。然而,也正因为这是一位很难得的中国作家,有许多地方不能不令人感到一种惋惜,这一方面是社会环境的影响,一方面也由于他对生活和对艺术的思想与态度,造成了他个人的限制。所以,我觉得,对于曹禺先生的剧作,作一次善意的诚恳批评,未尝不是一件有意义的工作。

一

我的书桌上,现在放了六册厚厚的曹禺戏剧集,除去一些独幕戏剧外,大概曹禺已经出版的作品都在这里了。

他的著作年代,大概,最早的《雷雨》,当在民国二十二、三年的时候。据巴金先生在《蜕变》的《后记》里说的,二十九年十二月的六年前,应该是民国二十三年,他就在"翻读雷雨原稿"了,虽然二十四年,《雷雨》才出版。那么,断定曹禺的写作《雷雨》,在二十二、三年,当不至于差得太远。

接着,二十五年出版了《日出》,二十六年出版了《原野》,而写作的年代,以曹禺跟

---

① 原刊于《青年文艺》新1卷第4期,1944年11月10日,第1-22页。1941—1943年,杨晦任教于国立西北大学,1944年8月受聘于重庆中央大学,该文于1944年9月完稿,虽是离开西北大学后写就,但这是一篇关于曹禺研究的三万字长文,一定是经过长期积累后的产物。据国立西北大学毕业的唐祈、郗藩封等人回忆,杨晦在西北大学授课时,给他们讲过鲁迅、巴金、曹禺、艾青、田间等人的作家论,说明杨晦在西北大学任教时期就在关注和研究曹禺,本文因此选入。

作者简介:杨晦(1899—1983),原名兴栋,字慧修,笔名丫、椐、寿山,现代作家、文艺理论家,文学团体"沉钟社"的发起人和主要成员。1941年任国立西北大学中文系教授,讲授现代文学、文学批评等课。1949年后,任北京大学中文系教授、系主任、副教务长。代表作有文艺评论集《文艺与社会》,剧本《楚灵王》《屈原》《除夕》等,有《杨晦选集》《杨晦文学评论集》传世。

他的出版者巴金关系的密切,以当时印刷条件的方便,断定《日出》大概是二十三、四年,《原野》是二十四、五年,也不会有太大的出入。

这三部剧本的发展,是有着一贯的线索的,由一个镀金的绅商家庭的悲剧——《雷雨》,扩展到在一种黑暗的恶势力支配下的社会悲剧——《日出》,再一转而到中国古老的农村里,农民的悲剧——《原野》。就是人物的发展,也很显明。由《雷雨》里周蘩漪的另一方面,写出了《日出》的陈白露;由周蘩漪的某一点扩大为《原野》的金子;《雷雨》的周冲,跟《日出》里方达生的关系,是很容易看出来的!就是方达生到宝和下处寻访小东西下落的情形,也颇似周冲到四凤家里探访的一场。周萍的跟焦大星,鲁大海的跟仇虎,都是一种发展。

这一种发展是非常有意义的。这可以看出曹禺的艺术态度有多么忠实,他要在他的艺术里,正如在《日出》的跋里所说的那样,把临在头上的问题,"立刻搜索出一个答案"。从这种发展上,我们可以显然地看得出他"在这光怪陆离的社会里流荡着",曾"看见多少梦魇一般可怖的人事,这些印象他至死也不会忘却"的情形。这么多严重的问题,"催促他,折磨他,使他得不到片刻的宁贴",于是,一部一部地写出他的《雷雨》《日出》和《原野》,一个问题一个问题地由家庭到社会,由都市到农村,展开他的视野,搜索他的答案,也得到了他的解答。

然而,也正由这种发展,看出我们的作者曹禺先生,虽然在那么一方焦虑,一方深思地搜索他的答案;而且,虽然为了《日出》的第三幕,他"遭受了多少磨折,伤害,以至于侮辱";虽然他在"严寒的三九天,半夜里,在那一片荒凉的贫民区,候着两个嗜吸毒品的龌龊乞丐,来教他数来宝";虽然他那么"忍着刺骨的寒冷,瑟缩地踟躅到一种'鸡毛店'的地方,找他们";虽然他曾经"托人介绍,自己改头换面跑到'土药店'和黑三一类的人物'讲交情'",这样,自然他也写出了《日出》第三幕那样真正富于独创性的场面;却显然地还是锁在一间屋子里,苦闷的挣扎。而"在一间笼子大的屋子里",虽然"困兽似的","踱过来,拖过去",当然也突不破"四周漆黑的世界"。老实讲,这既然不是最正确的创作态度,也更不是最正确的生活态度。

自然曹禺先生也在思想方面找他的出路,寻他问题的解答,或者说是听取世界得救的福音。"于是他读老子,读佛,读圣经,他读多少那被认为洪水猛兽的书籍。"这在他《日出》的前面题词里,所引的一则老子《道德经》,七则《新旧约圣经》,可以证明这一点;至于其他所谓"被认为洪水猛兽的书籍",不知是些什么书籍,不过,在《日出》里很显明的"劳工神圣"的观念,以及《原野》里仇虎所说的"告诉他们现在仇虎不相信天,不相信地,就相信弟兄们要一块跟他们拼,准得活,一个人拼就会死。……有一天我们的子孙会起来的"一段话,也不难窥见,这大概是那一类的书籍。这显然不是最进步最正确解决社会问题,指正生活道路的社会科学书籍,而是掺夹着幻想及热情,憧憬着一种光明世界的那些著作,才能跟老子《道德经》《佛经》《圣经》的思想,并行不悖。

由《雷雨》那样充满神秘运命观念的家庭悲剧，这中间自然含有大部分社会问题的，一进而为《日出》那样在黑暗势力铁掌下的社会悲剧，为《原野》那样农民向土豪地主复仇的悲剧，本来是一个极大的进步。可惜的是，在《日出》里已经向社会问题方面发展去的道路，却走进《原野》的黑林子里迷失了方向，由社会问题转为心理问题，良心问题及道德问题等的精神枷锁。这不难明白，到了《原野》的出版后，曹禺的《戏剧集》要告暂时的停顿。这是一个“岔路口”，他不是从这个“黑林子”里突出去，就是一时要陷在里边。

这三部剧，《雷雨》《日出》和《原野》的写作年代，是占满了“九一八”，“一·二八”，及“塘沽协定”以后，到“七七”事变前的整个时间的。然而，这中间闻不到一点战争的血腥，看不到一点国家民族的危机，以及整个民族的耻辱。仿佛这个国家民族生死存亡的问题，并没有临在作者的头上，而作者也没有要搜索出一个答案的一般。我认为，这当然是不会的，假使要那样去说，未免对作者是一种故意地曲解，故意要抬出一顶大帽子来压在他的头上了。然而，为什么会在他的作品里，找不到一点国难的痕迹呢？不客气地说，这是在一位艺术家自以为最高明的地方，实在，真正是一种艺术家的病态，要不得！这是当时在北平那个濒于死亡的文化故都里，在少数有高级艺术修养的圈子内，有着支配力的观念与态度，并不能由曹禺个人来负责任。他们仿佛是说：不管天下怎样大乱，或者说得再谦虚一点，不管眼前的社会成功什么样的状态，一个艺术家应该想的，表现的是永久的问题：这样的作家才算是伟大，这样产出来的作品才能不朽。我不敢说，曹禺一定因为受这种思想支配，在他的作品里，才看不见当时血腥与屈辱的现实反映；然而，这却是可能的。这从他的创作态度与艺术思想上，就可以找到明证，留待下文再谈吧。我却敢保证，像这样严重的问题，决不会不临到他的头上，以致他不想搜索出一个答案来。四年后出版的《蜕变》，就是一个例证了。

《原野》的出版，是二十六年八月，“七七”事变已经爆发了，这以后，随着生活的变动，曹禺对于艺术的态度，不能例外地，也有了极大的转变。这在曹禺的那种创作态度，他的写作生活，难免要陷在一时的停顿状态里。他已经不能不从他那“一间笼子似的屋子”里走出来，走到大后方的小城里去。也许这个小城，对于他，是跟那“笼子大的屋子”差不多的一种世界。然而，这时候，他的窗外已经不是“昏黑的天空”，虽然也“缠缠绵绵落着令人厌惫的连阴雨，一连多少天不放晴”；而且，终于出来满天的太阳了；他的四周已经不是漆黑的世界，他“已经欢喜地望出新的力量”，他随着抗战初期的高潮，充满了光明的希望，不再悲观。跟《原野》，隔了四年的长时间，出版了他的《蜕变》。这中间的停顿，作者生活的不安定，是个原因，而作者创作态度的转变，也应该是个原因的，我认为。以《蜕变》来说，曹禺已经由他的“黑林子”里走了出来，到了光明的世界了，不管这个光明是一时的，还是表面的，这究竟是一条大路，一条走得通的路,会通到真正光明的境界去。《蜕变》的成就,就艺术价值说,并不高,然而,作为作者态度转变后的第一部作品,却是非常有意义的。极不足怪,却极可惜的,曹禺在这条路上,只迈了这一步,马上又退转去,回到了他的老路,写出了《北京人》,接着是《家》!

写到这里,不免要插进一段近似考据的文章,虽然稍嫌琐屑,事实上,却颇当必要。这就是《北京人》的写作时期问题。曹禺《戏剧集》的出版次序,第四部是《北京人》,第五部是《蜕变》,而出版的时期,同在民国三十年,不过《北京人》是十 月,《蜕变》是十二月罢[1]了。然而,据巴金给《蜕变》写的后记,在他写后记的二十九年十二月,《蜕变》已经有了油印稿本不算,而且"剧中人物和故事已经成了各处知识分子谈话的资料了"。但是,《北京人》却还没有写出。巴金说:"《雷雨》是这样地感动过我,《日出》和《原野》也是。"又说:"六年来作者的确走了不少的路程。这四幕剧本就是四方纪程碑。"这自然没有《北京人》被计算在内了。根据这篇后记,尽可以断定《北京人》的写作,当在《蜕变》以后的民国三十年内。

在写过《蜕变》以后,又转回来写《北京人》,本来有点可怪,为什么我要说极不足怪呢?这是因为曹禺一向的创作态度使然,也是他的生活态度必然要产生的结果。本来,由《雷雨》出发,到《北京人》,是曹禺剧作的正常发展道路,《日出》是走向另一条大路的突出,然而,到了《原野》已经沿着纵线走了往回转的道路,这中间插入《蜕变》,好像又向《日出》的方向迈了一步,却因为终于看不见真正的阳光,于是又回到了《雷雨》的旧路,自然,并不那样完全地回到《雷雨》的旧出发点,没有充满《雷雨》里的那种"雷雨"——神秘运命的思想,却变成事实的无可奈何,人性的不可救药的悲剧了。拿曾思懿跟周蘩漪一比,不难看出这是一种性格的发展,昔日的周蘩漪,正可以成为今日的曾思懿。曾文清之于周萍,也似乎有一种血缘关系的一样。只是《雷雨》里的鲁大海失了踪,另外出现了作为象征的《北京人》而已。

在《蜕变》以后,回头来写《北京人》,这真正是一件可以惋惜的事情!这不但在作者有悲剧的意味,同时也是我们时代的不幸。这一方面是作者在《蜕变》方面的艺术失败,另一方面也证明,在我们大后方的所谓《蜕变》,只是一种表面的现象,并非真实如此,是雨中的虹,并不是阳光的真正出现。

由曹禺这十年来的艺术发展,反过来看我们这十年来的社会变动:由曹禺写作的道路,来看我们社会变动的方向,是深为使人感到一种黯然的,这中间又岂只一种惋惜而已!

---

① 原文为"吧"。

二

曹禺先生的艺术水准是相当高的，而且，可以说，他就有意要跟近代欧美资本主义社会的作家相抗衡。然而，这却并不是一种真正的成绩，这不但不能说是中国艺术界的光荣，对于曹禺个人也埋伏下一种祸根，始终在他的艺术发展上作祟。姑无论他的这种努力，有些勉强，就是很自然地达到了这种程度，也是我们社会里的一种变态的现象，一种畸形的发展。而且，这终于是没有前途的，除非中国就始终不走上真正独立解放的道路，这正跟“协和大楼”的高耸在北平东城一样，一般都称为，这是东亚第一，设备最完善的医院，治好的病人也自然不少，然而，那不是我们社会发展的成果，好像天外飞来的一种奇迹，在我们这落后的社会里炫耀人的眼睛。在沦陷后，跟那自夸为东亚第一的上海虬江码头，东亚第一的南京制片厂等一样为敌人所利用，就不用说了。你想，中国任什么都落后，只是一个医院，一个码头，一个制片厂那么突出，那能表示中国的进步吗？

说起来，是可耻的。在当时，中国越是走上快由半殖民地沦为真正殖民地的道路，在一些有高度知识水准的学者当中，越发达一种变态心理。作学术研究，不肯低下头来看看中国学术界的贫乏状态，却要在那里跟外国学者比美，有一篇学术论著刊载在外国杂志上，就可以荣耀一世似地。中国学者的学术论文，一般地是用外国文写作，跟外国的学术机关或是团体交换，这就是成绩！办学校要赶上外国的著名大学，这自然只是一种梦想，结果，并不是成绩有外国著名大学那么好，而是处处都变成外国的。学生读外国书，说外国话不算，并且开外国玩笑，至于先生，都有明明是参考的中文译本，却藏在抽屉里，故意改几个不常见的译音，表示他是直接从外国书得来的之[①]类的现象。这并不可笑，实在可悲！当时北平的大学里，有一二知名的名教授，发过作官要作外交官的名论；也有一二知名的名教授，只有他真正是外国人的时候，他的学识才算有意义的。这种现象，无以名之，姑且称之为没落的个人主义吧。

曹禺是由“南开”到“清华”出身的。“南开中学”，我们都知道，在北方话剧的运动里，是开路的先锋，比陈大悲那个脚色，在北平作话剧运动要早得多，自然，初期是属于文明新剧的一类，像《新村正》等，曾流行一时，影响很大。“南开”是每年在开纪念会时，一定要演一次新剧，这不但哄动天津，也给许多学校以很大的激动。然而，老实讲，“南开中学”可以说是最为青年会式的学校了，在当时。

至于“清华”呢，那名重一时的“清华大学”，毫无攻击的意思，也毫无偏见地讲，那是正像“协和医院”在北平城内辉耀一样，在“清华园”形成了另一个世界，在中国人

---

① 原文为“文”。

看来,那真是所谓“别有天地非人间”。“清华”的外文系主任,他的剧本就是用英文写的,他比一个在中国住久了的外国人,还更是外国气派。对于中国社会,他的关系之浅可想而知。

一个中国学者,要跟外国学者站在一个水平线上,这当然不是坏事。然而,抽象地要站在外国人一起,忘记了自己的社会,自己的社会现状,这是于社会,转而于自己都有害处的,虽然并不能说就完全没有好处。特别是关于文艺方面的事。

这自然不限于“清华”:当时北平各大学的外文系,所有的文艺理论,我都采自欧美的资本主义国家,笼统地崇拜那些所谓伟大的批评家,并不管那些批评家的理论根据是什么。对于伟大的作家的作品,更是笼统地崇拜,不管他们立场相反对,也不管他们的内容相抵触,都是一视同仁地来爱好。这在别的学术部门似乎很少有,而在文艺范围里却是平常的现象。在文艺批评理论里,就是以十九世纪的现实主义为基础的,也往往要取来一点古希腊的“运命”,调和一些文艺复兴时代的“性格”,加上一点十九世纪初期的浪漫热情,再渗入一些十九世纪末,二十世纪初的神秘象征,这然后才算够味。你以为现实主义的艺术好吗?他却以为必须要带点象征主义的神秘,才够深度。你在写些现实的社会问题吗?他却以为一定要在这里边透露出古希腊的运命问题,才不浅薄。这明明是不合理的,在文艺批评里,反以“高明”的姿态出现,而且到处得到“高明”的评价。这在当时的北平,就最流行。曹禺就在这种空气里培养成他的艺术,他的艺术思想,因此,造成了他的高度艺术水准,也造成了他艺术上的一些缺陷,假使他不能自觉地认识到这一点,是无可补救的缺陷。

散文

有人批评曹禺,说他的意识不正确,思想有问题,这未尝不对,不过,在曹禺听来,一定颇为不平,也许还会起很大的反感。这是因为什么呢?我认为,也是由他对艺术的见解所致。他是认为艺术就是艺术,与思想不相干,或者就不算不相干,而作者的思想也不至于妨碍他的艺术创造。这自然说的是社会思想。他在《雷雨》的序里说:

“我初次有了‘雷雨’一个模糊的形象的时候,逗起我的兴趣的,只是一段情节,几个人物,一种复杂而又原始的情绪。”

这里边并没有什么思想的问题存在。

曹禺没有思想吗?绝对不是的。从来就没一个没有思想的艺术家。不过,曹禺的所谓思想,是艺术家的思想,并不是思想家的思想。有人一定觉得奇怪,以为我在玩弄名词。思想就是思想,有什么艺术家的,与思想家的分别呢?然而,在许多从事艺术的,他们心目中却有这样的区别。他们认为思想家的思想,反倒有坏影响加在艺术家的身上:这种分析的思想,是能冲散创作的气氛,减低写作的热情的。那么,什么是艺术家的思想呢?他们说,那就是智慧。就像曹禺在《日出》的跋里所说的,他那样苦苦熬煎,想寻求的也只是“一条智慧的路”而已。所以,你要是提出什么思想,什么意识的问题去批评,甚至攻击曹禺的时候,他一定认为是“文不对题”。他会说,外国的那个大作家,思想能无问题呢?托尔斯泰的思想,不是最成问题的吗?然而,并不妨害他成为第一流的伟大作家。就是萧伯纳、易卜生的思想,也不见得不生问题的吧!这话你能说不对吗?但是实际又并不对。关于托尔斯泰的思想问题,我们不必在这里谈及。不过,谁说他的思想,没有妨害到他的艺术上呢?我相信,要不是思想有问题,他的《战争与和平》的最后一部就不会写得那么蹩脚,这又岂止“白圭之玷”而已。要不是思想有问题,他的《黑暗的势力》的结局,会更真实,更自然得多的吧?思想问题,要直接影响到作者对于社会的认识和了解的,这自然也就直接影响到他的作品上来。再来看看易卜生和萧伯纳。易卜生就因为思想有问题,他的《群鬼》才有那样严重的错误。他的医学知识不足,据医学研究,并没有那样遗传的一种脑腐病,所以,他把《群鬼》写成那样歪曲的一种局面,说是儿子受了爸爸的遗传,虽然母亲从小就把她的儿子送到巴黎去,不让他受一点他爸爸的荒唐影响。结果,爸爸死去多年以后,儿子回到家里,却作出了他爸爸生前作过的那种荒唐举动,去爱恋而且在食堂里吻抱家里的女仆,这个女仆正是他爸爸的私生女儿,最后,病大发,悲惨地死去了!易卜生认为这都是脑腐病遗传的结果。实际上,恐怕反是因为当母亲的,硬把一个儿子送到巴黎,在那里学习美术,一群美术家生活荒唐的结果,不能归之于遗传。就是萧伯纳那部当时最为哄动的《人与超人》也正受了思想有问题的累不浅。

这自然是附带谈谈,并非正文。现在我们还是回到曹禺的思想问题上来看看他的社会见解与艺术见解究竟怎么样吧。

三

我们要就曹禺的戏剧来研究一下,看看他的思想问题,是不是影响到他的艺术了呢?就是说,他对社会的认识与了解,是不是影响到他的作品内容,而且,他的对于艺术的见解,是不是也影响了他的作品的艺术了呢?

我的回答都是肯定的。

我们先谈几个枝节的问题。

先不说内容,但就曹禺《戏剧集》的外观来谈谈吧。你看到这样厚厚六册的戏剧,自然要对于这位作家起一种敬意,感到这位作家对于艺术可谓忠实努力的,同时也觉得他对于中国戏剧界的贡献实在非常之大。可惜,现在战时,印刷如能精美一些,当更能唤起人的爱慕。谁不爱书,又谁不爱好的作品?再翻开一看,每部都在三百五十多页到四百来页之间,是那么整整齐齐的。然而,仔细一想,再把自己看过上演的经验联系在一起,就觉得每部都有过长之嫌。我在内地看过上演的,有《原野》,有《日出》,有《北京人》。布景比较简单的,像《北京人》,因为三幕都是一处地方,也要四、五小时之久,《原野》和《日出》都演到五、六小时以上,而《原野》还是把第三幕给删掉了三场!

这除去完全无所事事的人以外,对于任何职业,看起来都是一种损害,而且在戏院坐得那样久,也未免时间太不经济,精神过于疲劳。写剧本不受上演时间限制的,从来就没有。为什么希腊悲剧的长短都差不多,伊丽莎白时代的戏剧也都差不多长短呢?这都是上演时间限制的结果。中国社会是一种病态的,有许多人的生活,实在太游手好闲了,特别在大都市里,因为工商业的畸形发展,造成了一些整天无所事事的人,至于太太小姐、公子少爷之类,更特别多。一坐到戏园里,起码六、七小时不厌,反正,坐在家里也是打牌扯淡,在戏园里,同样可以吃瓜子,谈闲话。所以,对于戏码要求多以外,还要求脚本要长,不但要长,而且要求接连不断。这样的观众,对于现代那种精彩而又经济的独幕戏,当然不会领略,就是只演两三小时就完的长剧,也似乎有点不大过瘾。反倒对于曹禺的这种一演五、六小时不完的戏剧,感到满足。曹禺的戏剧,在大都市里特别受欢迎的,这也是原因之一。然而,我却认为,这也是曹禺戏剧的缺点之一。

这种拖长,不但内容有许多琐碎,或近于重复的地方,有碍艺术的效果,有些不必要的场面,反倒破坏了剧情发展的不算,实际也有些地方,近于勉强凑成。而且,一个作家苦心经营的作品,到上演的时候,要交给导演去随便删节,也未免伤心。《日出》的第三幕,在上海初次演出就被删掉的事实,是谁都知道的。而《原野》的第三幕,也被删掉第二、三、四景的时候居多。至于《雷雨》的序幕与尾声,更简直是一种累赘,我认为。

曹禺先生,为什么一定要写得那么长呢?虽然他在《雷雨》的序里预期给我们,要叫《雷雨》"经过一次合宜的删改";却只见他的剧本越写越长。这都是为什么呢?我认为,恐怕这也是要跟欧美作家比赛的一点证明:争短长。也许有人以为我是跟曹禺开玩笑,特意对他挖苦。其实不然。许多作家都有这种近于孩子气的心理的:要跟外国某作家比年龄,比创作册数,比篇幅长短,这并不可嘲笑,而是一种很有趣的心情。自然,这是不必要的一种缺点,并非长处。

由长短问题,我们再来谈谈时间和地点问题吧。

我们翻看曹禺的六部长剧,除去《北京人》外,其他都没有注出一定的地点。自然,从剧情里,我们可以看出:《雷雨》是发生在天津的事情。《日出》也是天津,尤其是第三幕的地方色彩特别浓厚,虽然陈白露及其周围的人物更像在上海那样水里的游鱼,而所谓金八的也在上海那种地方才更能发挥出他的支配一切的势力。《原野》就无法确定。照剧情说,应该是河北省沿铁道的乡下,也许就在天津附近。不过,这样一个上不着村下不着店的地方,给读者的印象,好像王三姐所住的寒窑,不像是焦阎王那种强横霸道的土豪小军阀的住宅。《家》,自然应该是成都的。最成问题的是《蜕变》。第一幕第二幕的后方某小城,据所描写的背景来看,有点像是四川的外县,然而,按剧中的情节,又像在安徽、江西一带,因为有伤兵是"从宣城前线下来的",又像是在山东,因为谈到梁专员"查维县(这当然不一定就是维县)的时候怎样",发警报的时候又说,“说有五架日本飞机过了黄县”。第三幕,前线的后方,某县城中,这显然是在山东。“我们军队要在端阳节左右攻下黄县。”梁专员派谢宗奋“赶到济南府去办金鸡纳霜”。然而,战事情况,又并不像是在山东。第四幕的后方某大城,当然是重庆了,然而,丁昌伤得那样重,不知是怎么能从山西战场回到这么远的后方来。

从《原野》和《蜕变》两部剧看来,我们觉得曹禺对于地点问题,似乎另有一种见解。《原野》的地方性有点模糊,《蜕变》就有点凌乱。我想,他的意思,恐怕是认为:剧情是剧情,地方是地方;剧情发生的地方,只是一种假定,并没有必然的关系,假定发生在什么地方都可以。这是一种错误的见解,虽然有这种见解的并非曹禺一个人,对于创作的地方性持这种态度的,也并不是自他开始。我们当然不必过分地强调地方的因素,但是,剧情的发展,却难脱地方的限制,特别像中国的各地方,社会的发展是这样不平衡,换个地方,好像到了另外一个世界一样。不用说《原野》那样的故事,不是在任何地方都会发生的;就是发生了,演变以及结局都会不同。至于《蜕变》的情节,这是大家都知道的,在抗战初期的所谓“蜕变”,因为地方不同,形成极端不同的发展。一个医院,决不能抽象的,在任何地方都一样地“蜕变”。显然地,这个医院的“蜕变”,梁公仰专员是直接的推动者,丁大夫是中心力量。但是,丁大夫并不是任何医院都会有的大夫,而梁公仰也不能用他一个人的力量去考察并且改组一切的医院。就这一点,都要受到地点的限制。而且,舞台固然不免有象征的性质,却也越能合于具体的现实,越生效力。中国旧日就有“诌书理戏”那样的话的。虽然是在舞台上,也不能随便就把一个受重伤的游击队长,从山西送到重庆来医治。至于前线情形的发展变化,更没有一次是抽象地,不受地方条件的限制。这似乎不必详加论列;然而有些反倒是艺术修养水准高的,另外有一套理论在那里支配着他们的见解,一定不以我的话为然。辗转相承,这对于文艺的本身是一种损害,同时也有很不良的影响,对于学习文艺的青年朋友。

连带地,对于时间的问题,曹禺似乎比对于地点,更为不加注意。因此,我们对于他的戏剧情节发生的时间,都有些模糊,不十分容易确定,而且发现有些显然矛盾的地方,他的六部剧本,只有《家》,注明时间是在“北伐以前”,《蜕变》按幕注明年月,其他的四部,都很难确定情节发生的年代。我们只能大致推定,《雷雨》是“五四”后,北伐前,约同于《家》的年代,所谓十年后的序幕与尾声,我们也就姑且认为是曹禺写作的民国二十二、三年前后。不过像他在剧里所写的那种家庭生活情况,似乎比这个时代还要早几年,而矿工罢工的情形,在历史上,也似乎跟周朴园的那种家庭情况,不属于同一个时期。《日出》的情节,倒正是“一·二八”以后的情形,但是,就在方达生样人物的身上,都找不到一点点当时国难的影子,也未免太失之于抽象化了。《北京人》应该是北伐后,“九一八”以前的事情。至于《原野》,简直就无法断定情节的年代。我以为,其他的剧本,曹禺的心目中,大概都有一个假定的地点与年代,惟独对于《原野》,

恐怕不但是地点不确定,而年代也难免有点模糊的吧。

一个作品①的产生,以及小说、戏剧情节发生的年代,是比地点更须要有确定性的。中国自"五四"到现在,这短短的二十五年当中,社会上起的变动太大了,而且在这些变动中间,是每次变动都各有不同。同一样的事情,发生在北伐前和北伐后,已经要情形不同。假使我们要真正了解一件事情的意义,非跟这件事情发生的年代联系起来,是不容易把握的。自然,这同时,也有地点的问题存在。就以恋爱故事来讲,你看看,在"五四"以后的几年,不用说跟现在来比,就是比起北伐时代,该有怎样的不同吧。每一件事情,都要从它发生年代的社会情形上,来确定它的发展路径。自然有人要说:"无论时代怎样地不同,人总是人,人性是不会变的,在什么年代还离得开所谓悲欢离合,喜怒哀乐的吗?什么年代不同样地有爱有憎,有生有死?"对于一个心里着上了这样迷的人,是像平常所说的"秀才遇见兵",有理也讲不通。虽然道理很显然,却没有方法叫他明白,更没法叫他从此就恍然大悟,豁然贯通。他不知道,人虽然总都是人,而所以为人的内容是每个时代各有不同:封建社会里的人跟资本主义社会的不同,资本主义社会的跟社会主义社会的又不同。就是中国平常最爱称道的"不薄今人爱古人"那句话,无论说的多么圆转,多么含蓄,却一见就可以知道,今人与古人,虽然同样还都是人,而所谓"今人"的跟所谓"古人"的已经是大有不同了。更显然地,工人与农人不同,工农又与绅商不同。不用说,贫人与富人不同的话,就是同一个人,今天很穷,明天富了以后,不是马上就有所不同了吗?工农的喜怒哀乐,跟绅商的喜怒哀乐不同,受国难穷的悲欢离合,难道会有些许相同于发国难财的悲欢离合的吗?一个时代的爱憎跟另一个时代的爱憎就各有不同的内容与结果。

话似乎说得太远了,其实不然。我的目的并不是要枝枝节节地挑剔曹禺先生的毛病,实在是想借此校正一下,一直到现在还有人信奉的错误观念罢了。而且,就以曹禺艺术态度的谨严,却因为时间观念的不明确,也连带地造成了他写剧技术的缺陷。

以《北京人》来作例证吧。

年代我们不必去管了,《北京人》的第一、二幕都是中秋节那天发生的事情。因为这一天是中秋节,曾家才请他们的房客袁任敢父女来吃饭,同来的还有代表"北京人"的巨人,一个修理卡车的机器匠;因为是中秋节,陈奶妈才带她的孙儿小柱来拜节;因为是中秋节,许多债主才来讨债,这位"北京人"才有机会挺身而出,拳打脚踢地把讨债的给打跑。这些事情发生在中秋节很合情理,并不勉强。但是,却一定要久困家中的大少爷曾文清在这一天,北京人惯常爱说的"大过节的"这一天出去谋事,仿佛这一天没有走成是一桩罪过似的,却有点勉强。为什么一定要在过节这一天出门呢?中秋节在旧习惯是个团圆的日子,中秋节的赏月,在北平也是一件盛事,在外面的人,往往

① 原文为"作家",据《杨晦文学论集》,北京大学出版社 1985 年版,第 119 页,改为"作品"。

都要赶回来,像曾家那样的家庭却偏偏择定这样一个日子,叫大少爷出门,而且又是虚无飘渺地只是出去谋事,并无日期的限制,未免不合情理吧?就是把江泰放在派出所里住一夜,恐怕也是为的要他第二天早上才出台的关系。其实,他临出去的时候,他的太太曾文彩是交给他三十元钱的,虽然他已经醉醺醺了,似乎不必再在洋货铺子里偷一瓶白兰地酒,因为,那时候在北平,普通的白兰地不过二、三元钱一瓶,而已。

另外,像《原野》的第三幕,仇虎陷在黑林子里,为种种幻象所缠,却那样整整齐齐地每景要经过一小时,也勉强得很。不过是,为的由半夜度到早上,要遣去这几小时的时间罢了。而且,一般的情形,在秋天,早上四点半钟以后,是已经鸡叫天亮了的,已经不该叫仇虎的幻象再继续地把他给缠下去了,不必列举六点钟以后。

为什么会这样的呢?恐怕也是曹禺对于时间的观念造成的吧?

这实在够琐碎了,但是,我却还有更琐碎的问题,在这里要提出来。

我们翻着曹禺剧本的人物表,发现一个很有趣,也很值得注意的问题。

我们先从《雷雨》看起。周朴园姓周,是当然的,可是他的太太也姓周,周蘩漪。鲁贵姓鲁,他的太太也姓鲁,是鲁侍萍。

《原野》的人物表里,花金子是焦花氏。

《蜕变》里,丁昌的母亲,是丁大夫。

《北京人》里最显著了。曾文清的妻子是曾思懿。曾霆的妻子是曾瑞贞。倒是江泰的妻子还是曾文彩,不作江文彩。

这似乎是无关重要的小问题的,然而,却实际关系很重要。我觉得,这是曹禺先生不自觉地流露出他的不能突破的封建意识。我当然知道,在中国的社会里,残存着许多的封建习惯,女人在夫家,没有地位,不容她把自己的姓拿出来,冠在她的名字上面,然而,一个剧作者的列人物表,是不必把一个女子的姓给取消,取用她夫家的姓的吧。何况在作者写作这些剧本的时代,较比进步一点的家庭,作妻子的,把自己的姓冠在自己的名上,已经是很通行的习惯。至于像丁大夫那样一位受过高等教育而又有自由职业的女子,当然不会再把她夫家的姓冠在她的大夫之上的。一般的情形,夫妇同业医,在招牌上各列自己的姓名,也是最为平常的现象。或者丁大夫的儿子就随她的母亲姓丁,他的父亲并不姓丁,这样的事也是有的;不过,按曹禺的习惯说,我们却不免要断为丁昌的父亲姓丁了。

四

一个作家,最可怕的是不自觉地在受某种观念,某种传统的支配,而又不自觉地表现在他的作品里边。

这也是艺术家认为最高的境界的,就是说,他的创作,是在一种忘我或者无我的状态下进行的，灵感来了，正像扶乩的人一样，自己意识并不明了地写出了他的诗句——谶语。关于这类的故事，在文艺史里很多。我不愿意说这是诗人在说谎，在夸大其词地自欺欺人。我愿意承认，这种创作的灵感发作，或者依照精神分析学家的说法，是下意识的活跃。不过虽然承认这中间往往会有意外的成绩表现出来，也正容易使一个文艺作家往往坠入传统的泥淖，或是不自觉地走入迷宫。

到这里，我自然地要谈到《雷雨》的序幕与尾声了。

曹禺先生是那么看重他的这个序幕与尾声的，他希望“有一位了解的导演精巧地搬到舞台上”。他自己说明他的用意：

> ……是想送看戏的人们回家，带着一种哀静的心情。低着头，沉思地，念着这些在情热，在梦想，在计算里煎熬着的人们。荡漾在他们的心里应该是水似的悲哀，流不尽的，而不是惶惑的，恐怖的，回念着雷雨像一场噩梦，死亡，惨痛如一只钳子似地夹住人的心灵，喘不出一口气来。

我没有看过《雷雨》的上演，不敢盲断这个序幕与尾声，是不是真能发挥这样的作用，造成他“所谓的‘欣赏的距离’”，发生像“希腊悲剧 Chorus 一部分的功能”。但是，就剧本来读，我觉得，实在是个累赘，等于画蛇时所添上的足一样。而且，我读了以后，却使我带着一种悲哀的心情，放下了这部剧本，“低着头，沉思地，念着”中国半殖民地的命运！在这样一个留过学，镀了金的官商家庭里，爆发过一阵“雷雨”之后，却只有死的死（四凤，周萍，和周冲），逃的逃（鲁大海），疯的疯（周蘩漪），傻的傻（鲁侍萍）；而当时爆发“雷雨”的家宅，却只有卖给外国传教士在中国所建立的教堂，作附设医院，而且要合唱颂主歌来慰死者于地下，慰生者于疯傻状态中，岂不悲哉！而我们的作者却正想要用这样的颂主歌，来造成“欣赏的距离”，来发挥“希腊悲剧歌舞队”一部分的功能，能不使人心里像“水似的悲哀，流不尽的”吗？

照我的假定，《雷雨》故事的发生是在民国十一二年前后。这时候，虽然一方面，因为欧战的影响与刺激，民族工业正在抬头，然而也只限于面粉纱厂之类的轻工业；另一方面，因为军阀的割据局面，助长了封建残余势力的活跃，许多煤铁之类的采炼，承袭所谓“官督商办”的传统，多把持在封建官僚，或所谓官僚资本家的手里，使采矿炼冶的事业，多陷于停顿状态，或在官肥矿瘦的亏本状态下拖延着，特别是在北方，北洋军阀以及封建余孽的大本营，这种情形最为显著。甚至于到北伐后，这个旧葫芦还在依样地画着，不过越画越更不像原样而已。我想，周朴园，就他所经营的煤矿说，至多不过是这样的一个官僚资本家罢了，就算不是官督商办矿里的官。我们要对所谓官督商办加以解释呢，所谓“官”的，自然是一种封建势力，不过却往往到外国镀过金的；而所谓“商”呢，却多半是洋商，或准洋商的买办之流，于是成为典型的半封建半殖民地的事业！

我们转过来看看周朴园，不正是一个典型的封建人物，所谓官商的吗？他的家庭不也正是一个跟他一样镀上金的封建家庭吗？无论是周蘩漪，是周萍，或是周冲，并且余势波及到四凤身上，都是在这样的封建家庭里所演的悲剧。这正是一个血淋淋的现实问题。虽然社会上，曾经掀起过“五四”运动那样大的波澜，在周朴园的封建势力下，只造成了一个朦胧地追慕着（并没有追求的）一种模糊的理想生活，模糊地爱慕着，机会上在他家里有个四凤，他就模糊地爱起四凤来的周冲。这是“五四”以后，北伐以前并不算不普通的现象，在当时写的恋爱故事的作品里，就可以看得出来。另外也产生了一个鲁大海——他的要求是强的，力量也是有的，然而，还没有组织，没有正确领导，只是凭着爱憎行事。他爱他的妹妹四凤，希望他的妹妹不要忘记她自己的出身，跟他走同样的道路，然而，他的妹妹却正在官僚资本家的环境里中了毒，她做了她的大少爷周萍的爱人，还希望做大少奶奶，她爱慕的是住洋房，坐汽车，穿丝袜，涂口红。这当然使鲁大海非常地痛苦，他痛恨那压迫他们，榨死他们，并且诱惑坏了他妹妹的周朴园那一家，无论大小，不分好坏，就是有好心肠，出于善意的周冲，也逃不掉他的仇恨！然而，这又中什么用呢？他们的矿上罢工，他被他同来要求条件的代表所出卖，并且被矿上开除了。他的妹妹也跟他分了手，要参加到他仇人的队伍里去，过腐化的生活！他当时可以去拉人力车的，然而，他的工人的前途，他的工人运动的前途，没有了展开的希望。没有组织，没有正确领导的工人运动，一时也只能有这样的下场吧！而周冲呢，那样朦胧的理想，那样模糊的爱情，随便地一阵风就可以给他吹散，更无论这样大的“雷雨”了；然而，他的死亡，他的追随四凤而死，却是作者过分强调的，我认为，他不该那样热烈地死的，假使他就那样地自然发展下去，正是方达生一流的人物。

至于这个悲剧的主角周蘩漪和周萍，才是这个封建家庭的真正牺牲品。他们都想突破这个封建的窝巢，却都找不到门在哪里，连窗子都摸不到，只是在里边东撞西撞，拿爱情当作指路的明灯，实际上却只是飞蛾所投的一堆火罢了。他们的遭遇是不但悲而且惨的！

这都是多么现实的现实问题！我们的作者，却一定要写成希腊悲剧样的，认为是人类无可逃避的“运命”，拿性爱和血缘的纠缠，来作悲剧的结子，大可不必。

周蘩漪为什么会有那么“尖锐”，那么强烈呢？难道说，在那样封建的家庭里边，“监狱似的周公馆，陪着一位阎王十八年了”，还没有被摧残得生命衰萎，会有那样强烈的力量，像饿鹰似的捉住周萍不放吗？要知道，这种封建家庭也带着半殖民地性的，“监狱似的周公馆”，却是改良的文明监狱。而那个被周蘩漪给叫作阎王的周朴园，却只是一个阎王的身份，阎王的地位，摆出阎王的架子与威风来，并不能行使真正阎王的权势。在一副阎王的面孔下面，要讲他的旧礼教，也有一颗不能完全泯灭的心，他不能忘情于为他作了牺牲的侍萍——一个昔日四凤身份的人物，不但她为他所生的儿子，名字叫作萍，在纪念他的母亲，这个周萍时时在刺激他的良心，唤起他的旧情，他甚至连侍萍当日顶喜欢的家具以及爱在夏天关上窗户的习惯，都保存着。他对于蘩漪，只是一种隔膜，有时候表现得近于冷淡，这中间一方面使蘩漪感觉到寂寞空虚，一方面却也任她的热烈的情感，不曾满足的强烈要求自生自灭，不曾有意地摧残过。而且，因为他的事业心重，不常在家，又为礼教的空架子架住了，反倒使繁漪的热情，在闹鬼的烟幕下，在周萍身上，得到不正常地，变态地发泄的机会。这并不是什么不可知的力量在支配，也不是什么不可逃的运命在主宰；这是人类很正常的要求，却被逼得作不正常的表现。这不是人类的可怜处，弱处，实在是人类的可贵处，强处，因为既然是一个人，谁不要求，谁不应该要求真正爱，真正地活着呢？可惜地，是她的这种爱，既违反了社会的伦常道德传统，也违反了自然的生理常态，社会上不容许她的爱情正常地存在，"自然"也无法使她的这种爱正常地发展。周萍是迟早会厌弃她的，他的生活一向前进展，她就会成为他的累赘，妨害，而她对于他所能生的爱的吸引，也会一天一天减淡以至于无。周萍的转而爱四凤，与其说是伦常道德的力量驱使他转一个方向，另找一条出路，倒不如说是对于蘩漪的厌弃，而四凤更富于青春的诱惑力，较比正确一些。所以，蘩漪的悲剧，在她的限度内，是无可逃避的，这都是铁一般的事实给她筑成了冷森森的一座坟墓，等着把她埋葬了而后已。她的捉住周萍不放，那是她生命的最后挣扎，正跟一个人临要淹死的时候，就是对于救他的人也一样捉住不放，以致于同归于尽的情形相似。没有四凤跟周萍的血缘关系——异父同母的兄妹，周萍也难逃出这种事实与感情的纠缠的，除非采取社会上的伪善态度，也许可以把这个局面，敷衍过一个时期，听候自然的裁判吧。

就《雷雨》的序看，就曹禺对于《雷雨》的序幕与尾声那么坚持，不肯割爱看，都可以证明，像他认为"雷雨是一种感情的憧憬"一样，希腊悲剧才真正是他的"憧憬"。所以，那样眼睁睁的现实问题，他却一定要强调"雷雨"，强调不可知的力量，强调不可逃的运命；明明是易卜生《群鬼》一类的题材，却一定要掺杂上古希腊悲剧里的那种血缘纠缠，而且一定要加上一个序幕和一个尾声，要发生希腊悲剧里歌舞队的效用。其实，歌舞队在希腊悲剧里，正是悲剧发展的不成熟现象，并非艺术的最高成就。自然，在《群鬼》里，因为当时科学的机械论，生物学上的遗传学说，近似定运的悲观主义了，使易卜生受了时代的限制，造成了他的艺术上的缺陷，非现实的写法。我们从这里，更可以证明曹禺的社会思想，限制了他对社会现实的认识与了解，使他歪曲了事实的真相；因为他的艺术思想，使他在艺术上的努力，取了不进步的方向，要由二十世纪的中国，回到纪元前的古希腊去。他迷恋悲剧；他妄想造成"一种哀静的心情""欣赏的距离"，要观众在心里荡漾一种"水似的悲哀，流不尽的"。这是他的写作目的。然而，我们所要求的，正跟曹禺的"用意"相反。我们不要"一种哀静的心情"，不要什么"欣赏的距离"。我们所要求的，是对于现实的认识与了解，是要作者指示给我们，这个悲剧的问题在那里，这个悲剧在我们现实生活里的意义和影响，并且希望得到作者的指示：我们要怎样才能解决这个悲剧的问题。我们要求的，是在心里得到了一种认识，增加了一份解决现实问题的力量:我们要由了解而进为一种行动。我们决不能容许在心里荡漾一种水似的,流不尽的悲哀,因为我们走出剧场以后,到明天,各有各的事情要做,各有各的社会实践,我们不能那么理想地浸在一种流不尽的悲哀里去。所以,在我们看,这个十年后的序幕与尾声,是一种累赘,一种蛇足;而且,我们在感情上,在理智上,在事实上,都不愿意欣赏那种充满殖民地气氛的礼拜堂,那种颂主歌;都不相信在一个家庭的"雷雨"爆发以后,会只剩下一个疯,一个傻的两个老太婆住在医院里,领受姑奶奶的招呼;都不容许只留下一个官僚资本家的周朴园,在这种充满殖民地气氛的医院里进出。至于那两个小孩,来作这种凄凉的点缀,更是目不忍睹的了!

五

继《雷雨》之后,曹禺写出了《日出》,这是一个极大的进步。他已经由一个官僚资本家的家庭悲剧,进而来写大都市里的社会悲剧了,这当然只是半封建半殖民地的社会;已经由"雷雨中渺茫不可知的神秘",来写"一种可怕的黑暗势力"——金八,虽然作者也认金八为"无影无踪,却时时在操纵场面上的人物";已经由"一种感情的憧憬",来求现实问题的解决。《日出》,在曹禺的剧作中,是最富于现实性,最接近真实的一部。他在这里,已经突破了他的艺术思想的局限性,可惜,他对问题的解决,乞灵于《老子》《佛经》《圣经》以及那些"被认为洪水猛兽的书籍",不向社会本身去求更深一层,更进一步的认识与了解,不求助于最进步的科学著作,以致于他的思想停滞在"五四"时代"劳工神圣"的观念上,拿为大丰银行盖大楼,替潘月亭作骗人幌子的砸夯工人代表着光明,不免陷于幻想的幼稚病,实在比方达生的思想见解,进步不了多少,也具体不了多少。

然而,这中间,究竟是接触到了社会的现实。

我们当然都记得,在《日出》写出和演出的期间,是正当世界的经济危机之后,全世界都闹着经济恐慌的时代,日本帝国主义也就正在这个时候加紧了对中国的掠夺与侵占,于是有"九一八"事变,有山海关的炮轰,有《塘沽协定》的缔结。这时候,中国自然也陷于经济恐慌的状态,特别是沿海的大都市,像上海、天津等处,商业萧条,工厂停工,银行倒闭,地产跌落,到处是恐慌失业,于是都想投机侥幸,大做公债。于是也就有人专门在操纵公债市场,买空卖空。潘月亭就是在这样的形势下,希图拿投机来转移他所经营的大丰银行的危机,结果,在金八的操纵下,遭了惨败。这中间,连带地使许多人落到悲惨的下场。过寄生生活的陈白露,于久经风尘之余,在经济恐慌下,又失掉凭依与接济,吃了安眠药自杀了。一个大丰银行的小职员,黄省三,被裁员失业,活不让他活下去,死也不准他死。小东西,这个作陈白露陪衬的可怜人物,陈白露在这种状况下,连自已都没法生存,无力自拔,当然救不了她的,终于落到悲惨自杀的结局。至于那些被践踏的翠喜一流的人物,那些都市的泡沫或是渣滓的,像顾八奶奶,胡四,张乔治,也都难逃这种恐慌的碾压。只有黑三之流,作金八爪牙,助恶逞凶的恶棍,和拾点残余,揩点油水的福升之辈,在这种状况下,会活得仿佛很得意的吧。方达生,在这个环境里,是个闯入者,是自告奋勇,到这里来,要把陈白露给救出去的人物,简直是周冲的后身,对一切都是梦一般朦胧模糊,既然不认识社会是怎么一回事,也不了解自己能干些什么,至于那些在金八的黑暗势力下颠来倒去,浮起沉下的人物,在他看来,就跟走马灯差不多,他当然不明白他们是在做些什么了。这中间,最惨的是黄省三,惨得可怕。最有意义的是李石清,这个小市民的公务员,在这样惊涛骇浪的社会海里,他居然那么大胆,那么勇敢,哪怕自己只是虾米,小鱼的身份与力量,他也要带着血迹地挣扎,奋斗,他要爬上高处,他要复仇,他要吐气,他虽然又倒下来了,究竟曾经爬了上去,或者说是抢了上去更为恰当一些,是亦悲亦壮的。在这部剧里,不但有那么富于独创性的第三幕,写出那些在铁蹄践踏下,带伤流血的悲惨景象,而且也正面接触到了社会的黑暗面。假使曹禺能循着这个路线发展下去,同时也展开他的生活,从他的书斋,走到社会里去,我相信,他的前途,是不可限量的。可惜,他刚迈进一步,马上又退转回来,他刚展开了他的写作范围,马上又收缩起来;他刚突破了他的艺术思想的局限,马上又重新筑起了一道艺术的围墙。

自然,在《日出》里,也已经在暗中暗示出他的路途,无法再扩大展开出去。因为对社会认识的不能彻底,自然限制了他的艺术的真实性。所谓金八的黑暗势力,虽然比《雷雨》的象征,现实多了,依然是模糊的,近于不可知的力量。实际上,牵着这些人物的线,操纵这些人物的运命的,并不是那样笼统的所谓黑暗势力,而是许多具体的社会问题。在当时,明明是资本主义世界的经济危机,日本帝国主义的加紧侵略,中国的国难,内战,土劣横行,农村破产,都市衰落等等现实问题,造成了许多人的悲运。一个金八的黑暗势力,不太空洞,太抽象了吗?何况就是金八自己也在受着现实的支配与操纵呢?所以,金八的暗中支配与操纵,反而减低了《日出》的真实性。其实,在《日出》里,尽可以不必这样强调金八,仿佛是运命之网似地,他到处都在张着。

曹禺说,他"写《日出》,不能使那象征着光明的人们出来",这种苦心我们是了解的,而且非常之同情。然而,就以砸夯的工人作为光明的代表,也未免近于笼统。这种见解,未免是"方达生式"的了。这恐怕也是一种憧憬的吧。在当时,我们"那帮高唱着夯歌的人们",是遭遇着跟黄省三等差不多同样悲惨的运命。他们也失业,也挨饿受冻,他们也是求生不得,欲死不能,再加上他们还要被出卖,受诬陷,而现在《日出》里高唱夯歌的这些人,同时还被潘月亭捉作骗人的工具,你想,这该有多么惨!工人是有他们的光明前途的,然而,他们的现状是更为凄惨,只有他们在血肉模糊地杀出一条血路以后,才有他们的光明可说。所以说,工人的光明,只是由工人运动得来,并非在那里苦苦地工作,被人榨取他们的血汗,就算是光明。为什么曹禺在写出鲁大海那样的工人以后，反倒对于工人运动的意义更为模糊起来了呢？你看他在《日出》前面，出自圣经的这几句引文——

> "……我们在你们中间未尝不按规矩而行，未尝白吃人的饭。倒是辛苦劳碌，昼夜作工。……我们在你们那里的时候，曾吩咐你们说，若有人不肯工作，就不可吃饭。"

不难了解他的思想线路。他的这种思想，使他在工人运动的意义已经十分明显的时期，使他在写过鲁大海那样的人物以后，却不能进一步去了解，于是，弄得《日出》里的光明也黯淡起来。思想的影响艺术的成就，不是显而易见的吗？

其余，有些枝节问题，也是在艺术上，可以考虑的地方。

陈白露是这个悲剧的主角，是不成问题的。然而，这个人物却有点理想化了，所以，她的自杀，并不十分自然。这影响到对于这部悲剧意义的把握，看到她的死，反倒把她的悲剧生涯的感动性减低了。再确实一点来说，陈白露虽然因为久经风尘，早感到幻灭，然而，她的自杀，恰在那个时候：是债务逼得紧，潘月亭已经破产，无力代她还债，张乔治又露出真面目来，不肯借钱给她的时候。她已经经过多次的挣扎，明知道到明天还是没有办法，没有办法还债，没有办法生活。在没有办法还债，没有办法生活的状况下，她的自尊心自然无法保持，就是在茶役福升的面前都难得维持她的尊敬了，这自然是她所最难堪的，所以，她的自杀，应该是生活无路的结果。然而，作者把她的性格给理想化了的原故，使观众觉得，像这样一个人物，今因为没有钱用而自杀，不大相称。在那个欧化市侩的张乔治对她半真半假地嘲笑说："露露要跟我借钱？跟张乔治借钱？……露露会要这么几个钱用，这我是绝对不相信的。你这是故意跟我开玩笑了。……"这时候，谁能不对这个坏蛋张乔治十二分地痛恨呢？然而，同时也真会觉得，像陈白露那样一个人，怎么"跟张乔治借钱"呢？

关于小东西自杀的问题，因为作者已经有修正的稿子附在后面，这里可以不再谈。

至于黄省三的屡次出场，是李石清的一个对照，也仿佛是陈白露那一圈腐化生活的一种警告，当然有他的意义。不过，过于凄惨可怕的事情，在舞台上，往往会造成滑稽可笑的结果；而且，在这个角色身上，总使人有些什么地方不大自然的感觉，或者也许是一种不满意吧。

然而，无论如何，《日出》在曹禺的剧本里，总是一种突出，是一种值得赞美的成绩。可惜，他不能百尺竿头更进一步，却一下，坠入《原野》的迷离境界。

六

《原野》，是曹禺最失败的一部作品，可以说。

曹禺的戏剧写作史，是一种不幸的记录，不但是他个人的不幸，我认为，也有中国社会发展的悲剧，反映在这里边。

由《雷雨》的神秘象征的氛围里，已经摆脱出来，写出《日出》那样现实的社会剧了，却马上转回神秘象征的旧路。《原野》实在比《雷雨》更富于神秘象征的色彩，《雷雨》里，实际是现实的问题比神秘象征的"雷雨"更占支配的地位；而《原野》里，却把那样现实的问题，农民复仇的故事，写得那么玄秘，那么抽象，那么鬼气森森，那么远离现实，那么缺乏人间味。这简直是一种奇怪现象。粗一看，似乎不大可解。仿佛一个有所迷恋的人，过重 点地说，或者就像曾文清那样，虽然曾经下过极大极大的决心，费了极大的挣扎，算是从他旧日的迷恋里，冲出来了，正像伊尔文在他的《见闻杂记》里所说的，不管他走出了多远的路途，却始终都像有一根线牵着似地，终于还是把他牵回家里去；一回来后，或者觉得他旧日所迷恋的东西，是更可迷恋的吧，所以，比他离开的以前，更加迷恋起来。这可以证明，一个不能在现实生活里实践的人，精神的枷锁，是多么重的负担，多么难以挣脱的呀。

在曹禺自己，也许跟我的这个意见相反，以为这正是他自由《日出》的更进一步。在他的《日出》里，他不是不得已地"硬将我们的主角推在背后"了吗？在《原野》里，为补救这个缺陷，他把主角摆在台上，叫仇虎这个农民来对土豪地主复仇。这或者就是他的象征着光明的人物吧？假使他就这样正面地写下去，假使他能对我们的农村社会，我们的农民革命运动有更深切的认识与了解，那么，他会写成一部有意义有价值的戏剧，或者一部悲剧的。然而，他却为他的思想所限制，他迷恋于神秘象征的艺术表现法，于是把一个现实的问题，给神秘象征化了，他不从现实去了解社会问题，却从现在的社会问题里，得出神秘象征的了解。他把这个复仇的故事，放在他认为充满神秘的"原野"里边。于是，这"原野"就和《雷雨》里的雷雨，《日出》里的金八一样，成为主要的支配的角色，而仇虎的那么现实的复仇问题，放在这样神秘的"原野"里，也就充满了神秘的色彩，反倒跟现实离开，像是雾里看花一样地迷迷离离，模模糊糊起来。这也许就是曹禺所认为的艺术的最高境界吧，实际这是他艺术的最大失败！

一个艺术家，迷恋于一种不正确的艺术思想，或者是不自觉地为一种不正确的艺术思想所潜移默化，使他的思想，他对于社会问题的认识和了解，都受了戕害，被了歪曲，这是一种真正的不幸，可以说。

我们看看，曹禺为的要把这样的一个现实的问题，给神秘象征化，使他对于这个现实问题的认识与了解，该有多么不够，该有多大的曲解，该有怎样地陷于思想错误吧。

我们先来研究一下剧中主角仇虎。

仇虎是个农民，小地主的儿子，他的父亲仇荣，被一个只是作个连长，在乡间却横行霸道的焦阎王，串通土匪头的洪老，绑架去，并且撕了票，这样，仇家的土地就被焦阎王，一个土豪所霸占过去。仇虎的妹妹只有十五岁，也被焦阎王给卖到娼寮去作娼妓，惨死在里边。仇虎被诬为土匪，送在监狱里，整整在里边熬了八年，他的腿已被打瘸。

他的下了定的媳妇花金子,也被焦阎王给他的儿子焦大星夺过去作了续弦的妻子。

在这部剧的一开始,仇虎在监狱里熬了八年以后,自己逃了出来,坐火车,在焦阎王那所"孤独的老屋"附近,从火车上跳了下来。他当然是回来报仇了。然而,这时候,焦阎王已经在两年前死去了。

仇虎不但从放羊的白傻子嘴里知道了焦阎王的死,和花金子的嫁,也用白傻子从焦家借来的斧头,把他脚上的铁镣敲掉,扔在野塘的水边上。

故事就这样开始了。然而,就在这个短短的开端,已经充满了不合理的,矛盾的地方。带有脚镣,从监狱里逃出来,已经是件稀罕事;再带着脚镣,坐火车,一个逃犯,还能不被捉回去,实在是件怪事;而又能带着脚镣,从火车上,在不停的时候,跳下来,连伤都不受,这简直是个奇迹了。为什么曹禺会这样地安排他的故事呢?这完全为他的艺术思想所误,为的要用焦家的斧头敲掉焦家给仇虎带上的脚镣,所以,就不惜歪曲事实,在他的意思一定以为这是否合乎事实都没有关系,只要他有艺术的必要,就可以随便处理或是改变事实的吧。

而且,仇虎到底是怎样一个人,我们不能明确的把握。他的言论举动,好似江洋大盗,简直是窦尔敦一流的人物。我们细一考察,作者却有心要把他给写成一位久受折磨,虽然瘸了腿,却已经锻炼成钢铁一般的英雄。无论谁,不能不疑心,他见到花金子时,怀里从那里来的钻石戒子,随便他就扔到塘里去,而且"怀里还有的是"?他是"在狱里整整熬了八年"的,在出场的时候,他还戴着脚镣,在他最后叫花金子去找的"那帮朋友",是从那里来的呢?是在狱里的时候,他参加了什么组织吗?然而,在他的报仇举动里,却只是一种素朴的报仇举动而已,并没有一点政治的意义。虽然他最后对金子也发了那套似是而非的议论。

> "……告诉他们现在仇虎不相信天,不相信地,就相信弟兄们要一块儿跟他们拼,准得活,一个人拼就会死。叫他们别怕势力,别怕难,告诉他们,我们现在要拼得出去,有一天,我们的子孙会起来的。"

这里所说的弟兄,又应该是怎样的一种人物呢?恐怕这也只是作者的想象,模糊的向往罢了,跟仇虎所说的"金子铺的地"的地方差不多。

这还不算。随着剧情的开展下去,也就充满了矛盾的情节。主要的,是这样活鲜鲜的一个复仇问题,作者却有意地给歪曲到良心的问题上去,好像我们在读托尔斯泰的《黑暗的势力》或读陀斯朵益夫斯基的《罪与罚》一样了。

仇虎的报仇,是天公地道的举动,这中间没有一点可成问题的地方。虽然焦阎王死了,他的妻子焦大妈还活着,他的儿子焦大星不正是报仇的对象吗?就是他的孙子,小黑子,也并不能算是怎么冤枉的,你看,仇虎家里所遇的害,不是要惨得多的吗?我们的作者却给造出了一种纠缠的结子,良心问题。这个良心问题怎么生出来的呢?因为焦大星是无罪的,小黑子更为无辜。何况焦大星又是仇虎从小的"拜把"弟兄;要娶金子给焦大星作媳妇的,也是焦阎王的主意,金子的从前曾许嫁给仇虎,焦大星并不知情。那么,仇虎为什么要杀死焦大星呢?更不该有意地叫焦大妈亲手打死小黑子了。于是,不但像《黑暗的势力》里的农民弥奇泰,《罪与罚》里的大学生拉斯可里泥可夫那样造成了精神的恐怖,简直就像希腊悲剧里的奥莱斯提斯那样,被复仇女神追逐得发狂的一般了。这虽然好似神秘,实在是一种歪曲;作者虽然极力在制造恐怖的气氛,却处处显得非常之勉强。

你想,一个在那样冷酷的现实里,锻炼出来的仇虎,下那么大的决心,特来报仇的,却对一个焦阎王的照片,悬在墙上,都会感到一种恐怖与威胁,最后,甚至于掏出手枪来对付一张相片,连放四枪,这近情理吗?假使仇虎就这样窝囊,没有胆量,那还成个仇虎,能来这样报仇吗?就是金子,那样具有泼辣性的一个女子,也不应该在焦阎王的相片前,这样地示弱。这是作者的有意歪曲事实,来助成他的良心纠缠。

仇虎的杀死焦大星,最多只能使他感到一种怜悯,这并不是仇虎的罪恶,而至于造成的了心愿,焦大星是无罪的,在杀害仇虎父亲和妹妹的事件里,就是诬陷仇虎自然也不干他的事。然而,为的替他开脱,说他连花金子曾经许嫁仇虎的事实都不知道,那就近于掩饰,而且,他不是在承受他父亲遗产的吗?这里边,不是就有从仇虎家里霸占过来的土地吗?他父亲的罪恶,不能就说对他完全无关。难道说,仇虎的妹妹对于焦阎王的谋产还有什么妨害吗?为什么害人的就可以连女儿儿子都一个不放过去;在复仇的时候,偏要有许多的原谅和顾忌呢?至于小黑子,虽然是仇虎有意叫他作他的替死鬼;然而,焦大妈那个瞎老婆子要打死别人的儿子时,却打死了她自己的孙子,不是最公道的吗?这要仇虎负的什么责任,起的什么良心问题?而且,一个瞎老婆子,像个巫婆或是妖婆一样,抱着个死孩子,叫着魂,一个傻子打着红灯笼,再加上那个贩卖人口的骗子"老神仙"擂着鼓,就能像复仇女神那样,追逐着这个应该是铁汉铮铮的仇虎,叫他陷入黑林子里,一个后半夜找不到通火车站的去路,等到第二天的天亮,又跑到他出场时那个"原野"铁道旁,就在他敲掉脚镣的原地方,他扔在水塘边的那个铁镣,又赫然出现在他的眼前吗?这在作者的意思好像是说,仇虎能用焦家的斧头敲掉他身上的脚镣,却没法挣脱他精神上的枷锁,这就是历史的传统负担,于是像梦魇一样地经过一番苦苦地挣扎,终于又走到他身体上的枷锁前面,摆在他眼前的路只有两条:一个是死,一个是再带上他的脚镣!

这是多么不明了我们农民生活的实际情况,不明了我们农民革命的意义呀!表面上看,我们农民的精神负担,是相当重的,精神的枷锁是相当地难得挣脱的;然而,实际上,只有身体的枷锁才真正成为我们农民的重负,只有附着在身体枷锁上的精神枷锁,才在我们农民的生活里成为问题,有了力量,不然,也就只是"精神的"而已,没有一点实际的意义。农民复仇的故事,是很多的,特别是藉着一种变乱,物质的压力对他们不发挥作用的时候。北伐以后,我们的农民革命已有用血写成的记录,足资印证,再就现在敌后农民的抗敌战争来说,更是非常地显明。像仇虎那样一个硬汉,一定要他像一个小市民的知识分子那样,抗着精神枷锁,来闹那一套良心道德的问题,这实在只是作者自己的精神枷锁难以摆脱,歪曲了事实罢了!你看,在黑林子的幻象里,狱卒只是“似乎在喊:‘滚过来,仇虎!’虎子就一旁颤抖,低头”,连声“我去!我去!我去”起来,好像《日出》里的小东西见到黑三的情景一样了,这还成个什么仇虎!

而且,实在说,仇虎是曹禺剧作的失败产物,他只是抽象地写出这样一个人,并不能具体地叫他成功一个有血有肉的人物。仇虎这样人,在我们中国的农民里,不大容易找得到,所以演起来,很难得生动活现,却往往要公式化。我就看过一次演出。那位扮演仇虎的,是从西安来的,以演仇虎出名。他就把仇虎给脸谱化了,好像旧戏里的花脸,说话都有一定的腔调。这固然不能由作者来负责,不过,这个人物的太抽象化,却是不可掩的事实。

至于“原野”“老树”“黑林子”等等的象征,实在减低了戏剧的作用,而且令人感到作者的思想实在太不够了解这个血淋淋的现实问题了。所以,他想用来作为光明人物的仇虎,却演成了这样黑暗的悲剧!虽然他最后叫出:“……我们现在要拼得出去,有一天我们的子孙会起来的。”然而,像他这样,连天公地道的报仇举动,都那样纠缠不清,被一个瞎老婆子给困在黑林子里,怎么会“拼得出去”呢!

曹禺先生把铁路的意义看得那么重要,以为铁路是这“莽莽苍苍的原野”的一条出路,一种希望;而仇虎带着金子也只有跑到火车站才能得救,他们陷在黑林子里的唯一希望,就是赶到火车站,这也是颇有问题的。中国,在东北的铁道最多,然而,这正是东北沦陷的一个重要因素。印度的铁路就比中国多得多,然而,印度的命运不是比中国的更惨吗?这跟工人不能笼统地代表光明一样,铁路更不能笼统地象征出路。——这条路也可以通到死亡去的。

在舞台上放枪,把场面搅乱,这是对于剧情发展的一种障害,姑且不论。不过,像第三幕的第一、二、三、四的四景,连续地表演幻象,这不但在中国的舞台上,不容易演出,就是欧美的舞台,也只是流行病一般地,在十九世纪末、二十世纪初,随着象征主义戏剧的流行,流行过一时,并不是艺术的最高境界。萧伯纳的《人与超人》,那种写法,他是别有苦衷的,可以不管,然而,不足以为训,却是可以断言。《原野》的这几景,虽然作者藉此把过去的情节交代清楚,这是表现的技术之一;然而,为的要供观众也沉没到这种幻境里来,拿幻象当真情实境来欣赏,作者不得不煞费苦心地使现实的境界神秘起来。于是“森林黑幽幽”“…… 罩住森林里原始的残酷”“森林是神秘的……”“森林充蓄原始的生命。……”“这里据蟠着生命的恐怖,原始人想象的荒唐;于是森林里到处蹲伏着恐惧,无数的矮而胖的灌木似乎在草里伺藏着,多少无头的战鬼,风来时,滚来滚去,如一堆一堆黑团团的肉球。”……舞台上无法表现出这种森林的神秘不用说了;而作者的这种想象,实在是够荒唐的,当得起“原始人想象的荒唐”的酷评。用这样荒唐的想象,来处理这种农民复仇的现实题材,哪得不歪曲事实呢?难怪作者叫那么硬朗的仇虎,陷到这个想象的“黑林子”的荒唐里边!这几景的遭遇,自然也够残酷的,当然并不一定是“原始的残酷”,往往演出的时候,被导演给删掉!

七

《蜕变》在曹禺的作品里,又是 种转变,是比《日出》更彻底的转变。在《蜕变》里,他运用的,完全是写实的手法,没有一点神秘象征的成分,搀杂在里边。处理的是现实的题材,用的是写实的写法,这在曹禺,的确是一种进步,真实的进步。虽然他还没有把握到真实,只是随着当时抗战初期的乐观空气,接触了表面上足以使人乐观的现象而已。这虽然只是一种浅薄的乐观主义,在曹禺的艺术发展上,实在是平坦的一条大道,这前面没有“神秘”,没有“想象的荒唐”,是一步一步更走近真实的道路。我想,曹禺在写《蜕变》的时候,虽然正处国难期中,正遇流转迁徙的生活,一定满心里都是快乐,满眼都是光明的。在他的《蜕变》里,他以为真正找到了光明的人物。太阳出来了,红通通的,高悬在天空。梁公仰专员、丁大夫①、丁昌、李铁川营长,以至于伤兵,都是光明的人物,何况,再有许多在战争中,“忍痛脱掉那一层腐旧的躯壳,新的愉快的生命”呢?

然而,曾几何时,就已经形势全非了呢!这就证明,当时所谓“蜕变”,只是一时的,表面的现象,并非真正地“蜕变”了。一般的政治情形,我们在这里不去谈它,只是就《蜕变》里所写的,我们约略地研究一下,看看这里的“蜕变”,是怎样的一种“蜕变”吧。

曹禺认为《雷雨》里,最重要的角色,是“称为雷雨的一名好汉”;《日出》里最重要的角色,是外面砸夯的工人,还有一个“无影无踪,却时时操纵场面上人物”的金八。《原野》里,他虽然没有说出来,恐怕这“莽莽苍苍的原野”,也是一个最主要的角色。而在《蜕变》里,那“无影无踪,时时在操纵场面上人物”的角色,当然应该是抗敌的“战争”了。这样说,那促进新陈代谢,造成“蜕变”作用的,自然是“战争”的力量。所以曹禺说:

> 在抗战的大变动中,我们眼见多少动摇份子,腐朽人物,日渐走向没落的阶段。我们更欢喜地望出新的力量,新的生命已由坚苦的斗争里酝酿着,育化着,欣欣然发出来美丽的嫩芽。
>
> ——《蜕变》的附录。

---

① 原文为“丁太太”,据《杨晦文学论集》,北京大学出版社 1985 年版,第 142 页,改为“丁大夫”。

不错，在战争初期，是因为战争曾经照出一种光明的希望，“动摇分子，腐朽人物”，似乎是“走向没落”的样子，然而，这只是一时的敛迹，并不曾真正地“没落”，不久之后，反倒以另外一种新的姿态出现，在那里尽量地摧残“新的生命”，所“欣欣然发展出来的嫩芽”了！这是什么原因呢？我们在这里也不去谈它吧。要知道，我们的社会是在蜕变中的，然而，是曲线的，是要经过一个长期的艰苦斗争才能真正从我们的社会里，真正淘汰掉那“腐烂的阶层”。决不是凭着一个梁公仰，一个丁大夫就能完成这种伟大的任务。何况，这样的专员，只不过是有干事的热诚，也有干事的能力的新官吏而已，他须要有贤明的主管上司，对他信任，付他职权，他才能有所作为；不然，他就束手无策。一定要每一个医院或者其他每一个部门，每个机关，都有这样一个专员，在那里负着全责，这是不可能的事。就是有这样的可能，真正成绩，恐怕也是有限得很。至于丁大夫，只是想负责任，肯负责任，也能负责任的技术①人员罢了。政治进步，她可以发挥她的技术才能；环境恶劣，她也就会退回她技术的壳里去。假使当时不是那位梁专员从天而降地来作了救星，恐怕她终于不免要回到上海去办医院的吧！只是她儿子丁昌给她的鼓励，唤起她对抗战胜利的信心，那是不够的。她自己，可以说是，并没有一点政治的头脑。你看，她在第四幕里，那么紧急的当时，她还以一个作医生的资格，去跟马登科以及所谓“伪组织”那种人耐心地打交道，并且好心地要帮他们想办法。这决不是我们“在抗战的大变动中”，经过艰苦奋斗而生长出来的新生命，我们为抗战贡献出一切来的战士，所应该有的态度，只是一个基督徒的医生所有的那种精神罢了。只是一个丁昌，倒算是新生命发生出来的一个嫩芽的，然而这个芽，也实在嫩得很，据《蜕变》里所写的，他不过是有好心肠，对抗战有信心的一个孩子，决禁不住恶势力的摧残。所以，我们在《蜕变》里所见到的，不过是一时的光明现象，并不是真正“蜕变”出来的新生，在这些人物的身上，也接触不到真正新的生命与力量。假使当时真正有过这样的一个医院，就是经过改组后，也不过是买丁大夫名医的招牌，显得光明，实际上，医院的内容，很难得就像作者所写的那样光明的；何况不久之后，所谓梁专员的也许作了别的什么官，也就平平常常地坐办公室，吃平价米去了；而这个名重一时的医院呢，就不说得那么挖苦，说是从前的秦院长又从上海回来，再作起这个医院院长，而像他那样的院长，不是俯拾即是的吗？而丁大夫呢，恐怕只有开起私人的医院来，或者是，因为已经出名，会到美国“讲学”去了吧？她的儿子丁昌，就算没有被摧毁死吧，恐怕只好到梁专员的机关里，做个下级公务员，看在他妈妈的面上，也许不至于被裁员失业的吧！如此而已！

这就是曹禺所写的《蜕变》。

我们不难想象，曹禺在写《蜕变》时的满怀热望，恐怕过去任何一部作品的写作，

① 原文为“术技”，据《杨晦文学论集》，北京大学出版社 1985 年版，第 143 页，改为“技术”。

他都没有这样始终怀着一种愉快心情的吧？假使我们的社会，在抗战期间，真能像这样地“蜕变”下去，不使曹禺感到失望的话，我相信，他的写作生活，是可以成功另一种情形，他的写作态度，当能沿着《蜕变》的路线一直发展下去，不至于像事实经过的这样，正预备提鞭打马，驰赴前途，却因为一看情势不对，立时就掉转马头，慢慢地踱回家里去！他这时的心情，有怎样沉甸甸的，可想而知了！

于是唱出他悲哀的旧调，《北京人》来。

八

《北京人》，是曹禺先生，于失望之余，悲哀心情的表现，也是中国社会发展的不幸写照。虽然“在抗战的大变动中”，中国社会大部分并没有走上正常的“蜕变”道路，只是掀起了一阵的风波，并且搅起了久沉河底的泥沙，使我们的艺术家，在现状下，失去了追求光明的勇敢，从此又不在现社会里去寻求光明的人物，把他的憧憬，他的希望，都寄托在人类的祖先，几十万年前的“北京人” 身上。这能说不是可悲的吗？他的心情，也可以说他的怀恋，都回到中国旧的封建社会，封建道德与封建情感上去，好像凭吊往古一般，极其低徊婉转之致。

我上边说过，曹禺先生好像有所向往，他所向往的是由礼拜堂的颂主歌声，造成的那样哀静的心情；也实在有所迷恋，由《北京人》我们可以知道，他迷恋的是我们旧日封建社会的道德与情感，像愫方所代表的那样。他不知道，我们现在要想造成那种哀静的心情，只有中国沦为殖民地，大家又都安于那样的殖民地生活，只是其中少数的所谓高等华人，能得到那种哀静。少数艺术至上主义的艺术家，关起门来，创作他们不朽的著作，他们的生活不与现实接触，他们的心情要跟永恒通消息，才能够造出叫人用一种哀静心情来欣赏的那种艺术。这决不是我的过甚其词，然而，在这里，关于这方面的话，自然也不能谈得过多。所以，他会不自觉地写出《雷雨》的那样序幕与尾声。他知道中国的旧封建社会，非崩溃不可，但是他却爱恋那种势必随着封建社会死灭的道德与感情，他低徊婉转地不忍割舍，好像对于行将没落的夕阳一样。在《北京人》里他唱出了他的挽歌，是又幽静，又悲哀的呀！然而，他却无法挽回封建社会崩溃的末运，他更无法留住那行将死灭的道德与情感，跟“无计与春住”，是同样无可奈何的事情。我们谈《樱桃园》的时候，也有这样的感觉。但是《樱桃园》的重音落在商人洛拔黑的身上，就是樱桃园的新主人；而《北京人》呢，重音是在愫方的身上，那代表封建道德情感的旧式小姐。这样，我们的曹禺先生给我们创造出一个旧时代的优美典型，同时，也使我们在《北京人》里感到了一些矛盾，弄得情节的发展，不能不有些牵强，减低了这本剧应该发生的效果与影响。

我们不妨展开一下我们的讨论，看看这个见解的是否有当吧。

在《北京人》里，我们因为同情愫方，或者说是爱慕愫方，而又哀怜愫方：我们爱慕她的性情态度，我们也哀怜她的不平的身世；于是，我们自然地要讨厌大少奶奶曾思懿的，我们觉得她泼辣，嫉妒，无所忌惮，仿佛她就是一切恶德的象征一样。然而，我们只要稍一思索，就会觉得这种批评，未免感情用事，是由爱憎出发，并非受理智指导的公平见解。你想，一个作太太的，怎能对于她丈夫的别有所恋，淡然无感于中呢？她对他，就当时的情形讲，自然是没有所谓爱情的存在，然而，在从前，也未必没有感情的，夫妇间。一般地，在结婚以后，已经儿子都娶了媳妇，经过这许多年，现实生活的折磨与摆布，就是多么热烈地爱情结合，也难免不把精神与心情都消耗在柴米油盐，生儿育女的上面，只要彼此都能保持住性情的平和，能有一点温情，已经不是容易的事情。像曾文清那种遗少型的人物，在生活上是无能的，在事实面前是劣败的，而又一天一切不管，只知道写字画画，写的恐怕也只是不成家数的字，画的也只是一些莫名其妙的花草翎毛之类，不成名堂，无补实用，再染上嗜好，吸食鸦片，这当然不是刚强要好，处处要占上风，而她的丈夫又处处不能给她撑腰的曾思懿所能忍受的。何况又有一个愫方的问题？愫方对于思懿，是一种刺激。愫方是客，她虽然辛辛苦苦地招呼文清，侍候她的姨丈曾皓，她究竟是“不当家，不知柴米贵”的闲人，她不受事实的摆布，她有闲情逸致跟曾文清谈诗论文，取得文清的爱慕，相形之下，也显得思懿的粗俗，虽然要用她的粗俗来维持这一家的门面，张罗上上下下，大大小小的事情。她能不对愫方起反感，甚至于厌恶吗？这反倒是人情之常了。

而且，我认为，思懿，只是周蘩漪的后身。昔日的周蘩漪，在事实的泥泞里滚转的结果，就会成为今日的曾思懿的。她们的性格，根本上，是相通的，一脉相承。因此，我们可以想象，在初结婚的时候，这个现在人人咒恨的大少奶奶，恐怕会是全家赞美的对象的吧。她跟文清的感情，虽然是旧式结婚，也一定会有周蘩漪那样的“魅惑性”，使文清为之颠倒。

这还不算，就是曾思懿跟她的公公曾皓的斗争，也是她佔在合理的方面，然而，她却因此遭到全家的憎恨，这显然是作者，因为对于封建道德的依恋，不自觉地流露出他对于这个反封建道德的媳妇曾思懿，有了感情上的偏憎的原故。自然，她跟愫方的对立，早在观众的心里种下了恶感。

曾家是个衰败的家庭，却不能不维持一种旧家庭的局面；只剩下一所家宅，已经抵押给隔壁开纱厂的杜家，然而，家里却经常住着姑老爷和姑奶奶，曾文彩和她的丈夫江泰，一个失业的没落人物，老留学生；一个姨表小姐，愫方，算是她的姨父曾皓的拐杖。对于愫方的态度，已经使人对曾思懿厌恨，不用再说了。就是江泰，那位潦倒落魄，住在丈人家里吃闲饭，却成天打老婆，闹酒的姑老爷，在曾思懿表示一种对他的厌恶，对他有点搁受不得，这岂不是最为常情的常情吗？然而，作者似乎也在给观众一种对思懿起反感的印象。至于那位曾老太爷，因为是老太爷了，要吃补药，要喝人参汤，可以延年益寿,一个当儿媳妇的,似乎无话可说,也不应该有话说的,为了预备身后的事情,在十五年前就准备下一口棺材是可以的,为了"睡"得舒服一点,按他自己的意思说,漆上一百多道油漆,也没有什么要不得;然而,他却宁肯交房子,让一家老小没有住处,死不肯舍他的棺材,一个老年人,会自私到这种程度,实在到了自私的极致,无以复加了。作者却把这笔账算到大少奶奶曾思懿身上,认为她不能体谅老人家的苦心,全家人都责备她在逼迫老太爹,使观众也觉得这个女人真要不得。这实在太不公平,太不合理了。

再看吧:曾老太爷,因为一时气急,昏厥过去了,而且喉咙里的痰涌了上来。这种急症,送医院是最正当不过的措置,而且也正因为送到医院去,曾老太爷,才被救活过来,然而,因为曾皓的不愿意进医院,愫方随着她的姨父反对送医院,于是思懿的坚决主张送医院,也构成了她的罪状;而作者在这里也有意地要加重思懿的罪恶,作了矛盾的描写:先因为大家的犹豫,思懿说:"救人要紧,快抬!"后又因为曾皓手扳门框,不肯离开他的家宅,作者有意构成思懿罪状地叫她强自掰开他的手,并且对曾文清说:"房子要紧,你愿意人死在家里?"其实,在北平,像曾家那样的旧家庭,曾老太爷死在医院后,照样要抬回家里发丧的。思懿那样精干的妇女,不会不知道。与其这样说,倒是她对曾老太爷的急病,不受感情的激动,能冷静地,或者说是冷酷地采取紧急的必要措置,比较合理一些的吧?

因此,我们知道曹禺,在《北京人》里,虽然在写旧家庭的崩溃,因为他的重音放在旧社会的道德与感情上面,所以,他的感情对于旧的道德与感情有所偏爱,同时,对于那被认为旧社会叛逆的曾思懿,也就有了偏憎,这样,不但对于旧社会崩溃过程的认识自然不够,并且有些曲解。就作者的见解,曾家的崩溃,罪魁恶首,就是这个破坏了旧家道德,旧式感情,不孝公公,不顺丈夫,对于儿子媳妇不慈,对于姑奶奶姑老爷不敬,并且对于能以讨得她公公的欢喜,博得她丈夫爱慕的愫方不相容的曾思懿,家庭的叛逆给造成的。助长曾思懿的罪恶,帮着她催使这个旧家庭破产的,是隔壁开纱厂的暴发户杜家。——这又是曹禺一个不出台却在支配舞台人物的最重要的角色了,这当然不是光明的象征,也不是金八那类黑暗的势力,却是曹禺所认识的旧社会瓦解的推动力的。仿佛文清的出走与自杀,瑞贞与愫方的离家南下,都是思懿给逼出来的,这样,就连瑞贞出走的真正意义都有些模糊起来。

新兴的暴发户,是可以使抱残守缺的旧家庭崩溃的,然而,却不能笼统地就强调这种作用,这是不了解社会发展法则的原故,因为作者随时强调这个杜家要抬棺材的事,使观众颇可以造成一种错误的观感:假使杜家不这样逼得紧,曾家不能不会这样闹得天翻地覆的吗?这又模糊了这个旧家庭崩溃的所以然。

因此,使人对于新社会的产生,也不容易真正了解,真正把握它的意义。瑞贞的出走,当然有她的政治意义,表现得虽然不够清楚,也还吐露出一点消息来,不过,她在

《北京人》里，是那样地不被人注意，不关重要，连李石清、黄省三在《日出》里的地位，也都没有。最显出她这个人物的重要的，只有在她对愫方的关系，她拉着愫方，脱离开这个正在崩溃的家庭，走上一条新生的道路。然而，愫方只是出走，是不够的，她必须有了转变，她的出走才有意义。假使她不能把那已经糟塌了她半生的封建道德与感情，像蝉的脱去旧壳一样，重新来作人，来生活，来认识社会，来了解人我的关系，那她就是走到那里，也不过换换地方而已，依然是要作旧社会的俘虏，要作旧道德与感情的牺牲品的呀！然而，在《北京人》里，一直到她的出走，我们只看见了她最后下的决心，并没有看出她思想行为的“转变”。

到这里，我们不能不谈到曹禺对于社会认识与了解的问题上来。

我们读《北京人》，特别看出曹禺的艺术修养之高，也特别看出他对于社会问题的不能把握，这又怎么损坏了他的艺术成就！

在《北京人》里，我认为，是一个旧家庭的崩溃过程，在这种崩溃里，同时也“酝酿着，育化着”新生命的嫩芽。这只要写出这个家庭内部的矛盾，写出一个新兴暴发户的高利贷在这个封建的旧家怎样发挥摧毁的作用，同时再写出中国社会在当时是在怎样的变革着，这种革命运动在怎样影响这个家庭里不甘随同死灭的青年，不就尽够了吗？这不正是一个“蜕变”的吗？我们的作者却偏偏要抬出人类的祖宗，反转过来，当作他的理想，作为“人类的希望”！于是，在一个极有现实意义的剧本里，横插进一个个性并不显明的人类学者袁任敢，硬抬出一个修理卡车的机器匠来，作为“北京人”的活模型，于是发出了一些非人类学的议论，造出了一些勉强而不合理的情节，破坏了戏剧的效力，破坏了艺术的价值与完整。这能不令人惋惜吗？

现在，对于原始社会的研究，当然不能算是怎样详确，然而，对于人类最初的生活状态，已经有了大致的轮廓，就是关于“北京人”的生活，也已经大致考见了一斑。“这是人类的祖先”，是不成问题的，然而，却决不是“人类的希望”。在“北京人”那样几十万年前的辽远时代，人类是连“爱”和“恨”都不会懂的，因为所谓爱和恨都是社会进步以后的产物；在当时的“哭”与“喊”，也不全跟我们现在哭与喊的意义相同。在动物里，牛和羊是都有眼泪的，然而，我们不能认为那是跟我们现在人们哭的眼泪相同的吧？而且，自有人类，就没有过像曹禺所说的那种“自由”。在旷野里，都“儿啼急掩口，惧为虎狼闻”的，在原始时代里，人能不怕野兽的吗？不用说，在人类原始，就不能像曹禺所说的那样生活，那时候自然没有现在的所谓礼教来拘束，没有现在的所谓文明来捆绑了，然而，却绝对不能没有斗争：他们要跟野兽斗争，跟自然斗争，跟不在一起生活的人们斗争，也就不能没有痛苦，不能像曹禺所想像的那么快乐了。就算真有那样一个自由快乐的时代，那也绝对不是“人类的希望”；就是诗人的憧憬，在二十世纪的今天，也不应该倒退几十万年以前去安放“人类的希望”呀！

而且，在曹禺的意思，不但“北京人”是“人类的希望”，就是这个做“北京人”活模型的巨人,都是我们现在人们的救星:正走崩溃路途的旧家庭,由他,可以帮着拳打脚踢地打跑讨债的债主,就是我们要从旧家庭里脱离开的,在大门被锁上,找不到钥匙的时候,他可以用拳头给你打开;而且他一直是个哑巴,不开口的,到最后却"一字一字""粗重有力地"说:"我们打开!"这简直是奇迹了,在一个迷信的人,也许认为是我们的祖先"北京人",在显灵,来救我们的吧! 这在作者虽然有他象征的意义,却不能不算是"想象的荒唐"。他的意思也许是说:等到我们的机器工匠能讲出话来的时候,我们就会得救了的。假使这是真的,是比《日出》里,笼统地对于工人的赞颂,还要令人有隔靴搔痒之感觉吧。

在《日出》的跋里,曹禺说:

> 写《雷雨》,我不能如旧戏里用一个一手执铁钉,一手举着巨锤,青面红发的雷公,象征"雷雨"中渺茫不可知的神秘,那是技巧上的不允许。

这是对的。然而,把一个机器工匠,给化装成一个"猩猩似的野东西",作为"北京人"的活模型,摆在舞台上,这是"技巧上的允许"吗?

关于《家》,因为是改编的剧本,在这里不谈了吧。

× × ×

曹禺的剧本,在中国的舞台上,一直就走着旺运,虽然也遭过禁演,受过攻击。《雷雨》和《日出》,战前,在上海的演出,就哄动一时。《原野》出版后,恰值中国的抗敌战争爆发,颇为消沉了一些时候;然而,等到《蜕变》和《北京人》在舞台上出现后,就连《原野》都在各地受到了极大的欢迎。于是,曹禺在中国舞台上成为一种支配的力量,占了一种优胜的地位。

然而,曹禺的剧作,是不是真合中国现社会的要求呢? 我可以武断地说,并不然。曹禺的剧本,在中国的盛演一时,实在是一种不幸的现象,就中国社会的发展说。《原野》出版后,大家为什么会对之冷淡了呢? 这并不限于抗战爆发的影响,实在是当时的社会已经不需要这类的剧本了的原故。假使中国社会,一直像战争初期那样,连曹禺都写出他的《蜕变》了,假使中国社会真正地"蜕变"起来,就连曹禺的《蜕变》都不会到现在还受欢迎。我上边说过,曹禺的剧本是以欧美资本主义社会的舞台为标准,他的目的是在追踪欧美的剧作家的。我们现在真正须要的,是适合人民大众要求的剧本,是要使他们感到亲切,受到影响,而且要随处都能上演。曹禺的剧本,内容的问题,已经讲得不少,不再重复,但就上演条件说,是最适于战前上海的舞台的。在现在,只有在重庆昆明等后方的大都市才能勉强演出,不致于被作者认为是在对他开玩笑的吧。然而,在大后方,甚至于一个小小的山城内,最常演出的也还是曹禺的作品。这,我认为,是一种反常的现象,是一些生活没有出路的知识分子以及小市民等的病态心理的表现。他们现在所过的是一种国难时期的艰苦生活,却不能忘情于旧日都市生活的繁华梦,聊以麻醉一下而已。没有详确的统计材料,我不敢断定,在曹禺的作品里,恐怕以《蜕变》的演出，为次数较少的吧？这岂不是一种可哀的事实吗？

然而，这种现象是不会长久的。我们虽然还要忍耐过一个艰难时期，却决不会就这样长期的停滞下去。

我跟曹禺先生并没有一面之缘，然而，我对于他，与其说是对于一位作家的尊敬，倒不如说，是像对于一位朋友那样寄着诚恳的希望，所以也就对他表示无限的惋惜。在中国这种现状下，产生一位作家是多么艰难呀！要一位作家能得正常地发展下去，更是一件十分艰难的事情。曹禺就这样跟中国社会发展的反常、的不幸相始终吗？大路，就在眼前的！我以十二分地诚意，希望曹禺不要以为我有意在挑剔他的毛病，那就好了。

九月二十五日 深夜完稿

战时的西北角[①]

尹雪曼

一、西安轮廓线

这古城，自从抗战开始后，便渐渐的繁荣了起来；一个陌生人从别的地方来到了这里。虽然不免还能够看到她的荒凉和寂寞，在这突然的局部的繁荣变化对照里；但是从街上行人的增多，和无数无数小饭馆的兴起，便可以证明这古城的确是变了。

抗战开展后，西安不特成为西北军事政治的重心，同时文化事业也相当的蓬勃发展开了。商业自然也不能例外，许多北平，天津，太原的大商店，都迁移到了这里，顿然使这古城的市面活跃了起来，和其他的大城市一样，白天马路的行人道上，拥挤着很多的行人，马路中间飞驰着各色各样的车，装着橡皮轮的马车来往的奔驰着，不停的。但是使人们感到最不痛快的一点，要算这儿的马路了，也许还没有人在其他的城市里，像开封，像保定这一些次等的都会里，看到这样的马路，行人道是倾斜的，走在上面时间久了，也许会感到脚胫疼，马路上的灰尘厚得确实是惊人，一辆汽车飞驰了过去，那阵尘土的烟雾至少要拉长半哩路，继续十分钟之久。

虽然敌机曾经数次的光顾了西安，但直到现在，一般的人心还是很镇定，市面上一切的情形和往时是没有分别的；尤其是那些整日里造烟阵的汽车，特别的多，特别的快，给与人们一种无上的安慰。

大街上，贴着不少的抗战的标语，图画和文字，然而总压不倒那些排列着的电影和

① 原刊于《创导》半月刊(战争专刊第九号)第2卷第6期，1938年1月25日，第33-37页。

作者简介：尹雪曼(1918—2008)，原名尹光荣，1918年出生于河南汲县(今卫辉市)。1934年6月因在天津《大公报》上发表短篇小说处女作《二憨子》而正式走上文学之路。1937年考入西安临时大学法商学院政治系，1941年毕业于国立西北大学。尹雪曼在大学期间与同学组织西北文艺笔会，编辑《青年月刊·文艺习作》，创办新生剧团。1945年任重庆《新蜀夜报》副刊主编。1946年任上海《益世报》采访部主任。1962年获美国密苏里大学新闻学院硕士学位。著有《战争与春天》《海外梦回录》《留美外记》《尹雪曼自选集》《五四时代的小说作家和作品》《鼎盛时期的新小说》《抗战时期的现代小说》等，主编《中华民国文艺史》等。

旧剧的广告:旧剧自然不用说,但是令人觉得惭愧的,这里的电影仍然放映着几年前的旧片子:《泪洒相思地》《可怜的秋香》等等。至于在影院里,在戏院里,那些人们的狂欢,也许会使人相信我们的世界还是“天下太平”丝毫不用发愁的,让前线的战士冻死在战壕里吧!让敌人烧尽了他们所占领的城市吧!让难民全饿死在路上吧!

虽然那些无心肝的人们忘记了这伟大的艰苦的抗战,但是事实上给与西安这古城里人们的,是毫不能掩抵的难民和乞丐的增多,每天晚上,这种情形便要尖锐化了起来;如果你愿意在夜晚人静的马路上走走的话,我想你总不会听不着那遍街的哭喊声吧!你总不会遇(不)着一个“告地状”的流落的难民,和手抱着冻饿的孩子的可怜的母亲向你讨一个铜板吧!你如果走在他们前面的话,你会看见那些衣不遮体的乞丐,怎样在寒冷的夜空里和那冷冻的空气和夜风战斗着!

二、烽火中的西安

许多许多的从上海跑来的文化人,从北平跑来的大学教授和大学生,使得西安文化界顿然的活跃了起来,临时大学成立了起来,收容了一千五百多个流亡的大学生,许多报章刊物的出版,安插了无数的流亡的文化工作者。现在,出现在西安市面上的大报社有六家之多,小型报两家,晚报三家,单行本刊物有一二十种之多,但多寿命不长,中途夭折;较好者有郑伯奇主编之《救亡周刊》,挺进社主编之《挺进旬刊》,以及《远东问题》《西北月刊》《党论》等大型刊物,这些都是在抗战声中,努力展开文化战线的工作者。最近西安文化工作者协会成立,在一切筹备就绪之后,我们相信能够开展,与领导整个西北的文化工作。

救亡话剧在西安,亦相当的蓬勃与活跃,最近正声剧团公演“夜光杯”,本定三天后因社会上一般人多未看到,继演二日;其出演之动人,观众之拥挤,为历来西安话剧公演所未有;但是因“夜光杯”水准较高,以一般小市民为对象的公演,收获也许没有过去铁血剧团出演之“卢沟桥之战”大;但仍不失为西安话剧界最大的收获。其他各校,各团体组织之话剧团亦甚多,但因其多虚有其名之故,所以不愿多谈。临大一部同学组织之大众剧团,敢在街头出演《放下你的鞭子》,颇有相当的成功,但是因组织不健全之故,闻有“倒台”之势;的确值得我们惋惜。

这里的一般青年,因直接的与间接的受战事之刺激,不断的有到前方参加抗战工作的人,所以“到临汾去”!在这里喊得要算最响亮!但是仍有一般动摇的青年,口中虽然亦大声的嚷着,但只愿意送别人到前线去,自己躲在后方;所以不可避免的便有烦闷苦恼的呼声被喊了出来,骂人家不怎么不怎么,其实是他自己不愿意怎么,因为抗战是每一个中华民族的人的责任,并且无论何人,除去了汉奸,是不敢阻挠他人去参加抗战的!但是他却骂人家不怎么,把自己忘掉了。

更可怜可悯的是有无数的青年们,因认识不清楚,不肯虚心下气的去洞察,去探讨,去研究一个问题,只是盲目的听了别人花言巧语的宣传,去行动。

西安便是这样的被组成了。在炮火的烽烟中,这古老的城市便是以这样的一副姿态出现,我们相信西北是我们民族复兴的策源地,但是我们觉得这里的一切,丝毫不足应付这伟大的时代!知识界的青年们!这个巨大的任务,是搁在我们的肩上呀!

秦岭南北[①]

尹雪曼

一

翻过了秦岭,我们像兄弟一样的亲密了。

三月,秦岭那边还是荒落的春天;这边,草已青了,山脚下的小树亦发了嫩绿的芽。

太阳暖洋洋的,中午,走着路,夹制服已穿不了,只得脱下来挂在肩上或者胳膊上。但是这样走着便有点讨厌了,身上还挂着一个饭包,里面是发下来的大饼、馒头屑、榨菜、萝卜、香肠……手里还提着黑杨木棍的手杖,走起路来,可真够瞧的。

大队像条长蛇,蔓延在曲曲折折平坦的公路上。走着,望不见前边了;再走走,后边的人,驴子给山挡住了。三月的太阳爬过了耸高的山峦,从飞驰的稀薄的淡云里走出来,于是暖洋洋的有点难忍了,这大群的年青人豪放地走着,开着玩笑,歌声和豪笑震响了山峦,在小河里,山谷里,树林里起着回响。

稀薄的云在山峦间飞驰着,山泉从巨石缝里喷出来,流到山脚下的小河里了。到处望不见人家,远处,在山巅的一端,野火燃烧着,轻烟袅袅的飘向天空里。

突然,走着闲散的步伐的年青人们呼啸起来了,迅速的躲在公路的两边。

"瞧,咱的驴子的快呵!"

"哈啰…哈啰…有你的,小子。"

有谁赶着几匹黑毛驴子,驮着笨重的行李走过去了,驴夫们提着他们特制的旱烟管,抹着额角的汗珠在后面追赶着。

"老子这几天练习得差不多了!"

"你小子够'捧'的了,瞧你的腿!"

"你不要想家里的太太吧,早给皇军……"

---

① 原刊于《青年月刊·文艺习作》第5期,1940年8月15日,第37-38页;第8期,1940年12月15日,第35-37页。后收入尹雪曼:《战争与春天》,商务印书馆1943年版,第172-182页。本文据后一版本录入。

“得啦，得啦，何苦捉弄咱们‘皇帝’陛下呢。”

被称作“皇帝”的是一位粗笨的人，生活已在他那有年纪的脸上刻下皱纹，戴一顶旧呢帽，顶子早塌下去了，走在大队中间，低着脑袋笑。现在他开口了。

“其实，我倒并不怎样，只是，只是……”

仿佛有点难为情，说不出，于是更又笑了。

“瞧呵，咱们‘陛下’‘烧盘’了。”

“哈啰，哈啰……”

前面又是一座峦峰了，公路从下面蜿蜒的爬上去。这时一些年青人早坐在那里山石上了，山巅凉风吹着，有点寒，白雪仿佛从头顶上飞过去，望着下面爬上来的人们，他们跳着，用胜利的豪叫嘲笑着他们。

“瞧，你们简直成了蜗牛了！”

“加油，哈啰。”

太阳从云端里爬出来了，青春的活力热辣辣的在这些年青人的心里燃烧着。可是山顶的凉风却吹着他们发热的脸。

几辆载重汽车从山脚下爬上来了，喘着气，蜗牛一样的爬着。

当黄昏从山尖走下来时，凉风吹起来了。我们的大队已经歇在山脚下的村镇里，一条小河从村前流了过去，垂柳已发了嫩绿的芽。

坐在草上，把泥脚伸到溪流里洗着。

于是望着村镇上烧起来的炊烟，天空流着的白云，耸高的山巅上烧着的野火，我沉思着。

夜慢慢的来临了，山泉声渐大了起来，凉风紧了，村镇上闪起来黄黄的飘摇的火光。

二

早上，同伴把我推醒了；看不见太阳的天，阴灰灰的；一夜的休息更带给我无限的困倦。勉强爬了起来，在村前山河里洗了脸，手给冰红了。

街上满满的挤着人群，全是穿着黑制服的同学；居民们从门口瞻望着这些人群，张大了惊异的瞳孔。他们几代都是蜷伏在这栈道上的，但从没有见过有这么多的人群走过；他们接受了想不到的新奇和惊讶。

但这大队的人群终于向前继续爬进了，歌声和笑语洋溢在山间的天空。

豪在我身旁走着，哼着流亡曲，摇着短短的手杖。他是一个喜欢音乐的年青人，倭倭的个子，结实的身躯，有着南国温情的梦的孩子。

前面，轰然的笑了起来。叫着：

“皇帝陛下,万岁……”

“我皇万岁!”

哈哈哈……

我看见“皇帝”从公路上爬了起来,摔了一身的灰。涨红了他那黑灰的脸,气喘喘地开口了:

“岂有此理! 岂有此理!”

然而笑声还继续的响着。

豪停止了他的流亡曲,问着:

“是××大学借读来的吗?”

“听说是。”

豪不语了,我们夹在大队中间走着;前面有落伍下来的;但后面亦有匆匆的赶过我们去的,断续的笑和吵杂的谈话一直响着。

“你想×某是最封建的一个军阀,他哪里会办新学校。”

“是的呵!”我想着说,“记不得是谁告诉我的,××大学原为几个美国教士办的,当初还不坏,后来×某为了独霸山西,所以鼓励当地人士把几个外国人撵跑了,可是十几年后,学生们仍用着那几个外国人的讲义作课本,直到现在。所以其腐败的程度可想而知了。”

豪听了便笑着说:

“×某原只会做‘生意’呵!”

“可是现在不什么都完了吗?”

豪于是便慨叹着:

“想不到临汾那么快便失了。”

我笑着。

“×某实在应该枪毙!”豪叫着说。

太阳从山峦间爬出来了,照耀着我们前面曲曲折折无尽长的平坦的公路,人们向前爬行着,驴子在人群前面奔跑,放松的大叫;于是年青的孩子们亦追逐着,在三月的柔和的阳光里;笑声和叫声洋溢着。

三

我们到了一个远古的镇市,有铁索吊起来的木桥,和古代残留下来的建筑物,追逐着我们的山河便从这镇市旁边的河滩里流过去了;镇市是相当的高,我们从石砌的高岸上爬下去洗脚去了。

傍晚的阳光便在我们身旁笑着。

洗完了脚站在大石上跳着的小陈说："告你说呀！咱们那家有个年青媳妇呢。"

"家伙真缺德！"豪骂着他，带着笑。

"对，你阁下是'正统派'！"小陈反攻着。

晚上我们回去了。这一家主人是一位老太太，她让我们这群年青的孩子并排睡在她房子的当中一间，另一间是厨房，其余一间是她和她那年青的媳妇居住的。

我们顽皮的挤着躺下了，低低的笑着，骂着，闹着，一支烛火在桌子上飘摇着。

老太太摇晃着从里间出来了，我们马上沉静了，换一张挺正经的面孔。老太太问着：

"合适吗？"

"谢谢你。我们很好了。"

"地方太小呀，真是过不去。"

"真是，我们就这就很满意了！"

"那么，我们好好的睡吧。"

说着，老太太蹒跚着走进去了，把门扣上。

小陈挤了挤我，低低的笑着：

"这可绝望了！"

我气得搥了他一下。豪在旁边低低的骂着。

"这小子该挨揍的。"

小陈一个笑着！用被子蒙着头。

四

我们在栈道中度过了十三天的时光，爬过了秦岭、凤岭、酒奠梁、柴关岭，越过了大湾铺、黄牛铺、草凉驿、凤县、双石铺、南星、庙台子、留坝、马道；我们的临时停留地——褒城就在前面了。

当我们穿越了鸡头关，出了石门，前面便是辽阔的广大的平坦的原野了！山峦延长到远远的天边，丢在我们的背后了。阳光抚慰着大地，原野里是金黄的菜花和青嫩的麦苗。

……

我们的祖国是多么辽阔广大。

她有无数田涯和山林。

……

歌声和笑语便飞出了山谷，飘[①]在这一望无际的广阔的平原地带了。

在这平原的土阜上，低矮的城墙便显露出来了。

山河从这里爬出来，在褒城的墙外边流了过去；三月的河水是碧清的，山石夹在湍流里，淙淙的响声在伟大的夜里叫嚣着。

金黄的菜花开遍了原野，原野里吹着初春的风和菜花香。

停下了。

便在河里洗脏了的衬衣，漏了洞的袜子；洗洗油腻的脸和发痒的脑袋。

在阳光里，在河岸的草地上，沙滩上，到处躺着的这些流浪的年青的孩子们，说着笑话，唱着歌，在梦幻的陶醉里，恢复着栈道中的疲劳。

故事在这时便像风一样的括开了。

年青人躺在草地上，沙滩上，晒着温暖的太阳；原野里是寂静的，菜花香吹着春天的活跃的心。

"说吧，说，后来，后来怎么样了呢？"

讲故事的卖着"关节"，躺在阳光里不动了，别的人便不耐烦地催促着。

"后来吗？瞧，你别急呀！"便翻了翻眼珠。"自然，自然，譬如说吧，假使小陶爱你，你呢，像苍蝇一样地叮着她，可是，可是，别人给你抢去了，抢去了；亦可以说是她，她变了心！自然，假如别人不勾引她，她怎么变心呢？那么，你，你怎么样呢？"

听着的便脸红了，捶了躺在那里的一拳，便嚷着：

"去吧！我才不管呢。"

"不管？"那个便做着鬼脸："你老婆跟人家跑了亦不管？"

"得，得，讲你的故事吧！"

"我相信你会和那个小子拼的！所以，所以呀，那两个家伙就拼了一次；那还是刚刚爬过来柴关岭吧，到了庙台子，一个打翻了那个，后来，后来嘛，大概是教官知道了。"

"小陶呢？"

"小陶，嘿，她才聪明呢，她早又爱上了一个啦，一个又粗又壮的体育系的家伙。"

"真没心肝。"

"去吧，战时状态呵！就这么一回事。"

……

自然，和春天一样，在翻松的泥土里，到处茁壮的生长了爱的萌芽。于是，一些浪漫的故事便像原野里的菜花，到处香着。

然而孩子们并没有忘记了另一个世界的；在那里，用血和肉正和敌人博斗着的英

① 原文为"漂"

散文

勇儿郎的战绩,从没有间断地飞到了这山谷的平原地带里。

当太阳刚刚从辽远的地平线爬出来时,天空里还有一抹淡紫的云,年青人便到处喊叫着了:

“台儿庄大胜利！大胜利!”

油印的要闻简报上,用钢笔刻划着:

“歼敌四万人

台儿庄空前大捷”

“呵哈！呵哈……”

“庆祝呵！呵!”

在山城里居住的人民,对于这些年青人的疯狂感到奇异了。便睁着大眼问着:

“先生,怎么回事呀!”

“咱们打胜仗了,打胜仗了!”

阿弥陀佛！老太婆没牙的嘴唇打着颤,“只要那些鬼兵退走了,少杀些他们吧,阿弥陀佛,天老爷呀！一辈子没听说过的……”

野孩子们亦凑着热闹叫喊着:

“打东洋鬼子呵！东洋鬼……”

在这山谷的平原里,在这小小的像狭的笼一样的山城里,到处是疯狂的年青人,要闻简报和标语漫画到处飞着;人声,笑语,歌声响彻[①]了三月的晴空,响彻了山谷和原野。

……

让我们结成一座铁的长城,

把敌人赶尽!

……

太阳爬过了山岗,在无边无际的辽阔的晴空里笑着。

---

① 原文为“澈”,一律改为“彻”。

硕鼠篇[①]

尹雪曼

……
逝将去汝
适彼乐土
……

(一)

想起了流浪的辛酸,便会想起那有着广漠的平原的家乡,和躲在安静而又古老的土城里的温馨的家。

在茫茫无际的平阔的中原,现在也许正吹着十月的风沙,风沙里摇曳着耸高的白杨,枯柳……莽原里羊群走过,把铃声在秋风里摇落。从秋天到春天,从肥大的白杨叶子摇落,到小河边嫩柳抽出了新芽,有晴朗的高阔的蓝天,有炫耀着的难忍的阳光,有濛濛的大雾样飘着的白雪,振撼屋瓦的朔风,和一些粗壮的羊群。

把笑挂在嘴角上的朴实的人们,满意的说:"比我们这地带再好的是没有的了!"

在辽阔的原野里,生长着粗壮的树木,棉花,小麦,红薯和高粱。春天,麦子在无边无际的原野里发着光泽,六月的太阳渐渐的把它们晒作金黄。秋天,人们咧[②]开大嘴傻笑,用四轮的太平车装满了大豆和红薯,把它们拖回家。冬天和春天,把脖子缩在臃肿的棉衣里,看落雪积满了远山,看肥沃的泥土在阳光里松软,于是又将忙碌了起来,套着黄牛和蛮高的骡马,拖着闪着白光的犁,犁着那肥沃的原野,接着春天走了,六月又带来丰美的收获。

没有比这地带还美丽的地带啊!

谁是这美丽的地带的主人呢?

---

① 原刊于《抗战文艺》第5卷第6期,1940年2月20日,第132-134页。后收入尹雪曼:《战争与春天》,商务印书馆1943年版,第67-76页。本文据后一版本录入。

② 原文为"裂"。

自然是那些忠朴的厚实的人民了。他们的祖先便是在这肥美的中原地带里发展起来的；那些祖先们依靠了一条流着泥沙的黄河，翻松了辽阔的莽原，几千年他们流着血，流着汗，把一些敌人赶走了，把野禽和走兽驱上了山林，把荒芜的田园翻松……于是子孙们一代代的过了下去，继续着祖先们那未竟的伟业。

现在——

"五千年的岁月呵。"

世界上再没有这样富庶悠久的土地呵。

可是谁不垂涎这肥美的土地呢？好像嗅着臭的苍蝇一样，从辽远的四方和海外飞向这里来了，侵入到这像未曾开垦过的莽原，蚊子一样的吸着血。

怪谁呢？这些子孙们早忘掉了祖先们创业的艰巨和勇敢，他们在那不可抗拒的力量下屈服了，让辽远来的他邦人民吸着血。然而终有那一天不能再忍受了，便像病的巨人一样的跳了起来。

可是，可是怪谁呢？

一些人民早已不能不开始流浪起来，他们抛弃了家，和家里的一切，踏上茫茫的征途，把辛酸和泪水藏在心底，他们咬着牙走了。

我们这一群也一样的流浪着。

但是哪儿是乐土呢？

到处烧着侵略者播下的烽火，狼烟弥[①]漫着所有肥美的原野和村落。现在，在那些往昔宁静的村镇里，在矿场上，在街道上，在胡同里，一些被杀害了的无辜的善良的人民，血肉模糊的到处乱躺着。甚至那躲到山林里，荒僻的田野的善良的人民亦都被捉捕了来，带到村镇上，不怜惜的殴打，枪杀，逼他们抬沉重的炮弹到火线上，或者给他们打毒药针而逼他们去持枪射击他们自己的父母妻女。

于是便茫然的问着：

"哪儿去呢？"

终于一些流浪着的孩子和年青人们拢起手来了。大家谁也忘不掉那个家乡，忘不掉在秋天的郊野，纵火烧起的茅草的青烟，忘不掉在萧条的园林里，用烧红了的土块炙熟的红薯和花生，更忘不掉那辽阔的吹着风沙的原野，原野里的森林和小河，村落和房舍……

但是——

什么时候才能够走回那肥美的地带呢？

"现在呵！回到家乡的地带里去吧。"

于是，我们的同伴的一群走了。他们要去夺回和永远的占有那肥美的地带，用他

① 原文为"迷"。

们的血和汗,去夺回祖先们所开创的田园。

勇敢的斗争开始了——烽烟烧遍了中原,年青的孩子们在原野里追击敌人,寻求乐土。

(二)

斗争和冬季的朔风一样的到处刮着。

开始,当那些缥缈恍惚的传说将要来临的时光,生长在这肥美的中原地带里的人民有点茫然;在他们朴实的灵魂上渐渐滋生了暗影的芽。

“不会像那些年青人说的吧?”

“是呵! 只要我们纳税完粮还怕什么呢。”

“那是从没有听说过的……”

可是现实却不容情的给予他们苛苦的打击。先是居住在城里的地主们走了,渡过了那黄泥滚滚的河(那里,人们想着是再平稳没有的地带了)。随后,从辽远的北方走来一些流浪的乡民,尘土和沙石把他们磨练得更结实粗壮了,可是他们却带有一脸的哀愁:于是用事实和传闻把那些朴实的灵魂敲动了,血流到他们的脸上,便喷着吐沫骂开了。

“当真有这些事吗? ……”

“难道我的老婆亦会给,给……他妈的哟!”

“我们哪儿去呢? 没有钱……”

“你哪儿去呵? 这就是你的家,你难道不想想你老子的坟还在这儿吗?”

北方原野里吹着风沙,冰冷的刺骨的寒流,人们一天天的战慄着,想着不可测的命运。不久,突然像狂风一样的袭来了,人们到处跳着,涨红了脖子兴奋的说:

“坐着等死吗? 我们是走不了的呵!”

“他妈的,回家守着你老婆的门吧!”

“还不去擦亮你的枪吗? 难道你情愿……”

“走不了就干吧! 守着你老子的坟。”

年青小伙子全兴奋的跳着。在温柔的阳光里,翻起了松软的土地,他们挖出了埋在那里的步枪,机关枪,手榴弹……拼命地用油擦着,村庄沸腾了起来,在原野里热辣辣的跳动着,夹着沙石的朔风在旷野和森林里呼啸着。愤恨的野火,秘密的兴奋的在旷野里,在山谷里,在芦苇里,在村镇和田庄上燃烧着,爬行着。

“我们是这肥美的中原地带里的主人呵!”

于是这些朴实的灵魂开始跳动了,老太太们带着媳妇和孙女给菩萨烧着香,祈祷儿子们的平安,诅咒东洋鬼子的早死;年青人们早不信这些玩艺了,他们拿着发亮的枪和同伴们追逐着,开着恶意的玩笑。

大地在跳动着,风沙在呼嚣着。

二十六年冬天,在中原正吹着北方的风沙时,人们不安的骚动着,消息一天一天的越来越坏了,农人们亦闹得更其厉害了。

风沙在吹着,皑皑的白雪飘落着,中原的朴实的居民们在疯狂的追击着他们的敌人。

(三)

三月,难忍的温暖的太阳炎热了黄沙的古河。古河是无尽长的荒野,矮树林和黄沙遮住了人们的视线,辽远的辽远的那里,才有一片黄柳围成的村庄和人烟。

现在在这黄沙的古河里,却聚集着无数的流民,马车,他们从自己肥美的田庄里逃了出来,像无家的野狗似的乱窜着。

“作孽,是谁前一辈作的孽呀!”

老太婆在拧着流下来的清水鼻涕,有着深厚的皱纹的脸孔,被三月的风吹得紫青了,不停的咒骂着,仿佛有谁在耐性的听着。

“该不是那两只母鸡要下蛋了,还有我那头黄母牛……瞧瞧要是带着那暖壶多好呵!”

这里那里用破布和草棚,干树枝搭起来的草屋,坏了轮子的马车,堆集的筐篮和竹篓……搭着孩子的尿布,和湿了的被窝,漏着棉絮的衣服……到处走动着人们,烧着炊烟,在空旷的三月的晴空里飘荡着。

“我们就死在这儿吗?叫老鹰啄去眼珠。”

“那么,到那去呢?回去吗?回去寻死吗?”

没有声息了。大家全记起东洋鬼子走来时的情形:用刺刀残杀着孩子和老太婆,年青人全被拖去枪毙了,毁了他们的步枪和大刀,女人们被装在汽车上拖去了,永远不会再回来的。房子,树林全给火烧成灰烬了,村子里连狗也找不出一条了。东洋鬼子穿着漂亮的军装,歪戴着帽子,把酒瓶挂在腰上,叫着,啸着,骑了马在村庄里跑着,马蹄子把很深的三月的泥泞都扬了起来,到处搜索着人们和败退的军官。用手枪射击凝冻的天空里寻食的飞鸟。

一个冬天在残杀和混乱中过去了。

现在,像没家的野狗一样的夹着尾巴了。

“连老子的坟也顾不得了。”

于是便像远古的民族,驱赶着黄牛,带着孩子和老婆到处的流浪着。但是他们却永远忘不了他们的家,老太婆拼命把田契缝在衣袋里带出来了,他们终究还是要回去的呵。

这样,在荒芜的沙河里的人们开始动摇,喧嘈起来了,他们对那茫然不可知的运命的网畏惧起来了。

一个歪戴着瓜皮帽的家伙,挤着他一双狡猾的眼睛,用细小的嗓音煽动着。

“就永远死在外乡吗?终是还有家,还有老子的坟呵!这简直是自作孽呀。”

“可是我们怎么办呢。”

“怎么办?”狡猾的眼睛笑了:“为什么不走回去呢?我们回去把枪械交给他们,照样完粮纳税,他们不是野兽。瞧,梨园地方的人,他们现在全在种地呢,东洋人连他们的一根头发都没动。”

“滚你是吧,别说梦话了。”

在疲倦的眼睛里迸出愤怒的火星来了:

“打他!简直是汉奸吗。”

“准不是好娘养的。”

……

愤怒的火烧着,眼睛在恶狠狠的发着光辉,瓜皮帽打飞了,狡猾的眼里流出泪水来了,一道鲜血从耳朵边流下来了。

随后安静了下来,人们太息着。

(四)

在今年,淫雨落着的季节,那些年青人们开始用愉快的调子,写着中原的故事了。

岁月和艰苦把愉快带来了,胜利无异的是属于我们的了。中原的日月,风沙和平原,房舍和村落,全在笑着了。

然而他们记得那些,那些顽固的人民苦恼的嚷着:

“我们不听,不听那些骗人的话!我的孩子,母牛和小猪哪儿去了?”

“全是他们呀!老天爷会报应他们的。”

群众对他们是那么的不信任。可是他们自己用热情和毅力和艰苦斗争着。

“只要我们,我们一齐干呀,家还是我们的。”

……

五月,群众从黄沙的古河里起来了,带着马车,竹篓挑,孩子,女人……带着步枪、火枪,铁枪,手榴[1]弹,和一门从小河里捞出来的钢炮,扬起了五月的灰尘和黄沙,带着一身的疲劳和困倦,他们疯狂的向家乡出发了。

---

① 原文为“溜”。

在炎热的六月，树叶子从不摇动的季节，从枯干的平原上，炎热的黄沙里，他们像暴风雨似的袭击来了，终于夺回了他们的家。

于是，忘记了炎热的季节，忘记了刚流过的鲜血，人们疯狂的饮起酒来了。

“你妹妹哟！老子，老子……”

“可怜我那头黄牛呵，他妈妈的。”

摔碎了酒碗，人们互相牵扯着，饱经风霜的苍老的脸上，粗的青筋暴涨着，咧着大嘴傻笑，把烧牛肉吐到别人的脸上。骂着。

……

九月带来了丰美的收获。

黄牛和骡马拖着闪光的犁，又在翻松那些黑油油的田野了；小鸟在树林里欢叫，太阳温和的笑着，高阔的晴空，远山，村庄，小河，房舍，晚风，炊烟，家乡是我们的了。

西北联大剪影[1]

夏照滨

——如果说浮华和奢侈是中国大学生的影子,现在,民族奋争的圣火照彻了祖国的大地,这影子悄悄地远了!——

去年冬天末梢,三月的风还含蕴着深厚的寒意,西北联大的师生又离别了刻划着他们半年影子的西北古都,重走到了流浪线上!在暗黑的冬夜里,让火车载着驰过西北大莽原,迎着曙光,被拖到陇海线终点的一个小站上。之后,走入了只能见到窄窄的天的山窝中,每早,摸黑地爬起来,把干粮袋搭在肩上,用棍子支撑着,把一个个的脚印烙在古栈道上;晚上,在土坑或是潮湿的泥土上甜蜜地入梦;午夜醒来,满鼻子的牲口粪味儿,驴夫们吸着烟,用他们沉重奇异的音调谈话,叫人觉得好像生活在中世纪的古怪的山中。这么样十二天过去了,数着自己一个接着一个的脚印,终究看到空阔而青得发翠的天了。回头谛视着那凝着自己呼吸的山顶白云,突然一个奇妙的留恋念头由心头闪过,但很快地又消逝了。

在一个周围不到十里的山城中定居下来。这城中只有一条主要的大街,一辆汽车的通过会使行人只有躲在店铺中的份儿。这里都是低矮的用泥土砌起来的房子,闻不到煤烟味,看不到西服革履,显然,这还是一个停滞在十八世纪的古老的小城镇。

从此和警报隔远了,在一个破落的庙中住下,一间屋子挤下五六十人。一个小学变成大学的办公处和教室,上课得由那间庙中出来跑相当距离,到教室中去。下雨的时候,雨水从教室屋顶的缝中流下来,被屋顶的积土混凝着,滴在教授的讲桌上,像是

---

① 原刊于《青年月刊》第7卷第1期,1939年1月15日,第28-30页。

作者简介:夏照滨(1918—1995),江苏江浦人。1937年考入西安临时大学文学院外国语文学系,跟随尹雪曼加入新生剧团任导演和演员。在校期间曾发表《关于建立文艺的民族形式》《陕南平原上的戏剧洪流》《文艺作品与生产建设》等,曾饰演《日出》中的方达生、《原野》中的焦大星、《家》中的觉慧,导演并参演《万世师表》和《清宫外史》。毕业后曾于私立力行中学任教,在西工剧艺社担任导演,后长期从教,在复旦大学担任英语讲师,南京大学外文系任教直至退休,发表《论戏剧艺术与英语教学》等,翻译长篇小说《疾风劲草》。

冬天火炉烟囱里淌下来的浓油。图书馆只有五十人的座位，书有三四百本，每天抢座位成了被智识苦闷焦灼着的青年的苦事。工场和实验室只是理工科学生作梦的资料。上课也不打劲儿，一天闲的时候多，生活杂乱的阴影重重地罩在头上，茶馆里成了俱乐部，就这么，一个学期飞去了！

× × × ×

暑假中，一千多学生以勇敢而坚实的姿态踏进集中军训的营房，把乌亮的钢盔戴在头上，穿上整齐的军服，配上一把崭新的七九步枪，一千多个新中国战士出现在另一个城市的街头。清晨的晓风抚摩着战士们整齐的行列，大地还睡着，只有青年战士的呐喊响彻在这冷静的空间。一个动的生活开始了：十点钟，秋天的阳光晒在背上还有着一股不可抗拒的暖意，这一千多个青年军人全副武装踏着齐一的步伐经过那热闹的市街，走十几里路到了一眼望不到边的绿的原野。这里是属于年青人的世界，奔跑着、活跃着，攻击！前进！冲锋！杀！……当不可抵御的疲惫征服了整个的身心后，仍是一个齐整的队伍回到那单调的营房里，享受那顿最简单的饭。天暗下来的时候，教室里的汽油灯用那水也似的光泻在这般被白日倦乏侵袭还继续吮吸着书本的孩子们的身上。熄灯号响了，躺在床上，猪一样地睡熟了，连梦都没有！又是三个月，这期间，这些孩子的神经曾经为武汉和广州的失守刺激得失去知觉，然而，被那祖国复兴新生的光芒引导着，这三个月过得有意义有情趣，每个人的脸颊笼罩着微红的云，被坚定的祖国爱燃烧得格外硬朗了！就这么着，一股新的血液注入那不健康的学校中。

× × × ×

学校有了新的变更，工学院搬到一个山中的意大利教堂里去，农学院给人家合并了，联大只剩下文理、师范、法商、医四学院。由受训地用脚走回那山城，惊异和欣幸支配了这几百个回到母亲怀抱的孩子们的心。学校换了一副新的外表，走进去，静静地，像走入一个庄严伟大的庙望。宿舍里新添制了足够用的自修桌，人数也减少了。教室的墙壁经过粉刷，使每个人看了感到亲切和快慰，同时屋顶上再没有浓油似的东西漏下来。图书馆的书架上一天比一天丰满，没有人再抢座位，因为每个人安然地会得到一个很舒服的地盘；实验的简单设备给与理科学生相当鼓舞；浴室、游艺室在建设的过程中……孩子们的精神被提到最高度，生活永恒地在紧张中。

一个大胡子的长者是这学期常务委员中的陌生者。他每天伴随着星光和同学一齐起来，从遥远的城外，拄着司的克，挟着黑皮包，一早赶进城来，看看民教馆操场上活泼地跑步的学生，然后和同学一块迎着灿烂国旗的飞升。这样，天天没有改变，这种精神使每个年青的朋友受到真挚的感动，一大早，打退了睡意，执拗地爬起床来，把自己的粗壮的身体沐在清寒的晨风中。

学校中流荡着一种“整肃”的气息。在这个团体中，很难看到闪亮的头、光辉的皮鞋和耀眼的西装；也没有胭脂、粉、口红和高跟鞋。大多数都是蓝衣一袭或是黑制服一套。泊然有儒者之风，度着紧张的生活。白天在教室里或图书馆中深深地埋下了头，晚上就在汽灯的随伴下勤奋[①]地笔耕。是的，时代已不容许我们怠惰[②]、因循、颓废、浪漫了！

但课外活动仍旧做得满精神。从前，这个小天地中充斥着不同的想法和不同的步调，现在在民族和国家利益至上的大旗下，孩子们贡献出他们洁白得如同纸一般诚挚的心，寒衣募捐运动在这种努力下得到极大的收获，一个板，二个板，积起来积起来，有了三千多元。淡淡的笑痕飘浮在工作者的嘴角，为了献身给抗战建国的伟大工程里，他们忘了疲倦，忘了一切个人的享受！

× × × ×

从现在印着魔鬼侵略痕迹的文化古都流浪出来，如今是一年又六个月了。逃亡的心谁不在忆念那一度载着我们温暖气息的城圈呵！如今，学校成了敌人的拴马场，那宁馨的空间满是那野兽的声息！故都的糖葫芦，萝卜赛梨，冬日积着厚雪的北海白塔一侧，夏日摇曳着绿牡丹的中山公园，都还有着温暖的梦痕呵！如今这一些都远了！如今是生活在抗战烽火熊熊燃烧着的大洪炉中，让我们挺起身来受那圣火的锻炼成金钢的身躯吧！那吮吸人血的野兽仍旧在向我们一步步地推移，终会有那么一天，拾起正义的匕首，深深地插入那野兽的胸膛！

1938年民族复兴节于陕南的山城

① 原文为“劝奋”。
② 原文为“怠情”。

陕南平原上的戏剧洪流[①]

夏照滨

战争是破坏的,也是建设的。在烽火和硝烟的网罗里物质毁灭了,精神和文化却伴同着抗战的进展飞跃成长。开战以来,中国新兴话剧突破了战前狭隘的艺术藩篱,战斗在广漠的祖国原野,无论在质与量上都呈现出一种新的突变,忠实而英勇地替抗战执行着推动作用。这一切都是崭新的前所未见的进步现象。

陕南虽然是一块已经得到充分开发的沃壤,然而在戏剧方面,却似一片未曾耕耘的处女地。外面的新兴的风暴被秦岭和巴山阻拒着,使这片内山平原永远停滞在落后的状态中。然而战争替话剧的进展在客观上提供下有力的条件,于是随伴着文化尖兵的移入,这儿的剧坛,展开了光辉的一面。

粗略的说,陕南话剧的洪流中来一颗小浪花是西北大学(那时的西北联合大学)的学生激起来的,那是一九三八年的春天,西北大学的学生由西安迁到陕南来,在物质和精神上都感到重重的窒闷,尤其是那古老不进步的社会现象更深深地撩拨着这些青年人的心,于是新生剧团首先揭起抗战话剧的大纛,参加这个组织的都是一些生手,他们不但没有正式受过系统的话剧训练,甚至大部分的人都还没有过舞台经验;他们凭仗着的是勇气、信心和热情;他们愿意虚心地学习理论和技术,接受别人的指导和批判,更努力纠正着工作中发生的一些错误,于是由简单的独幕剧开始,渐渐打下坚实的基础,以崭新的作风出现在这汉江贯流着的古老平原上了。每一次募捐和宣传的场合里,新生剧团紧紧地握着时机,把话剧的影响散播在陕南民众的内心里。常常和烈日,寒风搏斗,跑几十里路外去公演,完成的戏剧的武器震醒落后农村大众的任务。这段时期内演出的独幕剧有《放下你的鞭子》《张家店》《有力者出力》《火海中的孤军》等。

这影响是可惊的。不久,在汉中出现了两个剧团,汉中学生抗敌剧团和扶轮中学九一八剧团,大半都以中学生为基干,先后演出的剧本有《顺民》《布袋队》《电线杆子》《旧关之战》等。抗敌剧团更在各县各村镇举行一次巡回公演,以后话剧就在陕南更蓬勃起来。

一九三八年的夏天。新生剧团因为容纳了各地参加战时话剧工作的青年,内部得

① 原刊于《戏剧岗位》第1卷第5、6期(合刊),1940年5月1日,第207页。

到一次新的充实，在理论和技术上都有了很大的进步。于是用了一个月的功夫，加紧排演一个四幕剧《前夜》，每日挥着汗做一切演出的准备。暑假中，《前夜》在汉中和一千多观众见面，效果是颇令人满意，虽然那一次的演出还表现着若干缺点，之后，随着陕南观众口味的提高，先后更上演《重逢》《我们的国旗》以及经过改编的《鸽子姑娘》和《血洒晴空》。

陕南的话剧界自后得到更广大的开展。各剧团一面注意艺术水准较高的剧本的演出，更不断努力向穷乡僻壤作有力的戏剧突击，这些都得到相当良好的效果。

不久，汉中××[①]补训处因为适应实际需要成立了一个剧团，演员大半是专门干戏的。一开始他们就演出了《凤凰城》。成绩相当好，只是因为人手不够，还不能完全避免男串女的弊病。以后他们还曾演出《天津的黑影》等独幕剧。

一九三九年岁末，汉中的西北医学院一些爱好话剧的青年，组织青年剧团；因为他们的工作精神很积极。成立了一个月就把《夜光杯》在一次为前方将士募捐游艺会中献演出来。可惜的是第一幕未能演出，同时仍重犯了男串女的毛病。除此以外，在大体上这次演出是很成功的。同时××补训处剧团的协助表现了戏剧工作者彼此帮忙的良好精神。

新生剧团这期间先后因为劳军和募捐上演了《人与傀[②]儡》《天津的黑影》《烙痕》等剧。最近更努力预备继《夜光杯》《凤凰城》《前夜》之后献《日出》了。这是一个颇为大胆的尝试，然而由于该团的虚心努力，也许不致给与陕南欣赏水准颇低的观众过大失望的。

总之，陕南的剧运将会随着抗战朝向光明的前路上挺进了，虽然，这儿的物质条件会给与话剧的进展或多或少的障碍，这些青年工作者的克服困难的精神正保证了光辉的未来，同时由于他们不断的努力，不但使新兴的话剧在这儿取得与旧剧相等的地位，也向后来的中国话剧工程投一块基石。

大体上统计，陕南这块小天地里大小剧团不下二十个。它们都是单独存在，各自为战，彼此不相联络，这自然不是一种可喜的现象，最近中国电影制片厂的西北摄影队过汉中，他们很希望陕南的话剧界能紧密地携起手来。新生剧团早有这种意思，预备在《日出》上演后，正式发动陕南戏剧工作者的整体组织。这个计划如能见诸事实，陕南的戏剧洪流将会更汹涌澎湃流向前去，发扬更伟大的集体力量。

一九四〇年二月陕南

① 原文如此，可能指“新兵补训处”。

② 原文为“偲”。

从城固到宝鸡
——新生剧团西北劳军演剧日记[①]

李　战

7月11日

新工作的开始,精神上感到无上的兴奋,尤其看到伙伴们沉默而紧张得东奔西跑,更给自己以无限的鼓励和信念。“工作过度疲劳后的休息才是真正的愉快”,这句话时常在生活里被我体念出来。

晚上,《雷雨》第一次的演出,虽然一切都很匆忙草率,可是却得到了意外的成功,六盏汽灯被几十条线牵着,完成了复杂的舞台气象,还有大家最担心的几个初次登台的演员,也都胜任而愉快地完成了任务,更值得大伙拥戴的是效果组的老马,脱光了膀子,赤着双足,一个铅球,一片铁,一个喷壶,完成了美妙的舞台效果,这些工作上的英雄们,将永远地被大家忆念着。

夜三点,才演毕了这一场戏,观众答以热烈的鼓掌后退潮一样踊出了汉滨戏院的大门,剧场内留下死一样的沉寂,台上的一群大孩子们,仍然在发青的汽灯光下兴奋地继续工作着,一直到鸡叫的时候,才相携回剧团休息。走在大街上,凉风拂着发烧的脸,身上感到特别的轻松和爽快,每个人都高兴得满街乱跳。歌声也随着飘了起来,可是却被朱矮子的吆喝声压了下去:“伙计们,人家都在睡着哪! 团体纪律要紧!”

7月14日

城固工作已告一段落,奉团体命到汉中筹备第二步的工作,大清早,天下着霏霏的细雨,云雾阴沉的有些使人窒息,晌午,剧场主任扬着满脸的笑,报告演员的困难已圆

---

① 原刊于《青年月刊》第13卷第1期,1942年1月,第34-40页。

作者简介:李战(1918—2006),原名李峻恩,河南太康人。1939年考入国立西北大学法商学院经济学系,后加入新生剧团,参演过《雷雨》《原野》《人与傀儡》《人约黄昏》等剧,发表了《供》《清算五月的血迹》《从城固到宝鸡——新生剧团西北劳军演剧日记》等。毕业后赴兰州从事戏剧活动,相继创办了西北青年剧社、中国业余剧人协会、西北第一线大学剧人协会等话剧艺术团体,成为兰州早期话剧运动的主要开拓者之一。创办新光豫剧团、新光豫剧学校,1957年任兰州豫剧团首任团长,导演了《钗头凤》《裙带风》《姐妹情》等剧作。

满解决。

我们打前站的在雨中告别了城固。

到汉中已经是万家灯火的时候,会见了先到的几位,觉得格外的亲热,听说,票已推销了千余元,一切都不会大成问题吧！我这样的想着。

7 月 15 日

明天就要演戏,舞台上的一切事情还都没有头绪,大伙都非常着急,为了备灯光器材,大小道具,差不多把所有的时间都占去了。

夜,下着骤雨,大队明天是否能到呢?

7 月 16 日

后半夜下着倾盆大雨,山洪也随着爆发了,听说公路完全被冲坏了。

下午,天稍放晴,接大队的汽车硬着头皮开了出去,大家的心才稍微安定了一下,可是不一会,汽车又开回来了,路坏了,大队来不了。怎么办呢?最后决定把演期顺延一天。

无聊中,画了几幅广告。

7 月 17 日

雨还是下个不停,今天的戏恐怕又要吹××！但事实上,戏已不能再延下去了。清早,给城固去了一个电话,决定让大家无论如何要在今天赶到汉中。

下午四点钟大队赶到,在戏院门口迎着大家,欢呼声响彻云霄,大家心里的一块石头顿时落了下去。

时间的迫促连休息的时间都没有了。立刻动员了所有的工作人员,整理剧场装置舞台,开始化装,晚,九点钟才把戏演出来,这样的演出速度,在全国恐不多见吧。

今晚听说××剧团同时公演《古城的怒吼》,工作上的竞赛给伙伴们增加了更多的工作勇气。

7 月 19 日

今天是公演的第三天,航空站的吴先生在灯光器材上给予我们很大的帮助,因之灯光装置亦有长足的进步,我们该感谢这位工作上的热情友人。

晚戏准时演出,场上仍然满座,话剧演出,在汉中这是空前的现象。

7 月 21 日

昨天休息了一天,今天为赴航空站演剧,工作又突然的紧张起来。

搬一次景真够麻烦的,一天的时间差不多都花在这上面了,下午三点钟应空军站的欢筵,四点半钟即开始化装,恰好今天新自遥远的新疆赶来一批飞机驾驶员,工作更显得特别有意义,首由站长致开会辞,继由剧务主任报告公演意义,观众约到千余人,会场空气很好。

午夜后始结束这一场戏,总站又招待了我们一餐晚点,一点多钟,始踏着阴暗的路,返回宿舍。

7月24日

警报把大家赶到城郊,炎毒的太阳晒着漫野的人群,一直到晚饭时才拖着沉重的脚步回到城里来,躺在床上,疲劳得连眼也懒得睁,可是还得勉强的爬起来,每人都坚信着,只有不断地克服环境的困难,才能得到工作更好的开展。

7月27日

为了汽车的问题不能解决,仍把团体滞留在汉中,真够急人的。

为了工作上的需要,今天又从褒城邀来了两个女同学,大家莫不以最大的热诚来迎接她们。不到半天的光景,大家就好像旧友似的熟悉了。只有为共同目的而努力工作的伙伴们才能建立真挚的友谊,我这样默默地想。

7月29日

为了结束汉中并开始宝鸡的工作,团体召集了一个全体会,讨论到调整工作,乃至生活的问题,会场上暨展开了激烈的辩论,甚至险些吵起来,终于理智克服了感情而获得圆满的结果。刚开完会,一群人又嘻嘻哈哈地聊起来,这如果叫外面的人看见,真会弄得莫名其妙了。

会上决定先派五人到宝鸡筹备,我也是其中之一。

7月30日

车子今天不开,昨天的计划又都打消了。

听说明天车辆已获得办法,全体即可离开汉中,大家又显得紧张起来。夜深了,大家却都在忙碌着准备明天的行军。

7月31日

天还未亮,即与段、朱、李、赵、万六人先大家而踏上了赴宝鸡的征程,过柴关越秦岭,这已是第二次,但心理却感到另外一种莫名的喜悦。大雨之后,傍山公路更是难行,车过褒城石门栈道至柴关岭最险处,见一汽车覆于路旁,车身已落下一半,下为深崖,观之不禁心为之悸。

今日动身甚迟,如按规定行车速度,仅可至双石铺,因车夫急欲赶路,决定黑夜越秦岭。大家不便表示意见,但在每人的脸上可以找出内心是在如何……被恐惧……紧压着。的确,白天过秦岭尚被人害怕的,何况在漫漫的黑夜里。可是,另外又被好奇心所激动,反而把惧意打了一个折扣。

车加大了一个速度,把山、树、石……像飞一样地甩在后面。夜的魔手渐渐掌握了大地,山显得黑黝黝地不断地起伏着。只有车前的巨眼虎视着前方……爬!爬!自己担心地睁大了两只眼睛注视着前方光照的路。九点钟至黄牛铺,因后轮胎被山石碰坏了,只得就此停止,夜宿一小店中。

8月1日

天还未大亮，又从睡梦中爬起来，继续着昨日的征程。晨曦照耀在秦岭之巅，车穿过了凝结的山云，把难闻的汽油味及尘土都扬播在后面，清风吹在阳光里，空气显得特别清爽，晨八点钟过秦岭最高峰，从此直下宝鸡，九点多钟到达。

宝鸡别了一年！今天又见面了，另是一番新气象，一切都在急剧地成长着，尤其是工商业的发达，使人感到意外的惊奇，这我们该感谢鬼子的赐予。

未休息即走访各有关方面，至夜深始得到甜蜜的睡眠。

8月2日

竚候了一天，大队还没有赶到，心里急得要死，大家都担心着中途会出了什么危险，一直到下午才得了消息，说是车子中途碰山，伤一司机，全体的伙伴们均无恙，大家心里的一块石头才落了下来，每人都在抹额上的汗喊着侥幸！

赴县府交涉宿舍，不料竟被县长太太拒绝了，真使人啼笑皆非。

8月3日

下午五点钟在离宝鸡十里的地方接到了大家，乍逢，好像久别的家人，衷心感到无限的喜悦，歌声飘扬在原野，汇成了年青人挚热的巨流。

长途的跋涉，大家都显得清瘦很多，听说团体和个人的钱都快花光了。工作已到了很困难的阶段。

8月4日

上午召开全体(会议)商讨在宝(鸡)工作的开展问题。

几位办事务的人都非常努力，在雨里跑了一天，把审查剧本和推票的事情都解决了。

夜，雨还在渐渐的下着。

8月5日

雨给工作增加了很多的困难，但也给剧务以排戏的机会，戏又重新地讨论了一番，演员们均能热心地改正自己很多的错误。

8月6日

下午，宝鸡各界联合茶会，欢迎本团，共到百余人，会场空气热烈非常。

雨又连绵了一天，给人增加了多余的烦恼。

8月8日

雨又把演戏的日子拉长了一天。

下午，听说赴西安所借舞台用物均未借到，只得匆忙的冒雨到街上临时购置，同时发动了全体女同学牺牲了睡眠，帮助缝顶幕等，一夜的冲击，想着不会误了明天的工作吧！

抗战改变了中华民族儿女们的历史根性，就拿这一点工作的精神来说，看惯了躲在大学皇宫里以脂粉自娱的人们，做梦也不会想到的事情吧。

8月9日

上午，天还是下着细雨，但事实上，戏无论如何也不能再延期了，匆忙的冒雨赴剧场布置，至下午八点钟才开幕。

匆忙中的工作总不能尽满人意，十二点钟，电灯忽然全熄了，准备的三个汽灯又坏了两个，这一下子把所有的人都急坏了，在百无办法中，只得特别留意地利用了一盏汽灯完成了《雷雨》第四幕的戏。但观众在此种情形下没有丝毫的嚷乱，这该感谢演员的特别卖力。

戏毕回宿舍又喝了一碗稀饭，把一天的疲劳又驱走了，几个伙伴们围一只残烛兴奋地谈到天将放亮始就寝。

8月11日

最后一场的演出，工作更显得轻松，各方面也都有了进步，伙伴们的工作精神也愈显得旺盛起来。

8月15日

上午听说，决定明天下午两点钟在南园剧场劳军公演《人约黄昏》与《人与傀儡》，并且听说大同书院日本兄弟反侵略剧团亦将参加公演，心里突然感到民族原始的热的跳动，不知是谁在喊："中日兄弟亲密的携起手来"，身上不由得打了一个寒噤，肌肉随起了一阵的痉挛，"只有日本军阀才是中日两国人民大众的仇人"，这观念真切地印在脑海里。

8月16日

吃过早饭即率领全体舞台工作人员赴剧场布置舞台。虽然时间很短促，但总算简陋地完成了。下午两点钟开始慰劳伤兵公演《人约黄昏》《人与傀儡》，及日本弟兄反侵略剧团的《醒醒吧同志》及《浪人浪事》。成绩都不错。在换幕之间，日本弟兄唱《义勇军进行曲》《大刀进行曲》等抗战歌曲，台下的荣誉军人报以热烈的掌声。台上台下兴奋地混成了一片，人类的爱和恨在这里给你一个明确的回答！

夜里又和这一群异国的兄弟们会了一次餐。彼此更加亲密起来。

8月17日

下午，又和日本兄弟反侵略剧团合摄了一张影。

宝鸡工作大致告一段落，但赴西安筹备的人员传来了消息，因宿舍及人事等各方面犹未完全解决，因之，团体赴西安，恐尚有待。

秦岭南北驰骋记[①]

里　只

一　寂寞荒凉的陕南里的一支洪流

陕南是秦岭和巴山间的一块大盆地，二十七年三月中旬，我们这群从北平，天津，南京各地区被敌人赶出来的年青孩子们，又从古长安的街头，被敌人疯狂的轰炸驱逐了出来；于是几千个流亡的孩子们，为了学习他们未竟的学业，学习他们将来报效国家服务社会的技能，跟随着国立西安临时大学重新踏上辽远的征途了。但是他们没有悲哀，没有怨言；用热烈的情绪唱出他们内心战斗的歌，在一个黑夜里，一列长长的火车从西安拖到了宝鸡；展开在前面的，却是长远的难行的古栈道了。

这样，千百个青年用他们从未跋涉过长远的路途的脚，翻过了高耸入云的秦岭，酒奠梁，凤岭，柴关岭，在这南北古栈道印下了他们的脚印；但他们却还是兴奋，热烈，对伟大的民族战的胜利，抱着最大的希望。那时，正活动在这栈道上的，是万千的朴实的勤苦的工人们，他们用火药爆炸着山，用铁锹开辟着不平的崎岖的路，为祖国抗战的大后方，修筑一条大动脉。

三月底，大队驻在褒城。西安临时大学是由国立北平大学、国立师范大学、国立北洋工学院组成的，这时奉部令改为国立西北联合大学了。不久，定了校址，分住到城固，古路坝和沔县。当我们这群年青人走在城固这未开辟的荒凉的小城里时，那些居民都用惊奇的眼光，投射在我们身上。

然而，我们终久是住下了。学校稳定了，开了课；我们除了和书本纠缠外便是跟“跳蚤”“耗子”“蚊虫”斗争了；此外，还有一种更危险的传染病，是本地居民百分之八十的疥癣，我们亦必需时时注意和留神的。

五月间，这里的年青人再也耐不住山城里的寂寞和枯燥。于是一群孩子成立了“新生社”——到现在她已有了将近三年的历史。这里包括了话剧团，壁报，歌咏，研究等部门。工作马上便开展了，虽然那时是想不到的一种简陋，穷困；但是精神却是格

① 原刊于《中国青年(重庆)》第4卷第3期，1941年3月1日，第117-122页。

外的热烈和兴奋。那时学校并不给分文的帮助，二十几位社友集了十几元活动起来的。壁报出来了，吸引了不少的年青人和民众，剧团首先演出《张家店》《有力者出力》两个独幕剧。不久，又上演了无数次的《放下你的鞭子》，演出了《塞外的狂涛》《我们的国旗》《重逢》《烙痕》；从独幕剧发展到多幕剧便上演了《前夜》《鸽子姑娘》《血洒晴空》《日出》《夜光杯》；壁报扩大成了《新生半月刊》《新生月刊》了，另外又组织了“新生球队”，主要的队员全系师范大学体育系的“哥们”，他们打败了各院系的代表队，并远征南郑，为伤友购鞋袜公开卖票表演，曾轰动了陕南。

而在二十九年的七月间，这群年青人又联合了原来“西北联合大学”的社友们，作远征西北公演工作了。

二　从淫雨的城固到泥泞的汉中

自然工作是会遭遇许多意想不到的困难，然而我们是从困难中长大的。不断的困难却越坚强了我们为工作斗争的意志。

首先我们要在城固上演了，剧是《雷雨》；那些嫉妒我们，恨我们的人们自然是设尽方法射我们暗箭，几乎使我们上演不成。然而终于演出了，成绩是格外的好，演员的技术动作都获得了最大的成功。于是我们将出发到汉中了。

天却在落着像永无休止的淫雨；在汉中作筹备工作的人员打电话来，时间决定了，票销出去了，七月十六日晚上必须上演；然而被淫雨困在这小城里的我们，十五日得到了个消息；间隔在汉中城固之间的沙河水发了，冲坏了公路，连船只都无法摆渡了。

电话通知他们延期。可是电话又来了，第二天他们说观众买票的太踊跃，不马上上演实在无法应付；于是我们决定十七日一早走。感谢上帝，十七日早上雨住了，用胶皮轮拖了行李，道具，布景，三个女演员坐人力车，其余的一律步行。走到半途，第X空军总站派一辆汽车来接我们了，然而却陷在泥里，倒累得大家把它从泥里推出来，一直到九点，人员才到齐，群众却老早在台下静候着了。那天忙到下午三点，戏才演完，大家方才吐了一口轻松的气。

在汉中，本来预定二天的公演，后来因各界的要求，继演一日。接着又为慰劳空军将士在汉中第X空军总站演出；是七月二十二日的夜里，恰巧傍晚从新疆回来了一批新的空军战斗员，大家兴奋的工作了一个晚上。

淫雨却继续不断地在落着，满街满巷全是泥泞。工作结束后的我们，住在三民主义青年团南郑分团部的青年宿舍里，歌声和笑语永远伴着不断地淅淅沥沥的淫雨，这一来，却又延长了我们的行期。

汉中是个有名的古城，她在历史上有着不朽的声名和无比的荣誉。高歌大风的英雄刘邦，曾带领着成千成万的人马在这里称过王，智勇兼备的诸葛先生，也曾在这里练过兵;而那一世的奸雄曹孟德,汉中道古城曾经成为他这位侵略者的鸡肋。假如你有思古幽情,南门外不到一里远的地方,有个高可及丈的土阜,那就是汉代鼎鼎有名的韩信拜将台。

我们的行期是无限的延长了。工作同伴们不断的焦虑着,有些人考虑假如这次工作无法进行,大家倒不如赶快请求参加青年团的夏令营,另外有家的人也在考虑着怎样设法回家;情势是异常的恶劣。

在汉中北门外,有一块石碑刻着“马岱斩魏延处”,使一个人很自然的想起当年诸葛先生的先见。此外城东南隅有一个饮马池,水清澈底,仿佛像北平的黑龙潭;我想当时一定有个奇异的故事在里边。可惜年代久远,后人无从知道了。古汉台矗在城的中心区,台阁玲珑,又仿佛是北平的白塔。

然而汉中是经不起这样闲暇的,不久,我们谁也都感到了厌倦。不料,这时情势已然好转;西安军委会战干 X 团的政治部主任王大中和中央军校第 X 分校政治部主任王朝璠先生因赴渝受训,路经这里;当他们晓得了我们这群怀着一股热烈情绪的年青工作者的理想和计划时,他们便以最大的热诚来鼓励我们,并给我们许许多多的指示和介绍信,这样,我们每个人都因此而增加了很大的勇气;在一两天后,汽车站长替我们这群工作者找到了一部商车,于是我们的计划将逐步开展了;晚上,在我们临时的宿舍里,歌声起来了,笑声响着,大家在一个有月亮的夜色里,兴奋地读着一天天工作的进展,收拾着零乱的东西和物品;服装,道具,布景,都装箱了。这夜,大家都做着愉快的梦。

三　我们怎样爬过秦岭的

这天,一辆卡车拖着我们这群年青人奔驰在平坦的公路上了,歌声和着摩托,笑语和着灰尘一样的飞扬在天空中。

每个年青孩子的愉快是无法形容的。大家挤在车厢里,相视而笑。

然而磨难却像多难的祖国,当我们的车子刚刚开进山道中时,在一个转角处和一辆卡车相遇了,因闪躲的关系,我们的汽车给挤碰在山石上,一个司机助手是给撞伤了,我们都跳了下来,和那辆汽车司机争论着责任问题,最后,伤人由那辆汽车带至汉中养伤了。我们从新爬上了车子,可是这一下笑声和歌声却停止了,大家全小心翼翼地望着前面,那无穷无尽的平坦的公路展开着,展开着;而每当山的转角处,大家更是提心吊胆的坐着。

陶钧是我们的会计和票务,是一位湖南的“活宝贝”。汽车的喇叭坏了,这时大家却发现这块活宝足可代替;恰巧他坐在车厢正中,所以周围的顽皮孩子们,便把他当作喇叭;每当谁按一按他的脑袋时,他准会像汽车喇叭一样的叫两声;因此,而惹得大家在战兢兢的害怕心情中，挂着快意的笑容。

卡车的机械因这一次的撞碰而损伤了，所以开得很慢；第一天只走了二十多公里，半夜里停歇在一小城的车站上，第二天又开了三十多公里，停歇在中途的一个村镇上；大家老早的焦急起来了，这样不但工作日期延长，开支大，而最危急的是如果这样的走起来，二百五十公里的行程将走半月了；团员吃大饼的钱恐怕都没有了。

第三天走到双石铺，这里从前是个小市镇，现在繁华起来了，从这里起，有通达天水的公路，成为西北公路交通的中枢和转运点。而我们的汽车始终无法开行了，大家便暂时的停留在这里。

第四天一早，大家全为无法前进而焦虑着了。汽车无望开行，而这里车站又不售票，后来几经交涉，站长答应我们将一辆刚修理好的木炭车送我们走；这样大家才又活跃起来了。然而因为剧团"一文莫名"，车票需二百多元，问题怎样解决呢？最后，从二十几位团员身上，凑集了这数目，在下午这木炭卡车便开成了。

这时大家全又都兴奋起来，歌声亦起来了，笑语和傻叫在天空中旋飞；然而遗憾的是我们在深夜里爬过了秦岭，无法欣赏这伟大的峦峰。

四 在轰炸中来去

宝鸡这三年前荒凉寂寞的小城，不料已完全改换它原来的面目了。当我们随国立西安临时大学搬家时，大家都推测到这小城将来的繁华和兴盛；如今果不出所料。街道是宽阔的，商店的玻璃窗和高楼在街上投下它的漂亮的面影，不断的流着的，拥挤着的行人，车马，形成了这战时小都市的繁荣。

在宝鸡，工作马上便展开了；市上唯一的通俗日报社的同人们，把他们最大的热诚付给我们，各行政机关对我们这群年青人很大的帮助；最后，我们在大华剧院演出四幕名剧《雷雨》，共演三天，成绩为宝鸡空前未有之成功，使各界人士对我们的印象更深刻了。那时，我们的制服是一种米黄色土番布的西服，最后，宝鸡市上的住民和商号全都和我们熟悉了，并且对我们格外的客气。

三天的成绩募得三千多元，我们除开支和存积一部分生活费外，捐给荣誉军人五百元的慰劳品，另外还给青年团宝鸡分团部七十元。

这是八月九日十日十一日的事。我们是七月三十一日由汉中动身的，在途中一共走了四天的行程。八月十五日，在宝鸡的俘虏教养院里的剧团"大同学园"，一部分日本朝鲜的反战同盟会的弟兄，在这里和我们相识了，大家热烈的共同出演了几幕短剧，并照了相；这样，我们间的感情增加了许多。

然而不幸接着就追我们来了。八月十七日敌机大批的滥炸着宝鸡城。我们剧团和大同学园的反战同盟弟兄全住在城西街小学里，而敌机就在那里大肆轰炸；我们当炸后,便马上发动街道宣传,当时许多被炸房舍的住民们,都在咬牙切齿的愤怒着。

因为轰炸关系,十九日全体团员便搭车回西安了。

然而在这三年如故的古城里,轰炸虽然没有来,一直到我们离开,然而警报却每天有,并且常常是一天数次,有几天我们大家全是从早上一直饿到下午四点才得有顿饭进口。

但这并不足以妨碍全部工作进行,虽然一切我们都不得不延迟了时间。大家的精神和情绪还都是热烈的,紧张的,工作情绪亦非常的高。

时间是九月一日到五日,我们决定了《雷雨》的出演。事先那些爱护我们的人,都替我们捏一把汗,因为以过去的经验,所有的话剧团在西安是没有不因为开支过大而折亏的。并且有名的剧人赵慧深女士,戴涯先生亦都栽过这样的跟斗!并且怕我们出演五天的时间过长,后两天没有人看,劝我们缩短日期。然而我们并没有这样做,我们大胆傻气的干了。五天的成绩竟不能不使西安市的人们惊奇!每日观众一千四百人从没有减少过,直到最末一天还是挤碎了门,票价最高的荣誉券是二十五元,最低是二元。总收入是一万三千多元。最后我们捐给陕西伤兵之友社五千五百元。

此后,把一部分时间给予团员们,让大家自由活动。因之,有冒着淫雨去爬华山的风景迷者,有赴临潼参观骊山,并想在华清池的温泉中洗一洗杨贵妃的浴池。

我和萱在这时恢复了友谊,愉快的玩着并工作着。九月底我们这群年青孩子们又在轰炸中归去了。

西北联大动静[1]

吞　吐

要说西北联合大学,就不能不先提到西安临时大学。那是先前北平的师范大学、北平大学和天津的北洋工学院、女师学院在抗战后于西安合组成的,在西安上课不到半年迁到陕南城固一带,自从去夏北洋工学院、北平大学工学院与东大工学院、焦作工学院合并成为西北工学院,以及北平大学农学院与西北农专合并成为西北农院后,才有今日西北联大的出现。西北联大现有文理学院、法商学院、医学院、师范学院,和师范学院附属的中学与大学先修班,全校共有一千四百余人。除医学院在汉中,附中在古路坝山中外,其余全在城固,群山拱卫,汉江环抱,一个很幽静的环境里。

他们的日常生活,不管是在汉中,在古路坝山里,和在城固,全是非常刻苦的。本来要到西北来的人,岂仅学生,若不抱定吃苦耐劳的精神埋着头儿干,准要在物质环境感到不足,这种不足自然是与其他地方的比较,很快地就要脱离这个环境。先拿伙食一项来说吧,六块钱一月别说吃肉,就是两碗青菜还很勉强呢。还有住的宿舍全是古庙,卅几个人,甚至七八十人挤在一间大屋子里,睡的是上下铺,大炕[2]式的木床,除去几张书桌外,很少有转身的空隙。所以他们一天在屋子里的时间很少,从早晨五点半起床,接着跑步升旗。早饭后就上课,白天有空堂的时间,多在图书馆[3]和教室里念书,或在运动场上玩球。晚饭后,在汉中的同学,可以在街上溜一溜,在古路坝附中的同学,可以成群搭伙的爬山,在城固的同学,可以到城墙上、郊外去散步,在那绿麦黄花(黄花系指油菜花)新鲜空气的原野中,驱走了他们一天的疲劳。到晚上他们都在教室汽灯下自修,准备自己的功课。到礼拜日时节,在汉中的同学可以看一看汉中八景、汉桂和其他名胜。在城固的同学,可以到樊哙墓、萧何墓、张骞墓等地方凭吊一下,在古路坝的同学可以步行到汉中(七十里)、城固(五十里)去玩,自然,汉中、城固的同学也有时拜访他们。他们的日常生活,总是这样循环不息的轮流着,为建设西北而充实自己,为抗战建国而努力。

在西北联大师生所共同的困难,要算图书仪器问题的严重了。譬如东西贵,我们

① 原刊于《青年月刊》第7卷第6期,1939年6月15日,第28–29页。

② 原文为“坑”。

③ 原文为“圕”,是“图书馆”三个字的缩写。

可以不吃不用，或找代用品，图书仪器是读书求学必备的工具，虽然能用讲义代替小部分，究竟还不能从事实上有多么大的补助。自然交通困难，是一个大的原因，如看重庆出版的杂志报纸，最快要在半月以后，由重庆买书还须特别标明用汽车运，尚要一个月的样子，要由昆明买，就得三四个月的时间。还有学校经费困难，也是一个最大的问题。去冬顾次长于视察后，允为代想办法，但希望能早日实现。听说学校还有购买或借用西安西京图书馆①全部图书的消息，这真是西北联大师生的福音。在抗战期间要节省人力物力，与其让西京图书馆的图书空摆在那里(我想在西安大轰炸后疏散人口，很少有人到那去看书)，莫如叫西北联大师生使用，虽然西京图书馆不如北平图书馆的规模宏大，最低限度，西北联大的师生，也会把它看作无尽宝藏的矿山，可以解决他们精神上食粮的恐慌。

在抗战建国的大时代里，大学生的任务不仅是在课室里埋头苦干，还有在后方动员民众的重大责任。西北联大的学生也不能例外，他们在陕南早就在执行着自己的使命，寒假前曾为抗敌将士开游艺会募集寒衣，与慰劳出征壮丁家属。在寒假中，一部分同学去乡下宣传，一部分同学到汉中演剧(新剧与国剧)为前敌将士募款购买鞋袜。家政系也曾把自己实习制的衣物食品义卖，所得也是捐助前方将士。还有创办防空防毒训练班、科学研究班、与扶助地方社教的进行等。最近听说还拟举行节约扩大宣传，劝导社会人士与民众，节省自己无谓的耗费，把社会的所有力量，全用在抗战建国的伟大事业上。

西北联大师生在本月六日，实行了民族扫墓节与国民抗敌公约宣誓。在那天的早晨，全校的学生都集合在法商学院的大操场，先升旗后出发，顺着弯②曲的小路向博望侯墓(张骞墓)走去，蛇形的队伍展开了在宽阔的田野，前边连接不断的往前走，后者还有广大的队伍在等待着出发，女同学在这时唱起救亡歌曲，打破了这个沉闷的空气。当前的事，很容易使人联想到我们当前的抗战。蛇形的队伍，接续不断的前进，好像我们抗战的力量，人人奋勇向前，新的力量一天天在增长着，非把日本强盗赶出国境不能干休。还有女同学的歌声，那样协同有力，恰似我们全国的精诚团结，同舟共济的一致对外。张骞墓在城固西五里许，在全体学生到达后，教职员携眷也陆续的来了，由徐常委领导举行仪式，先致祭博望侯后宣誓，尤其在宣誓时，全体师生严肃地宣读誓约，整齐隆重，声动天地，继由胡常委代表省党部致监誓词(因胡常委亦系省党委)勉同学要效法张博望侯的坚苦卓绝，不与敌人妥协的精神，来从事抗战建国的工作。会后聚餐，每人一块大饼，一包牛肉，佐以白开水大嚼，饭后同学自由返校。路上挤满了满脸笑容的联大师生，每个人都在这次大典带回来了无限的兴奋。

民国廿八年四月八日于联大法商学院

---

① 原文为“圕”，是“图书馆”三个字的缩写。

② 原文为“湾”。

西北联大剪影[①]

少　颖

西北联大在城固作客将近一年了。她是受东亚的疯狗——日本帝国主义者的侵略,由文化的故都搬到城固来的。

平津沦陷后,敌人的铁蹄,便踏进了我们底文化古城——北平,所有各学校的负责人及成千万的热血青年学子,便成了禽兽们底眼中钉。于是文化机关南迁,青年学子流亡,我们的政府为了持久抗战及维持青年学业起见,就令国立北平大学,国立北平师范大学,国立北洋工学院,在西安筹组国立西安临时大学,使青年学业不至丝毫废弛,并积极培植抗战建国的人才。可是在西安住了不久,敌人的飞机炸弹又在西安袭扰,教授和学生们不能安心上课,于是又在去年三月十六日由西安出发,徒步来到陕南的城固。当学校的大队刚达汉中时,教部就明令改称为现名——国立西北联合大学。

城固虽然是个小县,可是在陕南总算是一等县,也是富庶之区。县城是南北长而东西窄,比较繁华的街道只有南北的一条大街,周围的环境是前有汉江,后有青山,东通汉白路之大道,西距南郑七十余华里。联大乍一来到这里的时候,在衣食住行各方面都有了问题。本地虽有土布,但技术低劣,不大适用,其他衣料之昂贵,简直令人不敢过问。食的方面,在物产丰富之城固,虽然食粮不感觉困难,但此地民众大半有皮肤病与传染病,即便有大量的食物供给,颇有令人不敢下咽之势。交通方面,虽有汉白路横过此地,但陕南多阴雨,桥梁时被冲毁。城固与南郑间相距虽仅七十余华里,每逢阴雨,则信件之来往,常在二十日以上。至于校舍方面,则占用了此地的文庙,考院小学旧址,还有小西门外的城固职业学校的校址。虽然都是颓垣断壁,但经了一番修葺后,也就因陋就简,勉强可用。现在一切比较尚佳,不过因了环境关系,困难仍多。但学校方面,也是在这种刻苦的环境下设法克服困难。

先就学校方面来说:联大是由三个学校组合而成,没有校长,由原来三校校长组成常务委员会,执行学校一切事务。

自从去年教部筹设西北工学院和西北农学院后,北洋工学院和平大工学院便脱离

① 原刊于《西北论衡》第7卷第4、5期(合刊),1939年3月15日,第11-17页。

了联大,和东北大学工学院与焦作工学院组成了国立西北工学院。平大农学院也脱离了联大,与西北农林专科学校合组成国立西北农学院。因此现在的西北联大只是平大和师大的各院来组成。现在只有四院,即文理学院,法商学院,医学院,师范学院。原来师范大学教育学院,自师范学院成立后,无形中取消,但该院教育系、家政系、体育系等二三四年级学生,现仍属文理学院。这几院学生合计有一千余人。文理学院的学生在考院小学旧址上课,内有国文,外国语文,历史,地理,教育,体育,家政,生物,化学,物理,数学等十一系,本院学生,男生住文庙内,女生则住考院校本部。师范学院在文庙内西部上课,内分国文,英语,数学,教育,体育,史地,理化等系。男女学生全住在该院,法商学院在城固小西门外,原为城固县职业学校旧址,现为法商学院上课,共分政经,商学,法律等系,男生亦均住该院。医学院在南郑城内之中学巷赁屋上课,并不分系,毕业年限六年,男女学生均住校内。

学校的机构,以常务委员会为最高执行机关,下设秘书处、教务处、训导处。会计课,出纳室,文书组,出版组,庶务组,斋务组,注册组,卫生室,军训组……分别隶属于秘,教,训三处。

教室和宿舍,以师范学院为佳。因教部特别注重师范教育,曾拨有少数修理费。自李云亭先生兼代院长后,大加修葺,原来为破烂不堪之房屋,现已焕然一新,虽不如在平津校舍之舒适,但在这交通不便之城固,总算是差强人意了。如医学院,法商,文理各院的教室和宿舍,远不如师范学院。法商和医学院之房屋,建筑比较坚固而整齐,虽然光线及各方面不合适之处甚多,但大体上总能说得过去。尤其法商之天然环境很好,周围环绕水田及树木,空气新鲜,学生运动场所亦甚宽阔。医学院虽没有像法商那样天然的美丽环境,但教室和宿舍之分配尚称适当。每个寝室至多不能超过八人,并且每屋均有公役一人,供学生派遣,非常方便。谈到文理学院,比较各院均有逊色,虽然校本部在那里,学校的行政人员大部在那里,文理学院的[1]小姐们,全部也住在那里,可是课堂和宿舍,实在是太简陋了。教室的光线谈不到,建筑方面更是无从说起,教室的四面,可以通空气,透风雨,尤其陕南阴雨过多,每逢风雨,教授和学生们在教室里都是提心吊胆,教室时时有倾塌之虞。像去年在各教室上课时,如逢风雨,则教室屋瓦轰隆隆的倾塌声,常把教授和学生从教室里惊了出来。现在虽比以前好,但屋梁倾倒之虞,还不能免。同时学生所住的文庙宿舍每屋总在几十人以上,床铺是上下两层的木板,每人睡觉所占的空间只有二尺五寸宽,六尺多长,屋子都是广阔的通间。住宿人数的多寡,以屋子大小为标准,大屋子有住七八十人以上者,屋子里拥挤的情形,使每个人不能畅快的呼吸。不过这些宿舍,都是文庙的遗迹,在建筑方面还算坚固,每逢风雨,同学们还能无忧的睡觉。就是在夏天,因为屋子里的空气不大好,有些妨碍卫

① 原文为“约”。

生。学校方面,虽然设有卫生室(即校医室),但一千多学生,在过去只有一位校医,设备简单,药品缺乏。现在学校又增聘了一位校医,已比较好些。

在平津过惯了都市生活的哥儿小姐们,到这交通不便,僻处一隅的陕南,特别能吃苦,这是抗战的赐予。而且在纪律和精神方面,比较平津时代,加强了百倍。每天清晨蜀五时,把这些哥儿小姐们,被铁面无私的起床号音,从温暖的被窝里请了出来,到野外天然的操场,跑步,柔软体操,练习唱歌,并可尽量地呼吸新鲜空气……操作完毕,仍然排好了队,唱起了歌,快快乐乐地回到校本部门口,作整齐严肃的升旗典礼。这些课外活动,天天是如此,无论男女学生,均得参加!每天作完了这些,就鱼贯地到饭厅去吃饭。饭厅由学生自己办理,有男生饭厅二,女生饭厅一,每月只需六块大洋饭费。饭虽不十分好,但每个同学大部分都是由战区来的,每月只依学校的贷金八元来维持生活,所以也没有人叫苦。非战区学生,虽无学校的贷金,但以后方人民负担日重,家庭经济的来源拮据,也没有人敢叫[①]苦。

图书馆里虽然没有多少书,地方也很狭小,可是每天总是在八点钟开始,直到下午五点,每个桌[②]位,没有空座,去晚了就得作向隅之叹。学生们最感觉困难者即理发,洗澡,和买文具。在城固虽然有简单的理发馆,和技术低劣的理发匠,但每个理发匠,差不多都是疥疮累累,令人无法亲近。澡塘子虽然也有一家,但内部的设备既简单,又污秽,还有长疥的人在那里常常洗疥疮,所以同学们宁可在学校打盆冷水,在身上擦擦,也不敢去澡塘,因此在夏天的时候,离城一里的汉江,变成了联大男女学生天然沐浴室,每在烈日炎炎的时候,这些青年人不但在汉江洗了澡,而且游泳技术也在突飞猛进着。可是陕南多阴雨,汉江时洪水,危险太多了,去年竟有因洗澡而作了汉江的游魂!所以学校当局应设法建修朴实的沐浴室,比较合适。

因了交通的不便,在城固买文具是件极困难的事,而这些青年人又是文具的消耗者,也是文具店老板的忠实顾主,但没有文具可买,徒唤奈何;甚至学生们连简单的笔记本都买不到。文化食粮,更感觉缺乏,新闻纸除了汉中的西京日报南郑版外,其他的报章起码要晚十数天,才能看到,杂志之类在时间性上更谈不到了。而在学校的图书馆里所订的报章杂志似乎太少了。我们认为在这抗战时期,最高学府的西北联大,应当把后方所有的报章杂志,可尽量的交换或订阅。然而一则因交通的关系,再则图书馆所搜集的报章杂志本来就很少,这怎能不急煞热血沸腾的爱好知识的青年呢。学生们在学校内所办的壁报差不多有三四十种,专门研究学术的团体也很不少。

总而言之,联大的一切,除了没有物质享受外,其他的都在活跃中。学生方面的课

---

① 原文为“叫”。

② 原文为“棹”。

外活动,当然是很多。而在学校方面,除了推进学校的事务外,并积极兼办社教,成立小学教育研究通讯处。同时教部把豫,陕,甘,青,宁,新等六省的教育,划为西北师范区,联大师范学院现对该区师资问题,正在计划改进中!

一九三九年二月,写于城固

抗战期中的西北大学[1]

紫　纹

——正因为青年学生有火样的热情，狂飙样的勇敢，金石样的意念，在一个伟大的时代变革中，他们的脸，永远朝向光明的太阳，他们的步调永远向上，因而他们命定地要受到侵略者暴力的迫害。但他们没有被这种迫害拨弄得眩晕，相反地，他们在压抑的窒闷中更坚实地成长了。

×　　×　　×

抗战的序幕刚刚揭开，一个无止境的苦难铺陈在全中国的学生面前。在侵略者野鹰的重量爆裂弹的破毁下，无量数辉煌建筑和精神食粮的仓库毁灭了。没有一个学校能逃出这灾难。但任敌人用血污涂抹我们的舆图，辽阔的祖国原野上，在每个荒僻的角落里，在每个漠漠的小城镇上，千百万青年人又在重建他们文化的工作了。一种复仇的火焰在纯净的心中闪耀。敌人想毁灭这些成千成万的文化尖兵，但他们在绛红的烽火中站起来了，英勇地朝对世界。

从头说起

北平和天津沦陷不久，四个国立大学和四个私立大学离开了那群魔乱舞的世界，移到自由中国的内地来。北大，清华和南开在长沙成立了临时大学，师大，平大和北洋也在西安组合成另一所临时大学。抗战把每一个分子的力量溶合成一道集体的力之洪流，临时大学的成立，不但一方面集合了分散的力量，更节省下一部分经费，贡献给抗战的消耗。所以两个临时大学的成立应该在初期的抗战大学教育史中占一页光辉的篇幅。

西安六月

西安临时大学在西安这座古城中从诞生到迁移约共消磨了六个月的时间，而正式

---

① 原刊于《民意（汉口）》第134期，1940年7月6日，第10-12页。

上课的时间也不过四个月。四个月的工作给古城添加了一些新的血液。

西安以前在教育上是够荒漠的。之后搬来了东北大学，又搬来了临时大学。二三千文化兵队突击到这座静静的古城来，使一切都呈现出活泼，蓬勃的新气象。街头，巷尾，当每个大的节日来到的时候，到处活跃着这些大学生的面影。他们做通俗讲演，大众歌咏，更演出街头剧。同时他们更把工作的路线由都市投向农村；常时，顶着火热的六月太阳，或者喝着尖峭十二月的寒风，用脚板走五六十里，把抗敌救亡的种子普遍地撒掷在每一个幽僻的小村镇里。

在西安，学生的生活是被压到最低度的。从战区跑出来，常常是一条孤孑的影子，加入到这学校里来，每月领着六块法币，吃着那最朴素的饭菜，住那种统舱样的上下铺，每天伴随着东方第一线熹光爬起来，跑步，作健身运动，锤练着那年青的结实的体躯。白天在上课以外，用工作和学习打发着每一刻的闲暇……于是奢靡，浪漫从这个小群体里消失了。在这里流荡着的是一种严肃的新气息，紧张，工作，努力。这是抗战的熔[1]炉中锻炼成的中国进步的一个面影。无疑地，这种进步的新气象在古城中产生了好的效果。

行军过秦岭

一月到二月，风陵渡喘息在木屐下，敌人的飞行野兽向这古城做着最丑恶的定期骚扰。

年青人心中的仇恨火苗被撩拨得白热，每天，出进着防空洞，用严肃的干和不断地充实自己去承受那最大的罪恶威胁。但经过地方长官再三的规劝。当局决定把这座文化抗敌的营垒移驻到陕南去。

三月，春天在开始用翠绿的笔刷着荒漠的世界。二千多青年影子离别了刻划着他们浅浅屐痕的西北古都，踏上了西去的车厢。暗夜里，火车驰在西北大莽原上，黎明和宝鸡一齐呈露在眼前，于是开始了一次徒步的长征。

从此，进入窄窄的天的窄窄山窝中了。每早，摸黑地爬起来，把干粮袋搭在肩头上，用手杖支撑着，把一个个的脚印烙在古栈道上。晚间，在土坑上或是阴湿的泥土上酣甜地入梦。半夜醒来，满鼻子氤氲着牲口粪味，驴夫们佝偻着腰，在黑阑的角落里，吸着旱烟袋，让一明一灭的黝暗的光闪着，像是旷野中的鬼火。他们用沙哑的嗓[2]音谈着天，那语调浊重得好像就凝在三月的夜风里。叫人觉得生活又倒退了几个世纪。这么着，十二天过去了，数着自己一个接着一个的脚印，一个转弯，头上的天逐渐大起

---

① 原文为“溶”。

② 原文为“噪”。

来,用着一种迫切的心情冲出山口。遥远的绿的原野上笑着红艳的桃花。心里像拾到一件宝物样的跳动。

城固风景线

在一个周围不到十里的小山城里定居下来了。这是一个内山平原上的古老小城镇。一道南北的大街载负着鱼鳞似的铺面显得有点臃肿。从前,也许从唐朝传流下来的遗迹仍旧保存着。这里看不到火车,轮船,古旧的烟露网一样地罩着这座小城。

在一个破落的庙堂中住下来了,一间小屋子挤下五六十个人,上课得由那间庙堂中跑一个相当距离到教室中去。下雨的时候,雨水从屋顶的缝隙中流下来,混凝着陈年积月的尘土,滴在教授的讲桌上,像是冬天火炉烟囱里淌下来的煤烟油。图书馆只有一百多人的座位,每天抢座位成了被智识苦闷焦灼着的青年人的苦差。工场和实验室只是工理科同学做[1]梦的材料。这么着,利用了那一点可能的空间和设备。啃着书本。

分与合

小城中消度了两个暑假,西安临时大学变成西北联合大学,再变成西北大学。首先,西北联大把工学院分出去,和东大工学院,焦作工学院合并了,搬到古路坝的山中的一个教堂中去,农学院分出去与西北农专合并。然后医学院和师范学院独立,于是在这汉中的平原上四个独立学院和一个大学长成了。汉中平原是一块沃土,而在文化上却是一块未开垦的处女地。这里可以供给年青人驰骋,把他们从单纯的机械的书本中拖出来,面向着社会和自然,教育人,自己也接受更广大的教育。

西北大学的校长是胡庶华,现有文、理、法商三学院;中国文学、外国语文、历史、地理地质、数学、化学、物理、生物、法律、政治、商学、经济等十二系,教职员学生共一千多人。

西北大学承继了师大,平大的光荣传统,经过一年半的惨淡经营,已经竖立了坚实的基础。图书馆内容一天比一天充实,教室经过修葺,有一番新面目,生物,物理,化学实验室都已经落成,宿舍里也经过改造和整理,粗粗的供给了学生最低限度作息的需要。在教育和训练的作风上也表现了新的特质。如果说以前是散漫的,个体的,崇尚自由的,如今则是有组织的,群体的,注重管理的。这种新的转变也是受了抗战炮火的强烈感召的结果。

---

① 原文为"作"。

生活速写

在这个小城里，每天早上，一千多人的大集合，送国旗去接第一道阳光。一天的活动得到一个新的开始。一天中，每一秒钟都是不得闲的，文学院的同学每天上六七堂课，跨出教室进入图书馆，理学院的同学一天到晚钻在显微镜，试管，弹簧秤的中间，法商学院的同学则较闲，然而课外活动的实践工作给与他们死书本以外更实际的训练。

吃过晚饭那一段时间是最可宝贵的。三五个人穿过狭窄的街心，顺着公路走到汉江边，遥望着河对岸黛紫的小山，做着美丽的还乡梦。有的人把这段时光浸润在香片茶中，青年人海阔天空地谈着一些切身的问题，更有的人晃出西门围着那个卖醪糟的老汉，等一个钟头，为了喝一碗那蜜一样甜美的醪糟。夜幕扯下来的时候，教室里闪亮的煤气灯，几百人静静的开着文化的矿坑。

一年半，这小城市像暴发户一样的阔起来了。新式的浴室、照相馆、饭馆、书店、电影院，一切在走向现代摩登都市的路。但也像其他大都市一样的，这儿的物价飞涨得让人难以想象了。去年暑间，一场暴旱，也使米粮的价格涨上去再也不见落下来。现在伙食吃到十二元，每天都在白水青菜豆腐之间翻滚，肉已经成为奢侈品，而且因为缺乏脂肪，米的消耗特别大，肠胃得到不必的涨塞，肠胃病普遍地流行，晚间，在跳蚤，蚊虫，臭虫的三重夹攻中，常时睁着眼看到破晓的晨光。我们是在苦痛中煎迫，但我们并没有怨言呵！

我们在不息地工作

在极度恶劣的物质环境下，这些年轻人仍没有忘却正规课程以外的工作。在这儿不仅有着经济学会，地理学会，外国语文学会等组织，更有各种壁报社，各种问题研究会等团体。它们经常地作学术抗战的活动，听学者们讲演，聚会着讨论发生在世界上每一个角落里大小的值得注意的事件。

在这些社团中，工作成绩比较最好的有新生社，西北文艺笔会，振中国剧社，剪编社等。新生社是包括着多样部门的救亡团体：有歌咏，话剧，研究等部。现有社友一百余人。都是些工作热忱很高的青年，新生社的话剧团的成绩最值得称赞。该团成立以来不过两年。两年来不但把握着每个时机和有利的场合，用话剧去增强民众的敌忾心，更帮助地方为前方将士和负伤将士募集款项，鞋袜，药品等。到如今，曾作大小演出五十余次，先后演出的大剧有《日出》《前夜》《鸽子姑娘》《血洒晴空》等。经募款项一万余元。西北文艺笔会曾是这儿的一些青年文艺工作者组成的团体，现有会员十余人，经常地开着座谈会，讨论抗战文艺的理论问题，更出版着一个小型刊物《文艺习作》,每期一万五千字,现已出至第四期。振中国剧社虽然工作的凭藉是国剧,似乎不能直接收到宣传的效果,但也给募捐的工作不少助益。剪编社经常做着报纸杂志的剪贴工作,其劳绩也是值得称述的。

天就要亮了

事实证明,敌人的空军杜黑主义对于文化的毁灭作用完全失效了。现在这小城中虽然常有凄厉的警报划过空际,而且无论白日或月夜都会有罪恶的翼翅掠过城上,一切仍在常态进行中。新的进步不断在我们眼前映现,每种新的进步都向最后的胜利投一块基石。

我们是走到暗夜与黎明的交界处,再承受一些黑暗的袭侵,天就要亮了!

战时后方的大学生活[①]

李紫尼

一

小　序

战争八年,有多少年轻的孩子,孕育在国家的怀抱里静静的读书,也静静的完成他们的学业。我该歌颂政府的贷金制度,使万千学子能够在炮火连天中济济一堂,而弦歌弗辍——这是国家的恩典,也是年轻人的幸福。

如今这青春的一代,都已经学成。战争胜利了,该用什么来报偿国家呢——用坦洁的民族的爱,忠身的工作?

八年间,春去秋来,花开花落,旧有的孩子们都长大,新生的也茁壮了。

战时后方的大学生活,回味起来,是一首苦情的诗,有呜咽,有歌唱,更有脉脉的衷情。

家国之泪

抗战初期,多少人冒死犯难,逃出敌人的铁蹄,而流亡到祖国的大后方。愿意在她那壮阔的怀抱里,嗅得自由的芳香,呼吸到新鲜的空气。于是成千成万的人出走了,他们要求在战争中工作,他们不愿意在炮火连天的大时代,呆呆的读死书。他们准备到军中参加政治工作,到战场上实际作战。但是国家不愿这些忠身纯洁的青年,白白的牺牲,国家需要他们,需要他们读书,需要他们求高深的学问。于是同时在西安,长沙,设立两个临时大学,收容从前方来归的学子。

---

① 原刊于《世界日报》1945 年 11 月 25 日至 28 日第 2 版。

作者简介:李紫尼,男,北京人,抗战爆发后随家人逃难至河南。1938 年参军,在豫鄂陕三省交界处活动。1940—1943 年在西北联大求学。1942 年至 1943 年间曾与唐祈等人参加"新生剧团"。1946 年 9 月任《北平风》主编。1946 年 4 月出版小说《三月江城》,1946 年 12 月出版了小说《青青河畔草》,1946 年 10 月在《每周评论》周刊上发表散文《风雨如晦》。曾创作过独幕剧《还乡曲》《落花时节》,三幕剧《北京屋檐下》,并与赵白创作新型大歌剧《夜行曲》等。

那时青年的热血,正沸腾未已,好多人一方面上课读书一方面藉课余时间,从事各种抗敌工作。而战争形势,亦渐渐如火如荼。西安长沙两地,敌机天天轰炸,无法继续上课,西安临大改名西北联合大学(包括国立北平大学,平大法商学院,师大,北洋工学院),由西安迁往陕南城固。长沙临时大学改为西南联合大学(包括国立清华,北大,及私立南开)由长沙迁到云南昆明。师生们都是自负行装,徒步跋涉,千万里征途,每天每天是披星戴月,晓行夜宿,饥餐渴饮。没有家,没有亲友,一连串苦难的队伍,那种艰苦的情形,实非笔墨所能形容于万 。

后来日子渐渐的静下来了,学生们就在茅草房子里,静静的上了课。这中间更不知有多少青年,不甘受敌伪的教育,而辗转千万里,跋山涉水的来到后方的学校读书。等到国府迁渝,重庆、成都、三台等地都变成文化区,东南各大学,也都迁移到后方,却是没有一个人不衔着一口仇恨,噙着血泪,在培育着身心。他们没有忘记,国家是在战时,山河破碎了,乡土上没有消息。一个人到后方来读书,由于时代的熔炼,青年们渐渐的把家族的爱,推广到民族的爱里去。他们把痛苦都咽在心底!四年悠长的日子,国家深深的缔造,他们也在国事艰辛的岁月里,一点点,一滴滴,默默地寻求着良知。

二

饥饿的岁月

后方的大学,是一所破庙,一座寒村,一串凄清的苦年月……

衣的问题怎样来解决呢?国家没有那样富裕的钱,人们从军中来,就穿一套浅黄色的军服;从平津沪汉来的同学,最初都穿得很考究,渐渐的也就典当出售,跟战区学生的装束同化了。夏天是麻鞋,不,该是草鞋,没有领子的粗布汗衫,短裤衩。到冬天能穿棉袄,棉裤,外加大衣的同学,那是最幸福的了。一到晚上,大多是一床薄薄的棉被,冬天下雪的时候不够暖,就把全部的单衣,讲义夹子,破棉絮等等,都压在上面。如果谁划一根火柴,点起一支纸烟,那星星之火该是多么光亮,多么热烈而温暖啊!

谈到吃饭,国家发给的有贷金,但每月只发很少的一点钱。抗战初期的伙食,坏到极点,每天都是最粗糙的大米,一点没有油水的菜。同学们一到开饭的时候,便像疯了似的抢饭。而且米越是不好,却人人吃得越多。等到菜吃完了以后,如果谁要是从碗底翻出一块预先藏好的酱豆腐,那就是最好的佳馔了。因此营养不足是很普遍的,肺病,传染病也就大大的流行。陕西城固的同学,隔一星期能自费吃一碗牛肉泡馍的很少,重庆沙砰坝的同学,冬天差不多都拿花生米做唯一的营养。以后,因为贷金随物价的上涨而增加,伙食就一天比一天好起来了,已经到达维持营养的目的。接近胜利的这一年,国家把贷金改成公费,工,医,师范学院完全公费,文理法商是百分之六十,另外,还有自费生。一直到现在,这种制度还在保持着。

住的地方,大部都是庙宇村庄。在学校住宿,完全是上床下床,或一个大床上睡三四十个人。屋子里面有长方桌子,上边堆满了书籍,衣服,脸盆,什物等等。到晚上完全是蜡烛或菜油灯,有电灯的学校不到十分之一。另外在校外自己赁房子住的是少数的特殊阶级,这些人也会把屋子收拾得干干净净,在冬天的晚上,一支红烛,一堆炭火,几个年轻的知己,不但可以细细咀嚼战争中可歌可泣的故事,还可以话话家常,追怀几个久别的故友。不管窗外是风是雨,这房子却变成一座和平,纯爱,温暖的天堂。

那些在宿舍住的同学,更是熙熙攘攘,弹琴,赋诗,热闹非常。过年的时候,还在宿舍门口贴春联。除夕的晚上,更大家摊钱买肉买菜,一块儿包饺子吃。至于走路,战时后方的学生,完全坐十一号汽车——自己走自己的路。

三

衣食住行之外,最令后方青年感到饥饿的,是精神食粮的缺乏。后方大学有三抢:抢饭,抢图书,抢自修室。平常上课完全是笔记,参考书一点也谈不到。图书馆内零零落落的几本书,抢不胜抢。一学期一部经济学概论,轮不到几个人看。原文的更是缺少。书店里根本没有书,就是有一两本,同学的购买力也办不到。所以,后方大学生最郁闷的该是没有书读,没有地方找书,也没有钱买书。其次,仪器更是缺乏,工学院的同学除了每天统计数目字之外,他们看不见什么东西。几乎四年的苦难岁月,完全在饥饿中度过。然而这万千的学子,都在默默的耕耘着自己的田地。田地虽已荒芜,但他们却能在荒芜的土地上开花,并且渐渐的更结了果实。

地狱天堂

我不知由谁的口里,听到这样一句歌谣:“华西坝是天堂,古路坝是地狱。”华西坝包括成都华西区,第一架超级空中堡垒轰炸东京,就是从华西基地起飞的。华西坝上有燕大,华大,川大,金大,金陵女师等学校。那确实是天堂,那些豪华富贵之风,不减于战前。学生差不多都是大商大贾和高官贵客之子。战区生到这儿来是站不住脚的。每当夕阳西下,华西坝上俪影双双,草地上有星光,林丛中有笑语。这儿确是战时的天堂。富家的子弟都愿意在这儿度过他们的黄金时代。

四

反过来看古路坝,离城固四十里地,山上有一座大的意国教堂,国立西北工学院便占了那个教堂的一角。冬天的时候,山上雾气浓重,同学们在机械的数目字下,苦苦的修炼,一到晚上,松风低啸,教堂的钟声清幽而深沉的响起来;没有欲,也没有望,简直是苦修的道院。人们在这儿,埋首寒窗,四年如一日,缠绕着内心的,永远是那一串凄凉而默默的调子，与华西坝上的歌唱入云，恰好成一个鲜明的对比。但是不管后方大学的环境是天堂，还是地狱，学生们都是在虚心的求知，为国家造就着栋梁之材。

赤子之心

这是一个大时代的创举，当十万智识青年从军运动的狂潮被掀起来以后，各大学响应从军的热烈情形，真是如火如荼。他们坚毅的放下书本，争先恐后的报名应征。真是“一寸山河一寸血，十万青年十万军”。男女同学莫不奋臂而起，送出征的行列，每每要排成一里多长。学生们欢呼着，叫喊着，鞭炮齐响，歌声洋溢。出征的学生兴奋的笑，送征的老教授则淌着满脸感动的泪。这是一首激荡着火花的诗。在他们里边，虽然也有些被人指责为“跑滇缅路”，“发国难财”，但多半这是不明真相[①]者的揣测。我们应该看全体，应该理解在那个时期的青年的赤子之心。这颗赤子之心，是由最高度的爱国热忱，所汇成的一条滔天的巨流。

后记

抗战胜利已经三个月，这群青年依然在后方静静的攻读。国立西北大学即将迁往西安，西南联大要在明春用海轮搬家。其他各省市大学，也全要各返本土。他们都愿早日归来，与家乡的同学重新携手，在碧蓝的青天之下，来畅叙八年的阔别之情。这样的日子快到了！

① 原文为“像”。

我的自传[1]

牛　汉

我的故乡是个荒凉的山城定襄县，虽然是一个盆地，但因地近北国，仍显得荒空。我生在城里的一个农家，从自己能够记忆的时候起，我就觉得自己的家庭的阴郁和悲苦。没有享受过一点使我满意的东西，似乎我的家庭的财产就是一些悲哀的人和人的悲哀。这可以证明，我的家庭不是个有钱的宅户。几间土房，一个破污的院落，虽然说自己的家庭很穷苦，但也觉得有一番滋味，这该只有我一个穷孩子知道。家再阴郁点，还是自己的家。

北方的土地是贫瘠的，而我家的土地是更贫瘠，父亲从一年的辛苦中得到的收获也总是穷和饥荒，但能以使我快乐过的，也仍是家，吃些土色的高粱窝窝头，土色的山药蛋，穿着土色的布衣，而我自己总是穿旧的，那是姐姐们穿过改修的，就这么破破烂烂的生活着，家庭却一年比一年悲苦。所以父亲总是希望的说，全靠下一代的孩子了。而我自己也这么想，将来的新的生活，该由我这一代来开拓。

七岁的时候入小学。总是没书没衣的，先生骂我不像个人样。的确，当我下学后，便如土拨鼠似的替父亲拉牛拉马，甚至也学的赶牛车。记得曾经因为多背了一捆喂牛的草，自己被可怜的压倒在滹沱河边的白杨树林里，而父亲却说，爬起来，还得自己背着走。我开始知道了，一条生命的大路，是自己走出来的，而且跌倒，也绝对没有一些好心的人来拉一把。自己的个性的强，也许是由生活和命运赠予的。

长大以后，仍帮忙父亲在田地作活。似乎田地是我的课堂，所学到的那该是满肚子的悲哀和忍劳的心情。但由于家庭的惨淡，我却更觉得自己的任务的沉重，我不奋斗，家庭会破产的，而且子孙们也跟着变成一伙生活的劳役者。

住中学是抗战的前一年。说起来很伤心，因为没有钱买书籍，曾迫使我的父亲忍痛卖了一头黄牛，想到这，我该不会忘却了。自己的家，也不会轻视了自己。

廿六年八月间，敌人已经迫近忻口，我走出故乡，满腔愤慨，一直流离到西安，才入国立五中，这样便又开始读起书，吃贷金，穿草鞋，也就穷困地挨了五年。最初五中是

---

① 此文属牛汉佚文，从《国立西北大学外文系学生自传》中发现，现存陕西省档案馆，卷宗号为：67—1—90.1—1，署名史成汉。标题为编者所加。

有点散乱,但近几年,却十分谨严,老师的教诲和国家的补养,是使人感到幸福的。自己天性乖傲,个性直,但,对功课也敢说不太轻浮,而自己的不聪明,却一直不能使我更快的长进。当然也并不是没有一点心得。不过总觉得学的太少了。所以便决意入大学,意思很单纯,想深造自己,将来为国效命。自私点说,使穷困的家庭充实起来。

自己因性情近乎学文学,故在高中就选文科。入外文系,志愿是想学到一种外国语,以助学习,也希望将来能够出国深造,那么,就看大学四年中的努力的程度了。至于学校,自己向来是相信的,假如自己不使自己颓唐,那末别的是不会使我失望的,总之,忠诚的学习,忠诚的生活。

也许是自己个性强,做不成功一件事,是宁死不屈,宁愿意学习的累死,不愿闲愁地悲郁死,因为悲哀毕竟是悲哀。所以对生活也一向是很严肃,我是不愿意因为轻浮而将天才和前途游离了。

说到信仰,自己在初中是不深入,而在高中便对三民主义有相当的认识,而且也决定一生为党效劳。

1943.10.29

没有阳光的旅途[1]

牛　汉

1944 年的 11 月终了的时候，我从南方的一个江城背着寒伧的发着霉臭气息的行囊，带着满胸脯潮湿的空气和喷不出来的歌声，踏着黑色的泥路走出来，我是带着放逐的心情离开那一片闷人的小盆地，在那个盆地里，我受到了一次残酷的罪恶的洗礼，使我变成一个别人讥讽的不了解的白痴，像以色列人垂着黏有别人的唾沫和痰块的头，从埃及的辉煌的神殿的墙外，连滚带跑的渡过红海，走向迦南；像年老的特尔斯泰，带着不能让世界了解的烦恼与悲痛，离开他底温暖的别墅，去向人类忏悔。我自己虽没有那么神圣的热情，但是当离开那座我生活了将近二年的江城，我是那么悲伤地想到了历史上每一个悲哀的人，每一个遭到迫害与嘲笑的正直的人；那一座江城，它虽然使人烦恼，使我变老了许多，变哑了许多，变得暴躁了许多，变得痴了许多，变得愚蠢了许多；但是当我要和它离开的前一夕，我却天真地哭了一个夜晚。在路途，总共走了四天，但在我的心灵里，却起了莫大的变幻。能以让我坚强地又来到北方的诱惑力，我是说不出来，我仅仅知道：到北方以后，我将可以生活得好起来。四天的旅途上，落了四天阴森的霉雨，这是一条阴暗而寒冷的旅程，四天，我没有看见太阳，太阳在云朵砌的牢狱里哭泣，我底路，是太阳的眼泪铺成的。路上，我没有看见一点使我愉快的新鲜的风景，在混沌的心情下，在混沌的日子里，来到北方，现在我是在一个有阳光的窗口下写这篇悲哀的文章，然而我仿佛觉得自己底心是水淋淋的，上面的颠狂的话，算是一个序。

散文

一

天在落雨。我在一个旅馆的没有窗户的房子里，急躁地等着雨的休止，我是昨天黄昏才来到这个南方的相当热闹的城市。在这个城市里，本来有一个朋友想去走访一次，但为了是已经黄昏，还有一些我说不出来的理由，我没有去看他，这只是我自己的

---

① 原刊于《高原》第 3 期，1945 年 5 月 1 日，第 40-44 页，署名谷风。收入《牛汉诗文集》散文卷，第 7-15 页。本文据初刊本录入。

乖性，不去走访朋友，我也许还能够莫明其妙的沉静而安逸的走上旅途去，要是让我去听一顿友人们低哑的祝福的惋惜的话语后，我会多少感到有一点空虚的悲哀，为了这许多原因，我就索性呆在房子里，无可奈何的想抱头大睡。

然而，睡眠会使我更感到痛苦，于是我将一个油污的桌子搬到门口，门子便当成明亮的窗口，给那些昨天送我的友人们，写了一封信。我告诉他们说：我很痛快，想飞，想歌唱。并且说我写了一首诗，事实上，我骗他们了，我只是怕他们担心我会被苦难磨折坏，担心我会带着奴隶的滴血的心又返回那座江城去，我才那么残忍的说了一次谎话。因为这样，可以使他们放心，我也可以减少一些填在心里的悲楚。虽然，这些悲楚过后还要复活，但我却不管那些了。

房子，无疑问的是旅馆里最破烂的一间，想想吧，没有一块窗口，怎么能叫一个爱于幻想的少年蜷居在里面。因为家里是阴暗的，所以我并有看见房顶上，究竟有几个露洞。住进这样的一个房子里，想歌唱的人，想弹琴的人，也得乖乖的沉默起来；想做梦的淘气的孩子也得只好睁开眼沉默地躺在床上；我想监狱没有窗口，也许并不是怕那些暴躁的狂人们跑了，而是希望他们能安分守己的住些日子；想到这里，我快乐起来，人，毕竟是聪慧而善良的。茶房，向来是一些最狡猾的人扮演，他看见我十分驯顺，便大胆起来，向我说了许多唬①人的话，他也许是将我当成一个刚从牛棚里走出来的乡下佬，或者便是将我当成一个还在读百家姓的小学生，因为住在那个房子里，我一直乖乖地楞在床上，并没生气。

我变得十分善良。我对茶房说：房子很合我的脾气，我是一个喜欢静的人；如果有窗户，雨的噪闹声，与隔壁那个红眼睛，脸肿得像要化成脓②似的女人，喋喋的絮叨着她从前怎样美丽怎样阔气的故事的声音，会使我更烦恼。至于隔壁那女人是多么可爱，我没有看见，关于她的事情，都是茶房告诉我的。

真的那个落雨的夜里，我十分安静的躺在床上。我没有睡，但我也没有烧着脑壳去写一篇伤感的诗，或者坐在油灯下，想一些足以使我不寂寞的心事，同时在离开江城的时候，我向一个朋友说过，说我离开江城的第一天，就要写一封情书，给我称做“无花果”的少女，是的，那个少女是十分像《简·爱》或者《静静的顿河》中的娜妲丽亚一类的女人，那个少女，虽然她始终不知道我想念她，但是在我这方面，却使我安静了一年，因为有她，我不敢去再想念别的更美丽的少女了。我十分驯顺的睡了一夜。那天夜里，我什么也没有做，只是在我的心灵里，有一种混沌的火热的情感在旋滚着。我没有一点力量，可以从那里面抽出一点平静的梦幻；仿佛我恐怕触伤了什么，但是，我知道，我的心，我的生命正在像蛹一样的变着，我知道过一个时期，蛹将变成一只美丽的

---

① 原文为“虎”。

② 原文为“浓”。

跳着舞的蝴蝶，大概就是为了这一点缘故，我不敢叫自己的野性的血流，狂荡的冲到心灵里去。我底心上正在雕刻着一幅美丽的图案，正在茁长着两叶新的智慧的翅羽。

一夜，我没有睡，睡眠，对一个清醒的人，是一种痛苦。

我想沉默一夜以后，第二天可以在浓郁的阳光下，去走向北方的大地，去让明天的风景来补偿我今天夜里的空虚。

我不想思考，但是我抑止不住自己的激动，整整幻想了一个夜晚。

二

第二天，天还在落雨……

没有一个人来车站送我，事实上，这座城里的人，也无从知道有一个陌生的人，要走向陌生的地方去。我想从那么多的陌生的面孔上，找寻到一点熟悉的形象，我想从那些闹嚣的话语，捕捉到一丝我仿佛听懂的话。然而，那么多的人，对我只是感到一种寂寞的威胁，感到一种距离的悲哀，感到世界太荒凉了，记得有人说过这么一句话："自从土地上有了人以后，土地就被人侮损得荒凉了"，我相信这句话。

我不敢看这个盆地上的任何景物，我愿意闭着眼睛离开这个城市，然后再睁开眼睛去看北方的土地，我怕我底眼睛把盆地上的悲哀装到北方去。

因为雨比昨天里稍微小点，汽车总算勉强的向北开了。但是路仍是泥泞得很，盆地底绿色的冬天的田野上，雾，像一群一伙的毛茸茸的野兽流荡着，它们已经将盆地的精巧的风景，全都啃噬完了，天野仿佛腐烂了，变成脓的海，正像积压在我心灵的二年来的烦恼，渐渐的钙化了。而我想发呕，大概就是为了这个原因。

这是一条走向寒冷的道路，走向冰雪的道路，走向北极的道路。但是，在这个没有阳光的旅途上，我的心情与智慧，在沉哑中变化着，愈往北行，我的心愈感到温暖，愈向寒冷的结冰的地带驰行，我的血愈流得奔腾；愈向荒凉的地带行进，我的想象愈美丽了；愈向沉寂的山谷跃进，我愈想张开大嘴呼拉呼拉的唱起来，那歌声，我是任意唱的，我没有向任何人学习就会唱得好听，那歌声绝没有谱子，却唱得十分和谐，这也许唱得并不是我自己底歌，这是上帝自己编谱的歌子，这是奥菲斯的琴谱，在途中我并没有思考什么，但是我的确感到我底智慧更丰满了。

这是走向生活的广场的道路。……

三

我们的车上，总共挤着二十三个人，现在让我把他们画出来，这不是我自己心灵上的画片。

车上最威风穿的最阔的是一个银行的职员，他有一个面孔十分和善的太太，太太的怀里抱着一个白胖的孩子。孩子是幸福的，满脸油光，已经会嘻嘻了。还有一个小女孩，因为头发是光秃的，所以悲哀的压了一顶十分不调谐的军帽。她妈说因为南方潮湿，孩子头上害了一年癞疮，他们大大小小四个人，却十分和谐，仿佛四个人长着一颗心，长着一个嘴巴。奇怪得很，父亲不知为什么发怒了，他们这一帮子就大小全都发火了，他们这一家子，坐在车的中心。事实上他们也的确受人尊敬。其次使人注目的是一个四川口音的职业不明的人，年纪有三十五上下，这个人有点像堂吉诃德，说一句话，做一个手势，以及他底干瘪的脸皮的活动的动态，都有几分英雄气派，使人尊敬的地方，是因为他能讲几套时论，比方他说了几句十分天才的话，他说："飞机的寿命与其头成正比，航空堡垒，所以能称霸，就是因为它有五个头。你们想想吧，我们人假如要长上五个头，不也一样会寿命长吗！起码得费五粒子弹才能打死。"其次使人羡慕的是一对夫妇，其实也够使人心呕的，男人是一个黑麻子脸，女人因为晕车，所以脸色像白瓷碗皮一样，然而他俩中间也的确有一些温柔的爱，有一次女人晕车，麻子便轻轻的替她捶背，不料，这就引起堂吉诃德的嘲弄，他把手掌放在嘴角边，轻轻的说："好脏呀，汽车头的油味熏我一脸。"但是他灵敏的把眼睛斜瞟了这一对夫妇两眼，弄得全体哄笑起来。其余的乘客，都很平凡，三个黄鱼。一个马车夫，他因为穿得十分单薄脸冻得如猴屁股一样，他最老实，四天只说了一句话，而且那句话说得谁都没有听懂。还有两个四川商人，吃了一路饼干，用红色的长舌头舐着嘴唇，而且故意舐出一种使他自己愉快的声音。另外还有八个人，我已经忘记了他们的面孔与声音，反正，并没有叫我十分注意，似乎这八个中间还有两个女人，也许是因为长得太丑，所以人们也就自然的冷淡她们了。好像她们嘟噜的骂过堂吉诃德先生一次，我记得他仅仅泰然的笑了一次。

到了一个停宿的地方以后，车刚停下来，二十三个同志都惶惶然的下车了，一路上的小风波，都忘却了，大家都挥手呀，点头呀，再见呀的各自离开了车站。

写了这一段人物图，实际上与我的心情，没有发生一点关系。

四

在一个山谷中的市镇上，住了一夜。

夜里，我首次听见大风的呼唤声，使我十分感动，仿佛那是北方大地呼吸的音响；仿佛在我小的时候，母亲站在村边的河岸上，拉长嗓子让我回家去，说姥姥给我带来醉枣。那声音仿佛老祖母在黄昏，给我用哭诉的音调吐说她受难的一生的故事；那声音，又仿佛是专门为了呼唤我，才旋响在这个山谷中。为了这亲切的风声，我一直没有平静的睡着，我底心，幸福而又惧怕的忐忑着。

一夜过去了，我们的汽车，又向北方开驶。

车夫是一个南方人，生着一副白脸蛋，他说："今天要过秦岭呵，乘客们，要多穿几件棉衣服……"

二十三个人，十分驯顺的沉默着……

车行进到山的半腰里，雨开始淋起来……

雾升起来了，我们穿行在雾的海里；汽车被雾浸得水淋淋的，明闪明闪的滚在山谷里。那些灰败的山林，也是水淋淋的，仿佛被大风的手掌抽打得哭泣起来。我知道，山林里有大老虎，金钱豹，像风车一样的大翅羽的野鸟，我看见有几个戴着破毡帽的猎人，背着长枪唱着犷野的语调①，钻进山林里去。

呵，北方的路，愈走愈寒冷了。

高山上，正在落着雪，雪的山林，雪的峰巅，披雪的野店，倔强的开设在山林里，有着酒糟鼻子的店主人，向我们拉长声音唱着说："天冷呵，息息吧，店里有酒，有火，有热烘烘的炕呀……"

我们没有停。

我们的车在山岭上都停了一会才开，因为车夫说雾浓，路又滑，他说中午的时候，雾就会叫太阳吸收了。

但是今天没太阳，于是我们底车，又缓慢地无可奈何的滚起来。

我坐在车里，如柴霍夫在草原上所写那个天真的小孩子。在我的心里，有一种说不出的感动的意味，让我流出泪来。天气愈冷，风愈大，雪愈厚，而我的血却开动得快要燃起来。

雪，落着，吱呀吱呀的唱着……

这是一片原始的未开垦的土地。

我想：这片土地上，有平原上失落了的牧歌，有些还是上帝最初雕刻的风景，有许多好听的土地上曾经发生过的故事，在这片山林里，仍旧像没有出芽的种子，埋藏着。这是我们底祖先们熟悉的山林。

雪的道路，雾的道路，落着阴森森的雨的道路，这是通向北方的一条的道路呵！

呵，我们翻过高山了。

山下面，就是广大的北方的平原。

那么，没有雪的十二月的烦闷的南方，再见呵……

五

为了省钱，为了安分守己，因为我本来是一个穷光蛋，坐了三等火车，在我想，任凭

---

① 原文为"话言"，据《牛汉诗文集》改为"语调"。

如“巴黎之旅”中那个穷小子被人关在车厢中的木匣中,也照样可以走到我要去的那个古城。

我显得十分达观,也十分和善的承受了拥挤和一些白眼。面对我坐着一个头上嵌着一顶油亮的瓜皮帽的中年人,他一直没有睁开过眼睛,当他身旁那个老婆婆因为打盹,将他的油亮的帽子碰歪了有几次,他仍旧闭着眼睛,仅仅把睫毛摇动了几下。我想:这是一个坐惯火车的人,是毫无问题的了。我的旁边,坐着一个十分臃肿的胖人物,穿着一件瘦的衣服,他底肌肉,差不多要弹开衣服跳出来,眼睛很小,嘴唇却厚得出奇,因此说话十分艰困,当他咳嗽的时候,脸上的肥肉就都向下垂下来了,尤其那个红鼻子,简直要摇动的掉下来。他一直没有和我开腔,只是与另一个座位里的几个商人嘀咕了一路。车里闷得很,有点像棺材,也有点像点心匣子。

我疲倦了,已经有三个夜我没睡过。

晕头晕脑的我似乎睡了一觉,但我还仿佛能够听见车厢中的闹嚣声,我也做了几个十分模糊的梦,梦见:北方的大地母亲,枯黄的皱脸上流着小河一样泛滥的泪水,醒来以后,才清楚是怎么一回事,是渭水带着六年前没有给我讲完的童话,又走进我的梦里。

我想起六年前的少年故事。

我笑了。

火车停下了。

半夜里,我走进这个北方的古老的大城。

闹嚷声,汽笛声,笑声,叫卖声,仿佛昏黄的灯光也发着一种巨大的叫嚣,我的沉倦的眼里,一切都在旋转与吁喘,呵,这是白夜,这是梦的城市。

雨,仍旧落着……

没有找到一个旅馆,一个小瘪三背着我的行囊,我擦着沉重的步伐,流荡在古城夜的街上,我想去叩开一个陌生人家的门,想去请求一个卖醪糟的老人收留我一夜。我太疲倦了。

我只想躺倒睡了,睡到明天太阳出来的时候,但是,我没有勇气做这件事。因为我们的土地上,还不能随便叩开一个门。走进去,还不能够大胆的去和陌生人谈话。我们的土地上,没有流浪人的一个驿站。

后来,有一个人,他将我领到城外的一个小客栈,他告诉我说这里有住的窝,我感激得几乎流出泪来。

小店里,是污臭而噪杂的。里面已经住满了一些远行的人,从他们的谈话里,知道有:拉车的,背煤的,卖糖的,耍猴戏的,有扒手,有带着杨梅挖空一鼻子的算命的人,还有没有人抱的臭妓女……

店主人把我放在一个小木楼上,这不能称做楼,是一些稍微大点的鸽子窝,我的窝,是窄得真没法描绘,我不能在房子里立起身子。房顶上挂满尘土,也没有窗户,连门都不像一个门。这个房子,长大概有六尺,阔大概有四尺,高只有五尺左右,没有床,没有土炕,一张席子算是床,也算是地。当我将油灯吹灭的时候,窝里是黑沌沌的。我也不知道什么时候,我困倦而悲哑的睡着了。

醒来的时候,黑沌沌的什么也看不见,因为没窗口,也不知道太阳究竟出来没有。但是最后我又想到,已经落了四天雨了,土地上,恐怕没有阳光的踪迹了,任何地方,也都是这么暗黑与阴郁。

我又十分驯顺的从店里走出来,没有说话,也没有生气。

六

我毕竟走完了这一段苦难的,没有阳光的旅途。

四天中,没住过一个温暖的旅馆,住的全是一些棺材式的黑房子,我不明白,咱们国度的土地上,房子为什么都没有窗户,这像奴隶没有一颗反抗的心一样悲哀,但是对我也有好处,没有窗户,我可以安静些,其实,白天没有好太阳,晚上也是没有蓝色的星星,窗户外的天野也一定像房里一样的黑沌沌的。四天,没有看见一次太阳,我并没有抱怨,我驯顺的走完自己的旅途,我并不是大傻子,这明明是一条从南方走向北方的道路,冬天的太阳,是向南拜访去了,而我却是向北方走来的。于是我茫然的仰天大笑了。

我是一个生来命苦的孩子,一个寂寞和悲苦惯的人,有时我是十分固执的,寂寞以外的歌声和笑声对我才更寂寞。当然,这是畸形的心情,这是我自己安慰自己的悲剧里的美丽的心情,所以在这四天的旅途中,没有窗子的房子,对我是好的,我可以不去伤感的回忆,或者为途中的诱惑所迫害,我底血可以流得慢点,不然我将更烦恼,那些混乱的心情,四天的旅途中,没有太阳,更使我平静许多,因为没有阳光的土地,使我更快的想到北方就要到了。总之,这次的途中,一切遭遇,是我从前已经尝到过的,或者,我底父亲和祖父都尝过,所以我并不惧怕,我本来就是生长在北方的孩子,没有阳光,一点也不会使我寒冷得发抖起来,没有阳光的旅途,只可以使那些没有出过一次家门的孩子惧怕,只可以使那些忘记自己底悲哀的人叹息,我可以这样说:"温暖不温暖,不一定是因为太阳的缘故。"不然为什么有许多人要向北方走来呢?

1944年12月10日,西京

人底道路[①]

牛　汉

人底世界上，需要有一条属于人的道路，然后，世界的内容才能演进下去。道路是最完美的人底劳动力与社会机体发展的具体的表现。

道路，使土地自由开阔，使生命通过好的生活行进到理想的高峰，使世纪踱到新的领域，使智慧如旗帜似的飞扬在人的行列与社会发展路线的前端。道路是属于人亦为人所开拓的。它依循着各自跃进的速度和角度向着一个总方向推进，这个总方向就是社会整体发展的正确路线——它伸延到一个无边际的历史底广场。在广场上，人底希望永恒的飞转迸流，雕刻出美丽的生活风景线，铸造人底庄严的生命，凝结出人底历史的性型，绘染出崇高的人底艺术。没有这个总方向，道路是没有作用的。

让我们这样肯定地说：历史会证明，未来的世界将是民主与正义更高度发展的世界。而文艺的道路是永远与这个路线统一着，所以富有决定历史性的政局与战局的演进，可以直接支配到文艺的意识形态与创作方向。现在的历史与社会发展的主轴是依循民主路线，就是一切决定的变演，全是为了广大的人民，这是任何人不能否认的事实。所以现阶段文艺工作在原则上，应该与世界总的民主路线符合，在工作的实践上，与现实真实的形态吻合，决不能因为客观低气压的迫诱而转退而变质，决不失去确定的道路与理想。虽然这只是一个工作阶段与动向，但亦能直接支持文艺永恒的道路的开展。

但是中国近几年文艺思潮的低落与工作的消沉，是由于文艺内在的和世纪的双层忧郁促成的。世纪的忧郁直接影响了威胁了文艺的内容，文艺内在的忧郁——不能在客观社会里找到内容与工作开展的方向——就决定了创作的疲惫和作品内容的苍白。更由于文艺自身不能从不健康的氛围中解脱出来，不能自决的发展，不能理解：接受历史社会的确定原则，是文艺工作者的基本前提，诸作品的意识因此呈现出混乱的状态。

我们都理解，文艺的艺术形象一旦失去现实的真实性与积极性，将是虚无的。最

---

① 原刊于《流火》第1期(创刊号)，1945年3月，为该刊发刊词，署名本社，实为牛汉所写。初收入《命运的档案》，武汉出版社2000年版，第141-145页，后收入《牛汉诗文集》散文卷(一)，人民文学出版社2010年版，第16-18页。本文据初刊本录入。

形象的语言,即是能表现出最严正的意识形态的语言。但是语言的形象本身不能单独发展和发挥力量,语言是与意识同时孕育和茁长在严肃的生活和工作中,然后,它们才能融合成一种有机的艺术形态,发挥出纵的力量。它们决不是那些技巧论者底浮雕的狭隘的自己的情感,而整个是属于大众的情感,世纪底脉搏的交迸声。然而,近二三年来,或有些作家强调纯技巧的形式的形象,说形象的语言,放置在自己的情感上,于是就成了有艺术价值的内容。他们认为语言的创造不与现实生活有关,不受客观动向的支配,这是创作意识的根本错误。他们不明白语言是随着动的现实而蜕化而演进,他们这些作家被机械的形式的囹圄所囚禁,于是乎他们固执地去做古典主义的尾巴,否认正在成长中的进步的作品。这些作家在某一阶段上,或许可以影响与支配到中国文坛,但是当艺术底胸脯更广阔地吸收到人类的思维和历史的成熟的气氛,而健康地生长起来的时候,这些技巧论者和古典主义的顽硕的后代们,将要孤寂地被现实放逐到死角去,他们底僵化的苍白的艺术,将在人底道路旁悲哀地倒下。

当中国人民的生活从历史的遗传性的枷锁中解放出来,并且在新的任务与新的希望下争取到自己底道路——虽然这条路,仅仅有了方向,而没有平广地开拓出来——文艺作家应该负有组织与领导大众行列的任务,这是最高贵的权力与责任。人底希望与生活逐渐在进步,所以文艺工作亦要随着人的动的任务与希望而开展。在文艺工作不断的开展中,就有新的道路,新的阶段,新的转进,新的伟大的属于大众的作品产生出来。从各阶段产生的文艺作品中,我们可以窥见社会在怎样蜕化演进,历史发展的方向与人底道路是怎样领导与组织着群众,这样,文艺本身已经变成社会的机体,文艺作者即是现实社会战斗的大众。所以现代的新的文艺作品,作者是自觉地创作,自觉地为自己理想和斗争的生活服务;它们是社会本身力量的结晶,是社会自发的生命力。但是一种落伍的文艺依然保留在文坛上,这些作者仅仅是站在他们自己狭隘的阶级社会的观念上教化大众,他们以主观的意识形态去改造社会发展的内容,他们尽管提出文艺工作深入群众,文艺的意识严正,以及文艺的形象大众化的口号,而他们的作品对于大众依然陌生,这主要的症结,就在于作者本身并不是和大众真正站在一起的,并不能真正了解大众与服务大众;作者不是自觉地创作,而是只顾及到文艺工作一些生硬的原则,但并不能使作品得到应有的社会实践的效果,结果就是文艺工作和社会游离。

一直到今天,在我们的文坛上,并没有多听见好的声音,没有多看见好的生活风景线,和有力的历史轨道画成的线。有的闹嚣,那是如肺结核患者底咳嗽和浮在脸颊上的美丽的红云,这是病态的表现,这是中国文艺内在的悲剧性与外形的畸形的肿胀病所促成的。

让我们站在人的立场上,打击那些没有生活而玩弄文艺,没有正确的意识方向而有创作,没有人性而欺骗大众的写作家们,我们要打击那些摇摆在中国文坛上的恶霸和绅士式的“写家们”,这是文艺工作者切身的责任。

我们希望今后在人底道路上，听见文艺底健康的呼吸与跃响的血流的湍激声，这声音，对广大的人民一点也不遥远，这是他们自己底呼吸和血流，这是他们自己生命的赞歌。新文艺底开展首先需要作家提高创作意义，纠正生活态度，以突破文艺内在忧郁；培养文艺本身自决自新的潜力以突破世纪的忧郁，使文艺与现实底动的推进力相渗合，使文艺投在历史的内容中，投在人民道路上，使文艺成为执在大众手中的旗子或者短剑，使文艺成为属于人的战斗品，使文艺与民主社会成长在一起，成为组成社会的有机体。

我们的认识是：艺术的道路，就是人底道路。因为历史会证明：未来的世界将是民主与正义更高度发展的世界，而一切的决定与演变，均将是为了服务广大的人民。

遥祭鲁迅先生[1]

罗　达

四年了，整整四年了。离开我们的伟大导师鲁迅先生。

鲁迅先生生活着的时候，他“吃的是草，榨出来的是乳汁”，和乳母一模一样，抚育着文艺园地里新生的儿女；和乳母一模一样，教诲着文艺园地里顽劣的孽种。虽然环境给予他的是各种各样的诽谤、污蔑、出卖、陷害，可是他照旧的以韧性的战斗意志，打落水狗的战斗精神，培植新文艺的园地，润养新中国的滋长。

不幸，病魔迫害着他，“洋泾浜”的气氛糟塌着他，繁重的工作摧折着他；鲁迅先生向中华民族挤出最后一滴乳，不得不在四年前的十月十九日，离开我们而去了。

鲁迅先生逝世以后，他的乳汁就慢慢开花。随着国内政治局势的变化，文坛里的情势也是一日千里，国防文学和民族革命战争的大众文学——两个口号的论争，首先得出适当的结论。随后，中国作家协会也从衙门式的集团转变为文艺人的集团。

抗战的烽火灌溉了这朵绚烂的血花。中华文艺作家抗敌协会在政府的领导下，扬弃了作家协会的狭隘性，而成立起来。它不仅团结所有的作家——从鸳鸯蝴蝶派到崭新的现实主义者——在抗日的大旗下，共同把笔尖投向敌人，并且把现实主义的种子，深深的播种到每个作家的心田里，文艺作家从此英勇的站到自己岗位上，无论是前线，无论是后方，甚至于沦陷区里，处处印着踏实的足迹，猎取文艺的战果。

其次，文协领导的战地访问团，担着沟通前线与后方的伟大任务。种种具体条件的限制，它没有十足完成这桩伟大的任务，然而，第一次的尝试，绝不能够就是最后的局限，只要有韧性的再试，它的劳绩无疑是可能满足一般人的企望的。

至于“文章下乡”运动差不多已造成抗战前无法想象的收获，荒凉的村落里经常有着文艺晚会，偏僻的城市里印刷着，完美的文艺刊物，许多的文艺战斗据点渐渐开拓出来。

新的文艺干部也广泛的成长着，士兵群里，政工队里，生产机关里，他们把墙报作为园地，通讯作为试纸，常常在陌生的名字下，托出让老作家钦羡的作品。

---

① 原刊于《青年月刊：文艺习作》第8期，1940年12月15日，第31页。

文艺批评方面，抗战后似乎消沉[1]些，文坛上不断有要求批判的呼声，事实上，批评的减少，倒不是批评的没落，反而是批评的高扬，比如民族形式问题的论辩，正是批评理论的建立，没有公认的批评标准，一味的印象式的乱道，徒惹真理的纷乱，目前批判的缺少，恐怕是批评家的蜕变，他们正忙于掷去芜杂的旧壳和新质的把握，话说得少是必然的。

当然，民族形式问题的提出，主要的是创作方针的再扬弃问题。也就是说，新文艺——三民主义的文艺的建立问题。它有博大的内包和外延，批评理论的树立，不过是问题的一方面，次要的一方面，不料民族形式问题的现阶段，竟胶着在次要的一面，具体实践的尝试尚寥若晨星，我们认为与其只停留在逻辑争论的平面上，不如以创作实践来印证逻辑的结论好。

以上所谈的抗战文艺的成果，大体上说，都是四年来鲁迅精神所滋养的成果，所以在鲁迅先生逝世四周年纪念日的今天，我们应该珍惜这个果实，保存这个果实。

然而，鲁迅先生长眠在沪上，我们远在西北，没有可能把这个果实供献在他的墓前，同时，孤岛局势的激变，恐怕留沪的人士，也没有可能代替我们亲自去墓前呈献，鲁迅先前受病魔残害，我们不敢不能接近，只有远远的读他的书，奉行他的指教。鲁迅死后又受汉奸日本帝国主义的残害，我们不能不敢去墓前祭扫，弱者的命运难道说永远如此吗？所以我们要燃起一瓣心香。遥遥致祭。祝福：导师，安息吧！你盼望的那一天，我们一定争取它快要来到呵！

——于城固——

① 原文为“沈”，一律改为“沉”。

忧郁的果实[①]

杨 丹

忧郁是销沉后的热诚——A·纪德

春天。

苏菲亚,我要告诉你我底生活。

昨夜,月光白得像雾,我底心,也像雾一样寂寞,我从阴暗的小屋里走出来,去访问我久别的好友。

我站在披满了常春藤的墙外,站在他门前荒凉的小路上,从宁静底夜风里,我又听见了莫札尔特迷人的魔笛,这个比海还渤动的曲子,不知使多少失意的人欢喜,多少白发的老人,从那里又寻到他们远远遗失的记忆;我底朋友也会自夸,说六弦琴常能给他安慰;可是我却像听见了一阵陌生的笑声,笑得过于冷酷……

在忧郁的人底心里,快乐的声音,只会引起过分痛苦的回忆。

月亮下落了,苏菲亚,使我窘迫得转过身,又茫然地走回去的,是因为我听见他唱着灿烂动人的歌:

春天用明亮的浮云,

　　好看的绿色,

　　和带着花朵味的风……

排设款待我们的宴席;

亲爱的朋友,举起杯子吧,

举起我们底杯子。

……我也分明看见春天用神奇的技巧玩着魔术;它给枯败的灌木簇丛,浮出了一簇簇新鲜的迎春花,在冷静了好久的蓝天上,放来一群热闹地聒噪着的燕子,使长时间沉默的农夫又走向田野,并且让从十二月就死去了的大地复活……

---

① 原刊于《流火》第1期(创刊号),1945年3月,第36-37页。

作者简介:杨丹(1923—1977),原名杨远乾,陕西蓝田人,1942年考入国立西北大学法商学院经济系。地下党员,民主青年社成员。曾参与创办星社、流火社等。1949年后曾任中央广播事业局国内新闻部主任。

但春天不能使我底心变得快活。

你说，青春是开放得最美丽的花朵。这企望十分崇高。可是我已经使你失望，我底生活结成了一颗青色的忧郁的果实。

幼年时我爱读安徒生，往往瞪着眼睛出神，憧憬那像梦一样的仙境；有时甚至以为童话比母亲还能给我幸福……如今回想起自己那样天真，我就不禁狡黠地冷笑起来，大人始终用谎言欺哄着孩子，我知道，丑小鸭永远不会变成雪白的天鹅。

说我颓丧是不对的，我并不是没有思索。

我骄傲，所以我孤独。

允许我否认曾经接受过你底劝告吧，因为忍耐就是懦弱，退让就是屈服，戒条同生活本来就是两件东西。

我要继续倔强地活下去，虽然我明白这种性格就是我忧郁的因素。

我也曾试验过同快乐的人们生活，厮混在他们中间，用侮蔑的话谈论女人，放纵地赌博，甚至饮强烈的高粱酒，醉倒在他们污秽的床上……但当我离开这个无知的恶少年，我却沮丧地哭泣了。

苏菲亚，由此我得到了一个珍贵的启示：虚伪的欢乐只能给我储蓄分量更重的忧郁。

但我并不诅咒在忧郁的时代里生活得快乐的人，因为一个人应该希望别人生活得快乐——爱人类的人都这么想着。

不思想的人是快乐的，但，苏菲亚，不要学习。

我底生活是一颗青色的忧郁的果实。

我底心，在忧郁里得到安息，然而我却渴望着另一个新世界早日诞生，在那个世界里没有忧郁的人。

这渴望使我愤怒。

这渴望让我将白昼过活得像黑夜，黑夜过活得像白昼。（在白昼这渴望招引我神往于遥远的天边，使我疲惫地倒在柔软得像泥泞一样的绿草上，昏昏入睡；在黑夜这渴望编织成一只恐怖的故事，将我从噩梦中惊醒来，于是我愤怒地坐起，抓住我蓬乱的头发，凝视着窗外沉黑的旷野。）

“伙伴们！”我呼唤，我底嗓子沙哑了，我每一句话都染着病态的苍白。一个寂寞的人，不会有像火焰一样的声音。

我不怕被人歧视，人们歧视你的时候，他底眼球上便网满了鲜红底血丝，我怕那怀着敌意地阴谋的尛尸，向我痴痴地微笑，并弯腰同我握手。

我看见我底伙伴们被这诱惑的微笑催眠了，似乎一切都十分满意，生命仿佛一团模糊的烟雾，迷蒙着他们，向不知名的地方，滚流着。

——我底伙伴们在扮演悲剧，我知道他们的归宿是很凄惨的，因此我一个人从舞台下的广场走开。

我回到我荒芜的园林，荒芜的园林没有盛开的花朵，只有忧郁的果实。

……

忧郁虽然由于孤独，但忧郁并不是自私，苏菲亚，因为今夜我忧郁得这么深沉，我却焚烧了我底诗稿，砸碎了普式庚的石膏像，将罗密欧和朱丽叶的美丽的故事，也掷到火中。

我羡慕疯狂了的人，自由只属于他们，因此我妒忌自己仍然健康；我羞辱地用头磕撞着墙壁，用指甲抓破了我底脸颊……

我曾经在太阳底下发誓，说不用你在上面绣着星花的手帕擦污浊的东西。我遵守着这誓言，从未用他擦过我底鼻涕或眼泪。

可是，今夜我在用它擦着我脸颊上淌流下来的血液，苏菲亚，我要同你辩驳，这血液是很干净的，是青色的忧郁的果实渗滴下来的苦涩的果汁。

黄　河[①]

苏　蕾

生活在别人的唾余中是心酸的,我不情愿去做他人的一支不自由的手臂。为了应付不下一种官场的尖酸,在紧张的抗战中我开始流浪了!

在怎样的场合下,才能做我理想的工作?更在怎样的场合下,才能使我更接近抗战呢?问题的连锁,像有刺的路草挂碍了我的脚步。守望着冬日的院落送走了整日的时光。但是,有什么用呢?敲碎你自己的饭碗不单于你自己不利,且亦妨碍了别人,所谓"自作孽不可活",还想有什么更好的企图吗?

清晨,一个朋友来看我。他披着黑呢外套站在桌子前面,瘦削而苍白的脸颊被十二月的晨风戏弄得紫红,两只手插在衣袋里微微的发抖。

"走吗?"

"不走怎么办?"

"是不是有把握呢?"

一阵烦恼袭击着我,我把头慢慢的垂下来。一向自负的直线眼光,开始收缩,变成弧形,无力的投落在自己的脚尖上。自己是多么的低能与可耻啊!负载不起祖国所给予自己的任务,又不能安心于一种优越的场合,而把时间花费在考虑与叹息中不更应该是一种罪过吗?

我决定逃走了!我非离开这死沉沉的都市不可,至于走到哪儿?有没有办法?我再不能去顾及了!封锁着我的视线的,只有许多许多伟大的梦,好像这样一走就走上了战争的最前线,对于国家民族就尽了自己力量似的,我整日的焦灼着,奔忙着,但到底忙些什么?自己好像亦没有合理的解答。

夜里,长安市上辉耀着万家灯火。阴霾的彤云黑沉沉的盖覆着这片闹市,流线型的卧车喷吐着白色的蒸汽,在东西大街南院门一带同我一样地奔忙。

---

① 原刊于《青年月刊:文艺习作》第1期,1939年10月15日,第7-8页。

作者简介:苏蕾,山东人,抗战期间曾就读于西北联合大学,其间发表作品《黄河》《诗选:无题》《诗选:草鞋誓》等,作品主要刊于《山东民国日报:潮水》《青年月刊:文艺习作》《光华读书会月报》《玲珑》等杂志。

我挺着胸脯[1],昂然而又高傲的踏过每一寸夜色。看着那些蚁群样的行人,觉得我是十分光荣的。那意思有点像是示威,好像说:看,马上我就可以做一件事业了!将来,我为民族踏上前线,为保卫你们而战争,亲爱的人民啊!再见了!

我是到友人处辞行去的。

穿过一条修长而黑暗的街巷之后,我停在一扇最熟悉的门前。

"走!决定啦!"

我几乎是近于病态的叫了出来。是惜别呢?是兴奋呢?连我自己亦莫明其所以然。

"唔!……"

与其说是茫然的答复,毋宁说是一句沉重的喟叹!但你为什么要喟叹呢?喟叹只好加重我情感上的发酵。并且,自从脱离了朋友的温暖的圈围,我过着孤单的生活。这期间,我曾用多大的理智的重量征服过我的苦楚啊!然而,一刹间,只是这一转眼的刹那之间,孤独的悲哀使我感到窒息。

我匆匆的离开他,并且一眼不再看他的逃跑了!我用尽力量,用尽最大的毅力想忘掉他。然而,适得其反的,我永远的忘不了那张瘦削而苍白的,被十二月的风寒调戏得紫红的脸颊。

属于同一的道理,使我忘不掉的还有几位"人物"。他们一直的在刺激着我,使我无论在一种怎样的场合,都会神经质的,突然的记起他们来的。

记起这些"人物"来,我会记忆起那一段岁月。的确,我对于那些日子并没有白白的掷掉,它使我十分的相信,那些苦难的磨练与观察对我是多么的有用。

从海上归来,在开封过了一段热情得近乎疯狂的生活。歌声伴着眼泪,在泪光中扶持着家人。

之后,黄河在灾难中决口,克服多少艰辛,且受尽了许多新鲜的痛苦。在秋日的黄昏,告别了家人,像一只自由活泼而又英勇的鹰隼,我翱翔在长安市铅色的灰空之下了!

职业呢?在抗战的个人生活条件之下,是一个重要的问题。你要生活,你要为斗争而生活,参加任何团体当然都是应该的。但你又不得不防备偶然的失足,况且,实在说来,让一个像我这样没有认识与经验的人去乱闯是很容易弄出错来的。

硬着头皮,穿上我仅有的一件蓝布大褂,在秋初的炎热的中午去见一位老前辈同乡。

我的脚步,第一次踏向了那陌生的台阶。一种幼稚的社会型的悲哀悄悄的爬进心

---

① 原文为"膊"。

里来。我似乎在颤栗,当我的手指将要去触动那只锈尽的门环时,我的心突然地跳荡起来。眼睛里似乎扯起一层白色的绡纱,在朦胧中我的手渐渐垂落下去。我实在没有勇气去叩一下那只门环。因为我知道,那是多少人不愿去而又不敢去叩一下的门环啊!

但终于我扣响了,那沉浊的声响,我当时就明白那是什么一回事。一句预言,或者说那一种不幸的回答。在那两扇门板还没有分开之前,我转过脸去,我想逃开我所站的位置,我想跑回去!

我没有逃成功,且被邀进了一间会客室里。我茫然而不安的守着那张帆布卧椅,精神上感到十分的局促与痛苦。

一个肥胖的影子在窗纱上摇过去,我知道我要见的人物是来了!

……

"本来,乡亲们老远的来投奔我,况且,这个年景儿,嗯!……尽力想办法吧!"

"那真是感激极了!希望老先生各方帮忙,最好是……关于抗战方面的职业,因为年青人总还是吃得苦……"

"是的……"

若有所思的,对于我的话好像石块丢到智井里似的并没有一声反应。我茫然地对着那一块红而发光的油脸不知所措。接着,那一撇小胡须随着一双世故的眼光向我说道:

"不过,我这里亦很困难,物价老是涨,一家人简直没办法,哈,你看这,哈哈……"

"唔!是……"

对于这几声干笑,我再亦没有更好的言词来应付他了!我明白他的意思,但"我并不要向你借钱[1]啊!你再看看我,再看看我吧"!我终于要把这些不近情理的话随着唾沫咽到肚子里去。我把头低下去,耐心的听他的牢骚。

"将来不得已时我可以生点小办法,吃过饭了吗?"

"吃过,吃过啦!"

"那请你坐一坐吧!我还有点小应酬……不是没有别的事吗?"

像做了一场烦恼的梦。我用很快的速度窜出了那条绿荫葱茏的小巷。当我走到一条大街上的时候,我才透出一口气来。好像刺在我脊背上的那位卫兵的眼光才给我拔下来。

以后我又厚了脸皮去过几次。并且从友人处借了绸大褂来穿着,但结果仍是我所想不到的恶劣。我只好正式的承认"此路不通"了!

文人和武人大概有着不同样的性格的吧!我这样的猜想着。一个文化人对于一个青年的观点当然应该不像一位军官那样!于是我又开始寻觅对象了!

---

① 原文为"错钱"。

对象是找到了！青年，温和，有礼貌，……一切都足够“那个”的了！慢慢地，我们之间又发生了感情。我觉得“是时候了”！于是我将我的意思坦白的陈列出来。但几天过去了，没有反应，我的心又焦急而又烦恼。忽然有一天我遇到他，他却说：

“是不是闲得无聊啦！老兄！”

我苦笑着，本来职业荒闹得太久了！这不是！……

结果，他让我给他私人帮点忙。一月给一点津贴。的确，是一个“职业”。但我为什么要做这样的“职业”式的职业呢？在抗战中难道没有我的岗位？我为什么要做“岗位的岗位”呢？况且他本人是不是我所谓的“岗位”尚成问题。我们无言的踏过了一条长街。

临别时我说：

“最近我亦许离开这里，如果成为事实真是辜负你的好意！”

随后曾有一个商人要用金钱买我，但我亦的确用过他一点钱，他说：

“今天借给你无用的纸钱，将来还我更有用的代价！”

“好高明的投机事业家！”

“哈哈，哈……”

一种苦笑和一种应酬式的狂笑，在我们之间回荡着。

但如今要走了！这些过往的苦恼便使我憎恶，我不想再记起这一切，甚至这城市。而我却永远忘不了。

来时沿着黄河，风陵渡响着敌人的枪声，我是多么的爱着黄河的哟！我曾被感动得流过眼泪。

自家像黄河的一粒泥沙。许多同样的泥沙在黄河里滚来滚去，不但没有它自己的用处，且使黄河到处为灾。

然而，为什么自己会是黄河的一粒泥沙呢？并且，为什么有许多泥沙同自己一样呢？

但，我相信，我会变成完全异样的另一种物质的。与我同样的泥沙在时代的压力下会变成整个的一块石头，这石头永远做黄河的河底，而使黄河变得更使人爱慕。这并不是梦想，因为我已在真挚的后悔了！我会变的！

“黄河……”

我喃喃的说。

我踏过柏油马路，脚下轻快的“滴打”着走过去，夜渐渐的深了！夜寒亦渐渐加重。行人已很稀少，商人们多半已关起门来。冷落里我感到一股子别情。

走进门来，同院的两个学生正在学唱黄河之恋，

“黄河……”

我低低的喊着，一手推开我那两扇破旧的房门。

红　叶[①]

黎　风

已经是深秋的时候。

阴霾的天气终日的飘着雨,北方原野的风漫过秦岭带来了初冬的寒意,树叶子渐渐的变黄又渐渐的脱落,在这异乡的秋天里我总觉着秋风没有带来我渴望的东西——红叶。家乡里这时候一定是满山上盖覆着晚霞似的红叶了吧?每年到这个时候我的窗前我的桌子上都插满了由山中采来的这些红艳艳的东西。

秋风带给了我一颗思家的心,我幻想着被敌人占去的家乡,我渴望着红叶,更希望敌区里的消息。就在这阴霭的深秋季节里我接到了家乡的信,出我意料之外的是一封挂号信。当我拿到它时我的手颤抖了,我知道那里面不是汇票,说不定是母亲的悲哀和家乡的噩耗,我鼓着勇气撕开了,三张洁白的信纸里飘落下一枚红叶,一枚已经变成黑紫色的枫叶,看看那细弱的笔迹我知道这是妹妹写来的:

哥哥:

这封信又带给你悲痛,可是我不能不告诉给你,雯姐已经死了!妈本来不许我告诉给你可是我能够吗?

制止不住了,到今天我已经哭了三天,我知道你接到这封信时也得哭,哭有什么用呢?雯姐是死了,死的那么悲惨!

你还记得李堃吗?你一定记得,他是你的好朋友,中学的同学,每逢星期日时候你不是还常邀他到咱们家来吗?爸爸很赞成你和他交往,因为他的爸爸从前是一个师长,当那一年秋天咱们这里全换上太阳旗的时候,李堃的爸爸便阔气起来了,他成了警察厅长,李堃也成了什么侦缉队队长,这个爸爸一定告诉过你了吧?……李堃时时的坐着汽车来看我们,照料我们,应该谢谢

① 原刊于《青年月刊:文艺习作》第2期,1940年1月15日,第3-5页。

作者简介:黎风(?—1941),原名王福廷,又名王福亭、王黎风,山东济宁人。1937年考入国立西安临时大学外文系,新生剧社成员。著有散文《红叶》《人生的意义》《奴隶:巨浪中的沫花之一》等;独幕剧《父与女》、三幕剧《傀儡》、五幕剧《狂风暴雨》等;发表戏剧理论《论儿童剧》。1941年春因病去世。

他，因为他的面子咱们家里始终没有被皇军搜查过，妈常说李堃是一个好心肠的人，好心肠吗？哥哥，就是他把雯姐活活的逼死了。事情是这样的：在上个月他居然托人来给雯姐提亲，爸爸当然没有答应他。天呐！谁知他竟然翻脸不认人，原来他是一个狼披着羊皮来咱们家厮混的，现在他不顾一切的将羊皮丢掉了。爸爸和妈都觉着那几天要出事，不出所料，居然在十天前的晚上我们家来了一队皇军，说是搜查的，妈吓的在床上抖成一堆，爸爸想阻止他们胡乱地翻，可是被他们用枪托打倒了。哥哥！你想想爸爸是那么大的年纪怎么能担的起，我大着胆子去扶起他，我哭了，哭有什么用呢？最后他们便把雯姐带走了，妈在家里哭，爸爸到处去托人，你能想象出我们是怎样的度过着这些天煎熬的日子吗？家里终日的被妈的啜泣声塞满着，爸爸的脸更黄瘦了，爸爸虽然化了很多的钱，但是归根没有打听出雯姐的一点消息来，我不敢说什么话，只有看着爸爸和妈的黄脸暗暗地掉泪。第三天的晚上咱家的门口又来了一辆汽车，我们心紧着不知道有什么更惨酷的灾祸降到我们的头上，出人意料之外的又是你的那位好朋友——李堃用汽车把雯姐送回来了。雯姐在这三天以内已经变了，脸变的蜡似的苍白，两个眼睛，她那两个笑迷迷的大眼睛，也陷下去了，从那里再也见不到一丝的笑意，头发也乱蓬蓬地。妈见到雯姐那个样子便哭了，可是雯姐两个眼睛疯了似的瞪着前方，她不哭也不笑，我同妈把她扶到屋里去，李堃这个该杀的便很快的把汽车开走了。从那天起雯姐就不说话了，妈无论问她什么她都不说，她也不吃东西，连白开水都不喝，她只是哭着，她拿着你的相片哭着，就这样她哭了五天。五天呐！哥哥，雯姐就像在地狱似的熬过五天便死了！雯姐死了！当她快咽最后的一口气的时候她告诉妈说是李堃那狼心狗肺的东西糟蹋了她，她让我们把她埋在龙洞的山坡上那些枫树林里。

昨天下午我和爸爸、妈坐着车子把雯姐的棺材送到了龙洞，回来时我采了一把红叶插在雯姐的相片旁边，我捡一个大的红叶从信里寄给你。

哥哥！红叶上有雯姐的鲜血，有妈的泪，也有爸爸的叹息，哥哥，雯姐是怎么死的，你一定明白了，是死在谁的手里你更明白，哥哥！你用什么来安息雯姐的灵魂？你用什么来洗尽雯姐的耻辱与冤恨？我不能再写了。

妹薇泣书。　　　　九月十八日

看完了信时泪已经把信纸湿透了，我用力的咬着嘴唇，一滴血重重的滴落在那个红叶上，用泪眼望着远山，我的心在回忆与愤恨中旋转着，回忆又生了翅膀像只白鸽子似的飞到千里迢遥的故乡。

雯是姨母唯一的女儿，当十年前姨母死的时候她才十二岁，母亲喜欢她，从那时候起母亲便把她接到我们家来。也就是从那个时候起雯姐便像一个姐姐似的看护着我，无论什么她都是让着我，宁愿她自己吃点苦总是使别人过着舒适。当她仅仅读完了高中的时候便离开了学校的门在家里帮助母亲料理家务，母亲老早就想把雯变成她的儿媳妇，可是因为我还正在读着书便没提，谁知雯竟会这样的死去了呢！

记得四年前的一个深秋里，故乡还是很平静的，没有敌人的足迹，没有炮火的气息，蔚蓝的天空笼罩着远山上一片鲜红的枫叶在阳光下反映着，引诱着我的心，我和雯商量着：

"走吧？"

雯把她的长睫毛下的大眼望到远山上去，会意的微笑着。

"那里去？又是红叶引动了你的心？"

我也笑着点点头，雯把她早已预备好的提篮提起来，里面装满了饼干、梨和口香糖。

"我早知道你的心是不会让你安静的坐在屋里，所以我早就买些东西预备我们到山上吃。"

"你真会想。"我替她拿一件毛衣便向着远山进发了。秋天的太阳晒的人迷洋洋的，还没走出三里路去，雯的脸上已经冒着汗珠，她看看我手里拿着的毛衣说：

"你看你，这样的天还拿毛衣。"

"怕你冷了。"我把毛衣随便的摇荡着。

"这样的天还会冷？"

"你不要光看这一个时候，也许等会起了大风还会飘着雨！"

"你总是爱这样的瞎想。"的确我总是爱这样的瞎想，明媚的季节里我会想到暴风雨的来临，当绿色的春天统治着大地的时候，我便会想到冷酷的严冬。

走进山里的时候雯便变得像个小孩子似的那么天真，她胡乱的跑着，常常爬到那些矗立的岩石上去采摘一朵野花，我总是替她担心着，她沿着碎石子砌成的山路很快的跑着，有时站着把那涨红的脸回过来望望我，像一个受惊的斑鹿，有时候她滑倒了，可是当我赶上去扶她的时候她已经爬起来，看看我又连笑带跳的跑走了。

山坡上都长满了枫树和柿子树，红的枫叶陪衬着黄的柿子叶特别显得耀眼，快近山顶的地方枫树更密了，叶子都绞成一片，钻进树林去一闪便见不到她的影子，我用手拨开长的很高的野草去找她，可是总找不到，进到林子的深处太阳透过浓叶晒下来，已经显的有点黯淡，踏着簌簌的枯叶乱草，又听着山风在树梢上蹓过打着呼哨，我的心里有点害怕。

"雯！"我大声的叫着，声音在山谷里颤巍巍反响着。

"雯……你不出来我自己回去了……"当回声刚去远我听到身后的草唰唰乱响，我惊恐地回过身来一看正是雯，身上勾满了一些野蒺藜，头发上也落满了些带毛的野草种子。

“啊呀……一只野豹子。”

“你是个野豹子。”雯反驳着。

“你藏到什么地方去了？”

“就在你的眼前，你就找不到。”

“我们就在这里坐下吧，”她坐下慢慢的摘着勾在身上的荆棘，我便削梨吃。静静地，只有一两声的鸟叫。

“这个地方太好了！”雯赞美着，“红叶多鲜艳，就是这山风刮的树叶子乱响，怪使人寒心。”

“为什么？”

“怪肃杀的，总是让人想到孤坟上的一棵白杨树在秋风里那么凄凉的摇摆着。”

“你也是爱这样的瞎想。”我报复的这样说着她。

“其实那也怪好玩的，不过有点单调，等我死的时候你就把我埋到这里吧！”一缕悲戚的阴影掠过她的面孔。

回来时太阳已经下山了，晚霞的余辉还徘徊在浓密的枫叶上。雯的提篮里已经换成了柿子与野葡萄，怀里抱着一束红叶，红叶映红了她的两颊，怀着一心的快活，拖着两腿的辛酸，踏着夕阳，我和雯慢慢的踱回来。

现在真的长眠在她自己拣①定的地方，就在这样深秋的时候她怀着无限的悲恨安息在那些红叶丛中。

一九三九年十二月于城固

① 原文为“检”。

柿子红了的时候[1]

——逃难之一

祁东海

柿子红了柿叶也红了！

累累的红得火一样的满天红，小扁锅，净面脸……在深秋的风中摇撼着！红的柿叶从树上轻轻的飘落下来……

一代又一代的，我的家住在这个长满了柿树的村庄。村庄外的山坡上面，田野上，一到了深秋，都挂着火烧样耀眼的柿子……

祖父活着的时候，他常常在红色的柿树下，一壁叹息，一壁忧郁的说，声音非常低微，可是很有力：

“好好的爱恋咱的家呀”！

于是，他的打着皱纹的脸上浮起了微笑：

“前辈的爷爷创这样的家是不容易的啊！很早的时候，我们这村庄是一片荒地啊！——我们的老家是从山西洪洞县大槐树下搬来的。仔细的看看呀，我们的小拇脚指头上是两个指甲……”

我的祖先早就热爱着这块土地了。春天，村外的田地发散出醉人的土香，山坡上嫩绿的草芽养肥了一头一头的耕牛，开荒的锄头声震破山野的静寂……夏天，山野坡上翠绿的绒衣，雀鸟愉快的飞舞着跳跃，一条一条的溪流从山坡爬下，潺潺的在我的家门前流过，浓绿的树荫下潴聚了一池清澈的水，庄稼人在水中洗着脸也洗着脚……秋天，玉蜀麦上场了，金黄的小米，绿色的豆，一袋一袋扛进了家，柿树上的柿子耀眼

---

① 原刊于《青年月刊：文艺习作》第5期，1940年8月15日，第30-36页。

作者简介：祁东海（1916—1992），又名祁鹿鸣，河南汲县人，1936年考入北平大学法商学院。1937年卢沟桥事变后曾参加汲县平津流亡同学会。1939年就读于国立西北大学法商学院经济学系，1942年毕业。求学期间曾加入文艺学习社、西北文艺笔会，并加入中国共产党。于《青年月刊：文艺习作》《国民文学》《青年界》《文化建设》等杂志发表了《第一次袭击》《六度寺的夏夜》《泥路》《浮尸》等作品。毕业后在河南邓县、商丘等地任教。1946年在解放区北方大学、华北大学任教。1950年后在中国人民大学历任出版处主任、统计系主任等。1973年起任北京市计算中心主任。

红……

这是多么美好的家啊！

去年，祖父咽着最后一口气，还不停的喃喃着，硬要上村外望一望红色的柿树：

“柿庄，这是最好的土地……”

已往，这里平静得像一池静穆的死水，无论刮着什么样的风，这一池静穆的死水全然不会掀起丝丝的微波；可是，当罪恶的黑风卷着飞沙和冰雹从东洋的海上吹来的时候，这里起始动乱和不安了：——军队从城市开到乡村，在山上挖了纵横复杂的散兵壕，在村子的东北角上修起钢骨水泥的炮台，环绕着村子又掘了一圈提防坦克车的沟，许多柿树被地上新翻起来的土埋住了！

眼看着战争是一天一天的在逼近……

父亲脸的忧愁一天一天的在加深，吃饭不觉得香甜，走路觉得腿没力！他打算叫我领弟弟和洛一块往西安上学，可是，小米七毛钱一斗，没人籴，凑不了路费，只得作罢了。恐怖的消息，像急性传染病似的疯狂的流传着，城中的阔人们纷纷地往河南逃窜了，穷苦的人家搬到乡下——乡下也是不安稳的呀，都说，这次战争要在乡下打……

这天，二焕伯从城中带来更不吉利的谣言：

“嘿唉呀，中国真不中了，说日本已渡过漳河，县长带着印准备跑哪！”

“这怎么办呢？”父亲惊慌着，眼光阴郁郁的，脸色暗淡而没光彩，在室内踱了几步，开始说：

“活活的一家人，坐在家里等死吗？”

“那，逃逃吧……”母亲用低弱得几乎听不见的声调说了一句，沉默着了。

“逃，往那逃？”父亲又继续说道，“平地去不得，山上又要打仗，往那逃？”

五弟和六弟一蹦一跳的在街上跑回来，嘴里唱着“土地被强占……”一点恐慌和害怕的神色全没有，很高兴的样子。可是，瞧见父亲和母亲的阴郁的脸，蓦地停住歌声，小小的脸蛋浮着愁容，扑到母亲怀抱里叫道：

“妈……”

“别吵……”妈说着。父亲沉思了一会，心情仿佛突然转换得舒畅了，很肯定的说，声音有些颤抖：

“日本马上来不了！若是真正紧急，军队早开来守炮台……”

晚饭，我们吃的特别少。

夜，凄凉的秋雨疏疏落落的滴答着，在灯影下，我和父亲母亲整整的谈到深更，仍旧不瞌睡。父亲说：“大灾难来了，逃难要紧，家产算什么，毁了，拉倒；”一会又说：“祖先辛辛苦苦的治理这些家产不容易呀，逃走了，对不起祖先……”母亲总是不言语，她隔不了十分钟就去院中听听，是否那里有动静？

雨住了，父亲说：

“睡吧！不睡也不行呀！”

我倒在床上，一个奇怪的念想抓住了我的心！我的心跳着，被一种深深的烦闷苦恼[1]着，逃吧，我真不愿意，我想留在家乡打游击！不逃吧，不领母亲逃吧，日本杀来，被困在火线上，母亲，弟弟，妹妹，洛，他们怎样安插呢？尤其父亲那张愁苦的脸，使我想起了打寒战！……终于我昏沉沉的睡着了！

“起来，起来”！洛的急促的叫唤，惊醒了我，“街上都是人，乱啦——”

街上，充满吵闹和马车的响声。乌黑的云块遮在了黄巴巴的下弦月，街上的空气悲凉而窒息：在黑暗中，许多女人抱着小孩夹着包袱，急走着，男人担着被子和米面，沉重的脚步声应和着小孩的哭泣，老人的哀叹，那边，拉粮食的大车又咯噔噔地走来……这是多么的凄凉呵！

父亲站在街门口。有人在大声的吆喝：

“说一说，什么回事，日本？……”

“不中啦！日本是到啦，”答话的人匆忙地走着，话声越说越小，“吃罢后晌饭，我们还没有睡，×十二军退下来了，很窜，很跑，说日本追来了——我们赶（紧）跑啦，跑啦，不——中啦”！

“您见到日本？”

“没有。”

“这里有炮台，向这里跑不好呀！……”

“那里好呢？反正是胡跑，跑那，那就好，唉，唉，……不跑不行哇，哇……”

从东乡逃难来的人，像哭破闸门的水，狠狠地泛滥起来，水势越流越紧——人聚集的很多了！父亲的镇静逐渐消失了，他很果决的说：

“上贾岭去一趟吧，找找孔××他回打丝窑没有？”打丝窑在辉县西北的太行山中，那里山势险峻，很适宜于避难，头几天父亲就这样说过：“将来真正乱了，往打丝窑逃，那里山大，绝对保险！”

山野的路上，逃难的人群结成了黑色的长蛇，默默的蠕动着，小碎石头在脚下沙沙的响！天更阴暗了，许多人瞧不清路——山路崎岖得使许多人摔倒了！摔倒了，又爬起来，忍着痛，没有怨言的又默默前进了。向那里看，那里全是黑黝黝的人群；向那里听，那里全是嚅嗫声；我在混乱的人群中挤到贾岭，见到孔××，他说：

“好好，到我家去……”

深灰浅灰……东方发亮了！东方没有枪声，没有大炮响，远远的看去，仿佛依然很平静！可是，人还是拼命的向修筑了炮台的山坡爬，东乡的女人根本没见过山，瞧着山，流泪了，流泪也得爬呀，她们一群人携着手一起爬，爬着爬着，滑下来了，跌得满脸

① 原文为“苦脑”。

伤痕,小孩哇哇的哭！两个庄稼汉抬着一张柳圈椅,椅上坐着病着的老人,他们,正一步紧一步的沿着上山的小路走,椅子突然一歪,老人跌了下来,长叹一声,挤住白眉毛下的眼……接着我挤了挤眼,急急的在老人一旁窜过,跑回家!

圃叔已经驾好了车,被子和一包袱棉衣裳堆在车上！母亲在包裹着几只弟弟穿旧了的鞋,父亲的表情很紧张,不住的埋怨母亲:

"马上,没世界了！还带着那些破东西!"

母亲站起来,端了一碗盛满鸡蛋的疙瘩汤,递给我,亲爱的叫:

"快吃碗吧！您爸叫咱走。"

"走——我的心剧烈的跳了,血剧烈的流:"向那走？就走吗?"我真舍不得家呀!

"车套好了！就走。"父亲静静地说。

"那,你——"喝了一口汤,我高低咽不下了！我的眼盯着父亲,他特别镇静地说我:

"快吃,不吃饭,路上饥;从今天起,你开始逃荒了,一天,说不定能吃上一顿饭不能,现在不吃饱,怎行?"他的泪想从凹陷的眼眶流出来,但是他压抑住了流,泪没流出来,他感喟地继续说道:"我,我不逃呀,你都走了,我一个人在家,很安静,什么也不怕,日本打过来,我就跑,不会有啥错的!"父亲的脸微笑笑,立刻又阴沉了:"我不能离开家,我离开家,谁给你弄钱,你到外边吃啥？我不能逃……"

我的汤再也喝不了!

街上又起了一阵骚动,又是一群人从东乡逃来了。父亲很高兴的说,其实,比呜咽还难过:

"那你走吧,你走了,我的心就安稳!"

母亲,三个妹妹,两个弟弟,洛,他们上了车,车走动了,母亲的眼窝湮了,看了看家门和门口的大槐树,叫六弟:

"记住呵,这是咱的家……"

六弟哇的哭了,张着大嘴……

父亲抚了抚六弟,叹了口气！"你孬什么？再哭!"六弟仍在哭……父亲又告诫我:

"当心呵,一家的人全交给你了;一家人平安的跟你走了,你再能领他们平安的回来,即是好!"

"我……"

我的话没说完,父亲匆匆地向家走了,连头也没有扭——我想,父亲也会流泪的呀!

两条黑狗跟着车跑着,又是摇头,又是摆尾,仿佛要和我们一同逃难似的！母亲叫我打它们,它们总是恋恋不舍似的跟在车后跑,母亲哀叹道:

“我们逃了,狗会饿瘦的。”

“爸爸能不喂狗吗?”五弟天真的叫。

“呀红柿子……”对着一片柿叶红了的柿树,六弟活泼的吵嚷着,忘掉了哭。

“红灯笼,一吸溜……”

缄默着的春妹也说起来,叫着洛:

“嫂呀,咱那柿树多好呀,今年柿子结的又红又多,可惜咱不能吃了。”

母亲又感伤了,她停止住春妹的话,叫她操心,坐车,别掉下去,然后说道:

“今年的柿子最好,今年恰巧乱……”

马车艰难的爬过几个山坡,我们的柿树早就隐没在视线外了,母亲还不住的向回瞭望,她舍不下我们的家,甚至一棵柿树,她都是梦念的呀!

太阳升起很高了!路上逃难的人还是成群结伙的,不过,人们的脸庞没有黑夜时的惊恐和不安了。当我们过了界牌沟,入了辉县境的杨闾川,一点混乱的情景看不到,大人小孩安静静的坐着,笑着,用奇异的眼光投射我们,并且问:

“上那去?逃吗?”

往往的,在十字路口,碰见好几辆的逃难车,问他们是那的,他们说“是汲县”!再问:“见到日本吗?”他们愣怔住了,恍惚的答说:

“反正也弄不清,人家跑,咱也跑,都说日本来了,咱也不知道!”

杨闾川是一个小盆地,小小的溪流很多,路上的清水坑儿一个接连一个,车极不易通过;又加以沿村长村公山头三条路口都在挖着战壕,不绕路,不能走,所以,我们到了辉县南关的顾家,天已下午半晌了。……

喂好牲口,圃叔吃过饭,套好车,车正要走的时候,我们的那两只黑狗从一块菜地里钻出来了!对着我,它们很有些依依!可是当五六只本地狗凶猛的朝它们扑去的时候,它不得不夹着尾巴凄惨的随在车后向东跑了!

车走了,我很感觉空虚心真不是味……

我正郁闷着,和顾谈着话!顾的太太从家出来叫我,她的话是那么的亲热:

“你劝劝你妈吧,她不吃饭?”

“妈……”我先叫出了一个字,喉咙便梗了!然而,为了怕母亲伤心,我不得不狠心的压抑住我的情感:“妈,吃点吧,在这里停停不乱了,咱可以回去的,回……”

“唉,回那呵”!母亲用手巾擦了擦眼!

顾是父亲的好朋友,他也劝母亲:

“放宽心吧!离开家,就别想了,好好保重身体,一家人能平安渡过这难关,即是福;在这里停两天吧,看看,不要紧了,我送您回家!”

太阳落山的时候,×十×军的一团人从辉县北山上的盘顶退了回来,说林县已被日本占领;顾着慌了,脸色突变,很作难的问我:

“如何是——好?”

“那,我只有和母亲往薄壁逃了!”我想,林县不守日本从北山上杀下,辉县当然危险!所以,我肯定的对顾表示:“只有往西一步一步逃。”

把我的意见告诉母亲,母亲更忧虑了:

“到薄壁好吗?”

“好——”我故意这样安慰母亲,并且说道,“孔××在那等我们,不会有错的!”

离开了母亲,顾警告我:

“薄壁,老白头,有名的土匪窝,敢去吗?”

“碰一碰看吧!”我说:“不上薄壁,没处去呀!我相信,土匪也比日本强得多!”

晚上,顾领我到新乡路雇马车,连问好几家,都说时候慌乱,不去!可把我难堪坏了。所好,顾的人熟,和赶脚的讲了很多好话,人家才答应去,不过是:

“明说呀,非十块钱不去;一百里路十块钱。”

“不能,不能,过去,只三块钱,——这十块钱太贵了,不能讹人。”顾有些不喜欢。

“就这还是看面子哪!”车夫呐呐着。

争价的结果,九块钱讲妥了。

街上的灯光已经辉煌耀眼了,我和顾遛达着,遛达到一个理发店的门口,顾审慎的端详了一下我的头发,向我和蔼的建议:

“把你的头发推光吧!装得土头土脑的,往薄壁去占便宜。”

我推光了头,见母亲,她诧异的:

“你变了!”

我微微的笑着,心头一阵痛!六弟瞧见了我,一翻身,在床上爬起来,生气的呼叫:

“大哥,明天回家吧!”

“回家,快点睡吧!”

我欺骗着他,低垂着头,走向另一间房屋睡觉的时候!我想念起家和父亲,还有那累累的红得火一样的柿子,……

——红的柿叶该又随风飘落吧!

我的值得怀念的呵。

——于城固——

马　蹄[1]

孙　萍

我曾经是一个把生命系在马蹄上的人。但如今，生活却又像一泓止水一样，仅只有一点微微的涟漪了。这涟漪，在我，只是一种可耻的羞辱。实际上，对于我是多么的无能啊！

我应当大胆的承认，我现在似乎太梦幻一点了！往往把过去的事情像梦一样的回味着。并且还爱加一点幻感的幸福，以致使那一把过去的日子，与现实的形态与结局不大一致。像一位小学生把简单的数字相加的结果，弄得像离正确答数相差太远一样的可笑。

不但是已往的如此，同时我更将未来，亦用谎话一样的荒唐的梦幻编造着极美丽的摇篮。可是，当我马上发觉了这样的摇篮对于我鳞伤的身体不相称时，我像刚从梦里逃出来的幽灵似的，含着泪一脚把这美丽的摇篮踏个粉碎。随着一阵莫名其妙的苦笑挂在我的嘴角。我怅望着过往的岁月中我走过的路子，我便实在禁不住了，我大声的笑，近乎发狂的笑，笑得泪从眼角上滚下来，滴到我的嘴角里去。

我明白，用过去的岁月来营养我的青春，除了加速生命的死亡之外没有合理的解答。但我不想死去，那对我真是太惨酷的一种刑罚。因为人，我觉得应该是走过同一的路程的，我并不羡妒别人的幸福，但自己的幸福应该来到了吧！死是人生的结尾，而我，这浸透了人生之酸涩的人，宁愿在一星星的幸运里，恋恋不舍的死去！

连日来，秋雨绵绵的洒落在这寂寞的庭院中。没有客人来踏一踏这莓绿的台阶，亦没有一封友情的淡泊的信札。芭蕉的大叶快凋残了，在微雨中发出一段类似呻诉一般的，最后之生命的叹息。我又想起我的流浪的故事来了！

在北中国的冬天，有时候的确使你烦恼。猎猎[2]的北风干燥而且寒冷的整天吹啸着，原野像一张死人的脸被冻得硬极了！而有些冬夜，却是十分的可爱——假如你在那里住过，我相信，你一定十分的恋爱着那些时候的！

---

① 原刊于《青年月刊：文艺习作》第 8 期，1940 年 12 月 15 日，第 30 页。孙萍，系孙艺秋曾用名。

② 原文为“腊腊”。

在一个夜晚，月华像水样的洒满了田野，天上没有一点云翳，稀朗的星星在眏着眼睛。远处碉楼上的红灯，像是这美丽的夜的嘴唇，更柝更像是遥远的梦呓，幽幽的浸沉在宁静中，庭院里，枯树的阴影横满了阶砌，煤油灯乳白色的光辉照着四壁，火炉上的水壶在吱吱的闹着，我展开一卷尘封的书帙，神往于古代的记忆。

忽然，一阵"得得"的蹄声在我的耳边响起。我仿佛看见青青的路草，与夕阳里一个孤独的旅人，寂寞的挥着马鞭，寂寞的望着广阔的原野，我不禁感到一种怅惘的压迫，悄悄的滴下泪来。但当我从这激越的感情得到清醒时，不知道自己正在读着一首一位古代流浪诗人的"别情"。

几年来，在马蹄的得得中过生活，过往简直变成了一个梦，对于马蹄声不再感到忧伤，且别情亦不复使我感动。为了生活，为了斗争，沐浴着风霜雨雪，不管白日或夜晚，终年的奔走着。在祖国边塞的山峰上，我挥着马鞭，寂寞的望望落日，望望荒山，亦望望北方的蓝天上飘荡着的烟云。——那儿正是自己的家乡啊！

如果认为是幸运，那我这几年真是在侥幸的过活着的。战争在翻腾着整个的祖国，时代惨酷的用炮火、饥饿、寒冷、疾病像雹雨似的投掷着，人们在仇恨中开始了死亡。

谁不贪恋这温美的人生呢？谁不想依着自己划下的生之标的前进呢？但当敌人的魔手伸进祖国的蓝空时，人们的命运便像进入了一片无边的黑黯，为了生，他们流血，他们挣扎。他们在无可奈何时，才不甘心的倒下去，把冤仇留给生着的人。

虽然，我困苦的活着，接受着那些死者的仇恨的重负，但那光明的梦仍追随着我，我要活，我要幸福的活下去。

三年来，我不断地奔走着。足下的路子给我划出了一片弯曲的马蹄。这马蹄，我清楚的明白，是我隔离了过往，在生的斗争中，辛酸的走过去的路子啊！

小说

XIAOSHUO

县太爷[①]

许兴凯

第一回　雨过天晴北海逢情侣　茶余兴豪仿膳论女人

作官好，
作官妙；
作官头戴一顶乌纱帽。
“通！通！通！”
出门放了三声炮。
刮地皮。
一堆一堆洋钱票。
哈哈！
威风不小。
哈哈！
发财不少。

---

① 1945年3月8日至1945年10月15日连载于《华北新闻》副刊《战国春秋》第3版，标题为《县长演义》，署名“老太婆”。后改为《县太爷》，1947年11月由二十世纪出版公司出版单行本，本文据此录入。

作者简介：许兴凯（1900—1952），别号志平，北京人，蒙古族。1926年毕业于北京师范大学教育研究科，曾任北京《晨报》记者和沈阳《新民晚报》总编辑。“九一八”事变后，他开始研究日本是怎样发展帝国主义的史实，并赴日本东京帝国大学史料研究所学习和从事研究工作两年。著有《日本帝国主义与东三省》《日本政治经济研究》等，有“日本通”之称。曾任教于北平师范大学、河北省立法商学院、北平大学法商学院、燕京大学新闻系。1937年至1938年春曾任滑县县长。1938年春，到西北联大任教，学校改名后又任西北大学教授，讲授伦理学、经济状况、新闻学研究、远东关系等课程。他曾以“老太婆”“黎明主”为笔名发表了大量随笔、散文、小说。出版过《家庭之话》五集（《太太的国难》《摩登过节》《明清演义》《双过新年》《泰山游记》）、《巴山采药记》《抗战演义》等小说。《县太爷》曾风靡一时，堪与当时走俏的《三毛流浪记》相提并论。

恋爱好，
恋爱妙，
恋爱要在——
女人屁股后头跑。
手拉着手，
脚并着脚，
柳荫花下说又笑。
写情书，
多买邮票。
几天便是一大套。
最美还是——
黄昏人定后，
情话悄悄儿的说，
慢丝丝儿的道，
什么地方都体贴了。
那个滋味儿，
嘿！嘿！
您不知道！
嘿！嘿！
您不知道！

这句“流口辙”念过，一不多表。下演一部独门自造《县长演义》。这书不表明清，不说元宋，乃是抗战以前一年的事情。有一位教授，作了县长，他老先生同时又好恋爱，在官场和情场，浮沉了好几年，酸，辣，苦，甜，咸，各种味儿，都尝到了。而且，人世间的秘密，都在县和女人的身上，他经历了一般人所未闻，并所不知的事情，老太婆把他排演出来，请大家用目一观也。

闲话少说，书要开头。

话说我们的故都北平，可真是个好地方：住也好，吃也好，戏也好，玩也好，乐也好，最好还是几个古香古色，而又穿上近代新装的公园。比如那中山公园，是从前的社稷坛，而中、南、北三海，乃是帝王家的禁苑御花园，后来变成男男女女散步、游玩、恋爱、情话的地方，真乃是天然好画图也！

这是抗战前一年的事。

正在一个暑热的夏天，老太婆睡了一个午觉，醒来一揉眼睛，天光已经是下午三点多了，空气十分闷热，心里热烧得很难受，嘴是渴的，嗓子眼儿直冒烟儿，便叫人打电话给法国面包房,快送一桶杨梅冰琪琳来。

没有十分钟,老太婆将将洗完脸,骑自行车送冰琪琳的到了,老太婆吃了两大杯冰琪琳,肚子里的温度抖然下降,不过,冰淇淋这样东西,乃是牛乳鸡蛋做的,吃下去总有些腻糊糊的,不十二分爽口,我的儿媳妇很贤淑,她知道我吃这东西并不解气,又从冰桶里把冰镇着的琉璃厂信远斋的酸梅汤,取出一碗儿来,老太婆咕嘟、咕嘟、咕嘟仰脖儿直灌,灌了满肠,“哈”的一声,仿佛中印新公路打通了似的,那份儿痛快就不用说了。

天有不测风云,尤其伏天的天儿,一块云彩便是雨,没有多大一会儿,刷!刷!刷!雨下来了。

雨把热气是压下去了,但是,这热气被压迫的结果,一转身溜进了屋子。这时候,屋子里像热蒸笼似的,又蒸又热,闷的人更难受,老太婆只好走出到院子里。

院子里有天棚,雨是洒不到身上的,空气也比较流通些,但是,仍然不十二分痛快。

猛然间,老太婆想起这时候的北海公园,一定很风流,而且,荷花也必然特别好看。信口儿说:“我上北海!”我的儿媳妇马上叫:“小王!拉出车去。老太太要上北海。”躺在门房的小王,大声答应了一个“是!”接着“七通骨通”几声,车拉出门外去了。

北平的拉车夫,是天下第一的拉车夫,就是发明东洋车的日本人,也赶他们不上,技术十分熟练。而且,灵活巧妙,转弯抹角儿,都有工夫,哪里用得了一刻钟的工夫,自用车把老太婆送到北海公园。

北海公园有一个仿膳茶点社,是个太监开的,厨子当年在皇宫里御膳房当过差,因此叫“仿膳”——仿膳者,模仿御膳房也。这仿膳茶点社,面对北海,——北海在他的面前,大扇面式全部展开,仿佛一个女子辟着大腿似的,海当中一座小山,山上小白塔高耸入云,山下是倚栏堂,红红绿绿而又曲曲折折的走廊,这帝王家的园苑,布置的很玲珑可爱也!

仿膳茶点社,设在一个小洋槐树林里,疏疏落落的树荫当中,放着一张一张的小方桌儿,竹藤编制的躺椅。老太婆半躺半坐的坐在躺椅上,面对北海,抬头观看那变化多奇的夏云。

这时候,雨也停了,西边儿的太阳,从云彩缝儿里,泻出一条一条的金红色光线,大地经过一次冲洗,仿佛洗了回澡似的,树叶儿绿的像涂了一层油似的,鲜而且翠。荷叶大盘子里,仍然留着几点雨水珠儿,太阳光线照在水珠儿上,水珠儿又把它反射出来,水珠儿变成像珍珠儿一样的明亮,微微小风,吹动荷叶,水珠儿一摆一摆的,摆来摆去,仿佛翡翠盘里滚珍珠似的。

出水荷花,再一着雨,仿佛美人晚晌再梳装。雨珠儿留在花心,留在花瓣,仿佛浴后美人,又仿佛美人香汗,太阳光线再一照,好鲜艳夺目也。

就在荷花丛中,荡出了一个小洋划子,上面坐着一对男女,一面划着桨,一面说话儿,说的是什么,老太婆自然是一丁点儿[1]也听不见,但是,看那情形,一定是又甜又香,那是无疑的,那是无疑的。

小划子穿过荷叶中间的小狭水道,一拨头,直向对岸而来。

划子越走越近,老太婆看划子上的人更清楚了。男的背对着岸,两只手摇桨,女人面对着岸,但是,低着头,有些羞怯怯的处女姿态,面庞儿看不大明白,只看见那女郎身披着一九三六年西洋最新式桃红色橡皮呢雨衣,头戴桃红色橡皮呢雨帽,帽子旁边一大朵橡皮花儿,手里打起一柄短把杭州小花油纸伞——半斜着,轻轻儿放在女郎的左肩膀儿上。这件雨衣,被太阳一照,又和碧汪汪儿的海水一比,那份儿鲜亮,使看的人心里那么舒服,而且痛快。

小划子越走越近,老太婆看见船头两旁红漆漆着"乘风"两个字,心想"这不是我的朋友,老摩登他的划子吗?"正在想着,那男子偶然一回头,"呕!"了一声,叫道:"老太婆!你老人家在此。"赶快使劲摇了三五桨,划子靠了岸,跳上来,把划子系在岸边小树儿上,再回身,伸手要去扶那女郎,那女郎最初并不要他扶,只把漏花高跟皮鞋一伸,一只脚便落下地,另一只脚还在划子上,但是,将一使力,那反作用使划子向后一退,马上划子和岸离了一段距离,仿佛要把那女郎的两条腿分家似的,那女郎"哎哟!"了一声,老摩登赶快把手伸长了一些,那女郎只好握住了老摩登的手,一跳,另一条腿也跳到岸上,可是,跳的又太猛,上身儿一歪,便站立不稳,眼看要倒下去,老摩登忙用另一只手抱住那女郎的腰,那女郎不觉"咯咯!""咯咯!"地笑起来,笑还没有完,一抬头,看见了我,这老天拔地的老太婆,站在岸上,脸蛋儿"刷"的一下,便红上来,红的像擦了胭脂似的——其实,擦了胭脂,也没有那个样儿的红。

恋爱虽然是公开了,但仍然是秘密。

老太婆让他们入座,伙计添上了两个茶杯。坐下微喘了口气,那女郎拿出小花手巾擦擦头上的香汗,定定神,老摩登便给我们介绍,先对老太婆说:"这是黄女士。燕京大学高材生,文学很好,一位女学士。"又转脸儿对那女郎叫一声:"密斯黄,"说道:"这是报上的老太婆。"那女郎先噗哧儿一笑,然后慢慢儿的把嘴张开说:"久仰的很!"一面说着,一面伸出一只手,老太婆急忙满脸儿陪笑,和那女郎一握手,脸儿一对脸儿,便发现了那女郎生了一双很美丽的眼睛:细弯弯的眉毛底下,双眼皮儿,长眼睫毛儿,黑眼珠儿真黑,白眼珠儿真白,黑白分明,清亮的像一潭溪水似的,和老太婆的老眼一对,老太婆便觉得她的眼里有神,这神仿佛要把我的魂夺了去似的,老太婆心说:"如若我是男人,就是这一双眼睛,便可以叫我跪在她的脚底下。"

这时候,雨过天晴,北海公园的美景,吸来了更多的游人,茶座儿满了,叫伙计,伙计,找地方的仍然是一个跟一个。密斯黄也脱了雨衣,蝉翼纱做的女西服,胳臂和胸脯

---

① 原文为"一丁颠儿"或"一丁颠点儿",一律改为"一丁点儿"。

儿都露出在外，又白又嫩。

我知道老摩登划了一阵子船，肚子一定有点儿饿了，便招呼伙计筹备些吃的。仿膳茶点社有清宫里御膳房的小窝头儿。窝头本是北方穷苦人家的吃食，用手把玉蜀黍磨团成一个小塔儿似的，圆而又尖，里间一个窟窿，但是，这小窝头儿是西太后吃的，用糖，栗子面，小米面等混合做成，一寸来高，一口一个，很可口儿。

老太婆要了一盘小窝头儿，又要一盘炒肉末夹烧饼，这都是仿膳茶点社的特别吃儿。

我们一面吃东西，一面闲谈话儿。

老太婆说："当年西太后的御膳房，分成了多少部分，每一部分，都专门做几种菜，只要是西太后吃过一回的，便每次吃饭，都要预备，每个菜里，都插上一个小银牌儿，试验菜里是不是有毒。西太后每次吃饭，菜都要摆满几间屋子。"

说到这里，密斯黄微微一笑，露出嘴里白得像玉一样，排的像军队立正看齐一样的小白牙儿。

老太婆接着又说："有一次，西太后把所有菜都吃腻了，她觉得这世界上没有什么东西，可以使她想吃的了，她便问旁边的太监，有什么新鲜好吃的没有，那太监想了又想，但是，所有世界上的好吃东西，西太后早都吃过了，怎么样儿也想不出来。后来，那太监忽然灵机一动，心说：有了。好吃的都吃过，只有在不好吃的上面想，也许世界上最好吃的东西，便是最不好吃的东西，同样，最不好吃的东西，也是最好吃的东西，于是，那太监便把这改良小窝头儿拿上去，果然大受西太后的欣赏。这是小窝头儿的发明史。"

密斯黄听的很有趣味，喜笑颜开，满脸上的肌肉都松开了，眉毛也在动，眼珠儿也在转。——她的眼珠儿一转，老太婆的全部神经系统也随着一转，她的眼睛向东，我的全部神经系统便往东，她的眼珠儿向西，我的全副神经系统也往西。仿佛她的眼睛是一块磁石，而我的神经系统，是一块顽铁，顽铁自然要被磁石吸住，再看老摩登，他已经看呆了，全部神经系统，想是入于麻醉状况。老太婆心说："这女郎好一双厉害的眼睛也！"

这时候，夕阳西下，正是公园热闹时候，尤其是雨后的北海公园。茶座儿满到十二成，连掌柜的坐的那张椅子都卖出去了。

老太婆等一面看人，一面接着谈闲天儿。

老太婆说："有一天西太后吃小窝头，又吃腻了，又问那发明小窝头儿的太监，要新东西吃。那太监想了又想，想了又想，无论怎么样也想不出来了，在没有法子的时候，忽然想起了炸辣椒油儿，红登登儿的，辣酥酥儿的，乃是穷人解馋唯一妙品——所谓穷人解馋，辣和盐也。"

辣椒油儿上来之后，西太后看着很好看，用筷子粘了一大下子，往嘴里一送，哈！

太多了！辣的舌头直冒火。马上大怒。

“有权的人，是怒不得的，——一怒，人就受不了，西太后不动声色，只说一句：你把这碗都吃了。出口便是圣旨，如何敢违背，那太监只有谢赏，并且吃了那整碗辣椒油儿，吃完以后，回到自己屋里，就死了。”

老摩登插嘴说：“女人是狠的。”密斯黄听到这里，把眉毛一立，杏核儿眼睁圆，仿佛像怒，怒中又有媚气，又仿佛像媚，媚中有怒气，怒气和媚气混在一齐，天下迷惑人的魔力，没有比这再大的了。

老摩登赶快说：“女人是狠，但是，好就好在这狠上。女人一面会媚，一面会狠，媚便抓得住人，狠便吓得住人，许多男人拜倒石榴裙下，一方是因为女人媚，一方面是因为女人狠。中国最大的政治家，都是女人，——吕后，武则天，和西太后。女人当权最会用人。西太后能用曾国藩，能用左宗棠，能用李鸿章，最后，能用袁世凯。西太后死后没有一个人能用袁世凯，没有一个人能驾御袁世凯，袁世凯轻轻儿的从满洲男人手里，得到了天下！

“为政重在刑赏，但是刑赏太形式化了。女人的狠和媚，便是刑赏而兼德化，——德化不好，不如美化——美化也不好，不如神化——神化也不是，我找不出一个可以形容出来的字眼儿。总而言之，乃是超刑赏的刑赏。”

说的大家都笑了，密斯黄一笑，越发的媚了，越发的美了，越发的好看了。

正在说话中间，忽然间一阵佩刀声响，又一阵皮靴声响，茶座儿马上乱了起来，几位女太太引着小孩慌慌张张的跑，抬头一看，一群日本兵进仿膳茶点社来了，他们也要喝茶，日本兵这一喝茶不要紧，有分教：

风月地变成用武地，

有情人刺激血性人。

欲知后事如何，且听下回分解。

第二回　日本兵醉酒闹公园　密斯黄智激老摩登

话说一群日本兵，进了仿膳茶点社，本来仿膳的茶座儿已经十二分满了，连个插脚的地方都没有，但是，因为日本兵这一来，胆小的都起来走了，马上如同半壁山河，崩溃了一般，腾出了很多空位置。

日本兵把腿一辟，大塌拉的围着临时拼成的两张茶桌坐下，把桌子一拍，叫“酒！酒！”伙计赶急把大瓶白干酒拿来，一个个什么菜也不吃，直着脖子向里倒酒，一倒就是半瓶。一部分胆大没有跑的游客，把眼都看直了。

过了没有五分钟，“哥达，哥达！”一阵木屐儿声响，远远两个穿大长袖子，背后背着一个大圆蛋的和服日本艺妓来了，一面走，一面笑。日本兵一看她们来了，“阿诺内！阿诺内！”表示欢迎。那艺妓一个个的劝酒，日本兵都吃得醉眼歪邪。这时候，中国人喝茶的，看他们一直闹酒，预料必然没有好结果，慢慢的溜之乎也，溜到只剩下老太婆等三个人。

不大一会儿，艺妓们唱起来了，唱的是什么，我也不懂。只听：

萨！萨伊他！萨伊他哟！

萨！萨伊他！萨伊他哟！

老摩登说是："日本樱花节唱的流行曲。"

话言未了，日本兵果然大闹起樱花来了，这个吃一瓶酒，那个又吃一瓶酒，这个抱着艺妓接一个吻，那个抱着艺妓接一个吻，接完了吻，又喝酒，由醉到疯，由疯到打，拿起酒瓶子一扔，扔在伙计头上，伙计"哎哟！"一声，当场出了彩。

到这时候，老太婆等也只好逃之夭夭了！

我们离开了仿膳几十步，回头一看，那几个日本兵还在那里，扔酒瓶子，掌柜吓的半蹲半跪在洋槐树后面。老太婆不觉"唉"了一声。密斯黄气得沉着桃花似的粉红脸儿。老摩登是一语不发，一直的向西走，我们随着他到了小西天，绕了一个圈儿，气约略平些，然后，到五龙亭吃晚饭，密斯黄还是气的不言语，老摩登也不敢说话，老太婆只好要了两盘银丝卷儿，一盘荷叶肉，一碟炒鲜胡桃穰儿，配一大碗杏仁豆腐，三个人一个哼的也没有，低着头吃，只有老太婆偶尔抬头，远望金鳌玉栋大长石桥上，来来往往的洋车汽车。

吃完饭，自然是走走好，我们出了五龙亭，只有再向仿膳茶点社原路走回去，溜溜达达，又溜回仿膳，那些日本兵不见了，伙计早已把破酒瓶子收拾拿开，桌子椅子打扫干净，摆的整齐，而且，也真是怪，游人又起满坐满的了！自然，这一批游人，不会是方才被日本兵吓跑的游人，因为这一天正是十五，好月色，来北海公园赏月的人，是一批接一批，一批完了，又有一批的。老太婆不觉"唉！"了一声，叹口气。密斯黄"哼"了一声。老摩登还是一语不发。

我们在海岸上站着，向东看，一轮明月，像大银盘似的，一涌而出，天上万里无云，月光照到地上，仿佛地球被水洗过的一般，这正是：

月上柳梢头，

人约黄昏后。

游人们兴高彩烈的玩他们良宵美景，海里的划子都满了，还有的游人，约集起来，包只大船，在海里兜圈子，船上花花绿绿的彩色灯笼，很好看。

老摩登的"乘风"划子，还系在岸旁小柳树上，一时兴起，老摩登把船解开，叫我们上划子，我也只好扶着密斯黄一齐下了划子，双桨一摇，划子又把我们带到海的中心。

到海中心，但见前前后后，都是小游览划子，一来一往，划子上男男女女，有的是一个家庭，有的是一双情侣，这个划子唱留声机，那个划子接收广播，我们只听得左面上：

毛毛雨。

毛毛雨。

小妹妹！

我爱你。

……

又听右面上：

桃花江是美人窝，

桃花千万朵，

比不上美人多，

……

……

忽然一只大船，又沉又重的缓缓而来，里面一群人在唱：

按龙泉，

血泪洒征袍！

……

顾不得忠和孝。

……

……

大家都说："这是陈参事的昆曲团。"

到这时候，老摩登也兴奋了，他叫一声"密斯黄！请你为老太婆唱一段西洋名曲。"密斯黄"哼！"了一声，说道："你还要听西洋名曲吗？有心听西洋名曲？有脸听西洋名曲？国亡了，也西洋名曲！我把你们这一群——"

说到这里，密斯黄咽了回去，我们自然可以知道底下的那个名词的不好听法。

老摩登忙问："密斯黄！你为甚么这么大的气？"

密斯黄越发的气了。又"哼！""哼！"哼了两声，反问老摩登："你还问我为什么生气，可见尊驾您是没有气了！您的雅量，——大中华民族的雅量，世界第一！恐怕亡国就在你们这雅量上。当了亡国奴，雅量更大了！——想不雅量也不能，妻儿老小连同人格都雅量去了！"

老摩登噗哧儿一笑，说道："密斯黄，一定是为了那群日本兵。气，有什么用？气体不比液体沉重有力，液体不比固体沉重有力。老子说：上善若水，他以天下最有力是水，取其柔能致刚也。希特勒，莫索里尼，史达林，是固体作人法，以硬克硬，但是，都不像黄小姐这样气体作人。气体固然是最有力的，蒸汽机关的推动是气体的力，子弹的射出是气体的力，但是，这气是闭塞着的，——越闭塞的久，越闭塞的坚，越有力，最怕发泄，尤其轻于发泄，——一泄，便泄气了！密斯黄！"

密斯黄“嘿！嘿！”冷笑两声，梆子似的小嘴一丝儿也不肯放地说：“好个老师，会转着弯儿骂学生！但是，我以为中华民族养气的工夫，固然很好，但是养的也够了。太养很了，也鳖的慌，俗言有话：有话请说，有屁请放！有粪不拉，必然鳖个眼儿蓝也！”说完，爬在老太婆脊背上“咯！咯！咯！”笑起来。

笑声将完，黄小姐突然由松弛转紧张，一泻千里的接着说：“你们看这中国地方，还是中国人的吗？日本飞机在天空呜呜的飞，呜呜走了我们的中央军。在我们的省政府大堂拉一泡臭屎，熏走了我们的省政府。如今么？高丽人混在中国人一齐住，卖吗啡，开烟馆，胡作非为，时常儿和老百姓发生冲突。现在，直闹到连公园也不得安静了！

“这群小矮子，你们看见了没有？难道说，你们没有长着眼睛吗？”密斯黄问而没有人答，她接着又说，“你们忍，你们也太能忍了。世界数你们第一能忍。我如若是男子，我一定去从军，绝对不能当这中华民族的缩头男子！”密斯黄越说越气，气的用手一拍船板，大声叫道：“我不是男子，我也要从军。我去当女兵。我立刻就当女兵，我非要杀尽日本人，踏平了三岛，方解我心头之恨！”说完，又一顿脚，弄的划子直摇晃，差点儿没把老太婆弄到海里去。

“唉！”老摩登先叹了一口气，然后说：“密斯黄，您且息怒。事情不是那样儿简单。一个国家要报仇雪恨，也不是一件容易的事情。当年越王勾践，十年生聚，十年教养，二十年的准备工夫，自己本人卧薪尝胆，奖励生育，训练人民，礼贤下士，招用四方有用人才。为鼓起人民作战的勇气，见着怒蛙，都要长揖，为养成服从命令的习惯，甚至于把自己的宫殿焚了。一方面用宝货美女，侍奉吴国，很恭敬，一方用暗连齐晋楚三个大国，以为强援，一切都准备好了，一次，两次，三次，四次的要伐吴报仇，范蠡都阻止他，直等到伍子胥被杀，吴王夫差和晋人争长黄池，把军队从江苏一直拉到山东和河北交界地方，国内空虚，方才动手，先擒太子，后灭吴国，夫差请和，说死不准，报仇雪恨，不是意气用事，说着玩儿的呀！

“我们再看我们的仇人日本，在八十多年前，美国玻里用了两只军舰，便如泰山压顶一般，逼着日本缔结了不平等条约，英俄法荷等国趁火打劫，明治即位，变法维新，废约运动，一时风起云涌，军人西乡隆盛，更主张征韩，进取大陆，但是，伊藤博文、大久保利通等人，以为国家的急务，仍在刷新政治，改良军队，振兴工商业，建立国本，意见不同，甚至发生内战西南之役，以后西乡死了，建基工作，猛烈进行，到明治二十七年，二十八年，三十年的努力，方能对我们一战，一战而胜，英美俄荷便都废除了不平等条约。又过十年，明治三十七年，三十八年，战胜俄国，日本方才能在世界上，真的直起腰儿来。人是脊椎动物，固然生着脊椎骨，但是，要真能挺得起腰板儿来，也不是一件容易事。努力！努力！时间！时间！机会！机会！这也仿佛打牌一样，三缺一不可也。哈！哈！哈！”

老摩登哈哈大笑以后，接着又说：“拿我们中国来说，在日本提出二十一条的时候,我正在中学,民情一时十分激昂,开大会,散传单,抵制日货,当时英国公使朱尔典在北京大学讲演,我也去听。朱尔典说:诸位为国家热情可嘉,诸位要好好念书,学习科学,培养知识技能,造军舰,练军队,三十年后,可一战也!"如果按照朱尔典的话去做,再有十年,可以对日本一战,但是,我们二十年来,军阀割据,内战不休,学生五分钟的热情,过去早就忘了!唉!

老摩登叹完一口气,接着又说:"五四运动,我在大学,火烧赵家楼,打倒了卖国贼曹汝霖,章宗祥,和陆宗舆,但是,到了末节,学生运动十分暗淡,当局也压迫得很厉害,大批有为青年,愤而南下,到广东参加革命,有的进了黄埔军官学校,此乃由外转内,造成蒋委员长的功勋大业,因为蒋委员长很明白这种道理。前些天,我在南京,听见蒋委员长讲演说:我是国家负责任的负责任的,我一定要为国家民族,为四万万五千万中国人,和他们子子孙孙的真正利益。我在南京,看见了蒋委员长亲自主持的童子军教官训练班毕业典礼,我在庐山,参加了蒋委员长的高级军官训练团,我知道蒋委员长正在准备,准备,准备。如若国家安定,有十年的筹备,我们便可报祖宗百年之仇,而这十年,是我们的大忍耐期。好在世界风云很紧,我看欧洲有莫索里尼,希特勒来闹,大动乱起来,怕就是三五年间的事情,日本如果被牵连在内,我们便可以缩短期限,早日托生。密斯黄不要急,俗言有话:冷手抓不了热馒头,心急也喝不了豆儿汤。"

小说

密斯黄听了这段话,并不十分以为然,她说:"好个如意算盘!我们这准备,准备,好像牛车一样慢儿的准备,除了使敌人一块一块都拿了去外,没有旁的。而且,最可恨的,是你们这班教授,一大套一大套的理由,结果,不过是为自己享受苟安的一种掩饰。请问老师,您的准备在哪里?您的准备,恐怕还是在北海公园找……找……找找!"说到这里,密斯黄"嘿嘿!"一笑,接着说,"那有出息的女人,恐怕也不是老师找得到的,因为有出息的女人,她爱一个英雄,爱一个民族英雄。"

由国事牵到恋爱上,乃是老摩登心口窝儿上一刀也。

静默了五分钟。

老摩登叫了一声,"密斯黄!",说道,"我去作救国工作,我一定去作救国工作,舍弃了教授,舍弃了北平。

但是,我只要……要一个人……一个人的心。"

密斯黄马上兴奋起来,说:"好,好,再好没有。我愿意我最喜欢的人,干我最喜欢的事,我祝你成功。我祈祷,我的最喜欢的人,干了我最喜欢的事,变成了我的爱人。现在,我为你唱一段法国虞赛的情诗——女神。"密斯黄唱的是:

诗人!弹起你的琴;那良宵在草地上,
摆动起微风儿,在他芬芳的黑幔中央。
玫瑰花处女一般,重新合住,无穷美望,
罩住个黄蜂儿,使得那蜂儿沉醉得魂欲荡。

你听！一切都寂静,把你的爱人儿细细思量。
今晚,在菩提树下,在浓荫枝旁,
那西下的残阳,还留着一片别声柔漾。
今晚,一切都像花儿一样,准备着灼灼开放。
大自然里,充满了私语,充满了芳香,
浑似一张少年夫妇的合欢床。

那诗又幽媚,经密斯黄处女的嘴一唱,不用说老摩登,连老天拔地的老太婆,也神情荡漾,魂灵儿飞上了半天。

陶醉了。爱情把人陶醉了。这一醉,把老摩登从讲台送上政治舞台,有分教:

秀才投笔民间去,
教授竟变百里侯。

要知后事如何,且听下回分解。

第三回　上条陈荣任郿坞县　受欢送烂漫[①]十姊妹

话说老摩登被情人一激,决心抛弃十年来教授生活,要从事救国运动。

热血一沸腾,心猿意马便大动了。迫不及待,立刻把划子荡到船坞,大家下划子,低着头走出公园。临分别的时候,密斯黄对老摩登说:“我愿意你回去,好好思索半夜,明天早晨,果断实行,你我在救国的长程中,也好相见也。”说完,伸出葱枝儿一般又白又嫩的玉手来,和老摩登深深一握手——这一握手,仿佛板子上钉了一个钉子似的,使老摩登走上救国之路的心,越发的坚定了。

老摩登回家,半夜也没有睡着,在床上翻来覆去地想,想他自己在救国的大业中,占一个什么角色。

猛然觉悟,说声:“有了。我何不在交界地方,当一个县的县长,一方面可以明白点儿基层政治情形,一方面也可以实际上组织,并训练民众,一旦国家有事,也可以前卫线上,发挥些力量。岂不甚好?”老摩登想到了这里,马上从床上一跳而起,大叫:“好！好！好！我一定这么办。我想,密斯黄,她一定很高兴,然后,我们……”说到这里,老摩登噗哧儿一笑,自己和自己笑了。

闻鸡起舞,枕戈待旦。老摩登鸡还没有叫,他便舞起来,而且连“旦”也等不及等了,他披上山东茧绸绣龙睡衣起来,扭开电灯,在屋里蹭来蹭去,蹭了二三十遍,他说:“有了。去年中央请我到庐山去讲演,我曾认识些军事上的朋友,这些朋友对我很敬重,我何不作一个条陈,托他上呈,并且要一个县长——芝麻粒大的官,我想他们是一

① 原文“漫”和“熳”混用,为保持前后一致,统一改为“漫”。

定可以给的。”

于是，老摩登便写起条陈来了。写的是：

老摩登谨言：老摩登近游日本归来，默察形势，深觉中日冲突，终难避免，吾人准备工作，不可不讲也。

夫中日之不敌，人所共知，但其势又不能不敌，吾人实已处千古未有之难局，而四万万五千万子子孙孙之运命，均握于吾人之手，吾人处置偶一不慎，必陷国家于[1]万劫不复，而受后辈痛恨毒骂，切齿顿足，愤慨于当时大错之铸成。

以老摩登愚见，吾人今日对于敌人，仍以“守为正着，战为奇着，和为旁着。”守，必以当地民众之力，费少势盛，以逸待劳，当地之人，为其祖宗坟墓，田园妻子，亦必殊死抵御，与调来军队相较，主客久暂，大不同也。故明末袁崇焕对清之主要战略，为以“辽人守辽土，而以辽土养辽人。”

老摩登任教授十年矣，国家兴亡，匹夫尚有其责，况我辈乎？愿在交界之地，任一县长，诚能与以五年以上教、养工夫，他日定率当地壮丁民团，协同正规国军作战，侦缉游击，袭而扰之，大有助于军事也。愚者一得愿献之于肉食者，幸垂鉴焉。

写完了，东方也发晓，天光渐明，开门一望，一轮红日在浓云底下，露出他的头顶，光辉四射，直透云层而上，冷空气又一吹，在暑热的夏天，觉得头脑异常清爽。

老摩登写好信封，贴上邮票，然后漱口，洗脸，换衣服，自己亲自跑到邮局，用双挂号把信发出去。

信走后不到半个月，果然，一天半夜昏黑，中国人个个昏昏，家家沉睡的时候，有人打门，送来一张电报，老摩登打开一看，上面写的是：

北平老摩登鉴：案奉司礼监秉笔刘瑾条谕：郿坞县知县赵廉，因在法门寺，办理石玉镯一案，成绩卓著，已奏准提升为凤翔府知府等因；奉此，当即遵办，所遗郿坞县知县，派老摩登暂行署理，业经省府第一千零八次会议通过，仰该员迅即来省聆训，转赴任所，不得有误，河东省政府秘书处东。

老摩登“哈哈！”大笑，说道：“我想不到也作了官了，官虽不大，也还可以作点事儿。至少可以把讲堂上对学生讲的，设法使他实现；虽然有些庞统作知县——似乎是大才小用了，好在贾贵儿那方面，有朋友和他认识，托人说说，我想不至于特别对我为难，而且，话又说回来啦，我既然不为钱，为难我也不怕。”

没有三天的工夫，老摩登当县长的消息，传遍了全北平。北平人稀稀罕儿似的，都传说着大学教授这件事情。老摩登也收拾行装，准备上任，平日的朋友们送行吃酒，忙

---

① 原文为“千”。

个不了。

忽然一天,拉车的拿过一个请帖,老摩登一看,上写:

谨择于本月十五日(星期日)晚六时,欢送老摩登荣长百里,略备菲酌,恭候台光。

烂漫十姊妹拜启

设席为西四南大街丰盛胡同一〇七号。

老摩登不觉哈哈大笑说:“她们也请我了!”

在这里,我有介绍介绍烂漫十姊妹的必要。这是一个北平的妇女文艺团体。由十个女人联合组成,主张极端自由享受主义。她们说:“世界男人把女人拿当玩物,我们也拿男人来作玩物。男人有姨太太,我们也有姨太太。每一个姊妹都认的几个男情人,她们把这样情人叫他们大姨太太,二姨太太,三姨太太。她最爱哪个男情人,她说:她最宠爱哪个姨太太。哪个男情人玩厌了,便去掉,仿佛世界上男人随便丢掉他的女人一样。她们说:她们的祖师是南北朝刘宋时代的山阴公主。那山阴公主乃是宋前废帝的妹子,旧史家说她“淫姿过度”,其实,是女界大解放的第一个人。山阴公主有一天对宋帝说:“奴家和陛下虽然一个是男人,一个是女人,但我们都是先帝爷生的,为甚么陛下的六宫有女人一万多,我只有驸马一个人儿?不平等竟到这种程度!”于是,宋帝为山阴公主置了面首左右三十人。所谓面首者,即男姨太太也。所以,女人有男姨太太,并不新鲜,古来就有,而且,这不是洋货,是中国固有的国粹。至于西洋的裸体运动,不过是山阴公主的后生晚辈罢了。不过,她们对于裸体运动,也十分赞成,认为这是中西文化的汇流,而且,是人与大自然的合抱,自由主义的顶上一朵鲜花也。首脑人物是万人美,和石中玉两位密斯[1]。这两位密斯由女孩子参政运动,转入烂漫恋爱运动,联络了十位青年密斯作为基本会员,号称为“十位烂漫姊妹”,乃是新妇女的异军突起也。

这烂漫十姊妹都爱好文艺。他们也常常召集许多青年男女开烂漫文艺座谈会,讲诗论文,谈今说古,其实,是恋爱实习所,猎取男艳的围场也。出版一种文艺杂志,名叫《烂漫之园》。杂志全是情诗。当日请老摩登吃饭的请帖,附有创刊号一本,封面画着一个裸女人,翻过来第一页,是用李白一首诗,作为代发刊词。那诗是:

相见不相亲,
不如不相见;
相见情已深,
未语可知心。
胡为守空闺,

① 原文“密斯”和“蜜斯”混用,为保持前后一致,统一改为“密斯”。

孤眠愁锦衾?
锦衾与罗帷,
缠绵会有时。
春风正澹荡,
暮雨来何迟!
愿因三青鸟,
更报长相思!
光景不待人,
须叟发成丝!
当年失行乐,
老去徒伤悲!
持此通蜜意,
无令旷佳期!

老摩登略翻了翻内容,里面都是些:

我爱你,
你爱我,
我爱他,
他爱你,
你爱他,
他爱我;
和那些:
我抱着你,
你抱着我,
他又抱着你,
你又抱着他,
等等。

请帖附着一个知单。老摩登一看那知单,首座自然是老摩登,陪客有熊毛龄,赵三小姐,电影明星胡蝶[①],跳舞名媛大洋马等,都是北平城里风头上的女人。

那丰盛胡同一〇七号的菜,是北平最有名的菜,北平人讲究吃——北平人是真能够讲究吃,讲究的地道。北平的吃分三等,最末一等是饭馆子,山东馆子资格最老,东兴楼是首班第一位,国会在北平时代,清帝宣统的御厨子郑大水在中信堂,一时大热闹,忠信堂是福建的馆子。再往后,四川的馆子,江苏馆子,才发达起来。馆子菜无论

① 原文"蝴蝶"和"胡蝶"混用,为保持前后一致,统一改为"胡蝶"。

如何,也是三等菜。比馆子高一等的是名人家里厨子的菜。老爷是名人,而且是吃家。走遍四海,到处皆吃,吃来好菜,回来教给厨子做,厨子经名人一训练,十年八年,做出来的菜,自然和馆子里不一样。所以北平人请客讲究在家里,要借厨子。但这仍不是一等一的。一等一的好菜是老官宦世家的老老妈子,或老姨太太做的菜,经过了老爷一生的训练,而有家传家乡和家庭独有的好菜。这丰盛胡同一〇七号便是一个老姨太太做菜,请客的人要在一个星期以前通知,一个星期最多也只卖一起,一桌四十块,乃是北平最贵的菜也。

老摩登是个吃家,一看在丰盛胡同一〇七号请吃饭,十分喜欢,满座都是女人,而且,是有知识的,新式女人,十分喜欢又加二分,十二分喜欢。到了十号那一天,三次电话催请,老摩登车将到一〇七号门首,烂漫十姊妹已在门口等着,看见老摩登,便鼓掌,笑得叽叽咕咕,万人美和石中玉两位密斯上前一拉老摩登的手,老摩登笑的闭不上嘴,连说:“不要拉! 不,不要拉!”人家说:“不要紧! 不要紧!”这时候,老摩登喜欢到十三分了!

进去。三转两转,转进一个小跨院儿,大圆桌就摆在院子天棚底下。大家先在藤椅上随便坐坐。接着电话来了两三个:一个是赵三小姐家里来的,说赵小姐到西安去了。一个是熊宅来的,说熊太太自己家里请客不得来,道谢,接着胡蝶和大洋马来了。胡蝶比在银幕已经老多了,但是,两只眼还是很有光辉。大洋马,老摩登第一次遇见,乃是名副其实的大洋马,看哪里都是大的,重眉毛,大眼睛,大耳朵,大嘴,大厚嘴唇,大鼻子,并且,大鼻子眼儿,大肥胖肉,肉上大汗毛眼儿,但是,大的那么好看,可以称得起伟大华贵,肉皮儿又像雪一样的白,嘴唇儿上鲜亮亮的口红,头上乌黑黑的长头发,用一条花丝绸条儿一扎,黑红白,一对比,觉得艳丽夺目。再向下一看,雪白的白胳臂和雪白的胸脯儿,都露在外面,含有很大的诱惑性。

客齐了,就要入席。万人美和石中玉特别为老摩登介绍一位姊妹,乃烂漫十姊妹中最小的一个,名叫薛爱莉。万人美说:“这是我们的小妹妹。这小妹妹是我们妹妹中最聪明的一个,也是对老摩登最崇拜的一个,平日里常看老摩登的文章,这次听说老摩登作了县长,深入民间,对于老摩登越发的崇拜了。今天的宴会,一方面是为老摩登的送行,一方面也是为老摩登介绍密斯薛,这是位好友,希望您们二位越来越好也。”这种单刀直入的介绍女朋友法,就是老摩登,也捏了一把汗。

接着石中玉说:“请您们两位握一次手。”说着,薛爱莉已经伸出了手,并且用勾魂似的眼睛一看老摩登,老摩登只好和她握握手,这一握握的老摩登出了半身汗。

入坐,自然是老摩登首席,胡蝶和大洋马在上首相陪,下首便是薛爱莉,紧贴着老摩登,老摩登被她一贴,贴出了一身大汗。这汗一出不要紧,有分教:

情网丝密密结,

结成三角恋爱了。

要知这三角恋爱情形如何，且听下回分解。

第四回　烂漫之园恋爱争选赌　中和舞台戏剧看化装

话说老摩登坐定以后，万人美首先拿定酒壶，给老摩登斟满了一大杯绍兴酒，说道："老摩登作官了。我代表十姊妹敬一杯。"老摩登喝了。

喝完上来一个大海，里面是清汤燕窝，那燕窝白的像雪一般，连汤带燕窝吃了一大银勺，到嘴又清，又酥，又沉重，咸津津儿，而又甜丝丝，老摩登说："好口味。旁的地方做不出来也。"接着，又上一个大海，冰糖银耳，那煮的似胶非胶，似液非液，汤是甜的，但是，甜法又和一般不同，使人疑惑这糖里加了些什么东西。

大洋马站起来了，她说："我久仰老摩登大名，今日一见真乃是三生有幸，请干一杯。"老摩登又喝了。

接着，又上来一大盘红热熊掌。熊掌是最不好做的菜，北平也只有一家河南馆子名叫厚德福，他有个特别炉能做，但是，这回熊掌做的比厚德福又好的多了，一点油腻也没有。

三个大菜下去，大家吃了个半饱。薛爱莉女士起立致欢送词。她说："我们十姊妹都很钦佩老摩登的，我个人是更钦佩老摩登——钦佩不好，喜欢老摩登——喜欢也不好，我，我爱老摩登。"说着，用手巾把脸一盖，"咕！咕！"着笑起来了，弄得全桌也都忍不住的笑了。

笑了五分钟，笑声止住，薛爱莉说："我爱老摩登什么？我爱老摩登是一个大鹏，而我是一个小鸟。大鹏忽然天上，忽然地下，忽然天南，忽然地北，老摩登也忽然教授，忽然新闻记者，如今又忽然县长了。"说的大家都又笑了。

薛爱莉说完坐下，上一盘炒芙蓉鸡片，那芙蓉和鸡肉混在一起，仿佛经过一次化学作用似的，用普通方法，绝对分辨不出来。接着，又上一盘糖醋松鼠黄鱼，鱼儿也可口，味儿也可口，汁儿也可口。吃完以后，石中玉一定要请老摩登说几句话。老摩登说："刚才密斯薛说鸟。鸟的可贵因为她过的是自由的生活。鸟是生物中最解放的，他是上天下地，自在逍遥的，现在，人类也在求解放，但是，现在人的解放，只是形体上的解放，而且，也不大能，因而，现在人的自由，也只是形体上的自由，而且也不大能。我们中国魏晋南北朝，刘伶、阮籍等人的解放，乃是心的解放，精神上的解放，至于形体上的解放，还是其次者也焉。他们不穿衣服，他们说：宇宙是我的家，天下是我的房屋，人们都游行在我们大腿中间，我们又何必穿衣服呢？"说的胡蝶在席上也笑了，大家也笑了。胡蝶一笑，两个小酒窝儿很好看。

老摩登又说："其实，最重要的还是在心理方面，阮籍家对门有一个女人，长的很美，有一天，忽然死了，阮籍和她非亲故，一点儿交情也没有，跑到她家，在棺材前痛哭一阵,并且,哭得很痛,眼泪犹如涌泉一般,人们都很奇怪。我希望烂漫之园开放自由之花,但是,这自由之花应当先由心田上开起,根本上不认世界上有男的,有女的,男的见了女的,不以为是女的,女的见了男的,不以为是男的,男女忘形,方得真自由与解放也。"

老摩登说完,大家一齐鼓掌。谁知道这一鼓掌,竟种下爱情枷锁,此是后话,暂且不表。

一个菜接一个菜,大家把饭吃完了。万人美提议,来点余兴。老摩登问:"什么余兴?"万人美说:"竞赌。"老摩登说:"我一生不打牌。"万人美说:"不是打牌。您是看过屠格涅夫初恋的,我想,这方法是由那部书上得来。我们改用中国骰子,谁的点数大,谁赢。赢的吻手背,吻小妹妹薛爱莉的手背。您不愿意参加,可以看着。"老摩登说:"此处只有我一个男人,我不参加,谁来赌呢?"万人美说:"有。有。有。"叫人把旁门开开,请东院诸位先生都来。原来那面儿还有两桌客人。

那院儿里的客人,一看旁门开了,一窝蜂似的,都跑过来了。老摩登一看内中有中华银行的张大少爷,惠利公司的田大少爷,冯军长的小舅子,马局长的干儿子,一个个西服皮鞋,分头梳的光光,擦了足有半斤凡士林油,洒了一身香水,见着老摩登,一齐鞠躬说:"你老人家在这里。"老摩登点点头,也没回答什么。

骰子准备好了,一个个的掷,这个叫:"十八点!"那个叫"同花!"那个说:"赶!赶十二点。"那个说:"再赶!赶十四点!"……结果,田大少爷以十五点冠军,他有同薛爱莉吻手背的权利。

但是,这吻不是那么简单的。薛爱莉半斜着身站在台阶底下,用手巾半遮着小嘴儿,伸出一只手来,那手葱枝儿似的又白又嫩。田大少爷正正西服上身,扭扭领带,先一鞠躬,然后向前一跪,一条腿跪在地下,把嘴向前伸,伸,伸,……两旁的男人都叫:"吻![1] 吻!使劲儿吻!"田大少吻了两三吻,一面吻,一面吸气,吻完手背,又想吻手心,薛爱莉把手一抽,转身进屋去了。

大家一齐鼓掌。

鼓完掌,一时沉寂了。

忽然大洋马提议:"我们要男女真平等。我们,现在要来个倒竞赌。"大家忙问她:"什么叫倒竞赌?"大洋马说:"我们女人掷骰子,掷得点数多的,吻老摩登的手背。"

将说完,万人美和石中玉便都叫:"好!"接着,哄堂全体都叫:"好!"老摩登连说:"不好!不好!"但是,不好也不中了。

石中玉马上拿起骰子,先掷一掷,掷了个四点,低着头去了。万人美掷了五点,也低着头去了。胡蝶掷了八点。大家都说有希望,但是,"不大。"胡蝶抿着嘴儿一笑。

---

① 原文为"闻",一律改为"吻"。

一个女的,一个女的,掷,掷,掷。最末的选赛者,是大洋马和薛爱莉。大洋马把骰子一拿,翻翻眼皮,望望天儿,仿佛想些什么似的,大家都说:“祈祷!祈祷!赶快祈祷!皇天后土,过往神灵……”说的大洋马笑了,用力向盆子里一掷,掷完,叫:“六点同花。六点同花!”结果,是两个六,一个五,半同花,十七点,够大的了。

这时候,薛爱莉还在屋子里呢。大家一齐叫:“密斯薛!密斯薛!快来掷!赶十七点!赶十七点!”薛爱莉说:“我不掷!我不掷!”大家叫!“不掷不中!不掷不中!”万人美进屋子里把薛爱莉拉了出来。薛爱莉一面走,一面退——其实,走的比退的多的多。到桌子前面,拿起骰子,望了望天,说:“我不掷了!十七点!非十八点不可。赶不上!赶不上!”万人美说:“努力!努力!半由天定,半由人。”薛爱莉把骰子狠命的一掷,两个骰子先坐稳,已经都是六,只有一个在盆子里转,转,转,大洋马叫:“五!四!三!二!一!”薛爱莉叫:“六!六!六!”一直叫:“六!”结果,竟然是个“六!”

薛爱莉胜利了。

这太难得的胜利,博得全场鼓掌,鼓了足有五分钟。

掌声停止了,要执行胜利者的权利,——吻老摩登的手背,薛爱莉说:“我不吻。我弃权。”说完,她又跑进屋子里去了。

老摩登说:“不要吻了。不要吻了。”

万人美和石中玉异口同声的说:“不中。不中。酒令大似军令。这赌债也犹如欠债,非还不可。”

万人美看老摩登要跑,一把拉住老摩登,叫:“伸出手来!”俗语有话:“三十如狼,四十如虎。”这似狼如虎的半老徐娘,一膀子力量,还是不小,弄的老摩登动也不能动,她又用另一只手一把老摩登的胳臂,老摩登不自主的伸出了手。

这时候,石中玉进屋子,把薛爱莉也拖了出来。薛爱莉一面倒退,一面说:“我可不能跪下!我可不能跪下!”大家都不好言语。老摩登只好说:“不跪!不跪!我们尊重女权——女人至上!女人至上!”

说着,石中玉把薛爱莉拖到老摩登面前,把她的头微微一按,薛爱莉便向下一吻老摩登的手背,老摩登微觉得一种温暖热气——这热气由手背向上流,流到胳臂,流上脑袋,又流进神经中枢,流到哪里,哪里便麻酥酥儿的——酥,酥,酥的似痒不痒的。末了,仿佛有个软软儿的东西,在手背上——那想必是密斯薛的舌尖了。

薛爱莉深深吻了一大下,抬头望望老摩登,一回头又跑进屋里去了。

大家都哈哈大笑。

老摩登说:“女人究竟不能真解放,因为她们还是不能解放自己,就是号称最解放,最自由,最浪漫主义的烂漫之园的姊妹们,也是如此。现在的女人,一方面她要解放,要自由,要浪漫,可是从她的心理上,便没有真正的解放,真正的自由,真正的浪漫。结果,造成又吃鱼又怕腥的奇怪现象。女人以男女平等自居,但在形式上一定要自尊,其实,这自尊乃是自卑的张本。女人当着人不肯跪下,埋伏下不当着人跪下,男人当着人跪下便是他不当着人不跪下的原因。现在,女人和男人相比,仿佛更好戴高帽些,吃亏便吃在高帽上,所以,中国女人的心中的封建成分,仍然不少,大解放不可能也。”

万人美笑着说:“密斯薛太年轻,她面嫩!”

好一个面嫩!

老摩登说:“姜是老的辣,你我便不在乎了。”说的彼此噗哧儿一笑。

老摩登又说:“这掷骰子也很有趣。我记得旧戏有出双摇会,也是女人的爱情选赌。她们二人,一个祷告一个神灵。大奶奶祷告的是金花娘娘。——金花娘娘三只眼中间那只眼专管她们娘儿的事情!二奶奶祷告的是马王爷,也是三只眼。我看烂漫之园,可以祷告二郎爷杨戬,因为他也是三只眼!”

说到旧戏,大家一齐叫:“程艳秋!程艳秋!老摩登请我们看程艳秋。”因为他们都知道摩登是捧程艳秋的——有名的程艳秋主义者。

胡蝶说:“恐怕不成了。现在这时买不着好票了。就是在门口买飞票,也来不及了。而且,又是这么多的人!今天程艳秋演《红拂传》,一定满座。”大洋马说:“行。老摩登有办法。三排都是他们的同志包了,飞票也是由他们同志手里买的。”

老摩登忙喊:“叫电话,西局八百零二,二龙坑金宅,说老摩登今天晚晌请客,告诉小张,把第一、二排都留下。”

没有五分钟,底下人回答:“打通了。金宅说:给留下了。”

大家又喝了一会儿咖啡,听了一会无线电广播,因为是报告国内外新闻,没有一个愿意听的。后来薛爱莉开开话匣子,唱了几张西洋爱情歌的片子,才算略满人意,里面最受人欢迎的还是璇宫艳史的电影唱片。

到十点多钟,坐着十几辆汽车,到了前门外,中和园。大家坐定以后,没有五分钟,老摩登照例是到后台楼上看程艳秋化装。那天《红拂传》特别加价两倍,程艳秋在两盏花电灯底下,正画眉毛,细抹红胭脂,地下站一大片梳头的,戴花的,擦粉的,和穿衣服的。这是一个特别化装室。其余重要配角儿另在外还有一间,楼底下便是一般角儿画脸谱的地方了。

老摩登坐在程艳秋的旁边儿,仿佛美人帘下看梳头,直等到程艳秋出场前五分钟,方才转回前台,坐下便鼓掌,从程艳秋一掀帘,直到完场为止。

回来已经夜里两点了。第二天的早晨,十点钟醒来,又有电话来说,今天中午什刹海会贤堂,高主任请,并且和他介绍的科长和秘书见面,老摩登此一去,又分教:

才离脂粉风月地,

转上勾心斗角台。

要知后事如何,且听下回分解。

第五回　官场秘诀不说话　恋爱技术泡蘑菇

话说老摩登正午十二时三刻，到什刹海会贤堂，客人都齐了，老太婆也在座。主人高云五，给老摩登介绍他的弟弟高云三，是未来的第一科科长兼秘书，十分重要地位，老摩登又是第一次作县长的外行，要倚仗这位老夫子的一臂之力，很热烈诚恳的一握他的手，说："全仗老哥，请多帮忙。"那高科长一语不发，只"是！是！"是了两是。

其余的，老摩登都认识，是各方面荐来的，有张科员，金办事员，王庶务……等等。

老摩登坐首席，老太婆相陪。高科长是半主人，挨着他哥哥坐下，和老太婆正对面，老摩登细一打量高科长，方口大耳，相貌魁伟，倒是官场中的好样儿，可是一语不发。老摩登只盼望他说话，看看他的才学如何，并且，知道治理县的办法，但是无论如何，他也不说一句话，只是低着头吃，老摩登急了，问道："高科长，据老哥看来，治县的方法如何？"高科长只"啊！啊！"啊了两啊，只说了一句："一切均听县长调度。"

老摩登无奈，只好不问了。其余的科员、办事员更是半句话也没有，全席冷静静的，老摩登从来没有吃过这种冷静的席面，觉得很没有趣味。

主人不断的让酒，老摩登一杯一杯，喝寡酒，喝了没有几杯，便有醉意了。

会贤堂是专作夏天生意的，冷荤很好，一连上八个冷盘子，外加两个冰碗。冰碗里面都是河鲜儿——鲜菱角，鲜莲子，白花藕，杏仁儿，胡核仁儿。老摩登觉得全席，从物质到精神都是冷的。

哑不几儿的，一桌饭吃完，全都告辞。那时候，是下午两三点，太阳正凶，主人算完账，老摩登说声："请便，我和老太婆还要在这里坐坐。"

主人走了。老摩登和老太婆把凳子搬到楼窗外面小廊子上。

什利海会贤堂，是夏天最好的地方，楼上两面窗户全打开，什刹海的荷花香味儿吹来，风流流儿的，什刹海是平民公园，又是平民市场，男男女女，来来往往很多。坐在会贤堂，又看荷花，又是游人，看后门外居住的太监太太，和旗装女人。

一面看热闹，一面谈闲话儿。

老摩登说："我觉得今天很冷。我初入官场，便觉得冷。"

老太婆噗嗤儿一笑，说道："人世本是冷的。官场是更冷的了。"

老摩登说："你看他们都不说话！"老太婆说："不说话，是作官第一秘诀。"老摩登说："如此说来，哑巴一定是最好的官了。那么一切文官考试都可以不用，只选哑巴上台，不是就得到最好的政治了吧？"

老太婆又一笑说道："这话不是这样讲法！"老摩登问："是怎样的讲法？"

老太婆说："当年先夫子也曾为官，他曾对老身说过，作官秘诀有六个字：多磕头，少说话。清朝有人作了几首一剪梅，都说的是作官人的不说话主义。那词是：

仕途钻刺要精工，
京信常通，
孝敬常丰，
莫谈时势逞英雄，
一味圆融！
一味谦恭！

大臣经济在从容，
莫显奇功，
莫说精忠，
万般人事要朦胧，
驳也无庸，
议也无庸。

八方无事年岁丰，
国运方隆，
官运方隆，
大家赞襄要和衷；
好也弥缝，
歹也弥缝。

无灾无难到三公，
妻受荣封，
子荫郎中，
流芳身后更无穷，
不谥文忠，
便谥文恭。

作官之法，首先是不说话。继而是说淡话，见面要说今天天儿好啊，风儿紧啊，气候儿暖啊，你家小猫儿吃了老鼠啊……一类不着边际的淡话。最末后是说假话，官腔官调，句句皆伪是也。如若会了这三种说话，作官的能事毕矣。入门第一步，先由不说话入手。无论怎么着，我都不言语，哑巴吃扁食——心里有数儿，那就够了。”

老摩登沉默了五分钟，突然问老太婆：“据你老人家看来，我这回作官能成功否？”老太婆说：“你可以成中国最大的功，也可以失中国最大的败。”老摩登忙问：“此话怎讲?”老太婆慢条斯理儿[①]的说:“这道理很简单。现今世界本是假的,官场,尤其是假的,而你太老实。现今世界本是冷的,官场尤其是冷的,而你太热烈。也许你先从官场起,能把世界都改造了,那成功便是中国人里最大的功了,其实何止中国,乃全世界的最大成功者也。但是,你若不能成功,你一定是世界最痛心的人,最烦闷的人,你是世界上最大的苦人儿。如若拿历史上人物来比,你一定不是杜甫,便是李白,杜甫受一辈子穷,颠沛流离,李白受一辈子气,气的后辈儿孙都不教他们读书,孙女也不嫁读书作官的人,情愿嫁一个庄稼汉儿老农夫,李白死有余痛焉!所以我说:你失败,一定失中国人里最大的失败。全世界失败者,都没有你那么苦痛也!”

“明朝徐文长先生,是最聪明的人了,晚年最恨官。有官来拜,在门口遇见了,他老先生还说:没在家!没在家!他老人家晚年也最痛苦,刺耳,贯脑,自击下身,几次自杀,都不曾死!”

老摩登说:“如此,我这官不作了吧?”老太婆说:“不可。知其不可而为之,圣也。佛说:我不入地狱,谁入地狱?况且,而今年月儿,无论如何,也和李白杜甫的唐朝,徐文长先生的明朝不同。世界无论如何,也开展的多了。同时,世界也在转变之中。只是认真不必太过,心亦不必太热,一切看的麻忽些,多喝点儿冰水,也就可以苦痛少些。”

老摩登听罢,便面对什刹海发愣。

会贤堂楼底下红男绿女来来往往,有些色中饿鬼遇见大姑娘,小媳妇儿便追,一直把人送到家!

老太婆问老摩登:“这几天,看见密斯黄了没有?”老摩登把眉毛一皱,说道:“见是见着,她也忙,我也忙。”老太婆又问:“她忙什么?”老摩登“唉!”了一声,说道:“左不是那群学校里那帮同学,又演什么戏,开什么会,其实,都不过是围绕金钱和女人转罢了。”“唉!”老摩登叹了一口气,接着向下说:“如今,学生也坏了。什么爱国活动,什么政治活动,捐募演戏弄来钱,账目乱七八糟,从没出学校,就学会了贪赃舞弊,家里父兄不能管他们,学校教职员不敢管他们,甚至于政府也管不了他们,现在青年是三不管儿,只把他们放任在罪恶大海里,而没有一个拯救者。

“说到恋爱,也不在学问人格上着眼,在女人面前献殷勤,当小使,美其名曰服务。女学生被他们三缠四绕,绕个迷迷忽忽,很难凭理智选择他的理想丈夫。”

“唉!”老摩登又叹了一口气,说道:“拿密斯黄来说,我是很不放心的。他的几个同学,总是在屁股后头追他,闲皮赖脸的。我看,密斯黄也摆脱不开他们。我走以后,还要请你老人家替我多注意,注意,随时告诉我。我有些放心不下。”

老太婆噗嗤儿一笑,说:“那我可注意不来,——即或注意来了,我也不能告诉你,

① 原文为“慢头撕理儿”。

俗言有话，宁拆十座庙，不破一门婚！”说完老太婆又一笑。

又沉默了三分钟。

老摩登仿佛有所感似的，忽然问：“据你老人家看来，我这恋爱能成功否？”老太婆又噗嗤儿一笑，说道：“你这恋爱，也还是那句话，可以成天下之大功，也可以失天下之大败。”老摩登又问：“这话是怎样讲法？”老太婆慢条斯理儿的说：“这道理，也很简单。什么叫恋爱，老身我，一丁点儿都不懂得，但是，我知道中国旧式的所谓男女调情，调情的技术有五种：所谓潘驴邓小闲是也。换一句话说，就是（一）表面漂亮，（二）金钱实利，和（三）磨磨蹭蹭，说而今青年人的话，泡蘑菇是也。有了表面，有了实利，还要泡蘑菇，非泡不可，泡久了女人不好意思，仿佛软糖粘住似的，便分不开了。据我看来，而今的恋爱，也还是受这原则的支配。

“我总以为恋爱的技术和调情一样，是要用诱惑的，换句话说，要用欺骗，要用手段，欺骗的你上了圈套，弄的不得不如是，或是造成既成的事实，女的没法子，也只好如是，——如是便如是了。

“宇宙是假的，世界上一切都是假的，恋爱自然也是假的。你明白不？”

老摩登说：“对的，康德极力区别现象世界和世界自身。我们所能感觉的世界，都是现象世界，和世界自身并不一样。荀子也说人的性恶，其为善者伪也。”

说到这里老太婆又噗嗤儿一笑，说道：“你既然知道恋爱是假的，可是，你又用热诚去换爱情。你要把一腔热血，倒给你的爱人。你要变成英雄，爱国的英雄，爱国的时代英雄，你要变成人中俊杰，你要变成超人，以求爱人的爱。你这恋爱，以我看来，太公式化，太械机化了。人的心，女儿的心，不随着你的算术公式，三加二，一定等于五。人的心，女儿的心，也不是一盘机械，你一个劲儿的添煤，灌水，打气，她便动，大动起来。

“密斯黄希望你作一个英雄，你也预备作一个英雄给密斯黄看。你们的恋爱如若成功，乃是英雄与美人的结合，可以说是天下的大成功也。但是，其中也有不成功的条件，如若失败，亦太可悲矣！所以我说是天下最大的失败。”

说到这里，老摩登热眼泪流下来了。

老太婆怕他烦恼，忙说：“你明天走，我老天拔地的，恕不送了。”老摩登说：“不客气！”于是，我们便分散了。

第二天，下午两点平汉车站上，对着头二等车箱的站台上，人挤满了，大家都送老摩登。送的人群第一排是密斯黄，但是，密斯黄身左，身右，身后，都是密斯黄的男同学，他们也说是送老摩登先生，但是，他们是醉翁之意不在酒，老摩登也知道。这个为密斯黄拿大衣，那个替密斯黄提皮包，他们是密斯黄的仆人，老摩登心里很不受用，但是，也没有法子。好容易盼，火车开动了，密斯黄仍然站在站台上不走，老摩登也只好站在车箱外面对着而苦笑。

车过了东便门，老摩登进了车箱一看，自己座上坐定一人，不是别个，乃是薛爱莉。

正是：

一个冤家将不见，

一个冤家又来了。

要知后事如何，且听下回分解。

第六回　薛爱莉送客到郿坞　老摩登上任走大梁

话说老摩登进了火车箱，抬头一看，薛爱莉正在他的位子上，老摩登很奇怪。高云三科长本来坐在薛爱莉的对面，老摩登进来，赶快走开，另找位子。

老摩登一看薛爱莉，身穿阴丹士林长旗袍，蓝汪汪儿，又另有一番好看。这蓝颜色一衬她的雪白粉润，而带微红的小脸蛋儿，越发美丽——一种朴素的美丽，比穿花红绸缎，或光着胳臂的西服，还要美丽。那阴丹士林布是十成新，一看就知道，是为旅行特意做的。但是，做的那么合适，又那么抱身，身体的一个弯儿，又一个弯儿，都显得出来。

薛爱莉一见老摩登，便从胳肢窝里掏出一条小花巾，把嘴一堵，笑着说："这三等车里，味儿可真不好闻！我知道送您的贵客，都在头二等，在三等车闷了半个多钟头，好不容易，才出了站！"说着，一抖小花手巾，全火车都是香的。

老摩登忙问："密斯薛您到哪里去？"薛爱莉噗嗤儿一笑说道："我送老摩登到郿坞县。"

老摩登一愣，不知道说什么好。

薛爱莉用眼一看老摩登，说道："送您到郿坞县，顺便我也逛逛河东省，您不愿意吗？如若您以为不好，就当我是旅行，路上遇见了您。您遇见这个伴儿。不很好吗？如若您不憎恶我的话，我一路可以伺候您，总比茶房好些。"

老摩登说："您太言重了。我是求之不得的，不敢当。"

薛爱莉说："您别客气。"

这时候，车过了丰台，天热得很，火车里电扇转的都自个儿不转了，热空气仍然吹着人脸。老摩登叫茶房开三瓶冰镇橘子水，一面喝，一面隔着窗户看外面风景。

这平汉铁路在大平原里走，一望万里，没有边儿。老摩登说："好伟大的原野，锦绣河山也。在日本，无论如何，也找不出这样大的一块平原！"薛爱莉说："我听说，日本竟是海。"老摩登说："不是。竟是山。并且是火山。日本也说他自己是山国日本，其实，是火山国日本。海国，日本是不配的。英国方是真正的海国，以世界最强大的海军，控制着七大洋的海水。"薛爱莉说："像这样儿日本势必要取中国。"老摩登说："至少要支配中国，支配着大部分中国，尤其是在国际战争的时候。"薛爱莉说："像这样儿，中日势必一战了。"老摩登说："无可避免。乃是时间问题，因为先天上种下原因。"

薛爱莉说："我怕。我怕。我怕战争。战争要毁坏了我的烂漫之园。"老摩登说："这可由不了你，你这小鸟儿。嗳——"

老摩登把话一转弯儿，说："也可能，那需要世界上最伟大的政治家，掌握中国的权衡，忍人之所不能忍，为人之所不能为，巧妙运用，辗转，腾，挪，闪，各种武功，都在文事上用了，或可避免，也未可知。但是，如今儿没有越王勾践式大忍而又大狠的人，而且，环境也不许可，元气不充，局面舆论，都掌握不住，被动多于主动，这舵也很难拿住！"

薛爱莉对这问题，不十分感觉兴趣，他不言语了。

夏秋之交，秋老虎当令，天气仍然是大炎热。田地里的庄稼，被太阳的强光晒得都垂了，因为结实，而沉重了的脑袋。农夫光着脚，赤着背，只穿一条短裤，弯着腰在锄地，他的脊梁，被太阳晒得由红变紫，由紫变黑了。锄完了田，走到大火海里的一架豆棚，疏疏落落的小阴凉儿，对于他，已经是比喝十杯冰镇橘子水还清爽。

忽然间，一个小兔儿，在田地里飞也似的跑，跑来跑去，薛爱莉用手一指，叫老摩登，"快看小兔儿！快看小兔儿！"接着又说，"你看！你看！小兔儿旁边的野花，开的多么茂盛啊！想不到这贫乏的野花，一多了，也这么好看呐！"老摩登向外一看，果然，野花开的如荼如锦。野花本是单薄的，一两棵，太没有好看了，但是，积聚起来，成为大片，也有量的美丽。

老摩登说："这是真正的烂漫之园。烂漫之园，在大原野里。都市里，人工栽培的，被人侮弄的，呼吸煤烟和污浊空气的烂漫之园，不是真正的烂漫之园。"

老摩登一看薛爱莉，面对着薛爱莉说："密斯薛！你发现了真正烂漫之园了吧！我们要到原野，要躺在大原野。我们死了，也是要埋在大原野里的。原野里是自由的，世界上最解放的地方。"

薛爱莉说："对。我愿意随着老摩登，住在郿坞县的大原野里。"老摩登没有回答什么。

老摩登，薛爱莉，又约上了高云三科长，到饭车上吃了一顿西餐，天便黑了，各人回各人的睡车包房，一觉醒来，车已到了郑州，然后换河东省火车，下午五点，便到了河东省省会大梁城。

这大梁城是古代建都所在，也很繁盛，但是，在薛爱莉眼里看来，已经是乡下了。的确，和北平，天津，上海来比，的确是乡下。

下车进城，到鼓楼前河东大旅社。河东大旅社是大梁城第一家最讲究的旅馆，但是，在薛爱莉眼里看来，简直是北平德胜门外关厢里，门口儿挂鸡毛的四等齐伙小店。

房间看了又看，进去又出来，出来又进去，最末到后面一所小跨院，里面三合房儿，院里也有几棵小树，绿荫荫儿的，薛爱莉还是不满意，旅馆掌柜说："这是全大梁城，一等一的房间，昨天河东省王厅长走了，将腾出来的。如若还不成那就什么法子也没有了。”

薛爱莉，只好答应住下。

正房的客人，是位乡下土财主，为土亩事儿，到大梁打官司，乡下人眼皮子浅，一看这势派不小，他情愿把正房腾出来，让给老摩登和薛爱莉住下，他和高云三科长合住西厢房。东厢房是省银行经理的小舅子一家人住着，小舅子和小舅子媳妇，是特意来看姑奶奶的。

薛爱莉叫茶房把屋子扫了三遍，又叫茶房把棚掸了，把墙刷了，买了一份新茶壶，茶杯，筷子，饭碗，脸盆，毛巾，方才进去坐下。

老摩登一到了大梁城，便仿佛有什么东西，压在自己肩头似的，在旅馆胡乱吃了些东西，便出去，首先拜谒一位有名的学者，河东省第一流大绅士，古木白先生。

古木白先生和老摩登是半师半友之列，老摩登很敬重古老先生。

古老先生听说老摩登来了，迎到门口哈哈大笑，说道：“你来了。你来了。官来了。小老儿，接官。”老摩登说：“您不要取笑了。”

到了客厅坐下，古老先生说：“省府会议没有通过，我就知道了。你想起什么要作县长？”老摩登说：“我看国家如此，我等岂可永远站在一旁自私自利的享乐着。我想深入民间，组织训练民众，以备万一。”

古老先生听罢，哈哈大笑，说道：“抱着这个大志愿作县长的，你是第一人，先生之志，则大矣，先生之法，则不可。”

老摩登忙问：“却是为何？”

古老先生说：“旁的我不敢太在老弟面前吹牛，若说作官，我从前清作到民国，从袁世凯时代作到曹锟、吴佩孚时代，如今我老了，我也不肯作了。”

老摩登说：“是。前年发表您江南省政府秘书长，您没有就职，您岂是给他们作秘书长的！”

古老先生一摸胡须，微微一笑，说道：“老弟是知道我的，但是，可惜老弟不自知也。”

老摩登忙深打一躬，口称：“愿请教老先生。”

古老先生说：“我告诉你：以作县长来达到你的目的，不可能。老弟！你又是教授，又是名新闻记者，又是国际学者，日本人翻译你关于日本问题的著作，也出到第三四版，你是很有名望的了，但是，你作不了县长！”

“作县长谈何容易！要人情宦情，十分明白，经验磨练，十分透彻，心思周密，细腻谨慎，在实际当中找出可行有效办法，又要性格儿天生的好，应付上中下左右四方十二面，面面都圆，一点缝子漏洞没有，然后上得信任，下得拥戴，中获助力，所在地点不当冲要，时局还要太平，五年可有小小的成绩。至于那救国的大目的，民众组训的大工作，没有法子作，尤其是在今天，政情十分复杂，局面时常改变，牵制掣肘，摩擦排挤，众口纷纭，胡说八道，婆婆众多，在个个当家的底下，老弟！作一年半载，不出乱子，那，你的本事便算不小，出乎其类，拔乎其萃了！

“一年半载，不出乱子，以老弟之声望地位，社会关系，不愁没有专员厅长作也。作这县长，不过是过过班，乃是阶梯，至于救国云云，组训云云，不过是敲门砖——敲开门就得抛了。如若不是那样，一定要以县长救国，在县里要真个，组织训练民众，老弟！非但事实办不成，而且，必达伤心落泪而去也！我在中国，已经伤过心——太伤过心了”说罢，老先生真真的落下眼泪来——老先生一生为国为民，结果国家如是，痛心自是当然。

老摩登忙劝古老先生说：“老先生不必伤心，我辈生此时代，本是牺牲者，能活到现在，已经算幸事，——好生气的早气死了，好着急的，也早急死了，只有我这臭皮囊，鬼混，鬼混，混到今天。在北平，终日金迷纸醉，自在逍遥，看起其他国家的读书人来，我们实在对不起国家。中国人里有几个爱国的？旁的人不必说：所谓知识分子，高级知识分子也者，教授！学者！名流！他们一天到晚地工作，不是为自己个儿，或是自家妻儿老小，而是为国家的，有几点钟？几刻钟？几分钟？几秒钟？所谓救国也者，也不过在我们的脑子里一闪一闪的观念罢了，事实上没有，工作更没有。而今的国家情势，的确不容许我们如此。把四万万人马上动员起来，夜以继日地工作总不够，不够，绝对的不够。但是，直到今天，还是坐着躺着，躺着，坐着，等刀，等枪，等炮，等飞机炸弹，等国际战争，旁的国人替我们打倒日本，岂不是混蛋——世界第一，头号大混蛋也。

“我实在不能忍了。我要牺牲，我要为国家牺牲，好在我还年轻些，还经得住火烧，我要作一个采矿人，来开掘这县的宝藏，好在有老先生等人在河东省，我想有大困难，也会有人援救的。”

古老先生哈哈一笑，说：“你既一阵心血来潮，一定要当县长救国，黄膺白已经自己说跳了一回火坑了，如今你再跳，据我看来，你跳的要比他深的多呢！

“相交一场，老夫一定拔刀相助。你明天白天谒见殷主席和各位厅长，晚上我请他们来吃饭，给你介绍介绍，有点儿私的来往，以后什么事也好办些。”老摩登十分感谢。正是：

朝中有人好作官，

未曾作官先吃饭。

要知后事如何，且听下回分解。

第七回　绅宅开宴，大说荤笑话　机关拜客，满眼一群鬼

话说老摩登，遵照古老先生的嘱咐，第二天早晨十点，先去拜殷主席。殷主席是位和气的人，而且，常看报，很知道老摩登，口口声声：“你先生来到河东，十分欢迎，只是

太受屈了。改天到我家里吃便饭。”这其他县长是万万不会有的，真乃旷世稀典，打破县长记录的事情。

拜完了主席，又拜各厅长处长，各厅长处长虽然是淡淡儿的了，但是，因为是中央特荐的，自然也还十分客气。

拜了一天的客，晚六点，到古老先生家里，等了一个钟头，到七点，客人到齐。那一天请的是省政府主席、秘书长和厅长、处长、国民军训处主任委员、省党部书记长、新生活俱乐部主任干事、高等法院院长、首席检察官，包括省会要人全部，只是殷主席说家里有事，道谢，其余都到，这自然是古老先生在河东省的绅士地位，和他的大面子。

开宴以后，民政厅长王化一坐首席，其余坐法都按官阶，左昭右穆，一点儿也不乱。老摩登便坐在主人旁边。中国人吃饭是一种娱乐，一边儿吃，一边儿说，又说又笑，一吃便是两点多钟。

酒喝了三五杯，菜也吃了两三个，肚子里有了底儿，话便来了。王厅长坐在首席大太师椅上，把脊背向后一靠，说道：“我来说个笑话。”全桌一齐说：“好！”主人古老先生也满脸儿陪笑的说：“我等洗耳恭听。”

于是王厅长说起他的笑话来了。

王厅长说：“笑话和席面一样，有荤有素。”大家异口同音的，一齐问：“什么是荤笑话？”王厅长说：“荤笑话是和女人有关系的笑话。凡笑话，十个有九，都和女人有关系，没有女人很不容易笑！”大家又异口同声的一齐说：“对！”老摩登接下碴儿说：“这是因为一桌吃饭都是男人的缘故。如若都是女人，她们的笑话，一定都和男人有关系了，这是另外一种荤笑话，我想。”

老摩登说完，自以为大家一定哄堂大笑，结果，没有一个笑的。只有王厅长向老摩登“眯嬉！眯嬉！”眯嬉了两眯嬉。

在大梁吃饭，黄河鲤鱼为第一。那一天的菜是味莼楼的厨子做的，他做黄河鲤鱼，做的很好。鱼将一上来，王厅长便问大家：“这是什么鱼？”大家异口同声一齐说：“鲤鱼。”王厅长说：“不是。不是。此乃太太鱼也。”大家又异口同声一齐问：“为什么叫太太鱼？”王厅长说：“你瞧，这鱼在水里身子站着，脊梁朝上，不过是一条儿，并不大，如今放在盘子里，鱼是躺着的，宽而扁，比站着大多了。所谓，太太鱼者，躺下大也。太太不是躺下大吗？”说的全座大笑不止，一齐细细嚼那躺下大的滋味儿。

吃完黄河鲤鱼，主人又劝大家各干一杯。二座财政厅长赵德威问，“这是什么酒？”主人古老先生回答：“六十年老花雕，绍兴酒。”赵厅长说：“除了北平好绍兴酒，只有大梁喝的着。记得前天，大学张校长家请客，酒不好，我也说了个笑话。”大家又异口同声一齐说：“请您再说说我们听听，也好笑一笑。”

于是，赵厅长便说他的酒的笑话。

赵厅长首先说：“我这笑话也是荤的。”大家异口同声一齐说：“荤的比素的好。”其中有一位是国民军训处陈主任,他特别说:“我一向不吃素菜。”

赵厅长说:“因为那一天的酒不好,吃了没有三杯,我便问主人:这是什么酒？主人回答是绍兴酒。我说:‘不是。’大家都问我:您看这是什么酒？我说:这是老太太酒——没有劲儿了!”说的全座又大笑不止。

大家笑完,赵厅长又说:“这笑话还没有完。那天主人又换了啤酒,并且说:这不是老太太酒了,其实啤酒比不好的绍兴酒还不好吃,我便说:这不是老太太酒是姨太太酒——水儿太多!”说的全座又大笑不止,足笑了有五分钟。

大家将笑完,赵厅长说,“这笑话还没有完。那天主人很要劲,又换了山西汾酒,其实,大梁哪有好汾酒,都是乱掺一阵的,我便说:这不是姨太太酒,是窑姐儿酒——早不是原封儿的了!”全座又大笑不止。

老摩登看大家都喜欢听笑话,便说,“我也说个笑话,并且也是荤笑话。”全座没有一个作声。

老摩登说,“有人用形像相似的两个字,来比两种人的同和不同。哪两个字呢?乃是:斋与齐,和尚与尼姑,袈裟同,下部不同。和尚与尼姑,自然是下部不同了。”

大家还是不作声。

老摩登又说:“还有两个字,乃是:吴与吞,先生与妓女,以口同,上下不同。这先生是教书先生,教书先生也用口,但是,和妓女所用的口,不一样。”

说到这里,老摩登以为人家一定笑,但是,人家并不笑,只有王厅长说了句:“这笑话好!有学问!”

吃完咸的又吃甜的。接着上来蒸怀山药。怀庆府的山药,天下有名,并且是作补药用。许多好说荤笑话的人一定要补一补才好。这天味莼楼的蒸山药,是仿北平广和居的做法,做的很好。

还是一边吃,一边说,渐渐儿谈到国事上了。王厅长说:“我看中日一定要打仗,一打仗,我们河东省是第一线!”新生活俱乐部主任干事张笑天说:“打,我们也不怕他。只要我们能打半年,第二次世界大战一定起来,那时候,自有人打他,小日本小鬼子。”全桌大多数都说:“对!”

老摩登忍不着的说:“国际情形并不如此简单。靠旁人最危险。据我看来,西欧的德意跃跃欲试,首先,英国是绝对不愿意打的,苏联敌人遍天下,天天惴惴不自安,他也未必愿意打。至于美国,这位阔少爷,钱是有的,准备还不够,而且,横渡一万里的太平洋,也不是一件容易事,非逼急了,他也不见得打。英不敢战,苏不愿战,美不能战,乃今日之局势也。”

“因人成事者,自古有之,刘备借东吴之力,以破曹操,土耳其也借苏联之力,以制英国和希腊,但是,必须自身有力,自己没有力量,而全靠他人成功者无有也。”

“如若两力相持不下,国际情形复杂纷纭,而且,瞬息万变,战事绵绵久不决,财政上必难支持，一切缺点，尽形暴露于外，统治便困难了。因为我们内战一二十年，元气大伤，直到现在，国家仍然没有真正统一，纸里面包着的火还是不小，我们只能极力刷新政治，整顿军备，组织训练民众，武装以求和平，由安内而攘外，不可轻动也！”

老摩登一气说完，费气不小，但是，全座哑口无言，没有一个出气儿的。

主人古老先生说：“莫谈国事吧！请大家干一杯，好吃饭。”

吃饭的到吃饭的时候，便没有什么吃的了，因为大家都已经吃饱了。大家一齐说：“菜太多了，不吃饭，来碗稀粥吧！”

客走主人安。喝光稀粥，一齐告辞。

等到客人都走了以后，古老先生先叹了一口气，然后开言道：“老弟！不是我直言，我看你这官是作不好的！你看看！这一桌上的人，哪有你说话的份儿？全座只有王赵两位厅长说话，其余的人不过帮帮腔而已，虽然他们的地位约略相等，因为相等之中，也有不相等的地方。老弟！不是我的缘故，凭你这七品小知县，连桌面也不能上，哪有你说话的份儿！”

老摩登有些发气，脸也红了，头筋也涨出来了，“期！期！”期期了两“期！期！”然后说道：“我作县长，职位低，人格并不低。他们虽然是我的长官，他们也只能在公事房里，依照国家法令支配我。出乎职务范围以外，他们连命令我都不能，至于公事房以外，私人相处，人是生而平等的——美国《独立宣言》上说过：我自有我的独立的人格，和他们相同的独立人格。”

古老先生哈哈大笑说：“你又上起讲堂来了。这话是在讲堂上说的，和实际上行的，还差的很远呢！老弟！这样儿不中。要想作官，便不要说话。”

老摩登说：“说话是人的本能，难道说，作官一定要戕贼天性不成！”

古老先生说：“这话不是这样儿讲法。”

“唉！”古老先生又叹了一口气，接着说：“我再把心窝子里的经验话，告诉你老弟吧！作官也不是一定不说话，只对一个人说话，并且说的时候，还要旁边一个人没有。比如你昨天见着殷主席，如若情形许可，主席喜欢听你说话的话，屋子里再没有第二个人，你可以说，尽量的说。假如有一个人在旁边，便不如不说。换句话说，只许主管长官一个人，知道你有才能，而不使第二个人知道——有第二人知道，一切排挤中伤都来，阻力大生，克服阻力，已经不易，谈不到其他一切。至于大面儿上，千万不可多说话。”

老摩登说：“如此说来，官非但是伪的，而且，是阴性的。”

古老先生哈哈大笑，说道：“老弟聪明，一语得之矣。官者阴性物也。老夫再为你补充一句，官乃曲线也。作官之道是曲线的，作到没有一点不曲，便成为圆，圆则滑，滑则通，通则升发矣。所以官也有美，官的美是曲线美，不过，这曲线美不是裸体的曲线美，而是伪装的曲线美，也就是阴性的曲线美。明白这个老弟可以作官了。”

从明天起，老弟要到府厅处院各机关，去拜秘书长们，不要丢掉一个——丢掉是会吃醋的。见面只坐十分钟，不在的丢下名片，千万不可多说，说也说敷衍话，对这些人无论如何，是不能说真话和正话的。千万！千万！切记！切记！”

老摩登笑着说：“当年吴用带李逵到大名府，生怕李逵说话，就叫李逵口里含一个大铜钱，我明天也含个大铜钱好了。”古老先生也笑了。

第二天，老摩登便去拜各机关秘书科长。这是照例的事。省政府的传达一看见老摩登，先给道喜——道喜就是要钱，老摩登赏了他五十块钱，传达先生很满意，送给他一个大单子，是应当拜的客。老摩登一看，从省政府直属到民财建教保安各厅处的科室，光是长已经受不了，还有什么主任，副主任，和那秘而不书，与那书而不秘的，更多了，因为县长兼理司法，高等法院还是不能不去。县长又管军法，绥靖公署，保安司令部，也不能不去。县政府又办理什么国民军训，社会军训，像国民军训处一类的半婆婆，姨婆婆，也不能不去。老摩登又一想，还有中间层婆婆的行政督察专员，将来也是要去拜的——拜专员，拜秘书，拜科长，拜副司令，拜参谋长。……

老摩登一连拜了五整天上下午，方才拜完，官还没有作，头就要昏了。

老摩登见着古老先生，很生气地说道：“费了五天工夫，见了许多鬼。这些三等小官僚们，三分不像人，七分倒像鬼，一个个鬼头鬼脑，鬼鬼祟祟，面黄肌瘦，拱肩缩背，油头滑面，两只贼眼，一双扇风耳朵，彼此见面‘嘿嘿’苦笑——这苦笑里藏着一种虚伪，滑头，和侮弄。”

“唉！官场大坏人炉！人一作官，仿佛进了另一模子似的，变成另一种人，活泼，诚实，热烈，一点儿都没有了。害人者官也。害己者！官也。”

古老先生哈哈大笑，说道：“初进官场，不可如此悲观，我们乐一乐吧！你在北平捧程艳秋，我在大梁捧狗妞儿，他们举牛绥靖主任和我为捧狗团团长，我这里有几张前三排好票，今天晚晌，请你看河东梆子，也可以散散闷也。”正是：

及时应行乐，

何苦自寻愁。

要知老摩登加入捧狗团以后，情形如何，且听下回分解。

第八回　听河东梆子，捧[①]狗团，打狗团　说省政秘密，里三层，外三层

话说河东省大绅士古木白先生，请老摩登看狗妞儿的河东梆子，并且告诉老摩登：“狗妞儿在开封[②]犹如程艳秋在北平，今天下午教育厅韩先生送来几张票，并且说：今

① 原文为“棒”。

② 此处应为“大梁”。

天晚晌,演新排爱国剧,请我去指教,你我可以一同前往。你当场可以看看,我们捧狗团的势力,比你们北平的程党并不小。”

老摩登忙说:“古老先生,你不要说你们程党,您在北平也是我们程党的同志,你跨党是可以,出党可不中。”古老先生也笑了,说:“你们一定要我这同志?”老摩登说:“非但要,而且拉——非拉着你老先生不可。”

老摩登看了一晚晌的狗妞儿,虽然赶不上北平的皮黄,大致也还过得去。狗妞儿技术纯熟老练,一看就知道,是个很有舞台经验的人。看完,古老先生问:“你看如何?”老摩登说:“还可以,只是河东梆子的腔调本身太简单,赶不上皮黄。”古老先生说:“自然是比不上皮黄。皮黄是融合综合各种戏剧而成,非北平那地方,不能产生也。我们一定拉你入团,你把狗妞儿带到北平,训练学习两三年,一定可以大成功的。”老摩登说:“看她的聪明和努力,有这个可能。非到北平不可,到北平可以吸收各种戏剧的长处。想当年皮黄老祖四大徽班,也是由安徽进京的,腔调很简单,以后吸收汉调,便成皮黄,我们看程长庚,杨猴子等都是安徽人,谭叫天,余叔岩都是湖北人。同时,内部也在融合:武戏文唱,胡子学衫子,非但腔调花,连走场和把子都起了变化。程艳秋的所以成功,也是到处听戏,到处学戏,所以新腔新调,花样翻新。”

老摩登看完狗妞儿的戏,回到旅馆,薛爱莉正和高科长,东厢住的省银行经理的小舅子,王十八夫妇打牌。薛爱莉看见老摩登,便抿着嘴儿笑着说:“官回来了。看把这官儿忙的!半夜三更,又到哪里去拜客去了?”老摩登大声儿说:“不是拜客,是听戏,听狗儿的戏,河东省一等一名角,明天,我请密斯薛去!”

将和了三翻的王十八,听了这话,马上从牌桌上跳了起来,说道:“非也。非也。你老先生一定受了捧狗团的宣传。你老先生初至大梁[①],有所不知,这大梁有捧狗团,也有打狗团。捧狗团大半是河东东部人,专捧狗妞儿。打狗团大半都是河东西部人,捧常香玉。常香玉比狗妞儿又年轻,又貌美,比狗妞儿好的多。明天,我请客,专请你们三位去看常香玉,我知道老摩登先生是北平新闻界有名,一等一大捧家,我还可以介绍你和常香玉见面,到她家打四圈,嘿!有趣的很!”

第二天晚晌,王十八夫妇果然拿来五张票,都是第三排,正好地方,并且说:“常香玉听说北平老摩登来到,特演拿手好戏,表示欢迎。这戏不是新编的,乃是老戏——老戏真有好的,新编的戏,没有一出能看的,就是齐如山给梅兰芳编的,陈墨香给荀慧生编的,罗瘿公给程艳秋编的,也都不好——也许说到程老板的不好,你不愿意听。”

王十八夫妇死拉活拉,把老摩登,薛爱莉,和高云三,都拉去看常香玉。在戏园子里遇见一位胖太太,薛爱莉给介绍:“这位陈七奶奶,是我们烂漫之园大梁分会的同志。”

---

① 原文为“初出大梁”。

老摩登说:“你们烂漫之园,发展的真快,都到河东省了。”薛爱莉说:“近来中国女性信仰烂漫主义的,一天比一天多,不久,烂漫之园就可以普遍全国。”

陈七奶奶三十来岁儿,漂亮的中年妇人,人也会交际,一见面便约老摩登第二天中午,到她家吃便饭。老摩登本不想去,怎奈薛爱莉死拉活拉,并且说:“陈七奶奶是河南商城人,河南商城是最会做菜的地方,无妨去尝一尝。”

老摩登随薛爱莉到陈七奶奶家里,陈七奶奶的家,布置的特别雅洁,菜也做的好,陈七奶奶的丈夫陈七爷,也出来招待老摩登。陈七爷五十来岁,比陈七奶奶至少大二十岁,一脸红肉,面团团,粗俗之中,也有一种雅致,一看就知道是个世道已深,经验阅历很多的人。

上来一大盘鱼翅,老摩登吃着很可口,连说:“很好!很好!这翅子比馆子做的好。”陈七奶奶用手巾堵着嘴,不住的笑,薛爱莉也笑。老摩登忙问:“你们笑什么?”七爷说:“她们一定笑你说翅子。”老摩登赶紧又问:“不是翅子吗?我吃着是翅子。”薛爱莉说:“是翅子。是翅子。这是陈七奶奶亲手做的翅子。”陈七奶奶笑着说:“这不是翅子。这是我们商城县的皮丝,猪肉皮切的丝,我当翅子来做,其实翅子本身没有味道,和皮丝是一样。”老摩登“哈!”了一声,说道:“把肉皮做的和翅子一个样儿,陈太太可算做菜国手了。”

当日,老摩登很喜欢,多喝了几杯酒,陈七奶奶和薛爱莉又是一让,不觉的醉了。

老摩登一醉,吃完要睡,陈七奶奶和薛爱莉扶着老摩登,到陈七奶奶的床上睡下,放下帐子,烂漫之园的女性,对于这个,自然是太不在乎了。

老摩登一睡醒来,已经是下午四点,陈七奶奶沏好一壶小叶儿茶,陈七爷也出来了,和薛爱莉一同谈闲天儿。

陈七爷问老摩登都拜了些什么客,有些什么聚会。老摩登一一说了。陈七爷说:“以你老先生作县长,犹如玩票一样,倒也无所谓,如若是一般县长,这种样儿作法不中。”

老摩登忙说:“愿领大教。”陈七爷说:“你我虽是初次相逢,但对你先生,我们是仰慕已久,而且,中间还有薛小姐。”陈七奶奶赶快插言说:“我们都是自家人。”薛爱莉说:“陈太太是我的干姊妹。”

陈七爷说:“既不是外人,我要说几句知心话,我高攀,咱们以后还要深交。”

老摩登说:“陈先生请讲。”

陈七爷先咳嗽一声,然后把调门儿提高,说道:“作县长要知道上三层,下三层,里三层,外三层。这三四一十二层,能层层打通,自然是最好不过,至少也要打通一半。

“何谓上三层:主席,厅长,科长秘书是也。这三层,以你老先生的地位,可以说不打自通,但是,下三层,是根本,实在比上三层还要紧的多。下三层者,主任科员,科员,办事员也。”

“您可千万不要看不起科员，事实上，省政是在他们手里！”

“喀！”陈七爷咳嗽一声，接着又说：“如今的省政府，主席连行都不画，厅长不大看公事，科长仅是盖章，而且，从科长起，交际，应酬，会客，往往来来的事儿太多了，一般公事，事实上，便落在科员手里，听说中央也是如此，所以，今日政治，乃科员政治也。

“尤其是兼股长的主任科员，他们的权威最大，次要的事情在一般科员手里。至于例行公事，便在办事员手里，您不要看不起例行公事，例行公事，十分重要。比如您解一笔上来，一道指令的快慢，都是很有关系的。如若您遗失了一道指令，办交代便麻烦，打通了办事员，他便可以给您抄出来。有什么要紧命令，他可以先抄一份，用快信寄给您。这低三层，非打通不可。其实么？唉！打通也不难。中国事，只要有钱，什么事儿都能办到。那些小办事员，每月的薪水，不过三四十元，如若您每月送他五十元，他便喜出望外了。而且，也不必每厅都送，民财两厅是主要的，其余教建两厅，保安处，年节送点儿，水过地皮湿，也就够用了。”

陈七爷说到这地方，翻眼皮一看老摩登，老摩登没有说什么，陈七爷接着又说：“上三层，主席、厅长，处长，科长秘书，不是您的朋友，就是您的学生，这似乎是一打就通，但是，这打通也还是表面上的打通，不免隔靴搔痒，非抓住心窝子，不能办真事，出了事儿，不能替我们遮遮盖盖。”

老摩登问道：“如何能抓住他们的心窝子呢？”陈七爷说：“这还是一个字儿——钱”

老摩登又问：“我们怎么能把钱送到主席，厅长，处长，科长，秘书们手里呢？”陈七爷哈哈一笑，说道：“这其中奥妙便大了，非打通里三层不可。”

老摩登又问：“什么是里三层？”陈七爷说：“这里三层是一层比一层深。最深一层是太太。再外一层是庶务，再外一层，每个要人必有一个心腹之人，和其他一般属员不同，这人也许是秘书，也许是科长，军人也许是参谋长，副官长，他可以代表上层，来往一切，打通了他，便打通上边了。”

“如若能打通太太，自然再深也没有了。我曾记得河西省主席王太太，十分能干，省政，她可以管理一大半，尤其是县长出缺，非打通这内线，无论谁也是得不到手的。我还记得，有一次王主席出巡到黎阳县，人民拦路喊宽，当时查出贪赃二三十万，王主席勃然大怒，马上带镣解省，亲自审理。这县长也很爽快，他说：‘我贪赃不错，我不能不贪赃，我这县长也是花钱来的。我作的是买卖。’王主席更气了，问道：‘你把钱交给谁了？’县长说：你去问你的参谋长。王主席立刻叫马弁，把参谋长叫到堂上质对。参谋长，期，期，期了好大半天，也不说。王主席把桌子连拍了三大下，叫他说，说，说。参谋长无法，只说了一句话，王主席立刻脸上颜色都变了，忙叫胡说：把他们一齐都带下去！你猜参谋长说的是什么？”陈七爷问。老摩登也问：“参谋长说的是什么？”陈七爷噗嗤儿一笑，说道：“参谋长说去问太太！”

老摩登“哎呀！”了一声，说：“好厉害的太太！”

“唉！”陈七爷叹了一口气说，“人为财死，鸟为食亡，哪个官儿不爱钱？从前明清，县里以耗羡，火耗，平余等名义，在田赋上增加了一笔附和，这附和，县长开支一大部分，其余的一部分用各种陋规的名义，送给府，道，藩，臬，比如将到任有到任规，三节两寿，送干礼都有一定数目，送文解款都附着有钱，府，道，藩，臬，便吃这个，虽得钱而不卖法也。数目也不少，俗言有话：三年清知府，十万雪花银！所以有人说，陋规虽陋尚有规也。樊山在陕西，最反对人们裁陋规，陋规去，而卖法来矣！”

老摩登点点头。

陈七爷接着又说：“如今羡耗，陋规都没有了，难道说主席厅长只吃他那每月的几百块钱的死薪水不成。于是，不能不卖缺，三千，四千，五千，一等县，二等县，三等县。挪用公款，打油钱，买醋钱，都入了腰包，油里醋里都兑了水。至于造假据，腾办公费，吃空名，少给职员十块八块薪水，积少以成多，未免太卑鄙，而且，太可怜了！于是，不能不有变相的受贿。受贿的对象是县长，因为县长是亲民之官，肚儿里有油水儿。”

“县长一定要用钱把里三层打通，然后，再打外三层，官才能真坐稳。外三层是绅士，有县绅士，省绅士，中央绅士。省绅士您已经很通了，县绅士到县，他自来，还要打通河东人在中央作事的这一条路。”

说到这里，陈七爷很兴奋说：“我带您到一个地方，您便可以在河东官场深进几层。老摩登此一去，有分教：

身入政治秘密窟，

官场黑幕又一层。

要知后事如何，且听下回分解。

第九回　入秘窟，赌场行贿　整财政，厅长挨骂

话说陈七爷说要带老摩登到一个秘密地方去，老摩登问：“什么地方？”陈七爷说：“到荀秘书家里，看县长们打牌，您看半夜，一定知道政治内情不少，以后便可寻得门径。”陈七奶奶说：“今天早晨，荀秘书太太还给我打电话，说：“今天晚晌，唱吊金龟的祥符县县长，和唱六月雪的山阳县长，都因公进省，在他家里打牌，三缺一，约我也去，顺便也可以赢几个钱酬谢我。”老摩登说：“一定赢吗？”陈七奶奶说：“县长们到荀秘书家里打牌，一定是输的。”老摩登“呕！呕！”了两声说：“我明白了。但是，我平生不打牌。”陈七奶奶说：“我替你打，你做梦，好在我们一定不会输，少赢几个，吃小馆儿，大赢自然是荀太太，人家是老虎吃鹿——死等儿。”

老摩登说：“作个县长，还这么麻烦？”陈七爷说：“这可没有法子。在今天，作县长尤其不容易，非纵横两方面都有功夫不可；纵要深入，直通内线，横要四面八方都顾到。

现在不似从前了。在明清有皇上的时候,只要把皇上弄好了,便稳如泰山,等升官。北伐以前,也还简单,在张宗昌底下,要把张宗昌弄好就是了,在孙传芳底下,只要把孙传芳弄好,也就是了。如今不然,以省而论,省政府,省党部,绥靖主任公署,和高等法院,大小四个直接婆婆,本省人在中央作事的,也不能不照顾照顾他们,照顾不到,他们一醋,来上几句,也受不了。至于当地驻军,那非但是婆婆,而且是爸爸。一个连长,手拿一根小鞭子,一进县府,他便了不得。"

老摩登说:"这县长可真是个受气包儿,我听戏,丑角说白有:

下官也是官,

见着官我就得请安。

县长之官是也。"

陈七爷说,"虽然受气,但是,有油水儿。在北伐以前,能弄钱的官只有烟,盐,县知县,如今要属税局,公安局和县长。以您的这郿坞县来说,在河东省乃是特缺,俗谚有话:金开州,银郿坞,一年至少有二十万。有人特意等,等两三年才能到手,这次发表您,一时候补县长也大哗,后来主席说您是中央特荐,大帽子方才压住他们。您不要辜负了这个好缺。"

老摩登一句话也没有说。

说着说着黑影儿下来了,陈七奶奶又把晚饭预备好了。西菜的吃法,先上一碗高汤,这汤白的像奶似的,里面放了几根豆苗儿,颜色碧绿,又滴上几个小红辣子油儿,红的鲜艳夺目,红油珠儿在高汤皮儿上游来游去,这汤放在一个带盖儿的大江西瓷钵里,美食美器,好吃而且好看。

拿起勺子,老摩登喝了两口,连说:"好!好甜香沉重而有味。"忙又问:"什么汤?"陈七奶奶说:"羊汤。"老摩登说:"好。开封[①]的羊汤真好。"薛爱莉说:"老摩登说好,一定是好,老摩登是北平有名的唯吃史观哲学家。"

接着,又上一个锅贴豆腐,两个西菜:一个是西油炸黄河鲤鱼,一个是炸猪排,都做得好,因为西菜炸东西炸的好。底下又上一大盘火腿钉儿炒鸡蛋,乃是仿西菜的奥姆雷特。末了上来一个小磁铁锅,乃是火柿子烤通心粉,加宣腿钉儿,好鸡鸭汤,虽然是西菜,混用中国作法,比纯粹西菜好吃。

吃完饭,又喝了一会儿茶,薛爱莉回旅馆,陈七奶奶陪着老摩登到荀秘书家里。进门直到客厅,里面已经打上了。荀秘书看见老摩登忙站起来,说道:"哪阵风把你老先生刮到这里来,真是蓬荜[②]生辉了。"老摩登连说:"不要耽误牌!不要耽误牌!"荀秘书又给老摩登介绍那三位:一位是祥符县杨县长,一位是山阳县朱县长,一位是省府马科

---

① 此处应为"大梁"。

② 原文为"壁"。

员。老摩登心说:“苟,杨,朱,马,(狗,羊,猪,马,)四个畜类,在此打牌!”

苟秘书说:“我们等陈七奶奶没有来,马科员来凑凑手,如今老摩登大驾辱临,请你老先生打吧!”老摩登说:“我不会。”苟秘书说:“当今之世,焉有人而不会打牌之理,客气!”陈七奶奶说:“还是我打。我和老摩登养羊,赢了二一添作五。”县长们都是陈七奶奶的牌友儿,一向很熟,马上问陈七奶奶:“您养的是公羊? 还是母羊?”苟秘书说:“今天不许胡说!”说着,拿眼一瞭老摩登,努努嘴儿,两位县长便不敢再说了。

马科员走了,陈七奶奶入座,放一个小凳儿在她旁边儿,用手一拍,叫老摩登:“您请坐,看着! 这也有您的股份。”

底下人倒了一小碗儿茶,老摩登手捧这碗茶,像巡哨似的,四下里瞭望。首先看见苟秘书手边儿一大堆法币,足有四五百元,老摩登说:“苟先生赢了。”苟秘书说:“近来手气还不坏。”

老摩登看那两位县长,一面打,一面抽烟卷儿,很不注意他们的牌,苟秘书是聚精会神,十二分用心,恨不能把吃奶的劲,都使了出来。苟秘书连和了两三把,但是,没有一把大的。

打着打着,窗户外面“哈! 哈! 哈!”一阵大娘儿们的笑声,接着有人说话:“陈太太来啦,也不通知我一声儿,好来迎接迎接。”陈七奶奶接着说:“苟太太! 自己人客气什么?”

说着,进来一个大娘儿们,老摩登一看这妇人,细高条儿,脑袋上头发烫的曲里拐弯儿的,又扎扎哄哄的,仿佛是个爬着的大刺猬,一脸怪粉,上下嘴唇儿都是口红,一笑张开大嘴,血盆似的,一个大红窟窿。陈七奶奶赶快介绍,先对苟太太说:“这就是我昨天和您说的老摩登。”又一转脸,对老摩登说:“这是苟太太,和我是干姊妹儿,人家都说我们俩是大梁城的双妹牌,您看怎么样?”老摩登说:“原来是苟大嫂! 您二位一胖一瘦,据我看来,好像电影上的劳莱和哈台。”苟太太,这大娘儿们又“哈! 哈! 哈!”大笑一阵,说道:“我们俩儿,从广生行生发油,变成电影明星了。”杨朱两位县长一齐说:“太太高升,可喜可贺!”

苟太太进来,眼睛一转,便转到牌桌儿上,一看苟秘书手旁边儿的法币,骂道:“笨货,打了这半天,才和了这么点钱!”苟秘书对太太嬉皮笑脸的说:“老不起牌! 总是几十块钱的。”苟太太叫:“起开! 老娘来打! 我看他起牌不起牌。”杨朱两位县长一齐说:“太太一上座,一定起牌。”杨县长坐在苟太太上首,苟太太转脸对他说:“你不许压着我的牌。”杨县长答应一声:“是! 太太! 您要吃什么,您说话,我就给您什么。”朱县长坐在苟太太下首,苟太太又一转脸对他说:“你不许胡吃我的牌,和大的。”朱县长也答应了一声:“是! 太太! 您打什么,我都不吃。”

陈七奶奶坐在苟太太对面儿,苟太太一翻脸对陈七奶奶说:“老姊姊! 替我巡巡逻!”陈七奶奶说:“我给您看着地下,有什么张儿。”

荀太太一上来就是大的，连加“带”“顶，”一百块自摸儿双。一起牌，荀太太就嚷：“他妈的！没有一张儿起着！”杨县长说：“不要紧，我给您好的吃！”荀太太说：“我自己有手！”一抓，果然是一张好的，荀太太留下了。朱县长和陈七奶奶抓完，朱县长抓了一张，送到荀太太面前，问：“太太！你吃不吃？”荀太太说：“我要他兄弟。”不大一会儿，兄弟果然来了，朱县长再送到荀太太面前，说：“太太！给您兄弟！”荀太太一看，说：“不要，要小兄弟！”不大一会儿，小兄弟又来了，朱县长又送到荀太太面前说：“太太！给您小兄弟！”荀太太噗嗤儿一笑，伸手拿起，又从手底下拿起两张，向前一放，大家一看乃是三个九万，杨县长忙说：“三民主义！”荀太太说：“四民主义！杠上开花！”伸手一抓，果然抓来一个九万，开了杠。

接着又碰了一对八万，一对七万，陈七奶奶一面用手巴拉桌面儿上人家已经打过的牌，一面对荀太太说：万子没有出多少，一万还有见面儿，做万子清一色，很容易。”

情势严重了。荀太太警告全桌：“谁也不许和，和了十头二十块的小牌，破了我的大的。”大家一齐说：“我们不和。君子成人之美，教您和个满贯。”

没有五分钟，荀太太把牌一扣，已经有叫儿了。荀太太聚精会神的看着桌面儿上，杨县长说声：“我闯祸！”“啪！”一声，打出个一万，荀太太果然是单吊[1]一万，和了。

荀太太一和，二百多块，她又一百块坐庄，杨朱两位县长便一百块拉庄，荀太太和牌以后，十分得意，抽了一支烟卷儿，烟卷儿的烟儿，一个圈儿，一个圈儿的向上腾，每一个圈儿，都可以表明出来荀太太的得意。

小说

“哗啦！哗啦！”洗牌的声音响亮，响的那么亮，化学牌又轻又脆，仿佛小梆子儿似的，荀太太把牌洗的那么熟练，带金戒指的白手指头，三胡卢，两胡卢，摆成四条长城，打骰儿只要半秒钟，便像抢似的，抢起牌来了。

一通百通，荀太太牌运大通了。起手便有三张白板，又碰了一对红中，一对发财，本门风开了杠，大三元满贯，连坐拉庄，这一牌便是五百多块，荀太太喜欢的“哈！哈！哈！”大笑，笑的把血盆似的嘴，张了五分钟，也闭不上。

乘着荀太太高兴，朱杨两位县长便问：“我们的礼物送去了没有？”荀太太痛痛快快的说：“送上去了。那一对钻石金镯子还可以，那钢丝床太粗重了。”杨朱两位县长连说：“谢谢太太，下次预备轻巧的。”

荀太太不坐庄了，朱县长也和了一牌三十块钱的小牌，把三十块钱向匣子里一扔，说：“都打头儿吧！”荀太太说：“我和牌忘了打头儿。”陈七奶奶说：“荀太太不打没有什么，好在肉烂在锅里！”荀太太说：“胡说！我还要给老妈子。”老妈子在旁边儿把嘴一撇，撇的像个张嘴大石榴似的。

杨朱两位县长老不和牌，也装模作样的骂牌，他们不骂什么，只骂财政厅赵厅长，

---

① 原文为“单调”。

每打出一张坏牌,必然骂一声:“去他妈的赵厅长。”又打出一张坏牌,又骂一声:“打死你赵德威!”老摩登很奇怪:为什么他们当着苟秘书太太,敢这样儿骂财政厅长。

沉了没有三分钟,陈七奶奶问杨朱两位县长:“赵厅长近来又有什么弄你们的新法儿没有?”杨县长说:“他那法儿多着呢!县长在预算外用十块钱,都要呈请,没有支付命令,领不出款。其实,也是猴儿拿虱子——瞎扒毛儿。人家会派款,一派多少万,收,他也不知道,支,他也不知道,和地方上人三弄两弄就行了,你那点儿公款,谁放在眼里?

“税局,他也训练新人,又添什么会计主任。前一个月,河阳县县长因为单据和会计主任冲突,县长把会计主任押起来了,到现在,还没有解决。昨天,又有新花样儿,各县田赋征收处的书记,全体一定都要考用新的。这小子是一来就考试,两个就考试,现在没有两个专员县长见面,不骂赵厅长的。”

一面骂,一面打,打到四更才完,苟秘书赢了三千多,喜嬉嬉儿,拿起来了。陈七奶奶也赢了三百块钱,两位县长都输。苟太太说:“天太晚了,找不着车。杨朱两位睡在客厅外面,老摩登和陈太太在里间儿眯个盹[①]儿吧!陈七奶奶噗嗤儿一笑。正是:

通夜作梦打麻雀,

四更小睡一糊涂。

要知后事如何,且听下回分解。

第十回　陈七爷饭馆说治县　乔金秀龙厅唱坠子

话说老摩登一睡醒来,已经是早晨八点。这时候,苟秘书全家都在睡梦当中,老摩登一声儿也没有言语,推醒陈七奶奶,陈七奶奶噗嗤儿一笑,外间屋杨朱两位县长也醒了。四个人都揉揉眼睛,迷离迷忽的,出了衙门,叫辆洋车,各自东西南北。

陈七奶奶回自己家,找陈七爷去大睡。老摩登也回旅馆,进门便上床,薛爱莉给他盖上了个被,“呼!呼!”又睡,一直睡到下午三点,起来洗洗脸,定定神,将要打算出门拜客,忽然,茶房进来说,陈七奶奶打发人来说:“五点钟请老摩登和小姐到大相国寺福地春便饭,只有七爷没有旁人,千万早去。”老摩登对薛爱莉笑着说:“陈七奶奶昨天晚上和我养羊,赢了钱,今天请客,我们一定要去吃她。”薛爱莉点点头,老摩登对茶房说:“告诉来人,我们准时一定到。”

老摩登顺便问薛爱莉:“我看陈七爷走动很大,生活很好,究竟他是什么职业。”薛爱莉说:“陈七爷也是官场出身,如今,官是不作了,但是,很交往官场,他的交法,又和一般人不一样:人家是明交,他是暗交,人家是面子上交,他是骨子里交。政界内情,没

① 原文为“朵”,一律改为“盹”。

有比他再吃透的了，也没有比他最有力量的了，虽然他的活动，只限河东一省。”

老摩登说：“他是绅士！”薛爱莉说：“不是。绅士还是里层的，外层地方的表面上人物，我们可以说他是政治商行的老板，也可以说是政治交易的经纪牙行。如若你有钱想作县长，找他，一定货真价实，一手付款，一手拿委任状。”老摩登“呕！”了一声，说道：“原来如此！”

薛爱莉说：“交下陈七爷这个人，很有用。您出了天大的事，只要托他，他可以给您大事化小，小事化无，他在各方面都有熟人，各方面也都走通了，仿佛政治上的红帮老头子，底层儿联络的十分好，遇事敷敷衍衍，遮遮盖盖，弥弥缝缝，在河东官场作事，非认得这个人不可。”

说到这里薛爱莉把小嘴儿一撇，问道：“您看我给您介绍的这位朋友怎么样？”老摩登说：“谢谢密斯薛，真好。真好。烂漫之园人才济济，我看陈七奶奶比陈七爷还要好！”薛爱莉把杏核儿眼一瞪，问道：“你看陈七奶奶好吗？”老摩登笑道：“好也是陈七爷的。”薛爱莉说：“陈七奶奶和陈七爷是离不开的。陈七爷的事儿陈七奶奶都知道，而且，替陈七爷办一大半，他们两个可以说是一把锁头和一把钥匙。因为陈七奶奶同我们好，陈七爷对您真是一百二十分的恭敬。今天吃饭，您客客气气，把您的教授架子暂且收起来，向人家请请教，一定受益不小。”老摩登说：“对！我今天一定竭诚求教。”

说着，已经四点多钟了。薛爱莉又洗洗脸，描描眉毛，扑上点儿粉，嘴唇上微微涂了一点儿口红，和老摩登到大相国寺市场上，转了两转，便是五点，一进福地春，陈七爷和陈七奶奶正在露天小雅座儿等着，一见老摩登和薛爱莉来，便说：“欢迎！欢迎！赏光！赏光！”薛爱莉把陈七奶奶的脸细看了一看，一声儿也没有言语便坐下了。

老摩登说：“今天吃便饭要简单点儿，这几天吃的太凶了，肚子有点儿不好受。”陈七奶奶说：“我们不要菜，叫他作几个和菜，拣拿手的做。”四个人要了三块的和菜，饭馆掌柜的因为是陈七奶奶请客，而且，请的是北平报上的老摩登，特别要劲，一共上了十二个菜，从压桌碟儿小菜起，没有一样儿不精致的。

坐在露天小跨院里，看大相国寺来来往往的人，在热天大烦燥都市里，也是小清爽。

还是一面吃，一面谈闲天儿。老摩登问陈七奶奶：“昨天夜里，为什么县长们都那么骂赵厅长？”陈七奶奶说：“不过是为钱！——凡总归一，都是钱！赵厅长对于各县的钱管的未免太紧些。”老摩登说：“我看他们也得管着。”陈七爷说：“论起赵厅长，也是个有本事的，他和宗公明部长是美国同学，回国以后，办公司赔了，宗部长找他到部里，他不肯去，给了他一个小税局子，他收税成绩比比额多二十四倍，一般税局交款，总比比额少，他多，而且，多的太多，于是以特殊成绩升河东省财政厅长。他永远想把西洋财政制度应用到中国，考试训练使用新人，凭预算，支付命令付款，会计与出纳分离，招怨很深，河东省地方官儿没有一个不恨他。前几个月，为争区长训练所经费，在省府会议席上和王厅长冲突起来,王厅长打了他一个嘴巴!"老摩登说:"难道说这嘴巴就白打了不成?"陈七爷说:"不白打又怎么样?官场有两个大字是弥缝。有人在旁边和和稀泥,也就算了。所谓作官,就是如此!而且,王厅长和主席是把兄弟。"

说到这里,老摩登一恭维陈七爷说:"我看七爷政治内幕十分清楚,乃当今第一大才也。"陈七爷连说:"不敢。不敢。你老先生太抬爱。"老摩登一拱手,说道:"鄙人初次作官,所作又是最难作的小县官儿,幸遇七爷,实乃三生有幸,将来到县应当如何作法,敬请七爷指教。"陈七奶奶说:"太客气了!咱们是谁和谁呀?您还这么客气!我们对于您,是知无不言,言无不尽,只要您肯赏下耳音来。"老摩登哈哈一笑,说道:"七奶奶太会说话了!"

陈七爷被老摩登一抬,仿佛抬上了天,驾了云似的,七个心窟窿全都开了,赶快说:"您问旁的,我不知道,要说作县,我略知一二。"

老摩登说:"七爷请讲。"

陈七爷说:"作县首先要有一个人和苟秘书那种人一样,勾通上下,勾通内外,交际往来,知道各方面情形,并且拉拢生意,使送钱的人,有路子可以把钱送上来,托人情的人,有路子可以托的上来。此人最好放在收发。收发乃是县长的咽喉耳目,一方面收发公文,当紧当慢,应明应秘,一方面传人逮捕,转解人犯,催粮催款,款项出入。这角位还是非老内行不可。而且,是非和县长有至亲近的关系不可。人要细密,还要活泼,各方面都走动开了,时常儿打听谁家是土财主,有财而没有势力,哪个案子里有油水儿,哪个案子的当事人是寡母孤儿很有钱,想托人,肯出大价儿,承上启下,左辅右弼,县中第一要人也。科长,秘书,不算什么!"

老摩登"呕!呕!"连呕呕了两声。

陈七爷略喘了喘气儿,接着又说:"找苟秘书这种人,还要找着像我们俩儿这样儿的人,在地方上拉拢。"老摩登说:"这恐怕不容易找吧!"陈七爷说:"有。有。各县都有,只要您去找,我们也是一行。"

陈七爷把调门儿一提,接着又说:"您要知道,中间无人事不成,拉拢各方面的人,不可少也。收发是内线,仿佛结婚的男介绍人,还要有一位外线,乃是女介绍人。这外线女介绍人,要请本地人,情形熟习,认识人多,绅士,地痞,帮会……都要来往,内外线接上,戏便唱起来,钱也像流水儿似的,向皮包里流了!"

"说到钱,赵厅长,他自以为是理财大家,把县长们管了个紧,其实,一点儿关系也没有,县长要发财,还是发财!"

老摩登忙问:"这财如何的发法?"陈七爷说:"县的款项分省款,地方款和派款三种。省款是县政府的经费,每月一两千块钱,有限的很。事实上,财政厅所能知道就是这一项,地方款是地方上教育,警察,保安,保甲,诸种用款,数目便可观,财政厅长名义上管理着,内幕情形并不真明白。那里面不透天儿的款子就多了。最多的还是派款,比省款和地方款要大多少倍,但是,没有人管!"

老摩登说:"中央不是一再明令严禁派款吗?"陈七爷一笑说:"禁自禁,派自派,中国事儿,一向如此。而且,不派不成。今天修路,明天挖河,后天修城墙,不派款如何能成?一派一用,上边不知道,底下没人管,这好文章,便作出来了,不过,这文章不是一个人作得出来,非有帮忙儿的不可!您知道,这帮忙儿是谁?"

老摩登一看陈七爷,也问:"是谁?"

陈七爷说:"自然是绅士。县长和绅士一捻合,说是地方公意如何,如何,事情便办了,眼皮儿也盖过去了,责任也少了一大半。绅士在法律上,固然没有地位,但是,至少也是个推诿的东西,出了事,无论如何,也有个辗转腾挪的地方,中间再有人拨和拨和,大小是个理由,也可以大事化小,小事化无。

"但是,绅士们不能自己走上门,而且,有些话不能全在桌面儿上说,非有像我和七奶奶这种人作外线不可。"

老摩登说:"七爷还容易找,七奶奶不容易找。"陈七奶奶噗嗤儿一笑,说道:"你以为我难找吗?"薛爱莉笑呵呵儿的说:"找着七爷,便找着七奶奶了。"说的陈七爷也笑了。

老摩登说:"内外线之说既闻命矣!敢问衙门以内,还要如何?"

陈七爷说:"衙门以内,最重要的自然是二科长,二科管财政,接要会接,交也会交。接会接也可以接出钱来,交会交也可以交出钱来。平常日子会找,也能找出钱来,不会找的,也可以丢了大多笔钱,十分重要,非用内行人,而且,非要用自己人不可。

"此外,一科长兼秘书总核稿,上行公事要注意,下行没有什么,用张擦屁股纸写明白就是了,什么白字,错字,通与不通,都没有关系。县长自己屋子里,要有个机密书记,写机密公文,并保管机密卷宗,有许多东西是万万不能在办公厅办的,也万万不能叫办公厅人知道,他们一知道,传遍全县,便不好办了。"

大家谈了一会儿闲天,陈七奶奶会过账,给了五毛小账,连酒饭一共四块大洋。老摩登说:"开封[1]吃又好,又便宜。"

吃完晚饭,陈七爷又约到龙厅听河南坠子。这龙厅乃是当年大宋朝的皇宫,如今除去一段雕龙玉石栏杆以外,什么也没有了,成了坠子场。河南坠子都是女人唱,很有名。陈七奶奶说:"今天乔金秀特别由天津到大梁,唱《昭君出塞》,请老摩登看看。"老摩登在天津泰康市场楼上,听刘宝全大鼓,前几场有乔金秀,但是,谁们也不那么早去听他,不想乔金秀到大梁,成为一等一的名角。

老摩登到龙厅坐下不久,乔金秀便出场,一出来便有许多人鼓掌。乔金秀上场,先把眼光向全场一转,任何一方面都转到了,然后,手拿起板片,伴奏乐器拉开丝弦,小嘴

① 此处应为"大梁"。

儿一张,唱了起来,唱的是:

马到了常关乱加鞭,嗳！嗳！嗳！

昭君那出塞呀！和了北番。

接着四胡儿:

嗡嗡嗡啊嗡嗡,嗡嗡嗡。

底下又唱:

止不住流泪,眼望长安,

望不见,九九八十一间朝王殿,

望不见,南朝,文武百官!

接着四胡儿又:

嗡嗡啊嗡嗡,嗡嗡嗡。

老摩登听的很喜欢,想不到在平津不被人注意的坠子,也很好听。

老摩登正在听坠子,忽然旅馆茶房喘嘘嘘的来了,说:“省府秘书来了电话。”老摩登赶快回去。正是:

一声呼唤便得去,

方知官差不自由。

要知电话所说何事,且听下回分解。

第十一回　官商合作,银行老板捧[1]县长　公私两顾,上任县长写情书

话说老摩登正在龙厅听坠子入味,忽然,旅馆茶房跑得喘嘘嘘来了,看见老摩登,就说:“你老叫我好找！我到福地春,问跑堂的,才知道你老到这里来。省府秘书长来了电话,叫你马上回电。”

老摩登心里不大高兴,但是,也没有法子,只好一个人赶回旅馆,叫茶房叫省政府秘书处电话,接好了,老摩登请秘书长说话,那边儿说:“秘书长回家了!”老摩登问:“秘书长方才给我打电话什么事?”那人说:“秘书长临走时候说了,如若老摩登来电话,就说:秘书长说了,赶快上任,不可在大梁久留。”老摩登说:“知道了。”挂上电话。

老摩登回到屋里,一个人很闷,到西厢房找高云三科长,高云三正和王十八等四个人打麻雀。看老摩登进来,站起来,王十八给那两个人介绍说:“这位是舍亲河东省银行行长,张利吾先生。这位是河口金城银行经理武益我先生。”两位都和老摩登很亲切的握了手——老摩登自作官以来,从来没有握过这么亲切的手。

老摩登说:“不要耽误打牌,我还是在旁边儿看着。”

---

① 原文为“棒”,疑为排印错误。

四家儿又打了起来，他们四位是打的十二分纯熟的，一面打，一面谈话儿。武益我经理说："河口离鄜坞县只有八里地，历任县长星期六和星期日，都到河口去玩。您到任以后，请赏光。我们行里的房子是河口第一，厨子是从北平请的，您愿意吃，喝，唱，乐，都可以，来口鸦片烟也有，要女人陪着，一叫就来，好在离县只有八里，而又不是本县，既不算出境，又可以大乐特乐，再好也没有了。您千万不要客气！"

"啪！"高云三打出一张白板，武经理忙问："什么？白板？碰！"

省银行行长张利吾，接着说："您县里的田赋杂税收进来，不要老放在铁柜里，防备闹贼，可以存在金城，给您二分以上的利。您要向厅里解款，给我一封信，十万，八万，一二十万，汇水一文不收，您可以剩下解费吃下利息，金城也可以有几十万周转的款，官商合作，乃两利之道。"

"而且，武经理在那一带很久，地面上太熟了，有什么花钱托事的，也还可作个大媒，好在不喝您那位东瓜汤！"说的老摩登也笑了。

张行长忙着抓牌，又忙着说话，抓来一张好的，赶快插在牌当中，打出边儿上一牌，接着又说："如若您往家汇钱，平津都有金城银行，不收汇水。如若您做买卖，打听行市，我经纪牙行，转运公司，即或挪用点儿款，也都可以。如今这年头儿，非官而商，商而官不可，您的心眼儿，也要活动些。而且——"

张行长又抓了一张牌，马上打出去，腾出嘴来再说："这鄜坞县临近怀庆府，出产怀山药，地黄，枣皮，牛膝，一类药材，走遍全国，大作庄货，如若您找个人经营经营，沿途一切税局，检查机关，都可以没问题，如若加上县政府的封条，用颗县印，那走起来，就更方便了，

"鄜坞县出杏儿，运出去不方便，可以作罐头，收杏儿和用人工，都能用县府的力量，使他便宜，和税局子一说，又不上税，您自己不直接出名，谁也说不上什么来，此所谓生财有大道也！"

老摩登听了这一盘话，才知道这二位银行老板为什么握手那么亲切！

张武两位银行老板说了一大阵，老摩登没有回答什么，这时候薛爱莉回来了，老摩登回北房去睡觉，张武两位，九十度鞠躬，恭恭敬敬的，送出了屋门。

一夜无书，不必细表。

第二天起来，吃点儿东西，老摩登便去拜谒财政厅赵德威厅长，赵厅长很客气，口口声声："老兄以教授任县长，实可钦佩。"老摩登说："我今天来见厅长，我请厅里为我派个二科长，我听说厅长在河东推行近代财政制度，实为政治一大进步，我此次为国家之故，出任县长，心中毫无杂念，对于厅长此种办法，十二分赞成。虽然一般县长，都很反对国家整理财政，我以为这财政非整顿不可。而且，财政科长由省政府财政厅派来，这事情对于县长也很有利，只要本身没有毛病。现在，县长办交代既然如此的麻烦，何若财政科长由厅派来，县长不直接管钱，以后换县长不换科长，县长上任接一颗印，下

任交一颗印,问问自己是否挪用了公款,如若没有挪用,拿起腿来就走,这有多么轻快,免得拖泥带水!

赵厅长说:“您老兄一心为国,我是信宗教的,一心为上帝,彼此相同。不过,如若的办法,政府财政厅只能派会计主任。财政科长是由县长遴选。”

老摩登说:“我情愿不自己遴选,请由厅里派,以为提倡,并且,希望这种制度,普遍实行。”赵厅长连说:“不行。不行。我的这些人都是考试来的,他们的底细,连我也不知道,如若派到县里作财政科长,携款潜逃,我也负不了这责任,还是你老兄自己找吧!”

老摩登没法子,只好离了财政厅,到古木白古老先生家里,对古老先生一说,古老先生说:“老弟既然有一个新作风,也好。这事只好这么办,博物院汪古樵先生,他有个外甥,直雾五,在某一个县里担任会计主任,可以由财政厅下令把他升调郿坞县财政科长,在法律上说是厅派,事实上也是你的熟人,在直雾五,上升一级,也很喜欢,可谓一举两得,三全其美也!”老摩登说:“好。”

古老先生又说:“你这班子如何搭法?”老摩登说:“科长兼秘书和二科长都有人了。三科建设科,既然原来有人,我不预备换人,免得一朝天子一朝臣。我到建设厅拜客的时候,那位秘书主任,对我板着面孔,半说情,半说命令的对我说,要留下这位三科长,我很讨厌他。我不能因为他这一说,便不换,我也不能因为他这一说,便换,我到县看看这人,如若没有太大的毛病,能对付继续,总以继续为是,不应当大变动。”古老先生一面摸着胡子,一面点头,嘴里说:“也好。也好。”

老摩登说:“我想用几个人,没有在县里作过事的,将毕业大学生担任收发和庶务,因为他们是一张白纸,还不会作弊,或者可以没有弊——临时现学也来不及,而且,他也学,我也学,我是先生,总比他们学的快些。”古老先生半天没有言语,脸望着天花板,仿佛想什么似的。

想了足有五分钟,古老先生说:“庶务或者还可以,收发不中,恐怕他们办不了。”老摩登说:“收发可以再找一个半内行协助着。”

老摩登和古老先生商议妥,又到财政厅和赵厅长一说,赵厅长乐得河水不洗船,答应了。老摩登回到旅馆,看各方面介绍信里,有一个安徽人,姓程名不识,二十多岁,在县府曾工作二年,便决定用这人协助收发。

这全部班子搭成了。

老摩登忙了很多天,忙的昏头昏脑,对于密斯黄连写信的工夫也没有,在临离大梁的晚晌,把里间屋的门关好,告诉茶房:“什么客人来,都说没有在。”老摩登点起灯火,来写情书,写的是:

莲!

你要宽恕我,像耶酥宽恕世界上一切罪人的样子,宽恕我。

我很恨我自己，为什么迟误了这么多日子，直到今天，离开大梁的前夕，我才能由污浊的烦忙当中，抢出一晚晌的工夫，来写这封信。

我报告你，一定要报告你：我在大梁十二分的忙。俗言有话："官差不自由。"到如今方才真正领略了这不自由的不自由法。但是，我们为了国家，为了四万万五千万人和他子子孙孙的幸福，向泥里跳，水里跳，血海里跳。

我知道你是愿意我跳的。因此我跳。我跳。我一定跳。我已经跳下去了。

你的爱，激动了我，使我不得不狂热，不得不兴奋。

我本不愿意做官，我一向很恨官，但是，我如今作官了，并且，一定要作下去，因为，你要我做的缘故。如若不是因为你愿意我作官，我早就离开河东，急忙跑到北平，来陪伴着你，并且，侍奉着你。

现在，我可以告诉你的，一切都在极不顺适当中，相当顺适。极不痛快当中，相当痛快。宇宙本就是这样儿不顺适中顺适，不痛快中痛快的进行着。运命的大轮，推动起我们来了。

我明天就上火车，赶到郿坞县，等到你看见这封信的时候，我早就坐在郿坞县的大堂上了。

我很愿意在郿坞大堂上拆读你那甜得像蜜一样，由邮政绿衣人带来的纶音佛语。敬叩南海观世音菩萨，救苦救难，大慈大悲！

老摩登拜启

给密斯黄写完了信，又想给老太婆写一封，但是，精力已竭，不能再写，只写了几个字：

老摩登拜叩老太婆万福金安，并恕无空写信之罪，赐函请寄河东省，郿坞县政府收。

第二天早晨，有郿坞县两个人来了，一个是政务警察队长汪国华，一个是第一区区员毛邦伟，他们两个人都是本地人，代表地方表示欢迎，并且，请示县长，哪一天到任，老摩登告诉他：今天下午就走。两个人匆匆忙忙的走出，打电话去了。

下午两点到火车站，因为什么人也没有通知，因而，也没有什么人来送，只有陈七爷和陈七奶奶，从薛爱莉那里知道了，他们夫妇两位，特别殷勤的来送。陈七爷看见老摩登和薛爱莉，光出溜儿的两个人走，大吃一惊，问老摩登道："你怎么没有带随从？"薛爱莉抿着嘴儿笑说："我就是随从。"陈七奶奶笑笑说："你这随从，到郿坞县不中，郿坞县长的随从，要拿手枪，并且，枪要打的好。"陈七爷又问老摩登："你买手枪了没有？"老摩登说："买枪办什么？"陈七爷"唉！"了一声，说道："你老先生有所不知，现在各县土匪闹的很凶。县长下马第一件事，就是剿匪。土匪出没，有时候，县城里有，作县长的，非带好打枪的亲近随从不可。不然，危险！危险！"

说的老摩登半晌没有言语，薛爱莉说的笑容儿也收回去了，面如土色，瞪直了一双杏核儿眼。

过了五分钟，老摩登方才问陈七爷："哪里去买手枪？"陈七爷说："县长可向保安处买二十响儿盒子，一发便出二十个子弹，仿佛小机关儿似的，我给您买。您从北平家来叫一两个亲近而打盒子好的人来。"

薛爱莉心里有些扑通，仿佛十五[1]个吊桶——七上八下，脸上颜色也转了，勉强挣扎上了火车，汽笛一声，把他们二人，又拖离了大梁。

晚六点，郑州换车，半夜里到了故乡县，因为没有一家能住的旅馆，在铁路工程师家里借宿半夜。第二天，又上火车，下午三点，到了河口。

一下车，"哈！"一个露天小车站，站满了迎接的人。老摩登和薛爱莉的脚将踏站台，接官号便吹了，接着军乐队大奏。

站台上整整齐齐的站着一支军队，老摩登和薛爱莉走了两步，一个队长喊："立正！敬礼！"老摩登忙脱帽回礼。薛爱莉笑的不知道怎么办才好，只有用她的粉红花巾，堵着她的嘴。

走过军队，还有长袍队，足有五六十人，一个个上前和老摩登握手，名片一大把交给老摩登手里。老摩登来不及一一招呼，只有连连点头而已。

出了站，两站两预备好了，队长骑自行车带盒子，在前引导道路，两旁每隔十步，便是一岗，老摩登和薛爱莉的车一过，便抱枪敬礼，夹道杨柳树，风儿一吹，好不得意人也。正是：

在京和尚出外官，

品七知县威风也！

要知后事如何，且听下回分解

第十二回　上任威风大，群看九尾妖狐　彻[2]夜枪声响，开讲十方土匪

话说老摩登，薛爱莉，和高云三，三辆洋车，沿着河口到郿坞县一条公路来走。这公路乃是河口一位美国传教士，用赈济的难民修成的，相当宽阔平坦，道旁柳树洋槐，因为是外国人栽的，老百姓和军队不敢偷着砍伐，已经长大成荫，洋车走在底下，风溜溜儿，也很舒服。县里练的壮丁队穿制服，布成岗位，一眼望不到边。路是静了，路上一个老百姓也没有，一辆车也没有，静悄悄的，在这肃静当中，表示出来一种庄严，一种威权。老摩登心里很得意，心说："到了县，方才知道县长的威风。在北平，不要说市

---

① 原文为"十八个"，疑为排印错误。

② 原文为"澈"。

长,就是大总统出来,也不能这种样儿!”

老摩登回头一看薛爱莉,薛爱莉噗嗤儿一笑。这一笑,仿佛是表示一种新奇心理,而这新奇心理乃是对于老摩登作县长得意的惊讶和赞许。

走了约莫半点钟,望见城墙。远望着城墙像蜿蜒锯齿似的,在大原野里的一个点缀,也还可以。一会儿望见城门便坏了。其实,这点坏仅仅是坏的开始。城门楼子歪着,破头烂足,柱子拆了,椽子掉了,前檐耷拉耷拉着。

又一会儿,进了关厢。

一进关厢,更坏了。有那么十个八个铺子,犹如齐伙小店一般,烟熏火燎,窗户门都是黑漆漆的,人也不是人——三分不像人,七分倒像鬼。

但是,这还没有坏到头儿,一进了破城门,比这更坏的印象又来了。

城里的路不是洋人修的了,一不是洋人修的便坏——非但是坏,而且坏的不得了。

洋车一过城门,便是一个大坑,“砰!”的向下一落,把老摩登,薛爱莉,和高云三,三个人的屁股都向下一顿,薛爱莉“哎呀!”了一声。老摩登向她一摆手,请她不要出声,以维持这新上任县长的尊严。

顿了屁股以后,便摇起煤球儿来了。道路坑坎不平,车东一摆,又西一摆,西一摆,又东一摆,摆来又摆去,摆去又摆来,人坐着的不舒服就不用说了。

城里面稀稀玛拉的有几家看着就倒霉,活着就出了殃的铺子。街仍然是用壮丁队来静着的,老百姓们都躲在巷子里或铺子里。

许多妇女们,用手指着新任县长。看完县长,看县长身后第二车辆上的薛爱莉。“哈!”这一看,可把她们吓坏了。薛爱莉转脸看那些县里的妇女们,也把薛爱莉吓坏了。薛爱莉对于县里的妇女们,是太可惊奇了,因为她们一生,也没有看见过这样儿摩登的女人!但是,薛爱莉的惊奇县里妇女们,和县里妇女们惊奇她,是一个样儿的惊奇,惊奇量的相等,放在天平两边,一定可维持绝对平衡。

那些县里妇女们一面看,一面说:“这位县长太太,太漂亮了。”又有的说:“太修饰了。”有的说:“一定是妖精。”有的说:“是狐狸精。”有的说:“是九尾狐狸精。”

于是,大家都怕起来,说道:“这县长恐怕不好,被九尾孤狸精给迷住了。”又有的说:“纣王宠妲己,就是九尾狐狸精,她每夜要吃人肉,她鼓惑纣王造酒池肉林,那肉林都是小孩子的人肉。”于是,每个妇人都抱紧了她的小孩子。

俗言有话:“官不修衙。”一进县门,“唉!”犹如到贫民窟一般,睁眼一看,破瓦,破砖,破墙,房顶子都透了天儿。

老摩登,薛爱莉和高云三,穿过了大堂,到后院,三合房儿,左右厢房是一二两科,中间是县长室。所有的屋子,连门帘都没有了,屋里是四下皆空。县长室只有墙壁上一个电话,孤苦零丁的悬挂着。厢房各有一铺土炕,乃是科长们安歇之所,县长室大概是用床,而那床也没有了。

薛爱莉"吆!"了一声问道:"这县政府怎么四室空空,昨日夜里被抢了吧!"高云三说:"不是。县政府是包干制,凡不是特请款买的东西,办交代的时候,旧任都要带走。如若我们用,要出钱买。"老摩登赶快说:"叫人对前任办交代的人说,门帘子和床先拿过来,我们今天晚晌好睡觉,该多少钱,我出!"

大家在屋中站了好一个时候,门帘,床来了,又借来一张桌子,四把椅子,大家方才坐下。想洗洗脸还是不能。

前任县长赵廉,早到凤翔去了。留下一位科长办交代,倒也还客气,当天晚晌头一顿饭,是前任预备,不用说菜,就是那碗和筷子,不用说薛爱莉,就是老摩登,也难以使用。一看高云三,肥头大脑,满不在乎,淅沥葫芦[1]的吃了三大碗。老摩登和薛爱莉都只吃了一个白馍,先把皮儿剥了去。

饭将吃完,还没有起席,外面"砰"的一声,震动天地,枪响了。接着"砰!砰!砰!"一阵排枪。接着,东西南北都"砰!砰!砰!砰!"响枪了。吓的薛爱莉大叫一声:"救命!兵变了。土匪来了。我们跑吧!"

高云三连连摆手说道:"不是。不是。这是民间防匪。现在各县,匪闹的很厉害,每个人家,每天夜里,都要有一个人,站在房子外,整夜的守着,看见哪方面有动静,马上"砰!砰"就放几枪,接着,街坊四邻也放枪,所以枪声是彻夜不会断的。这郿坞县在三省交界,黄河大堤附近是大土匪窝儿。在历史上说来,当年瓦岗寨就在这里,单雄信程咬金等响马,自来就凶的很,薛小姐生长北平,哪里看见过这个!"

薛爱莉问:"天天夜里都这样儿?"高云三说:"天天夜里都是这样儿,大年初一也是这样儿,因为土匪是不过年的——越过年,土匪绑票越绑的凶!"薛爱莉把舌头一伸,伸了五分钟,缩也缩不回去。

老摩登马上传见壮丁队长苟队长,政务警察汪队长,公安局范局长,没有一盏茶工夫,一阵皮鞋声音响亮,三位大军官进来了,向老摩登等三位,立正敬礼。老摩登站起身形,对他们说:"如今新旧交替,治安为第一,你们三个人要严紧防范,十分重要。城防责成壮丁队,城内归公安局警察,县府警备由政务警察队。"三个一齐张嘴,答应了一声:"是!"

政务警察队汪队长,人比较聪明,他开言道:"县长新到任,县城和县府治安十分重要,而且太太也来了。"

薛爱莉脸一红,汪队长以为她是害羞,接着又说:"政务警察共有二百多名,除去出差,传人,催粮,也还有一百多,县府前后门加双岗,后院县长室前面再加个小岗,整夜不撤。"老摩登点点头,三个人都出去了。

"砰!砰!砰!"又"砰!砰!砰!"枪仍然是一个劲儿的响,而且,永久继续的响,

① 原文为"淅沥葫芦",意即"唏哩呼噜"。

小说

仿佛正月初一过年,家家户户放爆竹似的。但是,这枪声比起炮竹是太响了,尤其对于从来不大听见,或一生压根儿就没有听过枪声的薛爱莉和老摩登,枪一响,他们便一抖擞,枪又一响,他们又一抖擞,震的五脏,六腑,肠儿,肚儿,都是痛的。枪声对于他们,是那么糟杂,可怕,而又可恨的东西!

谁也不敢睡,其实,是不能睡,于是,老摩登、薛爱莉和高云三,三个人围着桌子谈天儿——哪儿是谈闲天儿,乃是消磨时间,疲倦自己,并且用人工使枪声变的小些,其实,哪里又能小呢!

高云三,他在县里很久,满不在乎,他谈笑自若,没事人儿似的,说那匪的故事,他说:“自北伐以后,散兵游勇,到处四散奔逃,化而为匪,比辛亥革命以后的白狼,老洋人还要厉害。白狼起自河南,蹂躏陕甘,袁世凯好不容易,才把他平了。至于这直鲁豫一带,土匪出没,大杆儿也可以到十万儿,小杆儿万儿八千,千儿八百,百儿八十,十个八个,三五成群,到处皆是也!”

薛爱莉听的眼睛都直了,在她的脑筋当中,从来没有这些个,虽然这是普遍全中国的事实。

高云三喘了口气儿,接着又说:“这郿坞县因为没有山,还没有大杆儿的,那豫西一带,前两年,土匪破县城是常有的事。襄城县县城破了以后,土匪烧了半条大街,拉去几千肉票,许多在外面作事上学的人们,不敢回家,回到家去,要严守秘密,偷偷摸摸的,仿佛作贼似的,生怕土匪知道,拉了去!”

薛爱莉吐了吐舌头说:“苦哉乡间老百姓,我们在北平,南京的人,真是在天堂了!”

高云三说:“后来,老百姓也急了。因为官兵没有力量,他们自己组织起来,于是,有红枪会,黄枪会,孝帽子会等等。红枪会、黄枪会是用旧式木杆长枪打匪。孝帽子会才好笑呢!每人身穿白布孝,手执丧棒,仿佛死他爸爸似的,土匪来了,一齐跪下。你打他一下,他躲开了,仍然跪下,你到东,他东面儿跪着,你到西,他西面儿跪着。

也有一部分地方人,利用这种力量,造一种势力,县长便没有实权。比如彭禹廷在镇平,他以区长主持县政,县长除了照例支薪以外,只有睡大觉。一般的县,区长带来二百架盒子进县,也是常有的事。”

高云三说到十二点,大家疲倦了,便乘着这疲倦,各进自己的房间睡觉,但是,“砰!砰!砰!”枪声仍然是响,响,响,永远在响,响,响。

薛爱莉是整个儿的合不上眼,不用睡了,心脏“通!通!通!”脉搏跳的很快。老摩登眯了一个钟头,忽然外间屋,电话铃声大响。

门外站小岗的政务警察,接下耳机,一听马上报告老摩登说:“八十军庆营长请县长亲自接电话。”老摩登只好起来去接,那边儿说:“现在有土匪一股来到县城东南三十五里,把下官村占据了,县长赶快派队伍围剿。”老摩登哪儿敢怠慢,挂上电话,立刻派人去请壮丁队苟队长。去的人说:“苟队长睡了。”老摩登大叫一声:“胡说!有要紧公事,睡着也得起来。”又过了半个钟头,苟队长揉着眼睛,哭丧着脸来了。老摩登把土匪占据下官村的事情告诉他,并且,教他立刻率队出发。苟队长抖半天,说道:“恐怕没有那事吧!”老摩登说:“驻军打电话,一定有的。”苟队长又期期半天,说道:“现在夜深,天太冷,弟兄们不愿来,明,明……明天早晨再去吧!”老摩登说:“胡说!土匪占据村落,烧杀良民,老百姓盼救兵,犹如盼神佛一般,等明天早晨?明天早晨,土匪抢了一光二净,逃走了!老百姓出粮出饷,养壮丁队,俗言有话:养兵千日,用兵一时。见匪不剿,要你们作甚!”苟队长从来没有看见过这么认真的县长,心说:“这家伙头天上任,下马威可真不小,我给他个难题。”马上回答:“去是可以,只是没有子弹。”老摩登大声问道:“你们没有子弹,要枪作什么?”苟队长说:“子弹是由省里保安处买来,一向存县政府。”老摩登马上叫起高云三,告诉前任办交代的人,先交代子弹,前任交代的人说:“交代的手续还没有到,而且,半夜三更,也不好办交代。”老摩登可真气了,大骂一声:“你们这群害民的王八蛋,老百姓被匪杀害着,你们还他妈的手续,手续,手你妈的续,打电报到省里!”前任交代人一听打电报到省,怕事情闹大了。马上交出三千粒子弹,苟队长一见着子弹,喜喜欢欢的去了。

这一折腾,闹了一后半夜,到天亮,方才再睡,但是,仿佛有什么东西压在自己肩膀上似的,总也睡不着,昏昏一沉,醒来已经是上午十点了。睁眼一叫“密斯薛!”密斯薛不见了,非但人不见,连行李也不见了。正是:

佳人已如黄鹤去,

床头无被光溜溜。

要知薛爱莉去向如何,且听下回分解。

第十三回　薛爱莉一怕回北平　老摩登两度询匪情

话说老摩登忙了一夜的土匪,天亮以后,枪声有些儿稀了,方才睡着。醒来不见薛爱莉,很奇怪,为什么她起的这么早,又一见床上空空儿的,只剩下一张破席,连行李都没有了。

老摩登大吃一惊,赶快起来,问门外的政务警察:“薛小姐哪里去了?”政务警察说:“薛小姐一夜没有睡,天一亮就起来,让我叫辆洋车到河口去了,说要赶八点钟头班车回北平。”老摩登把眉毛一皱,也没有说什么,心里想:这一定是被土匪吓跑了。

老摩登回转房间,漱口洗脸完毕,偶一回头,看见桌子上有用自来水钢笔在很破烂纸上写的一个纸条儿,上面写的是:

小鸟拜上大鹏:

我是女流之辈,我是最弱的弱者,我胆小,我胆太小了。我怕,我太害怕了。

我怕枪。我一见着枪就发抖。我怕听枪声,枪声振动了我的五脏——心儿,肝儿,肠儿,肚儿。

让我们痛哭吧,中国!自由而开着烂漫之花的大原野,竟布满了抢夺,杀害和恐怖。生活在大原野的人们太可怜,整夜不合眼的警备着——身体上每一个细胞,都永远不得安宁一小会儿。

大鹏!你不是要打日本吗?我们先自己打打自己吧!让我们痛苦吧,中国!

我太渺小了。我的力量太微弱了,使我无论如何,也不能有太大的勇气。

我们回去吧!回到北平,回到世内桃源,回到无风无浪的大海,那里没有匪,没有枪,从落生直到死,都听不见枪声——嘈杂到那么可怕,而又可厌的枪声。

大鹏!回来吧!小鸟先给你开辟下回翔之路。

老摩登看完信,默默的,没有一句话,因为老摩登被土匪闹的,心也够烦的了。

把这破烂纸上的秀媚信,放在一旁,老摩登马上叫高云三科长通知各机关首长,和在县各绅士,到县府开紧急剿匪会议,又上呈省府报告到任,并叙述土匪猖獗情形,请保安处准购子弹二万粒,又打电报给驻军长官,请求与县壮丁队合力剿匪,又下令各区区长,转令各联保主任,马上抽集壮丁,组织区壮丁队和联保壮丁队,并派款三万元,作为购买子弹和壮丁队伙食等费……一直忙了一上午,直到下午一点半才完,迷迷忽忽的吃了碗饭。下午两点,各机关首长和绅士们,一个个长袍短褂摇摇摆摆的来了。开了三个多钟头的会,也没有议出什么好办法,一个个不是坐在那里,死鱼不张嘴,一句话儿也没有,就是乱说胡扯一大套。中国人是连会都不会开的,虽然中山先生第一部著作,《民权初步》,说的便是开会的方法。

会议完了,苟队长回来了,一立正,口称“报告县长,土匪已经肃清,用了子弹两千粒,报销。”老摩登问:“打下肉票没有?”苟队长一愣,回答:“没有。”老摩登又问:“擒来土匪没有?”苟队长又一愣,回答说:“没有。”老摩登说:“你这匪倒剿个干净,什么也没有。”苟队长说:“报告县长,我带队一去,大叫三声:新县长来到,决心剿匪。土匪一听,回头就跑,因为他们跑的太快,卑职我没有赶上!”老摩登点点头,说道:“弟兄们辛苦了,各赏大饼一斤,牛肉四两,休息去吧!”苟队长忙又立正,敬礼,谢赏,笑嘻嘻的走了。

老摩登闷闷不乐,晚饭也没有吃好。但是,太阳一西沉,黑影儿一下来,枪声又响了。老摩登十分烦恼,太烦恼这枪声了,恨不能马上出来,大叫三声:“不要响枪了!不要响枪了!不要响枪了!”

因为太疲乏了,在枪声里,老摩登也睡着了。虽然时常的惊醒,每睡四五十分钟,便一惊,接着:“砰!砰!砰!”枪声入了耳,老摩登把头向被窝里一缩,又睡了。睡着,睡着,仿佛外间屋电话又响了,一惊醒了,其实,电话并没响,仍然是“砰!砰!砰!”的枪声,老摩登又把头向被窝里一缩,又睡了。

就是这种样儿的睡法,睡了一夜,第二天一清早,便起了床,带着一个政务警察出县府后门,上了城墙,到城上一看,豁然开朗,眼前好一大片原野,疏疏落落的一座一座村落,加上几棵树一点缀,也相当的好看,远望卫河,蜿蜒,蜿蜒,犹如一条盘蛇似的,白亮亮的回环在大原野的一边。清早的凉风,吹到脸上,虽然有些寒冷,但是,也很舒服。尤其对于老摩登,这一心心火的人。

太阳出来了,天地都大亮,居高临下,从城墙看大原野,看的很清楚,仿佛一个芝麻粒儿都能看到似的。老摩登忽然注意到田地边儿上,成堆的洋火头儿——燃烧过剩下的火柴棍儿——很疑惑,便问政务警察:“为什么田地上那样多的洋火头儿?”政务警察说:“县长生长北平,有所不知,那是土匪的信号。土匪聚集都用洋火。漫荒野地,黑天半夜,一个亮儿,一个亮儿的,那都是土匪的活动线,如若你夜里上城墙,火虫儿似的,才好看呢?站在房上守夜的老百姓,一见这亮儿便放枪,他的邻居也放。整夜不断,密的像爆竹一样的枪声都是由这洋火头儿来的。县长你看,这小洋火头儿厉害不厉害?”说完,对老摩登一笑。老摩登说:“难道说,这土匪竟敢到县城边儿上不成?”政务警察“眯嬉!眯嬉!”着眼睛说道:“县城边儿上,土匪不敢来?城里面,土匪就绑票儿。在县长上任前三天,一夜的工夫,城里出了三个抢案。平常日子,米集上土匪,带着手枪走来走去,枪口露在外面,也没有人敢怎么样他!”老摩登“呕!”了一声,说:“土匪竟闹到这种程度!”

老摩登无精打彩的,下了城墙,沿城墙走了不远,看见一座操场便问:“这是什么学校的操场?”政务警察回答:“简易师范学校。”老摩登顺步进了简易师范学校的后门,到了校长室,校长高华听说县长来到,一惊非同小可,因为他的学校,从来没有县长到过,真如同天神降临一般,马上召集全体教职员,开欢迎会。在会上足一恭维老摩登,管老摩登叫太老师,他说:“我是河东省立师范学校毕业,我的老师们都是北平师范大学毕业,是县长的学生。”老摩登也顾不得听那些个,对大家说:“诸位是教育界,我也是教育界,诸位是鄗坞县人,我是鄗坞县长,我愿意问问诸位:这剿匪的方法如何?”这一问,问的一个个哑口无言。老摩登说:“匪害大矣!匪患深矣!诸位为地方,为自己,应当对于剿匪问题,各抒[①]己见,我以教授任县长,以身许国,为剿匪牺牲生命,亦所不惜,绝对用全力,克服一切艰难来作。诸位不应当过于沉默,过于旁观。”这话竟然激动了一个教员,他起来说:“我叫高明。我在北平朝阳大学读过一年半,我虽然没有上过县长的课,但是,县长是我们学校的兼任教授。我因为尊敬一位教授县长,

① 原文为“输”。

并为我们地方利益,说两句话。”

老摩登点点头,他又说:“我以为这匪可以不剿,因为剿还不如不剿。剿匪的壮丁队,根本上,他们就没有剿匪的能力。壮丁队的枪,是本地乡村老百姓的土兵工厂造的土造枪,一支只卖二三十块钱,打不了五枪,枪口便裂了,那是一根木棍,其实,还不如一根简简单单的木棍,拙实有力!

“至于土匪,他们有最新式,最好的枪——非但土匪,连老百姓都有最好的枪。非但有枪,而且,有机关枪,手提式机关枪,迫击炮,我们鄜坞县不是吹牛,辽军两师整个儿被鄜坞县老百姓缴了械,千寿木军长一个人骑匹马跑了,他的参谋长在铺子底棚上爬了一夜,第二天换便服跑的。”

老摩登“呕!”了一声,说道:“我们何不提取民枪,给壮丁队剿匪,取之于民,用之于民,我想,也没有什么不可以。”高明说:“那就怨官方,官方提民枪,已经不是一次了,非但提枪,而且提人,但是,编练成了壮丁队或保安队,无论什么名目也好,整个儿的拉跑了,补充正式军队。现在,再向老百姓要枪,老百姓只有买悍土造儿的对付你了!”

老摩登说:“我一定可以担保,政府不再拉走。”高明说:“那就要看你的力量如何?拉的人比你的位置大的多!”老摩登说:“无论拉的人位置多么高,我不听。上级政府下令,我都不听,宁可不干!”高明说:“如若有那么[①]大的硬劲儿,或者能办到,也未可知。”

小说

高明又说:“可是,话又说回来啦,即或有那股子硬劲儿,也还不容易成功,因为土匪的联络很大,绅士大地主们都通匪,所以被绑的都是中等户儿,至大不过是中上等户儿。许多土匪捕的太紧,把枪筒用腊封好,埋在绅士大地主家里,他们自己到天津,上海,大人海里一玩,玩个一年半年,官方松懈了,他们再回来,到绅士大地主家里取出枪来,再干。”

“这些绅士大地主们,一方面走动官府,一方面又交通土匪,还有的绅士大地主,本身就是匪,至少匪是他的副业。所以有人说,匪和县长一桌儿打牌,这不是不可能的。”

“至于县政府政务警察,县长随从,他们都能用帮会种种关系,互相联络,而通消息。县长要剿匪,命令还没有下,土匪便知道了,即或县长本人出马,也是白跑一趟!”

老摩登又“呕呕”两声大叫“哎呀!原来如此!如此!”

高明“嘿!嘿!”一笑,又说:“我再告诉县长,你一句话,这匪可以整个不剿,老百姓也不愿剿匪,所以他们被抢,被绑,被杀,被害,都不报案,因为剿匪人的害民,至少是不下于匪也!”

---

① 原文为“那们”“那门”混用,为保持前后一致,统一改为“那么”。

老摩登忙问:“此话怎讲?”高明说:“不说了。再说我的命便没有了。老师初次作官,心还热着,其实,中国事儿,怎能那么样儿的热,越热,越难过,再热便疯了!”

老摩登“唰啦!”一下,眼泪流下来了,全桌教育界,有一丁点儿良心的人,也都哭了。

老摩登忽然灵机一动,说道:“我们散了吧!”

大家散了以后,老摩登对高明说:“我到你屋子坐坐。咱们都是北平出来的。”高明自然是很喜欢,说道:“老师抬爱,你赏光,不敢当。”老摩登说:“你我师生,不要客气。”

老摩登到了高明屋里,一个中学教员的宿舍,一张床,一张桌子,一张椅子,以外什么也没有了。老摩登一歪身,歪在高明的床上,问道:“老弟!为国家,为地方,你我师生之谊,特意专诚请教,不要隐藏一点儿。请问老弟,剿匪人怎么会比匪还要害民?”高明出屋门,看了看,没有人,把屋门关上,悄悄声儿对老摩登说:“我举个例子,您就明白了。拿苟队长来说,他每月薪水才十二块钱,他当了一年多队长,买了三百亩地,并且又娶了两个太太,都是女学生,我们简师毕业的女学生。”

老摩登忙问:“每月十二块钱怎能发那么大的财呢!”高明噗嗤儿一笑,说道:“这里面便有文章了!平常日子,壮丁队的伙食,他从米面铺那里,便扣了钱,一个月吃五块钱,至少他要赚一块五,壮丁们连咸菜都吃不着,如若叫他去剿匪,那就得了劲儿。匪是一个也捉不着,在村子一住,一吃,天天肥酒大肉,保长派款伺候着,打听哪家是土财主,暗中派人把手枪向他家柴堆底下一放下,接着便来搜查,一搜,搜出手枪,带到队部,毒刑拷打,灌凉水,灌煤油,灌辣子油,足收拾一大阵。”

老摩登把牙一咬,骂道:“如此可恶!”

高明说:“老师您先不要骂,这可骂的还在后头呢!”

高明接着又说:“把土财主足收拾以后,然后有人出来托人情,一张口,不是一万,也是八千,来买一条命。”

老摩登说:“他也没有杀人之权。”高明说:“他虽没有杀人之权,但是,一收拾,也收拾个八成儿死。而且,送县入监,即或官司打好了,释放出来,也要花万儿八千,还不如在他手里花了省事,老百姓也有他的算盘!”

“收拾完几家老百姓,再把子弹卖给土匪,回来一报销又发一笔财。”

老摩登“呕”了一声,方才明白,为什么苟队长看见发子弹那么欢喜,接着又问高明:“他如何把子弹卖给土匪,难道说,土匪还能和他交涉生意不成!”高明哈哈一笑,说道:“不用土匪交涉,保长就替交涉了。”老摩登赶快追问:“保长也都通匪?”高明说:“保长不但通匪,而且是匪的保长,保长为匪作事,比为县长作事还要快些,而且好些。”

“您不知道,匪有防区。匪也剿匪。匪也派款。一杆儿一杆儿的匪,都有一定的势力范围,这是他的防区。如若这区外的匪前来绑票,本防区的匪还要剿匪。一个土匪被捕了,在县政府花一万两万,才得出来,这款要出在老百姓身上,匪也要派款。保长为他把款派了,还要唱三天大戏,庆祝土匪出监,然后用铜盘子,红绸子,把钱恭恭敬敬的献给匪首。至于为匪买子弹,那更不算什么了。”

老摩登听过这段话,那份儿气,就不用说了。回到县府,便打电话给驻军庆营长说:“城南一带,匪势很盛,敝人初到任,情形不明,请求贵军,偏劳一下。”那边答应了。老摩登心里很喜欢,心想,驻军一定比壮丁队好些,谁知道恰恰相反,这一剿匪不要紧,剿了个:

天翻地覆,日月无光,

男哭女泣,鬼神皆惊。

要知详情如何,且听下回分解。

第十四回　练新军,龙军长荐队官　提民枪,老摩登初行令

话说老摩登到任鄜坞县,土匪闹的很凶,对于壮丁队又不信任,只有请驻军剿匪。驻军庆营长接着电话,马上答应派队前往。

军队由河口出发,经过县城往南,半个月的工夫,直走到县境南头,又开了回来,老摩登心说:“这一回可把全县的土匪荡平了。”但是,过了没有十天,土匪又闹起来了,这一回闹的更凶,白天就抢,在戏台底下就绑票。老摩登心里,越发的烦闷了。

独自一个人儿,在城墙上溜达,转到简易师范学校的操场,又遇见高明,老摩登一招手,请他上城。高明上到城墙,问道:“老师近来可好?”老摩登“唉”了一声,说道:“土匪把我闹的头都昏了。我也曾请驻军去剿,不知怎的,剿完又闹起来了,而且,闹的更凶。”高明一笑,说道:“军队是不能剿土匪的,大杆儿,几万人,几千人的土匪,军队的扫荡工作还有用,但也不过化整为零罢了,仍然不能完全消灭。至于十个二十个,百八十个的小匪,军队便没有用。如今鄜坞县的匪,都是这种小匪。军队对于他们,便如同宝剑砍苍蝇一样,一点儿效果也没有。”

“不信,老师去问剿匪的驻军,他们是一个匪毛儿,也不会摸着的。土匪占在某一个村子,他的党羽,在村子外面黄豆田里,铺上双褥,盖上双被一睡,有的连女子都带着,军队一来,夜静了,在一二十里长外都可以听见,用手电灯向村子里一照,村子里的哨匪,便知道了。军队还没有到村子前门,土匪骑上快马,带上盒子,便从后门儿跑了,马又快,道又熟,一下去,就是几十里。”

“军队一进村子,土匪是一个也没有拿着,但是,这群丘八爷挨门挨户一搜查,老百姓家里,什么好东西都是他的了,甚至于强奸妇女,勒派款项,至于吃喝供应,还在其次。军队走后,土匪报仇,闹的更凶,老师积德,以后万不可再请军队剿匪了。”

“唉!”老摩登叹了一口气,说道:“这事情可真难办!”高明说:“要剿匪还是地方力量。老实说,保甲要真办的好,匪自然根绝,可惜中国的官事,永远是假的,连个真户口都没有,还说得上什么保甲!所谓保甲也者,也不过把以前叫乡约地保的坏蛋,改个名儿叫保长罢了。事实上,连甲长都没有。”

“但是,说来也太可笑,县政府还有个统计员,省政府有令不许统计员干旁的,专门统计。统计什么呢?统计户口异动,人事登记等等,其实,这些东西,都是假的,县里向区里要,区里向联保里要,联保向保长要,保长每月胡开一气,开上来统计,统计送省,省政府又有个统计室,又一统计,又一绘图,印成单本,花花红红,好看人也。其实,压根儿就是假的!”

高明又回到本题说:“保甲虽然办不好,但是,剿匪仍然要在地方上设法。老师!你请想,凡是土匪在某一个村子绑票,那一个村子里一定有通匪的人,他们叫线儿,没有线儿,土匪如何能知道某一村子里,有可以绑的人?而且,绑去了人,要有说票儿的来回讲价儿,这说票儿的也不会太远,而且,和本村人,也有连线。所以一个村子里有人被绑,一定和本村人有关系。至于本村人是谁,同村的人一想,也可以想出个八九不离十儿,因为乡村和都市不一样,在都市里,同一个巷子,对门儿,彼此不往来,都可以互不相知,乡村不然,生生世世,辈辈儿在一起,谁家的炕向哪头儿搭着,全村都知道。干这种事情的人,不过是几家流氓,破落户儿,大家都能猜得出来。不过因为官方没有是非,把好人当土匪来诈财,真正土匪拿不着——即或拿着了,花几个臭钱,便可以出来,出来以后,土匪报仇,可凶咧,杀了你全家满门,老百姓恨官怕匪,因而不说。甚至于被绑,花了钱,破了产,家败人亡,也不报案——不报还好,一报,麻烦来了,是非也多了!”

老摩登长叹一声,说道:“不想事情这么难办!照这样儿看来,剿土匪,维持治安,都不容易,还谈得到什么组织训练民众,抵抗日本人?一切都是假的,事事都是假的,办了也没有用。上层以为什么什么都办了,以为什么什么将来打仗的时候,都有用了,事实上,是一场空,将来岂不太危险——一定误事,一定误事无疑!”

高明也说:“事情哪里有想的那么容易!我在北平时候,也听见许多学者名流演讲,说的头头是道,其实是纸上谈兵,他们的理想也很高,动不动英国,又动不动美国,他们没有看见中国。也许他们看见过中国,但是,他们所看见的中国,是另一个中国,楼上吃喝玩笑乐的中国!”

高明越说越放开的说:“自古说书生无用,书生误国,其实如今的书生,还不如古时的书生。明清的八股老先生,一肚子的子曰学而时习之,固然无用,但是,那是基本思想,一生的作人标准。在实际技能上,他们固然是一丁点儿的知识也没有,但是,他们第一任作官,十九都是县长。我听我爸爸说,从前读书人由秀才而举人,而进士,进士的前些名入翰林再读书,这回读的书,便是有用的书了,所以,真念书是科举以后的事情。其余大多数都外放知县,这叫老虎班,资格最硬,有缺即补,快得很。这些位八股子曰出身的老先生,作一任知县,便什么都明白了。唐宋官吏,多由县尉出身,县尉仿佛而今警佐。秦汉官吏,多由秩,啬,史,亭,出身,仿佛而今区长,联保主任,下层情形就更明白了。曹操由洛阳县尉作到丞相,刘邦由泗上亭长作了皇上,萧何乃是县府人事科长。而今的念书人从高小就离开乡村到县城,中学要进省,大学便是北平、南京,又出洋一喝海水,至少离乡村一十八载,和薛平贵征西一样儿久,回来以后,满嘴洋话,连一脑袋黄泥土的爸爸,看着都不顺眼,不用说一嘴黄牙板儿的老婆了,他们硬说巴黎的月亮,比中国的月亮好,硬把中外书本儿上的东西,在现在中国来行,如何能行?”

老摩登连连说:“是!是!是!老弟说的是。我很悔恨在大学政治系里,对学生讲那些生硬不化的东西,对于实际情形和有用技术,一点儿都不知道。我知错了,我认错了,求上帝宽恕我,误人子弟,误了国家,终日高调,应当打屁股!”

高明怕他不高兴,他又说:“老师不必烦恼。老师以特达之知,被蒋委员长赏识,而要一个县长作,实为伟大。我爸爸又为我说了一个故事:在民国初年,黎元洪当大总统的时候,他有一个革命老朋友,姓孙,也一心想作县长,有一天,河北省长来见,黎元洪说为他介绍一位朋友,并且要作县长,那自然一说就成了。省长说最好给个厅长或道尹吧!但是,那位孙先生不肯,省长连说:受屈!受屈!马上发表河北定县。便是而今平民教育促进会作实验的定县,他老先生作县长,自然与一般人不同,所以定县也比其他县好得多,后来这位孙先生一跃而为省长。龙岂池中物,但池中亦有龙升起也。老师才能和热忱,必能克服一切艰难,前途岂只省长!”

无论什么人,都喜欢恭维,这一恭维,把老摩登恭维舒服了,立刻喜笑颜开的说:“老弟过奖,愧不敢当。我倒不盼作什么省长主席,如若能为国家效一点儿力,为老百姓谋一点儿幸福,精神上十分痛快。”

高明说:“这便难得。我常问老百姓,如今的县长比清朝的知县如何?他们说,不如。我又问不如的地方在哪里?他们说:现在最好的县长,也不过是能推行公令就是了,以前的县长是为国为民,而且爱老百姓,所谓爱民如子,如今一个爱的也没有,求他不害民,已经够了。至于真爱国,在中国可以说一个儿也没有——有也是在口头上,最大不过是心里头想着,至于工作上,一天二十四小时,不为自己而为国家的有几点钟?几分钟?几秒钟?大家自己想想,便可以知道了。”

人是怕刺激的。老摩登受了这番刺激,道谢高明,口中说道:“我为国家之故,下决心,无论如何,一定解决这剿匪问题。”高明说:“有志者事竟成,以老师大才,倾全力以赴百姓之疾苦,苍天保佑,一定成功!”老摩登也说:“苍天保佑!”彼此拱手而别。

老摩登下城墙,回到县府自己的屋里,躺在床上想,一面想,一面自言自语的说:“靠自己!靠自己!只有靠自己,严查户口!严编保甲!严查户口!严编保甲!这还不够。这还不够。”

“我一定编练新地方军队,这军队要在本质上发生变化,非但不是现今的壮丁队,而且不是现今的正式军队,比现今的正式军队还要好。我要学曾国藩当年练湘勇,滑弁游卒,营混子,一概不要。把旧壮丁队一律解散,连官带兵,全都教他们走之。我另提新枪,我另抽壮丁。枪也要好的,不好的不要,壮丁也要良民,非良民再送回去。我自己督练,操场讲堂,讲堂操场,训练了技术,训练精神,思想一致,然后可也。”

“对。对。对。我办。我一定办。我就那么办。”

“此次练新壮丁队,乃是县的新基本武力,我个人事业之始,一定要十二分认真。技术训练至少要和正式军队一样。军官是基干的基干,训练的人,人选太重要了,那苟队长一定不用——非但不用,而且要想法枪毙他。

“这人选太难了,我一向教书,又不认识那种人。乱荐的人是不中的。”

“这倒难了。这倒难了。”

老摩登绞脑汁,绞脑汁,绞啊,绞啊,忽然,灵机一动,说道:“有了,有了,前者路过故乡县,听说八十军龙军长驻在那里,长城之战,我到喜峰口劳军的时候,曾和他有一面之缘,他好看报上我和老太婆的文章,见面十分客气,我想,求他派一个军官来任队长,一定成功,一定成功!”

老摩登喜欢,喜欢极了,喜欢的两只手都拍不到一齐。

第二天,老摩登由郿坞县动身,到河口,上火车,下午到故乡,离车站二里,一座庙里,看见了龙军长,他乡遇故知,十分欢喜,说明来意以后,龙军长满口答应着说:“不要紧。此事完全在我身上。过几天,我这里选一个人,派到你那里去,你可以用他当队长,那一带都是我的驻军,我写信给他们,叫他们好好的协助,你索性把旧壮丁队解散了,压根儿练新的,也好。”

龙军长又十分亲切的说:“你先生以教授任县长,定然与他人不同,但是,进行不可过骤。我带兵,年年月月走县,县里的事情很知道。新式人作县长,十个有九个半走不通。大学教授当县长,你先生可以说是第一人,在你先生以前,大学毕业学生当县长,已经很不多见。我在河北,有一个大学毕业生当县长,一切都办不通,公安局长同他捣乱,发电报到省里,电报都打不出。他急了,自己进省,半路上被公安局长害死!我驻军在那里,逮捕了那公安局长,说什么我也把他枪毙了!”

老摩登说:“军长可以说是力持正义。”

龙军长说:“你先生的地位,自然不会有这种事情,但是,戏要有人唱。戏要是没人唱,晒了台,事情便不好办了。”龙军长这话,便埋伏下老摩登后来找不着人的张本。

老摩登谢过龙军长,回县以后,便下严令,从民间提枪。命令下去以前,先把各城关职员全体,城关联保主任,保甲长,当地绅士,学校教职员,学生,一齐召集到公共体育场,开扩大纪念周,当场宣布着说:

“我今天要开始办事。办的第一件事是提枪。”

“我的办事有一种主义，名叫牛头主义。所谓牛头主义者，说办就办，一定要办，说死也办，办不到就死，死了还办。换句话说，非办到不可也。以前所谓官僚办官事，没有种精神，敷衍敷衍，对付对付，事情的不成功，都由于此。我这次提枪，不成便死，在我死以前，一定要把阻挠我的人先弄死。诸位如若不听，押你们，打你们，杀你们的时候，可不要怨我也！”

说完，便下令，高云三科长先起个稿，用官事套儿一套，老摩登看着松来瓜鸡的，一点劲儿也没有，老摩登自己拿起笔来写，写的是：

为令遵事：民之苦匪甚矣，故剿匪为今日第一急务。但剿匪必须练兵，练兵必须提枪，枪必精良，然后有用。今各保以土造枪应官差，不能连发五响，而匪之枪，皆十分精良者，何以剿之？匪不能剿，要兵何用？兵既无用，粮饷岂不虚縻？粮饷亦百姓之血汗也，倾血与汗于无用之地，不亦大可惜乎？

本县长到任伊始，决心剿匪，先提钢枪，每保四支，全县五百四十九保，共提两千一百九十二支，以供壮丁队之用，限七日一律缴齐，如到期不缴，或仍缴土造，即以贻误戎机，阴滋匪类论罪。保长联保主任办理不力，先押家属，再押本人，非至钢枪缴足，绝不开释。

本县长一片为国为民之心，誓成救国救民之业，命令必行，威信必立，言出法随，决不宽假，与过去一切长官敷衍公事者不同。昔吴起有南门令，商君徙木以立信，重一奸之罪，而止境内之邪，何乐而不为之？如仍本一向对付之故技，必有苦痛之后果，勿谓言之不预也。切切此令！

命令一下，大家纷纷议论，有的说，这是下马威，有的说，还是官样文章。胆小点儿的，主张把钢枪拿出来，胆大儿的说，还是不拿，拿了去就拿不回来了。

在命令下后五天，老摩登正在县长室睡午觉，忽然外面一阵喧哗，许多军队吵闹声音里，传达报告省保安队王团长来见县长，并且，缴了壮丁队苟队长和他随从的械。老摩登一惊非同小可，正是：

正在筹械练兵日，
忽然闹出乱子来。
要知后事如何，且听下回分解。

第十五回　挽官风，牛头主义　写情书，恋爱哲学

话说老摩登听见门外一声大乱，继而传达报告：省保安队王团长来了，老摩登忙说：“有请。”

老摩登到客厅，一看王团长全副武装，后面跟着几十名武装保安队，手里都卡着盒

子枪,子弹已经上了膛,老摩登一看,就知道情势严重。苟队长赤手空拳,耷拉着脑袋,在后面,两个卡盒子枪的紧随着他。

王团长坐下说了几句闲话儿,把老摩登拉到里间屋,拿出一张纸,乃是省保安司令的命令,命令上说:苟队长残害良民,剿匪诈财,由保安队协同县政府,逮捕押解来省。老摩登一块心才放平了,并且心中暗喜,想不到这小子自作自受,竟有如此结果,省得我收拾他了。

老摩登点点头,请王团长把他带走。

这事情没有一天的工夫,传遍了全县,大多数老百姓,都说:"痛快！老天爷还有眼睛。"作恶的人一个个担心害怕起来。这一怕,提钢枪的事就容易办了。

提枪令下后第七天,老摩登在公共体育场,扩大纪念周上收枪。城关十保,有七保交的都是钢枪,老摩登说:"好！如期呈缴,传令嘉奖,并通知全县。"第八保就出了蘑菇,他说:"我这一保里根本没有钢枪。"老摩登说:"胡说！土匪闹的这么凶,谁家没有钢枪,谁家就不能在如今的郿坞县住着。他们每天守夜,用的是什么?"问的保长哑口无言。老摩登又说:"你没有钢枪,我有监狱。左右！拘票带来了没有?"左右回话:"报告县长:带来了。"老摩登填拘票盖图章,交给政务警察汪队长,叫马上将他儿子逮捕收监。限他三天,缴钢枪释放,再没有钢枪,押他本人。

这一下可把保长们吓住了。第九保和第十保的保长,磕磕巴巴的说:"……县……县县长！钢枪有……有……有。今天没有齐。请……请……请县长宽限。"老摩登问他:"什么时候齐?"又磕磕巴巴的说:"下……下……下午。"老摩登说:"好！等你下午。第一次,下不为例。"

枪,收完了,老摩登演说:"所谓官事的毛病,就是敷衍,敷衍就是不认真。不认真就是不力行。中国所以积弱的原因,就是因为不力行。蒋委员长讲力行,讲实干,硬干,苦干,快干,是很针对中国官场毛病,可惜,并且可恨,那些跟随蒋委员长的人,嘴里说力行,力行,事实上一点也不力行,嘴里说实干,硬干,苦干,快干,事实上,一点也不干——也许干,而干的都是那些不应当干的。

"我们一定要力挽颓风,力矫时弊。这便是我的牛头主义。所谓牛头主义者,力行而硬干也。命令不轻下,下则必要行。法令如毛而件件皆伪,乃今日大病也。

"治乱世用典刑。姑息所以养奸。韩非子说:严家无悍虏,而慈母有败子,吾以此知威势之可以禁暴,而德厚之不足以止乱也——轻刑罚,民必易之,犯而不诛,是驱国而弃之也。犯而诛之,是为民设陷也。

"以我看来,天道有生必有杀,人道有爱必有恨,知生而不知杀,知爱而不知恨,据我看来,生之适所以死之,爱之适所以害之,剿匪是何等事,岂可敷衍?对于匪焉有客气之理?"

"不只剿匪,我的一切政令,都是说办一定要办,诸位一定要痛改前非,不可虚伪搪塞,虚伪搪塞的玩意儿,一遇见我这牛头主义,就粉碎了。”

“我是牛头主义者。事事牛头,即或我的牛头掉了,我也一定牛头!”

这一片话,说的各机关职员都一吐舌头,暗说:“这小子牛劲可真不小。”又有人说:“这牛劲县长的九尾狐狸太太一走,劲头儿更大了。”

老摩登用这一股子牛劲,只有半个月的工夫,竟把两千多支钢枪都要来了,老摩登那份儿喜欢,就不用说了。

这是老摩登牛头主义第一次成功。

又过了几天,龙军长派来的张得胜队长到了,老摩登更是喜欢,马上又下了第二道命令,各保提二十到二十四岁壮丁四名,来县受训,身长体重,都有一定规定,并且,要安善良民,不要流氓,土棍,营混子,凡是在队伍,尤其县里队伍住过的,一律不收。送到以后,由县卫生院,壮丁队部和县长本人,作三次检查,并且个别口试。这回选的壮丁,体格和性格都好,一水色大高个儿,像大姑娘似的,十分安稳,人人都夸这郿坞县的壮丁队,好样子。

二千一百人分为四个大队,一个特务队,每大队五百人,特务队一百人。每大队分为五中队,每中队一百人,每中队分为三小队,每小队三十二人,四人为勤务和号兵,每小队分为两班,每班按最新陆军编制,为十六人。

特务队是县长个人的卫队,出入随从县长,也是军官训练团。凡是壮丁队的军官,都由特务队放出来。特务队在县长左右,和县长见面的机会很多,县长可以作详细的考察,放出去作军官,和县长也有近密的连系,所以县长命令一下,如身之使臂,臂之使指,机构十分灵活。

训练和正式军队一样,每天上下午四小时操场,一小时讲堂,其余是各种勤务活动。从基本动作起,到营团教练。老摩登每星期上两次讲堂,一次班长以上个别谈话。每天早晨五点,全县各机关,学校,一律在公共体育场升旗,早操,并听精神讲话,都由县长亲自主持,亲自演说。

特务队一百名当中,四十名马队,六十名自行车队,每人都配中正式步枪一只,盒子枪一只,大刀一把,共三件器械。每天早晨县长出来,到公共体育场,马队和自行车队前引后拥,也很威风也!

县城以外,每联保成立联保壮丁队一班,十六只钢枪,每保红枪壮丁队一中队,一百人,全部受区长指挥,区长可以集中训练,或分别抽查。

将将布置完毕,人报省城陈七奶奶打发人来,并有信一封,拆开一看,上面写的是:

我们的大鹏:

你是我们烂漫之园同志公认的大鹏,因为我们是一群鸟儿,你所说的,世界上最自由,最解放,在大自然中无拘无束,飞来飞去的鸟儿。

自然,我们这样鸟儿也不一样,薛爱莉她自己说她是小鸟儿,小鸟儿自然倒是小鸟儿，但是，我以为至少也是小凤雏儿。而我呢？是老鸟儿了，至少也是老乌鸦——不，在您心中，也许是老喜雀吧？虽然我没有梳着喜雀尾儿的头——大鹏你知道吗？在几十年前，妇女们大多数都梳着一种头，在脑袋后撅撅着，她们叫他喜雀尾儿，如今没有了，我们家用的老妈子，还有的梳着。

大鹏太叫我们惦记着了，因为他身入匪窟，而没有一点儿武装配备，虽然，他的爪，他的像垂天之云的翅膀，可以保护他自己。

陈七爷，这另一只老乌鸦，他特别关心大鹏，他在省保安处，替大鹏买了三十二只一发二十响儿的盒子枪，是给卫士们用的，又在一个朋友那里，借来一枪一发一百二十响的勃朗宁，小怀中手枪。这位朋友，在驻法国使馆作武官，这只勃朗宁是法国人送的，最新式的秘密武器，你把子弹匣子插上，一勾枪机，啪！啪！啪！啪！啪！一百二十颗子弹，一齐出来，比机关枪还好，如若你手举着枪，把身儿一转，有几十个人围着你，他们都会立刻丧命的。可是，它又那么小，小的您可以把它放在口袋里，这是一个文人用的，很理想的自卫武器。那位朋友，因为乌鸦——不，因为大鹏的缘故，愿意无限期的借给。

另外，我还给你介绍一个卫士，此人名叫刘高手，他盒子打的很好，一举手，天上乌儿便打了下来，不亚于当年小李广花荣也。敬祝

大鹏胜利！并问你的小鸟儿好。

老乌鸦拜上

老摩登一看这信，笑的前仰后合，这是到郿坞县以后第一次的真笑，心说：“陈七奶奶，这半老的老婆娘，真会说话，女人里真有聪明，有才的。

一回头，旁边站定一个人，身量高大，一脸黑红肉，大麻子，看着便十分勇猛。老摩登问道：“你是刘高手吗？”那人大声说道：“不敢，小人姓刘。”说的声音很高，高的振耳朵，但是，又很恭顺，可以知道是久作卫士随从的人。

老摩登又说：“听说你枪打的很好？”说话中间，一只乌鸦飞到头上，老摩登只见那人向袴带上一摸，向外一甩，“砰！”的一声，乌鸦落下了地，院子里站着的政务警察、传达等人，一齐叫“好！好枪法！”老摩登也说：“好！你可以给我当特务队长。”刘高手马上一鞠躬，说：“谢谢县长赏饭吃。”

刘高手身旁立着一个大皮箱，说话之间，刘高手把皮箱打开，里面是二十响盒子三十二只、一百二十发勃宁朗小手枪一只。那一百二十响的勃朗宁小手枪，和普通勃朗宁一样大，只有几寸长，但是，它附着有一个马蹄形，弯而长的子弹匣子，把这匣子插在枪上，子弹由匣子流到枪膛里，一百二十颗，可以一个接一个的从枪口打出去。如若不插上这子弹匣子，便是一勾打一颗子弹，要多要少，全随人意。老摩登十分喜欢。

老摩登把一百二十响勃朗宁，自己带起来，作为随身武器，把三十二支二十响盒子

枪，拨给特务队，组成一小队特种手枪队。

当天下午，高明来到县府说："因为县长决心剿匪，本地有个户儿家，情愿把当年所缴辽军轻机关枪两架献上。"老摩登把这两架轻机关枪也拨给特务队，成立一个轻机关枪小队。从此，老摩登的基本武力，相当可观了。

当天晚晌，老摩登在煤油灯底下，那么黑暗不明的煤油灯底下，写给陈七奶奶的回信。老摩登觉得陈七奶奶虽然是三十边上，半中年妇人了，但是，她那么会说话，又那么会办事，说的那么好听，办的那么痛快，而且有用，使人太舒服了，太喜欢了，太高兴了，也太快乐了。佛兰克林劝人结婚要娶老一些的女人，很有道理。于是，老摩登聚精会神的，写这封回信，写的是：

我们的老孔雀：

我以为你是孔雀，因为孔雀有太美丽的羽毛，张起来有多么好看哪。

"老"字是不是不大好哇？我想，您是看过佛兰克林的老情人哲学的。佛兰克林，这位大哲学家，大科学家，大发明家，大政治家，大印刷家，大新闻记者，他劝人结婚要找老妇人。他说：

"在你恋爱故事之中，你应该宁选择年纪大一点儿的妇人，不要选择年轻的，因为她们世故多一点儿，她们看的多，懂的多，她们说话的技术，要来得进步，要惹人喜欢。又因为凡是直走的动物，最先感觉到筋肉里缺乏流质的是头部。人的面孔，总是首先松弛，而露出皱纹，然后轮到颈子，轮到胸膛，轮到手臂，而下部总是始终丰满的。所以，你只要用一只蓝子把她的上身遮着了，只注意腰以下的一部分，你就辨不出来哪一个年纪大，哪一个年纪轻，好像在黑夜里，所有的猫，都是灰色的。同年(纪)大的女人享受肉体的快乐，至少同年轻的一样，有时还要胜过她，每一种技巧，只要多一点儿经验，就可以进步一点儿。最后一个理由，乃是：她们多么感激你啊！"

同样，我这老摩登多么感激您呀！因为您那封信，写的那么好，那么悦目，而且，又那么有用，二十响盒子枪，一百二十响勃朗宁，均收到，深谢。刘高手已委为特务队长。鸟儿早被枪声吓跑了，我告诉您。问陈七奶奶陈七爷一对老情人好！

老摩登拜上

陈七奶奶这一封信，竟牵动老摩登的情丝，因为密斯黄从老摩登离开北平以来，始终没有来信，老摩登临离大梁时候，曾给密斯黄一封信，请她来信寄鄜坞县政府，密斯黄始终也没有回信。老摩登被土匪弄的一天忙到晚，忙的连思想情人的工夫，都没有了。如今，训练新军，期望将来，枪声听惯，秩序稍定，恋爱的心情，又回来了。

老摩登一闭眼，密斯黄的小脸蛋儿，尤其是一双勾人魂的眼睛，便浮出来——一浮出来，便下不去了。老摩登一睁眼，密斯黄便站在他的眼前，密斯黄玉立亭亭的站着，对老摩登浅浅的一笑。老摩登坐也坐不住，躺也躺不住，怎么着也不好。老摩登左思右想，都是想：为什么密斯黄不回信？最后决定再写一封信去，写的是：

密斯黄：

好久没有通信了。我是那样儿难以用人类语言形容的想你，我想，你也是那样儿难以用人类语言形容的想我。不吗？真的，像林肯所说，语言是何等的空洞？何等的软弱？我们思念的深度，早已经使人类的语言技穷了。

我在离开大梁的前夕，写给你一封信，约摸两个月了，怎么始终没有回信呢？那信是挂号的，近来邮局也坏了，挂号信也许会送不到吧？密斯黄！我希望你马上写一封信给我，否则，你便会睡不好，因为我的魂灵儿，便会飞到北平，和你梦中相会。

佛兰克林说："男人和女人，要联合起来，才能成为完人。男人和女人倘若一分开，女人便需要他身体上的力，和他理性的力；男人便需要她的温柔，她的敏感和她的理解。两个人合起来，便最容易获得成功。单单一个男人的价值，不如和异性结合起来的大，他是一个不完全的动物，他像一把剪刀的孤零零一片。"

密斯黄！以为这话怎么样？请你早早回信。

老摩登

这封信一发，不要紧，有分教：
情网变成蜘蛛网，
翻身坠入盘丝洞。
要知后事如何，且听下回分解。

第十六回　生妒情，身献剧场　惊恶梦，手杀情敌

话说老摩登一心想情人密斯黄，为什么两个多月不来信，在县府百忙，土匪枪声密的像过年爆竹当中，又写了一封信，用双挂号寄出去。

发出了以后，长吐了一口气，心仿佛是闲了一半，这一半闲心，使老摩登又想起老太婆，也两个月没有来信，和密斯黄不来信的时间一样儿长久。

"老太婆为什么也两个多月没有来信？"老摩登在想，想，无论如何也想不出理由。那封信没有收到？是用挂号信发出去的，而且，有住脚儿，投不到会退回来的。被检查员扣了？里面并没有关于政治军事的话——连半个字也没有。老太婆恼了我？她老人家是我最尊敬的人，而且，她老人家深深知道我，并且理解我，她老人家是不会恼我，永远不会恼我的。

然而，老太婆，她老人家为什么也不来信呢？我托她老人家注意密斯黄的行动，告

诉我。她老人家世故很深,一定不肯说,因而不回信。

对。对。一定是这个原因。

但是——密斯黄一定有不能说的事实,如若密斯黄没有什么不可说的——甚至于有可说的,她老人家万无不说之理。

哎呀!老摩登恐慌了。密斯黄在北平一定又恋爱了吧?不会,不会。她性情高傲,标准很高,不容易有被她看上的人。不会。不会。还有什么人比我好?没有。没有。绝对没有。全世界也没有。世界上还有什么人比我更爱她?没有。没有。绝对没有。

可是,事情也不那么简单,她的那些同学,把她看成一块肉——天鹅肉,虽然他们都是癞蛤蟆,但是,他们都是想吃的很,千方百计的想吃。追她,追她,追她,追的可厉害。在她面前嬉皮笑脸的,可下贱呢?密斯黄一定被他们包围了,被他们缠住了,被他们迷惑了,我想。

老摩登精神恍惚,仿佛丢了什么似的,丧荡游魂的,整天皱着眉,而又耷拉着脑袋。从公共体育场看完壮丁队出操回来,在马上便仿佛要睡似的,人们都说:“县长太劳乏了,夜里睡眠不足。”其实,是在想密斯黄。睡眠不足,倒也睡眠不足,但是,这回睡眠不足不是因为枪声,也不是因为解决土匪问题没有办法,而是因为想密斯黄。

办完公事,稍有一点闲空儿,老摩登便上城墙,人们以为他是为呼吸新鲜空气,或是眺望他所管辖的山河,其实,是在看,看。看什么?看那由河口到郿坞县来的邮局送信人。

假如有一个穿绿衣裳的人,从西门一过,老摩登必然问他:“有我的信没有?”那人回答:“我不是邮局的人。”好不容易,遇见一个邮局的人,老摩登又问:“有我的信没有?”邮局人说:“没有。有,我马上给您送去。”

盼星星,盼月亮,好不容易,盼到密斯黄的信来了——一个粉红洋信封儿装着,里面鼓鼓的,页数不少。老摩登拿过来,先在鼻子尖儿闻一闻——很香,犹有余香。然后,拆开一看,里面是印满枝桃花的五色洋信笺,用自来水笔写的蝇头小楷,秀而且媚,美丽而且温柔,写的是:

老摩登:

对不起,好久没有回你的信,因为,在你我车站分别以后,当天夜里,我便得了一个梦,梦见你变成了大鹏。

老摩登看见“大鹏”两个字,便一惊,心说,薛爱莉叫我大鹏,莫非密斯黄知道了?——不。不。不会吧!老摩登接着又看信上写的:

我知道,你这大鹏的尊号,是小鸟儿上的,小鸟儿可真可爱呀!,有多可爱呀!

老摩登又是一惊,心说,薛爱莉自称小鸟,她怎么知道了。八成儿薛爱莉一路同行到河东省的事情，密斯黄她也许知道了吧？

老摩登拿着信，手有些颤了，他仍然极力镇静的看信，信纸上的嘲笑语调儿来了。写的是：

老师！你曾经为我讲过南华经，那庄子，他也很赞美大鹏，他说：

穷发之北，有冥海者，天池也。有鱼焉，其广数千里，未有知其修者，其名为鲲。有鸟焉，其名为鹏，背若泰山，翼若垂天之云，抟扶摇羊角而上者九万里，绝云气，负青天，然后图南，且适南冥也。

如若这大鹏，落在烂漫之园的群花丛中，有多么舒服，多么好受啊？老师，你想。

老摩登心说："不得。不得。薛爱莉的事情，密斯黄知道了。这是不来信的原因。不来信不怨她。不怨她。而且，这话说的那么婉转，写的技巧，密斯黄乃天下第一聪明女子也。

老摩登一面赞美密斯黄，一面又向下看信。这信是山重水复疑无路，柳暗花明又一村，转到一个新境地，写的是：

而且，这两个月来，我太忙了。我忙着演戏，演爱国戏，激动一般国民的爱国心，以便对日一战，——我以为这战争越快越好，不快便要气死我们中国人了！

老摩登心说："又是气。年轻人太好生气了。"底下又写着：

我们演的是《爱国贼》和《鸽子姑娘》。《爱国贼》，这短剧没有什么大意思。《鸽子姑娘》，在北平这环境演出来很不容易，但是，那日本和服女人一上场，观众欢迎，欢迎，大为欢迎，而这被大欢迎的人，由我扮演，你想，我有多么喜欢！

我们男男女女的演员在后台，半夜往往来来的往往来来——

老摩登的心"怦！"一跳。底下又看，写的：

演完以后开同乐大会，男男女女，女女男男，热热闹闹，闹闹热热，一直闹到天亮。

老摩登的心又"怦！怦！"两跳，把信扔在一旁。

老摩登坐在床上，定定神，心略平平以后，又把扔在一旁的密斯黄的信，拿了起来，把眼使力睁了两睁，看见上面写的是：

来信谈到男女关系，我正在彷徨，彷徨。

我不愿意我四周围服从我的人，我愿意有一个能支配我的人——不，我最好没有那人，永远没有那人。我要自由。我要自主。我要自尊。

我常常试验我四周围的人，他们对于我的服从性。我叫他们——一群醉心我的男同学们——都围着我坐着，我叫他们伸出手来，一个个的伸出手来，我拿起一根绣花细针，刺他们的手背，不许他们叫痛，并且，叫他们笑！笑！微微的笑！我将一刺，他们也还能忍受，也还勉强服从我的命令——笑！我把针向下刺，刺，刺，我嘴里不断的叫笑！笑！笑！有的忍不住，把手缩回去了，有的还能勉强，太勉强的笑！——苦笑！我的针又向下刺，有人忍不住叫了，有的忍不住哭了，有的不说话，但是，在我叫“笑！笑！笑！”的时候，他龇着牙，咧着嘴，笑也笑不出来，那怪样子才好看呢！

没有一个英雄，也没有一个忍受一切，牺牲一切的我的服从者。

可惜你不在我旁边，因而我不知道，你在我的针刺到什么程度，便不笑了。

不对。太不对了。失礼了。太失礼了。我怎能把老师你和现在我四周围的年轻同学们来比呢？在我的眼前，老师你是英雄，是可以支配我，并且征服我的英雄。

但是，我究竟要一个服从我的呢？还是要一个支配我的呢？我有一个服从我的人陪着我，我有多么舒服哇！可是如若我有一个能支配我的人，我从心眼儿里佩服，我从心眼里喜欢，从心眼儿里愿意，受支配的人，我又多么的快乐，多么幸福哇！

最后我请教您：我究竟如何是好？

黄爱莲

老摩登看完这封信十分不痛快，心说，“不枉古人家说，女人杨花水性，说变就变，至少女人是没有准主意的，要受她环境的影响，无怪乎老太婆说，女儿家的行为，十个有九个，都是不期而然的，因为她克服环境的能力，太弱了，而缺乏坚强的意志。恋爱也多由磨磨蹭蹭成功，由‘磨’到‘摸’，由‘蹭’到‘弄’，一步近似一步，女儿家往往在不好意思当中，不愿意的愿意当中，丧失了她们的贞操，而不能在理智上，选择她的终身侣伴。所以，大学第一年级的女学生还是粉桃花儿似的少年美，第二三年以后发胖了，胖的像蠢猪似的，到第四年，还没有毕业，已经是残花败柳。有的一再打胎，打的贫血，脸瘦的一小窄条儿，两腮缩进去，大嘴努出来，一苦笑，笑的那么可怜，密斯黄已经渐陷入到魔手之中。至少，她已经动摇了，如若不急急拉她出来，她便沉沦了。”

老摩登想回密斯黄这封信，但是，不知道如何的回法才好。三次拿起笔来，三次都写不出一个字来。但是，不回这封信，心又放不下，仿佛有件天大的事没有办，一时一刻，一分一秒，都不能不惦记着。

一天也没有写成信，夜晚睡也睡不着，好容易睡着了，一合眼便看见密斯黄在眼前。密斯黄对他一笑，又一招手，老摩登身不由己的随着她走，走到一个大戏的后台。密斯黄忽然穿了一身戏装，穿着戏装的密斯黄，更美了，大有飘飘欲仙之势，满后台的演员的视线，都被密斯黄吸引去了，密斯黄变成一个中心。

忽然间,密斯黄坐下了,一群男演员都围住她,向她献殷勤;这个一声密斯黄,那个一声密斯黄,密斯黄得意的什么似的。

密斯黄忽然觉得有些疲乏了,忽然一抬腿,便有一个男演员,给密斯黄作男主角,而在戏台上配成夫妇的演员,趴下身形,密斯黄把腿放在他的背上,而把脚伸到他的脸旁边儿。那演员顺势为密斯黄脱了鞋,扒了袜子,用牙咬密斯黄的脚后跟,密斯黄"格!格!格!"只是笑。

那演员忽然一回头,和密斯黄接了一个吻,老摩登气往上撞,一时不可遏止,马上从怀里取出一百二十发勃朗宁手枪"砰!"的一枪,把那演员打死,又把身子一转,枪口对着每个演员,一百二十颗子弹一齐出来,随着"砰!砰!砰!"一个个演员都中了子弹,死了,死了,全都死了,老摩登大声一叫:"痛快人也!"

一叫而醒,乃是一个梦。

这梦作的出了满身大汗。醒来外面大街上,"咚!咚!咚!咚!当!当!当!当!"锣鼓三敲,正是三更午夜,接着"砰!砰!砰!"防土匪的枪声,密的犹如战场一般。

老摩登无论如何,也睡不着了。挨呀!挨呀!等呀!等呀!仿佛把一个人放在热开锅里熬似的,熬哇!熬哇!熬的水越来越少,就是一丁点儿水了,也还在熬。好不容易熬到四更天,微微儿有仿佛要亮的意思,老摩登便起来了,漱口,洗脸,又在屋里坐了一会儿,方才五更,老摩登走出县政府后门,刘高手随着,上了城墙,向东方一望,天色微白。老摩登望着就要出来的太阳说:"难道说,我真要像老太婆所说的,失天下的大败了吗?难道说我的恋爱是一个梦,并且是一个恶梦吗?"

老摩登在城墙上徘徊,徘徊,来来往往的徘徊着。

太阳终于出来,虽然他不知道是怎么样儿出来的。一个大红轮,升到天上,温暖的太阳光,照到老摩登头上,老摩登又复活了,积极的心理,又起来,但是,老摩登仍然没有太大的勇气,来写给密斯黄的回信。

老摩登回到县政府,首先给老太婆写信,把密斯黄这封信的大意,和他自己的梦都写上了,并且,恳求老太婆,无论如何,也要帮忙,和密斯黄常常来往,并且挽救她,不然,她便沉沦,而他也死了。

第三天晚晌,老摩登觉着刺激力微弱了一些,心跳的也比较的不那么太快了,老摩登便试验着给密斯黄写这封回信,想了又想,写一张不好,把信纸撕了,又写一张,又不好,又把信纸撕了。写什么也不好。一直撕了五张信纸,方才写成了一张,写的是:

莲!

好不容易,盼到了你的信,像黄金一样价值的信——不,黄金也比不上价的信,因为黄金是有价的,而你的信是无价的。

莲!你似乎很怀疑薛爱莉同到河东省这一回事,其实,这也不过是一个偶然邂逅的偶发事件罢了,绝对不值得注意,我可以用全部人格来作担保。

宇宙本是一个戏场,但是,戏也不可太多演,因为世界真的缘是假的,也许假的便是真的吧,至少是千万不可弄假成真的。

最后,我写一首英国女诗人罗色蒂的情诗"心冷"吧!那首诗的前一段是:

我并不责怪他,虽然我知道:
　　他已对我不忠实。
责怪露水的消散,
　　海水的退落,
　　玫瑰的枯萎,
但不要责怪人心的无常啊!

老摩登

写好这张信,懒懒的发出去,也没有挂号,随他去吧!失落了也好。不失落了也好。

信发出去一天,邮局又送来一封很美丽的信封,一望便知道是女人的信,而且,是有情女人的信,老摩登拿过来一看,信封写的烂漫之园薛缄,便知道是薛爱莉来的。拆开一看,老摩登大吃一惊,看了一遍,又看一遍,看完三遍,老摩登觉得头一昏,嗓子眼儿微甜,一张嘴,大口鲜血吐出,人便倒在地下了。正是:

伤心伤到心深处,
牡丹花下作鬼了。
要知老摩登性命如何,且听下回分解。

第十七回　二美暗斗,情场纵反间　一字真经,佛法渡迷人

话说薛爱莉,因为怕枪声,跑开鄌坞县,回到北平。薛爱莉对于鄌坞县的土匪虽然太怕了,但是,一路同行,对于老摩登发生爱情。薛爱莉想从黄爱莲手里夺取老摩登。她在鄌坞县住了一夜,被枪声吓的整夜没有睡着。睡不着她便想。她想:用什么方法,可以获得这情场上的胜利。

薛爱莉左思右想,她想到:这事非积极和消极正反两方面作不可,一方面固然要对老摩登培养积极的爱,但是,这事情太难了,因为黄爱莲的爱情,已经深入到老摩登的心窝儿里,根深而且蒂固,听说,老摩登这回出头作县长,都是为了黄爱莲,虽然爱国也是理由之一。一定先要破坏了他们的爱情,虽然不能整个儿的破坏,但是,也可以用反间计,离间他们,微微一动摇,乘着这动摇一夹萝卜干儿,便可以夹上了,夹上以后,再从里面动摇他们,动摇他们,我看日久天长,没有不动摇的,但是,这离间破坏,非回到

北平去作不可。先要破坏工作作好,然后再来郿坞县不晚,而且,以老摩登的才能,那时候也许土匪已经肃清,至少也要好些。

于是,薛爱莉便决定回北平,而且,薛爱莉是个急性人,说办就办,第二天,一清早起来,就收拾行李走了,她怕走迟了,黄爱莲和老摩登的恋爱,急转直下的成了功。所以,薛爱莉的离开郿坞县,表面上看是怕土匪,事实上,是为破坏黄爱莲和老摩登的恋爱。

薛爱莉回到北平,故意宣传她随老摩登到郿坞县这件事儿使黄爱莲生气,一气便不给老摩登写信。她又运动黄爱莲的男同学,那里面烂漫之园的男同志不少,向黄爱莲进攻,并且告诉他们:"有希望。有希望。希望很大。"因而爱莲对老摩登的爱情,已经由怀疑而开始动摇了。

薛爱莉知道黄爱莲是好戴高帽儿的英雄主义者,便迎其所好,发动燕京的烂漫之园男同志,选举燕京皇后,并且,为黄爱莲运动当选。果然成功了,燕京实行总投票,黄爱莲的几位男同学,整天书也不念,课也不上,为她跑票,开票结果,黄爱莲以压倒的多数当选,女儿家毕竟是女儿家,这个半游戏式的当选,也使她很兴奋,因而,对为她奔走的男同学,十分感激。尤其是她的同班一位,和她又有点儿远亲戚的沈小生。这沈小生对于黄爱莲,是绝对服从,绝对恭顺,绝对听命令,绝对受奴役,总而言之,黄爱莲说什么是什么,要怎么着就怎么着。他说:"密斯黄是神。密斯黄是女圣人。密斯黄是她的偶像崇拜体,密斯黄是至高无上。"密斯黄初时虽然看不上他,但是,架不住他一而再,再而三,三而四,四而五,五而六的进攻,他和老摩登一样,也是主张牛头主义——恋爱的牛头主义。他是无论如何也追黄爱莲,百折不回,誓死不放。他的名言是:密斯黄爱我,我追密斯黄。密斯黄不爱我,我也追密斯黄。密斯黄愿意,我追密斯黄。密斯黄不愿意,我也追密斯黄。密斯黄打我,我也追密斯黄。密斯黄骂我,我也追密斯黄。枪毙了我,我也追密斯黄。无论怎么着,我也追密斯黄。抬出祖宗三代,我也追密斯黄。黄爱莲最初很看不起他,并且,有时讨厌他,但是,女儿家心是软的,被他这牛头主义的追,追得黄爱莲觉得有点不好意思,过于虐待他。黄爱莲说他是可怜虫儿,由怜慢慢儿有点爱他,便由厌恶他,有些喜欢他了。黄爱莲有点什么事儿教他办,他是尽心尽力,把吃奶的劲都使出来,尽美尽善的,死而无怨的,为黄爱莲办,黄爱莲渐渐觉得他很有用,很忠实,而且可爱了。他常常说:老摩登是英雄,是超人,要把密斯黄附属于他,附属于一个英雄,附属于一个超人。而我是把密斯黄作为英雄,作为超人,而把我附属于她。同样是附属于一个英雄,附属于一个超人。

薛爱莉又给沈小生当参谋长,教他利用亲戚关系,常往黄爱莲的家里跑,每次到黄爱莲的家里去,必带点儿东西——甜软点心,新上市的水果,——送给黄爱莲的母亲,黄老太太。见着黄老太太,嘴儿甜着呢!一句话一个姨妈,一句话一个姨娘,一句话一个姨老娘,叫的黄老太太心眼儿里边那么喜欢,乐的掉了牙的老嘴都闭不上,口口声声说:“沈小生这孩子好。这孩子可疼。这孩子一点儿新派儿学生的坏习气都没有。”

于是,沈小生,以一个地位,学问,和老摩登摩差的那么远的人,成为老摩登的情敌。一个有力,太有力的情敌,而老摩登不知道,虽然,也微微儿有点儿感觉,使他太不高兴的感觉。

薛爱莉使用两面进攻战术,一面鼓励沈小生向黄爱莲进攻,一面又把这事儿,用信报告老摩登。她的信上是这个样儿的说:

大鹏,可怜的大鹏!

你的凤凰飞了!就要飞了,你看!正在鼓动她的两个翅膀,准备着飞呢。这一飞便离去你,这可怜的大鹏了!

你的凤凰已经当选为燕京皇后了。你听着喜欢吗?她是皇后,大鹏,你不久也可以有九五之尊,即位登基了。你有多么可喜可乐呀?但是,大鹏!可怜的大鹏,你要当心,乐极生悲,这大喜欢当中,埋伏着极大的悲哀。

你要知道:竞选是需要大臣的啊,而且,皇后也要有侍从,有侍从武官长兼内大臣,参与枢密机要,这人选已经有了。那便是同密斯黄一齐送大鹏,可怜的大鹏,到车站,而侍立在密斯黄旁边,使大鹏,可怜的大鹏,心“突!突!”乱跳的沈小生,你的学生,密斯黄的同班同学。

最后,我告诉大鹏,可怜的大鹏,因为沈小生和密斯黄是亲戚,他快是或者已经是成功了。我告诉大鹏,可怜的大鹏!

老摩登一看这信,如同半天霹雳一般,震荡了五脏,六腑,心,肝,脾,胃,带肾,由五脏六腑,侵入神经系统,觉得全身颤动,而颤动的上牙打下牙,打的像钟摆似的“达!达!达!”的响。由颤动到手脚痉挛,仿佛小孩儿惊风似的,抽了起来,由四肢到脑中枢,头痛了,最后,眼前一冒金花,一昏迷,嗓子眼儿发甜,一大口鲜血吐了出来,人也栽倒在地,死过去了。

屋门外站小岗的政务警察听见“通!”一大声,接着椅子“哗啦啦!”倒了,桌上的墨水瓶儿也“扒碴!”落了地,随着窗向屋里一看,不好了!不好了!县长倒在地下,进屋一看,满大襟连嘴都是鲜血,人是昏死了。

政务警察一惊非同小可,赶快请高云三科长,马上到县卫生院,把王大夫请了来,打一针,老摩登才醒过来,睁眼一看,宇宙昏黑,一个鬼,一个鬼,一个鬼站在自己面前,叹了一口气,说道:“完了。完了。一切都完结了。花,美丽的花,心头上美丽的花,撕毁了,撕毁了。碎,碎,碎花片撒在我的四周,抛弃在土地上,践踏,践踏,践踏在泥脚下了。完了。完了。完了。一切都完结了。”

老摩登的话,自然是没有一个人懂的,人家也不求懂得,把老摩登抬到床上,盖上厚被,叫他睡下。第二天,河口的美国传教士,又带来美国医生,来为老摩登看病。那时候,第一是钱不缺,第二是因为县长的地位,帮忙的人很多,而且,保养的好,半个月的工夫,老摩登渐渐复了原。

老摩登复原以后,一摸自己的床,枕头底下,忽然摸出一封信,那封信自然是老摩登病了以后,那一天来的,老摩登因为病,没有能看,便顺手放在枕头之下,如今精神好了,拿起来一看,乃是老太婆来的信,老摩登喜欢极了,马上坐了起来。

老摩登坐在床上,拆开老太婆的信一看,上面写的是:

老摩登惠鉴:

连奉手书,欣慰莫名,恕我老懒,未能即覆。

老太婆老矣!老眼观察此世,与青年壮士相较,如戴昏黑墨镜,迥然不同,但其中亦有层次:

吾初而憎世,因而厌世,继而妄世,因而乐世。佛一忘也,忘人,忘己,忘妻,忘子,忘世界一切一切,则万象皆空,空则乐矣。佛在极乐世界,此世界亦由忘而来。所谓"无我无人观自在"。自在之乐,乐莫大焉。

读来书,知老摩登颇苦。人生本苦海,恋爱亦苦事,恋爱而又作县长,则苦中苦矣。设迷于色界,则苦上加苦,其苦何如,非老懒之所能知。惟一方法,唯有解脱。解脱者何?一字真经——"忘"而已矣!

人之心理有记忆,一切学问技术,均源于此,但人之可贵,非仅以其能"记忆"且以其能"忘记"。设人只有"记"而无"忘",自有生以来日,所见闻何止万千,一一而记之,一一而不忘,则头当大至如何,方能足用,而电话生,电报生一脑数字,非唯无用,且大胀头颅,脑膜炎起矣。甚矣哉,忘之重要也。

密斯黄近或过从,为老友故,便中亦时敬访,其为人好胜而重名,以新名词称之,则英雄主义者也。三代以下,唯恐不好名,惟"名利有饵,鱼吞饵",伊人之前,横有陷阱,亦为事实。但世间事,人力几何。所谓英雄者,亦乘势而待时,乃时势之产物耳,惟在个人,应尽人事而听天命,此孔圣人之理,浅于佛而优于佛者也。

因其势而成之,用自身之所长,而投伊人之所好,老友或可功成。闻鄜坞匪炽,一鼓荡平,天下扬名,人皆曰老摩登英雄也。美人其追而来乎?此亦饵之之法也,不识高明之法以为何如?敬祝

前程万里。

老太婆再拜

老摩登看完老太婆的信,喜欢起来,把双手向上一齐拍,拍了三四下,大叫一声"老太婆高!高!高!而且,好!好!好!好!他老人家有管子之风,善因祸而得福,转败而为功,桓公实怒少姬,管仲因而伐楚,但伐楚亦美事也,我应当听从老太婆的话,率领新练壮丁队,扫平鄜坞,为国为民,有名有利,作出件事情来,给密斯黄看看,比什么都强。对!对!对!"我就是这个主意。我就是——这个主意。"

小说

人是一股气,气一壮,精神振作起来,病马上就好。老摩登立刻叫政务警察打电话给壮丁队部张队长说:“县长有令:十五分钟后内务检查全部壮丁队。”老摩登为练习军队的迅速敏捷,和调动灵活,在没有病的时候,不论白天黑夜,说检阅就检阅,在十分钟里要齐队,为的养成习惯将来剿匪,是说走就走。

这里,老摩登起床,洗脸,穿上军服,武装带佩剑,叫备马,一班骑自行车的特种手枪队,前后导随,到了公共体育场,这时候,两千多人的一字长蛇式,排的整整齐齐。军号吹来,老摩登从排头看起,官长兵丁敬礼一致,看到排尾,人人强壮,个个精神,老摩登说:“好!”

然后,上阅兵台,阅兵走行列式,一小队,一小队,由台前走过,行注目礼。老摩登还礼。各小队步伐整齐,行列不乱,老摩登点点头,问队长张得胜:“我病这几天,兵丁训练如何?”张得胜一立正,口称:报告县长:三个月工夫,从基本动作到连教练,全部完成。老摩登抽队演习:先一小队演习散兵群,后一中队演习散兵群,最后实枪射击,五枪连中的有奖品。叫出了十个人,有七个中了五枪,两个中了四枪,一个中了三枪。老摩登大喜,说:“平日演习很好。”

技术演习完毕,老摩登又问张队长:“我有些天没有精神讲话,不知道精神训练如何?”张队长又一立正,说:“报告县长,每天我都本着县长的意思,对弟兄讲了。”

于是,老摩登叫队伍集合在司令台前,老摩登问道:

“你们是什么人的队伍?”

两千多人一齐张嘴叫道:

“鄜坞县老百姓的队伍。”

老摩登又问:

“你们吃的,穿的,都是哪里来的?”

两千多人又一齐张嘴,叫道:

“鄜坞县老百姓给我们的。”

老摩登又问道:

“要你们作什么?”

两千多人又一齐张嘴,叫道:

“剿匪。剿匪。安定地方。安定地方。”

老摩登又问:

“我们怎样才能剿匪?”

两千多人又一齐张嘴,叫道:

“服从命令。服从命令。服从命令。”

老摩登又问:

“服从谁的命令?”

两千多人又一齐张嘴,叫道:

“服从县长命令。服从县长命令。服从县长命令。”

老摩登又说:

“我叫你们往东?”

两千多人一齐张嘴,喊:

“我们往东。”

老摩登又说:

“我叫你们往西?”

两千多人一齐张嘴,喊:

“我们往西。”

老摩登又说:

“我说进。”

两千多人一齐叫:

“我们一齐进。”

老摩登说:

“我说不退?”

两千多人一齐叫:

“我们死也不退。”

老摩登最末又问:

“如若不服从命令?”

两千多人一齐震天的大叫:

“枪毙!”

老摩登点点头,说道:“好。可用了。”正是:

铁打房梁磨绣针,

工夫到了自然成。

要知老摩登如何用兵剿匪,且听下回分解。

第十八回　贺新年,打枪示决心　看赛会,比武识奇才

话说老摩登检阅壮丁队完毕,很满意,认为可用,马上传令下去,每人赏牛肉半斤,蒸馍一斤,老摩登和他们在一齐,席地而吃,全队都十分欢喜。

吃完以后,老摩登特别召集班长以上军官开茶话会,当时很奖励他们一阵,并且再三嘱咐道:“军队第一要义,就是服从命令,能服从命令,则力量集中,行动一致,少数也可以战胜多数。如若不能服从命令,人多也不过是乌合之众,一击便散。凡是能战

至最后一人的军队,都是绝对服从命令的军队。"

"所谓服从命令,是绝对服从命令。绝对服从命令,是不论什么命令,好的命令,坏的命令,可能的命令,不可能的命令,生的命令,死的命令,不假思索,不讲理智,一味儿服从。我可以为诸位举个例子。

"当年北方匈奴有个王子,他想要夺取他的父亲的江山社稷,他便先训练他的军队。他说:你们绝对服从我的命令,你们看!我开弓射什么,你们便射什么,不服从者斩!他的军队知道了。

"他先射一个物件,他一射,他的军队都一齐射,他说好!底下他又射他自己的坐骑。他的军队也都射那坐骑,有三五个,不敢射的,他马上把那三五个杀了。底下,他又射他最爱的姨太太,他的军队也都射那姨太太,有一个人没有射,他马上把那一个杀了,全军大惊。从此,没有一个不把服从命令的信念,深深印在心里。最后,他射他的父亲,他的军队,也都射他的父亲,便把他的父亲射死了。射死他父亲以后,自己作了皇上,军队的强,举世无比,他便征服了他的附近各部落,而树立起来很大的霸权,他的射父亲,自然是不对的,他的训练军队方法,是值得学习的。军队的强,并不完全强于武器,而强于精神。精神是什么?服从命令是也。第二是射击技术,每发必中,弹不轻发,非但省弹,而且成功,我们一定要办到这两件事!"诸军官一齐说:"是!"

老摩登赏班长以上军官,每人大洋十元,都一立正去了。

第二天,扩大纪念周,老摩登在大会上,当着全县各机关,学校,军队,绅士,城关保甲长,联保主任,发给张得胜队长奖状,说他:"三个月来,训练成绩很好,壮丁队已经可用,特给奖状,以示鼓励,以后便由教而剿,由说到行。张得胜队长能立大功,扬名全省,那是无疑的。"

会散以后,老摩登到张得胜家里看看,并且,送了他的小孩子一百块钱。张得胜和他的太太感动极了,张得胜口口声声的说:"县长待我恩重如山,我一定为县长舍命剿匪,有匪无我,有我无匪,并且,永远跟随县长。"老摩登说:"你我有福同享。"说完深深一握手,老摩登觉得两个人的手,都是热的。热的很,火烧一般。

第三天,召集剿匪会议,壮丁队,特务队,政务警察队,公安局的班长巡官以上,各机关职员,各学校教职员,全都出席,老摩登当场问各个人对于剿匪的意见,作为有力指导,不论高低,均可发言。当时简易师范教员高明,他站起来说:"我等观看县长三个月来,训练壮丁,十分良好,剿匪一定成功,但是,仍然缺乏侦察工作。鄌坞乃三省交界之地,接近黄河大堤,土匪出没无常,一入他县,便无办法,而且,黄河堤里,道路难行,官军从来不敢进去。自来县长也都说剿匪!剿匪!但是,都犯一个毛病,是匪来不知道,等到剿匪兵到,土匪早跑了,空扰老百姓一回。虽然有很好的壮丁队,很好的器械,很精的技术,和匪不能遇见,也是枉然。匪在暗处,官军在明处,官军一举一动,匪都知道,匪的来去,官军不知道,是剿匪不成功的最大理由。所以,侦察工作,十分重要，而剿匪军队的行动，一定要十分迅速敏捷，方收神出鬼没之效。”

老摩登听高明说的十分有理，马上向高明一鞠躬，说：“敬领大教。”会散以后，立刻办公事，聘高明为壮丁队部顾问，月送车马费五十元。在那时候，县里简易师范教员，每月多得五十块钱，真如同发了财一样。从此县里的好人，也渐渐高兴贡献好意见，对于老摩登的帮助不少。

那时候，正是年尾，家家割肉买酒，准备过年。但是，在这一年辛苦、接收欢乐的时候，每个人在欢乐当中，都皱着眉头，埋伏着很大的忧虑，这忧虑便是土匪。尤其是有钱人，更怕的厉害，生怕人家看出他的有钱来。商人，学生，公教人员，年终回家，骨肉团圆，也要秘密，不敢声张，白天一天躺在家里，到晚上才能出来望看亲友，怕土匪知道，绑了去！

没有几天，便是阴历大年初一，各机关人员，都到县政府，给县长拜年，每一个人来，老摩登都带他们出县政府后门，到城墙根下，那里立着一个大煤油桶子，里面满装白灰，煤油桶画上了一个大红圈，这便是打枪的靶子。老摩登教每个人都打三枪，表示今年剿匪的决心，打中的一股白烟，直冲半空，也很好看。

到十点钟，简易师范教员高明前来拜年，并且对老摩登说：“教育界向来是不走动县政府的，您是我的老师，我今天特意给老师拜年。”老摩登说：“好！教育界应当如是。”老摩登带高明到城墙根，打了三枪，又让他到自己办公室坐下，左右献茶，拿上点心和干鲜果品，请高明吃些，高明心里十二分喜欢。喝了一杯茶，老摩登开言道：“你的剿匪意见，十分钦佩，我也很想实行你的建议，组织侦察队，但是，队长人选很不容易，我又不愿用那已经在县政府作过事的，那些政治上的滑弁游卒。你知道有什么合适人吗？”高明说：“这人很不容易。不过郿坞县旧日红枪会很盛，师傅徒弟，分布各地，下层情形很明白，而且，武术也好，县长可以新年看会为名，内中或者能物色出来人才，也未可知。”

高明走后，老摩登便对政务警察说：“我听说郿坞县的会很好，我想看看。”这一句话不要紧，下午各种会便出来了，有高跷，有狮子，有龙灯，有旱船……都到县政府前面耍，县长在中间一坐，四下里看会的人，围了个风雨不透。会众当场表演，十分出力，尤其是在县长看的时候。县政府门口耍完了，再到各街，各巷，各富户家里去耍。

耍的真好。手脚身段，无一不灵活。最好还是武术，功夫纯熟，老摩登很注意的看。其中有一个人，刀耍的很好，一面耍，一面唱，唱的是：“先耍一路朝天子，再耍一路捧日月，又耍一路童子拜观音，又耍一路玉女级双针”。刺，砍，劈，斩，蹿，蹤，跳，跃，体态轻灵，好似彩凤抖翎，春风摆柳，观众一齐喝彩。

那人在喝彩当中，将身向旁面一纵，又另换一路刀法，一面舞刀，一面唱诗，那诗唱的是：

舞来秋水雁翎刀，

闪烁寒光浪欲淘!
海马朝云身屡仰,
犀牛望月首同搔。
漫空飞白迷江练,
映日採红吐彩华。
遍地尘氛应即净,
贤明县长功劳高。

耍完,当中一立,口不喘气,面不更色,向老摩登一鞠躬。老摩登说声“好!”

县长这一“好!”在老百姓耳中,犹如一道圣旨的光荣,他又要起来了。这一回是双人对手,枪对三节棍。两个人侧着身,两脚八字式站着,各一抱拳,说声:“请!”老摩登点点头,自言自语的说:“中国真是礼教之邦,比武也有礼节。”

说着,比武已经开始,耍刀的那人用枪,迎头一刺,那拿三节棍的人,一手拿三节棍的一节,急忙向上一抬,两节棍交叉,把枪架住。那枪向回一抽,那使棍的一只手放开,另一只手向下一甩,棍便向腿部打来,那使枪的,赶快一跳,三节棍擦地而过。

比了一阵完了,老摩登说:“为什么不分胜负?”这一句话不要紧,那使枪的人换了一对双刀,那使三节棍的又换了一对钩枪拐,两个人又比了起来。这一回可紧张多了。那双刀平行直向头顶而下,那使拐的人用手中的拐向上招架,那使双刀的,忽然一闪,跳到使拐人的身后,双刀一分,左右夹攻。直取两肋,旁边的政务警察说了一声:“这是玉带圈腰。”那使拐的急转身,用拐将刀隔开,那使双刀的人,抽刀变招,左手刀从头上劈下来,旁边的政务警察说,“这是朝天切菜,”使拐的用拐将架住头上的刀,那右手的刀直向胸膛刺来,旁边的政务警察说:“这是白蛇吐信。”那使拐的连忙的用另一拐隔开,那使双刀的又两手一闭,直取下三路,旁边政务警察说:“这叫叶底偷桃。”

小说

哈!这一阵双刀杀的那使拐的,只有招架之功,并无还手之力,没有两秒钟,那使双刀的,果然找到使双拐的一个空子,抬腿向胯骨一踹,那使双拐的便倒在地下。那使双刀的把右手刀交与左手,低身用手把倒地下那人扶起,口说:“兄台请起!”老摩登点点头,说道:“大似晚汉游侠,彬彬然有君子之风!可惜读书人倒不能了。”

老摩登转进县政府,到办公室,打发政务警察,把那使双刀的人叫来。那人进来给老摩登一鞠躬,说道:“草民拜见县长。”老摩登略一欠身,问道:“你姓甚名谁?武功很好!”

那人说:“草民李天寿,城东南县边界老安的人氏,自幼学习武艺,人们叫我通臂猿”。老摩登点点头,说道:“果然是灵巧似猿猴,你作甚么?”李天寿说:“务农种田,闲时教徒弟练习武艺。”老摩登又问他:“你有多少徒弟?”李天寿说:“我的徒弟不过五十多人,但是,徒弟又有徒弟,徒弟的徒弟又有徒弟,徒子徒孙,足有千八百多人,分布全县各地,各个村庄,没有没有的。北伐时候的红枪会,都是我的徒弟们干的。”

老摩登很喜欢，说道："本县想成立一个侦缉队，你作队长，招三四十名武术好的人来，捉拿强盗，安定地方，自古行侠仗义的人，都是如此，不知你意下如何？"李天寿连忙谢谢老摩登，口说："草民蒙县长提拔，定效犬马之劳。"老摩登说声："好！"马上叫办公室下委任状。

没有三天，李天寿招来三十二个国术很好的人，成立两班一小队，当天，高明又来了，老摩登对他一说，高明也很高兴，说道："学生受你高待，无以为报，昨天先到几个大村的大户儿家对他们说：县长决心剿匪的情形，他们都十分感奋，有一个户儿家，他愿意把从前所缴军队重轻机关枪各四挺，子弹一百箱，又一个户儿家，他愿意把从前所缴军队的迫击炮四尊，炮弹五十箱，献给政府，作为剿匪之用。"老摩登喜欢极了。

第二天，高明把这重轻机关枪，迫击炮和子弹，炮弹都送到，老摩登拨给壮丁队，于是，老摩登有一队特种手枪队，一队重机关枪队，一队轻机关枪队，一队迫击炮队，一队武术侦缉队，武力颇可观了。

于是，老摩登开始实行剿匪。

在剿匪以前，又作了两个准备工作：一个是严查户口，多查户口，快查户口。又一个是时常的检阅队伍。查户口的方法，在县城十保，分为五十组，每一组检查两甲，二十户，三小时内，要一律查完。这五十组查的人，由各机关和学校的教职员担任，每组两个教职员。配三名武装壮丁队，由甲长领导，挨户查点，在查的时候，县城四门紧闭，街道断绝行人。各住家留有外人居住的，每天晚八点以前，要报告警察局，领取执照。人民要外出的，也要报告并领取执照。甲长每十天修改户口册一次。

在四乡，每联保设副主任一人，专查户口，三天查一保，每月查一周，可以会同当地小学校董，校长，教职员办理，留外人住宿和外出的，要报告保长，领取执照。一律由县政府印发，盖有县印，三联，两条存根，一存县政府，一存公安局或保长，不许私制。

户口这么一查，闲人存留不住，流氓土匪无从立脚。首先是县城里绝对没有匪的踪迹。在四乡，匪非成杆，也不能行动。

第二件事是由检阅以练习军队移动，并且，时时移动，以使人民和土匪都由不疑惑，到不注意，再到不知觉。县城里队伍，每人发新棉军装一套，大衣一件，军毡一块，命令下后，十五分钟内，无论昼夜何时，要一律齐队，准备出发。

四乡先整理各联保和区署的电话，一律用双线，电话断了，用自行车队传令兵。区长或县长时常抽联保检阅。每联保有吃饷钢枪壮丁队一小队，三十二名，以一个联保作中心，加上附近前后左右四个联保，为一个单位。联保和联保的距离，平均为十五里到二十里，在命令到后两小时内，要集合完毕，听候检阅或调遣。这五个联保集合起来的武力，有一百五十只钢枪。

各保有红枪壮丁队，每户出一人，每保有一百人，每联保有一千人，由联保主任派自行车传令，因为联保的范围平均十里，在命令达到后，由保长鸣锣聚众，一小时内，这一千人要集合在联保主任办公处。如若五联保一单位,在三小时内,可以聚集五千红枪保壮丁队。

这样一来,联保可以在三小时内,集合附近五联保的钢枪队一百五十人,红枪队五千人,武力便很可观了。

这种以联保作中心的检阅,每月至少举行两次,以练习迅速敏捷。

区设区壮丁队,每区五百人。

老摩登布置完毕,这时候已经是正月底,二月初,气候渐暖,天地人均有升发之气,有一天的半夜三更,老摩登传壮丁队长张得胜,特务队长刘高手,侦缉队长李天寿。到了以后,一齐登城墙,向外一望,四下里,一个亮儿,一个亮儿,都是土匪的活动,直到城墙不远的地方。老摩登说:“谁人能除此匪患?”话言未了,惊起一位英雄,下城剿匪,正是:

学就全身艺,

货卖认识人。

要知此人是谁,且听下回分解。

第十九回　城头夜火,跳壕歼草冠　荒村晚眺,蓬门遇大盗

话说老摩登和张得胜,刘高手,李天寿三位队长,在城墙上看见城外田地里,一根火柴,一根火柴的火亮儿,一闪一闪的,都是土匪聚集的暗号。那火亮儿有时候,竟到了城边,老摩登勃然大怒,说道:“土匪竟敢如此大胆,何人为我剿平?”这本是一句刺激话,但是,武人是经不住刺激的,老摩登话言未了,只听“砰!”的一声,城外远远“哎哟!”一声,一个土匪大叫,大概是中了枪。这枪是刘高手向火亮儿地方放的。刘高手接着又“砰!砰!砰!”几枪,“哎哟!”以后,土匪成群的跑了,李天寿把二十响手枪向裤带上一插,“嗖!”一声,跳下城墙越过护城河,三步五步追上土匪,“砰!砰!砰!砰!砰!”二十颗子弹一齐射,犹如雨点一般,土匪倒了十几个,剩下的三五个人,只恨爹娘没有生一双快腿,飞也似的逃了。

李天寿也不再追,转身回来,窜过护城河,扒住城砖,三爬两爬,上了城墙。老摩登哈哈大笑,说道:“此乃剿匪第一功也。”刘李两队长各赏洋五十元,刘高手和李天寿忙说:“谢谢县长。”

这一件事激起壮丁队长张得胜,他大叫一声:“县长!我要调动队伍,荡平土匪。”李天寿说:“张大哥不必如此着急。这土匪散分赃,窝票,都有一定处所,各村子里也都有和他们接近的眼线。我明天早晨把侦缉队全部散到城关十五里以内各地踩访,张大哥把壮丁队一半,分驻四关,每关二百人,我把踩访结果告诉你,你我一同前去,手到拿来,不到半个月,这十五里以内,一定连一个匪毛儿也没有,县长没有事儿,可以坐在

城楼,看这出火烧战船。刘老弟仍然在县长旁边,不可轻离,我们要拿着狸猫当虎视,而且,割鸡也不用宰牛刀!”说的大家都笑了。

老摩登说:“今天大家回去睡觉,天亮还有工作,明晚我一定坐在鄗坞城头,看两位队长成功也!”

第二天早晨,李张两位队长,各带队伍出城。公安局查点城外有土匪死尸二十多具,叫人掩埋。

到了晚间二更,老摩登同刘高手登了城墙,站定四望,城附近火亮儿没有了。老摩登心中暗喜。

老摩登又站了一会儿,忽然,远处“砰!”的一声枪响,此枪乃是号枪,接着“砰!砰!砰!”一阵排枪声,壮丁队喊“杀!”的声音大起,老摩登心说:“我们的队伍,向土匪进攻了。”

枪声越来越密,忽然一片火光起来,壮丁队攻进了一个村子,土匪四散奔逃,壮丁队后面追,足有半个钟头,方才枪声停止,土匪跑远了。第二天,李张两队长来报告:“昨晚和土匪接触,当场打死五十余人,受伤被擒三十余人,逃走二三十人,在踩访追捕中。”老摩登说:“好!各赏大洋五十元,继续清理进剿。”两人谢过以后,又出城去了。

半个月以后,老摩登夜间在县政府睡觉,已经不大听见枪声。——即或有稀稀拉拉的,也很远,大概在县城附近,已经没有土匪的踪迹了。张得胜和李天寿两位队长回来报告:县城附近二十里以内,土匪全清,壮丁队请进城休息。老摩登很喜欢,预备一桌酒席,请三位队长吃饭,并约高明作陪,一面吃,一面谈论县城二十里以外的剿匪事情。高明说:“县城附近,乃零星散匪,剿捕比较容易。县城二三十里外,便是成杆土匪,每杆至少三五百人,大的一两千,官兵力量小了不中。而且,鄗坞县有一个有名的土匪,名叫陈老猫眼,枪打的很好。他近来在县城三十里以外很活动,而且,出没无常,大部分是马队,到了一个村庄,住上一两天就走,官军到的时候,他早跑了。”

李天寿说:“我知道此人,他和我都是老安的人,一个村子。我们这鄗坞县是出土匪的地方,当年程咬金,单雄信等人,都在我们这一带活动的很厉害。瓦岗寨自古有名。老安更是土匪窝儿,他在河东,河南,河北,山东四省交界地方,距离濮阳,长垣,东明都很近,而且,紧接黄河大堤,前清时代,会在这地方设巡检,有巡检司衙门,以为镇压,民国以后,没有了,离县城有一百多里,县政府鞭长不及,自来的县长,都没有到过那地方,仿佛化外之地似的,因此,养成一个有名的大土匪,名叫陈老猫眼。

“这陈老猫眼,他的媳妇,也是有名的女匪,绰号人称一枝花,和关东大女匪驼龙,是干姊妹儿。她生有四个儿子:陈大猫眼,陈二猫眼,陈三猫眼,陈四猫眼。陈氏老小五猫眼,都打枪打的很准,并且,夜里工夫很好,小儿子陈四猫眼,一枝花爱如掌上明珠,我的徒弟,也有在手底下的,我愿意自去踩访此人,得信报告县长。”

老摩登说:“好!”马上出布告,悬赏一万,捉拿匪首陈老猫眼。并派张得胜带领一千壮丁队,出驻城东南三十里白道口,相机剿捕。老摩登本人,也率领特务出巡,到各联保,检阅联保壮丁和保壮丁队。侦缉队分赴各地,踩访匪踪。

在张得胜带队走后五天,老摩登也到了白道口,第三区长王为也到了。老摩登检阅了全区三十联保,一千名钢枪壮丁队,和以白道口联保为中心和附近四联保,共五联保的保红枪壮丁队,五千人。白道口一个小村镇,一时屯聚了六七千队伍,任何胆大的土匪,自然是不敢来了,老摩登以为。

老摩登又接到李天寿从县正南八十里,牛屯集区署打来电话,说陈老猫眼听说县长亲自率领特务队并且集合六七千壮丁在白道口,他的匪军已经窜到长垣县境去了。

老摩登一想,这事也很有理,便一个人儿带领着刘高手和特种手枪队三十几个人,出来到附近各村落间闲游,顺带着查户口。走在路上,老摩登总是在前面,刘高手总是叫随从的特务队,三分之一在前面,三分之一在后面,剩下的三分之一,分在左右两翼,把老摩登包围起来,他自己紧跟着老摩登。老摩登笑着说:“刘队长太小心了。”刘高手说:“小心没有过失。我自从十七岁,跟着七爷在各地方跑。我作半辈子卫士,自己知道自己的责任,而且,这次临来的时候,七奶奶特别把我叫到屋里,跟我说:老摩登县长是七爷最好的朋友,也是我最喜欢的人,鄌坞县是土匪窝儿,你保护要十二分经心,如有一差二错,我是不能答应你的。”

老摩登一听这话,心里很舒服,问道:“七奶奶,她说我什么?”刘高手说:“七奶奶最赞成县长不过了。她说,县长是天字第一号儿的人物,并且,七奶奶说啦:等到土匪平静了,她还要来鄌坞县看县长。”

老摩登喜欢的心花都要开了。说着黑影儿上来,天已经是眼擦栏儿了,一切都在半迷半忽当中。就是这个时候,老摩登一行人等走到了一个小村儿,看那样儿,也不过几十户人家。

将进村口儿,还没有来的及找甲长拿户口册,便看见路北一个小破门儿里,走出来一个庄稼汉儿,背上背①着粪篓子,一手拿着粪叉子,一手托着旱烟袋,嘴里正抽着,而且,还在冒烟儿。身穿灰色土布撅肚子小棉袄,底下灰色土布棉裤,脚底黑布鞋,那样儿很够土的了。

那拾粪的正向着老摩登和特种队对面而来,和老摩登将一对光,只听特务队第一排有一个人,大叫一声:“这就是陈老猫眼!”话言未了,“砰!”的一声,枪响了,那叫的特务队应声而倒。

说时迟,那时快,拾粪的一枪发后,扔下粪篓,粪叉和旱烟袋,转身进了小破门儿,刘高手哪里肯放,一个箭步,蹿进小破门儿,拾粪的已经越过短土墙,只有半条腿在墙

① 原文为“褙”。

头，刘高手把手一扬，枪声响亮，拾粪的大叫一声："好小子！枪打的真准！"

刘高手三步五步，跟着拾粪的后头，也越过短土墙。到墙外一看，拾粪的不见了。对面有片小树林，刘高手想他是进了树林，忙向树林追去，抬腿将走了两三步，从树林里"唰！"一片枪弹，足有一二十颗，从刘高手的脑袋上，擦着头发过去，这时候天更黑了，刘高手一个人，只好又越墙回来，老摩登和特务队已经在院子里。一个老安人的特务队说："方才那拾粪的，便是陈老猫眼，他想和县长见见面儿，那中枪的特务队也是老安人，所以认识陈老猫眼。陈老猫眼这一枪，又快又准，正中前额，当时死了。"

刘高手说："我一枪，至少也打在陈老猫眼的腿上，他在外面还有人。"老摩登说："我们去看看。"刘高手一抬腿，使足了力气，一踢，小短土墙，"哗啦啦！"倒了一半，老摩登和特务队一跳而过，走近树林，特务队先进去，已经没有一个人，穿过树林向远一望，尘土高扬，一二十匹马，远远的跑了。

这时候，甲长也来了，磕磕巴巴地说了句："县……县……县……长……长……受……受……受惊！请回白道口吧！还来……来……来……来的及。"老摩登说："我今天要查户口，查完户口，便住在你这村子。"甲长"是……是……是……"是了三声，只好拿出户口册子，挨户，一户一户的查，查的每一户老百姓，都变颜变色，没有一个不听说的。

查完户口，已经是二更天了，老摩登在一家大户儿家里，审问甲长和陈老猫眼出来的小破门儿的住户——那是一个五十多岁的老太婆，除了她一个人儿以外，什么人也没有。

老摩登把桌子一拍，问那甲长："你这村子为什么窝藏土匪？陈老猫眼什么时候来的？到此作甚？好好说实话，不然，我今天晚上，就要你的狗命！"甲长吓得面如土色，连说："我……我……我一点儿都不知道您……您……问……那老太婆。"老摩登把眼一瞪，桌子又一拍，骂着说："你这老东西，快死了，还不做好事，竟敢窝藏土匪！不用说，你平常日子一定窝票子。不说实话，我要你的老命。"那老太婆面不更色，没事人儿似的，"嘿嘿"一笑，说道："县长不必发怒，那陈老猫眼，他不过是要看县长，没有旁的。陈老猫眼，他说：老摩登县长从军队里请来人训练壮丁，并且，出赏格要拿他，这样儿的县长，民国以来，他还没有见过，他要看看老摩登，到底生着三头六臂，什么样儿？他本想到郿坞县去看县长，不想县长出巡，在这儿就近拜见，他说是不恭敬的很！"老摩登哈哈大笑，说道："这陈老猫眼，竟敢这样狂言大话，本县，非拿着他不可。"那老太婆说："拿不着了。县长有多大力量，也拿不着了。"老摩登问道："为什么？"那老太婆又"嘿嘿！"一笑，笑着说："不瞒县长说，陈老猫眼的事儿，我都知道。他来的时候，我对他说，你快走吧！李天寿给县长当了侦缉队长，老安人跟随着县长的很多，他们都认识你。陈老猫眼说：我从十六岁当土匪，三十多年从来没有把官兵夹在眼里，那些作官儿的，一个个鸡毛小胆儿，一吓唬就跑，他们还敢把我怎么样？不想，县长给他一枪,打上大腿,不死也受伤,而且,县长一点儿也不怕,又在我们这里一查户口。县长!你不怕,他一定怕了。像你老这样儿的县长,非但陈老猫眼没有看见过,连老身我也没有看见过。陈老猫眼这一下子长垣东明去了,再也不敢在鄌坞作案,如何能拿的住?"

老摩登心说:"对呀!陈老猫眼这一去,一定不敢再来,我如何拿得住他!但是,擒不住陈老猫眼,鄌坞县终不得安宁。"老摩登灵机一动,心说:"有了。我必须设法把陈老猫眼诳了来,方能拿住。必须如此,如此。"

老摩登计划已定,忙叫把甲长和那老太婆押进县城,第二天一早晨,急急忙忙回白道口,逢人便说:"陈老猫眼真厉害,昨天打死了一个特务队,差一丁点儿就把我打死。险哪!险哪!可真险哪!"

在白道口吃了早饭,立刻传令回县,壮丁队全部保护县长开回县城。老摩登回到县城,见着人便说:"陈老猫眼真厉害,差一点儿我就丧了命!"张得胜队长,请求去剿陈老猫眼,老摩登不许,口口声声说:"土匪惹不得!"连张得胜队长调壮丁队去驻城外,老摩登都不许,说:"陈老猫眼如若进城看我,那可怎么好!"县城里,从各机关、学校的职教员,到老百姓都笑着传说:"县长被陈老猫眼打回来了,吓的再也不敢出县城!"

老摩登连升旗都不大出席,作纪念周,派高云三科长代理,从此,再也听不见老摩登说剿匪。但是,老摩登秘密命令壮丁队天天练习打靶,并且,秘密命令各区长和联保主任,严厉执行集中检阅联保壮丁队和保壮丁队,联保主任每周必须把各保壮丁队集合检阅一次,集中时间是二小时。区长每周必到一个联保,以这一个联保作中心,加上附近四联保,共五联保的壮丁队,集中检阅。集合时间是三小时。老摩登用电话命令,并且,查询各区各联保的检阅情形。

过了两个月,因为老摩登不剿匪的空气传遍全县,土匪又闹起来了,陈老猫眼也回来了。一天夜里,老摩登一跳而起,他要剿匪,并且,捉拿陈老猫眼,正是:

守如处女出脱兔,

神出鬼没是用兵。

要知道老摩登如何捉拿陈老猫眼,且听下回分解。

第二十回　一鸣惊人,老摩登剿匪　三跃死线,众猫眼丧命

话说老摩登听说鄌坞县的土匪又闹起来,陈老猫眼也由长垣县回来作案,心中暗喜,自言自语的说:"这回我要一鼓全部荡平。"

半夜二更,盘算好了,第二天,传国术侦缉队长李天寿,叫他把全部队兵分散各地,专访陈老猫眼消息,并且,拿出一张地图,把地名画上号码,打电话的时候,两个人都有

暗名。李天寿一说:“王仁,”老摩登回答“张义,”彼此便知道是谁了。陈老猫眼在哪里,李天寿不说地名,说号码,比如李天寿说:“五十号,”老摩登便知道:陈老猫眼是在老安。陈老猫眼有多少人,也用天干地支报告,甲,乙,丙,丁,……代表一千,二千,三千,四千……子,丑,寅,卯,……代表一百,二百,三百,四百……比如李天寿报告甲子,老摩登便知道,陈老猫眼有一千一百人。

计划定了,李天寿和他的侦缉队,分别出发以后,老摩登命令电话局,把通各区各联保电话,一律增设双线,不许迟延或不通,如若误事,用军法惩办。

李天寿走后,半个月,忽然一天夜里二更,来了电话,用暗号报告,老摩登知道:“陈老猫眼带了八百土匪,在城南三十五里上官村。”老摩登马上披衣坐起,传令县壮丁队长张得胜,特务队长刘高手,限十五分钟内齐队,立刻出发。在这两队都在齐队的时候,老摩登用电话传令二区区长李谨,在三小时内集合所在地附近联保和联保的保壮丁队五千人,联保壮丁队一百五十余名,区署五百名壮丁队作前导,五小时以内,开到离上官村十五里的一道小河边,钢枪队在河北,遇见土匪逃到,齐到截杀,红缨壮丁队五千人,分布河南岸,阻止土匪过河。

分派已定,县壮丁队和特务队,也都齐好了队,老摩登出县府上马,和队伍一齐出发。

从郿坞县城到上官村,本来有一条大道,队伍走起来,只有三个钟头,便到距离上官村五里的一个小村落外面。从小村落里出来一人,前哨忙问:“什么人?”那人回答:“侦缉队长李天寿等候县长。”

老摩登问李天寿:“土匪情形如何?”李天寿说:“他们住在上官村外灵官庙里,拉了半夜票子,现在已经睡熟。他们万也想不到县里队伍来的这么快,团团围住,可以消灭十之八九。陈老猫眼虽然有八百人,全部都是步枪,如若我们使用迫击炮,和机关枪,二千多人用不了,可以分出五百人,由县长率领,在村南五里的高岗上埋伏,陈老猫眼半马半步,步队一定被擒,马队一部分逃出来,可以在那地方大截一阵。老摩登说:“好!”

李天寿又说:“陈老猫眼的步哨,只放到这个小村,和三个徒弟,已经把他们解决了。上村外二里豆子地里,还有陈老猫眼的卧哨,庙门首是陈老猫眼的大儿子陈大猫眼守着,有瞭望哨。我和刘队长先解决这两种哨兵,然后再赶到村南高岗,保护县长。这围攻的事情,全仗张队长了。”

老摩登把迫击炮小队和轻机枪小队拨给县壮丁队长张得胜,归他指挥,自己带着特种手枪队和五百名县壮丁队,绕道往村南高岗去了。

这里,张得胜开始调动军队,包围灵官庙,李天寿一打呼哨,从村子里走出两个人来,那是他的徒弟,王天纵,和王天横两位兄弟,各打一手好袖箭。李天寿问他们二人:“袖箭带好了没有?”二人回答:“带好了。”李天寿说:“我们先去解决哨兵,不可开枪,一开枪,便惊动了庙内的土匪。”

李天寿师徒用夜行术,先轻步儿走,一点声音也没有。走了三里多路,看见一块豆地里,“刷！刷！”的响,里面有人,师徒爬在地下,细看那豆子地里,一闪一闪的小短光,那是触着手电灯发火的微光,李天寿知道已经到了土匪的卧哨。三个人伏在地下,爬着走,走的连半点声音也没有。

在地下爬,因为土地可以传音,夜又正深,旷野荒郊,静寂的不能再静寂,听得越发清楚了。豆地里一男一女,躺着互相调戏,男的说:“靠近些!”女的格格的笑,俏声儿的说:“近了作什么?”这两个狗男女,不料想李天寿师徒三人,已经到他们的几十步的地方,“吃！吃!”两声,袖箭两只,直贯后脑,连叫都没有来得及,(便)见了阎王。

李天寿带上他们的手电灯,又向前走,走了一会儿,到了灵官庙。这灵官庙正门上,有个一间门楼,窗户外站着两个哨兵在四下巡望,尤其注意豆子地里的手电,那四节大手电灯一打,犹如一条探照灯一般,这里便知道有人来了。他们万也想不到豆地里的人,早已经被解决。

夜深了,越发的凉,站在那里,又冷又寂寞,十分不舒服。两个人靠着取暖,这个拿出根烟卷儿,那个擦洋火,洋火一亮,“吃！吃!”两支袖箭直中前额“扑通!”“扑通!”两声,倒在地下。这里,李天寿师徒三个人,来个旱地拔葱,上了墙,使用走壁飞檐的技术,三窜两跳,上了门楼。门楼里睡着的陈大猫眼,在梦中听见“扑通！扑通!”两声,忙问:“什么?”半响,外面没有人答话。陈大猫眼一骨碌身子,坐了起来,摸着手枪,接着,外面又有小响声,仿佛有人又问:“哨兵呢?”没有人答话。陈大猫眼卡着手枪走出来,一探头,李天寿手起刀落,一颗人头落了地。

这时候,李天寿用手电灯向四下一打,一条条白光,在半天空乱转,然后跳下门楼来,又趴在地下。张得胜一看手电灯光,知道李天寿工作已经完毕,传令“开炮!”

土匪正在睡梦中,忽然,大炮响了,声音振动天地,一个一个炮弹,落到庙里,房倒屋坍草棚起了火。一炮接一炮,四门迫击炮,打一个小庙儿,那就不得了。土匪从民间抢来许多女人,正甜丝丝地搂着,猛听大炮,吓得真魂出了窍。急急忙忙穿上裤子,火光照得大亮,吓得爹妈乱叫,鬼哭神号,陈老猫眼也推开十八岁一个大姑娘,提上裤子大叫“拉出去!”

但是,秩序已乱,哪里拉的出去！无情的大炮,仍然是“咚！咚！咚!”一个劲儿的“咚！咚!”响。烈焰腾空,火烧的也快到了眉毛。陈老猫眼和头目们上了马,大叫:“拉出去！不拉出去怎的？死在这里?”两个土匪去拉大门,一拉大门,“哈!”更坏了,两架重机关枪,四架轻机关枪,一齐开,枪弹犹如雨点儿一般的密,土匪成堆的中弹,倒在地下。

秩序越发的乱了,小土匪们大叫“救命！救命!”许多土匪想翻墙出去,将一上墙头,外面排枪起来,一个个中了枪弹,落下墙来。

炮,机关枪,排枪,一齐放,把一座灵官庙,完全包在死的绝户网里。房屋全倒,死尸满地,这时候,陈老猫眼直顿脚,说:“想不到,我们死在这里,”话言未了,他的二儿子,陈二猫眼上了马,叫道:“爹爹,随我来!”陈二猫眼,一马当先,杀出庙门,众头目裹着陈老猫眼,陈三猫眼和陈四猫眼,一齐向外冲,一面冲,一面倒,一面倒,一面死,马脚踏着死尸,向前跑,十个也跑不出八个来。陈二猫眼人强马快,双手打枪,壮丁队挡不住他,但是,他走出庙门没有二三十步,张得胜和二三十个县壮丁队,站在道旁小树后面,张得胜一扬手,枪中马脚,马一倒,人也落地,众县壮丁队一齐开枪,陈二猫眼下世去了!

在张得胜收拾陈二猫眼的时候,陈老猫眼,陈三猫眼,陈四猫眼,和几十名头目闯过去了。接着,大群土匪又向外涌,涌出了一百多人,其余有的死,有的伤,有的被擒。

陈老猫眼和逃出的一百多名土匪,飞也似的向西南跑,张得胜哪里肯放,率领县壮丁队在后面追赶,一面追,一面放枪,迫击炮也掉过头来,追着轰打,这一百多名土匪,跑着,倒着,死着,犹如丧家之犬,落网之鱼。

张得胜赶的很紧,跑到了一个下坡,大部分土匪都跑过去了,陈老猫眼,陈三猫眼,陈四猫眼,和几名有本领的头目,下了马,趴①在坡底下,把枪瞄准,对正张得胜的追兵,“砰!砰!砰!”放了几枪,土匪枪打的好,一“砰!”便倒了一个县壮丁队,又一“砰!”又倒了一个县壮丁队,连着“砰!砰!”连着倒了几个县壮丁队。

这是作土匪的规矩。土匪头目在分钱的时候,特别多得,好吃的,好女人都是他的,但是,在急难的时候,头目要舍命抵御,让其他的土匪先跑。在平日,官兵追土匪,追到一个和土匪有利的地方,土匪“砰!砰!”打死前排追兵几十个,后面便转头跑回,不敢追了,然后,土匪头目再上马,追上他的部下。这一回,陈老猫眼也是照原方儿吃药,但是,老摩登训练出来的县壮丁队,精神不同了。陈老猫眼“砰!砰!砰!……”死了十几个县壮丁,后面的县壮丁队,也回过头来想跑,但是,一回头,张得胜的手枪,正对着他们,叫道:“没有命令,不许退后,”接着,下命令:“散开!卧倒!”“忽!”的一下,县壮丁都卧下了,一点儿声音也没有,那时候不过四更多天,天还没亮,黑乎乎,地上什么也看不见,土匪不见人,是不肯开枪的。过了十分钟,张得胜又下令:“散兵群爬伏前进!”县壮丁队便趴在地下,慢慢儿地向前爬,一班一班的分着向左右中三面爬进,陈老猫眼看着形势不妙,等县壮丁队包围住了,便不好办,急急忙忙上了马,陈老猫眼等土匪一上马,这面县壮丁队又开枪,人不容易打,马很容易中,“砰!砰!砰!”五六个头目倒在地下,陈老猫眼,陈三猫眼,陈四猫眼等土匪,拚命把马一打,连窜带跑,一条箭似的跑了。

陈老猫眼等人仗持着马快,飞跑了三四里,追上了前面的土匪,一齐问:“怎么

① 原文为“爬”。

样?”陈老猫眼摇摇头,说道:“风儿紧的很! 赶快扯胡。”众土匪一听,脸上都变了颜色。

这时候,天光已经朦朦亮了,抬头看,前面一座高岗,岗上有些树林,道路穿树而过,陈老猫眼说道:“我们赶快跑过岗去,有个隐蔽,也是好的,”说罢,众土匪各一用劲,马跑上岗去,跑到岗的半腰,前面一个土匪大叫,“树林里有人!”话言未了,“砰!”一声,枪声起来了。接着“哗啦啦!”轻机关枪开始吐出那密如雨点一般的子弹,土匪等人大叫:“不好!”十几个人和马,都中了枪弹,站立不住,从岗上滑下来,前面的一滑下来,撞倒了后面的,后面也倒了,后面一倒,又向下滑,又撞倒了后后面。这一下,中枪的倒了,不中枪的也倒了。“骨碌碌!”一直滚到岗底下,倒在地面上。

土匪是很能控制马的,就是倒在地下,他们也还身不离马。略喘口气儿,他们一提马丝缰,马又站了起来,回头一看,远远追兵快要来了,这时候,除去舍命冲过以外,没有第二个方法,于是,他们用枪狠命一打马屁股,马因为痛,一跳而上,他们一上,岗上机关枪又开了,十几匹马和人都中了枪弹,倒在地下死了,前面的一倒,死尸滑下来又把后面的撞倒了,后面一倒,又撞倒后后面,照样儿走,又都跌倒岗下。

这样儿冲了三回,也没有冲上岗,后面追兵,眼看就要到了,子弹已经擦过脑袋飞过去,陈老猫眼,可真急了大叫一声:

“难道说,我们死在这里不成?”

他儿子陈三猫眼,说:“爹爹! 随我来!”他用枪刺一扎马屁股,马痛急了,一跳便是两丈,又一跳,便是两丈,三跳上了岗,陈老猫眼和陈四猫眼和众土匪,紧紧跟随。陈三猫眼跳上了岗,县壮丁队不提防这来得那么快,到了眼前,但是,刘高手一扬手,一手枪打出来,正中陈三猫眼的马腿,马一骨碌,倒在地下,把陈三猫眼跌了下来,接着,陈老猫眼等几十匹马一踩,踩成了肉泥。

这时候,特种手枪队的二十响手枪开了,一发二十粒子弹,一齐出来,犹如一架小机关(枪)似的,陈老猫眼率领众土匪闯过的时候,打死了三四十个,连陈老猫眼本人,也肩膀上中了一枪。土匪跑下岗,机关枪掉过头追着扫射,又射死了几十个。

陈老猫眼等残匪,连头也不敢回,舍命一气又跑了八九里,大胆一回头,追兵还没有到,但是,远远的枪(声),知道他们还在追,追,追。陈老猫眼“他妈的!”骂了一句,接着,又骂“狗老摩登县长,又追来了。叫你妈的追!”

这时候,太阳已经滋嘴儿,大地全部光明了。陈老猫眼一看自己身后,只有五六十匹马,“唰啦!”一声,眼泪流了下来。

抬头远望,前面一道河流,陈老猫眼兴奋起来,说:“弟兄们! 我们跑过这道河,前面便有我太太,可以前来接应。”众土匪也都兴奋起来,各个打马又向前跑。

跑着,跑着,经过一个小村落,将到村口,“砰!”的一声枪响,吓得陈老猫眼在马上屁股一颠,几乎落下马来,众土匪吓得七魂皆冒,接着“砰! 砰! 砰!”一阵排枪,二区区长李谨，带领五百名区和联保壮丁队，截住去路，五百只钢枪一齐开，又打死陈老猫眼三四十人，陈老猫眼领着二三十个土匪闯过去，便是河边，忙骑马一齐下水，李谨在河岸上放枪，在河里，又打死十几个。

好不容易，游到对岸，马前蹄将一上岸，岸上埋伏着五千保壮丁队，一个用红缨枪扎马腿，马一着枪，大翻身朝天一仰，陈老猫眼等人，都落下了水，红缨枪扎完马，又扎人。一二十个土匪都死在水里，剩下陈老猫眼和他儿子陈四猫眼，在水里游泳，但是，一游到岸边，红缨枪便扎，游了半点钟，气力便接济不上，陈老猫眼对天叹了一口气，说道："不想我陈老猫眼死在此地！"

话言未了，壮丁队后面，一阵大乱，来了一个女人，骑着快马，双手打枪，打死了许多壮丁，到了河边，正是：

万分危急绝命处，

天外忽然来救星。

要知此人是谁，且听下回分解。

第廿一回　一枝花单骑救夫　老摩登初下老安

话说陈老猫眼被壮丁队困在河里，河北岸有二区区长李谨，率领五百钢枪联保壮丁队，放枪射击，土匪和马在水里游泳，头尾都不能不露外面，一枪打上，不是后脑袋，也是马屁股。河南岸是五千红缨长枪保壮丁队，无论人或马，一上岸就扎，先扎死了马，人到水里，不敢上岸，但是，人的气力，是有一定数量，在水里泅的太久了，是不中的，而且，头一抬出水来，北岸上枪弹便打上了。土匪有的泅的没有气力，不能再泅，喝几口水儿，沉下去了，有的干脆，枪弹打中后脑海而亡，也有的枪弹没有打中后脑海，打中了背梁骨或是屁蛋子，那死的比较慢些，苦海也比较大些，泅水更没有气力了，也是一死。

三四十个跟随陈老猫眼的土匪，都死完了，只剩下陈老猫眼和他的小儿子，陈四猫眼。陈老猫眼肩膀上又曾中了一枪弹，泅起水来，便吃力了，虽然他的水性很好。陈老猫眼和陈四猫眼顺着河向下流游泳，岸上的壮丁队也沿着河岸追，追，追，一个劲儿的追，陈老猫眼和陈四猫眼到了哪里，壮丁队也到了哪里，陈老猫眼和陈四猫眼想上岸，是不可能的。

泅过一点多钟，陈老猫眼气力接不上了，尤其是那只受伤肩膀的手，简直不能用了，陈四猫眼便架着陈老猫眼来泅，泅一泅要把头向水里一扎，防备枪弹打来，而且，泅的方向要时时变更，不然的话，枪弹便顺着那一定的方向打来了。

泅的陈四猫眼也没有劲儿了。他叫一声"爹爹！"两眼流下泪了，"咱父子要死在这河里！"陈老猫眼大叫一声："苍天来救陈老猫眼！"

话言未了，红缨枪壮丁队后面，一阵大乱，保壮丁队向两旁一分，出来了一个大空隙，就在这空隙当中，来了一匹马，上面一人，双手打枪，向左一打，左面壮丁队向后一退，向右一打，右面壮丁队向后一退，陈老猫眼一看，不是旁人，乃是他太太——女匪一枝花！

说时迟，那时快，女匪一枝花马到河边，把左手的枪插在腰带上，右手的枪左右开弓的打，壮丁队一个个的死，"忽！"的一下，分向两边跑，一枝花左手先把陈四猫眼拉起，放在马前，叫道："我儿抓住马鬃。"拉定陈四猫眼，又拉陈老猫眼，放在马后，叫道，"当家的！抓紧我的腰带。"左手拉人，右手仍然在打枪，枪打的很准，壮丁队仍然是一个一个的死，仍然是向后退，退，退。

这时候女匪一枝花拨转马头，在要走以前，回头向南岸一看，南岸上县长老摩登也骑马到了，一枝花大呼一声"老摩登县长！你我后会有期"。南岸上"砰！砰！砰！"一排枪打来，一枝花裆里一用劲，马飞也似的跑了。几千人看着，飞也似的跑了。

老摩登忙传令"马队一律渡河！"等到马队过河去，一枝花已经跑远，除去一道烟儿的尘土以外，甚么也看不见了，

二区区长李谨向前见县长，说道："河弯子地方停有船，我来的时候，早已经看守起来了。"老摩登说："好！你很会办事。"李谨叫人招呼来了船，一船一船的渡，一个多钟头，方才把步兵全部渡过河去。

小说

渡过河去又追，追了十五六里，前面一个大村庄，李天寿带着王天纵和王天横，由村子里出来见着老摩登行礼，口说："县长辛苦了！卑职在上官村灵官庙解决了哨兵以后，便来到此地，心想生擒陈老猫眼，不想从西边来了一股土匪，足有五六十人接应，女匪一枝花，没有下马，飞也似的，逃回老安老巢去了，我来的时候，已经吩咐当地保长准备饭，请县长用些，我师徒再到老安，看看情形如何。"老摩登说："好！"

这时候，有上午十一点钟，开了一整夜半天，壮丁队们也都乏的不行，而且饿的不行，老摩登等人进了村庄，休息了十几分钟，然后吃饭，十几分钟饭吃了，老摩登对张得胜说："我和刘队长带着马队和自行车队先行，你统步兵在后，我们跑步到老安。"张得胜答应一声："是。"老摩登又叫李谨传令：保壮丁队回去，他本人带区和联保壮丁队，随张得胜前往。

分派已定，老摩登上马向前，四六步儿跑着出了村庄不远，便看见前面小道儿上，一辆自行车，老摩登忙问："什么人?"那人也不回答，飞也似的跑了，壮丁队开枪，也没有打着。

老摩登又往前，觉得情形有些不同。壮丁队过的地方，三五个百姓荷着锄站着看，脸上颜色有些不对，老摩登叫特务队去搜查，一搜不要紧，腰里一个人一把盒子枪。老摩登叫他们绑上。接连遇见十来起老百姓，身上都有盒子枪，老摩登笑着对刘高手说："我们可真是到了土匪国了。"刘高手说："这一带是匪地带，县长留神，不可轻进。"一

面搜查，一面追赶土匪，走(了)三个多钟头，望见一座小城似的大寨，特务队说是到了老安。

又走几步儿，就看见李天寿带着十几个人在道旁迎接。老摩登一见面，劈头便问："陈老猫眼呢?"李天寿说："逃往长垣县去了!"老摩登说："这小子跑的真快!"李天寿说："陈老猫眼和女匪一枝花，十二分狼狈的跑回老安家里，屁股贴炕没有多大时间，便有一个骑自行车的报告：县长已经吃罢早饭，率领马队自行车队，追下来了。陈老猫眼吓的魂不附体，一枝花说：我这一辈子也没有见这样牛头的县长。"老摩登噗嗤儿一笑，说道："一枝花，她也知道我的牛头主义。"李天寿说："一枝花说完，立刻上马，和陈老猫眼，陈四猫眼，连老安老巢土匪，一共六十匹马，跑进长垣县境内去了。一进长垣县，便没有办法。因为长垣县本身，没有什么武力，我们又不便进去，而且，一进黄河大堤，官兵也很不容易走动。这都是我徒弟，机灵鬼儿黄顺，他窝底窝出来的。"机灵鬼儿黄顺，上前一打千，见过老摩登，老摩登说："好一个机灵鬼儿，真机灵，赏十块钱，补一名侦缉队。"机灵鬼儿忙跪下，口称"谢谢县长大人赏饭吃!"老摩登忙叫他起来。

老摩登进了老安一看，好一座坚固的寨子，四道寨门，外面护寨河，和一座城池相仿佛。寨门两道铁门，寨四角有碉楼，枪眼，比起一座城池，还要武装的更多些。

进城一看，家家闭户，老百姓一个个探头缩脑，由那鬼样儿知道，他们一定是一肚子鬼胎。老摩登叫李天寿率领着特务队，捉拿平日和陈老猫眼有来往的匪人。老摩登同刘高手，有特种手枪队跟着，在寨子里转。转着转着到旧日巡检衙门，衙门早已经破烂不堪了，门口两个大石头狮子，东倒西歪的，趴在地上。老摩登叹了一口气，说道："古人立制，皆由实际经验而来，不可轻易变更。自从民国以来，把县丞巡检等官一律废掉，只留一个县长和他的科长，秘书，组织县政府，仿佛很简单了，但是，事实上，并不那么简单，许多匪区或险要地方，没有人防守，县政府有鞭长不及之感。"

因为李天寿是老安本地人，情形十分明白，头二等匪虽然跑了，三四等匪或平日通匪的人，还来不及跑，一下子都抓住了。

到太阳平西的时候，县壮丁队长张得胜，二区区长李谨，率领步兵来到老安。老摩登下令："张得胜率领队伍，巡察老安附近四周各村落，李谨严查老安寨内户口。"特务队长刘高手说："县长请到个地方休息休息吧!"于是，老摩登到了一家当铺。乡下唯有当铺的房子坚固又好。这家当铺，双重铁叶门，墙高两三丈，房子是五层到底，老摩登到一个三合小跨院儿北房里，刘高手率领特务队相随。

北房三间很雅致，里间屋一铺大炕，上面被褥清洁，外铺老虎皮两张，中间一张小饭桌儿，外间屋一张八仙桌，两张太师椅，旁面茶几凳子，墙上挂钟，正面迎门是吉林督军孟思远写的一笔虎。

老摩登坐定，当然学徒倒了杯茶，老摩登便叫："传保长!"

不大一会儿，四个保长都来了。老摩登问道："这老安有多少户人家?"其中一个回答："四百三十户，编三保。"老摩登又问："联保处呢？"那保长又回答："设在六里地外一个小村子里。"老摩登忙问："这老安四百多户居民，可算大镇，为什么联保处不设在此地？"那保长说："他们怕。"老摩登问："怕什么？"那保长说："怕……怕……怕土匪。"老摩登把眼一瞪说："胡说！联保处还怕土匪！他们是干什么的？明天早晨八点钟，把甲长一律传来，我要问问这土匪究竟什么情形。"那保长说："县长，这老安住不得。从来没有县长到这里来过，不用说住了。"老摩登问道："为什么？县长都不能住你们的老安？"那保长"期期"半天，才说出来，不是不能，是不敢，因为土匪闹的太凶，这土匪窝儿，没有人敢住。而且，陈老猫眼和一枝花太太，死了三个儿子，陈老猫眼本人又带了双彩，心中十分愤恨，如若今天晚上，县长住在老安，四面各村土匪不少，一齐攻上来，非但县长危险，连我们本村人都提心吊胆！最好县长还是赶回县城，或住在离老安远一点的村庄，保重些，我们本村已经为县里和区里的队伍，预备下了一顿饭，当铺为县长和队长们预备一桌酒席，吃完，连夜走，还来的及。

老摩登听保长把女匪一枝花叫太太，已经够气的了，又说县长住在这里，全村都提心吊胆，仿佛他们受县长的挂拉似的，底下又说预备饭催走，老摩登气往上撞，大叫一声："胡说！这老安是我的辖境，我为什么不敢在这里住？县长怕土匪，这县长还作他做什么？你们回去，我一定要住在你们老安，会会土匪老爷，明天早晨八点钟，把甲长一律传来，少一个我枪毙你们！"

四个保长各出一身大汗，溜出了屋门。

老摩登在床上略歪了歪儿，当铺做的酒席预备好了。李天寿捉拿残匪，和李谨查户口，都完了，一共捉着三十二个通匪的人，平日作线窝票，自认不讳。又查出可疑的二十多人，搜得鸦片，白面十几处，老摩登吩咐暂押当铺空房，以后随同壮丁队，押解进县。

已经是掌灯的时候了，酒宴摆下，老摩登，张得胜，刘高手，李天寿同吃，老摩登说："四个人吃一桌菜，太可惜了，把王天纵，王天横，机灵鬼儿黄顺等，李天寿的徒弟一同(叫)来吃！"他们能同县长一桌吃饭，觉得太光荣了，后来，老摩登再下老安，得他们弟兄的出力不少，这是后话，暂且不表。

吃完饭，老摩登传令："张得胜率领县壮丁队守寨，碉楼归迫击炮小队，寨门归众机关小队，全由张得胜指挥。李谨率领区壮丁队，负责寨门以内，街道巷口设岗，轮流巡逻。特务队刘高手，侦队长李天寿，负当铺警备责任。"

分派已定，刘高手和李天寿说："今天情形严重，咱哥儿俩责任要分开，院里和屋里是我的责任。门上，墙上和房上是李大哥你负责，我把轻机枪小队拨给李大哥指挥，放在大门洞儿里！"李天寿说："对！门上，墙上，房上，我们师徒轮流有人，请刘大哥放手。"老摩登说："太周密了，用不着吧！"刘高手说："小心没有过错，县长日夜劳乏，请里间安歇，我在外面，拼四张凳子歪歪。"老摩登说："兵丁们劳苦，也叫他们一半睡觉，一半防守,分前后夜。”张得胜,李谨,李天寿,各各答应一声:“是!”立正敬礼,去了。

老摩登太疲乏了,一贴枕便“呼!呼!呼!”睡着了,半夜曾被老安四周的枪声,惊醒两三回,但是,醒了没有两秒钟,睡魔又把老摩登勾回睡乡去了。

第二天醒来,已经天光大亮,太阳上了窗,老摩登一看表,已经七点半,一骨碌起来,说道:“老安一带土匪真多,和我初到县城的情形一样了。”洗洗脸,漱漱口,已经八点,老摩登问:“保甲长都到了没有?”刘高手回答:“一清早就来了,在外厢候着县长。”老摩登说:“叫他们进来,并请张队长,李队长,和李区长。”

没有一会儿,人都传齐,老摩登出屋子,张得胜喊:“敬礼!”大家一齐立正。保甲长不会立正,也把脚一踩。

老摩登开言道:“我决心要肃清老安一带的土匪,并且打死陈老猫眼和女匪一枝花。你们这些人,在匪区当保甲长,十个有九个半都通匪,不然的话匪不会闹的这么凶。”保甲长全身一哆嗦,忙说:“小人们不敢。”老摩登说:“既往不咎,以后不许通匪,匪来要报告。”保甲长说:“是。”老摩登说:“你们既然答应,这事不是随便说的,切具甘结,如若通匪、助匪,或匪来不报,或不协助官兵侦缉剿捕,愿以匪党论罪,执行枪决。”保甲长一听,吓的面如土色,跪在地下,叩头如捣蒜,口称:“县长大人饶命,小人不敢写。小人写了拿不着陈老猫眼,陈老猫眼报仇,杀了小人们的全家满门。”老摩登说道:“你们不必怕,三个月里,打不死陈老猫眼,我这县长不作了。”保甲长看县长真急了,马上具了甘结。

于是,老摩登传令:“留下张得胜领县壮丁队一千会同李天寿侦缉队驻在老安,限一个月,肃清老安及附近一带土匪,相机侦捕陈老猫眼,及女匪一枝花。刘高手领一千县壮丁队,随本县长回县,李谨即率区和联保壮丁队回区,没收陈四猫眼随同土匪财产全部,用以拨付此次阵亡壮丁队恤金,每名三百元,受伤出五十元至二百元,以后匪来不报,剿匪地方不协助,保甲长一律枪决,人民罚款充恤金和养伤费。”

老摩登吩咐完毕,便回县去了。把保长吓的连气不敢出,心说:“我们一辈子也没有看见过这大牛劲的县长!”

老摩登回到县城,因为夺得土匪八百多只钢枪,三百多只手枪,四百多匹马,便把县壮丁队扩充为四千人,又下令各保壮丁队半数使用钢枪,人民因为剿匪成绩好,没有阻力的便办到了。

过了一个月,张得胜报告:老安附近土匪已清,陈老猫眼远逃山东,老摩登便令张得胜分三百名壮丁队给李天寿留驻老安。他带一半到城西南八十里牛屯集驻防,因为那是通封邱的边界,土匪也很凶,谁想过了半月,陈老猫眼竟领山东曹州两千土匪,又进入老安,说要报仇,李天寿全家被杀,正是:

人间不可结仇怨,
就是土匪也惹不得。

要知后事如何,且听下回分解。

第廿二回　土匪报仇,小白狼集杆曹州　县长捉贼,老摩登再进老安

话说陈老猫眼和他的太太,女匪一枝花,因为老摩登剿匪,杀死他三个儿子,陈大猫眼,陈二猫眼,和陈三猫眼,只剩下小儿子陈四猫眼,随着由河东逃到河北,又逃到山东地面,到了山东曹州,一枝花的兄弟小白狼家里,放声大哭,咬牙顿脚说:“此生此世,必报此血海怨仇。”他们更恨李天寿同村的人,而且,平日也和他们通着,这回竟当了县政府的走狗,打死了陈大猫眼。

一枝花虽然是土匪,究竟是女人,爱儿子的心太盛了,哭的泪人儿似的。哭的她的娘家兄弟,小白狼也急了,小白狼说:“姊姊!不必生气,弟弟一定替姊姊报此仇也。”一枝花跪在地下,口说:“好弟弟,受姊姊一拜。”小白狼拉她起来,说:“姊姊!你这是怎么了?你我骨肉兄弟,一奶同胞,何用如此!我小白狼在这曹州一带,不是对姊姊你吹,一号召两三千人,不成问题。可惜他们都散开了,我为你跑一跑,不到两个月,弄齐了,咱们再取老安。这老安离县城一百里以外,县城发兵,至少两天,我们先杀了李天寿全家满门,解决了他的县壮丁队,等到老摩登,那牛头小子来了,咱们就走,叫他们来回拉锯的跑,跑也跑死他王八入的!”一枝花说:“好兄弟!姊姊的这一条命,就在你的手心儿里。”

小白狼出去跑了一个多月,便回来了,带来十几杆儿土匪,一共两千多人,作线儿的又来报告:“张得胜已经率领县壮丁队到牛屯集去了,只剩下李天寿,带几百人留在老安,女匪一枝花哈哈大笑,说道:“这是老天爷帮助我成功也!当家的,咱们走!去到老安杀死李天寿全家满门。”陈老猫眼是很怕太太,太太的话犹如命令一般——其实命令还不如太太的话,连忙答应一声:“是!”是完了,便把土匪拉了出去。陈老猫眼,一枝花,小白狼三个人率领两千多土匪,由山东曹州,经河北长垣,到了鄜坞县边境,停了半日,等到天黑,向老安进发。

三更时分,到了老安,守寨的壮丁队开枪,但是,人数差的太多了,无论如何,也敌挡不住,李天寿,王天纵,王天横,和机灵鬼儿黄顺,仗着一身武功夫,杀出一条血路,率领二百名县壮丁队,狼狈逃出老安,直奔牛屯集,到张得胜那里,但是,走得太匆忙了,家眷来不及带出来,到牛屯集,李天寿放声大哭,说他的全家大小,一定被陈老猫眼杀了,那是无疑的。张得胜一方面安慰李天寿,一方面打电话,报告县长老摩登,老摩登哪敢怠慢,马上传令:县壮丁队三千,由特务队长刘高手率领,限十五分钟内出发,同时命令张得胜率队由牛屯集出发,在老安会齐。

但是,老安离县城一百二十里,走起来,无论如何,要两天,马队和自行车队太少,敌不住土匪,等老摩登到了老安,陈老猫眼在两个钟头以前(都)跑了。李天寿见着县

长,叩头大哭,求县长为他全家报仇。老摩登把保甲长传来,保甲长说:“李队长的家眷,因为我们一再替说话,并没有死,被陈老猫眼带到山东去了。”一枝花说:“等到拿住李队长,一齐破腹挖心,祭奠他的三个儿子。”老摩登心里明白,这匪区的保甲长,都是匪的爪牙,他们是两头儿汉奸,县政府和土匪,哪边儿也不得罪,帮土匪比帮县政府要多的多,因为在老百姓眼里,官就是匪,而且,官还不如匪。

老摩登忽然灵机一动,眼珠儿一转心说:“有了。有了。我必须如此,方能擒得陈老猫眼。”便对保甲长们说:“我一定要捉拿陈老猫眼,用你们几个人当特务队,你们可愿意去?”其中有三个甲长说:“我愿意去!”老摩登说:“好!”对刘高手说:“给他们各补一名特务队,随队回县。”老摩登又对张得胜说:“你们在外已久,太辛苦了,也随同我一同回县。陈老猫眼忽来忽跑,你们也剿不了,我们要报告专员,联合各县,一齐会剿,兵丁们也叫他们休息休息吧!”

老摩登又把李天寿叫到一里间屋,对李天寿说:“我一定为你拿住陈老猫眼,夺回家眷,你要在这老安和长垣,曹州一带访查,陈老猫眼一来,马上用秘密通电话的方法,报告我。”李天寿叩头如捣蒜,说:“县长待我恩重如山,既然是为我报仇,我一定舍命而为。我的徒弟,分布曹州一带的也不少,也有当匪的,我可以教他反正,归顺县长,陈老猫眼不难擒住,只是县里发兵,一定要快,非当天到不可,不然,他们便跑了。”老摩登说:“我自有道理,你放心,陈老猫眼不来便罢,一来一定跑不了。”李天寿又叩头,口称:“谢过县长,县长如能拿住陈老猫眼,寻回我的家眷,便是我的重生父母。”老摩登一把拉起李天寿,说道:“言重了。你我是弟兄,你的家眷,便如我的家眷。”

李天寿走了,老摩登便回县。到县第二天,作扩大纪念周,全体壮丁队,特务队都参加,连新补的老安三个甲长也参加,老摩登当场报告:中央要在濮阳,长垣一带,修筑国防工事,用运料汽车一百辆,沿途地方负责人员,都要给与便利。”回衙门便写封亲笔信,命刘高手本人秘密到故乡县见龙军长,信内报告土匪情形,并请借国防部运料汽车八十辆,龙军长回信答应了。过了半个月,汽车开到,县里人都说是要开到长垣的运料汽车。

又过两天,李天寿用电话,用秘密方法报告,老摩登知道陈老猫眼又进了老安,土匪数目还是两千多人。老摩登告诉李天寿,两天内在长垣边界见面。第二天早晨,升旗时候,对全体公务员,壮丁队和特务队说:“陈老猫眼土匪人多,跑的快,一县的力量不够,我就到魏郡,面见专员,请求各县会剿,一星期以后,可以回县,县政由高云三科长代拆代行。”说完立刻动身到河口,上火车,全体特务队送到车站,老摩登把老安新补的三个特务队叫到面前,对他特别说话。

老摩登对老安三个甲长说:“我到魏郡,拜见专员,少者七天多者十日,才能回来,你们三个为我到老安,打听陈老猫眼情形,回来报告我。明天清早一定要到老安。你们会骑自行车不?”三个人回答:“会骑。没有车。”老摩登叫政务警察队,借他们三辆自行车。三个甲长抬头一看太阳,正午将过,说道:"有好车子,今天晚晌就可到老安。"老摩登说:"今天不能到,连夜赶,至迟明天早晨一定要到。"三个甲长答应声:"是。"骑自行车走了。

车开出去,到了第一站,离河口不过三十里,老摩登叫刘高手下车,说道:"你明天下午,预备三辆洋车,在此等候,车人都要好的,我明天便回来。此事秘密,不可泄露。"刘高手下了车,老摩登带着一个特务队,又上车去了。

不到半天的工夫,车到了故乡县,老摩登急忙到城外一座大庙里,拜访龙军长,谢谢对剿匪一切帮忙,又谈说起在濮阳鄘坞一带的国防工事,都由龙军长所部建筑,并不征集民伕,一切办法很好,老摩登告辞出来,找家旅馆住下。

第二天上午,老摩登坐上第二班开(往)河口的火车。下午七点,到了离河口一站的地方,下了车刘高手早在车站等候。老摩登一见面,便问:"洋车预备好了没有?"刘高手说:"预备好了。"老摩登,刘高手和一个特务队都上了洋车,沿着火车道走,不走河口火车站,从旁边岔道,转鄘坞县,四十里路,三个钟头,晚十点到县政府,马上下令:"县壮丁队四千人,限十五分钟内齐队,分乘七十八辆汽车出发,特务队乘两辆汽车,绕道牛屯集转赴长垣边界。"

这时候,老摩登又把高云三科长请来,说道:"今天夜间,对不起,请您不要睡,打一夜的电话。"高云三说:"中,我夜里最有精神。"老摩登说:"对。二十四圈麻将,一定天亮。"高云三也笑了。

小说

老摩登拿出一张地图,对高云三说:"我要遍天撒下绝户网,擒拿陈老猫眼和女匪一枝花,请你为我布好网面。"高云三笑着说:"擒来一枝花,给我当姨太太。"老摩登笑着说:"只怕你不敢要。"

老摩登把脸一沉,用手一指地图,说道:"你看这地图上有三个大红圈,红圈正中是老安。第一圈二十里,第二圈三十里,第三圈四十里。这三圈离老安太近,今夜不可打电话,一打电话,打草惊蛇,陈老猫眼一知道就跑了。

老摩登又一指地图说:"你再看这地图一个红点,都是周围大约十里的联保处。以县城为准,由近而远,打电话给各联保主任,叫他们在两小时内,集中各壮丁队一千人,钢枪至少一半,,带到离联保处所在地以外三里地方的村庄,等候着国民军训处委员检阅。"

"这些电话都打完了,请您睡一小会儿到十点钟——千万不要误了,告诉站岗的政务警察队,到时叫您——再打电话到离老安四十里和三十里内的各联保,那时候我们已经动手,土匪知道也没有关系。离老安二十里内的联保不打电话,打也没有用处。千万切记。时间不可错误。"说到这里。老摩登一瞪眼,高云三科长连答应三声:"是。是。是。"

这时候,队伍也齐了,老摩登和他们一同上了汽车。"呜!呜!"两声开动了,一个小时的光景，到二区区署，老摩登把区长李谨，叫到面前，叫他们天明五点，传令把区署所在和前后左右五联保的保壮丁队伍千人，在三小时内集合起来，至少一半钢枪，连区署的联保壮丁队五百名，共有三千多名钢枪队，二千多名红枪队，带到区署西南十里的村庄埋伏，正午以后，陈老猫眼的一部分土匪败到这里，一定要擒住他们。”李谨答应声：“是。”汽车又开了。

满天星斗，在荒郊中睁着两只火盆一样的眼睛，“夫哧！夫哧！”一面喘气，一面走。又走了一小时的光景，到五区区署的牛屯集，区长赵慎来见，老摩登教他在天明以前四点钟下令，把区署附近五联保保壮丁队五千人集合，连同区署钢枪壮丁队五百人，带到东面十里地方埋伏，午前十一时左右，陈老猫眼一定败到这里，截杀一阵，不得有误。”赵慎也答应声：“是。”去了。

春天的午夜，天有些寒凉，一个个冻的牙打牙“达！达！达！”响。汽车离牛屯集二十里，便出了县境，来到封邱。在封邱县境走了一个半小时，到了东明，在东明县境又走了两小时，进到长垣，天明六点钟的样子，到距离老安十里的鄌坞长垣交界地方。本来从鄌坞县城到长垣有一条路，因为不是公路，而且要经过老安，怕惊动土匪，绕道封邱，东明，到长垣，土匪是做梦也想不到的，好在用汽车运兵，多走一二百里，不算什么。

到了鄌坞，长垣两县交界地方，李天寿正在那里等着。老摩登叫他上车，李天寿上了车，对老摩登说：“这鄌坞，长垣边界，乃是陈老猫眼的归路，匪党很多，不可久停，我可以绕道濮阳边界，从老安东寨门攻入。南门和东门是县政府进剿的来路，北门是退路，土匪都严加防范，步哨也多，东门离濮阳界还有三四十里，他们一点也不注意，我们绕道而来，出其不意，可一鼓而擒也。好在濮阳正做国防工事，有这些辆汽车运兵，他们以为是去修国防工事的，绝对不疑惑。”老摩登说声：“是。”马上叫汽车开濮阳边界。

李天寿在汽车里又对老摩登说：“我们的人已经在老安布置好了。昨天县里回来三位甲长，说县长到魏郡见专员去了，要七天到十天才能回来，他们亲眼看见上的火车。陈老猫眼听见，哈哈大笑，他说：这回牛头也没有主意，我先足绑他那七天十天的票子。保长拍陈老猫眼的马屁，今天给土匪老爷唱戏，我们到老安，他们正在看戏，忽一进去，可以全拿住。”

老摩登很喜欢。

李天寿又说：“陈老猫眼绑去我全家，我非抢回来不可。”老摩登说：“拿住陈老猫眼，不愁没有你们的家眷。”李天寿说：“我的徒弟们混进老安的不少了。只要我们一开炮，老安里面火便起来，里应外合，一定可以成功。”老摩登说：“太好了。”

李天寿又说：“我的女徒弟已经加入戏团，混进去了。几个踩软绳的，功夫很好，凭他们也可以擒住陈老猫眼和一枝花。现在老安土匪窝儿里，溜马的，上槽的，也都是我的徒弟，炮声一响，他们先烧马棚，带走马匹，使土匪跑也跑不快。”老摩登说：“这手儿太妙了！”

李天寿又说：“县长你放心，这回一定成功，老安里卖吃食的，赶集的，我的徒弟也不少。还有许多徒弟，他们就是老安人，家也在老安，炮声一起，他们都出来一齐杀土匪。”说的老摩登，心花儿都开了。

说话之间，已经到了濮阳边界。老摩登看看手表，已经上午九时，李天寿说：“戏已经开了，陈老猫眼，一枝花，陈四猫眼和小白狼，正在看戏呢！”李天寿又说：“小白狼是一枝花的弟弟，此人足智多谋，不可不注意。他会主张官兵来剿，化整为零，分为几杆乘着空隙，进窥县城，县城没有军队，县政府职员和各机关首长，可以全都绑出。”老摩登心上一惊，心说：“那可不得了。”继而一想：“不要紧，我已经在各地布置下了绝户网，只要打倒主力，几百人，到处都可解决你。”

汽车进了鄄坞县境，离老安十里停下。老摩登下令：“张得胜带壮丁队两千人，乘汽车转到北门，截住土匪归路。李天寿带壮丁队一千五百人，攻打东门，为先入部队。刘高手率带壮丁队五百人，在南门，东门，等候逃出土匪截杀。机灵鬼黄顺，先便衣去夺土匪马匹。王天纵，王天横，解决步哨和东门瞭望哨，并夺东门。”分派已定，各自出发去了。正是：

万事齐备欠东风。

炮声一响天地惊。

要知后事如何，且听下回分解。

第廿三回　陈猫眼，四陷重围　老摩登，三入老安

话说陈老猫眼在老安集上看戏，左边儿，他太太，女匪一枝花，右边儿，他儿子陈四猫眼，十几位保甲长，满脸陪笑的逢迎着。只有他内弟小白狼没有来，请了三回，来了，坐一会儿，又走了。

野台子戏，围着台看的人，犹如人山人海一般。唱的是河南梆子，外加杂耍儿，有女马戏，两个姊妹儿踩软绳，一身红裤红袄，脑后大抓髻，乌黑黑儿的，手拿五彩绸子裹的彩棍，两头儿飘着粉红彩子，年纪儿也不过十五六岁儿，腰儿细，身儿轻，腿脚儿伶俐，踩起软绳来，左一歪，右一摆，右一扭，左一摇，大有飘飘仙女的样儿。

陈老猫眼看得眼都直了，一直叫：“好！好！好！”使劲拍他的两只大手。

踩软绳的踩完了一回，陈老猫眼把她们叫到面前，赏她们吃酒，两个姊妹儿吃过酒，脸上泛起微红，越来越红，后来红得像胭脂似的，和红裤儿，红袄儿一配，上中下三红，很好看，陈老猫眼叫她们坐在身边，并且问她们，“叫什么名字？”一个说：“我叫王日娥。”一个说：“我叫月娥。”陈老猫眼说：“原来是王氏二娥，好功夫。出嫁了没有？”两个女孩儿，脸更红了。陈老猫眼正要再向前进行，太太女匪一枝花一声咳嗽，这一声

咳嗽比一道命令的力量还要大。陈老猫眼马上把身子向旁边儿一闪，躲开了，王氏二娥一看这情形，也溜之乎也。

王氏二娥将将离开陈老猫眼，到台后，“砰！”的一声，一个炮弹正落在陈老猫眼的身边，炸死了几十个人。接着“砰！砰！”又两炮，落在陈老猫眼身后，又死了几十个人。这炮自然是老摩登率领的壮丁队放的迫击炮，但是您说，为什么这炮射的这么准？因为李天寿是老安人，戏台在什么地方，距离有多远，他十分清楚，有他指点着开炮，炮打的很准。而且，土匪都聚在戏台前面，正好是炮的目标。

“砰！砰！砰！砰！砰！”接连着十几炮，把陈老猫眼吓的三魂出窍，老百姓一齐向外跑，女人叫，孩子哭，一阵大乱。陈老猫眼，大骂一声：“这牛头县长，他，……他！……他又来了！这便如何是好？”女匪一枝花倒很镇静，她大叫一声：“弟兄们！找马匹枪枝，赶快拉出去！”一句话，提醒了众土匪，“哗啦！”一下各自奔跑，回到自己住所，找马匹和大枪，因为他们听戏，随身只带一只手枪。

这时候，戏台后火起来了。接着，各处起了火，足有十几处，陈老猫眼、陈四猫眼、一枝花，三个土匪头儿，离了戏台，向外跑，外面乱跑的如同蚂蚁盘窝一般，枪声四起，炮仍然在放，却不落在戏台子前了，目标是陈老猫眼的住宅。因为开炮的人，也知道放过十几炮，戏台前面的土匪，都跑光了。

陈老猫眼一家三人，跑到自己的家门口，自己家里也早已起了火。枪由里向外打，陈老猫眼绕到后面马棚找马，马棚早烧光了，马是半匹也没有了。非但陈老猫眼没有马，所有的土匪，都找不到马，马都被机灵鬼黄顺招呼溜马的，上槽的，拉跑了。因为土匪都听戏，至少有一半马在寨子外溜放，炮还没有响，就都拉跑了。

陈老猫眼一看没有马，大顿脚，说道：“这可糟糕透了！一定是李天寿们干的，回到长垣，杀死他的全家满门。”

枪声越发的密了，密的像雨点儿一般，陈老猫眼说：“坏了！他们进寨门了！”他儿子陈四猫眼带哭声儿的叫一声：“爸爸！”说道：“咱们逃吧！”一枝花叫一声：“我的儿不要怕，有妈妈呢！”

三个人只有跑了，跑到寨中十字道口，预备转向北门，奔长垣，但是，将近十字道口，机关枪响了，那里，早已放上机关枪，人死了有半条街。

陈老猫眼急忙退了回来，穿小巷子，来到北门。将一到北门，北门口儿上堵满了要逃的土匪，足有几百人，有人从沿城巷向外放枪，凡是跑到城巷口儿的，都中枪死了。又没有马，冲是不容易冲。陈老猫眼大叫一声：“我命休矣。”女匪一枝花，也直了眼儿。

正在危急万分的时候，后面忽然一阵大乱，陈老猫眼回头一看，不是别人，乃是自己的内弟小白狼，手里拉着四匹马来了。

这真是救星光临。陈老猫眼，陈四猫眼，一枝花和小白狼都上了马，裆里一用力，马向前一跳,跳过了城巷。回头一看,放枪的穿着红衣裳,乃是踩软绳的女子,一枝花叫陈老猫眼:“你看! 这就是你爱的两个!”陈老猫眼说:“这又是李天寿捣的鬼!”

好在是白天,寨门不关,马两跳三跳,跳过寨门和护寨河,回头一看,又有几十匹马冲出来了,陈老猫眼很喜欢说道:“此番活命,乃是内弟之力!”小白狼说:“不知道怎么回事,我总觉得情形有些不对,不敢看戏,守着马匹枪枝,没有被黄顺那小子给抢了去。我的人都是自己上槽喂马,也没有拉出寨子溜放,所以他们还有马。”

在陈老猫眼,陈四猫眼,一枝花和小白狼的后面,土匪有的骑马,有的脚打地,像一窝蜂似的跟着跑。跑出寨北门没有多远,也就是半里的光景,“砰!”一声枪响,张得胜率领壮丁队主力,在那里等候着,陈老猫眼等左冲右突,无论如何,也冲撞不出去。重轻机关枪三面一齐开,步枪和手枪的子弹,头上腿下,打中就倒,土匪死了一大半,也还是夺不出路来。后面枪声又打到身上,寨子里的壮丁队,又攻出来了。陈老猫眼看着被围,只好把马头一拨,转向东北,绕过老安集直向东方而去,来不及转的土匪,都死在老安北门外。还有千把土匪,随着他跑,一半有马一半用腿跑。

这时候,老摩登也从老安寨里面追了出来,对张得胜说:“陈老猫眼不能退回长垣,一定折向东方,想由牛屯集入封邱县境,三区区长赵慎,已经在牛屯集附近布置好了。他在牛屯集不能通过,一定又向西南转,想由丁栾集,转入东明县境,也许有一部分要向县城窜,那可不得了。你和赵慎要分开,赵慎追往东明那一股,你追向县城那一股,二区区长李谨,也已经在半途布置好了。你们二人前后夹攻,我在丁栾集和赵慎夹攻,可以全部歼灭也!”张得胜答应一声:“是!”带队追赶下去。这里老摩登在老安收拾残匪,不到一个钟头,不跑的非死即捕,没有什么了,便上汽车,斜向西南,到丁栾集,等候陈老猫眼,这可暂时不表。

且说,陈老猫眼率领千把土匪,向正东舍命的跑,但土匪一半没有马的,他们又要讲义气,不肯丢下不管,跑的便慢了,张得胜带着壮丁队在后面紧追,前后的距离,总是三五里。

陈老猫眼跑到三点钟,离牛屯集只有十里,对他内弟小白狼说:“牛屯集是区署所在,一定有壮丁队,如今鄘坞县,就是小小区署壮丁队,也不可小看,我们要躲开,斜着向西南进封邱县境就好办了。”小白狼说:“我还是主张向北冲,冲到县城,那里空虚,我们可以把鸟官都杀了,出这口恶气!”陈老猫眼说:“那究竟是一条死路。”小白狼说:“你们可以向封邱逃,我带领一部分人去县城。”女匪一枝花说:“好兄弟! 我们死在一齐吧! 人一分,力量更弱了,再遇见壮丁队怎么办?”小白狼骂道:“还有他妈的壮丁队!”话言未了,前面“砰!”一声枪响,把陈老猫眼吓了一大跳,抬头一看,前面壮丁队遍野都是,有红缨枪,有步枪,陈老猫眼是久干土匪的人,用眼一看,叫一声“我的妈!”说道:“足有五六千,”回头看看自己的人,一路被兵枪打死的,跑不了倒在地下死了的,剩下不过七八百人儿。

小白狼说:“事到如今,还有什么办法,只有冲!”他一打马,冲向前去,一枝花紧紧相随,接着陈老猫眼,陈四猫眼,和众土匪也都向前冲。但是,哪里冲得过去。这保壮丁队一半步枪,一半红缨枪,比全部步枪更好,因为步枪打远不打近,红缨枪便比步枪轻便灵活多了,而且,不扎人便扎马,扎倒了马,人一定落地,不被擒也丧命。赵慎把壮丁队分布两层,相隔半里,小白狼拼命冲出第一层,又来了第二层,第一层一转身,把土匪包围起来,小白狼,一枝花,陈老猫眼,陈四猫眼和众土匪,左右冲撞,也撞不出去,过一会儿,后面枪声加密,可以知道张得胜的追兵又赶上来了,小白狼把牙一咬,说道:“我死也要冲出去!”陈四猫眼说:“舅舅!我跟着你!”两个人一冲,竟冲出去了,一枝花和陈老猫眼紧紧相随,冲出了天罗地网。但是,在他们冲出去以前,张得胜的县壮丁队,早到了。壮丁队训练好,敏捷多了,张得胜又会调动,他并不加入作战,而分兵由两翼向前包抄,等到小白狼等人冲出区壮丁队的包围线,县壮丁队的包围线,又包围上了。小白狼叫一声:“我的天,难道我们眼睁睁死在这里不成?”

这时候,县壮丁队和区壮丁队,一共八千多人,围着五六百土匪,这五六百土匪,是很难出去的。最后,土匪真急了,小白狼叫一声:“我的姊姊!”一枝花,这杀人不眨眼的土匪,也落下泪来,回叫一声!“好弟弟!”小白狼说:“你看!他们防我们向西南窜往封邱,那一方面的壮丁队最密不容易冲出去。我们要分兵两部,我带一部向西北冲,壮丁队一定向西北移动,在这移动的时候,你们好向东南冲,冲到丁栾集,可以转入东明县。”陈老猫眼说:“对!”一枝花哭着说:“但是,弟弟!你便走上死路了!”小白狼:“唉!”了一声,说道:“二十年后,大汉一条,如若能到鄌坞县,一定杀死那些鸟官们的全家大小。姊姊!你们死里求生吧!”说罢,就是这狠如狼的小白狼土匪,也哭了。

抬头看,一轮红日当空,时间已经是人间正午了。

小白狼大叫一声:“愿意进县报仇的随我来!”当时有一半土匪随小白狼向西北方一冲,一冲一退,一退又一冲,接连三五冲,壮丁队看见那一方面紧,渐渐移向那方,张得胜因为县长有话,怕土匪乘虚攻县城,也很注意,他本人也转向西北方来,这时候一枝花一马当先,对陈四猫眼叫一声:“我儿!随我来!”陈四猫眼,陈老猫眼和众土匪紧紧相随。一冲,两冲,三冲,竟冲出了死线,在面前又展开一条生路。

一枝花等土匪拼死命向前跑,没有马的土匪,早都死光,能随上的,都是有本领的大小头目,赵慎听了张得胜的话,两个分兵各追一方。区壮丁队的追劲儿也比较差,一枝花、陈老猫眼、陈四猫眼等土匪,跑出二十里,后面枪声渐稀,回头一看,跟随自己的仅有百八个人,陈老猫眼放声大哭,说道:“这回,我们的人,可以说是死净了,你我两家多年的本钱,这回可以说是全部用完,即或逃得活命也,不能再起。”一枝花也大哭,说道:“当家的,如若此蒙苍天保佑,逃出天罗地网,你我夫妻带着四眼儿,作个小本经营,洗手不干了。”他儿子陈四猫眼说:“爷娘不必悲伤,咱们还是舍命的跑吧!”说完,三个人各一打马,马向丁栾集,又一道死线跑去了!

太阳平西，就要向下沉的时候，陈老猫眼一行百十个土匪，来到丁栾集寨外的一个小树林儿里。苦战了一整天，水米没有打牙，什么吃的东西也没有入口，不用说人，就是马也饿的，并且疲乏的，一动也不动了。听听后面没有枪声，追兵已经落下太远了。陈老猫眼叫土匪们下马，休息休息，再打听丁栾集有没有官兵，可以进去找点吃的。

马把鞍子向上掀一掀，人倒在地下，便起不来。

作土匪，无时无地不警备，尤其是土匪头儿，全杆儿的生命，全握在他一个人的手心儿里。陈老猫眼走出树林儿，四下张望，并没有什么，然后抬头向天空长出一口气，说道："此番活了！"话言未了，一声炮响，犹如天崩地摧一般，四面伏兵尽起，陈老猫眼一看，八方各面重重密密，足有七八千人，县长老摩登坐在寨门碉楼之上。

这一下子，可把陈老猫眼吓得三魂七魄皆不在，马上昏倒在地。一枝花赶忙把陈老猫眼拉进树林。众土匪一惊而起，爬伏在地，不敢动一动。

接着迫击炮的声音，重机关枪的声音，轻机关枪的声音，步枪的声音，手枪的声音，枪声震的五脏六腑都痛得厉害，虽然是对于惯听枪声的土匪们，也是这样。

同时："杀呀！杀呀！杀呀！"成万人的杀声，振的耳膜都要振破了。

一会儿寨子里男女的喊声，打铜铁器皿的声音，声动天地，玉皇大帝在九霄云上都有些不安了，土匪们爬伏在地下，仅仅爬伏在地下，一口大气儿，也不敢出。

小说

半点钟以后，陈老猫眼苏醒过来，长叹一声，说道："此番休矣！"说着一拉一枝花的手，拉的很紧很紧，眼中落泪，说道："想不到你我为匪一生，到如今遇到了这个牛头县长！"一枝花也眼泪直流的说："当家的不必悲伤，等到天黑，你我舍命闯出重围。"

包围圈越来越缩小，子弹在土匪脑袋上飞，土匪也在树林里爬着退，自然在最前面中弹而亡的，也不少，最后五六十人爬到一棵大白杨树底下，太阳已经向下沉，沉，沉到仅仅放出他的最末一条光线了。这最后一条光线，由树叶缝儿射进来，陈老猫眼猛抬头，看见一棵四人抱不合拢的大树上，用白粉子写着几个斗大的字，乃是：

陈老猫眼死此树下。

陈老猫眼一看，头发根儿立刻扎峙起来，周身汗眼儿张开，冷空气进入，直入骨髓，死神就在临头。扎着胆子，再向下看，下面看，还有。

李天寿题

四个大字。陈老猫眼咬牙大骂李天寿："我与你何仇何恨，这样作对？"

爬转到大树后面，那里贴着一张告示，乃是鄌坞县政府悬赏十万元，拿陈老猫眼，女匪一枝花。陈老猫眼一怒，把告示撕了，叫声："众弟兄，我们向外冲！"正是：

死到临头仍挣扎，

挣扎毕竟是挣扎。

要知陈老猫眼等土匪如何挣扎，且听下回分解。

第廿四回　一枝花死计救爱子　老摩登功成受美誉

话说陈老猫眼叫众土匪们向外冲，土匪们爬在地下，一齐叫："我的爹娘！"哭的说："冲！连气儿也喘不过来，哪里有冲的力量？"一枝花说："不要忙。等天黑了，我带着你们冲。"

事到如今，也只有等着，但不知是等生，还是等死？

太阳沉到地狱里去了，天渐渐儿黑上来，而且，越来越黑，到最后来，索性全黑了，黑的伸手不见掌，对面不见人。一枝花说："我先爬出树林看看！"

半步半步的向前爬，半身爬出了树林，黑洞洞什么也看不见，连枪声也停止了，一枝花心中暗喜，心说："这一回，可以死里得生。"

一枝花正在想着，忽然寨门上有人叫："点把火！"一声点把火不要紧，一万多根火把一齐着了。寨门，寨墙四周围几百盏灯笼，把一个野荒郊的丁栾集，照耀得如同白昼一般，不用说一个人，就是一条狗也无可藏匿。吓的一枝花又把半个身子抽回树林，向大杨树爬回，但是因为一枝花这一探身，枪声又起，迫击炮，重机关枪，轻机关枪，步枪，手枪，打进树林儿，包围线又收缩，缩到树林仅几丈远，密如雨点的枪声，把大白杨树打穿几个洞，十几个土匪又饮弹而亡。

一个小头目哭着说："我们交枪吧！不成了！"一枝花说："胡说！等到四更，围兵疲乏了，我们可以冲出去。"小头目不敢再说了。

等啊！等啊！土匪们等着官兵的疲乏，看天上的三星儿转，土匪说："二更了。三更了。"将看到了三更半，一枝花说："我们准备冲出来。"土匪们一个哼气的也没有，心说："冲？连身子带腿，哪个也不是我的了，不用说冲，连站起来都不容易。"有的勉勉强强想站起来，一站，腿便颤颤的一丁点儿的气力也没有，而且，子弹在头上飞，连头也不敢抬。

就在这个当口儿，远远杀声又起，牛屯集来的追兵又到了。

五区区长赵慎，带领五六千人到来以后，被包围的陈老猫眼几十个人知道希望已经完全没有，外面又大叫：

"陈老猫眼还不缴枪，等待何时？"

话将说完，里面应声答言：

"我们缴枪！"接着："拍！拍！拍！"一只一只的步枪，又一只一只的手枪，扔出树林，共总有一百多只，连打死土匪手里的枪也都扔出来了。

老摩登下令：

"停止开枪。"枪声停止以后，五六十土匪爬出树林，准备受官兵的捆绑，这时候欢呼的声音大起，振动天地，许多壮丁队把枪夹在两肋下，拍掌，拍掌，大家一齐拍掌。就在欢腾而松弛的时候，三匹马由树林里一跳而出，跳的足有三四丈远，接着两跳，三跳，竟跳出了层层密密，密密层层的重围。这不是旁人，为首乃是女匪一枝花，断后是陈老猫眼，中间夹着他们的爱子，陈四猫眼。

女匪一枝花，双手举着盒子枪，嘴里大叫：

"挡我者死！避我者生！是朋友让路！"

左手盒子枪向左一指，左边儿倒了七八个壮丁队，右手盒子枪向右一指，右边儿又倒了七八个壮丁队，两只手左右一分，杀出一条血路，直杀东南方东明县境去了。一万多壮丁队眼睁睁看着三四名土匪头儿跑了，跑远了，并且，吓的连追也忘了，等到老摩登叫追，壮丁队方才追，但是，已经追不上了。

丁栾集离东明县境只有三里，陈老猫眼等人，一进东明，心放宽了一大半，又舍命跑了十里地，后面枪声渐稀，知道追兵已经落后，三个人一齐说："我们活了！"陈四猫眼叫了一声"妈"说："我饿的很"，本来么，跑了一天一夜，没有吃一丁点什么，心微微一定，五更冷风一吹，心火儿降下，饿便上来了。

一枝花说："看看前面有什么卖吃的。"

又走二里，枪声已经听不见了，天光大亮，太阳也滋了嘴儿。陈老猫眼骂说："这回可逃出了他妈的牛头县长的罗网。"

小说

话将说完，远远看见小道儿上一个卖馍的，担着两个大竹笼，里面一定是馍了。卖馍的后面是三间草房，不用说是个馍铺。陈四猫眼叫一声"妈！"说："你看！卖馍的，我们去吃！"他母亲一枝花是一生当匪的人，粗中有细，她说："不要都去，你爸爸去买，我们等着。"

陈老猫眼把马一拨头，直奔卖馍的去了。到卖馍的面前有一丈远，叫一声："卖馍的！取三个大馍！"

那卖馍的一翻眼皮，看了看陈老猫眼，赶紧低下头到馍笼一摸，陈老猫眼一看那人神色有些不对，赶快问："你莫非是机灵鬼黄顺？"话言未了，一枪打来正中额角，陈老猫眼，这多年老匪，下世去了。原来那黄顺伸手到馍笼，不是取馍，而是取枪，枪的子弹早上了膛，一甩，便打中陈老猫眼。

接着，馍铺里一阵排枪，向一枝花和陈四猫眼打来，陈四猫眼眼上中了一枪，"哎呀！"一声，说声："不好。枪又来了。"拨马便跑。女匪一枝花紧紧相随。这时候，由馍铺后面转回十几匹马，为首一人大叫："一枝花慢走，还我全家大小。"一枝花一看，不是别个，乃是通臂猿李天寿，后面王天纵，王天横，二位弟兄，此外还有十来个人，每个都是双手盒子枪。一枝花落下眼泪，对陈四猫眼说："孩子！你跑吧！妈妈给你断后。"陈四猫眼说："恐怕妈妈跑不脱！"一枝花说："快跑！没工夫说费话。"陈四猫眼一打马跑了。

这里一枝花："拍！"一枪打死了李天寿一个人，"拍！"又一枪又打死了李天寿一个人,李天寿等人便不敢走,十几个人一齐放枪,子弹打中了一枝花的马,一枝花翻身落地,十几个人又放枪,一枝花身上中了三枪,但是,手里仍然握着枪。李天寿叫王天纵,王天横:“你们解决一枝花,我去追陈四猫眼。”

李天寿将将催马要走,一枝花大叫一声:“李天寿你不要你的全家大小?”李天寿把马一停,问道:“我的全家大小在哪里?”一枝花说:“我告诉你。”说着把手里的盒子枪向远处一扔,李天寿放下了心,下马走到一枝花的面前。

这时候,一枝花身中几枪出血过多,呼吸已经迫促,他本来是很恨李天寿的,十二分咬牙切齿的恨李天寿,但是,为延长她的儿子陈四猫眼的逃走时间,她没有法子,只有用告诉李天寿全家大小下落的利诱方法,把李天寿吸引住,不去追陈四猫眼。

在通臂猿李天寿呢?他的全家大小,自从被陈老猫眼绑了去以后,百般打探,不知道猫眼把他们窝在哪里。如今一枝花说要告诉他,李天寿想知道全家大小消息的心,自然要比追陈四猫眼要(急)切多了,于是,李天寿停马不追陈四猫眼,陈四猫眼,这一枝花的爱子,在父亲已亡,母亲临死的时候,竟得脱出虎口。父母二人两条命,换了儿子一条命。

李天寿看见一枝花没有枪,便下马到她的面前。一枝花两眼恶恨恨的,狞视着李天寿,看的那么可怕,使李天寿不敢和她对看。一枝花张,张,张了好大一会儿,方才张开她那出血已多、颜色变成苍白的嘴唇,磕磕巴巴的说:“你……你……你可不要再追我的儿子!”李天寿点点头。一枝花在怀里一摸,摸出一张纸,对李天寿说:“给你!”马上又挣扎,挣扎,挣扎着抬起头来,向远一看,陈四猫眼的马已经跑远,路上只留一片扬起的尘土,一枝花在死神的面前,发出最后的一个微笑,然后头一低,眼一闭,这杀人不眨眼的女匪一枝花,下世去了!

李天寿拿起那纸一看,上面写的都是各个肉票窝藏的地方,李天寿大喜,心说:“我不但救了我的全家大小,并且救了一切被绑人们的全家,一枝花如若不是为她儿子逃命,到死也要毁灭这张纸的。唉!人类的爱,只限于母亲和儿子——只有母亲和儿子是真的,其余都是假的,假的,假的。”

就在这个时候,远远一阵马蹄声音,老摩登率领县壮丁队追到了。

老摩登一看陈老猫眼和一枝花死在地下,非常喜欢,口说:“多年老匪死了,从此鄜坞县一带可以太平!”忙问:“陈四猫眼呢!”李天寿回道:“身中一枪,斜跑去了!我们因为要解决一枝花,来不及追陈四猫眼,请县长恕罪。”老摩登说:“进了人家县境,已经不少,我不便再追,李天寿,王天横,黄顺,你们可以便衣前往探访,谅走不远。”李天寿等人答应了一声:“是。”

李天寿等人马上动身,因为寻找全家大小的心急,怕陈四猫眼报仇,撕了票,先到长垣县境,窝藏肉票的地方,没有一直追向陈四猫眼,李天寿得到了全家大小,陈四猫眼得到了活命,后来抗战,陈四猫眼当了游击队,这是后话,暂可不表。不过,人们说起来都佩服那一枝花的临终一计,不然的话,陈四猫眼也是不能活的。

这里,老摩登回丁栾集,一到丁栾集,便打电话给二区区长李谨,问他:“听说小白狼折向县城,那股土匪现在怎么样了?”李谨报告:“已经解决,小白狼打死了。”老摩登哈哈大笑,笑完了又问:“怎样解决的。”李谨说:“小白狼带领百八十土匪,到离区署十里的地方,我们五千多人把他截住,他们左冲右冲冲了两个多钟头,分成三股,三面分,两股当场格毙,没有冲出去,小白狼一股,冲出去了,但是,张队长带领壮丁队来到,张队长骑着夺得土匪的马又追,小白狼跑到离区署三里的一个小村,因为村子闹狼,墙上画着许多大白圈儿,小白狼看见大白圈儿,心里一惊,落下马来,张队长一枪正中后脑海,打死了,其余一二十个土匪,都缴了枪。”老摩登哈哈大笑,说道:“大将怕犯地名儿,土匪也有土匪的忌讳,狼竟死在狼圈儿里了。”李谨说:“这是县长剿匪有方,郿坞老百姓有福。”

老摩登又用电话传令给县壮丁队长张得胜,叫他队伍暂不必回县,由二区区署直向正东,再折向正南,由北门回老安,肃清老安北面一带残匪。老摩登叫五区区长赵慎,率区保壮丁队回区署和他本保,节省民力,他本人在丁栾集休息三天,等兵丁们身体都复了原,方才回到老安。到老安住了两天,张得胜已经率队回来,当面报告:“陈老猫眼化整为零的散匪走出老安三十里以后,因为每五联保集合了壮丁队五千人,沿路不费多大劲儿,都把他们解决了。”老摩登很是喜欢,连说:“武力还是在民间,民间武力乃是最大的武力也。”老摩登对张得胜说:“你们一路劳乏,太辛苦了,给你们五天假,休息去吧!”张得胜立正,敬礼,走了。

又过两天,李天寿回来,他找到了他的全家大小,并且寻得了许多窝藏的肉票,都带了来。

老摩登细一检查,这回剿匪,打死生擒土匪三千三百四十名,夺得大枪二千二百只,手枪二千只,马一千匹,打下了肉票三百人,在陈老猫眼家里,搜出现款二十万。老摩登喜欢极了,连说:“人说战争是赌博,剿匪也是赌博,这一回赢钱不少。”老摩登传令:“二十万款,分赏出力壮丁,死的每人五百元,伤的由五十元到二百元,其余各出力官兵,每人外给三个月饷,以为奖励。肉票一律释放回家。”那些肉票给老摩登叩了三个响头,千恩万谢的去了。

分派已定,老摩登命令张得胜率队回县,他本身和刘高手,李天寿,由特务队和侦缉队保护,留在老安整理地方。那些壮丁队的官兵,领了三个月的饷,真如同发了洋财一般,欢天喜地,喜欢的连嘴都合不上了,真乃是:

鞭敲金镫响,
齐唱凯旋歌。
郿坞县也是:
从此不闻枪声响,

方知天下已太平。

老百姓也喜欢极了,全县绅商各界,没有一个不赞美老摩登的。

老摩登心想,土匪已经平定,民力不可不节省,养兵过多,老百姓负担太重,于是拟好命令,派人送县,交高云三科长,用县政府名义发布,命令要点如下:

一、县壮丁队四千人裁去两千人,区壮丁队五百人,裁去二百人,联保壮丁队三十二人不变,保壮丁队每保一百不变。

二、县壮丁队所提民枪,一律归还民间,改用剿匪所得枪枝,以全政府信用。保壮丁队须有十分之八钢枪,十分之二红缨枪。

三、县壮丁队裁去者,拨为区壮丁队。区壮丁队裁去者,拨为联保壮丁队,原有联保壮丁队,因有拨来而多余部分,拨为保壮丁队教练员,以后每半年拨发一次,以收轮流训练之效。

四、保壮丁队每月检阅两次,一次集中本联保主任或区员主持,一次为附近五联保集合,由区长或县政府派员主持,均须于命令下后三小时集中完毕。每次检阅发伙食擦枪等费每人五角。

五、严查户口,每月至少两次。人民移动,无论自来或往,均须报告保长,领取执照及通行证,否则扣留法办。

六、力行保甲连座及匿匪罚款,凡同保同甲有人为匪,或窝票,或作线,不报告一同治罪,容匪存留不报及出案不报之村落,一律出匿匪罚款,即以此款为剿匪死亡恤金及被伤医药费,出力官兵人员奖金。

这命令一下,一个月的工夫,全县土匪肃清,人民皆大喜欢,老摩登的威名,也远播四方。人人都说郿坞县老摩登十分能干,竟把这历史上有名的瓦岗寨土匪窝,弄的没有匪了。但是,不(成)想惊动了黑帮领袖,他痛恨老摩登,一定要和他作对,老摩登的恶运也就来了。正是

道高一丈魔十丈,

去了明枪来暗枪。

要知老摩登以后情形如何,且听下回分解。

第廿五回　全村大摆酒,户户敬县长　一家小宴聚,处处看美人

话说老摩登在郿坞剿匪,很得了人民的信仰。从陈老猫眼和女匪一枝花死后,陈四猫眼远走高飞再也不敢正眼看郿坞县,郿坞县便成太平世界了。每天夜里,没有半点枪声,老百姓都可以脱了大睡,自从民国以来,没有享过这幸福。

老摩登在老安住了半个月,又在牛屯集住了半个月,南部三省交界边境地方的土匪,算是全清了。非但土匪没有,连地痞流氓,平日倚匪为生的,也都作个小本经营,改

谋他业。他们不改也不中,因为匪的买卖不能作了,不作正经买卖没有饭吃,而且,保长常常查户口,注意着他们,又因为实行保甲连坐,同村的人都不愿意同他们在一甲,编为零户,特别防范,他们本人也感觉不安。土匪本身目的在绑票,并不愿意和官方作死对头,一看老摩登,这块蘑菇不是好惹的,也都离开鄗坞县,到其他县去当土匪。土匪也有土匪的道理,土匪说:“天下之大,何处不可当匪,不必一定鄗坞县。而且,我们看看你老摩登究竟在这鄗坞县能作许多日子的县长,在这龌龊世界,好人很难立脚,好官尤难立脚,越好越出蘑菇,出了蘑菇,你一走,这鄗坞县还是我们的鄗坞县。老百姓休息生养一番,以后绑票儿,也可以绑肥的。而且,黑帮首领,他也不容你在这里作。因为你用了李天寿,和红帮青帮都弄的很好,但是,还有势力更大的黑帮,势非敌对不可。”

老摩登由牛屯集转到濮阳交界一带等处,在沿边各地住了半个月,方才取道白道口回县。

老摩登走到离白道口十几里路,前次遇见陈老猫眼那个小村儿附近的一个大村庄,名叫阎家寨,全村男女老小,一齐出迎,小学校长率领学生列队立正,老摩登赶快下马,和大家握手。老百姓笑眯嬉儿的看县长,女人拉着孩子,探首缩脑,对于老摩登很感兴趣似的。

小说

老摩登来到村首,那里预备下了三桌酒,干鲜果品,一个九十多岁的老头儿,手拿银壶,斟满了三杯酒,恭恭敬敬的送到老摩登面前,说道:“小老儿代表全村老百姓,敬县长三杯,县长为全县老百姓剿匪,一路受尽风霜之苦。”老摩登接过来干了。这时候,十几挂万头的鞭炮大响,仿佛谁家办喜事似的。

进了村,路南第一家是个大黑门,黑门外又摆好了一桌酒和干鲜果品,那家家长,站在桌旁手拿酒杯为老摩登斟满三杯酒,老摩登又干了。干完,这家便燃起一挂鞭炮。

将将干完,回头一看,路西第一家是个小红门,小红门外也摆好了一桌酒席,和干鲜果品,那家没有男人,一个老婆婆是户长,她两只手抖里抖索的捧着一杯酒,送到老摩登面前,老摩登心里很过意不去,忙取来干了。干完,那老婆婆两只手又抖里抖索的捧过一杯酒,老摩登又干。干完,那老婆婆又捧过一杯酒,老摩登连干三杯,鞭炮声音又响。

老摩登抬头一望,底下一家接一家,一家又一家,家家门前都有一桌酒,一挂鞭炮,这阎家寨足有二百多户人家,老摩登“喝”了一声,说道:“这可不了。老百姓们太情深可感了。”随着走的几位村里老头儿说:“县长有功全县,黎民百姓受恩不小,男男女女,大大小小,无任感戴,这不过是点小意思儿,表白表白老百姓的心。”

老摩登点点头,但是,酒是不能家家都喝,只是应应卯儿就是了。就是这应应卯儿的,应到全村一百多家,已经醉醺醺的,很有醉意了。

走了村子三分之二的模样儿,忽然到一家门首,也是一桌酒,桌旁站着一位五十来岁的老者，土头土脑，而又傻头傻脑的，一看就是一辈子没出过大门的土财主，但是，他旁边却站着一个摩登女郎，年纪也就是二十边儿上，身穿一身蛋青竹布裤褂，脚下胶底皮鞋，清水脸儿，一点儿什么也没有擦，但是，洗的那么干净，仿佛一块镜子似的，可以照见人儿。脸上的肉，雪白而红润，头发乌黑黑儿的，额上前刘海儿齐着眉毛，一条白丝项巾，三分之二松松儿的围在粉白脖颈①儿上，三分之一，飘在脑后，小风儿一吹，吹的飘，飘，飘，仿佛把人都要飘起来似的。老摩登酒眼一看，心说：这旷野荒村，还有这样摩登的女子，真应了古人的话：

野花遍艳目，

村酒醉人多。

想着，那土老者已经把酒捧到面前，老摩登接过酒，翻开醉眼，一看那女郎，那女郎也看老摩登，四只眼儿一对光，老摩登心里“呯”的跳起，一伸脖儿，把酒喝下，虽然老摩登已经醉的不能再吃酒了。

吃完一杯，那土老者又捧过一杯，老摩登说：“不能吃了。”那女郎慢慢儿张开的小嘴，微微半笑，露出白的像玉，排的像德国军队一样整齐的小白牙儿，那一种朴素的媚态，使老摩登的心动了，自己掌握不住自己，有些发痴的样子。那女郎说：“县长忘记我了，我到过北平，我是北平女一中的学生，我们先生是县长的学生，师范大学史学系毕业梁尚台。”老摩登“哦”了一声，说道：“你原来是梁尚台的太太，梁尚台我知道，我知道。”那女郎又“噗哧儿”一笑，说道“县长请饮！”老摩登如同服从命令一般——其实，老摩登对于命令，也不见得如此服从——一伸脖儿，干了。

这时候。那女郎自己捧过一杯酒，送到老摩登面前，说道：“我代表我婆家和娘家，两家人敬县长一杯，县长赏脸。”说完，翻开水铃铛似的眼睛，一看老摩登，老摩登也斜着醉眼，一看那女郎，老摩登心经摇摇，不能自主的，干了第三杯酒。

老摩登不能不转到另一家，那女郎连说：“县长！完了，到我家坐坐。完了，到我家坐坐。”说完，那女郎向前两三步，挺着弯弯儿细腰站着，看老摩登吃底下一家的酒。那女郎迎着风儿站着，玉立亭亭，站的那么好看，而且还有那白丝项巾，飘飘，飘在身后，项巾一飘一飘的动，由项巾的动，越发站的那么笔直，那么雄健，那么一种英姿的美丽，比孤立的个人，美丽的太多了。

老摩登又转了几家，回头一看，那女郎仍然是挺立在她的门首，望看着老摩登。表示她对于老摩登是那样儿热烈，并且盼望着。老摩登急急忙忙的把其余的些家一走而完，转回到那女郎门首。那女郎噗哧儿一笑——这一回的笑，比以前的笑，密度略略强些，一张她那红的像涂了胭脂似的嘴儿，说道：“县长请进！我家预备下一顿粗饭，请县长赏光，好在我们直接间接是你的学生。”说着，又露出又白又齐的一嘴小白牙。

---

① 原文为“茎”。

老摩登进门一看，好大一所宅子，三间北房带廊子，廊子前面大抱柱，上挂木刻大字对联，屋门上有“五世同堂”大匾。进到屋里，坐在迎面大八仙桌，两旁太师椅上。女郎的父亲，在茶几旁边，小凳上坐下。那女郎一转身，进到后边去了。她的父亲，真是个老实乡下人，一句话儿也不敢说，老摩登问他：“姓什么？”他嘴内“呜呜！”了半天，方才说出他姓郝。老摩登看他说话太苦，便不同他说了。

没有一盏茶的工夫，院子里一阵“唧唧咕咕！”“咕咕唧唧！”的女人笑声，听到女郎一面走一面说：“进去吧！怕什么！我的老师，北平老摩登，谁不知道。进去见见！”还是“唧唧咕咕！”“咕咕唧唧！”的笑。

笑完，进来了三个女郎，除了那门口儿见过的还有两个：一个比较年长些，也不过二十挂零儿，一个仿佛十七八岁儿，都用红手巾堵着嘴，半低着半侧着身儿走进来，也不敢看老摩登，也不对老摩登行礼，便坐在墙边一排小椅子上。老摩登笑嘻嘻儿的很带趣味性的看她们。

那女郎站着给他们介绍，先叫老摩登一声：“老师！”——“老师”二个字儿，叫的又嫩，又脆，又甜，仿佛正月里吃的糖梨似的——然后说：“你不大知道，我叫郝似玉。”说着用手一指那大些的女郎说：“这是我姊姊郝似金。”大些的女郎，斜着身儿一欠屁股，表示敬意，一抬头，老摩登看她又肥又胖，眉眼儿还不大差，但是，有些蠢。”郝似玉又说：“她在大梁女师念过两年书，没有毕业，我爷爷便把她嫁出去了，嫁的女婿又不争气，气得整日在娘家住着。”说到这里，郝似金翻眼皮瞪郝似玉一眼。郝似玉“噗哧儿！”一笑，说道：“怕什么的！我在县长面前报告报告姊姊的历史，省得他老人家一会儿查户口的时候，盘问姊姊。”说的老摩登，连她那不敢说话的爷爷[①]也笑了。

郝似玉又指那小些的。那小些的没有等介绍，便站立起来，但是，仍然用红手巾堵着嘴，老摩登笑眯眯的一看，眉清目秀，齿白唇红，虽然没有郝似玉那样英雄似的英姿，倒也玲珑娇小的那么玲珑娇小，另有一番可爱。郝似玉赶快介绍着说：“这是我的小妹妹，郝似花，正在大梁女师三年级念书，回家来看我娘。”

老摩登问郝似玉：“你有弟兄没有？”郝似玉说：“有，”赶紧又说：“有是有。没有出息，怕见官。跑到厨房去了。”老摩登说：“把他们叫来，我看看。”

那女郎迈开两腿伸出皮鞋，皮底落地，响的那样清越好听，仿佛合于音乐节奏似的。三步二步，走出屋门，一手扶着门框，一手伸出来，那两只手洁白的像葱枝儿似的，扶门框的手上，戴着一个黄登登的金戒指，闪光耀眼，金光和白肉的色泽一配，特别好看。那伸出来的手指甲上微微有一点红意，想是当年染指甲的凤仙花颜色的残留。郝似玉叫了一声：“弟弟儿！来呀！县长要看你们。”

叫着，进来一个十五六岁，一个十四五岁的半土小伙子，站在屋子正中，规规矩矩

---

① 原文如此，应为“父亲”。

的给老摩登鞠了三个九十度的大躬。老摩登心中暗笑:“这一家,女的如此精明,男的个个傻瓜!”

郝似玉替他们二人报名说:“这是我的两个弟弟,名叫郝如山,郝如川。”

这时候,酒宴摆下了。老摩登正中首席,郝老头儿坐了主坐,左边一排男的郝如山,郝如川,右边一排女的郝似玉,郝似金,郝似花,老摩登的脸儿,总是向着右面,右面是全席的中心。

一面吃着,一面说话儿,是中国人的吃饭老规矩。上来头一个菜是红烧红瑶柱,老摩登吃了三大勺子。把饥饿之火略微压下去以后,头一偏,问郝似玉:“我来鄜坞县将近半年,老百姓对我议论如何?”郝似玉没有说话,先噗哧儿一笑,笑完了道:“我这乡村里老头儿老太太们,每天晚上坐在大树底下,都说你是从民国以来最好的县长。你看! 全村各户在摆酒席迎接县长的事情,据我爹爹说:这是民国以来,这是第一回。”

老摩登说:“老百姓太可爱了。不过,这全村摆酒的事情,我实在有些过意不去。”郝似玉噗哧儿一笑,说道:“有什么过意不去的? 你的剿匪,对于鄜坞县,实在有大功劳,不光是我们这一个村子。因为土匪净了,他们少出多少防匪的精神和钱财? 少担多少惊,少害多少怕? 多少有被绑可能的人,没有妻离子散,全家破产的恐怖! 不用说旁的,就是每天夜里,家家不用再在房子上拿着枪看守,每人都可以放心睡大觉,这一件事情也值得他们摆这酒的。”

老摩登听着心里太舒服了。

这时候,菜已经吃了三五个,厨子又上了一大盘蜜汁桃子,老摩登吃了,甜香可口,桂花,玫瑰,和糖,都放的很得宜,桃子也烧得那么稀烂柔软,一到嘴,仿佛就要熔化似的。老摩登心说:“中国真是吃国,僻静村庄儿,都有这么好的菜!”

老摩登又吃了几个菜,对郝似玉说:“我现在剿匪工作已经成功,底下要开始改革县政,建设一个新鄜坞县。这个工作,比剿匪要难,因为人才太缺乏,曾经作过县政的人,毛病太多,而没有作过的人,又作不了。这是今天县政的大问题。剿匪要练新军,这新军容易练,改革县政要用新人,这新人找不着,而且也不容易练。因为念书人太坏,而且不听说,不受训练。那个新政上的营混子,十个有九个——其实十个有十个——要不得!”

郝似玉又噗哧儿一笑说道:“恐怕是十个有十一个吧! 那一个是候补的。戏台上丑角儿有话:

千里来作官,

为的是大洋钱。

你说我不好?

换一个再看看!

自来是越换越坏!”郝似玉说的他姊姊郝似金,和他妹妹郝似花,也都抿着小嘴儿笑了!

老摩登忙说:“现在郿坞县政府怎么样?”郝似玉拿一双明如秋水,黑似点漆,黑白分明的女人眼睛,看老摩登,似笑不笑仿佛是笑,又仿佛是不笑的笑着。老摩登赶急追问:“什么人有什么毛病?请你快告诉我。”

郝似玉又要说,又不说,话到嘴边儿,又带了回去。

老摩登连说:“你说。你说。你说。没有什么。没有什么。”郝似玉把脖颈儿一挺,又一挺,头微微转了那么半转,然后慢启朱唇说道:“仿佛我们听人家说,——第一科长老高,承审李鬼,和收发小潘有什么联络似的吧!也许没有。我想。”

老摩登听罢气往上撞,说道:“这三块,我从头儿就不放心,果然如是。我进县一定解决他们。”说着拿起腿就走,老摩登这一回县,有分教!

朋友翻眼成仇人,

仇人见面红了眼。

要知后事如何。且听下回分解。

第廿六回　庆祝会,小碧献鲜花　酬功宴,高明论积弊

小说

话说老摩登听说一科科长高云三和承审李鬼,收发程不识,勾通作弊,十分生气,马上就要回县,郝似玉噗哧儿一笑,说道:“你老人家且息雷霆之怒,吃完饭再走,也不晚,难道说你老人家听见风就是雨,回去一下马,不问三七二十一,没有事实凭证,就枪毙他们三个不成,他们可不像土匪那么好枪毙的呀!”郝似花也说:“饭菜已经好了,你喝点儿好汤,这是我们厨子的拿手呢!”说完,“唧唧咕咕,”三个女的一齐笑了,三个男的依然是一声不响。

说着,上来一大海清蒸鸭子,一大盘川冬菜烧九斤黄肥母鸡,那母鸡真有九斤重,肚子里装满川冬菜,外面一烧,“嘿!”鸡肉里有冬菜味儿,鸡肉更好吃了,冬菜里有鸡肉味儿,冬菜也更好吃,就荷叶蒸饼,老摩登一连吃了十几筷子,郝似玉还一个劲儿地给他夹。老摩登连说:“够了!够了!”郝似金说:“你喝口汤!”老摩登吃完冬菜鸡,再喝鸭子汤,那鸭子汤特别甜,连说:“好汤!好汤!”郝似玉抿着嘴儿,笑着说:“不是汤好,是配的好。政治也要配合,班子搭好了,不用费劲儿,自然会好的。班子搭不好,费尽心机,也是枉然徒劳。”

老摩登点点头说:“好!”我很佩服曾文正公的不用滑弁游卒,但是政治上的滑弁游卒,比军队里的滑弁游卒还要坏的多,可惜找不到人。佐治人员找不到好的,地方更找不到好人帮忙。而且,现在比曾国藩的时候还要难的多,那时候,念书人是一条单线!念书——科举——作官。如今政治,党派对立,许多有才有为的人,另走一条线,政府又不知道如何网罗,弄的只有破坏的人,而没有可用的人,乃是今天政治上的最大

问题。说到这里,郝似玉,郝似花,和郝似金,三个人脸上都微微一红。

“唉!”老摩登叹了口气,接着又说:“你们是本地人,又是我学生的亲戚,可以帮帮我的忙。”郝似玉抿着嘴,笑不及儿的说:“只怕我们帮不了。”老摩登说:“客气!”

于是,老摩登和郝似玉等约定:他们姊妹三个,弟兄两个都挪到县城里去住,两个弟弟,可以在县政府挂个名儿,对于地方情形常常报告,作为县长耳目。

老摩登又喝了两杯茶,起身回县,二十来里路,一扬鞭儿,马四六步儿走起,哪里用得了一点钟的工夫,已经望见县城,又走几步儿,便看见满县各机关职员都在关厢迎接。老摩登忙下马和大家握手,大家齐说:“县长剿匪一月有余,辛苦了。”

第二天早晨,全县各界,在公共体育场开欢迎县长回县,并庆祝剿匪胜利大会。老摩登戎装出席,当时有各界代表,郿坞县绅士,振务会会长贾公道致词,他足恭维老摩登一大阵,说老摩登劳苦功高,说老摩登为民除害,说老摩登是空前没有的好县长,造福郿坞县地方不小。最后便劝老摩登与绅士们合作,听绅士们的话,尊重绅士们的权利,老摩登这个耳朵听,那个耳朵跑,仿佛没有听见似的。老摩登心里明白,自从到县以来,最不愿意的,便是绅士们了,因为他们已经没有生意可作,时常在背地里骂老摩登不买他们的账。不过,无论如何,绅士也离不开县长,因为没有县长的联络,便如鱼失水,一切枪花都要不出来了!这回借剿匪胜利,足指老摩登一大阵,为的是使老摩登心回意转,但是,老摩登是不听那一套的。而且,剿匪完毕,第二步,便准备收拾他们。当场,老摩登发表演说:

现在,我们的剿匪工作完毕,我为郿坞县作了第一件事情以后,我们要开始作第二件事。第二件事情,是建设新郿坞县。

怎样建设新郿坞县呢?在着手以前,我们需要一个准备工作,乃是去“弊”。

“去弊”,说句俗话,是把毛病去了,这是消极工作,但是,一切积极工作,都要由他开始。如若没有这工作。一切积极工作,都不能,开始——如若开始了,除去害民以外,什么好结果也没有。

老摩登略喘了口气儿,接着又说,说的是:

近几年来,政府的积极工作,已经不少了,但是每一个工作,非但不能发生效果,而且变成了害民的东西。因此,一般老百姓就怕县政府办事——一办就要钱,一贴钱便是一塌糊涂。所以,一切新政,除了害民和扰民以外,是什么也没有的。这最大的原因,是忘记了一个工作,名叫“锄草”。你们看那农夫在暑热的太阳底下,用锄锄田地里的草,草除去了,庄稼才能生长。

我到县四五个月,渐渐知道县里毛病太多,非把他去掉不可。我下乡,常听老百姓说:“公家没有好人。”这句话是老百姓父一辈、子一辈,亲身经历的经验话,绝对不是骂人。在老百姓的眼里,有两种匪:一种是土匪,一种是官匪。官匪比土匪还要厉害,害人也害的多。我们已经把土匪剿平,我们现在要再剿官匪!

老摩登演说完毕,一阵掌声起来,这掌声,一听就知道很不自然,因为他们肚子里都有鬼胎,尤其是一科科长兼秘书高云三,他皱着一双又浓又重的眉毛,心里很不受用似的。

演说完了,县教官齐朝天的太太周小碧,代表各界献花。周小碧是河南固始县人,固始人在河南南部,地接湖北、安徽,乃是江南风味,出产丰富,读书人多,女人也生的秀而且媚。河南南部,光、潢、固、息、商五县,各有所长,光县人好打官司,名叫"告家"。潢川人会说话,名叫"说家"。固始人讲究穿衣服,名叫"穿家"。息县人好打架,名叫"打家"。商城人菜做的好,名叫"吃家"。这五大家在北方很有名。这位周小碧,虽然没有念过太多的书,但是南方味儿的女人,眉儿眼儿是清秀的,一举一动很轻巧,一颦一笑都有趣儿,而且,会卖弄风姿,在半旧式女人当中,另有一种使人舒服的地方。

那天,周小碧穿的是黑绸夹旗袍。许多女人好穿红挂绿,其实,红绿并不好看,不如穿白,白的洁白如玉,穿白还不如穿黑,因为衣服是白的,和脸一比,反把脸显的黑了,尤其是我们东方人,和西洋白种人不同,女人说白,说白,总有些黑,至少是黄,不如穿黑,衣服黑亮亮的,越发显的脸白了。

周小碧的黑旗袍做的那么抱身儿,身上一个弯儿,一个弯儿的曲线,都显露出来,而且,旗袍比短衣服轻松的多了,风儿一吹,微微有些流动,大有飘飘欲仙之势。

周小碧的黑旗袍,是净素面儿,一点儿花儿也没有,但是,周身沿了一道翠绿色小滚边儿。滚边上用小丝线锁了一道小白狗牙儿,由这小白狗牙儿,可以烘托出来翠绿的颜色,越发翠而且绿。

在一阵掌声当中,周小碧略一忸怩,仿佛有些害羞似的,又有些不好意思似的,把头一抬,又一低,微偏着脸,抱着一大把鲜艳夺目的鲜花,向演说台走来。

周小碧一走,老摩登看见她脚上穿的是一双高跟皮鞋,擦的那么亮,亮得可以照见人儿,黑皮鞋上穿着白丝绒带儿。女人穿中式旗袍,一定要穿西式皮鞋,仿佛男人上身长袍,下身西式裤子似的——其实,男人西式裤子,不如女人西式皮鞋。西式裤子并没有用处,西式皮鞋,非但是好看,而且走起来,"卡!卡!卡!"声音特别响亮,尤其是在大会场里,能使全体观众注意,比古人所说万绿丛中一点红,非但有色,而且有声。

走开了,脚抬起,旗袍从大开气儿飘起来,显的人那么轻快。旗袍一飘起来,老摩登看见旗袍里子用的是花闪光缎,贴覆上面沿着一道宽红绿带子。

三步五步,周小碧走上演说台,把鲜花双手一捧,送到老摩登面前,老摩登用手一接,在鲜花底下,碰着了周小碧的一个小手指头,周小碧浅浅儿一笑,翻眼皮一看老摩登,老摩登方才注意她的眼睛,黑白分明,一清如水,睫毛特别长,眉毛轻轻描了半描,仿佛没有描,其实是描了。

再向上看，头发油黑黑儿的，并没有全烫，只在头发梢儿上烫了些个小圆圈儿，一个圈儿，又一个圈儿。

随从兵把花从老摩登手里接过来，插在花瓶里，周小碧向老摩登一鞠躬，老摩登看见她的黑旗袍的第二个纽扣底下，用各色花丝线绣着一个大花蝴蝶儿。老摩登心说：这衣服可真会做，做的真好，不枉人称固始为"穿家！"

会开完了，齐教官在家里请县长吃饭，并约壮丁队和特务队高级军官职员作陪。壮丁队顾问高明也在坐，仿佛是接风，又仿佛是谢他们的剿匪功劳似的。因高云三代理县务已久，地位很高，也把他请上了。

酒过三巡。菜过五味，老摩登敬高明一杯酒，说道："高先生乃是剿匪建功第一人，你的意思启发我不少。我们现在由剿土匪到剿官匪，对于官匪，希望再给我们许多可宝贵的意见，作为改革张本。"

高明无论如何，也是年青人，并且是教育界，喝下三杯酒，发起议论来了。他说："讲到县里毛病，那是谁都数不清的。俗言有话：头上生疮，脚底流脓——坏通，而且坏透了！《红楼梦》上说贾府，除了门口一对石头狮子以外，没有一个干净的，县政府之谓也！"

高云三恶恶实实的，瞪了高明一眼，可是，高明并没有看见。

老摩登说："请说说具体，急待改革的，我等洗耳恭听，再饮一杯。"

高明喝完酒，脸上红了，红着脸儿说："县里的毛病，仍然以诉讼司法方面为最多，其次是工程，所谓建设事业是也。再其次，便是征收、派款等财政方面了。"

老摩登说："如今司法处成立了，县长只兼检察官，我想毛病可以少些。"高明说："也不见得，因为司法处成立，虽然有了仿佛独立的审判官，但是，那审判官都由县承审变来，换汤而不换药，县里的承审，是学问、品行、能力、人格，样样都不够。而且，县里的案子，毛病最多的是军法案件，烟、毒、匪，因为一般司法，人家可以上诉，县里的判决并不算什么。"

"谈到司法，那毛病可太多了。"高明顺流而下的说："从古传来，根深蒂固，老百姓最怕不过了，所谓一字入公门，九牛拔不出是也。"

"我们从打官司头一件事递状子说起吧！"

"老百姓递一张状子，也是不容易的呀！县政府不许旁人代替写状，老百姓写好了的状子，他是不收的，他们说，不是自己写的，一定要到缮状处。缮状处本来规定每千字一角五分钱，并不太多，但是，老百姓出的十个一角五分也不止！"

"状子写好了，照例不填月日，因为收发上要钱，那一天钱到手，那一天收发给你填上，某月某日拿了上去。如若老百姓直接把状子跪在地下，头顶着当面交县长，除了老师这位县长以外，所有的县长都是不收，因为这样儿一收，收发上便少了一笔收入，县长太太少买几瓶花露水、雪花膏、生发油和月经带儿。"

“呕!”老摩登说:“这我才明白,为什么我每天到公共体育场升降旗的时候,拦路递状子的老百姓那样儿的多!”高明说:“您在路上一收状子,老百姓已称你是青天大老爷,民国以来,没有能这种样儿的。”

“哈!哈!”高明笑了两笑。接着又说:“这状子花钱拿了进来,交给承审老爷。承审老爷压十天半个月,也不一定看,打官司的老百姓,要在店里等着,连吃带住,一天也要一两斗米钱。好不容易,承审老爷批了。呈悉,此批,四个大字,但是,这几个字也要拿钱来买,非花几十块钱看不见也!”

老摩登忙问:“谁卖给他呢”?高明说:“办公厅书记。你不要看不起每月十二块大洋的书记,他干一年,也可以买一顷两顷地。”老摩登很惊讶,把眉毛一立,眼睛一瞪,问说:“县政府书记怎么能找着打官司的老百姓,来作这生意呢?”高明说:“这有何难?打官司住的客店伙计,便是他们的介绍人。非但可以介绍买批,而且,可以介绍花钱抄出对方的状子来看,而且,可以介绍花钱改口供,改原告的口供,再改被告的口供,而且,可以介绍承审打赢官司,书记与店家互相表里,乃县政府司法军法办理之总枢纽也!”

老摩登大骂一声:“真乃可恨人也!”转脸一看高云三科长,脸上红的像一个红布似的,脑筋也蹦起来了,一个人儿一杯一杯的喝酒——只是喝酒。

小说

高明喘了口气,周小碧请他吃了口菜,喝了杯酒,他一时兴起,乘势继续着又说:“好不容易,过了一堂,承审老爷名叫沈不清,永久都是审不清的,审了他妈两个钟头,没有结果。也得叫人家回去,但是,他并不叫你回去——回去也要花钱,堂谕吩咐,取保候审,一个乡下人进城,哪里来的保,又有哪一家铺子愿意保打官司的呢?牵连在内,跟着过堂,也是受不了的呀!但是,每一个乡下老百姓,都能取得出保来,这保由何而来?”

老摩登也问:“由何而来?”

高明说:“由钱而来也。有钱便有保。县政府门口儿,三条板凳开着个小茶馆儿,永远也没有人喝茶,专门作县政府的生意——取保。乡下老百姓花个三十块、五十块,他把水印儿一盖,你便可以自由了,要不然,找不着保,还要在政务警察队部的尿桶旁边儿蹲一夜!”

老摩登问:“乡下人怎么知道那小茶馆儿可以作保呢?”高明说:“这也有介绍人。中国无人事不成。中国人的社会学也。”那介绍人乃是政务警察。政务警察也不白介绍,介绍介绍也要一二十块大洋。

“一个政务警察,一个月二块八毛钱,干一年也能买一两顷田地。运动一个政务警察,也要花两三百元。有的县,像河南许昌,不支薪的政务警察,有二百多名,白效力还要出钱!”

“哦!哦!”老摩登说:“一个政务警察,有这么多好处?”高明“哈!哈!”大笑三声，说道："政务警察的好处，可多着呢！取保、传人、递补、催粮，一和老百姓接触，哪一件事，没有钱也不中。就拿取保来说，也不得了。有时候。一个大土匪，在县政府花了一两万，可以出来，但是承审是懂得法律的，也不敢轻易判他无罪，只轻轻儿来个因病取保暂释。但是，这保非花个百儿八十，甚至于千儿八百的取不出，因为土匪取保，一出来便跑，原告再追，追到保人，保人便受不了，但是，他们也有法儿。"老摩登忙问："什么法儿？"高明又说出一片话来。正是：

社会黑暗千万道，

为非作恶县府高。

要知高明还说些什么，且听下回分解。

第廿七回　监狱黑重重，女囚操淫业　恋歌意绵绵，摩登论爱情

话说高明谈讲县政府办理司法的弊病，就是取保一件小事，里面也有文章不少，他说："一个土匪，也可以取保，你以为这保人的责任太大，一定没有人敢作，其实不然；土匪，他也能找得出保来，不过是多花上几个臭钱罢了。如若再有人告，县政府追保人，那保人把三条板凳一收，小茶馆儿关了门，掌柜的逃之夭夭，跑了！县政府也没有法子。过半年几个月，上面不追，底下也忘了，他再把三条板凳拿出来，小茶馆儿一开，又作起生意来了——他的生意不是卖茶，还是作保。好在和县政府政务警察通着的，上面出不出漏子，他们早就知道。"

"这群王八蛋！"老摩登大骂一声，说道："县政府弊病，竟到如此！"高明又"眯嬉！眯嬉！"一笑，一面笑，一面说："老师！你且息怒。这弊病还有大的。"老摩登把眼睛一瞪，问道："还有大的！"高明说："还有。还有。"老摩登接着问："在那里？"高明说："在监狱和看守所。"老摩登"哦！"了一声说："狱吏的可恨，自古已然，太史公说："画地为牢，刻木为吏，都不敢进，他老人家也尝过那滋儿味，如今或许好些？"高明说："好些？一个人押在监狱或看守所里，如若钱花不到数儿，在夏天，两个星期可以把你病死，不病死也热死，不热死也被臭虫咬死！女监里的长期犯人，他们都可以夜里把她弄出去卖淫，卖出钱来给他们，但是她要同家眷见一面，如若不花钱，连监狱门儿都进不去，只能在门口儿外边，墙根底下，那里有个半尺见方的小石头洞儿，一个在洞儿外，一个在洞儿里，坐在地下，低，低，低下头也看不见的说两句话。"

"呕！呕！呕！"老摩登说："难怪我去查监，看见几个女犯打扮的花枝招展，穿着绣花鞋，抹一脸的胭脂粉。我很奇怪为什么她们住监狱，还那么修饰？我也不好意思问。"高明接着说："您不好意思，管狱员和看守所长，他们可好意思！好意思的很有趣儿！"

说的周小碧也笑了，笑着说："高先生怎么知道他们有趣儿？"周小碧一笑，有些媚态，越发的好看。

老摩登说:“县政非痛加改革不可,这个真的是暗无天日了!”

老摩登回头面对着高云三科长说:“我们以后要痛改弊病,重见光明。”高云三沉着脸,撅着嘴,那模样儿,就是好画工也难描难画,停了足有五分钟,方才说出半句:“慢……慢……慢慢来。水清则无鱼,弊病去也好,不去也好。”老摩登很气的说:“怎么不去也好,怕没有鱼?有鱼便没有人了!”

话说完了,饭也吃完了,高云三长出一口气说道:“这顿饭吃的!”

老摩登回到县政府,闷闷不乐。因为一个多月在乡下,信堆了一大堆,老摩登偷出这饭后的闲空儿,清理清理信。首先把粉红花纸信封的挑了出来,因为那是密斯黄的信。又把古器的信封挑了出来,因为那是老太婆的信,老太婆是老摩登委托的密斯黄联络人。

密斯黄一共有三封信,都很好。她最后一封信,写的特别秀媚,写的是:

老摩登:

我看见伏尔泰的书札上说:邮信是人生的安慰。我想,这安慰,您也感觉到了吧?我是有这感觉的,至少是对于您的信。

萧伯纳说:“人类只有在纸上找到了荣耀,美丽,真理,智识,道德和爱情。”

您在郿坞县一切的努力,和剿匪成绩,我都由您的信上知道,很深切的知道了。一个人为国家、为社会、为民众而牺牲自己,这是何等的伟大!您想想,试验着想想,我知道这事情以后,是何等的快乐呀!

事业同黄金一样自有它真正的价值,但是倘若不能进一步,加以磨炼和奋斗的工夫,原来的光彩就显得灰黯了。一块光滑的黄铜,要比一块粗糙的金子来的惹人喜欢。我希望您的再磨炼和再奋斗。

这是您一生伟大事业的开端,而它的完成,一定要经过长期间的努力,我很诚敬的欢迎您的那个时候。我曾经擦了擦我的眼睛,定神看一看,这一道阳光是不是幻景?

黄爱莲

老摩登又一翻老太婆的信,只有一封,写的是:

老太婆拜上老摩登:

绿衣人屡屡送来华札,知县太爷为情所缠,十分烦恼,古人云:“春蚕到死丝方尽,蜡烛成灰泪始干,”吾知老摩登丝之未尽,与泪之未干也。奉命时与密斯黄往来,小女子亦甚可人意,近对县太爷印象甚佳,表示亦好,老身拟顺其势而成之,已渐提及结婚等事,尚在迎拒中;县太爷努力剿匪,自造英雄之貌,或能一气呵成,老身亦可以月下老女之资格,而喝一碗冬瓜汤也。昨读朱淑真断肠诗集,有“弄花香满衣”一首,敬以相赠:

艳红影里拦芳菲[1]，
沾染[2]春风两袖归。
夹路露桃浑欲笑，
不禁蜂蝶绕人飞。
敬盼加油！

老太婆

老摩登看完这封信，马上精神奋发起来。

过了两天，郝似金，郝似玉，郝似花和她们的两弟兄郝如山，郝如川，也都搬进城来了。她们家是鄜坞县的大地主，在城里本来有房子，而且房子很讲究，打发人打扫打扫，裱糊裱糊便可以住了。

郝似玉到县政府请老摩登，到她家晚晌喝甜汤。河东人每天晚晌要喝甜汤，所以河东人晚晌见面都问："您喝汤了吗？"甜汤是用面粉放在开水里绞成的，但是并不像糊涂汤那么浓，淡淡儿的，仿佛米汤似的，而没有那么浊，喝到嘴里，甜丝丝儿，很好喝。老摩登说："这甜汤真是名副其实的甜汤——很甜。吃，真是中国的国粹，在一个小地方，随便一样小吃儿，都那么好吃。"

老摩登喝完甜汤，郝似玉说："老师一个人在县里，整天忙剿匪和公文，也太劳苦了——非但劳苦，而且太寂寞了。我想，您一定很苦闷吧！"老摩登也不作声。郝似玉说："我们三人，为老师唱一段西洋歌"加罗利多河月光"（Moon Light on the River of Calora），三个少女娇滴滴的喉咙，唱的那么柔媚好听，老摩登连连赞美说："和美国唱片上，唱的差不多了。"

唱完西洋歌，郝似玉又提议，我们背诵恋歌，谁最清楚、最悦耳，谁算第一，郝似花说："我先背，我背普式庚的恋歌，致爱尔维娜。"郝似花先噗哧儿一笑，望了望她姊妹，又望了望老摩登，转过身子，就要背，但是，又不背，"咕咕唧唧！"地笑起来了。郝似玉说："不行。不行。转过脸儿来转过脸儿来。"郝似花不转，郝似玉上前把她的身子一扭，微微用了那么一丁点儿的劲儿便转了过来。郝似花低下头，又笑了两笑，然后抬头望老摩登，低下头背道：

缠绵的爱情哟，
爱尔维娜，用你的手抓住我吧！
救助我生命上极峰的苦痛。
要多少的时间，
你才为你的情人允许？

小说

[1] 朱淑真原诗第一句为"艳红影里撷芳回"。

[2] 原诗为"惹"。

在那样的时间，
我可以和你相见。

我们难道永不能够情波互送，
让无尽的长夜底悲哀，
包围了我的青春？
难道朝霞永不能照见我们——
臂膀搂着臂膀
甜蜜熟睡？

爱尔维娜，为什么我不能在那深宵黑夜，
抱着你的身体，
快乐如醉眼望着你，
火热的向你嘴上交换一吻。
更一吻？

为什么不啊，在幸福之前，
你沉默，口吃，微叹，
会心的微笑，你有似生活在如醉的最快乐里。
啊，爱情，这新有的快乐，
在醒来之后，还能胸压着胸。
背的清而且脆，仿佛正月里吃萝卜似的，那么好听。

背诵完恋歌，郝似玉忽然问老摩登：“中国有没有恋歌？”老摩登笑眯眯儿的说：“三代以后，中国人不大有恋爱，因而没有恋歌——即或恋爱，也是偷着，不敢歌也。如若一定要恋歌，金元散曲，仿佛有些儿像。金末元初，有一位关汉卿先生，乃是散曲老祖，他有描写男女情会的散曲，也很风流冶艳，我背诵一个给大家听。”于是，老摩登背诵道：

楚台云雨会巫峡，[①]
赴昨宵约来的期话。
楼头栖燕子，
庭院已闻鸦。
料想他家，

---

① 此处所引关汉卿散曲与目前通行版本有个别异文，为保持作品风貌，未做改动。

收针指，
晚妆罢。（新水令）
款将花径踏，
独立在纱窗下。
颤钦钦把不定心头怕。
不敢将小名儿呼，
咱只索等候他。（乔牌儿）
怕别人瞧见咱，
掩映在酴蘼架。
等多时不见来，
则索独立在花阴下。（雁儿落）
等候多时不见他，
这的是约下佳期话，莫不贪睡忘了那？
伏塚在蓝桥下。
意懊恼恰待将他骂，
听得呀的门开，
蓦见如花。（挂搭钩）
髻挽乌云，
蝉鬓堆鸦。
粉腻酥胸，
脸衬红霞。
袅娜腰肢更喜恰，
堪讲堪夸。
比月里嫦娥，
媚媚孜孜，
那更撑达。（豆叶黄）
我这里觅他唤他，
哎！
女孩儿，
果然道色胆天来大。
怀儿里搂抱着俏冤家，
揾香腮悄语低低话。（七弟兄）
两情浓，
兴转佳。

地权为床榻，
月高烧银蜡。
夜深沉，
人静悄，
低低的面如花，
终是个女儿家。(梅花酒)
好风吹绽牡丹花，
半合儿揉损绛裙纱。
冷丁丁舌尖上送香茶，
都不到半霎，
森森一向遍身麻。(收江南)
整乌云欲把金莲屧，
纽回身再说些儿话。
你明夜个早些儿来，
我等听着纱窗外芭蕉叶儿上打。(尾)

老摩登背完元曲，大家谈闲话儿，谈来谈去，又谈爱情。郝似花问道："爱情！爱情！都在说爱情，究竟什么叫爱情？"郝似玉说"我会读托尔斯泰的小说，爱情！爱情！上面有个妇人说：爱情是一种独侵的特权，一种使一个男的或女的，感觉得在世界上，只是为了一个人的特权。你们以为如何？"老摩登摇摇头说道："未免太法律化了。"郝似金说"胡适之先生说：爱情是苦痛，多情便是能忍受痛苦，你们以为如何？"老摩登说："这是爱情的结果，不是爱情的本身，我们所要知道是爱情的本质。"郝似玉说："老师一定有高见。"老摩登说："我不懂爱情。"郝似玉说"我不信。也许，多情转似无情，最懂得爱情，反自以为不懂得爱情了。"老摩登哈哈一笑说："你太会说话了。"

老摩登接着又说："中国关于爱情的理论，受佛的影响太大。佛说爱情是火，结果要出水，乃是水火的矛盾作用。爱情是火。我们县桃花江的曲儿，便可以知道，爱情火机儿绕，全身熔化了。旧日所谓欲火如焚是也，《楞严经》上说：十方一切如来，色目行淫，同名欲火。火后要出水，佛名之曰爱水。七情皆有水。爱情其一也。人的喜极流泪，哀极流泪都是水，想吃想喝，嘴里也冒水。一心想发财，心里也出水，至于男女发生爱情。两方面都是要流出水来的。"说到这里，三个女人的脸上，都有些红了，虽然他们都是至摩登的女人。老摩登也不理她们，接着说："《楞严经》上有言：因诸爱染，发起妄情，情积不休，能生爱水，是故众生，心忆珍羞，口中水出，心忆前人，或怜或恨，目中泪盈，贪求财宝，心发爱涎，举体光润；心著行淫，男女二根，自流流液。"说的三个女人红脸下去又笑起来了。

停了一小会儿，老摩登又说："不过，佛家以为这水火作用不好。佛说：人生以爱水润业田，烦恼便生出来了。所以《三藏经》教序上说：朗爱水之昏波，同登彼岸。由佛说便产生宋儒以天理胜人欲理论，这不是中国东西，尤其不是孔子的东西。"

郝似玉忙问："中国怎样讲爱情?"老摩登说："爱情古时候光用一个情字。情字怎样讲呢？集韵，韵会，正韵上都说：情，性之动也。换一句话说，乃是性动为情。什么叫性呢？《中庸》开头第一句，便说：天命之为性，乃是本能的自然现象。所以诗经关雎篇上圣人也恋爱，直恋到辗转反侧，夜里睡不着觉想爱人。但是男女要以正，婚姻要以时，并不乱来，有礼以为节制，这方是真正的孔子之道。孔圣人的父亲叔梁纥，六十多岁了，已经有九个女儿，仍然追女人，和颜氏最小的女孩，野合而生孔子，所以孔子的母亲忌讳，不说孔子父亲的葬埋地方，乃是私生子也。但是，以太史公那样崇拜孔子的人，在史记孔子世家，都写了出来，可见在宋代以前，中国人对于爱情的看法，和宋代以后并不一样。印度太坏看爱情了，西洋人太高看爱情了。佛洛德（即弗洛伊德），他以为人类一切社会结合都是爱情作用，不过这爱情有的用于男子和男子，便由女人的崇拜，到领袖的崇拜。由女人的追随，到领袖的追随，人类所以结成社会，由于一个东西，名叫爱结者，爱情的结子也。一切社会现象，都是爱情作用，而社会和个人原动力，不是吃饭，而是使爱情发生欲力，自古以来，在事业上有伟大成就的人，都有很强烈的性欲，男子如是，女子亦如是。军人政治家如是。文学艺术家亦如是。从楚霸王到明太祖，从宋玉、李白到唐伯虎，从吕后武则天到西太后都有很强烈的爱情和性的活动。一切成功由于爱情，或许是对的。"

郝似玉抿着嘴儿，笑着说："我们祝老师事业成功，恋爱成功！"老摩登哈哈一笑，说道："不成功，便成仁，快死了。"郝似玉说："牡丹花下死，作鬼也风流。"说着，看了老摩登一眼，老摩登忙低下头。

老摩登在郝家谈了半夜爱情，回县府就睡，睡到第二天早晨，正熟睡的时候，政务警察报告："有重要公文。"老摩登在床上拆开一看，乃是枪毙一十八名烟毒人犯，老摩登不敢怠慢，翻身而起。正是：

一夜空甜蜜，

醒来便杀人。

要知杀人情形如何，且听下回分解。

第廿八回　斩烟犯，死囚打承审　问花案，银鬓恋少年

话说老摩登看见河东省绥靖公署转来军事委员会核准枪决十八名烟毒人犯，都是些贩卖吗啡、白面、海洛因的，立刻传办公厅书记长，准备执行，并令壮丁队警备，老摩登这里也穿衣服，洗脸漱口，等到老摩登完了，一切准备也好了，马上在提票上盖章，到监狱提死囚。办公厅张书记长说："这案子是李承审，和高科长问的，要请他们一齐监

斩,怕闹错了那可严重了。老摩登马上打发人去请李鬼李承审,和高云三高科长。过了没有多大一会儿,打发的人同李鬼一齐来到,并且说:“高科长说,有点儿不舒服,请假。”

死囚一离监狱,老摩登和李鬼从后堂转到前堂,前堂和监狱中间,已经布满壮丁队,一个个托枪实弹,警备森严,空气紧张的很。壮丁队一布岗,城里的老百姓就知道县政府要枪毙人,一会儿的工夫,聚来的人,已经把县政府围个风雨不透。

老摩登在大堂正中,公案桌后坐下,眼前红朱砂笔和点单都摆好。老摩登请李鬼坐在一旁,特务队长刘高手、侦缉队长李天寿,在左右侍立保护。

将将坐定,老摩登听见远处一阵喧哗,两个壮丁队架一个,把十八名烟毒犯人,架出监狱来了。这十八个人,有的耷拉着脑袋,真魂早已经出了窍,有几个还挣扎。一面挣扎,一面骂——骂的是:“承审李鬼,科长高云三,这两个王八婊子养的,在县长剿匪的时候,用县长的名字,使人家的钱,该死的放出去,拿我们补空儿。我们今生今世不能报此大仇,死后变鬼,也饶不了你们!”左右壮丁队大叫:“不要胡说!”那挣扎的人把眼一瞪,瞪的那么可怕,大叫:“可叹一个贤良县长,竟错用了人!”

叫着喊着,已经架到公案桌前,左右大叫:“跪下!”那人死不肯跪,架的人把他往前一按,身子低了半截,那人看见承审李鬼,坐在县长旁边,用手脱下鞋,死力向李鬼打来,正打在李鬼脸上,把眼镜儿打碎,只听李鬼“哎哟”一声倒在地下。

小说

这时候,老摩登大叫:“按住他!”马上跑上两个武术好的侦缉队,把那死囚死按在地下,这里老摩登一个点名叫:“张傻子!李麻子!王九娃!赵大相子!……”政务警察大喊:“应声!应声!”

应完了声,老摩登提起朱砂笔,在点单上批:“奉令执行枪决”六个大字,然后把笔一甩,甩在地下不要了,这是杀人的规矩。政务警察大喊,“执行!”这时候死囚旁边一个人,三弄两弄,连两秒钟也没有,都把死囚绑好,接着“达的!达的!达达的!”军号一吹,大队壮丁队压着十八名死囚,去西门外枪决去了。

老摩登看着死囚押走,转身进入后堂,对于李鬼,连看也没有看,那李鬼自己从公案桌儿底下爬起来,眼镜也碎了,脸也破了,撅着嘴儿,回自己屋里去了。

高云三科长自然也知道这事情了,他装病,一整天没有见老摩登,老摩登也不理他。

老摩登清理了一天积压的公事,吃完晚饭十分痛苦,为消遣、消遣,又到郝家去坐。一进门儿,郝似玉便抿着嘴儿,笑着说:“欢迎!欢迎!甜汤已经预备好了,我就知道,你一定来。”老摩登笑着问道:“你怎么知道?”郝似玉把头一扭,翻眼皮一看老摩登,慢头斯理儿的说:“我知道。我会算。我是瞎子,我算出来的!”老摩登哈哈一笑,说道:“世界上那有你这睁着眼儿的瞎子!你告诉我!你怎么会知道我来。”郝似玉噗哧儿一笑,说道:“老百姓都说,今天县长生气,生气又没有太太…….”说到这里,郝似玉又翻眼皮,一看老摩登,然后低下头说:“还不找个地方散散气。”老摩登忙说:“我到这里因为谈闲天儿,不为散气。”郝似玉噗哧儿一笑,笑着说:“谈闲天儿,还不是散气。散散也好,当县长也真不容易,又气土匪,又气烟毒人犯,又气承审,又气科长秘书,如若不散,小命儿还不见阎王?”郝似玉说完,三步二步,跑到床前,把脸用两只手一盖,爬伏在红缎子被褥上。

过了一会儿,郝似玉从床上起来,到镜子前面略理理头发,然后说道:“今天县长监斩十八名烟毒人犯,死囚脱鞋打承审,老百姓都知道了。”老摩登问道:“老百姓说些什么?”郝似玉说:“老百姓都说,县长当时沉着脸,十分生气,拿县长的脾气,李鬼和高科长,恐怕有些不得。”老摩登又问:“他们俩人究竟如何?”郝似玉似笑非笑地说:“好。好。很好。好到临死的人,都要打他一鞋底子!”郝似玉接着又转了一句文说:“人之将死,其言也善。”这一句话,便把李鬼和高云三的罪案决定了。老摩登半响没有言语。

又过了一会儿,郝似玉凑到老摩登脸前,悄么声儿的说:“他们二人倒没有什么,不过,常常儿用县长名义,叫打官司的人,作私人谈话。李承审有个自带书记,高科长和收发勾搭上了,他们常常儿在外面接洽生意,录供的书记,因为是本地人,也是纤手。我有一个纸条儿,老师!你看看!”说着郝似玉跑到里间屋,拉开抽屉,拿出一个小纸条儿,送给老摩登,老摩登接过来一看,上面写的是:

奉　县长谕,明晚八时,到县政府听询。

鄠坞县政府收发处

老摩登问:“你这条儿是那里来的?”郝似玉满脸儿陪笑,说“您看消息传的有多么快!你昨天到我们这里来了一回,外面就知道!我们是县长的学生,有个打官司的托人情,就托到我们这里。这是一个打官司的送来的,他说:明天不到县政府,愿意到我这里和县长见面,并且问问县长的口气儿。”老摩登忙问:“什么口气儿?”郝似玉又要说,又不说,话到嘴边儿上,又咽了回来,老摩登连问:“什么口气?什么口气?”郝似玉忽然把脸一沉,反问老摩登:“以老师的聪明,还不明白什么叫口气儿?”郝似玉又把眼皮一翻,望望老摩登说“口气者,行情也。问老师要多少钱!”

这一下子,可把老摩登弄急了,脸也红了,筋也蹦了,磕巴嘴也犯了,“期!……期!”期期半天说道:“我从来没有和打官司的人,作过一次私人往来,这条子是谁开的,不是我的笔迹。”郝似玉又噗哧儿一笑,说道:“老师不必着急,我们——其实,不光我们,连老百姓——也知道县长不是那种人,另有缘故。”

气的老摩登马上要回县政府,郝似玉一把拉住说:“不要走,我唱一首恋歌给您听。”老摩登连说:“不听。不,不听。”郝似玉把小嘴儿一撇,说道:“怎么那么沉不住气?先坐一会儿,我开开无线电,你听听。今天北平无线电台,放送京戏,有袭云甫和梅兰芳的《四郎探母》。说着“拍达!”一声,郝似玉开开了无线电的电门,接着一阵嘈杂的喧天锣鼓声音，夹着叫“好”的声音，老摩登听着很不耐烦，虽然老摩登那么喜欢听戏。

接着，郝家厨房拿上甜汤，老摩登无精打采的吃了半碗，马上回县政府。到了县政府立刻传收发程不识，等了足有半点多钟，程不识方才撅着嘴来了。老摩登问他：“那里去了！”程不识左支右吾，支支吾吾，说了一阵假话，后来，看见老摩登急了，方才说：“我我我……我们在东院打小牌。”老摩登把眼一瞪，叫道：“县政府岂是打牌的地方，公务员岂可打牌？”程不识撅着嘴说：“从……从……来就是这宗样儿。”老摩登问：“都是谁？”程不识说：“有……有……科长，承审们。”老摩登越发的气了，马上叫政务警察传话，不许他们打牌。不然，便把他们押起来！

接着，老摩登拿出那纸条儿来问程不识：“这是谁写的？”程不识硬说不知道，死也不承认是他发的。问了半夜，也没有结果，老摩登叫他第二天早晨卷铺盖，立刻回家，不许再在县政府停留。

承审李鬼，从监斩挨打到收发出毛病，知道事情有些不得，第二天起了黑票，天将蒙蒙亮儿，叫辆洋车，到河口去了。坐上头班火车回老家。高云三科长推说有病，不出屋门。政务警察请示县长：“今天什么人审案？人已经传到了。”老摩登想了一想说道：“我审。”政务警察喊“站堂！”收发处开点单，录供书送上卷宗来，老摩登坐了大堂。

上来第一案，是一个五十八岁的老寡妇，和一个二十多岁小伙儿要结婚，同族人反对，老寡妇上呈县政府，请求立案。老摩登一看。状子上写的是：

> 呈为情殷再醮，请予立案，以杜后患事：老妇人王氏现年五十八岁，半生守寡，一尘未染，近因垂暮，膝下无儿，零丁孤苦，颇难忍受，愿择夫婿，以娱晚年，窃思寡妇再醮，自古有之，恋爱自由，今日圣经，惟族人恃其强梁，妄加干涉，群起威吓，势甚汹汹，老妇人乃一女流，深恐受辱，请求县长，准予立案，完成婚姻大事，以塞众口，而维人权，实为德便。谨呈
>
> 郿坞县县长老摩登。
>
> 王氏跪禀

老摩登哈哈大笑，说道：“这也是烂漫主义。不想，烂漫主义发展的这么快，连乡村儿老太婆都信仰了。”

老摩登叫：“带上来。”问过姓名、年岁、职业以后，便问那五十八岁的老太婆和二十几岁的小伙儿：“你们俩儿愿意在一齐过活吗？”一口同声的回答：“愿意。”老摩登又问：“你们俩儿还有另外相好的男人和女人没有？”一口同声的回答：“没有。”老摩登又问：“你们俩儿一齐住了没有？”两人都不言语了。老摩登哈哈大笑，对那五十八岁的老太婆说：“这大年纪还害羞？又不是十七十八儿的大姑娘，怕说男人！”老摩登用手指那老太婆，问那二十几岁的小伙儿：“你爱她吗？”小伙儿脸红了。“期……期！”期期半天，什么也没有期期出来，老摩登一拍桌子，叫一声：“说。不说不能到一齐。”左右

站堂的政务警察一齐喊:“说。说。快说。”那小伙儿又“期! 期!”半天,期期出来一个字儿:“爱。”老摩登哈哈大笑说道:“年青人面嫩的很!”又用手一指那小伙儿,转头问那老太婆:“你这小女婿是不是你的干儿子?”那老太婆的鸡皮老脸,也红晕上来,连说:“大人恩典! 大人恩典!”老摩登说:“在这年头儿,乃是烂漫主义畅行时代,你们的目的,不难达到,这也是时势造英雄,你们乃是时代娇儿也。本县顺水推舟,成就尔等好事!”那老太婆一拉那小伙儿跪下,叩谢青天大老爷。

于是,老摩登提起笔来,当场堂谕代判,写的是:

天地之大,无奇不有。恋爱场中,五花八门。老妇少婿,旧船新篙,已枯之花,得骤雨之润,亦美事也。好在结婚年龄限制,法律只不许过早,对于老人,并无明文规定,此亦我国尊老、敬老,而且养老之国粹也。本县卖尔婚书一纸,大洋五拾元,寻觅证婚之人,择一茶馆酒肆,公开处所,当众盖章,即可同居,共享于飞之乐,无人敢阻,所请立案一节,应毋庸议,本县赠尔等《西江月》一首以为纪念:

花甲犹欠两年,
麻裙翻转任穿。
旁人若道长和短。
拉他来见本县。

两个人在口供上盖过手印,下堂去了。

底下一案,乃是请求离婚,原告陆大头,一个乡下大汉,身体很壮,精神十足,老摩登看他的状子上,写的是:

呈为结婚不得享受于飞之乐,时久情急,请求离异,以便另寻出路事:小民由父母主持,凭媒礼聘本村王姓二女为妻,王姓有媳,即民妻之嫂,狡黠好谑,嫁前私语民妻:“妹夫之器,甚为凶悍,他日妹嫁,不可任其取乐。”民妻固娇憨,婚后旦夕戒备,不许民近,民亦莫可如何,现已守鳏一岁,仍不解严,看饼挨饿,情实难忍,再三思惟,惟有恳求离异,以便另寻出路,请县长作主,拯救小民,实为德便。谨呈

鄌坞县长老摩登

陆大头跪禀

老摩登一看,不觉噗哧儿一笑,心说:“中国真是个畸形社会,你看一个小县,开通到五十八岁老太婆也恋爱,闭塞到女人出嫁不接近男人,真太复杂了!”

沉(默)了一会儿,老摩登问陆大头:“传你岳父来。”陆大头说:“现在堂下。”老摩登叫:“带上来!”一个白胡子老头儿,抖里抖索的上了堂,跪在地下,连连叩头,口称:“青天大老爷,救我一家的命。如若我女儿被休回去,我女儿一定要羞死,小老儿夫妇也不得活。养女儿一场,出嫁休了回来,实在对不起祖宗三代。”说完,呜呜大哭起来。

老摩登说:“老汉且莫悲伤,本县与你作主。”那老头儿又连连叩头,连说:“谢青天大老爷。”

老摩登对陆大头说:“此事只有从开导入手,你妻子怕男人,乃是一时误会,明白以后,也就不怕了,而且,除了你以外,一切男人都怕,在如今这个年月儿,也很保险。她嫂子有本领可以使她怕,也自然有本领可以使她不怕。叫你岳父接女回去,住娘家上一月,责成儿媳,设法开导,一个月以后,你一定可以满意也。”陆大头点点头说:“我再等一个月。”于是,老摩登又下堂谕一道,写的是:

男女居室,人道大伦,夫妇同居,律有明文。同居即应同床,同床可有性交,此为无疑义者。王氏女严守闭关主义,风气过于不开,陆大头要求强制执行,亦系应享权利,嫂氏善谑,谑不可虐,解铃应为系铃,责任终难逃脱,谕令新妇归宁一月,责成嫂氏开导,如无解决之术,本县另有制裁之方,彼时妇女对质公堂,方知情势严重,万勿等闲置之。本县有一剪梅赠送新娘新郎,好好念来:

嫂姑相戏本平常,
说也无妨,
笑也无妨。
夫妻于飞乐洋洋,
莫怕同房,
莫怕同床。

丈夫内媚术要讲:
不要强梁,
不要张狂。

写完,将要退堂,忽然堂下一阵喧哗,老摩登远远一望,两个年青妇人,打扮得花枝招展。互相扭打,直奔公堂而来。这两个妇人一来,不要紧,有分教:

县府公堂成醋海,
衙役齐闻脂粉香。
要知后事如何,且听下回分解。

第廿九回 县长去弊,后继大辞职 密斯出嫁,先决小脚娘

话说老摩登审完两案,连问带判,当堂解决,精神有些疲倦,将将要退堂,忽然间,堂外来了两个妇人,互相扭着,一面打,一面叫。叫的声很大,大堂上录供的书记,站堂的政务警察,都伸出脖子向外看,老摩登也长起身形,睁眼一望,只见一个妇人,二十来

岁，细条儿身子，穿着红裤子绿袄，底下小脚儿，又一个妇人，三十来岁，大圆胖子，穿着藕荷色上下身，脚也是小的，但是，至少有一尺半长，老摩登暗笑，心中想："好一个红青椒和大茄子，爬乱了蔓儿。"

两个妇人打的头发都披散了，脸上怪粉被汗冲的条儿，一条儿，又一条儿，花里胡哨儿，她们是一面打，一面叫，这个说："今夜应当是我。"那个说："今夜应当是我。"叫着，走到大堂，政务警察连喊："还不松开，县长在这里！"两个妇人方才放手，跪在公案桌前，一齐叫："青天大老爷作主，她霸占我的丈夫。"这个叫，那个叫，叫的都是这一句话。老摩登把眼一瞪，大声问道："你们有状子吗"那卅来岁的妇人说："有。"老摩登说："拿上来！"政务警察也叫："有状子呈上来。"那妇人解开纽扣，露出大奶囊，足有二尺多长，又向里掏，掏，掏，掏了半天，在裤腰带上，掏了一张纸条，政务警察接过来，放在公案桌儿上，老摩登低头一看，上面写的是：

呈为分夜不公，用历不明，请求官断，以保妻权，而维法益事：民妇王高氏，配夫王巴，成婚三载，于飞甚乐，不忆去岁岁杪，拙夫纳妾刁氏，入门以后，夜夜专房，民妇竟守活寡，经拼死力争，打架一十八次，始能成立协定，将一月分为上下二半，上半归妻，下半归妾，惟协定之内，并未规定使用历，按照乡村习惯，一切皆用阴历，大月三十日，妻妾各十五，可无问题，小月二十九日，妻十五而妾十四，亦可以别尊卑，明名分，而有先来后到也。乃刁氏刁性天成，死刁不肯，力主使用阳历。查阳历小月三十日，妻妾固属平等，大月三十一日，妾占下半月，沾光过多，虽一年之中，二月为廿八日，妾少二日，但大月共有七个之多，以多补少，仍多五日之多，被侵过巨，实难忍受，民妇据理力争，又打架二十八次，并无结果，加以丈夫表面中立，事实袒妾，民妇正当权利，遂生动摇，零丁孤苦，无依无告，叫天天不应，叫地地无声，唯有请求县长明断，批令乃用阴历，实乃生死人而肉白骨，九泉之下，爹娘祖宗，同感大德。谨呈

郿坞县长老摩登

民妇王高氏谨呈

老摩登看罢，哈哈大笑，说道："清官难断家务事，这事就是本县也管不了也！"那妇氏大哭起来，一面哭，一面说，一面说，一面哭，哭了个九腔十八调，把中国女人的特有本领，发挥了一大堂。老摩登也听不清，她说的是些什么，只听一半句，仿佛说的是："大老爷……青天大老爷，大老爷不管我，我……便……上吊……跳河……吞……吞吞金首饰……死……死了！"

跪在一旁的刁氏接着茬儿，没有等问，便说道："县长不用听她的，她是个泼妇。我是妾，妾也是人啊！说妾不好，有妾的可多啦。从古就有妾，现在的阔人有妾的还不少。一个太太的，两个太太的，三个太太的……学校里两位太太的多得很，后来的比先到的还要得势，要是说历的话，阳历是国历，出告示是阳历，写状子是阳历。写状子是

阳历。阳历年搭大花牌楼,阳历是官的。阴历是私的。"

这刁氏刁了半天,老摩登听着好笑的很,忍不住要笑出来,可是笑出来又不好,赶快扭过头去,把笑劲儿放过去,方才说道:"妾没有法律地位,可是事实上中国又有妾。妾在家中,叫她夜里没事儿也不中。可是夜里有事儿,又犯通奸罪。"老摩登转脸问大太太王高氏:"你是不是告你丈夫通奸,让他住一年监狱。"大太太和姨太太一听说,自己的丈夫要住一年监狱,吓的脸上颜色都变了,过了好大一会儿,大太太方才说出话来,她先叫了一声:"大老爷!"又叩了一个头,然后说:"小妇人是要多占一夜,不愿意丈夫住监狱。他一住监狱,我们俩,谁连一夜也没有了。一年监狱,弄的家败人亡,我们的后半辈可靠谁呀?"说完,又呜呜儿的哭起来,大太太哭,姨太太也哭,大堂成了丧棚。老摩登又是气,又是笑,笑完,把桌子一拍,说:"要打官司,只能这么判,如今的法律是这样儿,有妾犯通奸罪,要住监狱一年。"大太太和姨太太说:"我们不打官司了,我们愿意和解。"老摩登哈哈大笑,说道:"不打官司也好。好在是通奸亲告罪,你既不告,本县也可以不管,来个吏不举而官不究,也好。中国事儿得算了,且算了吧!"接着,又传她们的男人,王巴就在堂下,上来以后,死鱼不张嘴,问什么答不上什么,老摩登笑道:"好一个缩头男子,一个槽上还要拴两个大叫驴。我与你来个糊里糊涂的葫芦判吧!"于是,老摩登写堂谕一道,写的是:

妾无法律地位,其权益自无保障,通奸有罪,但须亲告,且有时效。纳妾之风,行不可长,作妾之人,亦甚可怜。滔滔苦海,众生溺于爱水,昏昏地狱,竟摸索而沉沦!青天白日,尚不清明,黑夜之事,何妨糊涂。本县姑与尔等葫芦分之,其各凛遵勿违:国家采用阳历已久,阴历不能见于官文书,且将阳历一月,分为二半,仿新式双太太之例,后来者摩登,摩登居上,前半月属之于妾,先到者落后,落后者有三十一日,乃实惠也,归之于妻。本县有诗一首,赠与尔等:

吃醋始知醋,
有妾始知难,
到此摩登日,
难上更加难。

守法用阳历,
妻妾各一半,
巧妙来分配,
妻多妾占先。
世界本糊涂,
不必太盘算,

夜夜好过去，

莫笑葫芦判。

写完，老摩登哈哈笑道："尔等去吧！"

老摩登审了三案，实在疲乏了，正想退堂，忽然政务警察又带上五个人，手拿一卷纸，对老摩登敬礼，报告说："调验烟犯五名解到。"老摩登睁眼一看，果然上来五个大烟鬼，面目灰黑，骨瘦如柴，精神萎靡，活着就都出了殃！

政务警察把手里那卷纸放在公案桌上，老摩登一看，乃是县卫生院的检查书，内中四名无瘾，只有一名有瘾，无瘾理应略事问讯，应当取保开释，有瘾应当按法律治罪，那有瘾的人一看见县长坐堂，大叫一声："冤枉！"老摩登问他："有什么冤枉？"那人说："调验不公。县卫生院使了人家的钱。有瘾变成无瘾。"老摩登问道："你怎么知道？"那人大叫："我的青天大老爷！这有什么不能知道？他们四个人都有瘾。也用不着什么卫生院，医生不医生，您叫他们伸出手来，二指头里面一半都是乌黑的，那是烧鸦片烟时候沾上的。你叫他们张开嘴，满嘴的牙，也是乌黑的，那是抽鸦片时候烟熏的，如若是您还不相信，把他们放在县长室外间屋，您在里间睡个觉，睡醒了，再看他们，一个个准都犯了鸦片烟瘾，一个哈什，又一个哈什，哈什连天的。"

说到这里，那人看老摩登并没有怪他说的不对，胆子大了，放开嗓子喊说："他们每个人送了县卫生院一千块钱，他们便都没有瘾，都要出去了，都再回家，再放胆大抽，抽完搂着老婆大睡去了。我没有钱，我就有瘾。我的青天大老爷，真难得您今天自己问案，您剿完了土匪，应当再剿剿这种官匪，这种绅匪，这种官绅勾结，贪赃卖法的匪！"

那人越说越气，气昂昂的说："官方一切都是假的，什么禁烟！什么戒烟！禁烟就是卖烟。开土膏店的都是和官方有关系的人。戒烟就是抽烟。抽烟就是抽税，种烟有税。官膏有税。开灯有税。下野军人大造白面、吗啡、海洛因。"

那人一口气接着说："什么烟民登记？烟民执照？狗屁！不过是派款！派款！要钱！要钱！发财！发财！保长并不调查烟民，更不登记烟民，上面发下来登记证，他一张也不用，随便报几个烟民，派笔款，交上来，也就是了，甚至于从县里或区里都扣下登记证不向下发，只向老百姓要钱。一说某某保多少烟民，去年多少烟民，今年又多少烟民，减少了多少烟民，其实，都是狗屁！"政务警察连喊："不要胡说！"

那人说完。大哭，一面哭，一面说："我死了。反正我也活不成了，我都给您们说了吧！"

老摩登点点头，叫把那人送戒烟所，给他戒烟后再行发落。无瘾的四个人，老摩登按照那人所说的一考察，果然，二拇指和牙，都是黑的，老摩登退堂，把四名烟民，放在县长室外间屋，自己睡了两个钟头的小觉儿，醒来一看，这四位，一个个鼻涕眼泪，哈什，喷嚏，一切烟毛病都来了。老摩登勃然大怒，叫政务警察再送县卫生院复验，并请县卫生院长胡理来县府回话。政务警察回来说:“送验人犯,县卫生院已经收下,胡院长到河口去了,不在家。”老摩登听说胡院长不在,更气了,告诉政务警察,“到河口去找,找到带他来见我。”

就在这个当儿,忽然电话铃儿响,接电话的政务警察报告:“专员公署来电,请县长明天到安阳去开会。”老摩登点点头。

官差不自由,老摩登第二天一清早,便赶到安阳开了一星期的会,回来一看,公文堆满了一桌了,一件也没有办。老摩登问:“高科长呢?”政务警察说:“辞职走了。”老摩登气就上来了。接着,政务警察又拿上五个辞职呈文,老摩登一看,乃是县政府收发辞职、庶务辞职、县卫生院院长辞职、财务委员会主任辞职、公安局巡官兼一区区员辞职,老摩登气更大了,大骂:“这群王八羔子!不能弄钱就辞职!”旁边的政务警察说:“以后辞职的还有呢!办公室书记听说要全体辞职,我们政务警察长也要辞职。”老摩登“嘿嘿!”一冷笑说道:“他们都不干,看我来干!”

过了一会儿,老摩登喝了口茶,政务警察等老摩登的气,微消了一消,然后说道:“小人劝县长不必生气。县里有毛病是实在的,而且,从古来,就是这宗样儿。可是,话又说回来啦,他们没有毛病也不中。拿财务委员会主任来说吧,他是全县地方机关的首脑,地位可是不小了,可是,他的薪水才二十元。他一家人的生活,还有应酬和场面都不是几十元钱一个月能办得到的。县长!没有您不圣明的。”

政务警察望了望老摩登,接着又说:“拿我们政务警察来说吧!每月二块八毛的饷,您以为少了,但是,许昌县有二百没有名儿的政务警察,每月一个钱的饷也没有。虽然私下规定传人,每十里一块钱,但是,也还不够。可是,当一二年政务警察,也有买三五十亩田地的。”

政务警察又望了望老摩登,接着又说:“拿验尸的检验吏来说,他和死人打交道,又臭,又脏,又负责任,可算是天下最苦最难,人人不愿意干的活儿了。但是他每月才领十二块钱!没毛病谁干!”

老摩登说:“我为他们加薪水,但是,不许他们有毛病。”政务警察噗哧儿一笑,说道:“加薪水?一个加一块,全县要多少钱?而且,上面省政府一定不准,绝对不准,明的是不能准的。”

老摩登说:“老百姓多出几个钱,没有毛病,也很合算。把老百姓现今出的钱,分给您们每人岂止一块,一百块也不止!”

政务警察忙说:“让百姓出钱,为我们加薪?这事情可万万办不得?百姓的肉只能让保长一刀儿一刀来刮,如若县长下令派款,提高县公务员待遇,那便罪该万死,这责任,您可负不了,我的大老爷!”

老摩登踌躇,踌躇,踌躇起来了。就在这踌躇的当口儿,政务警察又对老摩登说:“我劝县长还是睁一个眼,闭一个眼吧!中国事儿,不可太认真。尤其是县里,永远是一层一层的糊纸,糊起来也很好看,大拆大改,可不容易咧!"

正在说话,忽然收发送来一封信,老摩登一看,是北平来的,很注意,拆开一看,乃是老太婆写的,内容很简单,写的是:

老摩登:

遵命时与密斯黄过从,近单刀直入,提出婚姻问题,密斯黄当面表示:伊甚注意名及法律地位。据云:伊由其他方面闻知,老摩登在家乡农村中尚有旧式结婚小脚婆娘一名,此人非先离婚不可。老身面答:此事容或有之,但事实上等于无有,因老摩登已十年未回乡里,而小脚亦不敢出与大脚娘相争,留在家中侍奉堂上老亲,亦无甚关系,爱情在精神,不必斤斤于此,密斯黄深不谓然。伊要求老摩登先行离婚,而离婚手续,不只限于登报,登报之外,须与老摩登回家乡一行,一面拜见老亲,一面复核此事,因乡间人不看报,许多人登报离婚事实上并未离,此乃先决条件,如先决者不决,结婚云云,同居云云,皆谈不到也。此外,尚有两附带条例:(一)结婚后,男方财产、收入、及存储,应全部归女方所有。存款图章、领薪图章,均交女方掌管,男方不得再交女友,与一切女人往来、通信、宴会、说话均须得女方同意,并得随时制止之。(二)女方在结婚后,享有交际自由、通信秘密,结婚前有关系男友,不得断绝其往来。

以老身观察,事情已达临界点,而小脚娘离婚及复核问题,尤为核心之核心。事之成否,在老摩登乾纲一断,果何去何从,老摩登其三思之,老身不敢赞一词也。事迫,伫待回教。

老太婆

老摩登把信看了三遍,看了又看,看完还看,一面看,一面皱眉。

不错,老摩登有个小脚太太,虽然没有念过书,没有呼吸过摩登空气,但是,如若一定要离婚,乡下人不知道什么叫离婚,认为离婚便是休妻,一个乡下女人,要是被休的话,至少是一死,叫她死,老摩登也不忍。正是

一人没有良心在,
想娶摩登便难了!

要知老摩登如何解决婚姻问题,且听下回分解。

第卅回　气冲白发老太爷修书训子　血染红丝小脚娘绣诗感夫

话说老摩登看完老太婆的来信,十分为难。密斯黄提出了结婚的条件,最初老摩登很不以为然。老摩登一面看信,一面嘴里自言自语的说:"所谓新式女人!她们的新!她们又新又旧。究竟是新?究竟是旧?新的利益也要享,旧的利益也要占。她们

要把资本主义社会、社会主义社会和封建社会的女人权利都占有了，而不尽一点儿义务，真应了那句活："你的就是我的，我的还是我的。又讲爱情，又讲形式，又要精神，又要物质，天下的便宜，一面占了，天下不公道，莫过于此。"

可是，爱情这个玩意儿，无论如何，也不是理论所能管住的。老摩登固然不以密斯黄的条件为然，但是一想到密斯黄的面庞儿，一笑两个小酒涡儿，而且想起密斯黄的聪明伶俐，闹起脾气来，脾气固然不小，体贴起人来也太会体贴。老摩登一闭眼，想起半年前，有一天的黄昏月下，迷迷糊糊看不大清楚的时候，和密斯黄在北平王府井大街，柏油马路的便道上，挎着胳膊，来回闲溜达，密斯黄一面满脸陪笑，笑不及儿的，斜着看老摩登说情话儿，一面替老摩登整理衣裳襟儿，扣那松开了的扣儿。那种似媚非媚，刚强中的温柔，比旧式女人，又有一个不同的风格。而且，一同说文艺，谈哲学思想，大讲国事、家事、天下事，和那只知道扫地擦桌子、缝、补、洗、做的旧式女太太，又有不同的用处。如若结成夫妇，非但日常生活很快乐，而且，可以互相帮助，完成一种事业。比如这次作县长，便是密斯黄促成的。一个人需要鼓励，一个男人尤其需要女人的鼓励。太太不光是性欲发泄器，也不光是管家事的老妈子。

对。对。万不能放弃密斯黄。必须争取。牺牲一切，舍身来争取。

于是，老摩登决定争取。

老摩登首先写一信，给家里的八旬老父，问自己的小脚太太，近况如何，可否送她到娘家去住，并且说，在外教书很久，一个人儿有些不便，有位朋友的太太，为他要作媒，再说一个，不知道老人家对于此事的意见如何。

信发了十几天，老摩登接到了父亲的回信，上面写的是：

字示吾儿老摩登：

接来书，一则曰送汝媳到娘家去住，再则曰有友在外为汝说亲，甚以为怪也。

汝离家十年矣。在此十年之中，汝妇空帏独守，亦甚凄凉，但汝妇上侍老父，下待家人，皆以其"礼"，无怨言，无愠色，安之如素，此乃中国旧女子之良好习惯，而值得尊敬者也。

汝妇亦名门之女，其所以不满汝意者，不过不摩登而已。所谓摩登也者，不过，皮其鞋，丝其袜，烫其发，卷其毛而已，其更进者，亦不过袒其胸，露其乳，跣其足，光其腿，不穿裤子，以流通空气于两股之间而已。吾人本黄种，皮肤并不白，身体又不健康，鸡皮疙瘩，时显于臂上，必欲去袖齐肩，暴两肘于外，以吾观之，并不美也。

再想汝妇并不读书。女人读书最大之理由，为夫妇相亲相助，可为国家社会作一番事业，但此种读书女子至今尚未见一人，即求有一二有助于夫之公事者，其所助远不及其所害。吾时时拭吾老镜而观今之知识女子，十之九皆虚荣心盛，欲望过大，必欲其夫升大大官，发大大财，大大出人头地，往往逼其夫于危境，陷其夫于不义。郭松龄有一会陪阔人跳舞之太太，倒戈而丧身。许多达官贵人，学校校长，皆因太太有知识而贪污，甚至太太勾结庶务，太太勾结秘书长、参谋长而舞弊，而卖缺，反不如不读书女子，因知识不足，胆量亦小，交际不开，内外路阻，理家事而注意丈夫之生活，亦可得实利而收实效。邱吉尔谓其夫人为彼之监护人，可见西人亦不以此为下下也，而学洋人之华人，反以为耻怪哉！

老摩登看到这里，出了一身冷汗，接着又向下看。那信上写的是：

实则女人相夫有为，亦不在读书与否。梁红玉，京口妓也，擂鼓于金山，成南宋百余年偏安。孟母、岳母，吾均未闻其有多大学问，而有名才女子，每多不贞，自古已然。贞操观念，汝辈亦或以为非，实则男女性交之不容第三者，乃生物之通性，二八月闹狗之际，为一母狗打得狗血淋漓，方止争端，性的专一，实为必要。试问汝妇与他人密语，汝之心情如何，不必进一步再谈其他如何，如何矣！

至于一般家庭，既有家庭，即有家事，既有家事，必有人理，男既不理，女人必理，女人一理家事，再养子女，所读之书，无论科学、哲学、诗词、小说，均随扫地擦掉及小儿屎尿以去，国家空废一笔教育费，反不如日本，大学不收女生，因收一女生即少一男生，男生读书，尚可为国家之用，女人读书，成为点缀，国民尚无此多余财富，以制造此华而不实之点缀品。

有一二在外作事者，交其子女于无知识老妈子之手，断送子女，委家事于其母，或其嫂，幸其母其嫂不摩登也，如其母其嫂亦因读书而摩登，鄙家事而不肯为，则家事无为者矣。或曰：送儿于托儿所，吃饭到公共食堂，取消家事可也。不必说无此大量托儿所及公共食堂，即或有之，儿童不食其母之乳，而食牛乳，不经其母之抱负，而由看护抱负之，贼杀天性，杀死子女，罪孽重矣！至于老年人则必送之养老院，此为无疑者。一进养老院，既不见子又不见孙，老妻儿媳，各自一方，老年人之心情何如乎？

吾自汝母去世后，即感零丁，而厌此世，汝虽终年在外，汝妇在眼前。汝之二弟因未出洋，汝二弟妇，亦未读书，尚可送欢欣于老人之前，汝妹出嫁不远，时回娘家，乃吾最大安慰，否则。吾早死从汝母于泉下矣！

老摩登看到这里，眼泪流下来，觉得自已常时不回家，实在对不起父亲，父亲八十多岁了，自己不能侍奉，连说："我是罪人。我是罪人。"接着又向下看，父亲更气了，写的是：

吾时时思念，人之生子乃太冤枉。从落生到教育，所费精神若干？劳力若干？金钱若干？心情若干？吾辈为父母者，纵不望报，但儿女对吾辈为父母者，如此冷淡，实太可恨。东邻王姓子，先娶乡女为妇，到北平进大学后，欲离婚而不能，妇亦抑郁而死，王姓子另与一小学女校长结婚，家人皆以为荣，但结婚之后，王姓子即非王姓之子矣，夫妇同居，而屏父母于弟家，父母有时一至其居，必带些须物品，共同食之，前三日如客人，尚属欢欣，后五日，儿子尚敷衍，十日后，女校长色渐变，半月后即设计驱逐，至二十日，父母含泪而去，儿子留之不可，问其原因，亦不肯言，呜呼痛哉，父母之心碎矣！如此生儿，不如不生，或一落生，即勒毙之也。吾辈为父母者，固不求报，但费精神、劳力、金钱、心情，所得如此，亦可悲愤矣！

最可恨者，一部分人士——实狗士也——仍说父母养子乃义务，不知此义务，何人定来，一方说父母义务，而不说儿女责任，犹之摩登太太本人浪漫而限制丈夫甚严，“贞”既不讲，“孝”亦不说，女人为怕家事而不肯养子，甚至堕胎，父母性再失，杀婴之事，必日多一日，吾行见人种之绝灭也！

老摩登一拍桌子说：“对，有理。”接着又看父亲信上写的是：

其实，乡下太太变为摩登，如水就下，亦有何不易，在北平、上海大都市者，住上半载，做几件新式衣服，电影场走走，多看几次洋人接吻，由约束而解放，如水之就下。至于家居床第，顺从男人之老习惯，一时或尚不至于全灭，有两家父母作保，亦较安全。比摩登太太床下强梁，床上亦霸道，与人幽会，气死血性男儿，不亦好的太多哉！

这话仿佛很感动老摩登，老摩登“呕！呕！”了两声，扔下信，坐在椅子上，眼望着顶棚，心说：“很有道理。理想不可过高。理想乃空想，空想是人生最大的苦痛。所谓爱情，说起真的话来，不过是性交。同居的最大理由，仍然是生活。生活中最主要的，还是吃饭。舍名求实，是一件必要的事。”想了一会儿，又把扔了的信，拿到手里，接着向下看。父亲的笔锋又一转，写的是：

吾已令汝妇放足，闲时亦教伊读平民千字课，四册已毕。见汝信后，伊自恨欲死，但绝无怒汝毁汝之词，此亦不读书女子之美德也。前日刺手指出血，染白丝为红线，连夜绣李白诗一首，另件附寄，不知负心冤家能感动否？下月杪拟送伊至鄜坞，夫妇重会，如汝心回意转，八旬老父，亦可以多活几年。劝汝好好作人，好好爱民，汝今日亦民之父母也。

父字

老摩登忙问收发：“还有我的邮件没有。”收发拿过一个小布卷儿说：“这是县长的包裹。”老摩登找剪刀，拆开缝线，打开一看，里面是一块白绫，把白绫展开，鲜红的红线，绣了满绫面的字，那红线红的那么特别刺眼，在鲜艳当中仿佛有一种悲凄笼罩着似

的。再看绣的字,乃是一首李白的诗①:

宝刀截流水,
无有断绝时。
妾意逐君行,
缠绵亦如是。
别来门前草,
春尽秋转碧,
扫尽还更生,
萋萋满行迹。

妾似井底桃,
开花向谁笑?
君如天上月,
不肯一回照!
窥镜不自识,
别多憔悴深。
安得秦吉了,
为人道寸心。

老摩登看完,泪如雨下,一歪身,躺在床上,心"突!突!突!"的跳,觉得全身火烧似的发热,自言自语的说:"我莫非疯了吗?"

老摩登如同着了电似的,全身由麻木而坚硬,自己变成一块化石了。

一切精神的和物质的动作都停止,仿佛在外科手术台上,被麻醉了似的,只有脉搏和微微的呼吸。

亦生亦死,如醉如梦,在床上翻来覆去,覆去翻来,过了半日,直到日落西山,太阳最后一条光线,也消失了,黑影儿下来,老摩登的住室渐渐被笼在黑暗当中,老摩登觉得光明压力减轻,从呼吸起,渐渐恢复常态,身体亦能动转了。

就是这个时候,外面政务警察进来,立正报告:"齐教官催请。"老摩登"呕!"了一声,方才想起,今天晚上,齐教官家里请吃饭。一看时间,已经是差十分六点,为要表示守时间,一骨碌身子起来,擦把脸走了。

到了齐教官家里,齐太太笑脸相迎说:"县长过新生活,时间拿的真准。"老摩登一看齐太太的晚装,收拾得更美——非但美而且艳得很,作到了"美而艳"的程度。

齐教官住的是一家绅士的房子,因为请客的缘故,堂屋正中,点起大汽油灯,照耀

---

① 此处所引李白诗作与目前通行版本有个别异文,为保持作品风貌,未做改动。

如同白昼——比白昼更强烈的一种夺眼白色光线。在这光线下看齐太太,又有一种不同,比白天仿佛另有一种好看,所谓:“灯下看美人”是也。齐太太是固始人,对于穿,特别讲究,那天因为请客的缘故,白天特别到河口烫的头发,头发烫的像水波浪儿似的,卷成一个花儿,一个花儿,一个花儿,新使的生发油,油光油光儿,使头发越发的黑,黑而且亮,尤其是在汽灯底下一照,显得那么光泽,滑润,而且美丽。

齐太太脸上,薄薄儿的擦上了一层儿白粉,眉毛微微描了一描,眼角儿用墨微微涂黑,嘴上不涂口红,因为齐太太的嘴唇儿,自然是红的。那比口红,红的好看的多!

齐太太穿的是西湖色花罗短上衣,不穿裙子,没有旗袍那么笨重,又不像女学生制服那么简单,自有一种轻捷的明了。因为不穿裙子,所以露着白纺绸裤子,女人的裤子,也仿佛是具有诱惑性的神秘东西,露着裤子,比露着胳膊,露着胸脯儿,更能使人被诱惑,裤腰上系着粉红丝线编成的腰带,有二寸长的粉红穗儿,露在上身衣服外面,使人更被迷媚。小风儿一吹,吹的纺绸裤子飘动而荡漾,使看的人心里,也荡漾了起来。

齐太太穿的花罗短上身。做的很抱身,周身沿着白缎子滚边,红白两色绸子条儿,打的纽盘儿,中间各绕一个澄黄色的小玻璃片,赤金纽扣,在汽灯底下,黄登登的特别发光。脖领正中间,用一个大翡翠别子别起来。胸前一大圆团茉莉花,香味儿直向人的鼻子眼儿里钻,味儿那么好闻,真使人不喝酒也醉了。

齐太太偶然一抬头,嫩葱枝儿似的手指上面,带着钻石戒指,那戒指光辉照耀的特别刺目。

没有请旁人,只有老摩登一个客人,齐教官和齐太太轮流着敬酒,没有半点钟,老摩登便吃的醉醺醺了。

一面吃,一面说,谈着,谈着,谈到县政府上,齐太太没说话,先噗哧儿一笑,然后一张嘴,露出玉似的小白牙儿,微微有些口香糖的味儿喷出来,问老摩登说:“听说县政府和地方机关有许多人辞职!”老摩登回答说:“是的。”说到县政府和地方机关的事,老摩登的气便不从一处来,接着骂道“这些人贪赃舞弊,伤天害理,杀之不多!他们辞职?很好。我正要解决他们!”齐教官插话说:“听说绅士们也很不满意。”老摩登把眼一瞪说:“他们不满意的原因,不过是不能和县政府勾结起来弄钱。他们的本领,不过是告状,我没有毛病,在郿坞县对的起天地鬼神,可以由他们告去。我决定准他们辞职。一科长,我托省政府朋友另找人。卫生院,可以用院长底下的医生坐升,财务委员会主任委员,另用教育界人,也许清白些,索性我要把县政府改组一下。”

齐太太点头说:“好。好。好一个有作有为,有胆,有识的县长。”老摩登很高兴。齐太太忽然又问老摩登:“那郝氏三位近来怎么样?”一说到这里,有分教:

女人就怕遇女人

是非之上加是非。

要知有何是非,且听下回分解。

第卅一回　梦幻境,巨蛇化女人　夏令营,大学会皇后

话说齐教官的太太,周小碧,在吃饭的时候,对老摩登问到那郝似金、郝似玉和郝似花三位姊妹,并且说:“听说县长常到她们家里去玩?”老摩登很坦白地回答:“是的。因为郝似玉的丈夫,是我的学生,她们又是本地人,我愿意知道一点儿底层的情形和议论,作为县政参考。而且,我觉得地方上有产生青年绅士的必要,作为推动工作,提倡改进的领导人。因为那群老绅士太坏了,毛病过多,有他们还不如没有他们;他们口口声声地方!地方!其实,害地方的,便是他们这些地方上的人!”

齐太太噗哧儿一笑,说:“青年绅士,这个名词很新鲜。女青年绅士也许更好些。可是如今的年青人,也复杂的很,他们恐怕另有作用吧!而且,各地方情形,恐怕他们不害地方,而害了县长。她们的目的,恐怕就是为害县长来的吧!我想。”老摩登说:“我倒没有什么,害就害去,人总要死,在这种年头儿,活也活够了。我很想早早死好!”

齐教官生怕老摩登不痛快,忙叫一声:“小碧!唱一段大鼓给县长听。”老摩登一听大鼓两个字儿,很兴奋,马上问道:“齐太太会唱大鼓?”齐太太把脑袋一歪,眼睛一斜,故意作出半羞不羞的样儿,嘴里说道:“我不会,我在天津住了几年,天天到法租界泰康市场去听刘宝全,偷学了一两段。”老摩登说:“学到刘宝全的大鼓,那是天字第一,地道老牌儿大鼓,唱一两段儿,我们听听,好久没有听刘宝全了。听说前几个月刘宝全到南京,首都的党国要人和太太小姐们,捧的很厉害。”齐教官说:“南京也太没有娱乐了,只有夫子庙的女人清唱,唱的也不好。秦淮河小调,调子也不高。”老摩登连说:“对,对,所以南京阔人,只有跑上海,到上海是电影,跳舞,跑狗,回力球,最末来个土耳其沐浴,女子按摩,或是看一回摩镜党!”说的大家都笑了。

过了半秒钟,老摩登说:“还是请齐太太给我们唱一段儿,刘宝全大鼓吧!”

于是,齐太太站了起来,走了二三步,走到小茶几儿前头,半斜身儿,稍稍一靠,抿着嘴儿一笑,脸上微微一红,然后慢慢儿张开小嘴儿,唱了一段大西厢。唱的是:

二八的俏佳人儿懒梳妆。
崔莺莺得了这么点儿病,
躺在了牙床。
躺在床上,
半斜半卧。
您说这位姑娘,
痴呆呆,
闷忧忧,

茶不思，
饭不想，
孤孤单单，
冷冷清清，
空空洞洞，
凄凄凉凉，
独自一个人闷坐香闺，
低头不语，
闷闷无言，
腰儿瘦损，
斜着他的杏眼，
手儿托着他的腮帮。
你要问：
莺莺得的这是甚么病？
忽然间，
想起了秀士张郎。
想张郎，
想的我一天吃不下半碗饭，
盼张郎，
两天喝不下一碗汤。
汤不汤来呀？
哪是奴家我的饭，
饿的我，
前心贴在了后腔。
谁见过十七八的大姑娘，
走道儿扶着枴棍，
这个姑娘啊，
离开了枴棍儿，
手儿就得扶墙。
强打精神走两步，
哎哟哟！
可不好了，
大花缎子绣花鞋，
底儿都当了帮。

唱完，老摩登连连鼓掌叫好。齐太太从胳肢窝儿底下，取出来小花手巾，把脸一遮，仿佛很害羞似的。

齐教官这里陪着老摩登说闲话儿。因为老摩登听齐太太大鼓，心情微微有些转动，齐教官便对老摩登说："近来鄜坞县又有黑帮活动。"老摩登忙问："是的吗?"齐教官说："我们已经从邮局检查出来他们的宣传品。"老摩登问："是寄给谁的?"齐教官拿眼睛望着老摩登，不肯说。老摩登追问："到底寄给谁?"齐教官说："就是……就是……就是郝似玉。"老摩登一句话也没有说，仿佛不大相信似的，齐教官立刻走了两步，走到靠窗户的写字台前，一拉抽屉，拿出一大卷，送到老摩登面前，老摩登接过来一看，真是黑帮的宣传品，再看纸上明明写的是寄交鄜坞县郝似玉收。老摩登："呕!呕!"呕了两声，接着说："既然有这查出来的东西，好在她们来这里不久，还不会作出甚么事情，叫她们离开就是了。"

齐太太在一旁接着话儿说："郝似玉，她们在鄜坞县不光为宣传，并且，为害县长。县长身为政府官吏，而和她们往来，一旦发生事情，是跳在黄河也洗不清了。她们用一把双锋利刃，想一刀连伤二命，你看手段毒也不毒?"老摩登一听这话，吃了一惊，连说："对，对，危险，危险。"

过了两秒钟，老摩登："哎!"的叹了一口气，说道："女人真是一条蛇，一条毒蛇。爱情这东西，到今天很充分地被各种利用，利用了。爱情成为政治的工具，用肉体实行政治陷害，仿佛女间谍用肉体换取情报似的，太可怕了。齐太太，你看过柯尔逊作的一本小说，名叫风流女间谍吗？红色舞女，玛泰哈丽，如何利用她的那一双玉腿，破坏了协约国方面很大的军事计划，并且，为贪图香艳的接吻，不知道多少青年军官受害，丧失了他们的生命！女人可怕，真可怕，太可怕了!"说到这里，看齐太太脸上渐渐红了，由微红变深红，由深红变大红，又由红转白，苍白的没有血色，半响也没有说话，老摩登恍然大悟，这教官和太太，也都是有特殊使命的。老摩登忙停止了讲话，告辞回县政府。

那一夜，老摩登没有睡好，一闭眼就仿佛身旁有一条大蛇，昂着脑袋，向自己吐舌心。睁张眼，又没有了。又一闭眼，又一条蛇在身后。一睁眼，又没有了。又一闭眼，又一条蛇在脑袋上面。霎时间，五六条蛇包围着自己。

那些蛇昂着头站久了，忽然慢慢儿的变化起来，变成一个个女子，那女子乃是黄爱莲，薛爱莉，郝似金，郝似玉，郝似花，周小碧，和陈七奶奶。

这些女人，一个个对老摩登笑，对老摩登献媚，并且用手儿招呼老摩登。老摩登将将要拉这些女人，这些女人又变化了，又变成一条一条的蛇，大大小小，粗粗细细的蛇，吐出舌心，直刺老摩登的鼻子，眼儿，老摩登大叫一声，醒来，自己的手，正放在胸口上，胸腔里气闷的十分不好受。

第二天，早晨起来，老摩登发表了他的县政府改组命令，一部分要请求省政府核准或备案的，也都办好了公文，送出去，足足忙了半天。下午两点，老摩登正睡午觉，忽然传达报告，说省政府视察团来了。老摩登那敢怠慢，马上爬了起来去迎接，这些视察团的团员，都是各厅处的三四等脚色，地位虽然不高，架子可真不小，对于县长，带理不理儿，仰着脸儿，撇着嘴儿，拧着眉毛儿，瞪着眼睛儿，端着肩膀儿，挺着胸脯儿，指手画脚，大踏步儿，摇头晃脑，吹大气儿，仿佛法门寺刘瑾——不，离刘瑾的份儿还差的远，至大不过是贾贵儿。这贾贵儿一到县里，那份儿，可就够瞧的啦！

一般县长们，对于视察团的人们，是高叩头，矮作揖，恭恭敬敬，仿佛天神下降似的供奉着，老摩登因为一肚皮不痛快，看着视察团的样儿，又不大对，便不大理他们，嘴说着："由他们视察去罢！好在也没有什么怕视的，也没有什么怕察的，察坏了，也不过是免职，不用他免，这不是人干的县长我还要辞了他妈拉个屁的呢！"

各自干各的，也不知道视察团在鄜坞县，干了些甚么，一个星期，一个人一辆胶皮，把他们又转运到其他县去了，临行之时，全县各机关公务员和壮丁队在西门外排队相送。但是，这群视察团的老爷们，一个个大摇大摆，连车也不下，正眼儿不见，回礼自然是更用不着说的没有了。只是团长省政府卞视察主任，因为是老摩登的好朋友，下了车，拉拉手道谢而去。

送视察团回来，老摩登十分生气，大叫一声："这群四等小官僚！"说道："比委员长的架子还要大。就是委员长来到，我们接送，也还个礼。我也知道，我不合乎他们的官味儿，今天的中华民国，也还不需要我这样儿的县长，还是贪赃舞弊的好，味道一样，也对官场人们的牙口儿。上天金童配玉女，下地跛驴配破磨，一物有一主，一主也要一物，今天的中华民国，我们人，实在是生的太早了！太早也没有什么，最大不过是不作官，不管他们的闲事就是了。我辞职不干，这县长也没有甚么非干不可的，吃尽人间之苦，受尽人间之气，不贪赃舞弊，得钱有限。要想救国救民，那阻力便大了，并且，据我看来，此事不可能。本来也是，国家一好，他们便没有事儿，有事儿也没有好处，有好处也一天一天的少，所以他们，这群官僚，便是中国改革的阻碍人。他们谄上骄下，见着大官儿，马上屁股撅起，把太太都送了礼，要是见着县里的人，那是猫儿遇着老鼠，成为他们的一口菜，没有油水儿的地方，自然是招他们一脑门子的气！够了，我已经够了。辞职！回北平，教书卖文，乐得逍遥自在。"

旁边的人，自然顺水人情，极力劝老摩登不必如此灰心，这些小事，没有什么。老摩登自然也不怎么回答他们。

就在这个当口儿，传达送来一个粉红洋花信封，一望就知道是女人写的，旁边的人立刻走开，老摩登把信拿到里间一看，乃是薛爱莉来的，并且，附着一张相片。老摩登一看，那信上写的是：

大鹏！

你真伟大，你真太伟大了。我听说鄜坞县的土匪，竟然没有了，一个儿也没有了。就是这一件事情,已经可以,太可以证明你的伟大了,因为剿匪是何等困难的工作。蒋委员长为剿匪也费了很大很大的气力呀!我佩服你,我是太佩服你了。我那么样儿的佩服你。使我屈服,屈服在一个大鹏面前。

我是个小鸟,我自始至终,都说我是个小鸟,但是,到现在,我的的确确是一个小鸟,伏侍大鹏的一个小鸟。

小鸟自己觉得太渺小了,尤其是在大鹏前面,我愿意作大鹏的小鸟,追着大鹏,飞来飞去,总不离开大鹏的翅膀底下。

听说郿坞县现在一丁点儿的枪声都没有了,平静的从来没有的平静,老百姓也睡他从来没有睡过的舒服觉,但是,大鹏苦了,一个人儿,孤果儿似的,连个陪伴着的也没有——也许有吧?有也不好,那郿坞县中还有女人吗?没有。没有。郿坞县没有女人,连一个也没有。大鹏,你以为怎样?连我都看不上眼,不用说大鹏了!

大鹏!我嘱咐你,我很珍重的嘱咐你,可千万不要堕落,堕落到泥粪坑里,你的翅膀便污秽了,污秽到失掉了你的全部伟大!

我决定到郿坞县去陪伴你。大鹏!我陪伴你,我想你一定很高兴,不吗?我高兴!我想,你也一定高兴,并且太高兴了。

我想,我很想了想。那郿坞县,虽然没有戏,没有电影,没有公园,但是,如若没有土匪的话,在那大原野里,小鸟和大鹏,各骑一匹洋马,用小马鞭子一打,跑起来,像电影似的,才好呢?我明天到天津去买两副洋马鞍,洋马镫,和洋马鞭,为我们一齐跑马玩。

我想,郿坞县大原野里,一定有树林,我们两个人到树林儿唱歌,坐在一个横生半卧的大树枝儿上,闲谈天儿,有多么好哇,电影上的乐趣,我们都可以实现了。

老摩登心说:“这些近代知识女子!一肚子没有旁的,只是电影。”老摩登又向下看,还是电影,那信上又写:

大鹏,你看见过茶花女那小说吧?我想,你一定看见过茶花女的电影吧?想那茶花女和她的有情人,一同躺在春天的原野大草地,口含野花,说说笑笑的,有多么快乐,更有多么美丽呀!我想,这事情,我们是可以在郿坞县的夏天实现的。因为夏天的草更茂盛些,野花也更烂漫些。

大鹏!在这大原野里,我们还可以打猎,打些野鸭子红烧着来吃,一定特别好吃。我明天到天津买两只双桶猎枪,并且,我来郿坞县的时候,还要带上我的洋狗,如若我们打下来的野鸭子落在水里,洋狗可以替我们泅水,用嘴衔来。

大鹏!你知道你的凤凰吗?那便是燕京皇后密斯黄爱莲!

老摩登一惊,身上马上打寒战,赶紧接着向下看,那信上写的是:

大鹏:我告诉你:你的凤凰要远走高飞了。

这是一个星期前的事,你听说了吗?北大燕京举行双凤大会,典礼异常隆重,仿佛两国皇帝相见似的隆重,各有大批侍从,侍从武官长紧紧相随。

会见地址在西山碧云寺,夏令营里,两个侍从武官长侍奉着两个皇后,各三天,而且三夜。两位皇后在大娑罗树底下相见以后,到卧佛寺后面大游泳池游泳,自始至终,都是侍从武官长陪伴着——陪着,伴着,白天陪伴,夜里也陪伴。

大鹏!你如若不信,有像片一张为证。敬请

注意!

小鸟儿上

老摩登一看那张像片,两张椅子上,坐着两个女学生,一个是黄爱莲,那一个自然就是所谓北大皇后了。皇后旁边,各站立一人,黄爱莲旁边,便是沈小生,那沈小生紧贴着黄爱莲站着,四个人各个春风满面,老摩登一气,非同小可,正是:

而今情场实可怕,

瞪着大眼当王八。

要知老摩登当了王八以后,情形如何,且听下回分解。

第卅二回　困旅社,生身母托梦　跳黄河,老摩登自杀

话说老摩登看了薛爱莉的信上所说黄爱莲的事情,已经很不高兴,再一看黄爱莲和沈小生的照相,那份儿气,就用不着说了!

又过了一个星期,老摩登精神恍恍惚惚,丧荡游魂似的,耷拉着脑袋,每五分钟必叹一口气。忽然,一天早晨,老摩登吃完早饭,正在无精打采的,要睡而又不能睡的时候,传达送来几件省政府的公文,请县长亲自拆封。老摩登拆开一个是:"所请不准。"又拆一个,又是:"所请碍难照准。"又拆一个,又是:"事关通案,所请不准。"老摩登叹了一口气,说:"官者管也,并非管人,乃受人管也,可是管的又不合理!我知道,而今当局的意思,他不教你有主意,有办法,他更不教你有自动的能力,他只教你依着他的格式,来机械的作,所以一个自己有办法,有计划的人,在官场上是走不通的。民国以前有皇上,皇上专制,但是官还能作事,曾国藩,李鸿章,都在委曲求全的当中,作了那么一丁点儿的事。曾国藩在太平天国用人之际,作的事比较多些,李鸿章在太平天国平定后,北洋的事情,便不好办了,可是,明清究竟是明清,明清的官儿还可以有作事的可能,如今的官,除去混饭弄钱以外,再没有什么太大的意义。为要作事的缘故而作官,那真应了孟子的话,乃是:缘木而求鱼也!官,我如今算明白了!"

还有几件公文,老摩登拆开一看,有的是催田赋,有的是催修路,有的是催民伙,开嘴便是:“定行严处不贷。”闭嘴又是:“勿谓言之不预也。”口口声声:“该县长……该县长……”老摩登连说:“该县长不是人。该县长应该死。该县长应该贪赃舞弊,弄来钱贴上你们的嘴!鄘坞县又是灾,又是匪,要粮,要钱,要人,还要的这么厉害!”

最后一个是老摩登新补技术员,请求核准,他非但不准,而且,把技术员调农业推广所所长,把农业推广所所长调技术员。老摩登气往上撞,说道:“不用你不准我,我也不准你一回,我来个辞职不干。”

说完,把公文一甩,自回卧室睡觉去了。

眯了一个小盹儿,政务警察进来报告:“贾宅催请。”老摩登方才想起来,正午有本地绅士贾公道请客。老摩登马上起来,擦把脸,到贾家去了。

在县里,自然是县长首席,其余陪客,当然早就到了。坐下以后,老摩登因为一肚皮不痛快,酒入愁肠,吃下三杯,越发的不痛快了,“唉!唉!”接连叹了两口气。贾公道噗哧儿一笑,说道:“县长近来一定很不痛快。县长在我们这里作了半年,辛辛苦苦,但是,各方面并不十分说好,连县政府里,县长自己带来的人,背地里也是抱抱怨怨的,办起事来那么不起劲!我看县长还是心眼儿活动活动,遇事圆则自通,再稍微作上那么一丁点儿,便可以颂声载道了。”老摩登一声儿也没有言语。

贾公道又说:“县长在我们这县,可以说是一无所得,除了赚了个敬礼以外,名利两俱不成,近来省政府里各科室,对于县长也不太高兴,因为绅士们每个星期都有信和他们往来,绅士们不说好,省政府便不会知道好。所谓舆论,便是绅士们的话,至于乡间老百姓,他们的话,一辈子也不会被省政府的人知道,如若太注意他们,而忽略绅士,此真可谓舍本逐末,一点儿功效也没有。”老摩登还是不言语。

座上另一位绅士,名叫暴霆九,他吃下几杯酒,又看老摩登不太接受他们的意见,脖子也红了,脸也紫了,他用很粗重的声音说:“我们这群人不被县长看起,乃是因为,我们无能。我们鄘坞人,没有有能力的人,因而绅士不被县长注意。其实,官和绅士哪能分开?”

老摩登由一肚子不痛快,变成了一肚皮气,当时也红了脸,说:“我并不是看不起绅士,实在是如今的绅士太,太坏了。架官司,托人情,招摇撞骗,鱼[①]肉良民,他们天天地方!地方!其实,害地方的便是他们这些嘴不离地方的人!县长没有他们,也发不了财。县长一发财,大河有鱼,小河有虾,每个人便都高兴了,县政府里里外外,上上下下,便一团和气,天下太平,但是,我不能用我的人格,来买你们的喜欢,我为着是事业前途,不为几个臭钱,臭钱在我眼里,不算什么,事业既不可能,我去也!”

说罢,老摩登离席,大踏步儿走了。

---

① 原文为“渔”。

回到县政府，首先打电报给薛爱莉，教她不要到鄜坞县来，并且说，我就要离开这地方。又给黄爱莲写了一封短信，信上写的是：

黄爱莲女士：

老太婆转达尊意，敬悉。我可以把英国的有名犹太小宰相狄思莱尼的话，告诉女士："我生平作过许多傻事，但是，没有作过为爱情而结婚那么傻的事。"我想，女士一定同意吧？

最后，我再用这位犹太宰相答复他的老情人的话答复女士："好！永别了！我连假装祝你快乐的事，都不作，因为你把可以使你无限快乐的一颗①热心抛弃，而且，把一位不世的天才糟蹋了！"祝女士

前途万里！

我曾一度是你最诚实的老摩登

这封信发了以后，老摩登又给老太婆写了一封信，写的是：

老太婆：

我已经应了你老人家对我所说的话，失天下之大败了——在官场和情场上，都失败了。

我曾听得人家说：人类，自称为万物之灵的人类，始终是在那痛苦的泥塘里打滚，在那无限的，连续的泥塘里挣扎。我们人是奴隶式的，在被外物或外力支配役使着，痛苦已交织成天罗地网，使我们无所逃于天地之间。快乐只是痛苦与痛苦间的一个短促过程。所谓快乐，只是神经受了过度的刺激，得着暂时安谧，心境上所起的微妙情绪。快乐又可说是神经衰弛，偶然感受到强烈的兴奋，把现实忘掉，而入于另一忘形的境界，所引起的感触。

人生既是痛苦。但人为什么要生呢？佛认人世为苦海，释迦（牟尼）曾结跏趺坐在雪山，想解决人世问题。耶稣四十天迷乱在荒野，尼采最喜欢孤独的散步，他们都是要寻求人生意义的真理。

我也要用大力，排除一切，斩断情丝，挂印去官，离开尘世，去寻求那人生的真理。我要入川到青城山去出家，我想在这道门中放出一大光辉，或者能解决人生问题，也未可知。

日本名僧亲鸾上人，当他父亲被人害死，而决定报仇的时候，他父亲劝他出家，寻求真理。我现在也求人生意义的真理去了！祝您仍然快乐的留在尘世！

痛苦欲死又不得死的老摩登

老摩登又自己作了一篇辞职呈文，无非是因病不胜烦剧，请求另简贤能等套词，又

① 原文为"棵"。

把二科直科长请来,叫他准备交代。一切都弄好了以后,自己还带辞呈,离开郿坞县,到河口上火车,直奔大梁而去,只有刘高手一个人跟随。

到了大梁城,一个人仍然住在大梁旅馆的后院北房。

时间是晚间十点,世界早已经全都昏黑了,那大梁城里,半暗不明的电灯在歪斜不正的电线杆上,垂头丧气的吐出他那昏黄色的光线,稀稀拉拉来来往往的人,各个的脸都被昏黄电灯照的三分不像人,七分倒像鬼,偶然彼此一笑,那笑也是苦笑,嘴脸都狞恶的那么丑恶!

老摩登找一家没有关门,等到那最后光临的顾客的小饭馆,要了几个菜,吃着也不得味儿,胡乱用汤泡了碗饭,把肚子装了半饱,又回到旅馆,已经十一点钟了,想睡觉,无论如何也睡不着,翻来覆去,覆去翻来,一点多钟,也合不上眼,猛抬头,看见窗台上放着一本书,抓了过来,乃是一本小说——《封神演义》——老摩登只好看它来消磨精神,为的是把自己弄疲乏了,好睡着。但是,看了半本鬼呀,神呀的,仍然睡不着觉。忽然间,电灯灭了,满屋子立刻昏黑,伸手不见掌,对面看不到什么,可是,老摩登仍然是睡不着;于是又点上一双洋蜡来看下半本。看了没有两三页,只听得院里一阵风"唰"一大把沙子,打在窗户上。接着"兹纽兹纽"两声,屋门自己开了。洋蜡的灯光,马上发生变化。先"突突突"的跳,跳完又"缩缩缩",越缩越小,缩的像黄豆粒儿那么小。屋子里自然是半昏半暗,仿佛阴死了的一般,灯光缩小以后,又慢慢儿的变大,变大,光线大了,但是,颜色变了,变成绿的,因而看屋子里什么都是绿的。

就在这个时候,一个小旋风吹进屋子来,这风吹的那么凉,把老摩登盖的棉被都吹透了。墙上的挂画"唰喇喇"自动地震动起来,桌上的茶壶和茶碗,自动的乱响起来,老摩登赶快向屋门一看,在屋门里一尺的地方,站着一个老太太,飘飘荡荡,摆来摆去,恍恍惚惚,老摩登定睛细看,不是旁人,乃是自己的母亲。

老摩登忙叫一声:"妈!"只见那老太太的鸡皮皱脸上,流下了两行眼泪,脸上十分凄惨的,颜色苍白,没有一点血色儿。

那老太太愣了半天,方才说出半句话来,先叫了一声:"我的儿!"接着说:"你太苦了!"老摩登听到这里眼泪"忽"的一下子流了下来——流下来便止不住,哭着叫了一声妈!呜呜咽咽的说:"这世界上的人都是害我的,欺骗我的,侮弄我的。我受他们的危害,中伤,阴谋,而没有一个人同情我,援助我。我恨,我恨。我恨人类。我恨这世界。"

"唉!"那老太太叹了一口气,说道:"世界本来就是这样,世界上只有母亲真爱儿子,其余都是假的。没有一个真的,傻孩子!"老摩登眼泪越发的多了,连叫"妈!妈!妈妈搂着我,抱着我,在你的怀里吧!只有在妈妈的怀里,我才能有片刻的安慰,我才能活下去。"

那老太太又重流下她的眼泪来,又叫了一声:"我的儿!"又呜呜咽咽的说:"妈妈受了那样大的苦痛,用生命换着,把我亲爱的儿子带到现世界来,但是,这世界害了我的儿子,使我的儿子受了那么大的苦痛。生在人世的人,多么可怜啊!就是最聪明的人,也逃不了惊涛骇浪。在人世间,就是沉寂中也伏着杀机。我的儿子:离开这世界吧!"

老摩登说:"是。是。妈妈。我去出家,去寻求真理。"那老太太又"唉"了一声,说道:"傻孩子,宇宙间哪有真理,真理就是对于某一个人或某一群人有利益的一种伪装的解释。公说公有理,婆说婆有理,人类如若有真理,这真理一定和猪的真理不一样,因为人类是拿杀死猪,并且吃了当真理的,而猪一定不以那为真理,而以对于它有利的另一件事情做真理,猪的真理,也许是随便践踏猪草而吃了的那件事情吧!傻孩子!哪有真理?寻着真理,你就更苦痛了!"

"唉!唉!"那老太太叹完了气,又流泪,流着泪说:"我的儿,随我去吧!"老摩登问道:"妈妈,你把我带到哪里?"那老太太说:"到阴曹地府,那里虽是阴间,却比阳世还光明些。"

老摩登忽然想自己的母亲死了已经十年,忙说:"妈妈!你不是死了吗?"那老太太把眼一瞪,大声说道:"死了也是妈妈。妈妈做了鬼,也是爱你的。活着的人,都是害你的。"说完,老摩登只见他的母亲,脸上的颜色变了,形态也变了,皱纹没有了,肉也没有了,只剩下一个大骷髅,立在那里。这时候,"咯咯咯咯!"鸡一叫,立刻一阵阴风,吹得老摩登毛骨悚然,头发根儿都立了起来,忙向被子里一钻,等到再钻出来的时候,一看,洋蜡也灭了,屋子里什么也没有了。

又眯了一小盹儿,窗户纸发青,天光蒙蒙亮了,老摩登起来,在屋子里来回来回地走,把一间屋子走了一百八十周儿,一面走,一面想,老摩登想他母亲的脸相儿,并且想她说的话。

"世界上只有母亲真爱儿子,其余都是假的,真理也是假的。对。对。对。真对。母亲是最大的哲学家,我怨恨这世界了。我太恨这世界了,我愿意离开这世界。这罪恶的世界,我愿意死。我决定死,死完结了一切,死有多么彻底,多么痛快,多么干干净净。"

"许多人为要离开这世界而出家,其实,出家也离不开这世界,因为出家人也要吃,要喝,要穿,誓不能不与人发生关系。佛以生为苦,所以要人涅槃,不生不死。其实不生不死的境地是没有的,我们不是生便是死。既不愿生,不如斩钉截铁的死。"

老摩登兴奋了。

老摩登说:"我一定死,死是伟大。是可以达到佛家的清净寂灭。"于是,老摩登决定死。

老摩登走到桌子跟前面,拿起了笔墨,写了一篇英国伊丽莎白女皇时代名史家莱勒的狱中论死。写的是:

"只有死,能突然使人认识自己。他能使傲慢的人,认识自己只是贼徒。

他可以立刻使人惶悚,使人哭,使人怨,使人忏悔啊!甚至可以使人憎恨他那逝去的快乐。”

“他向富人说明,他只是一个乞丐,一个赤贫的叫花子。他在美人的前面,横着一面镜子,使她看见她自己腐朽溃烂的真形。”

“啊!正直,雄健,伟大的死。旁的无法说服的,你说服了,旁的所不敢作的,你作了,全世界阿谀的,你把它踏在脚下,你把全世界所有的伟大,所有的夸耀,所有人类的残酷和野心,全给掩盖住了。”

写完,老摩登哈哈大笑,把笔一甩,大叫:“死去!死去!死去!”

“哪里去死?”老摩登自己问自己。

“跳黄河!跳黄河!屈原跳了汨罗江,李白在当涂跳了长江,我老摩登跳黄河,鼎立而三!”

于是,老摩登出旅馆,出大梁城,走向黄河大堤。但是不知道怎的,脚总是走不大快。老摩登的心是要快,快,快的走,老摩登的脚,总是拉,拉,拉的不大容易抬起来——抬起来又不容易放下。老摩登笑了,笑着说:“我的老脚!我都不愿意活了,难道说你还愿意单独活着吗?你走这世界上不平的道路,还没有走够吗?”

好不容易,拉,拉,拉到黄河的堤上,已经有十一点多钟了,老摩登一望那黄河的水,波涛汹涌,一个浪花,一个浪花,伸出它的头,伸长它的脖子,迎接老摩登。有时候,卷起手来招呼老摩登,忽然,黄河呜呜的发出怒吼,浪花打到岸上,“来呀!来呀!”一个劲儿的叫“来呀!”

老摩登回头望这罪恶的世界,罪恶仍然在滋长着。一转脸,忽然看见陈七奶奶追来了,老摩登说:“不好!怕是死不了。”马上心一横,牙一咬,脚一顿,飞身跳入黄河,黄河把老摩登拥抱着,很亲密的,像真正有情人似的拥抱着,奔赴东洋大海。远远听见陈七奶奶在叫:

老摩登!不要死!不要死!咱们玩呀!快快乐乐的玩呀!玩呀!

(完)

槐花开了的季节[1]

尹雪曼

傍晚,虎虎歇下来了;太阳正挂在绿荫荫的树梢,一片金黄洒满了原野。

原野里是静静的,太阳的斜晖映照着半人高的麦苗,远处的人家已经飘起来炊烟;天空中有着片片的白云,老鸦正从远方向这里旋飞。那里,这里,人影正蠕动着,悠闲的走向家里。

虎虎累得闭上了眼,他走到哪儿了? 他不知道,他疲倦得要死。从家乡里跑了出来,一年了,他到处流浪着,像一个小乞丐,人家也正把他这样看待着,甚至污辱着。乡间的小孩子更和他开着恶意的玩笑,把石头掷向他的头上,或者让二条大黑狗追逐着他咬,使他急出一身的汗,拼命的跑。晚上,当歇在破落的庙宇中或房檐下时,他便会想起家,想起爸爸和妈妈,还有天真的翠翠,而张开口痛哭半夜的。

但是岁月和苦难使虎虎渐渐的变了,也许他更变得坚强了吧! 他不再痛哭了,当他受了痛苦和污辱时,他咬着嘴唇,让眼泪往肚子里流。有时他也会想起是谁使他受这苦难呢? 是谁? 是谁把爸爸杀死了,把妈妈和翠翠抢去了? 是那些魔鬼! 连这些苦难一并是那些杀人的魔鬼赐给他的。

苦难使虎虎懂得了更多的事情,他把这许多苦难的遭遇和从前听来的话联想在一起,他觉得他想出的是对的。后来,每当他跑到一个村庄里时,他便把他的遭遇告诉了人家,这样,他被一些善心的老太太怜悯着,他接受了无数的温存和爱抚。并且因为他生得粗壮,结实和可爱,几次他都被人家留着,可是他不愿意。

“我得去替爸爸和妈妈报仇呀,还有翠翠,他们都给小鬼杀死了!”

说着,他流下了眼泪。

“你还小呵! 跟我们过活,过二年大了再去呀。”

虎虎噙着眼泪摇摇头。

这样,虎虎流浪着。他要报仇,一年了。

……

晚风吹送着大地温馨的气息,吹送着清芬的槐花香。

---

[1] 原刊于《文艺月刊》第4卷第1期,1940年1月16日,第24-26页。

虎虎睁开眼望望身旁的槐花树，但疲倦又使他闭上了眼。他想起了家乡，三月，当槐花开了的季节。

三月，杨柳绿了，在河边摇曳，菜花黄了，原野变作一片金黄，接着槐花香了。

槐花香香遍了原野，山林和村庄。

翠翠坐在河边望着那只摇着身子的小渔[①]船，槐花无声的飘落在她的身上，绿的柳条抚摩着她乌亮的黑发，春风吹着她发上的那朵玫瑰花。

渔船飘飘的摇了过来，过来，网突然被抛起来又落下去……

网扯上来了，里面跳碰着大鱼，翠翠叫起来了。

"虎虎，我要红眼的小金鱼呀！"

虎虎望着父亲在船头捡，注意着翠翠说的那样的小金鱼，可是没有。

船歇在岸边，父亲挑着鱼篓和鱼网走回去，让两个孩子在后面走。

"你净骗我……没有！"

"没有，真个没有。"

虎虎挥一下臂，表示真实。

翠翠鼓起嘴唇生气了。虎虎没奈何的跟在她的后面，走呀走，虎虎突然想起说：

"翠翠，老师说咱们和日本小鬼打仗了！一天杀一千小鬼！"

翠翠吓得瞪着黑眼珠望虎虎。

"真的！可是小鬼亦许会来咱们这儿呢！"虎虎望着翠翠受惊的脸高兴的说："他们顶喜欢女孩子，更喜欢翠翠。"

"呸！"翠翠打他一掌。"才喜欢你呢。"

虎虎笑了。

"骗你的，老师说小鬼来不到咱们这儿就会给打回去！他们还没有你高呢！翠翠。"

说着虎虎比了一下。

"要是来了呢？"翠翠有点不放心。

"不会的！"虎虎很坚决地甩一下臂：

"要是来了，你看我准把他们打回去！"

翠翠望着虎虎，觉得他又神气又伟大。可是她又想起了自己。说：

"我呢？"

"你在家里给我做饭吃，吃饱了好打仗！"

翠翠满意的点点头。

温柔的三月的风吹送他们回去。路上他们想着一些缥缈的幻想；虎虎更是充满了

---

① 原文为"鱼"。

英雄的念头，他想着打小鬼，一拳头一个……可是后来呢？他还得背起翠翠跑，因为也许小鬼比较多，打不完。可是他跑到哪儿呢？

……槐花香香遍了原野，山林和村庄。

可是当槐花快落的时节，从不知哪儿走来的人们，一群群走向这里，歇歇脚，又走了。虎虎看见一些孩子和孩子们的爸爸和妈妈，他们挑着背着一些破旧的东西，走得满头满身的灰土，歇下来都是疲倦得要死。大人们和大人们闲谈着，互相慰问。孩子们用羡慕的眼光望着虎虎和翠翠……

"你们的家呢！"

半晌，虎虎扯着一个满身灰土的孩子问。那孩子睁大了眼睛望着虎虎，仿佛他的家就在虎虎的脸上。

"家？不知道。"

"不知道？干啥不要家呢？"

"小鬼打来了。"

"你怕小鬼？"虎虎轻蔑的说。

可是那野毛孩子摇摇头，瞪了虎虎一眼。

"你才怕呢！"

虎虎笑了。他望望翠翠，翠翠亦在笑，后来翠翠对那孩子说：

"不，他不怕！他才敢打小鬼呢，一拳头一个。"

那孩子有点不大信，翻起眼珠望了虎虎一眼。

"你等着瞧！"

虎虎生气了，他不满意那野孩子的神气。

翠翠和他走了。

大麦黄了，槐花飞满了原野，虎虎和翠翠整天想法打鬼子。一天，他们看见爸爸拿着的枪和刀，因此翠翠对虎虎一拳头一个的诺言发生了怀疑。

"你不信？"虎虎伸出拳头晃了晃[①]："准是一下一个！"

但是这并不足使翠翠相信虎虎的本领。

自然很生气，可是没办法。

这样，日子像流水一样的过去了。

不久，村庄里开始骚乱和不安。先是自己的军队从前线退下来了，趁黑夜打这里经过，后来保甲长奉了命令劝村人们撤退。第二天便有许多人家老老小小的离开了这村庄。这时虎虎和翠翠的心上也蒙了一层暗影；俩人整天看见爸爸和一些人们忙乱着，仿佛在准备着一件了不起的大事，可是他们不知道。

---

① 原文为"幌"。

一天夜里，枪声响起来了，像急遽的雨敲在洋铁房顶上；翠翠从妈妈的怀里醒来，妈妈忙乱的替两个孩子穿着衣；不久，爸爸从外面跑了进来，嚷着要妈妈领翠翠从村西头逃走；说着爸爸又匆匆的走去。虎虎爬起来战慄着，在昏黄的灯光里看见妈妈的眼泪挂在鼻梁旁；因此虎虎亦想哭。后来妈妈扯着两个孩子走出来了，在黯夜中摸索着，街上到处走着跑着人群，多半是孩子和母亲，有些孩子哭着叫着，因此惹得母亲们在黯夜中低低的诅咒他们，骂他们；还有些把孩子丢掉了，迷失了，因而站在路边大声嚷着……远处是枪声，火光，狗吠，人声，哭喊，叫，骂……静的夜给撕得粉碎。

跑出了村庄，虎虎和妈妈翠翠挤散了。原野是无边的黑暗，夜风吹着不安的人群，吹送着枪声和狗吠……虎虎大声的喊妈妈和翠翠，可是没有回声；因而站在那里哭，哭了许久，又随着大群的人们向前跑，天微亮时，他躺在一棵小树下睡去了。

从此，爸爸，妈妈和翠翠全没了。

槐花亦不再香了。

虎虎流浪着，流浪着。

洋槐花[1]

——山城故事之一

黎　风

城外漫山遍野的菜花谢了的时候，城里的洋槐花正是盛开，绿荫遮过了这山城里的土路，让幽香轻轻的像面纱似的到处飘荡着。

已经是初夏的时候了。

随着夏到来，郭延质这些时候心里也总是觉着黏腻似的有点说不出的不痛快，课也懒得去上。当他闻到槐花的清香的时候，他很高兴的喊："啊！多香呀！这槐花真美。"像一个诗人，然后会又觉得一阵的空虚，无聊！看到别的男同学们都是换上了夏装，浅色的西装，白皮鞋，大踏步的走着！女同学们都争着在衣服上用功夫，颜色挑的那样的合适；红色的，白色的，白星星的，花条的，带格的旗袍，让风一吹动，轻飘飘的像飞。郭延质还是穿着他那身藏青色中山装，上面满是油渍。一双皮鞋早已破了四五个洞，他自己都觉着腻的慌，他宁愿裸体，也不愿再穿着这身破坏的中山装；可是人们是不让他的。当下课后，一对对青年男女都悠闲的去游着这山城的唯一的小街的时候，郭延质便自己孤独的去溜那条长满槐树的小路去。

静静的没有一个人，太阳被浓密的林叶遮挡着，地下显得有点阴暗、潮湿，洋槐花的清香更显得幽香、冷香。郭延质把手叉在裤子口袋里，看着那细质的白色的洋槐花，心里更觉得飘飘的了。有时候为了击破这条路上的寂静，他便长长的叹了一口气，或是慢悠悠的吹着口哨。

当他沉思的走到一个拐角的地方，碰到了几个奇怪的人。两个女的，一个十三四岁的男孩子。一个女的已经有四十多岁了，可是脸上还是抹一层粉，两个高出的颧骨上不匀称的涂着胭脂，宽的鼻子，两侧布满了雀斑，两个向着天的黑鼻孔，黄牙，衣服穿的倒还干净，手里拿一面小铜锣。另一个是十七八岁的大姑娘，脸色有点惨白，两个水汪汪的大眼睛，嘴角上还荡漾着两个笑涡，鬓角边插着一丛洋槐花，梳一个很长的辫子，穿着花条布的短褂子，扎着一条蓝色的腰带，手里边走边玩弄着两把短柄的刀子，

---

① 原刊于《青年月刊》第 11 卷第 5 期，1941 年，第 29-32 页，为黎风遗作。

腰里还插着四五把同样的刀子，那个男孩子背着一个小鼓，走起路来一蹠蹻的[①]。

郭延质很奇怪的从他们的身边走过去。当他的眼睛注视那个青年姑娘时，他发现了那一对大眼睛也正在他的身上打着旋转，他觉着脸有点发烧，他头一低，两步跨到另一条小路上去。当他再旋转头去看一下的时候，那两个女的正又说又笑的也回旋头来看看他。

“妈的，唱花鼓的野妓，”郭延质用力的吐口沫，又仰起头来用力的咽一口气。

“哼，槐花真香！”他心里又觉得飘忽忽的，有点空虚，有点说不出的烦闷。

晚上，别的同学躺在床上热烈的谈论着女人的时候，郭延质又想起了那一个明亮的大眼睛来。

“喂，我今天看到一个唱花鼓的小妹子，长得满漂亮。”郭延质觉得非说一下不可。

“哼！”别人随便的哼一下。

“是吗！当我从她的身边走过去，妈的，她的眼死盯着我……真……”郭延质不知该怎么的表示好。

“她一定是看中了你……哈……”同学们带有点讽刺的滋味，打着哈哈。

“妈的，我不在乎女人有知识无知识，大学生也好，中学生也好，不识字的也好，只要长的好，看着年轻，拿出手去，就可以。抗战期间，一切得从简。一切得降低标准……你们说不是吗？”郭延质的老调子又唱起来了。

“当然吗，老郭是一个能屈能伸的战时的标准青年。”

半夜，月亮从窗檽里照进来，郭延质总是睡不着，夜风卷着槐花香溜进来，他更清醒了。槐花，大眼睛，又黑又长的大辫子……抗战期间……一夜没睡好觉。第二天早晨起来有点头痛。

郭延质苦闷极了，一个人低着头溜到街上去。他想去寻找那朵洋槐花去，去看那一对灵活的大眼睛。

在一条小街的尽头，他发现有许多的人拥挤在一个小菜馆的外面，一阵锣鼓的声音，夹杂着笑声从菜馆里挤出来，郭延质把两只手叉在袴袋里，在人群中用力向里边挤着，瞧着。

“好，好……唱一个……”

“唱个十八摸，哈……”那些本地人们正在和唱花鼓的开玩笑。郭延质把手从裤袋里抽出来，用力的把那些下苦力的向两边分着。当人们回过头来看看他便给他让一条缝让他挤过去。

“大学堂的洋学生吗也来看这个……”

① 意思是“一瘸一拐的”。

郭延质有点觉着不好意思的，便把头低得很低挤进去，每张茶桌上都坐满了人。唱花鼓的那三个人站在当中，正在忙着唱。那个老的女人敲着锣，男孩子用两个带有花穗子的鼓棰打着那个花鼓。那个带洋槐花的姑娘，正玩弄着那六把明晃晃的短刀子，将六把短刀子轮流的往空中抛扔着，让六把刀子在空中划一个弧形，连续的由右手抛出，左手接着。

玩完了，那对大眼睛很亮的往郭延质的身上扫了一下，接着是一个微笑。

“赏赏脸……逃难的人在外没有办法，没多有少的……赏两个……”高颧骨的女人端着锣向观众们要钱，站在门外的那群人们便偷偷的溜走了。

“看了玩意不给钱，良心过的去……谁家没有个姐姐妹妹的，……哼……日本飞机来了炸死你，看你能把你的钱带进棺材里去？……”黑鼻孔的老女人把三角眼狠狠的追送那些去的观众，然后回过头来，笑嘻嘻的向着里面坐着的人们。

“嘻，……先生们都是化过钱，见过钱的，随便赏两个……”人们都不好意思的不拿出一两个铜板，放在桌子上。当她走到郭延质的跟前的时候，他不好意思的把一毛钱放在那个小铜锣上。

“谢谢你老……化过钱，见过钱的老爷们，一毛两毛的是不在乎的，……”老女人随把一毛钱在空中摆动着，那个带洋槐花的姑娘把大眼睛笑眯眯的盯着郭延质。当他的眼迎上去的时候，她便把头低下去。

“唱一个……来……唱一个十八摸吧……”有谁在怪声的叫。

“不会，唱一个别的吧……二姑娘……拣个好的给先生们唱唱……”

锣鼓一齐响，那个被叫二姑娘的便开始唱起来……提起奴的病，

三月是清明，

百花齐门艳，

柳叶又发青，

正碰到王公子逛山景，

因此呀，海誓与山盟。

……

那大眼睛满屋里乱转着，时时的停在郭延质的身上。

“好……好……”喝彩的人们让那对大眼睛转的走动着。

当这三个人离开这茶馆到别的茶馆里去的时候，后面跟着一群小孩子连蹦带唱的。郭延质只得远远的随着。

费了半天的工夫，郭延质算是成功了。他发现这三个人住在西门外的一个破烂的小客店里。他站在客店的门口，端详着那斑纹的黑字“迎宾客栈”。一堆堆的马粪发出刺鼻子的气味。

“啊！先生请里面坐坐吧！……嘻嘻。”黑鼻孔的老女人正端着盆出来打洗脸水，

看见郭延质摸着下巴在有意没意的胡乱看着。

“啊……我……”突然的招呼使郭延质不知该怎么回答。

“没关系,请里面坐坐,喝杯茶……”

郭延质不好意思的走进去了。

“二姑娘……出来招呼一下客,我出去打点洗脸水!”

“谁呀?……”大眼睛的姑娘走出来迎着他,当她见到是郭延质,使她猛的一愣,接着就镇静下去,把他让到屋里去。两间狭小的西屋从前大概是个厨房,墙上被烟熏的很黑,只有两把破椅子,一个坏腿的桌子,一个宽大的土炕①,上边堆着些破东西。

“请坐……屋里太脏了……你老贵姓?……”

“我……姓郭……”郭延质把头乱转着,不知道眼该看到什么地方。当那个黑鼻孔的女人端着一盆水进来时便高声的嚷着:

“哟!二姑娘怎么像泥人似的,也不知招待客……你老贵姓?”

“这是郭先生,在大学里念书的……”

“对……可是你们贵姓?”郭延质把胆量放大些开始谈起来:

“我们吗……不敢当贵姓,贱姓……陈……”老女人说起话来总是爱打手势。

“这一位也姓陈?”郭延质指着那个年青的姑娘。

“当然啦!她是我的小姑子。我是她的嫂嫂。还有那个小孩子是我的乖儿子。”

“你看你,光听你自己说吧……”年轻的姑娘撅撅嘴,嫌她嫂嫂太口快。

“噢……噢……还忘了告诉你,郭先生……我这个小姑子从前也念过洋学堂的……唉……”

郭延质有点坐不住,想走,但是那大眼睛时时的在他的身上扫荡。

“她!叫什么名字?”半天他猛的说出了这么一句话。

“没……名……字……”年轻姑娘故意的扭捏。

“叫……洋槐花……哈……”老女人指着她鬓间那谢了的洋槐花。

已经晚上十点多钟了。郭延质才从那个小客店里钻出来,街上已经没有行人,城门仅仅留一个很窄的缝,可以挤进去。街上那么的静,夜风有点凉过脊梁。

“妈的!浪野妓,……我就没有勇气去开玩笑……”郭延质觉着脸上发烧。

回到寝室里,同学们已经睡了。只有小周还点着蜡烛,躺在铺上看书。小周是个恋爱场中的健将,他应该和他商量。于是他把今天所遭遇的完全的告诉给小周,小周笑的喘不出气来。

“你这家伙,真是个雏,竟然去和唱花鼓的女人讲恋爱……真……”

“真傻……”郭延质自己也感觉着太拘束。

① 原文为“坑”。

第二天晚上，郭延质又在那个小客店里打发走了一个晚自习的时间，他假装着那么老练的和唱花鼓的女人谈，开玩笑，有时说一些粗俗的让自己听着都脸红的话。

晚上消磨在小客店里，白天在教室里打磕睡。一个礼拜云里雾里的过下去。郭延质已经和洋槐花打的火热，在最初他只觉着她有两只迷人的大眼睛，混熟了以后才知道洋槐花还有一张会灌米汤的嘴，随时随地都能颠倒他的意志，使他日夜只想守在小客房里，胡拉撒的消磨时间。(完)

麦　收①

扬　禾

天空的云块愈裂愈小,终于蓝天多于灰天了。刚住了雨,东湾里的青蛙急噪着。打麦场的麦香气流到街上。就因为天雨②,今天的镰刀放下得早,时候虽只五点钟,关东客就翘着他那没胡的尖嘴巴出来了。

"五妈,你也吃得早呀!"

"啊! 是他二哥呀!"五老虎欠了欠坐在青石上的屁股,手里不停地摇着那把经年不离身的大芭蕉扇。"真是——我贪在想什么,还没看到你走来呢。"

"五妈家的麦子收割完了吧? 论收成,您家的庄稼是头一份,真好遭际!"关东客协协地③笑着。

"可别说啦。遭际好? 遭际好不碰到这! 单单在忙煞人的火口上,那狗日的,是头顶火炭不觉热。"

"您说的是悦来兄弟吗? 他还没……?"关东客忽然又严肃起来。

"他还会回来? 那可天好了——可是呀,'兔子跑山坡,总得回老窝',看他神通到几时? 他可没有孙猴子蹦上那根毛,一蹦就是十万八千里!"

"哪能! 哪能! 他吃点子亏也就回来了。"

"吃点子亏? 命可不能拿着玩的! 张口'油鸡蛋',闭口'油鸡蛋',可正是鸡子朝石头上碰,没有不'完蛋'的。什么'油鸡队'呀,'油鸡队'呀,我睁着眼看这般鬼迷了心的东西,能拔掉'日饼'人一根毛? 再一说,'日饼'人是好惹的,人家也不到咱这地界里来!"五老虎说话这么有劲,像是要咬碎每一个上口的字。

"五妈,常言也说得好,'好汉不吃眼前亏','日饼'人天厉害,顺从一点。"

"王师傅来啦!"两个人忽然像屁股上中了蝎毒,猛然站起来,笑脸迎着。

被叫作王师傅的,只有卅多岁,夹板脸,高鼻梁像安在脸上的一根骨头,有两绺墨

---

① 原刊于《七月》第6集第4期,1941年6月,署名"杨禾",后收入扬禾作品集《逆旅萧萧》,四川文艺出版社1994年版,第101—109页。本文据原刊录入,只改正了个别错字和标点。

② 《逆旅萧萧》中改为"下雨"。

③ 《逆旅萧萧》中改为"嘻嘻地"。

黑的短须。总是低着头,翘着脚跟迈着轻的碎步,生怕一不小心,踏死一个蚂蚁。他,是本村人,从前是小学先生,现在成了村长了。他是一个道地的折中派,常对人说:“我不叫老百姓吃亏,可也不得罪日本人”,以表示自己第三者的公平的立场。

王师傅也没打回招,就插嘴说:“无论那一朝,那一代,你打我伐,没有不了的局面。究其极,把眼睁大了,天下人,是一家人,混乱一阵,捱得过,也就平顺了。”

两个听话人都满意地笑起来了,王师傅也微笑。

五老虎住了笑,叹口气,说:

“王师傅,你看,俺家那狗东西也跟人家东倒西流的……”

“其实,那也不是什么大坏事;只是有点傻。”

五老虎心一冷,脸更沉下来——更觉得自己孩子的不恕的糊涂了,摇着大芭蕉扇回了家,竟忘了唤鸡。

她儿媳正点了油灯纺纱,听了婆婆的脚步声,就喊:

“娘,回来了?”

婆婆没回答,高声地骂着:“那一辈子没烧好香,遇上你这丧门神?你一踏进这家子的门槛,俺悦来就心迷了,不信话了;从前他不,是你挑他跑了的!”

“嘻嘻,嘻嘻!”这个不知道如何生气,也不会看眼色,被人认为少个心眼的儿媳妇,竟笑了。五老虎更恼了,大声鼓气地吵:“你是笑你娘的红 X 呀?你是……你想的倒好,俺儿死了,你招上八个黑汉子,搂着你这小烂货。你想的倒满好呀!”

“嘻嘻,嘻嘻……”又是隔壁的笑。

“哎哎,我的祖奶奶呀!气死我……气死我啦……”五老虎咽下一口唾水,再也没话。

屋后,湾里的蛙寂寞地叫,夜深了!

夜来又下了倾盆大雨,东湾的肚子涨满了。这天不能下地,一大早,村人都集在湾头看水。五老虎摇着她的大芭蕉扇朝外走,一脚门里,一脚门外,就嚷着:

“你死狗日的!不信挖出来看,你的心都黑啦!孩子回不来,饶不了你!”

大家的笑脸,迎着那一双近拢来的纺锤脚。关东客未曾开口先协协着:

“又怎么了,惹得五妈生气?”

五老虎一屁股墩在湿地上:“昨天的气还没消,心里是满满的。”

没有搭腔的。好久,六寻思才吐了一口烟,刚记起似的说:

“您老人家,也不怪她呀!一个新娘子,能……?”

五老虎把话锋接过去:“我就一辈子不信,年轻轻的一个媳妇子,留不下一个男人!”

“可别那么说,悦来家真没你那点能为!”黄面婆冷冷地说。

这时抱着孩子的小成他娘又接上:"要是男人们心硬,一丢,什么也不管!小成他爹走的时候,我什么话没说到呀!石头听了也该点头了;我说,小成他爹呀,你是天,俺是地,要是有个天阴天晴,为妻的依靠谁呢……?"她越说越恼,眼圈儿红潮了。"那时候怀着小成,才刚刚五个月……"

听众并没有受感动,一点表情都没有。有谁小声论了一句:"说过十八遍了!"

小成他娘大概没听到,依然说她的:"花是好看一时,人是新鲜一阵呀!您是不知道当初他待我有多么好?真是我说一,他不说二。我那回七日门的时候,他扶着我走出房门,好像舍不了我一步。我那时是穿着胡绉鞋,大红裙子是裱花的——"

人们早有经验,一任她说下去,天黑也不完的;于是有人高声搭岔了:

"今天没见王师傅呀!"

"他一早就上北镇了!'日饼'人叫他去的,不知为的是什么事。"

"哎,王师傅的腿也跑细了;要不是他会对小川讲话,咱村能单独安闲?"

"真是!"

"钉点不差!"

"听说东王庄烧啦!道是'日饼'人又要花姑娘,村长搔头没办法,'油鸡队'就男扮女装送去了。本来是想里应外合,后来呃,镇外的人还没准备好,里面的人就开枪了。扮装的'油鸡队'死了七个,整半数,'日饼'鬼也死了不少——'日饼'鬼就把小东庄一带的大小七八个村子(放)了一把火烧平了。"包打听指手划脚地讲,一口的白沫,好像怕说不完似的,急得那一双眼睛都挤细了。

"人呢?"大家担心地问。

"都当了'油鸡队'了,有五六千人,连男带女,没老没少,都算上。"

花白胡子的老赵云叹一口气:"这才叫死逼梁山呢!蚂蚁多了缠腿,狗打急了咬人,看'日饼'鬼怎么收拾?"

"说来说去,我们幸亏有王师傅呀;要没有他,这村还不和小东庄一样?"

"王巫婆说过,咱村有神人搭救。她七天汤水不下口,死过去了,还了阳以后说的,她现在是半仙之体了。她在家烧香,向李铁拐大仙讲情呢!七七四十九天以后,这个村就不要紧了!说不定,是她搭救了老老少少呢!"

"目下是个关口啊!"五老虎看了包打听一眼,长叹一声说。

云开了,天空裂出一轮白日。杨柳,湾面,人,桥,都浴在辉煌的光波里。

不远的榆树杪上有蝉叫:知了!知了!

晴朗的天上没片云。南风像慈母抚摸的手掌。蝉声益发喧闹了。各家的打麦场上都是忙人——铡麦的,打麦的,捡麦杆的……有的场上完全是女人!五老虎家只有婆媳二人在场上跑来跑去。至于孩子呢,只待拉着压麦辘轴的牲口尾巴一撅,就跑上去捡粪。

从北镇来了两个“日饼”兵，会说鬼子语的黄面婆的丈夫领着路，走向村长的住宅去了。打麦场的人望着他们粗矮的背影，彼此做了几个鬼脸：这已不是第一次来；而且，前几次来，也实在没有什么大骚扰。他们依然在忙，流汗，看看一粒粒金黄的麦在地上滚，都像骄阳一样地笑了……

晚饭后，村长召集村民会议。各家有代表，男人不在家的，由女人出席。王师傅慢慢将“日饼”兵的来意说了。一时大家的眼彼此望着，老赵云吹着他那花白胡子发言了。

“怎么都可以——反正，我不能让我一家老少忙忙碌碌，洒了血，洒了汗，才收成的那一点子粮食，眼睁睁地送去喂王八——麦子是我家人的命根！”

老赵云沉重的话，一字字扣上每个人的心头，有两个年青人就一齐叫起来：

“说的对，王太爷！小鬼头们是要咱们的命呐！不能！不能！”

“要……要命，断……断乎不……不可！”四急吧[1]因了口吃，两腮的短髭和皱纹都牵扯得动着。

王师傅蹙起眉头：“咱们交不上，日本人来了怎么办？谁担当得起？日本人早就找岔。前几天，小川叫了我去，说是这村子的人，净是游击队，要来惩治——一千石麦子，三天之内交不上，小东庄就是模样！”

三狗忽然狞笑了一声，大家都愣了一下。三狗气得满脸青筋：

“这些杀人不见血的杂种呀，那一村总共才出几百石粮食？”

沉默……女人们吃吃喳喳地讲话，忽然一声高起来：

“那在‘日饼’人裤裆里窜来窜去，给‘日饼’人舔腚的人呢？也没给村子里的人讲上句好话？”

夜色已渐爬进村，人面模糊不清；凭听声音，知道说话的是大头姑。

黄面婆不动声色说：“在‘日饼’人裤档下窜的能是谁呢？俺家福他爸给‘日饼’人说不上话，还不是吃‘日饼’人口下一碗饭？”

“呸！”

“不要打岔，说正经话——可是我忘了告诉您，就是，头牛河南边的游击队有人来过了，说各村粮食都被日本运走了。来人的意思，是赶快把麦子送过河去。”王师傅说完话，抬起头向四周的黑暗看了一匝。

“那好呀！”好几个人的声音。

“可是，日本人是不好惹的！”王师傅说。

“‘油鸡队’是自家人呀！”

---

① 意为“结巴”。

"'日饼'人也是自家呀!"大头姑一声冷笑,像夜猫。

王师傅像没听到,机械地问着:"三天以后怎么办呢?"

没人回答。远处的巷口有孩子群唱:

"姓王的,不要脸,

见了鬼子魂飞天。

鬼子说,你给我斟上酒,你给我装上烟。

纵然你的脸有三寸厚啊,

该有一副心和肝!"

哈哈一阵笑之后,又重复了后一句:

"也该有一副心和肝!"

王师傅的脸更沉郁了,在平时他听惯了这类孩子的"胡嚷"的;但今天好像完全是新的刺激。他沉重地垂下头,依然机械地问:

"怎么办呢?"

"我看快通知河南,明早就装车来运,先运走再说:看'日饼'人动静,一有闪失,大家过河!"

"事实上办不到!……日本人那里,没法交代……"

"小川不是你的好朋友吗?"大头姑还要说下去,老赵云暗中的一双慈和的怒眼正瞅着她呢!就住口了!

王师傅完全入了昏迷[1]状态了。两手抱着头,自言自语地:"我是干么呢?为了谁呢?"

会就这样了(潦)草地散了。

四急吧[2]默默地走了回家的路。天空飘着细雨,他没觉得。他要想一些事,但想不下去,他走着,一种叫骂的噪音渐渐大了。

"五老虎又欺负她的儿媳妇了。"他想。

五老虎的叫骂,似乎夹杂着刀劈声:

"千刀剐的矮腿鬼,您怎么不滚回老窝去吃您娘的死鸡呀?通通!通通……您吃了祖宗的天灵闪,明天就噶嘭断气。通通……"

"五嫂……嫂……听!又……又……又怎么啦?"

"我那一群鸡,八个,乌鸡没尾巴,长脖子,老公鸡……都叫今天来的两个矮腿鬼擒去啦:容易吗?多少工夫?多少粮食?"

---

① 《逆旅萧萧》中改为"迷胡"。

② 即"结巴"。

“嗯,算了吧!什么都……都……保……保不住了……还……在乎几个鸡?”

五老虎没细心听,依然倒骑门槛,一面刀劈一面骂:

“吃下我那八个鸡,您死了的五代祖不安,新生孩子没有屁股眼!通通……”

天只麻麻亮,许多人的噩梦,都被东南方的枪响惊醒了。有的人,像王师傅、五老虎、老赵云,就根本没睡着,是睁大了眼直捱(到)天亮的。

一种潜伏的抑压不住的恐怖性,开始在每一个村人的心头扩张……

村头看林的老董跑进村,逢人便说:

“不要慌!不要慌!是‘油鸡队’和‘日饼’人隔河开火的。”

枪声渐渐就稀疏了。最后,只偶然有一两响飞过村的上空,像野狼的一声呻吟。

近午,有机令令的响声,是从东门来的。人们不久就看清了农民赶着的牛车,“日饼”兵,前头走着黄面婆的男人。车和兵的数目一时看不清,只是把一条小小的东西街塞满了。

黄面婆的男人走到王师傅跟前,咬了一会耳朵。王师傅皱了下眉头,如是又咬。王师傅就吩咐老黄敞着破锣满村子嚷:

“皇军令:村中各家各户,大大小小,男男女女,赶快一律出村,小心触犯了皇军军法!”

晌午,太阳正烧得毒,村人才满脸汗,垂头丧气地回来了。庭院,屋里都污乱不堪,满是烂草,破木器,黑块的棉絮,老鼠咬上洞的布头……麦子——连小米高粱,连女人的银的铜的首饰,精巧一点的木器,都没有了:剩下的是一个空村子,街道一条条加深了的车辙……哭,骂,愤语,女人的泪……

出村的人,只有年轻的二夭六寻思过河去了,没回来。

午夜,日本鬼才踉跄地离开村子——日本鬼又来过一次,是当天下午的事。

哭闹,痛骂,狞笑,愤怒的声音,已成过去。有的是啜泣,是惨叫,是惊呼,疾走的步履,在现吹风和短衣的相激的索索声:整个的村庄,裹紧在一层除夕的阴肃气氛里,一声特别清亮的哭声:

“我怎么有脸再见小成他爹啊!”

在十字路口,平摆着两个人。人们仿佛能看见五老虎湿透了的,堆满岁月的皱纹的黑脸,和一双已经失落掉鞋子,纺锤形的脚。她,径湾水打捞出来,但是,已经死了。傻气的儿媳妇在她尸旁嘻嘻的,不知是哭呢还是笑。从上吊绳放下的王师母!王师傅的太太!平行躺在五老虎的不远。她那美丽而苍白的脸上,似滞留着一丝细微得不易察出的惨笑。忽然睁开她那双秀目望一下,但只是一瞬间,就闭上了。宜于笑的颊上有一大块紫青沾着血。但她依然和死神挣扎,只蔽着一半的胸脯,像小风箱一样急促地呼吸。隔邻的二妈妈不转一眼望着她,眼泪像决的小河顺下。

“多么好的孩子呀!菩萨保佑吧!”

“二妈妈,不要把眼泪滴在她身上啊,滞了泪‘过去’不好。”

“她不能‘过去’呀!这么好的孩子……”二妈妈呜咽着。

从西面捱过一幢黑影,小声地说着话:

“大头姑也死的惨啊!”

“咳……”

“她的小肚子下,插一把切菜刀,满嘴含着血,看样是和鬼东西们撕打过。那是个骁勇孩子呀,平时就咽不下一口鸟气。”黑影继续地讲下去,没有第二个人的声息;像一个抱怨的幽灵,向旷野自述他生前的故事。

“王师傅还没来吗?”二妈妈目望远方向看。

“一直没有回来。”

包打听这时出现了。说,他回来过,她看见的。他走到家门口,见有两个把门的“日饼”兵。“日饼”兵不让他进。他听屋里有哭声,知道出了事了。两个“日饼”兵还拍着屁股笑着,学着王师傅的口吻:“小川队长的在,一家人一样的,这——也不算坏的!”王师傅就头不回走了。

“出南门呢?出北门?”

“是出的南门!临走,他擦着泪说:‘我对不起这一村的老老少少啊!’我亲眼见的。”

“他不回来了吗?”二妈妈依然问着。

夜,静如一潭水。

“那个常跟孩子玩,在济南上中学的年青人,又来过吗?”

“昨晚回来的。半夜里教小孩子唱,匆匆又过河去了。说是明天一早来运粮食。今早枪一响,我就知道不好;果然,游击队过不了河,日本鬼却又来了。”是老赵云的嗓音。

“咳,我们都是老骨头,不中用……”

“一村不剩一个年青人。我看年青的,一代比一代结实了!”

坐守王师母的二妈妈转过头,颤巍巍地:

“菩萨加庇,叫我们的老眼也看到以后的好日子……”

中夏的夜是短的,没听到雄鸡啼,晨曦爬过了林杪。行到村外的街路,在黑夜中燃烧着的眼睛里逐渐隆凸起来了……。

六,十一,城固。

三月江城[1]

李紫尼

我愿望世界上每个人,都幸福的过活,而我自己却单独的受苦!

——林兰

小　序

小说

回到北方,我依稀的有一个梦境……

圣诞节的晚上,把笔抚思,窗外飘着雪花,远远教堂一阵阵弥撒的大合唱声。我烧起一盆红红的炭火,那么些年轻人的面庞,涌上心头,让我记起遥远的一首歌泣的故事啊!

八年了,这古城还保有我儿时的欢笑跟眼泪,如今归来,抚我受创的心灵,有多少衷情的话语,要我做尽情的倾吐,我开始写这个长篇了。冬天的午夜,我躲进一间小楼,痛苦的撒开记忆的网,默默的写,也默默的相思……

我计划就这样写下去,到旧历除夕的晚上,可以写完;恰好有群朋友从海上来,我会邀他们到这间小楼,点上一对红烛,大家交换一下八年流浪的心情;然后我会慢慢的打开本子,慢慢的为他们咀嚼这歌泣的故事。

但是除夕到了,朋友们从海上来了,红烛点上了,我却连一章还没有草成,有多少烦人的事困扰着我呀!白天是人家的时间,只有晚上才允许我静静的提起笔,耐心的写下去,却是没有一个晚上,不发生意外的事故,因此就断断续续的拖下去了!

我痛苦,我熬煎,随时随地都使我感到,有一件东西还没有完工。在这中间,两个多月来,国事蜩螗,复员艰苦,又有多少话想说,有多少事想写,郁闷跟兴奋阻塞着我的心胸,我不能沉默,我需要控诉……但当我提起笔来,一想到这个长篇刚刚开始,需要我先培植它的时候,我把痛苦咽[2]在心底,把笔又轻轻的放下了!

苦难的岁月,血腥的时代,胜利带给我们,是一股新的感伤。在我写的时候,我看

---

① 1946年4月北平江城出版社初版。

② 原文为“嚥”。

到胜利后国家经济的崩溃，黄金由八万元，一跃到二十二万元，骇人的通货膨涨，百姓们噙着泪，也衔[①]着仇恨；饥饿的火，烧遍了北方的原野；我看见一个民族的衰老与分裂，团结的洽商，乡土上的格斗，百姓们是苦的，是善良的，百姓们能不能够睁开明亮的眼睛，希望的抬起头来喘一口松快的气呢？我看见东北黯淡的风云，十四年凄[②]惨的回忆，白山黑水缭绕着喑[③]哑的悲声，是我们民族不争气，也是这一代儿女的耻辱……

这么些天了，我的心是沉痛的，是压抑的，我忧郁的写，惆怅的写……写倦了的时候，就推开门到楼上的平台散一会步，那常常是落寞的黄昏，更深人静的夜晚。但在我散步的时候，从四面八方就传来一片绮丽的歌声，醉人的，缠绵的，是周璇的嗓子，是“桃李争艳”，是“凤凰于飞”……我爱音乐，更爱哀婉抒情的夜曲，可是这是什么时候啊！东北的血泪未干，复员如一团乱草，北方的土地上，杀声盈野，人民水深火热，江南的灾情，万家哭泣，连树根都被吃光了；我们有什么勇气再唱，更有什么勇气再听啊！一到那歌声荡进我耳鼓的时候，我惶恐的虔诚的向他们祝祷：“靡靡之音，请不要再唱吧！”我下了平台，关上窗子，歌声又从窗棂间渗进来，我提起笔，我想听一曲“松花江上”，一支“义勇军进行曲”，一阵雄浑的“黄河大合唱”！我怀念聂耳，怀念冼星海……

两个多月了，我仍然是每天晚上在默默的写，我焦急，我几乎自私的愿望，冬天的夜晚能再延长，春天没有来，我已经写完，却是偏偏今年的北方多难，春天却到得最早……春来，又有多少事需要我战战兢兢的经营啊！

我急急挥动着笔，忘情的写，拼命的写，我怕窗外的柳枝发绿，这焦急，也使我获得一股情热。回到北方，儿时的伙伴，都已经长大了，一股深沉的民族的热爱，我泛起满怀的旧情，我回到北方年青朋友的队伍里来；他们给了我更多的启示，更大的警觉；他们内心的痛苦，是鼓荡我生命的力，他们潜蓄的热情，是我青春的信号；我们恳谈，我们苦思，往往一群人，到深夜，回忆八载辛酸，瞻念未来艰苦，环顾左右，郁闷焦灼，悲国运，念前途……我们常常会无声的掉下泪，泪水让我们想到同是中华民族优秀的儿女，何患不能在这动荡的时代，开拓出一条灿烂的路子来？只要有团结，有寄托，有毅力，有勇气，我们的眼泪会变成欢笑……于是我开始有了愉快，有了希望，也有了新的憧憬。“二·二六”我参加了那一次伟大的游行行列，那时候全国是一片青年理性的呼喊，我觉得时代虽已临世界狂潮，但这一代的青年，正是时代的中坚，中国这个民族会年轻，中华民族的儿女，会把这动荡的世界，导入一个新的方向，因为中国的新青年，从来也不甘落后啊！

就这样，我希望书中的故事，是愚昧的，真实的；我爱故事中的每一个人，他们如今

① 原文为“啣”。
② 原文为“悽”。
③ 原文为“瘖”。

都迈向建国的路程上了;他们是我生命的源流,他们的挚情,会导我入生命的大海;希望这个小册子是战争中青年成长起来的标记,也是我生命中的一点印痕。在我写的时候,每到夜静更深,人们开始做着软熟的梦,我提起笔,慢慢的抬起头来,我愿望有位年轻的知己,温情的坐在我的对面,她的眼睛正渗流着生命的情液……我将不顾及这故事的贫乏,因为我不忍抹煞它的真实性,这仅仅是个纯厚的报告,愿它是我接近更多年青人的桥梁,我向他们亲切的握住手!

谨以此书献给我曾经热爱过的朋友,廉,小轩,王素……让我谢谢沙羿,他是我生命的臂膀,在嘉陵江滨,他给了我更多的鼓励……昨天他还来信,情感地写着:

> 我爱江城,因为水乡度过我的青春,而今又是江边落红如雨的季节了,我滞留山城,你远在故都,怀念北方那蔚蓝的天海,鸽笛横空,小巷春雨,几声寂寞而凄厉的叫卖,该是多么地令人神往啊! 愿我们友谊的网,撒遍了天下,如海燕,如狂飙……

我读完信,默默的抬起头来,窗外柳丝微拂,北国的春天,刚刚萌芽……

我还年轻!

愿春天带给我温馨的幸福!

紫尼,一九四六,三月故都

小说

三月江城

一

秋天了,岭南落叶,还没有褪色……

黄昏对于寄居在这个小城的年轻人,是一首苦情的诗,他们常常扯起一段遥远的故事,看看窗外,湿润润的,终年飘着雨雾;这白色的雾,使些脆弱的人,低诉情怀,临风洒泪;也使些聪慧的孩子,从雾中暗暗的摸索,渐渐发现蓝色的天幕,天幕上漾出几颗亮晶晶的小星,那星光就像他明亮的眼睛,他笑了,笑坎坷的路上,永远有依稀的光明可以追求,这就是人类的希望……

如果说,秋天给人们带来清冷的怀思,秋天却又是流血的季节啊!

他——邵梦菲,深深体验着二十年来自己走过的路,童年时候,爱的光泪,温润着他的胸怀,他了解爱的力量,是那么广大无边,像湛蓝的海水,有时万丈波涛卷[①]起的巨浪,就是一把感情的烈火,用压抑的意志,是抵挡不住的;但当风平浪静,海波不兴的时候,他的情液又恰如细流中的一股水藻,嫩绿的,缓缓的流着,那么静,那么理智;他可以深深的忏悔,明白“善”与“恶”,“是非”与“曲直”,明白人为什么活着,活着又应

① 原文为“捲”。

该具备什么？这是他智力过人的地方。十八岁那年，他卷入战争的洪流，他像一匹脱了缰[①]的野马，开始奔逐在随战争诞生的新奇故事里，痛苦的熬煎，痛苦的经验，他发觉自己在变；他体会出家族主义，已为战火熔消，代替的是庞大无比的大众的爱，他信仰这力量，他愿为完成大众的爱，贡献了自己的一切！

现在他回到这小城，静静的打开书本了，书本上跳荡着青春跟热力，他想以处子的纯诚，从头学习，像初生婴儿似的，他跳进这甜美的水乡，让春风吹开他求智的心扉！

这时候他轻轻的走进一条胡同，麦草香醉人的扑下来，他停在一道短花墙的外面了，这是从什么地方传来铿锵的琴音啊？那么怨慕，又那么凄清，像秋风打着枯柳的残枝，飘飘荡荡的，说不出的悲怀，说不出的凄楚。

他凝神的站着，星光告诉他，琴韵袅袅[②]的是从花墙后面绿树丛中的纱窗前飘了出来，那是春明女中的音乐教室；远远望去，隔着掩映的枝叶，一群女孩正在读谱，琴键敲打着他的心弦，他全身的灵感都在动，他看不见操琴者的手，只觉她长长的鬓发，窈窕的身材[③]……这花墙好悠静啊！

一支深沉的牧歌，从辽远的天边飘出来了，远古的悲情，带来草原的忧郁，在他眼前，是秋云倾洒，蔓草凄迷，一片金黄的落照……

他奇怪那女教师，为什么让这些活泼的少女，唱出这样苍凉悲壮的歌子呢？哗的一阵格格的笑，女孩们冲出来了，琴声戛然而止，她们都是白短衫，黑裙子，头上扎朵银色的蝴蝶花，是一群美丽的小鸟，再没有一点草原的忧情了，她们蹁跹的舞到菊花丛中去了。

女教师姗姗的走过花墙来，原来是刘曼萍小姐，中国文学系二年级生，她是跟贺尔在最近半月以内，才相识的，她很钟情贺尔，从她那一双哀怨的眼睛里，可以猜出她是个多愁善感的女孩，她见了梦菲，黯然的说：

“贺尔最近心情好吗？告诉他这小城是可爱的！”

梦菲点点头，曼萍走过去了，又回身露出一丝甜情的苦笑，叮咛着：

“尤其在秋天！”

她走远了，梦菲咀嚼着最末一句话，他来到宿舍，那是文庙的正殿，佛像被人们的手拆掉了；上下木板床，贺尔躺在床上假寐，江川细心的写着日记，里边床上，周天德在低头补一件衣裳；他注视一下这新近结识的伙伴，两个礼拜都厮混得很熟了，从四面八方来的陌生朋友，聚到这小城，也是战争直接的赐予；两周来梦菲渐渐体验出伙伴们的性格，贺尔是个大地主的孩子，他是直接从高中升入大学的，那么年轻，润红的脸，是他

---

① 原文为“疆”。

② 原文为“嫋嫋”。

③ 原文为“裁”。

美好的青春;他洒脱,温情,有风流的才气,有年轻人的梦想,他好猜疑,也好动荡,由于家境的宽裕,他还未曾了解战争的艰苦,却也能够坚持自己,做一个革命的青年。

江川呢?他完全是浑[1]身流溢着热情的豪爽朋友,他的想象力丰富,智慧也特别高;在危难的时候,尤其可以看出他的毅力过人,他可以用超出理智的情感,使苦难变成花朵,他像一座天神似的被人们信仰着。

梦菲最后想到周天德,他是个大好人,家里也娶了太太,(但他不承认家里有太太),他忠诚练达,灵机少经验却多;外表看起来,虽然是笨手笨脚的,实际做起事来,却有条有理,他经常惯用手天真的抚摩嘴边那几根稀疏的胡子。这是他的毛病,一到悠闲或计无可施的时候,便用这种动作,来代替寂寞跟排解之词;一闲下来,他便讲究营养,研究怎样吃猪肝[2],他参加军需工作两年,始终没有离开算盘同账本,他一天到晚在做报销,报销老做不完,一直到他考上大学来上学的时候,还带来一箱子报销,今天却不知怎么抽出工夫来缝衣裳了!

“梦菲,你来得正好,他们都在发愁呢?”老周笑着说。

“愁什么?”

“贺尔想家,江川的心,静不下去,这小城太寂寞!”

“不,我们要慢慢体验生活,太静的环境,需要我们一点一滴的来受栽培!”

窗外夜色深沉,梦菲点上菜油灯,贺尔起来了,懒懒的伸了个腰,梦菲关怀的问:“你在想家?”

“没有,我有点闷!”贺尔脸有些红,他擦了把脸。

梦菲把刚才曼萍的话告诉他,接着又问道:“鲁野那儿去了,怎么还不回来?”

“整个下午,他都在外面。”贺尔说:“一定又泡酒馆去了!”

“这半个多月,他不是泡茶馆,喝酒,就是睡闷觉,他说他还要想重回太行山,受真正战火的教育。”江川说。

“他过不惯这儿的日子!”梦菲呻吟着,在他眼前,开始显露出鲁野那鲁莽粗糙的家伙了,那个血性的汉子,憨直浑厚,一身的豪迈,他身经战火的熔烧,意志已经凝练成钢,他不怕苦,他的热情是熊熊的火,他从来没有流过泪,也不晓得懦弱是什么,就这样几次在战争中死去,又硬撑着活过来了!

现在到这小城读书,寂寞困惑着他,他用酒来浇愁,用太行的战斗,来暖住眼前日子的空虚。

“也许学校太不够理想了,我们几个人,都沉不下心去!”贺尔又勾起他的怀乡病。

“不,是我们对于现实的生活,还不太理解。”

---

① 原文为“混”。

② 原文为“犴”。

梦菲话刚说完，窗外一阵乱哄哄的脚步声，门开了，鲁野喝得醉醺醺的，头发蓬乱着，脸上流着血，被人扶进来了，扶他的那个同学说：

"鲁野在酒馆跟掌柜的打架了，双方都受了伤，让他休息休息吧！"

鲁野被安放在床上了，半小时后，他的酒意微醒，他睁开眼，看看周围，他想坐起来，被梦菲按住了。

"好难过的日子！"他喘了一口长气。

"鲁野，不要再喝酒吧，安下心，我们应该念书了！"梦菲轻轻拍着他的肩头。

"我心里发燥，我……梦菲，我们抛掉戎马生活，万水千山而来，学校却是一座深沉的院落啊！"鲁野的眼睛，发着郁闷的光。

"我很怕学校的大门，那里面该是思想的源泉，如今却是口干涸的枯井了！"

"太行山的战斗使我向往，梦菲，我很难想象，昨天还横溪跃马，双手打枪的去杀敌，今天怎么能够安下心在这儿静静的读书呢？"

"战地生活过得太久了，国家打着苦仗，我们不甘心到这地方躲避①现实！"

"我喝酒，我是在往下咽着郁闷的苦水……"

鲁野昏昏沉沉的闭上了眼睛。梦菲站起来，剪剪灯花，室内浮起一层黯淡的光，窗外阵阵秋风，贺尔，江川，周天德，都默默的看着鲁野，大家没有一句话，梦菲感到一种空前的寂寞跟痛苦；在他脑子里，江城是最优美的读书境地，他可以在这儿什么都不想，安详②地把书本打开，安详的读下去。现实是血淋淋的，没有高深的学问，怎么能够超越时代，可是为什么有些人打仗的时候，想念书，到真正念书的时候，又不安于这种静静的环境呢？这痛苦的矛盾……

他看看鲁野，再看看贺尔，江川，周天德，他觉得这种意识，是留在青年人内心里面的一条伤痕，也是一个危机，应该有种超脱的力量来排解；他想不出好方法，他认为自己的力量太小，也太微弱！

鲁野又醒了，嘴里断续的嚷嚷着糊涂话，听不清楚说的是什么，最后他突然狂喊着说：

"我鲁野双手打枪，……太行山……里一条……硬……硬汉子！"

梦菲让他喝了杯凉开水，又闷睡了半小时，他才渐渐的清醒，大家围着他坐下，菜油灯已经燃得快干了，窗外秋风凄厉，这情景使梦菲无限感触，他热情的说：

"鲁野，看看眼前的情景，灯光弱下去了，象征我们战争的前途，苦难方殷，未来复兴民族，跟建国的重担，也都负荷在我们的肩上。

"战争是长期的，整个民族，需要苦熬，我们参加抗战，热情已够，但是智力还不

---

① 原文为"闭"。

② 原文为"祥"。

够,这需要我们安下心来培育战斗的智能,准备迎接未来的艰苦!"

"我们为什么安不下心去呢？到这儿来,并不是逃避现实,现在国家不需要我们打仗,需要我们读书!"

"学校不好,环境太荒僻,只要我们能创造,能开拓,那一切就会变好……"

鲁野的眼睛,渐渐有了光彩,他翻了个身,坐起来说:

"梦菲,你的话是对的,可是我很难放下枪,再拿起书本。尤其让我低下头耐心的写笔记,念外国语,我办不到,我愿意一天就能把学问求成,好去上马杀敌!"

梦菲笑了,他握住鲁野的手,变得更热情的说:

"让我们爱这个小城吧！也要我们爱自己,我相信一个月后,你就可以安详的躲在图书馆里看书了!"

鲁野没有言语,他有点不信梦菲的话,不过却自信的说:"让环境慢慢磨练我吧!我不再喝酒!"

"好！让我们也不再想家,想爱人,想太行的战斗吧,我们要想书本,想学问,想未来建国的重任!"

梦菲开始铺床,贺尔喃喃着:"愿今夜有悠静的心跟安详的梦境!"

窗前的菜油灯已经剩了一抹晕紫……

从那天起,鲁野不再喝酒了,他常到野外散步,梦菲陪着他,在秋天的田垄里,为鲁野描述江城的可爱;他们喜欢这小城,早晨白茫茫的雾,弥漫了峰峦,村庄,溪水,树林,雾气浓的时候,东方有一轮血红的太阳,渐渐庄严和平的国歌声,漫天而起,国旗飘上去了,教堂的钟声响了,万千学子,昂首晴空,高亢而歌,这水乡是民族的摇篮,战争的手,在这儿编织了嫩绿的篱笆……有多少年轻人,大学生,中学生,小学生,漫步街头,徜徉江边,他们可以愁,可以乐,可以发笑,也可以流泪,他们可以拿本书,躺在绿的草地上看蓝天,折一枝柳条,恨远人消息的渺茫……

梦菲一个人爱在田野间散步,如今鲁野在旁,使他变得更愉快,他们穿过稻田,秋天的草,还是那样清新,稻田内有层滟滟的绿波,他们看秋云,看晚霞,看阡陌纵横,看渠水环绕,看一条宽宽的马路,通过汉江,江上桥头,樵夫点点,秦岭是座绿色的屏风……梦菲慨叹的说。

"这江城,山清水秀,物产丰饶。上帝为她安排这么一个和平,纯爱,悠静的小圈子,多少人,噙着家国之泪,虔诚的到岭南来了!"

"是的,但愿我们在这儿不是偷闲!"鲁野点点头:

"看秦岭,使我们想到太行的战斗,你从那儿来,并没有放下你的武器!"梦菲看了一眼鲁野。

鲁野又点点头,他们步上城廓,魁星楼隐隐约约的耸出了云天,西北角一座小教堂,红砖绿瓦,有只小羊在果园里吃草,绿汪汪的树,整齐的人家……江城是朴实无华,有原始的挚情同羞怯。

“我们要在这儿一住四年，渐渐的都长大了！”梦菲的心境，没有人能猜得出是悲是喜，他洋溢着一个希望，也怀着恐惧。

三天以后，学校开始注册了，贺尔高兴的入了外文系，他倾慕蓝色的海天，他早年的期怀，便趋向于文学更深的造诣，他说他要像中古骑士似的，带一柄宝剑，做长长的人生的漫游……

注册组门口，拥挤着许多同学，今年出路最旺的是经济系，志愿入经济系的就占了绝对的大多数，说他们是不是真心想学经济，他们不知道，只是别人报经济系，自己也报经济系罢了！

梦菲心里有些踌躇，他最初填的三个志愿，都是经济系，他在考虑是不是就这样下去？

旁边江川已经注完册，他入了政治系，他的性格适合他做群众的活动；鲁野学了航空机械，他想做一名工程师，他永远愿意活在火辣辣的战斗里。周天德因为做过两年军需，他入了商学系，每个人都挑选了自己应走的方向，他们自己都很庆幸，只有梦菲还在彷[1]徨，他本心想学新闻，可是当初为什么他填了经济系，他想不出理由，现在他还是拿着经济系的注册单，徘徊良久，他决定不了，他不知走哪一条路，应该报哪一系？

两个同学从对面走来，他们边走边谈：

“我报了经济系，管它这个那个，出路先好，这年头上大学还不是混文凭！”

“不，我反对你这种论调，学经济应该是为了适应时代。”

一阵爽朗的笑过去了，梦菲的心，跳个不住，他浑浑噩噩的交了注册单回去了；他躺在床上，闷闷不乐，他想起自己千辛万苦到学校来，还不是为了学自己所愿学的东西，学校并没有强迫学生入哪一系，谁又来强迫过自己呢？学经济为了什么？战后国家需要经济建设，是单纯地为了这种想法，还是以为经济系出路好？时髦？挣钱多？可以多做几套西装……他理解不出，他酷好新闻学，想做一个自由职业者，为谋除大众的痛苦去努力，他有过美丽的想象，他憧憬的是一个坚贞的时代的报人，可是他现在学经济了，他渐渐有些恨，也渐渐觉悟出有一种看不见的势力，压抑着他，困恼着他，诱惑着他。他想翻身，但是逃不出那个圈子，他知道这种力量，是旧社会的风气，习染而成的后果；多少青年为了利欲熏心，同流合污在这倒漩涡里；只要陷进去，想跳是跳不出来，最初是忏悔，失望，怨恨，最后是颓唐，没落，潦倒；四年大学，只不过是混贷金，混文凭，混自己宝贵的光阴而已，至于到社会上怎样立足，或流于偏激，他不敢再想，他觉得可怕，眼前那种势力，像魔鬼般的侵袭着他，他想挣扎起来，头很沉，不知什么时候，天已经黑了，他忘记了吃晚饭，屋里漆黑的，什么也看不见，他痛苦，他想睡下去，却阖不

---

① 原文为“徬”，一律改为“彷”。

上眼，这是来到江城以后最郁闷的一个夜晚，他摆脱不了，他的眼注视着屋顶，又渐渐射到窗户上，窗纸有的都破了，突然从窗纸的破隙中，他看见夜天上一颗小星，正发着微弱的光，虽然是那么微弱，却也光芒[①]闪烁，清滢可爱，顿时他觉得屋子里有点亮了，也有了点希望，他想起刚才仿佛是一场噩梦，自己被缠绕在梦中了。充分显露出一个年轻人的悲哀，稚弱，意志的不稳，信仰的不坚定；他相信自己不会堕落，为什么不学自己所愿学的东西呢？他开始有了勇气，他决定改系，决定学新闻，他在床头摸索出那张注册单，兴奋的起来了，他有点喜悦，也想发笑，他跑到注册组，已经下班，门上横着一把凉冰冰的锁，他一口气跑到注册主任的家里，声明改入新闻系，交涉好，他又跑到系主任的家里，一条漆黑的巷子，他去了两次，系主任都不在家。第三次去的时候，深一脚浅一脚走到门口，轻轻扣扣门，那个新闻系系主任白发老教授亲自开门了！

“我要入新闻系，请您签个字！”梦菲喜欢得想抱住那老教授，尤其是他那一头白发，那么柔滑可爱。

“好！你深夜来此，热情很高，希望做我最好的学生！”老教授就着些微的星光，熟练的掏出笔来，把字签了！

梦菲行了礼，一口气跑回宿舍，天已十一点多钟，鲁野们已睡熟，他愉快的入了梦境……

甜蜜的梦，也是由自己的努力造成的啊！

注册以后五个人都渐渐的静下去了，他们开始知道利用自己的时间跟精力，来适应这静静的小盆地，他们了解痛苦的耕耘，才有辛勤的收获。

一个礼拜天下午，有位小姐来找江川，是江川的中学同学王淑英，外文系新生，十足的贵族气派，性情却是那么热情活泼，落落大方，她是一只美丽的小鸟，她每天在飞翔，她的心纯洁，脆弱，受不了委屈，她的眼睛只看到世界上最灿烂美好的东西。来到这小城，环境使她接触了更多新的事物，人们都说她可爱，她也相信，自己的美，自己的才学，自己的青春，但是她没有死心塌地的爱过一个人，她把人生看得太松快，她还那么年轻，就是有痛苦，当泪光浮上眼角的时候，她会把它变成笑，变成愉快的一支插曲，你说她的人生观在什么地方？谁也猜不出，每每在她扮演一幕血泪的悲剧后，她还是那么愉快，那么年轻，那么充满了生命的热同活力。

今天她来找江川，一进宿舍，就坐在江川的书桌旁。看见江川，她像看见一个亲人，眼睛发酸，几乎就要淌出泪来，她拿出手帕在眼角旁擦了擦，半晌无语。

“怎么了，淑英小姐？”江川关切的问。

“没有什么，我想回去！”淑英的头没有抬起来。

“回哪儿去？”

---

① 原文为“茫”。

"回北平!"

"为什么?"

"我受不了苦!"

淑英仍旧低着头,江川看了看梦菲,老周一声不响的在一旁做着报销。淑英又说话了:

"我从来到这儿就闹肠胃病,学校的伙食,那怎么能够吃呢?米里面完全是砂子,小土块,我吃了一口,就退伙了,我怕得盲肠炎。"

"我们的贷金,只能吃那样最坏的米!"江川这句话,还没有彻①底了解女孩的心理。

"我可受不了,我从来没有担过这样的苦。你想想,我因为饭吃不好,现在闹着很重的胃病,晚上又睡不好觉,一间宿舍,住那么些人,想搬出去,又找不着房子,几夜我都整个的失眠了!"

"淑英,你知道我们现在是当学生!"江川无异火上加油。

"我知道,可是当学生不能受罪呀?我相信我的体重,已经减去好几磅了,我还要活着,我还要年青。"

没有人做声,老周开始摸他那几根稀疏的胡子。

"我讨厌这个地方,太静,太寂寞,太荒凉,我是在都市里长大,我不能活在城里过乡村的生活。"

"我千辛万苦,冒险犯难的离开家,翻山越水的来到后方,我是想尝试一下天之骄子的大学生活,没有想到却变成罪人的日子了!"

"江川,你送我回去,我今天来就是求求你送我回去,我们是一道从北方来的!"

"回北方去,不太容易吧!"江川若有所思。

"不,我得回去,我一个女孩,我受不了这样的苦,我的苦已经受够了,一个多月我几乎不敢②想一想我的生活,吃不好,穿不好,睡不好,我想家,想妈妈,想弟弟,我这是受的什么责罚呀?我太苦了!"淑英声音有些发酸,颤颤的溢出了悲情。

"前天晚上,我一夜没睡觉,我睡不着,半夜里,我点上蜡,拿镜子照了照,哦!好怕人,我的脸苍白得像纸,我不相信是我自己,我吓得哭了,我不该到后方来,我太追悔了!"她开始呜咽了,把脸儿藏在花手帕里。

"我为什么要有这样的罪呢?上帝太残忍,让我到这儿来受刑,我实在熬不下去了,我想马上逃出去,江川,你应该救救我,我们两度同学,我太苦了!"她的泪流出来了,像晶莹的小银珠,淌在了唇边。

---

① 原文为"澈"。

② 原文为"取"。

“我躺在宿舍床上,想北方的家。我的大学生活,是一个更温馨的摇篮,秋天时候,到郊外去赏枫叶的娇红,冬天夜里,我愿在炉火旁听窗前的风雪;我喜欢玩儿回音乐片,写一篇小品,高兴时候,溜溜冰,跳跳舞……但是现在什么都完了;在我眼前是一片荒芜的土地,没有羊群,也没有青草的气息,年轻人在这儿怎么熬得住呢?这是摧残我的青春啊,我真的……太……苦……了!”最后她的控诉,像朗诵诗似的,渗溢着伤心的泪,温情的洒在大家的心灵里了!

江川低下头去,贺尔假装看一本杂志,鲁野不做声,轻轻的推门出去了,他看不惯女人的泪,老周无动于衷,这情景,梦菲想笑,又回去了。比较难过的是贺尔,他比江川的心肠软,他看一个女孩,常常是以宝玉的心情去关怀的。他有些着急,他瞒怨江川在小姐面前不会说话,他拉了梦菲一把,梦菲向他丢了个眼色。

这时候全屋静静的,淑英小姐的啜泣,一股清泉似的,穿流着大家的肺腑,老周的手又在摸着胡子,江川忍不住了,他说:

“淑英,我很同情你的痛苦,也很难过,可是你忘记了从北平出发的时候,我同你说,我们首先要做到吃苦这一点吗?国家打着苦仗,我们能在这儿念书,国家对于我们,不啻是天高地厚之恩,苦又算什么呢?而且我并不觉得比在军队时候苦,吃的住的穿的都可以,只要饿不死能活着,能安下心念书,我们就认为满足;何必在这个时候求享受呢?我不主张你回去,因为我们是才从虎口里面逃出来的!”

江川的话,显而易见的并没生效,淑英呜咽得更厉害了,她是需要躲在母亲怀里痛哭一场的。

梦菲想排解这个场面,他变得温情的说:

“淑英小姐,不必难过了,我们苦是真的,不过精神上找到慰藉,也可以调剂一下,现在回去实在不太容易,江川,陪王小姐到汉江散散步,今晚月色一定很好!”

江川陪同淑英出去了,大家做了个鬼脸,淑英脸上还有泪痕。梦菲去参加一个座谈会,偏偏那晚一阵乌云涌出,月亮没有上升,而且天阴得很沉,像是暴风雨来临的样子,风越刮越大,他感叹天气变幻之快,他不晓得江川在这黑夜里怎样伴同淑英出游,座谈会完后,已是十一点多钟,经过传达室,他发现自己一封信,哦!是封家书,他的手有些颤,他怕出什么事情,借着门口的马灯,他打开了,果然几句平安的家常话后,突然告诉他外祖母一年前病故的消息,那在儿时最爱他的老人,他哭了,偷偷把泪擦掉,心乱如麻;他走出学校,夜风吹开他的头发,宿舍的路上,没有星,没有月,一片漆黑,大操场像没有边际的苦海,他的脚步沉重,痛切感到自己是个无家可归的孩子;他进了宿舍,鲁野们都睡了,贺尔也早就入梦,只一盏半明不灭的菜油灯,闪闪烁烁,他坐在床边,把家书铺在小桌上,外祖母慈爱的面容,一阵阵绞痛他的心,他咀嚼儿时情趣,泪光模糊,窗外几枝枯藤,风把灯花吹成绿色,他痛苦的灵感冲上来,他抓起笔,手不停挥的写着,他从内心里面哼出一个调子,菜油灯照着他发红的眼睛,他随着情感的起伏,谱出一支凄凉的夜曲，他在纸上写着：

人生如黑夜行路，失不得足，整个人类都在黑夜里彷徨摸索，没有家，没有国，他们呼喊天明，他们要求阳光……

这主题使他想到千百万沉沦的苦难人民，他连续不断的低唱着两句诗：

黑夜茫茫，
路儿长，
何处是故乡，
何处是故乡？！……

他一面写，一面唱，一面流泪，灯光变得更弱了，他的灵感也越丰富，夜两点时候，他意兴尤浓，鲁野在床上醒了，催促着说："梦菲，这么晚了，还不睡？"梦菲没做声，也许没有听见，鲁野又睡去了，当他又一觉醒来时，梦菲还坐在那儿，吟哦不绝，头发如一堆乱草，鲁野披衣下床，到他身边，见信纸上泪痕斑斑，乐谱汇成一条条河流，他拍拍他，亲切的问道："你在写什么？"

"我接到一封家信！"梦菲似乎又没听见。

"家怎么样？"

"家破碎了！"

"你在写什么？"

"我谱一支夜曲，人生如黑夜行路，失不得足！"

"灯快灭了，明天再写吧！"

"不，你听窗外有鸡啼！"

"天还黑着呢？"

"不，当你睡着的时候，我已经写出光明！"

"那么，快完了吧？"

"没有，人们还不知道向光明的路上走！"

鲁野又睡下了，他第三次醒来，天已发亮，梦菲把头歪在桌子上，带着笑容睡去，他的右手还拿着笔，底稿压在胸前，上面缀满感情的珠网。他的曲子完成了！

第二天晚上，天晴了，秋萤乱扑，月华如水，小城一片星云，静静的像轻纱也似的羽毛，人们都悄悄的睡下，悄悄的安排幸福，一切都沉落在一个梦幻的世界里。

梦菲躺在汉水岸边的沙滩上，他一个人孤独的在那里，他为什么一个人跑到那儿，他自己也不了解，只觉一阵兴起，他来了，他的意念是汉水曾经温慰过他战斗的岁月；他枕着一个提琴，月光照着他蓬乱的头发，月光太亮了，世界太静了，江水悠悠的在月光下泛起银波，流得那么细弱，那么柔静，江边的草，绿了又枯黄，人世间的痛苦也更加深……

梦菲让月光溶化了他整个的躯体，他几乎祈求月色。拢住他过往的伤怀，遥远的一股不可捉摸的恋情,苦缠着他的魂灵,他站起来,水光月光洒遍大地,小城染上一层白茫茫的寒雾,这世界美极了,也静极了,连一点声音都没有了!

他轻轻调起琴,带着极重的伤感,还没有拉开弦,他的眼睛已经湿润,他的手腕,轻轻的颤动,他奏出那一支凄凉的夜曲……

“黑夜茫茫,路儿长……”“何处是故乡?何处是故乡?”

那声音颤动在琴弦上,细微的,纤弱的……渐渐匀和了水光月光,弥漫了大地,飘向沙滩,草丛,村边的林梢上了。

那声音使人扯起迷惘的哀愁,许多追恋的影子,深沉的往事,都轻轻的浮漾出来了!

那声音又像一位少女,伏在爱人怀里,低低的啜泣,她心坎里蕴藏的悲情,淙淙的倾泻[①]出来了!

那声音飘上琴弦,琴弦上月色清明……

梦菲的脸,润满了光泪,他的头发披拂到额角旁,琴韵悲吐着一个歌泣的故事。调子也越来越哀凄,渐渐江水呜咽了,沙滩,朦胧了一层凉沁沁的月色……他闭上眼,紧抚着心房,他不再想什么了,整个大地浸满忧郁的颜色,他宛如解脱了痛苦,那袅袅的弦音就是他的生命,他的记忆,他的怀思……他想不出什么了,也看不出什么了,他的心静静地向下沉向下沉,陷入了沙窝,陷入了江水,最后他渐渐的忘了自己,忘了世界,忘了整个的一切……他沉沉的捉住了一个梦,待他醒来,月色金黄,他的手还抚摩着琴弦,他的双颊,淌满了泪,淌满了银珠,淌满了光彩,他动也不动,两眼一道寒光,像一个金甲的武士……

不知什么时候,他后面凝神的站着一位十五六岁穿白衣的少女,窈窕身材,瓜子脸儿,一双眸子像两湾清滢的秋水,她痴痴的望着梦菲,梦菲也痴痴的望着她,两个人都呆了。

梦菲擦一擦他那模糊泪光的眼睛,他在悲哀里,漾出一朵灿烂的花,他提着琴转过身来,那少女微微后退。江风飘起她的头发,她的白衣薄薄的敛了层月光,她双颊羞怯的红了!

“你是谁?”梦菲发问了,这情景像梦:

那少女没有回答,轻轻往后退,她想走,又像有许多话说不出来,她想逃出这陌生的场面,却又恋依这月光下的柔情,她越发羞怯,脚步也退得越快,她想转过身去走了!

“我愿意知道您是谁?”梦菲像是在自语。

“我——是——林——兰!”少女停住了,她用那样明亮的眼睛看了梦菲一眼。

“哦!林小姐,月白风清,坐下来谈谈好吗?”梦菲有些恳求的神气。她又没有做

① 原文为“洩”。

声，却远远的坐下了，她坐得那么安详，那么娴静，她浑①身是雪白的月光，那么娇美，那么酷似一个抖着双银翅的安琪儿！

“林小姐为什么一个人在江边上徘徊？”

“我爱这有月亮的晚上，我爱这个地方，战争让好些年轻人，连看看月亮的时间都没有了！”

“你在这小城里面……”

“我在这儿读书，小时候跟爸爸学古诗。”

“这地方好吗？”

“哦！先生！”梦菲这句话，使她很惊诧，脸上有些娇嗔，她想站起来，但是并没有动，接着说：“这儿是我的故乡，十六年了，我没有离开这儿一步。我爱着她，就像妈妈爱我一样。”

“对不起，我来还不久！”

“我爱这儿的山，这儿的水，这儿绿汪汪的稻田，我觉不出世界有多么大，因为最美的东西都在这儿了！”

“你喜欢我们外乡人吗？”

“从去年起，江水流得急了，妈妈说，日子快变了！”

“是因为我们来吗？”

“谁知道呢？这儿环境太美了，多少年来，我们只听见一声声鸡啼，太阳出来了，爸爸去插秧，妈妈纺线，我就在稻田旁的水草上，渐渐的长大。”

“你知道有战争没有？”

“那是你们带来的。妈妈说，兵工厂的长笛，会叫来飞机的。”

“你们生活就过的这么美满吗？”

“我不知道，我只晓得春天里桃花开，我到江边去拾花瓣，一拾就是一大筐。菜花开了，我插在鬓上，蚕豆花开了，我扎成蝴蝶。”

“夏天呢？”

“帮着妈妈打麦子，麦芒堆成山。”

“秋天呢？”

“桂花香，飘满城，新米上市了，那么娇嫩，那么可口，跟妹妹到东山去橘林，红叶烂漫，我们在那儿大嘴的吃果子。”

“冬天呢？”

“没有弥天的大雪，江水缓缓的流，我嚼着枇杷，听爸爸计划明年的春耕！……”

---

① 原文为“混”。

梦菲没有勇气再问了，少女也不再作答，只觉江上清风，吹拂着明月，大地上再也没有声息，一对少男少女的心脏，静静的跳动着，隔得那么远，梦菲不敢看一看她脸上的光彩。他想坐起来，又不知说什么好，她还是个孩子，她只看到美，看到善良的人心，他不能使她知道一点点罪恶，突然他想起一个问题，轻轻的说：

“林小姐，你的故乡这么好，还缺少一样东西！”

“什么东西？”

“年青的活力！”

“是的！”

“这水乡缺少读书声。”

“还缺少音乐声，歌唱声！”

“对了，我们为你们带来战争，也带来青春的智慧！”

“我不大明白！”

“你喜欢音乐吗？”

“我喜欢，我从小就是酷爱音乐的孩子，今天晚上，我被音乐感动得流泪了。先生，你的琴可以让我抚摸一下吗？”

“可以！”梦菲站起来把琴递给少女。少女神秘的抱在怀中了！

“就是这琴啊，它发出的声音，使我的心都伤透了，先生，真正的日子，不是这样的悲哀吧！”她爱慕的抚着琴，眼睛发着奇异的光彩。

“也许是的！”

“哦！那太苦了！这曲子叫什么？”

“夜行曲，林小姐，人生如黑夜行路，失不得足！”

“我不大明白！”

“苦，我们不怕，只要奋斗，就有光明！”

“是的，一年了，这儿来了许多年轻人，我奇怪的看着他们的脸，我常常深夜祷告，愿意给这小城带来幸福，这儿的日子太静了！”她睁着一对渴望的眼睛。

“以后会不会还是这样的静呢？”

“我猜不出，我担心长大以后，我自己慢慢的会变了！”

“慢慢的会变了！”梦菲咀嚼着这句话，却回答不出，少女把琴递给梦菲，低低的说：

“夜深了，家在江边，我要回去了！”

她站起来，羞怯的看了梦菲一眼，月光更皎洁，她迈着软软的步子，轻悄的，缓缓的往回走了。她走得那么端庄，那么宁静，那么含蕴着无限深情，……最初还望见她那绰约的身影，渐渐的越走越远，越走越远，只剩下一片模糊的月色……

二

三个月后，周天德的报销已经做完，他松了一口气，从报销寄出去那一天起，他便整天躲在图书馆里，看经济学概论，江川贺尔在各方面表现得都很活跃，鲁野的功课比较忙，他的心确实是静下去了；聪明的人，会说这小城，依然如一湖春水，平静无波，万千学子可以在这儿安下心读书了！

只有梦菲，担心这是个沉痛的哑谜，学校仍在风雨飘摇中半浮半沉，新同学浑浑噩噩，摸不清大局的关键，他们多半还梦呓着求知的故事，旧同学心潮涨落不定，颓唐的就混下去了，理智点的，听见校钟在殿角旁发出的声音，最初还觉出，这里面充满生命的力，等到环境使他变得神经质的时候，便连仅有的一点欢情，也化为灰烬，最后变成了麻木……

学校是座寒村的古寺，又像高大的衙门，青年们从远方来到这儿，是不是为了求超度来生，或是来当一名衙役……谁也无法解释，而且在这小城，中国人民还保留过往"老死不相往来"的传统习惯，由于学校迁到此地，同学常常跟本地百姓，发生心情上的隔阂①，一个同学到饭馆吃饭，因为找钱关系，误生口角，跑堂的竟把菜刀举起来，那个同学吓得扔下钱跑了！

紧接着物价渐渐的高涨，同学们吃不饱了，冬天已经下过一场雪，还没有棉衣，饥寒交迫，生活是郁闷的苦，寂寞的苦。没有调剂，没有正当娱乐，没有书可读，许多人想静下心，真正学一点东西，不可能，这儿是一片荒土，人们饿着肚子，没有闲情，也没有耕耘的工具。

战争是长期刻苦的，谁能担忧胜利的日子呢？还乡路上，弥漫着雾，这几天，女生宿舍常常有人，对着墙角，低低弹着泪花，你轻轻问她，想家吗？她没有回答，在心里面又轻轻落下泪！

梦菲首先触到的，是刘曼萍，她近来的痛苦更加深了，她是一个本性纯良，好伤感又多少有些懦弱的女孩，她爱一个人，便那么死心塌地把什么都给了他，从来不顾及自己的痛苦，等到一切都不可收拾的时候，她就将自己完全交给运命，她常常说她自己本身就是一幕悲剧，她的泪也一定有流干的时候；梦菲知道她很钟情贺尔，她喜欢贺尔那种风流潇洒的样子，可是贺尔却不见得喜欢她，贺尔是少爷脾气，一切都讲玩，他对于曼萍不过是稍稍能润泽一下他的心灵罢了！

这天晚上，梦菲悄悄的走到女生宿舍，他发现曼萍的屋里，有灯光，他从门窗的缝隙往里看了一眼，贺尔坐在床前，曼萍坐在对面的椅子上，两个人黯然无语。梦菲站在

① 原文为"关"。

窗外了,他屏住呼吸,想观察一下他们的动静!

正是晚饭后,上自习时候,院子里没有人。一切都很静,曼萍轻轻吐了一口气。

"贺尔,蔡文生疯了,你知道吗?经三的!"她说得那么低沉,又那么悲悯。

"为什么?"贺尔有意无意的问了一句。

"还不是为了失恋,苦闷,穷,没有书念!"她似乎有些同情蔡文生。

"我知道。"贺尔冷冷的。

"我亲眼看见他在街上跑,好些人跟着他嚷,看疯子,看疯子,他浑身上下只围着一条毡子,头发蓬乱着,他高声的讲演,嘴角上流着白沫,声音都发哑了!"曼萍像是在回忆,她有点怕那情景,声音发着颤抖。

"我知道!"贺尔又是这样一句。

曼萍着恼的急急的嚷着说:"你知道,你知道什么?"说完噗哧一声她又笑了,贺尔也笑了!

停了片刻,曼萍又殷切的问:

"贺尔,听说有些人拉你入团,又有些人拉你入党,你打算怎么办!"说这话的时候,曼萍站起来了!

"我不知道!"贺尔在心里发笑!

"你是不是入团,依我说,团,表现得比党活泼,有青年气。"这明明是内心的关切!

"我不知道。"贺尔却皱了皱眉头。

"拍"的一声,曼萍把拳头重重的往桌子上一击,嚷着说:"不知道,出去!"

"再见,刘小姐!"贺尔冲出来了。

梦菲恰好藏在一棵树后,他望着贺尔走远,屋里的曼萍却抽抽搐搐的哭起来了,哭得那么凄切,那么哀婉,几次他都想跑到屋里劝她一番,但是他的脚,没敢动一步,他轻轻地退出来了!远远地,走出礼堂,曼萍的哭声,还隐隐约约的荡入心扉。他脑子里盘旋着一个问题,贺尔真正入团了吗?这两天学校,党派,同乡会,系会的领导人,都在纷纷找干部,请客,开会,拉同乡关系,大家你争我夺,在暗中实际上已经掀起一个曲线的斗争。梦菲很奇怪党派为什么也跑进研究学术的最高学府,弄得乌烟瘴[1]气,险象环生,同学们更不能安下心去读书,他曾经问过政治系四年级一位同学,那是个国民党员,他得到的回答是:"青年是政党的生命,谁不爱惜生命呢?你不争取,就被别人夺去了!"这结论证明党派应该打进学校的理由,梦菲有些不解,他深深感到,中国的一切都党化了!

第二天早晨,他遇见贺尔,并没问他关于党团的事情,只告诉他在心潮平定下去以后的三个月,一个新的危机恐怕又泛上来了。这时候应该增强自信力,不为一切所动

① 原文为"障"。

荡,为了避免这种书本以外的刺激,可以少露一下锋芒。

贺尔点点头,匆匆的走了,前面布告栏内围着一大群人,非常拥挤,梦菲凑上前去一看,是区党部跟青年团征求党员团员登记的布告,同学们七嘴八舌,正议论纷纷。

“我们去登记吧! 现在凡是党员团员都吃香!”

“登记这有什么用,露出自己的招牌更不好。”

“我是无党无派!”

“什么,没有政治立场,这种时代,你能站得住脚吗?”

“我不是党员,你介绍我入党吧!”

“入党做什么? 陈腐,死气沉沉。还是入团好!”

“团又算什么? 幼稚,只顾表面,不讲实际,一群毛孩子,做的了什么事!”

“……”

梦菲一阵难过,他感到这些纯洁的青年,他们忘记自己是来读书,是来求高深的学问,布告上那两张大红纸,正是两座壁垒,虽然贴得那么近,显而是在对抗,正如同青年团同区党部的办公室,遥遥相对。从里面出来的同志,不约而同地都向对方审慎的看一眼,渐渐的也夹杂着仇视的成分了! 有时一些同学走在前面,后面便有人指点“这是区党部的”“这是青年团的”,他们常常彻夜办公,那种工作热的辛劳,也确令人钦仰无已。

小说

梦菲开始注意贺尔的举动,只觉他最近一切都很匆忙,也很紧张,夜里常常回来得很晚,几乎每天晚上都去参加一个会;更奇怪的,他渐渐同江川变得很疏远,像是冷淡,又像故作回避,只要一见面两个人就开始辩论,由辩论也许生一点小误会。好像每人面前都有一堵墙似的,谁也不愿意把它推倒,梦菲不知道这是谁在作祟,去问周天德,天德说:“他们俩一定在为恋爱争风。”可是又找不出对象来,这样闷了有两个礼拜,鲁野告诉他说:“贺尔入团,江川入党了!”梦菲心里一惊,鲁野接着说:

“我并不反对,只要他们能忠实于党,忠实于团就行了!”

“你究竟怎么样?”

“我自有路子!”

“鲁野,咱们几个人,可称得起是肺腑与共肝胆相照的好朋友,可是如今都仿佛有层隔膜似的,对面谈话,都相互有戒心,怕探听出什么秘密一样?”

“这是内心的斗争!”

“我反对!”

“梦菲,不加入党派,也不能安心读书,你别拖在时代的后面。”鲁野踉跄的走了!

梦菲去找贺尔,一见面就问:“贺尔,入团了吗?”贺尔坦白的承认了,并且告诉梦菲他被选为宣传股股长,最近将组织青年剧社跟岭南音乐学会,他干得很来劲,他正在物色女演员,他想邀淑英参加,又怕江川不愿意,因为江川对淑英把得很紧,两人关系相当密切，梦菲说："我去找江川！"他迳往法商去了，江川正在写一篇文章，见了梦菲笑着说："你躲到是非圈外去了，怎么老不见你？"梦菲没有回答，问江川是否入党，江川又爽朗的笑了！

"不要问我吧，梦菲，我倒[1]要问你，贺尔在你面前，说我的坏话没有？"

"没有，自己弟兄，有什么坏话可说，他最近正组织青年剧社，拉女主角，他想征求你的同意，请淑英参加！"

"不行，他是诚心跟我作对！"

"你俩为什么老闹意见？"

"当初我劝他入党，他却入团，看谁干得起来？"

梦菲证明江川入党了，他像做了一场梦，他没有勇气再去问周天德，他恹恹的跑到城外郊野上散步去了！

日子一天天在苦难中过去，冬天给这小城，带来多少不幸的消息，环境迫使同学又渐渐的不安静了！街上除去流传着蔡文生同学疯了的新闻外，最近常常因为本地商民跟外来同学感情的不睦，鼓荡着一股激愤的行动，大昌纸烟店，因为卖假烟，被同学们砸了，春来饭店因为拉偏手，也被捣毁了，同样春明日报，因为乱登消息，也被破坏了，小城的心脏，整个受了震动，空气中潜藏着一股仇恨的气息；穷病苦……一连串的灾难，压抑着人们的情感，校内也常常为一件不相干的事情，发现互相倾轧的标语，随贴随撕，满墙上都是红红绿绿的一片；有时一进饭厅，饭桌上发现许多小纸条，上面都是对现实不满，各种煽动的语句，有些人看了就撕成碎块，有些人揣在怀里，又神色仓惶的掏出来；夜间出门到法商去，常常遇见腰带手枪的同学，人们都知道法商是藏龙卧虎之地，新生们尤其小心翼翼[2]，怕一不留神，就随便为你带上一顶帽子，于是你就开始染上一种色彩，有些同学，看清这一点，便抱定不论国事，不出风头的宗旨，每天除去上课以外，便到图书馆看看书，到街上泡泡茶馆，到青年会下下棋，到汉江边散散步，不谈党派，不问政治，一切都装作看不见听不见，一旦大的风浪来了，自己被卷入漩涡。便随波逐流的浮沉几下，一到风平浪静的时候，大潮退后，自己仍就相安无事；周天德便是这样一个典型的人物，梦菲虽然反对党派打进学校，但对这种不闻不问的人生，他认为是没有主见，没有眼光，没有时代敏感，他幻想着一种新的诱惑。他想使青年，以纯学术的立场，来激发爱与侠的原素，以拯救国家，拯救民族。

他的想法常常为现实打破，在每周座谈会上，一次他的讲题是"思想向哪儿走？"他阐扬这种做法，发挥了许多议论，但结果却失败了，他的呼吁，没有反应，他得到的批评，是战时大学，没有书，没有教授，没有静静的心情，上哪儿去求高深的学问，没有高

① 原文为"到"。

② 原文为"奕奕"。

深学问,又怎么能有做法,因此最后的评语,是“空言无补”!

他讲后第二天,鲁野在座谈会上主讲了,他的讲题是:“第三国际解散后的苏联”,他不知从什么地方搜集了许多资料,讲得有声有色,讲完散会以后,他拉梦菲到校外的松林里,借着星光,他掏出一件东西,笑着对梦菲说:

“你觉得我讲的奇怪吗?”

“不,你讲的很好!”

“你看!”鲁野将手上的东西,递给梦菲,是一枚徽章:“你看我加入读书会了!”

“读书会是共产党的外围组织!”

“是的,我跟你说过,我自有路子!”

“你的看法怎么样?”

“大势所趋,中国需要民主,百姓们也该翻身了!”

梦菲点点头,鲁野紧紧握住他的手,两眼射出光芒,那么尊严,那么恐怖。

“梦菲,你不同别人,你该是一个忠实的同志!”

“不,我也有我的看法!”他回答得那么坚决有力。

“好! 那么你帮我一下忙,后天小组讨论会由我主持,讨论题目是:《中国是否一党专政?》请你为我拟个大纲。”

“可以。”两个人分手了!

第二天,贺尔兴匆匆的跑来,告诉梦菲,岭南音乐学会,业已组织成立,正扩大征求团员,已经有五十人报名了,青年剧社,曼萍的台柱,正在排曹禺的《北京人》,曼萍饰思懿,每天读台词很勤,他还说,告诉鲁野让他谨慎,有些人已经开始注意他。梦菲想起曼萍,笑着问:

“最近跟刘小姐怎么样?”

“还好,不过她太感伤,也太懦弱。”

“因为她得不到你的温情。”

贺尔笑着跑了,梦菲看出他加入团参加工作以后,精神比从前格外畅快,似乎又年轻了许多,但是他的课缺得也不少,晚上再没有时间,听到他朗朗的读英语了。

就在那几天,学校的壁报,显得分外活跃,不过纯粹学术性的并不多,除去几家轻松的软性东西外,青年团的《中国青年》,跟区党部的《五十年代周刊》,显而易见是在分庭抗礼,另外《读书会报》,是独树一帜,内容相当充实有力,隐隐约约,这块地盘,已为三种意识所霸占,上面常常发现互相攻击,对着谩骂的文字,如果一篇文章,写得露骨,写得痛快淋漓,当天晚上,这篇东西,便被人撕走,第二天壁报墙,就贴上一张红纸,上面写着:“严惩特务”,旁边一张大布告,却写着:“打倒赤色分子!”针锋相对,各不示弱,最初同学们还用好奇的眼睛看一看,最后也就司空见惯了。这种斗争的过程,奇怪的是,学校并没露出严加管束的态度,一大部分同学却在隔岸观火,梦菲意识到,环境不管多么艰苦,斗争只是少数人的行为,大多数青年,都还想安下心静静地读点书,这是中国战时大学的一点转机,他有些欢喜,一阵兴起,他想去找江川谈谈这个问题,正好江川在宿舍,一见面就说:

“梦菲,你来得巧极了,我跟你去看几个同乡!”

“在哪儿?”

“魁星楼那间小房子里,那地方很雅致,我们常常在那儿开会。”

“你们如果开会,我就不去。”

“不是开会,大家随便谈谈。”

两个人出去了,八点钟商店都已上门,远远望去,魁星楼的顶端,闪闪烁烁的有灯光,他们走在楼下,殿角的铃铛,被风吹得直响,窗子里面,影影绰绰的人影在摇晃,灯光显得黯弱凄惨,他们走到楼下,一片漆黑,左边有个小门,江川轻轻拍了三下,又拍了一下,楼上有人问“谁?”江川答应“我”,门开了,开门的是个工友,他领着穿过第二层门,上楼梯,又转了一个弯①,一步一摸索的走到顶端,最后一道小门开开,到了;这简直是一座秘密机关,想不到这间小屋竟坐了十几个人,梦菲江川一进去,都站起来了。江川首先抢着说:“这位就是邵同志。”大家连连嚷着:“欢迎欢迎”,梦菲觉得这情景有些异样,便沉默的坐在一边,不多发言;江川将那些人一一介绍,都是高年级的同学,大家随便谈了会儿天,话题渐渐转到一个新的目标上去,江川介绍一个杨姓同学道:

“这是区党部的总干事,我们的老学长。”

“以后多多指教。”梦菲欠了欠身。

“不敢,不敢,大家都是同学。”

“梦菲是一个标准青年,可说得上是品学兼优。”江川又指着梦菲同大家说。

“久仰久仰,”杨总干事笑得那么高兴。

梦菲谦逊了一下,杨总干事又笑着说:

“这可是义不容辞,邵同志应该帮我们的忙。”

“我们请邵同志负责宣传好了!”江川向大家热烈的提议。

“好! 赞成。赞成!”一阵愉快的掌声。

不容梦菲反驳,谈锋马上转到恋爱的纠纷上去。一个同学嚷着说:

“江川,你跟淑英打得火热,简直要比翼双飞了!”

“谁说,没有的事。”江川在否认。

“听说贺尔有向淑英染指的意思。”

“他敢!”江川的话一出口,大家哈哈的笑了。

“其实刘曼萍追贺尔,他也该满足了!”

---

① 原文为“湾”。

“他如果满足了,也就不去找淑英了,这就叫做太太总是人家的好!”

“这几天,淑英跟我说,她常看见刘曼萍一个人在临风洒泪!”江川像回忆似的说:

“她是在练习做戏,《北京人》快上演了!”

“对了,我想起一件事。”杨总干事对江川说:“江同志,我们五十年代剧社决定组织成立,你赶紧筹备吧!”

“人选已经大致就绪,女演员让淑英去找,我们第一个脚本,是夏衍的《愁城记》,曹禺的戏,在这小城演得太多了!”

“刘曼萍,我们是不是能拉过来?”

“我们这里面,谁追她①,谁打算追她,都可以试一试。”

梦菲心里一惊,他有点坐不住,站起来告辞,江川送他出门,梦菲瞒怨他说:

“你不能这样强拉我入党。”

“你帮帮我的忙。这两天风声很紧,我们不能让好同志被别人拉了去!”

“我不能这样做。”

“我们是好朋友。”

“朋友是朋友。”

“梦菲,你暂且先考虑下,明天给我一个肯定的答复好吧,再见!”江川轻轻把门关上了。

梦菲郁郁不乐,夜已经很深,县政府门口还有两家茶馆闪烁着灯光,他低着头一步步的走,脑子里渗杂着不知多少问题,突然有个人把他膀子一拉,他一看是鲁野,鲁野说:

“梦菲,我跟你有几句话说,咱们到茶馆来谈。”

两个人走进茶馆坐下,伙计端过一盏菜油灯,灯光下鲁野的脸是那么深沉而又严肃。

“你考虑好了吗?”

“什么?”

“你的路子!”

“我……”

“你打算怎么样?”

“我自有我走的方向?”

“梦菲,你的眼睛应该明亮,你还要走人家不走的路子吗? 这次战争,什么都彻底地变了!”

“我还有自信!”

---

① 原文为“地”。

“你的自信,正是你失败的焦点。我们为什么来念书,还不是想求得高深的学问,过去你劝我安下心读书。我才立志加入读书会,现在我反而来征求你做我的同志了。”

“我想做一个纯粹赤裸裸的青年。”

“这时代你可能?”

“我想试试!”

“你禁不住大的风暴,你善良,你感情太重,你禁不住大的诱惑,大的压制。”

“我试验着来遏制自己。”

“你要小心,江川,贺尔会拉你上钩。”

“我不会。”

“好,我们睡觉去吧!让我再握一握你的手,希望在内心里你应该早已经是我的同志了!”

鲁野脸上露出微笑,回到宿舍躺在床上,梦菲一夜未曾入梦,他在筹划怎样摆脱这些难题,第二天上午有一点钟《国际政治》,他正坐在那里听讲,有人递给他一封信,打开一看,是贺尔来的,但字体娟秀,笔画柔软,不像贺尔的笔迹,再一看信尾,注着“曼萍代笔”四个小字,心蓦的跳了一下,他开始读信的内容:

梦菲:

我太忙了,但精神也太愉快了!我深深觉出只有参加“团”,才能找出生命创造的意境,“团”是国家的新血球,是民族的新细胞,做一个革命青年,应该不忘此千载难逢之机。朋友,我真欢喜,我有了工作热情,这热情是多么宝贵的血液啊!我常常说“年轻”应该解释为具有战斗性的“青春”,“团”就是这种希望的象征。梦菲,我要称呼你为同志,你坦白,你正直,你有热情,你也有潜蓄的毅力;在我们当中,有多少人不如你,也有多少人在惋[①]惜你失掉这时代的机运,你承认吗?你忏悔吗?不,因为你要真挚地跳到我们这阵营里来了!哦!朋友,欢迎你,“团”需要你,你需要“团”,欢迎你来!欢迎你参加!欢迎你工作!我,曼萍,更多的志友……

贺尔

梦菲顿时惶惑了,他的手有些颤抖,他的意识已无所凭借,过去二十四小时以内,三种不同的压力,侵蚀着他的意志,他的思想,他有些迷惘,他的判断已经模糊,他应该走的方向,也笼上一层苦雾,他开始困恼了,也开始彷徨了,他想摆脱一切,静下心去听讲,不可能,他站起来了,走出教室,走出学校,走出城门,他来到广大的田垄上;一遇外界压力使他心潮激荡,无法安静的时候,他便到田野间去散步,田野是坦洁的,温热的,

① 原文为“婉”。

没有勾心斗角的怀抱,它的坎坷,也正是人生不平的运命,但绝对是一个人自己迈下去的,而不是被人强迫挟制着走下去的,那么运命的好坏,也正是脚步劲健与孱弱的成果,有一定的收获,也有一定的评价。

他默默的走,心头也默默的想,他恨这个环境为什么不能让一个好青年,自由的歌唱,纵情的呼喊,等到羽毛丰满的时候,便可以自由的飞了出去,偏偏在羽毛未丰的时候,就关他在笼子里,受人家支使,受人家利用,硬逼着自己走不愿意走的路;是贪图笼子里的谷粒金黄吗?还是愚弄者的手,要出各种不同的花样,将自己的眼睛惑乱了呢?他有些茫然?入党,入团,还是参加读书会?在他眼睛里顿时显出江川,贺尔,鲁野的影子来,那三个人对他都是那么诚恳的期待,热烈的伫望,三个人都招呼他是忠实的同志,他们的手,又都是那么温热,向哪儿走?投向谁?他们谁的力量最大?自己又喜欢哪一种?将来哪一条路子能成功?……这些问题雨点般的向他脑子里袭来,他痛苦,头有些疼,不知不觉已经走到附中草坪的左侧,那绿茵茵的一条小河旁了,虽然是冬天,正午的阳光,和煦的扑向大地,岭南天气还像初春;他望望田野,远远的山,远远的江水,遍地的麦苗,蚕豆田,一阵风拂过,河畔的芦花摇摆不定,原野是多么静,多么安详,他轻松的舒了口气,喃喃的说:"让我做原野的孩子吧,我需要安静!"他发现远远的树下草地上,有个女孩子躺在那儿看书,她的眼睛背着阳光,头发松松的,一只手支着头,后背贴着树干,她看得那么悠闲,那么美好,她也许正触到一段动人的情节,半闭着眼睛,在细细的咀嚼,细细的回味,哦!情节是那么腻人,也那么恼人,不,她也许已经睡熟,轻轻的,软软的,睡得那么温馨,那么甜美,梦菲羡慕这孩子的清福,他不敢惊动她,他停在远处,等了一会,那女孩翻了个身,一凝神,她惊喜的叫了一声:"邵先生。"

"哦!原来是林兰!"梦菲心里说了一句。

林兰跳着跑过来,三个月不见,她的双颊变得更红,神态也更美丽,她那么热情天真的捧着一本书站在梦菲面前。"邵先生,许多天不见,你好吗?"

"好,谢谢你!"

"你看我这本书——爱的教育。"

"很好,我小时候读过三遍。"

"邵先生,你为什么不找我去玩?"

"我没有工夫。"

"你瘦了,邵先生!"林兰水汪汪的眼睛露着关切的颜色。

"冬天了!"梦菲摸了摸下巴。

"你吃得不够营养。"

"……"

"你安不下心去读书。"

“……”

“你心里头有事。”

梦菲默然。他往河边走去,林兰跟着他,他靠在林兰睡觉的那棵柳树上,怅望着河水无语。

林兰蹲在他的脚下,仰着头笑嘻嘻的问:

“邵先生,你心里头一定有事,告诉我,我给你想办法。”

梦菲笑了,指着河水说:

“林兰,你看冬天的河水,还流得那样绿,这儿永远有春天?”

“你心里头却没有!”林兰那么纯情的笑起来。

梦菲又沉默了,他看看林兰,她像一只小鸟般的,伏在他的脚下,那么纯洁,那么可爱;他有点伤感,缓缓的说:

“孩子,我心里没有事,我不会瞒你的,你的心太好!”

“邵先生,你那支夜曲,我已经会唱了!”

“你还记得……”

“那个有月亮的晚上? 是不是?”

“哦! 林兰,你太聪明了,你为什么今天不上课?”

“今天考音乐,我唱完就走了!”

“你唱的什么?”

“就是你那支夜曲,邵先生。陪我再唱一遍吧! 这河水就像那江水,这阳光就像那月光,可惜你手上没有琴!”

“我有心弦!”

“好!”林兰站起来,两个人开始唱那一支夜曲,唱完,梦菲黯然,林兰偷偷把漾出的几滴泪花擦干,慢慢的吐出几个字:“人生如黑夜行路,失不得足!”

“林兰,你说是关在笼子里的鸟儿好,还是飞在天空里的鸟儿好!”

“关在笼子里的鸟儿……”

“怎么?”

“不好……”

“你这孩子!”他当下想把党派的困恼,告诉林兰,又怕林兰不懂,几次话到嘴边,又咽下去了,最后他说:

“林兰,你告诉我,你说我应该走哪一条路,是一条自由的路,还是一条有颜色的路,一条有政治立场的路,一条有作用的路。”

“我不懂,不过我觉得你应该走第一条路。”她伸出一个指头:“自由的路,那路上没有人管你,只有你自己,管你自己。”

“真的吗?”

“真的。”

“呵，是的，我现在明白了，你看刚才我像发愁的样子吗？”

“你像有心事。”

“没有，我有点想家，不，我有点怀念战争，哦！再见吧，孩子，我要走了！”

“什么时候找我来玩？”

“有月亮的晚上。”

“带着琴……”

梦菲走了。他走得很远的时候，林兰还望着他，他加快脚步，迈进一座树林里去了，归途上他的心情不像来时那么沉重，他好像有了希望，也有了路子，虽然有些渺茫，却觉得不至于彷徨无主了！

从那天以后，他很少外出，每天躲在图书馆里看书；他在计划一种超党派超政治的号召的力量，那力量也许有一天会发生作用；他更细心观察贺尔，江川同鲁野三人，他们又在嬗递的变化，团务党务的活动，使贺尔，江川几乎喘不过气来，相反地鲁野却真能安下心读起书来了，他几次同梦菲表示读书会的会员，第一个任务，就是读书；每当他征求梦菲入会的时候，梦菲总是报以无言的微笑，鲁野也不勉强，他说：“会员应该是自己投向她的怀抱的！”另外区党部五十年代剧团为了庆祝民族复兴节，《愁城记》已经开排，青年剧社的《北京人》，也日夜加紧演习，同样读书会也不甘示弱，他们组织了银星剧艺社，第一个戏以硬线条的曹禺[①]的《原野》出现，有人说《愁城记》赛不过《北京人》同《原野》，但梦菲却喜欢《愁城记》的主题，却是在写从小圈子跳到大圈子里来，在这个小城演出，也未尝没有它的意义；当江川问梦菲要他表明态度的时候，他摇摇头，一切都可以帮忙，但没有立场；最后他答应演一个角色，在这以先，党团双方想携起手来联合演出曹禺的《蜕变》，以便跟银星剧艺社的《原野》对抗，但因为双方争地位，争领导权，争女主角，种种纠纷，结果自己互相水火了；丁大夫一角，曼萍想饰，淑英也想演，贺尔跟江川则互相猜疑，最后还是分开了。梦菲跑到鲁野那儿，《原野》正排得火炽，鲁野请他帮忙，他答应了。江城的冬季凭空的添了春色，三个戏都倔强的演出了，在戏的后面，贺尔，江川，鲁野三个人竞争得相当剧烈，同时曼萍、淑英同饰金子的丁兰小姐，大名轰动岭南；党，团，读书会，三方面斗争的尖锐化，也呈直线上升之势；这中间贺尔同曼萍两人常常起些小的龃龉[②]，为他俩调解的就是梦菲，曼萍的泪流了不少，也暗暗的流到梦菲的心坎里，他对于曼萍，只是倾慕的尊敬，曼萍却稍稍[③]有些感激梦菲。但她并没有忘怀贺尔，她爱贺尔是从内心里泛出的一股情液，她没有条件，痴

① 原文为“曹禹”，一律改为“曹禺”。

② 原文为“龉龊”。

③ 原文为“梢”。

情的，无声的，没有代价的，这一点梦菲也看清楚了。

渐渐冬天露出酷寒的面貌了，江畔一片白雪，北风呼叫；江城悠闲的人们，都围着炭火，在做炉边闲话；炭火红红的，哪管窗外的风风雨雨，但是远远的战争一天天的扩大了，战局也一天天逆转，人心不安是一件大事，新校长来了，不见好消息，又是一件大事；同学们盼望生活的改善，就如同冬天在这小城盼明朗的太阳一样，学校始终阴沉沉的像座衙门，当局似乎是抱定办收容所的念头，来办高等教育，他们以为战区生，只要有贷金吃饭，一切便可以在这个前提之下顺利进行；他们不知道学生除去吃饭以外，还要吃精神食粮；还要领受名家教授的高深学理，让他们轻轻的为自己拓开求智的心扉；这小城过于荒僻了，有名的学者，不肯到这儿来讲学，上课时候，有人写笔记，有人听着没兴趣，便看小说；课余是在一种半睡眠状态的军事管理中受着约束；教官在实施军训时间，也是睁一只眼睛，闭一只眼睛，一二年级学生受教官管制，三四年级学生，便管制教官；同学苦闷的时候，可以找教官聊天，也可以拿他开玩笑，同时生活指数一天天上升，贷金却没有增加，日子一天天艰苦，最初一个月十八块钱贷金，吃粗糙的混合米，盐水煮萝卜，还可以勉强吃饱，渐渐物价高涨，连那最低条件的伙食，也维持不住了。首先是吃不起菜，最后连饭也不够了，连续发生抢饭的热潮，同学们饥一顿，饱一顿，有钱的到外面吃小馆，没钱的就饿着肚子；个个面有菜色，肠胃病流行得很厉害，这期管伙食的总务恰好是鲁野，吃饭时候，他大声疾呼：

"我们贷金不够吃，学校并不增加尾数，我们三番五次请求，学校反而说，抗战本身是苦的，大家都应该吃苦。"

轰的一声，同学们哄起来了，有人拿筷子用力敲击空碗，大家乱嚷着："我们可以吃苦，可是我们不能饿着肚子。"

"学校不能摧残青年，我们让学校维持营养。"

"我们要吃饭！"

"我们要填饱肚子！"

鲁野又发言了，他首先用掌声压住同学们不平的气愤，然后慢慢的说：

"是的，我们是要吃饭，吃饱了饭，我们才能安心念书，如同战士吃饱了饭，才能打仗一样，我现在请求大家，我们要拿出办法来，我们意见不可分歧，我们的意志要集中。"

饭厅开始静下去了，同学的眼睛都看着鲁野的脸，鲁野的声调，渐渐高起来：

"我们请求每系选出代表两个人，今天晚上召开代表大会，商讨应付办法。大家意见怎么样？"

"拥护！"一阵春雷似的掌声；五分钟后，代表们在口头上诞生了。

凡是在课外比较活跃的，都被选上，梦菲一看代表的阵容，多一部分，已为党团及读书会的同志所占据，党团的势力比较大，贺尔江川已隐隐握有领导权，鲁野显见力弱,但声势却壮;在代表会上,他强调这个问题的严重及其影响,首先应该向学校提出抗议;贺尔认为事态不可扩大,应该合理解决,鲁野气愤愤的说:

"同学都快饿死了。我们还应该平心静气的同学校讲道理吗?学校拿我们的生命简直当作儿戏。"

"我们究竟是学生,不能做无法无天的事!"贺尔反驳着。

"我们只请求学校增加贷金尾数就行了!"江川说。

一个代表站起来,安详的说:"我们不要争执,这是我们自己的事;我们应该决议几项办法,请求学校答复。"

"好!"大家一致赞成,当场议决三项:

①请求学校,照物价指数,按月增加贷金。以能维持同学营养为标准。

②彻底保障贫病同学生活及医药费。

③发放零用及寒衣贷金。

当天代表团向校当局交涉几次均无结果,鲁野主张罢课,贺尔等主张继续交涉,双方争执不下,梦菲坐在一旁,默默不语,他想到学校任何一件事情发生,都有党派立场在从中作祟,结果只顾到党派的利益,而忘记了全体同学的利益,这是一个遗憾;他觉得学生不能吃饱,责任还在学校当局,同学可以有权过问;停课也是一种手段,他主张召开全体大会,共同表决这件事情。贺尔说:

"无论如何,我们不能因为吃饭就主张罢课。影响学校的名誉。"

"我们可以做!"鲁野说:"为了活着,我们可以做。"

"我彻底反对!"

"我彻底主张!"

"贺尔,我们是好朋友,为了全体同学的利益,你应该答应我。"

"不,我应该反对你!"

"你不识大体!"鲁野恼了!

"你不达时务!"贺尔也恼了!

梦菲站起来。热忱的说:"自己何必意气相争,大家想办法好了!"

"关于召开全体同学大会,我主张提付表决!"

大多数代表通过这个提议了,鲁野也表示赞成,贺尔,江川,愤愤而去;当天夜里出了几张紧急大布告,分贴各学院门口,并且让工友摇着手铃,到各宿舍去通知,明天早操时候,在法商学院大操场,召开全体同学大会,梦菲深深感到这是自己应该有一番作为的时候了;党派虽然斗争得这样厉害,但是多数同学还是纯洁赤诚的好青年,国家打着这样大仗,我们可以吃苦,却不能不让吃饱,何况,并不是没有办法补救,他预想到明天的会,必有一番剧烈的争辩,他有些焦虑,也有些兴奋,直到夜三点才睡着。

第二天早晨,天特别阴沉,北风凛冽,颇有下雪的模样,同学们的脸孔冻得通红,当国旗升到天空的时候，风吹得更厉害了，代表们都站在前面，他们公推鲁野主席，鲁野沉重的上了台，他用紧张的语调说道：

"同学们，我们代表很惭愧，昨天几次交涉都失败了！"

他报告了昨天的经过以及召开全体同学大会的意义，然后又说："我们请全体同学到这儿来，问一问大家，我们是不是就这样苟延残喘，饥一顿饱一顿的下去？"

"不！继续交涉！"

"拥护代表团向学校要求增加贷金！"

"我们全体同学作后盾！"

一片热烈的呐喊！

"同学们，为了吃饭，为了活着，交涉几次不成功，我们应该怎么样？"

"罢课！"东南角上一阵骚动，接着四外应和的呼喊很多，但刹那人群里又泛起一股热潮，那声音烈火般的冒了出来。

"反对罢课！"

"反对少数分子从中操纵！"

"是的，反对罢课！"贺尔跳上台高声嚷着，"我们要求合理解决，我们反对牺牲学业。"

"谁反对罢课，谁就背叛全体同学的利益。"鲁野粗暴的声音，直冲霄汉。

"罢课"！"罢课"！东南角又乱起来。

北风吹着，同学的队伍内，人声鼎沸，看形势已经乱了，"罢课"与"反对罢课"的声音，叫骂成一片，忽然人群中又听见一种喊"打"的呼声，秩序大乱；梦菲站在一边，心里剧痛，他神情紧张心跳得非常厉害，一股悲愤郁恨的情绪往[①]上冲，他痛苦得支持不住。他悟[②]出这是一个时机了，他要抓住它，他不能放松，时间也不允许。他不能再有一刻停留，他拿起传声筒，飞快的跑上台，像闪着电光的语调，他喊了出来。

"请大家静一静！"

"请大家维持秩序！"

"代表团有话报告！"

骚动声音渐渐小下去了，人们的脚步也慢慢站稳，全场的目光都集中到主席台上，也都集中在梦菲的脸上，梦菲的心情，激动而又沉痛，风刮得更刺骨，他几乎是颤抖着说："同学们，我们不要意气相争，忘记了全体同学的要求，我们是在开全体同学大会，没有个别的斗争，只有全体的利益。"

"安静一点！"一个同学喊完，会场静下来了，梦菲继续感情的说："朋友们，眼前我

---

① 原文为"望"。

② 原文为"晤"。

们一千多人站在北风里,挨冷受冻,我们是为的什么呢?我们并没有犯罪,我们是中华民族的好儿女,我们到这儿来,是为了念书,可是我们今天却站在这儿,向人家讨饭啊!"

"嘟!嘟!"队伍后面起了小的波动。

"因为",他停了片刻,最后他举起拳头,向高空挥去:"因为我们吃不饱,我们在挨饿,我们要吃饭!我们要活下去!"骚动静下去了,人群里有了掌声,雪花飘下来了。

"是的,朋友们,我们要活下去!"他的声音渐渐的低沉悲壮下来,"我们要活得有力,活得坚强,战争打了这么久,我们离开乡土,离开家人骨肉,到处飘流,到处逃亡,疾病缠着我们,贫穷压着我们;我们挨过轰炸,经过烧杀,我们都从四面八方的战地里来,什么苦处没有吃过,什么惨痛没有见过,幸而我们没有死,我们还都活着,让我们在战争中长大,好来为国家喘过那口气来,尽到我们青年的天职,因此我们来念书,因此我们来学习,可是现在我们连饭都吃不饱了,我们在挨饿了,眼看着我们就要饿死了,各位同学,我们是愿意战死在沙场上呢?还是甘心饿死在学校里呢?"

他的眼睛睁得很大,他一个拳头攒在胸口,另外一只手向前面伸得很远。他最末一句话,高昂而有力,在紧张里露出无穷的悲愤,他不等待同学的回答,就更强有力的说道:

"我们不能这样的饿死,我们要坚强的活下去!"

一阵暴雨似的掌声,雪落得更紧了!

"同学们",他继续说:"请再看看我们眼前的环境。我们每天,吃不饱,穿不暖;没有书念,没有正当娱乐;我们怎么能安心熬下去呢?我们不能再这样熬下去了。学校老在风雨飘摇中动荡,受害的是我们,受苦的也是我们;我们还能这样熬下去吗?我们太穷了,我们太苦了,我们的零用贷金那儿去了,学校存着大批的粮食;是私人的呢,还是公家的呢?今天我们得要追问一下,我们穷,我们苦,我们精神也太郁闷了,我们有话没有地方去说,我们有苦也没有地方去诉,我们怎么能够沉下心念书呢,怎么能够沉下心上课呢?"

操场上是一片痛苦的沉默,风刮得更凛冽,雪花飘在人们的头上,每个人紧张而又悲愤地,看着那幅国旗,看着梦菲的眼睛,梦菲继续神经质的说下去:

"朋友们:每天我们打开课本,打开笔记,都是眼泪汪汪的,我们在哭自己的良心,我们对不起国家,学校对不起我们。我们都是纯洁的青年,我们都是爸爸妈妈的好孩子,我们不能带着眼泪上课,饿着肚子上课,昧着良心上课。我们要吃饱,我们要有书看,我们要为国家求高深的学问,我们要向着这个目标去努力,不达到这个目标,我们要挣扎,我们要奋斗,我们要忍痛牺牲。"他越说越紧张,神情也越激昂,最后他用出天崩地裂的声音,把拳头伸出去,狂喊了一句:"在最后关头,我们不惜残酷的停课!"

"停课!"像暴风雨一般的声浪,四面八方的袭了来。

梦菲的脸,涨红着,他的拳头半晌没有放下去,鲁野当场很快的宣布:“即日停课,向学校继续交涉,不达目的势不终止。”

梦菲跳下台,回到学校,将教员休息室的门加上锁,另外贴了一张纸条,上面写着:

“为了吃饭,为了活着,我们忍痛停课了;希望各位先生为我们伸出正义的手,我们的交涉,不达到目的,决不终止。”由法学院工学院到文理学院的路上,贴满了红绿标语,九点钟代表向学校交涉了一次,没有结果,晚上突然发现不少反对罢课的宣言跟传单,在饭厅宿舍里传递,梦菲没有心去看,第二天又继续交涉了一天,校方的态度很坚决,同学的态度也更坚决,双方僵[①]持不下,停课以后,表面上虽很平静,实际上却是极度的不安,这两天,校长走到那儿,有批同学跟在那儿,第三天下午五点钟,一群人围拥到校长的家里去了,黑压压的挤满了一院子,有代表,有同学,校长躲在屋里不出来,同学们在院子里叫喊,期待,争持了一个钟头没有结果,有人提议砸玻璃窗子,被梦菲阻止住了,终于校长召见各代表,宣布一切请求七点钟在学校校长办公室内答复,同学们散了。还没到七点,人去了已经不少,七点整校长,教务长,训导长、总务长,会同代表开会,梦菲强调,对同学所提三点要求,须圆满答复,不然无法复课;校方坚持,贷金尾数不能增加,可先垫一部款子,学校严惩鼓动罢课风潮为首的学生,并重新调整享有全部贷金的学生名单;这答复使代表等相顾愕然,院子里的同学已经候得不耐烦,渐渐有了小的骚乱,又经过半点钟,代表宣布还没有结果的时候,一片喊打之声,不绝于耳,有人用石头开始敲击窗上的玻璃,校长的黄包车在校门口,也被人点着了,熊熊的火光里,有许多人挤进校长的屋里去了,大家围着校长请求答复,并当场签字,梦菲急得满头是汗,他抓住校长的手,急急的说:“事情越闹越不好办,请您赶快签字吧!”

外面喊打的声音,更势如鼎沸,门跟隔扇都被推倒了,同学们把教务长,训导长,总务长分别包围,校长被围在核心,动也不能动,经过几度紧张的要求,他终于签字了,同学们带着胜利的微笑回去,贺尔,鲁野互相瞒怨,不应该煽动人烧黄包车,砸玻璃窗子,梦菲握住他们两人的手,笑着说:“别再争执了,为了大家的利益,这损失是应该的。”当天夜里出了大布告,“学校圆满答复,第二天准时复课。”梦菲松了一口气,黑影子里,他突然遇见曼萍,曼萍像是对他祝福说:“成功了,梦菲!”那声音那么柔情,而且曼萍第一次叫他梦菲,他神经激动了一下,半晌回答道:

“谢谢你,我真有些担心!”

“你的讲话,将大家的心,收在一块了!”

“我不知说什么好,那时候很难控制自己的情感!”

“但是贺尔江川非常不了解你,他们说你跟鲁野站在一块。”贺尔走过来,梦菲支吾了一声走了。

---

① 原文为“疆”。

复课以后,一切静静的过了三天;第四天早晨,刚一起来,就听见有人议论纷纷,说是×××五个人都记过了,并且停发贷金,梦菲一听有自己的名字,他赶忙跑到校本部布告栏一看,果然不错;布告上写得明白:

"查新闻系学生邵梦菲……等五名,鼓动学期,煽惑[①]罢课,并一再威胁校长,捣毁校具,似此不良行为,实属违法犯纪,本应开除学籍,以张校训,姑念该生等隶籍战区,求学匪易,着各记大过两次,小过两次,准于随班上课,以观后效;并自即日起,停发贷金,以警效尤,此布。"

梦菲默默的站在那里了,他说不上是愤恨,还是痛苦,他握紧两个拳头,他想对着高空狂喊几声,他麻木的离开布告栏,在街上转了一个圈子,他不知买了一件什么东西,他回去参加早操,在早操刚刚停止以后,突然他发疯似的跑上升旗台,睁大了两只眼睛,狂喊着说:

"同学们,我们复课已经三天了,就在第四天的早上,我们五个人被学校记了两大过,两小过,并且停发贷金了。我们停课是为了吃饭,为了活着,现在学校停止我们的贷金,就等于不让我们吃饭,不让我们活下去。而要让我们去死,让我们自己毁灭自己,这种手段,比开除我们的学籍,还要残酷。我今天同大家没有话说,我们当代表的责任已尽,学校停发我的贷金。我不能吃饭,我不能活着,那么我只有一死,朋友们,再见吧!……"

他突然从腰里面,掏出一把明亮亮的刀子来,对准心口扎去,女生队吓得嗳呀了一声,乱跑起来了,在这千钧一发的当儿,点名教官一个箭步跳上台去夺他的刀子,已经来不及,可是也因为教官这一跳,梦菲的手一慌,刀子扎在左膀上,一寸深两寸宽的大口子,血流不已;紧接着鲁野跳上台,帮着捆扎伤口,半小时后,梦菲躺在卫生院的病床上了。

贺尔,江川,周天德,都去看他,同学们议论纷纷,顿时传遍了这小城。

黄昏时候,窗外又飘起雪来,贺尔们都去吃晚饭,梦菲朦胧的闭上眼,在他似睡非睡的当儿,林兰一个人悄悄的来了,她手上拿着几枝腊梅,香得那么浓,也黄得那么可爱,她在梦菲床前轻轻站了三分钟,梦菲醒了,模糊的眼睛,看不清是谁,好半天他[②]才认出是林兰。

"哦!林兰,我们是不是在梦中相会!"

"不,邵先生,这不是梦!"

"不是梦!"

"是的,邵先生,你受伤了,妈妈让我来看你!"

---

① 原文为"感"。

② 原文为"她"。

"谢谢!"梦菲的眼睛睁大了,他细看一下林兰,她今天穿一件绛紫色花旗袍,外面套一件蓝大褂,黑绒棉鞋,红毛袜子,那么朴实,那么俊美,在她一回头的时候,她茂密的头发上,正扎着一朵紫色的蝴蝶花。

"邵先生,你喜欢腊梅吗?"她把梅花挨近了梦菲的脸。

"喜欢!"梦菲嗅了嗅。

林兰从口袋里掏出一个小瓶,把梅花插在瓶子里,放在床前的桌子上,然后她坐在梦菲头前,温情的说:

"邵先生,你觉得怎么样? 你的伤在哪儿?"她轻轻摸摸梦菲的头。

"在肩膀上。"

"让我看一看!"

"不,你会害怕!"

"那我听你话,我不看了!"

沉默了一刻,夜幕笼下来了! 林兰羞怯的说:

"邵先生,眼前你喜欢让我做些什么? 你病了,我真该替你做点事。"

"我……"

"我一定会细心的做,热情的做!"

"孩子!"他停了一会。"你唱一个歌吧,我要听我最喜欢的歌子!"

"那支凄凉的夜曲!"

梦菲没有回答,脸上泛出微笑,他闭上眼睛了。林兰站起来感情的唱出那一支歌子;唱完,她偷偷看一看梦菲,梦菲并没有睁开眼,嘴里却轻轻的说;

"孩子,你还记得吗?"

"什么?"

"我常说的那句话。"

"人生如黑夜行路,失不得足!"

"哦! 孩子! 你真……好……"梦菲喃喃着,像是要睡着的样子。

"邵先生,你睡吧,不要怕,我守着你,鲁先生他们快回来了!"林兰轻轻拍了梦菲几下。

室内一片寂静。她轻轻站起来,点上一只红烛。

窗外的雪更大了……

三

第二年的残夏,日子如一支金色的羽箭,苦难的岁月,渐渐侵蚀了人们的青春,江水还是绿悠悠的流向远天……

海洋上的战争爆发了，中国苦守着那座山城，等待这战时的神经中枢，会诱引到远方庞大的力量；敌人开始用蜗牛般的战术，一点一滴跑来蚕食中国的土地，这小城仍就是静静的甜美的水乡，绿色的窗子，皎洁的月色，真诚而美好的年轻人的灵魂，但是由于战争长期的苦熬，物价高涨，人们颤抖在饥寒的魔手下，每个角落里，依旧是穷，病，苦……没有人能松快的喘一口气，生活的担子，如千斤重负，鬓发被压得渐渐的斑[①]白了！

学校经过一次学潮以后，饭虽然够吃，还仍然是苦的象征，许多同学因病辍学，有的缴不起饭费，便被迫休学做个小事，有的断绝了家庭的接济，到青年会服务，到缮校室写蜡版，半工半读的过着；教授方面，同样的是一片饥馑，有家小的叫苦连天，没有家小的，也仅能维持个人温饱。从来到这小城第一天起，他们便雇不起老妈子同女奶娘了，一切全是自己操作；教授白天上课，晚上便回家抱孩子，下课之后，自己到菜市提篮买菜，回家就劈柴烧火，什么都要自己操作，起初花着一点仅有的积蓄，渐渐就典卖衣物，西装书籍……到最后就用那小得可怜的一点薪水苦撑了，撑不过去，也要硬撑，改行，没有机会，出走，又有家小之累，那么只有困居在这个小城里了。刚从欧美回来的教授，一个人租一间华丽的小屋，过着高贵的生活，渐渐他就觉得不惯，随着脱下西装，换上长衫，同学们真正能自足自给的，在凤毛麟角之中，只是些家乡没有沦陷，大商富贾的王孙公子而已，他们自成一派，穷哥儿们很少能攀得上；除去这些贵族孩儿之外，剩下的，你一眼望去，都是身穿褪了色的草绿制服，一双草鞋，光着脚，真正的战争伙伴，他们都打过游击，他们为这静静的江城，多少带一些火药气味。

七月中旬，各学校开学的时候，梦菲迁到城外一座绿色的村庄里了，他的伤早已康复，学校也恢复了他的贷金，他自己住了一间茅草房，窗外是宽敞的庭院，有一棵梅子树，遮下许多荫凉；上房廊子下，终年放着一座纺车，房东老太太一清早就吱吱的纺起线来，接着房东的大儿子，背着锄头出去了，他七八岁的小女儿也背着书包去上学了，梦菲把这纺车叫作"耕耘的信号"；他在墙上布置了几张早年的相[②]片，桌上铺着白褥单，晚饭后点起一盏菜油灯碗，便静静的看起书来。如果走出门，不两步，便是一道渠水，缓缓的，软绵绵的流着；堤岸上有垂柳，有白杨，黄昏时候，稻田内便响起一串蛙鸣，残夏的情味，还穿荡在人们的心里。

梦菲受伤以后的心境，他变得更理智也更冷静，任何集会都避免去参加，他想搬到城外来，真心的读点书。另一方面，贺尔，江川，还是让党团纠缠着他们的心，他们时而合作，时而分裂，时而互相猜忌，时而又推心置腹；为了淑英，他们俩常常还闹点小误会；江川老猜疑贺尔在暗中追淑英，贺尔有时否认，有时也表示首肯；他跟曼萍的情感，

① 原文为"颁"。

② 原文为"像"。

还是不见好,他常到女生宿舍去跑,却是常常一个月不进曼萍的门,他确实很找过淑英几回,有一次被江川看见,他红着脸退出来了!

鲁野几个月来,行动仍甚诡秘,常常看他在这一个团体里,一跳又跳到那个团体里去了,有时他也埋首窗前,忙着补笔记,找参考书,有时却一连两个礼拜不上课,他结交的朋友,各种典型的都有,以穷苦的为最多。

只有周天德从做完报销那一天起,一直到现在,还是默默的刻苦攻读,不问外事;他几乎是在死读书,他不参加任何一种活动,每天按时上课,一有工夫,便钻到图书馆里不出来;他不运动,不喜欢唱歌;他不向别人联络,别人也很少留意到他,一年多,穷困苦缠着他的心灵,几次大病,都是靠同乡接济买药才好了的,他一天天的瘦下去,梦菲几次劝他要担心自己的身体,他听了笑一笑,又把头低到书本上。

这里梦菲为了心情的郁闷无法倾泻,他想找些年轻的孩子们谈谈心,他想借他们内心的坦洁,来慰藉自己的寂寞与枯燥;同时他最近深深受到经济的压迫,他在岭南中学兼课了;他教一班初三的国文,一班初二的音乐,还有一班高二的公民;他深深庆幸接近中学生,可以使自己获得更多的愉快跟智识,他把这一段兼课生活,当作战争中的小波纹;林兰听到这个消息,就偷偷的从附中转到岭南中学初一了,谁也猜不透这少女的心情,她不知在萌动一种什么念头,在她憨直愚昧的怀思里,梦菲诱引着她的生命,她说不上爱,只是用羞怯的好奇心,皈依着这颗美好的灵魂;她正是天真无邪,但她却有更多的幻想,在她的幻想里,梦菲始终像一座金甲武神似的,站在她的面前,正像梦菲站在沙滩月光下拉起琴弦的姿态一样;她要匐伏在他的脚下,祈祷,膜拜,诉说自己的心愿;现在她转到岭南中学,每天可以面对着梦菲聆教了,她爱听他的话语,几乎每一句都流溢着热的情液,她摹①仿着,学习着,心扉上开出一朵灿烂的花来。

当梦菲第一次上课的时候,他才发觉他教的国文是初三乙,一个女生班,第一次上课,他的声音有些战慄,他的手有些颤抖,他的眼睛不知凝神在那一个地方好,他不敢看一看学生,只觉底下是一片黑压压的头;第一点钟,他讲了些战争中歌泣的故事,当铃声一响,他匆匆走出教室以外的时候,林兰笑嘻嘻的追出来,在后面叫了一声:“邵老师!”

那么软熟的声调,梦菲回头一看,不禁啊了一声:“是你!你怎么不在附中了?”

“那儿离我家太远!”她扯了个谎。

“噢,那我们以后常见面了!”

“我天天听你讲书,你要好好教我,我不会,你就打我!”她像小鸟儿一般的嬉笑着跑了!

梦菲来到教员休息室,他发现政治系三年级一位同学在那儿当训导员,他正在查

① 原文为“摩”。

点名册,他们坐下谈天,梦菲问:

“到这儿多久了?”

“两年多了!”

“这学校规模相当大!”

“也是战争的暴发户!”

“怎么?”

“有廉价的教师,有昂贵的学生,有简陋的校具,三者合一,不发财还等什么!”

“办教育也可以投机,发国难财?!”

“当然一切都进步了,教育何能落后;你看这个学校,他可以拿破庙当讲堂,搭草棚做宿舍,没图书,没仪器,学生可以站着听讲,一条板凳上可以坐八个人,你要问他,他可以标榜,抗战期间,一切从简。”

“至于学生,不管好坏,只要缴钱缴米就来者不拒;我常常把这学校叫作岭南收容所,又叫兵役逃避院,你会发现初一班上有二十多岁的学生,斗大的字,不认得一升,因为他来的目的,不是在上学,是在躲兵役。”

“还有教员,他用的全是同学,算钟点费,初中每小时六毛钱,高中每小时八毛钱,你爱教不教,不教有的是,他可以另换人,我们同学为了生活的压迫,只好忍气吞声的教下去了!”

“教师不会联合起来,请求增薪,提高待遇吗?”

“不可能!他早预防了这一手,我们教师,表面上的待遇,都有一定的标准,实际上谁也不一样,好闹事的,他暗中可以多给你五升米;教的好,因为待遇低,表示不教,他暗中也可以多给钱,几乎每人一个价,这种各个击破的政策,教师们怎么能够会齐心。”

“还有这等怪事?”

“怪事多着呢!你聘书上的名义是什么?”

“半专任教员。”

“对了,这是一种新发明,譬如你,担任一班级任,兼二十个钟点的课,照理说应该是一个专任教员,但是因为你没毕业,学校可以强调,专任教员非大学毕业不可,因此你虽然做着专任教员的事,名义上却是半专任教员,并且才拿一半钱,这是为了赚钱,翻新花样之一!”

“如此说来,我们何必受这样的剥削呢?我可以不教了!”梦菲气愤愤的说。

“好,请随尊便。”那个同学哈哈大笑道:“你头脚走,后脚马上就有人补上了,待命的多着呢!”

“上天为何给他这种机会?”

“那只有天晓得,校长口口声声说他自己不拿薪水,可是东山里已经置下三四十亩水田了!"

"可怜的战时教育!"

"佳话多着呢! 说也说不清,这年头忍着吧!"

梦菲闷闷不乐的走出来,他想不教了,却又舍不得那些可爱的孩子,一到星期天,就有一大群男孩,女孩,到他这个村庄里来,有时挤满了一屋子,大家欢笑歌舞,渐渐梦菲也就将那种郁闷忘了!

他在初三班上,组织了《西窗烛》壁报编辑委员会,由于他细心的领导,任劳任怨的为她们介绍参考书,耐心的批改作文,告诉她们怎样写小品,怎样写诗歌,怎样取裁,怎样布局,怎样造句,渐渐启发了这些女孩第一步爱好文艺的意境;她们潜心的学习,每礼拜出一次刊物,练习写作,这里面最感兴趣的是林兰,她常常将日记偷偷的递给梦菲,请他修改,就在这静静培育的摇篮里,另一方面却是苦难交织着血泪,秋天的雨,缠绵的,没有声息的落下来了!

新闻系主任那个白发老教授,派工友叫梦菲到家里一趟;他去的时候,师母正在做饭,一个十六七岁的女孩,蹲在一旁烧火,老教授一手抱着个不满四岁的孩子,一手却在不停的写稿,另外有两个小孩望着窗外的雨发愁,这情景,梦菲一进来,就是一阵酸楚,他静静的坐在一边。

"梦菲,你来了,在我这儿吃午饭吧!"老教授稍稍抬起了头。

"谢谢,我吃过了!"

哇的一声,孩子哭起来了,梦菲接过来,抱在怀里,连连拍着,老教授叹了一口气说:

"这孩子奶不够吃,又雇不起奶娘,更没钱买代乳粉,你看瘦的那个样子!"

"生活太艰难了!"梦菲轻轻的说了一句。

"没办法,你是我最好的学生,我什么话都可以说,眼前这种日子简直没法子过了,我每月的薪金,光维持一家大小吃饭都不够;我的大女儿初中毕业,却没有力量,再上高中,我一看见她就想掉泪,教了一辈子书的人。自己的儿女却不能念书,这是多么残酷的事!"他的声音,有些喑哑。

"您不要难过吧,国家一定会想办法的。"

"我信任国家,也更信任自己。"

"是的,您在写什么?"

"我连夜在赶一部《中国近代新闻史》,因为商务来电报要最近付排,我想也借此贴补一些家用。"

"您还差多少没有写完?"

“两章多，梦菲，我今天找你来，就是让你替我整理一下残稿，誊[①]清一部分稿子，并且还要搜集一点材料，因为最后这一章，很难写，一切准备都不够。”

“是的，我给您办好了！”

孩子又哭起来了，那十六七岁的女孩进屋接过来，孩子哭声不已，老教授又重重的叹了一口气道：

“近来我的心境太坏，往往下笔写不出东西来；而且身体也一天不如一天，将近五十岁的人了，眼睛已经熬不住，尤其晚上的菜油灯，几乎每天弄得头眼昏花，近来又加上心脏病常常犯，以后的日子，我真不敢想了！”

“您应该多休息，不要太辛苦！”

“苦，我并不怕，只要我身体能支撑得住，我还要拼命的写下去，中国新闻学的书太少了；梦菲，你应该多动笔，不怕写不好，就怕不写。”

“是的，我现在每天都写一点。”

饭摆上来了，最坏的大米，一碗菠菜汤，一盘辣子；两个孩子嫌菜少，嘴里嚷着闹着，老教授慢慢的说：

“好孩子，外面下雨，没有菜，将就吃点吧！”

一家人团团的坐下了，师母苦笑着说：“来到这儿也吃起辣子来了！”

女孩子怀中的婴儿又哭了，梦菲夹着稿子辞别出来，雨大一阵小一阵。天阴得像水盆似的，他不敢再回想一下，老教授家庭的生活，他的心酸楚的回到村庄，房东递给他一封信，看完他呆住了，那是一个追悼会的通知单，——苏林死了！

苏林怎么死得这样快，一个礼拜以前，他还写了千行长诗，歌颂一个中国士兵的故事，那清新的笔调，热情洋溢；他有一颗洁美的灵魂，他自幼父母双亡，环境造成他孤僻倔强的性格，他意志坚强，不为威武所屈，他没有钱，肺病苦缠着他，但他没有屈服在运命的头下，他的笔写出那样充满生命力，充满阳光同热情的诗句，他还那么年轻，才二十二岁啊，怎么会死了呢？

梦菲沉痛的想着，鲁野推门进来了！

“苏林死了，读书会的会员，又弱一个！”

“怎么这样快？”

“前天他冒雨骑车，到四十里地以外的学校上课，感受风寒，肚子剧烈的疼痛，回来几阵大烧大冷之后，吐了几口血，就死了！”

“他的死是为了生活，惨啊！”

“据校医检查，全校三分之一以上的同学都有肺病，有肠胃病，平均每十个人就有四个人有病，可怕的数字。”

---

① 原文为“腾”。

“气候！饮食！生活起居！郁闷的心情！人为什么不会病呢？”

“一个民族的大危机，这一代的青年，身体都残废了！”

“两年多同学因病致死的，苏林已经是第十三个人了！”

“多少年轻的儿女，远离家乡，病，使他们无声的倒下去了，母亲也许还眼巴巴的盼着爱儿归来！”

“鲁野，我近来心情变得狭小了，我怕再听到这种不幸的消息！”

窗外的雨，飘忽的，像没有寄托的灵魂，使人们的心都暗暗的隐泣起来；第二天他们参加苏林的追悼会，礼堂上挂了那么些个诔辞挽联，正中点起一对蜡烛；东墙上是追悼专刊，西墙上是苏林的遗作，那么些永生不灭的诗篇，如今都变作了字字血泪；苏林相[①]片上英俊的面容，闪耀着两只发光的眼睛，那么活泼，那么年轻，哪里是应该死去的孩子啊？上帝也太残酷了！

窗外凄凄的风雨，白烛淌着泪，无数颗沉痛的心，压抑着屋顶；主席主祭了，他读罢祭文，开始报告，第一句话就说：

“二十二岁年青的苏林死了！”

一阵酸楚，一阵痛苦的沉默，女同学中有人低低的哭起来。主席的脸上挂着泪，他呜咽的说：

“谁害了他？那么年轻，那么有为……我们为什么让他冒着风雨去教书？为什么让他吃不饱，不够营养，让肺病蚕食了他的生命？！

“他不该死，他倔强，他从来也不相信自己会死，他同运命斗争，同穷苦斗争，同疾病斗争，同死斗争……但是他终于倒下了！

“他没有死，他还活着，他的诗，他的声音，他的热情，都还活在我们的心里，他变得更年轻了！

“可怜的苏林，可爱的苏林！”

主席的泪流下来了！窗外愁人的风雨……

散会以后，贺尔告诉他，周天德闹疟疾，正在发冷，梦菲、鲁野一块走到天德的宿舍，见他盖着三床被子，脸上没有一点血色，江川在一旁照顾着，梦菲问：“奎宁吃了吗？”

“吃过了，不管事！”周天德呻吟着。

“不要紧，你太累了，多休息几天就会好的！”鲁野摸着他的头，头上是一把冷汗。

“你们上哪儿去了？”周天德无力的问着。

“我们去参加……”梦菲揪了鲁野一把，鲁野会意，继续说：

“参加一个音乐会。”

---

① 原文为“像”。

“啊，我好烧！”他连连呻吟着，贺尔赶忙取下一床被子，江川去找校医，半点钟后，为他注射了一针，他才昏昏的睡去了！

梦菲回到村里，开始为老教授整理稿子，天黑时候，点上一盏油灯，他一面写，一面分类；时而苏林的影子映上来，时而周天德的影子映上来，时而老教授的影子又映上来，他下意识的点起一支烟，窗外仍是愁人的苦雨，他不知道这雨要下到什么时候为止；夜里醒来，窗前仍是滴滴答答的雨声，他有点恐怖，他怕这愁人的季节。

一个礼拜过去了，周天德的疟疾时好时犯，梦菲除去到岭南中学上课以外，下余的时间便为老教授整理资料，次要的稿子，都让林兰她们去抄；他每隔三天，便到老教授家去一次，每次去，那位慈祥的学者，永远是披着一头白发，拼命的在那儿写，他没有休息，也不知道休息；渐渐的头发更白了，白得像霜，他的脸却瘦下去了。在雨下到半个月零三天的时候，周天德的疟疾转成伤寒，老教授也病倒在床上了。这对于梦菲真是一个霹雳的消息，虽然天阴沉得能淋下水来，没有晴的希望，也没有打雷的希望，成千成万的人，在盼望太阳，在盼望几声雷响，多少人无声的病倒了！

梦菲跑进宿舍，周天德正发着高烧，他跟贺尔商量把天德送到卫生院，赶回去又跑到老教授家里，一家人正围在床前对着他发愁，老教授脸很安详，心情也很平静，见梦菲来了，苦笑着说：

“我倒下了，心脏病复发，我觉得很不轻。”

“不要紧，您不要着急，慢慢调养。”

“吃药是不管事，这是老病。”

“还是请大夫瞧瞧吃药好！”

“不，这病来得早一点，因为我的新闻史还没有写完。”

“您不要再牵挂写吧，身体要紧，我给您去请大夫。”

“不，我的病静养几天就好了！你的材料，搜集得怎么样，我已经快完工了！”

“大致都搜集齐了！”

“我看看。”梦菲掏出稿子，老教授挣扎着去看，那个十六七岁的女孩，偷偷的对母亲说：

“妈妈，从前医生嘱咐过，不让爸爸躺在床上看书。”

母亲点了点头，女孩又说：

“柴跟米都快完了，明天的早饭，就不够，下了半个多月的雨，一切东西都贵了！”

“去到隔壁王教授家借点米同柴来！”

女孩低头出去了，嘴里喃喃着：“爸爸为什么不去做官，偏要当穷教授；噢，我不该这样想，只要爸爸的书，能出版了，日子也许会好过一点了！”

老教授突然嗳呀了一声，梦菲忙把稿子接过来，见他面色苍白，神情慌张，眼睛昏花的看着大家，师母急得流出泪来说：“病了为什么还要看书，只知道写，自己的身体就不要了吗?”

“不……不……要……要紧,扶我坐一会。”老教授喘吁吁地说。

梦菲扶他坐起,室内暗下来了,他坐在一旁继续整理稿子,老教授的眼睛,凝视着那些文章,一阵阵闪着疲弱的光芒,也闪着年青的光芒。他跟他的女儿说:“孩子,我跟你说过,我不去做官。”

第五天的晚上,周天德体温到四十一度,舌敝唇焦,遍身火热,他痛苦的煎熬在床上,一群同学默默的坐在床前,一个大夫打了一针以后,出来对梦菲说:“天明以前,如果能退烧,病或者还有转机。”

九点钟,周天德烧得连连呼救,一个工友来找梦菲,说是老教授的病重了,请他快去;梦菲匆匆赶去,老教授经过一度紧张的挣扎,又渐渐的缓下来;他赶忙又跑回卫生院,周天德的烧还未退,他正用出最大的力量在说话,全屋里没有一点声音,他没有力气的说着:

“我好烧啊……贺尔,梦菲……我怕是不成了;两年多,我们都在一块,想不到今天就要离开了!

“这一年多,我没有参加任何活动,我什么也不想,只想把书念好,我是一个贫寒的子弟,托战争的福,我才能上大学,我感激国家这种恩典,同时更不敢荒废一点点光阴,我刻苦的读,拼命的读,可是谁知道我会病了呢?

“我想象着,四年大学毕业以后,给国家作一番事业,我并且准备考高考,考官费留学,什么时候能再回来,见到妻子儿女,我不知快乐得应该向他们说什么?可是如今什么都完了,学问,事业,父母,子女……

“国家培养一个大学生,多么不容易,我们县里,几千人里都找不出一个大学生啊……

“我现在不……不……成了……朋友们……让我安静的……”他的脸上流下一条干涸的泪水。

“让我安……静的……离开……你们……”

正是十一点半钟,窗外的雨大起来了,周天德烧得又昏了过去。一阵剧烈的拍门声,老教授的女孩,推门进来,满头雨水,满脸泪痕,焦急的向梦菲说:

“邵先生,家父请你快点去,他的病更重了!”

梦菲慌慌张张的同女孩跑了出去,街上没有一个人,踏着泥泞的路到了老教授家,一盏菜油灯,映着一张惨白的脸,婴儿在哭着,老教授的白发,像一堆乱草,眼睛已经失了光彩,师母伏在床边,不住的流泪,梦菲走到床头,老教授脸上露出一线希望的苦笑:

“梦菲,这是你最后一次同我见面了!”

老教授颤抖着,喉咙显得格外喑哑,他孱弱的说:

“我没有牵挂,家庭,儿女……我相信国家不会不管,只是那部《新闻史》还没有完工……”

一阵气喘,老教授的神色已变,忙挥手命梦菲:

“快拿纸笔,最末一章的大纲,我念着你写……”

梦菲伏在床边,准备好,老教授脸上露出了兴奋,他凝神的说:

“第一节:战时新闻的神经战!”

“第二节:战时新闻的攻防战!”

“第三节:战时新闻的主力战!”

“第四节:战时新闻的……”

“第五节:……”

他的声音渐渐弱下去,脸上的颜色也渐渐显得黯淡,突然一阵闪耀的光彩,浮上面庞,他的力量又强大起来。他开始为梦菲讲说着每一个小节的细目,讲得那么详尽,那么生动,那么声势滔滔,口若悬河,当话题转到一个最高峰的时候,窗外是无声的苦雨,屋内一盏油灯,几行清泪,只听梦菲的钢笔写在白报纸上沙沙的声响,老教授的发丝,在灯光下,是一片雪,一片云彩,一片白色的雾,一缕亮晶晶的光……他的眼睛,看着房顶,一动也不动,他的嘴,张得很大,那些话从他的嘴里面吐出,已经不受他的控制,突然他大声说:

“梦菲努力,记最后一段结论!”

他一字一用力,一句一挣扎,每句话都像从嘴内迸发出来,落地做金石声,他斩钉截铁的说道:

“新闻是人类进化的武器,由于它,可以使世界文化汇成一道主流,而使全世界的民族,都能建立在一条平等自由的线上,以谋求经济之繁荣与社会之进步……”

他的声音由高亢渐渐低弱下去,但他脸上的光彩,却越来越鲜艳,嘴角上的笑纹也越来越大,像一朵青春的花,而他那一头白发,变得那样美,那样柔软,像一道宽阔的波流,没有边际的展开,展开……

老教授带着满头白发,满怀的希望,离开这人间了,他含着笑,捏着残稿,拖着一家人的泪水……

窗外风声雨声,正是黎明前最黑暗的时候,室内扯起一片哭声,梦菲流着泪把头伏在稿纸上了,他的手还紧紧持着那一管笔……

老教授的死,震惊了岭南的原野,震惊了这小城……

梦菲守到黎明,窗外第一声鸡叫的时候,他冒着雨跑出来召集新闻系同学,组织了老教授治丧委员会;他又一口气跑到卫生院,恰巧鲁野从里面跑出来,两人撞了个满怀。

“怎么了,鲁野?”梦菲吃惊的问。

“哦!梦菲,我正要去找你,周天德退烧了,危险期已过!”

"谢天谢地!"梦菲松了一口气:"我真再怕听见不幸的消息了。"

"老教授怎样了?"

"他安息了!"鲁野沉默的低下头,梦菲说:"我去看看老周去!"

"不,他现在已经睡熟,不要惊动他。"

"他什么时候才有转机?"

"黎明以前最黑暗的时候,天大概有四点多钟吧!"

"哦!是的,也正是那时候,老教授离开这世界了,他把一切的责任交给我们这一代,他留下了周天德,也留下了我们。"

远远有几个女学生撑着伞说笑着走来,他们都是一身黄上衣,黑裙子,赤脚穿着草鞋,里面有林兰,她发现梦菲,便嚷着说:

"邵老师,跟我们到汉江边看水去,水都漫过桥了,好大的水!"

"林兰,我还有事,你们先去吧!"

林兰显而露出很失望的样子,她还想再恳求梦菲去,又觉得不好意思说,怅怅的走了,走出那条胡同,她还回头望了梦菲一下。这里梦菲对鲁野说:

"我想谈一个问题,你是不是能够跟贺尔,江川,坐在一块,开诚布公的谈一谈?"

"当然可以!"

"好,那我们找他们去!"

他们离开卫生院门口,往宿舍走去,穿过大街的时候,他们遇见曼萍同淑英两个人并肩走过来了,梦菲觉得很奇怪,一对冤家,他们俩能在一块儿走,这还是第一次。曼萍首先打招呼,并且笑着说:

"梦菲,鲁野,快去看水,汉江泛滥了,白茫茫一片,又怕,又爱看,你们快去吧!"

"我们去找江川,贺尔去。"

"他们在宿舍里,两个人不知在嘀咕什么?"淑英回答了一句。

"别忘了看水,这雨快下到一个月了,看什么时候能晴天?"曼萍看看梦菲,又看看鲁野。脚步互相错过去了。

梦菲,鲁野二人来到宿舍,见了贺尔,江川,四个人团团坐了一个圈子,一年多,从来没有像今天这样,能坐在一块谈谈,由于立场的不同,双方都像有一点儿尴尬,梦菲说:

"今天我想谈一个问题,但是我希望我们能赤裸裸的谈,开诚布公的谈,没有成见的谈;我们不论及个人立场,不计较个人利害,完全是超党派,超政治,激发于正义,跟真正友情的谈话。"

三个人都没有言语,梦菲继续说:

"下了将近一个月的雨,整个小城的人心都变成灰色的了,由于苏林、老教授的死,周天德的病同种种其他的苦难,已经使每一个年轻人,变得颓唐,萎靡,悲哀,没落下去;病的病,忧郁的忧郁,我们的生命就这样不值钱,随随便便就让疾病同死亡抓了去,国家培养我们不容易,现在打着这样的苦仗,将来我们都需要为国家做一番事业,我们不能轻易的就这样白白的牺牲了!

"因此我想我们必须发动一个大的募捐,来救济疾病死亡的同学跟师长;另一方面我们还要发动一种大规模的康乐运动,增进同学身心健康,获得真正的娱乐。"

"好,梦菲!"江川跳了起来,握住他的手说:"你真是我的同志,我刚才同贺尔正在计划这种东西。"

"这可谓人同此心,可是我觉得要完成这两种任务,必须集合各方面的力量才能成功,因此我恳求你们三个人能够排除异己[①],各抒[②]所见,精诚团结的携起手来,大家为一个目标去努力。"梦菲的脸上是严肃也是热情。

"只要是为大众谋福利,我万死不辞。"鲁野愤慨地说:

"我跟鲁野虽然有意见,但是如果目标相同,我是拥护集体的。"江川从内心里面发出的声音。

"应该做的事,我们可以做!"贺尔微笑着。

"好!这是一个新生,我相信这件事由党团读书会三方面发动号召,是一股不可阻遏的巨流,这三方面的力量,恰如三只金环,现在用热情同正义的手,把它衔接在一块,造成三位一体。我们可以想象到她的收获同成就,让我们热烈的握一下手吧,我们的青春是属于国家的,属于大众的,愿我们真诚相见,团结到底。"

四个人站起来,相互热烈地握了握手,他们马上召开了一个会议,经过两小时的讨论,他们议决的事项如下:

①为救济贫苦死难师长同学募捐游艺大会,区党部,青年团,读书会,联合剧团公演新旧名剧:

平剧:凤还巢,四进士,贩[③]马记

秦腔:打姪上坟,还我河山

话剧:沉渊,凤凰城,这不过是春天

②组织岭南康乐协进会:

游艺:新旧剧社,音乐会,各种研究会

运动:球赛,旅行,爬山比赛,国术

公益:储蓄,服务,劳作

其他……

---

① 原文如此,应为"消除成见"之类的词语。

② 原文为"输"。

③ 原文为"败"。

第二天他们就用大型的布告揭出，分贴各学院门口，大会设计了一个三环交织在一块的标帜，留做大会的纪念，这图案曾经使不少同学悟出了团结的真谛；他们向学校备案，校当局格外赞助，并且拨出一笔经费在郊野建了一所房子，辟做疗养院，有肺病的同学，可以住在里面休养，另外买了几头奶牛，供给他们牛奶同鸡蛋，并且还计划第二年春天为教职员添盖宿舍；这里梦菲鲁野马上筹备游艺节目，他们同贺尔，江川，曼萍，淑英等都准备粉墨登场，平剧在第五天头上就要上演；他们由新闻系发起，为老教授募了一次捐，并且让老教授的女儿入了岭南高中。当《四进士》上场的头一天，天晴了，在细雨飘忽下露出几块蓝天，上午十时，老教授安葬，新闻系全体师生及其他各系的同学都来送葬，林兰也插上一朵白花，挤在人丛中，默默的跟着前进，因为她跟老教授的女儿是同学；曼萍，淑英也都参加，她们都选了新闻学，她们是忙里偷闲，因为她们正日以继夜的排着剧，曼萍担任了《沉渊》的女主角，淑英担任了《这不过是春天》的女主角。两个人走在行列里，颇引人注意，这时候天上有雨丝，有蓝天，人群中有沉痛的眼泪，也有新生的欢笑；老教授安息了，由于他的死，新的救济跟康乐运动，也随之诞生了；当大队经过卫生院门口的时候，周天德正躺在病床上假寐，一阵凄哀的音乐，他问旁边的一个看护："这是做什么？"看护说："给龙王爷上香的，天快晴了，你的病再有一个礼拜也可以出院了！"外面老教授的灵柩正经过门口，锣鼓声更响，突然人丛中林兰用惊奇而愉快的声音，高声的喊道：

"你们快看，太阳出来了！"

众人抬头一瞧，一轮血红的太阳，正从蓝天中露了出来，一片红光映满大地，空中的细雨，变成一道道银丝，人们的脸上，淌着泪，淌着光彩，淌着感激的露珠……

太阳渐渐的上升了！

四

静静的初春……

冬天过去了，冬天什么时候，悄悄地离开这小城，没有人晓得，也没有人留意，只觉少女的鬓发，被春风吹得掩住了眉梢，柳枝发青了，牧童已经折下它来，当作短笛；大地上，麦苗泛起滟滟的绿波，蚕豆叶子亮晶晶的，菜花黄成了一片，也香做一团，每当菜花金黄的时候，满山遍野便流荡出一股软绵绵的情调，春天火热的情液，倾泻到年青人的心里，他们快乐的唱，忧郁的唱，眼泪织成相思，也用哀歌送向遥远……

谁不爱这恼人的季节呢？峰峦绿了，江流也绿了；岭南三月，田野水声潺潺，清流穿纵，又横越万户人家……这甜美的悠静的水乡，和平，朴实，纯爱，遍地温存的力量。多少少男少女在蓝蓝的阳光下，颤动着心弦，要奏出迷惘的调子啊！春又来了，年年岁岁，她应该为人们播下温馨的种子，年轻的伙伴需要她带来优美的梦，虽然是那么轻飘飘的难以捉摸,却有多少人跳荡在山崖河畔,绿草丛处,春天的林野里,他们虔诚的要春天回答他们的心愿。

也许有些人怨春光弥漫得太早,他(她)们还没找到一颗默契的灵魂;看耀眼的菜花,金色的波纹,渗流到心扉里,他(她)们怅惘的把窗子关上了!

关上窗子又怎么样,床头是难挨的寂寞,恹恹的拿起笔,想把情怀诉给知心的朋友,可是又投递到什么地方去呢?凝了一会神,笔慢慢的落在粉色的信笺上了,墨痕淋漓的涂了一片,像一朵桃花,情不由己的推开窗子,桃枝还没放蕊,杏花开了,菜花开得更浓,原野上一片黄,一片绿,春风拂过一阵泥土的油脂香,锄头铿锵地落在田塍上了。家家溪水边上,都匐伏着浣衣女郎,她们的脸儿红得像玫瑰,她们把红红绿绿的轻纱,晒在柳枝上,那浸在水中的双手,是那么柔润,那么嫩白……

渐渐蚕豆花开了,像千万只蝴蝶,缀满林野,大地更增了十二分的美丽;这时候曼萍,正缓缓的走在万绿丛中,她的脚那么慢,那么沉重,像拖着满怀的心事,又像一阵莫名的烦恼袭上来;她停在金黄的菜花前,懒懒的折了一枝花,嗅了嗅,又轻轻地抛落了!她看看周围的景色,鸟语花香,春色漫天而来,在大野的边缘,有不少年轻的影子,浴在春风中,他(她)们都尽情的陶醉了。这情景使她低下头,又没有边际的走下去,她不想去汉江,偏偏又走在江边的桃林里,那神秘的林子,每年桃花开得一片红粉的时候,不知有多少恋人,低徊徜徉在里面,轻轻掉下感伤的泪珠;她扶在一棵桃枝上了,桃花刚刚吐红,她不愿想起从前的生活,更不愿想到贺尔,近来他对于她更冷淡了,人们都谣传着他爱上了淑英,虽然她自己不相信,她喜欢贺尔;他风流,他美,他有艺术的天才同修养,她爱他,是痴情的没有条件的爱;她了解男人的心,喜新厌旧,当另一个诱惑的力量,增大了的时候,他就开始一个新的追逐了;但是她原谅了他,她相信贺尔,能为她的衷情所感动,他不阴险,也不粗暴,她觉得自己可以为他牺牲,她恨贺尔,但她更爱贺尔,她还是决定爱他,忠实的爱他,永远的爱他……想到这儿,她脸上溢出梦幻的微笑,她觉得这桃林美极了,江水绿油油的,是面发光的镜子;突然她发现一男一女从江边走来,挨得那么近,挤得那么亲切,也谈得那么娓娓可人,这是谁呢?她在想,如果那男的就是贺尔,女的就是自己,这么走着,谈着,穿过桃林,越过木桥,到那山脚下小小的村庄里,那儿有蓝天,也有白云……那该是一种什么境界?……正当她想得出神,那对男女渐渐的走近了,及至近得分辨出面貌来的时候,她几乎惊叫了一声,赶忙把身子藏在一个沙岗下,不住的发抖,原来那男的果然是贺尔,而女的不是自己,却变成淑英了;她的心怦怦的跳动,她不知是怒是恨是爱是愁,她见贺尔打扮得那么美丽,淑英也修饰得那么妖艳,她想跳出去,抓住他们两个人,问他们一个明白;她想把他们抛到江里去,然后自己也跳下去,但是她又有点怕,有点恐惧,她的心不知想到什么地方去了,直到贺尔同淑英,隐入桃林深处,她才渐渐的清醒,她不知从什么地方诱引出一股力量,她愤恨的站起来,又愤恨的走回去。她想去告诉江川,但当她走到江川宿舍门口,她又不想进去了;她不忍看这幕悲剧,由她的手去拆穿;她又想到那痴情的爱的力量,她想去劝劝贺尔,晚上她去拍贺尔的门,贺尔没有在屋,她走出学校,在城墙边的甬路上,她遇见了他,她一把拉住他,有力的说:“跟我去谈谈!”

“谈什么?”贺尔被她这一拉,却吓了一跳。

“什么都谈,我们到城上去。”曼萍一股正义的声音。

星光微漾,晚风低拂,大地上静悄悄,春夜酥软的气息,正是多情儿女,殷殷话旧的情节;但是贺尔跟曼萍两个人却默默的相对无言,曼萍是气愤的没有话说,贺尔是不想说话。这样停了片刻,最后还是贺尔等得不耐烦,问道:“谈什么?”

“不知道!”曼萍娇嗔的把脸儿望着城外星光下金黄黄的菜花。

“何必跟我动气?”贺尔冷笑了一声。

“谁跟你动气,你自己做的事自己知道。”

“不要听外面的风言风语。”贺尔漫不经意的说。

“算了吧! 何必掩饰,可是我要问问你,我们应该怎么办?”曼萍回过头来,两眼射出一道寒光。

“我们……”贺尔呻吟着。

“我不需要假意的温情,我的心都伤透了!”

“你应该了解我!”

“我没有眼睛,我不知道人为什么要没有良心?”

“你是说我没有良心?”贺尔的声音加强。

“嗯! 你没有! 你没有!”她的身子往前探了一步。

“你何必这样逼人?”

“逼人? 是你逼我,还是我逼你?”

“不管谁逼谁,我问你,今天晚上你要怎么样?”

“我要你向我说明白,我们到底要怎么办?”

“我们还是一样,我没有爱别人,你要误会就尽管误会好了,我没有解释的必要。”

贺尔想走,曼萍的态度渐渐的变软了,她走到他的跟前,低沉的说:

“贺尔,你应该想想,我对你的真诚,我从来没有想到别的念头,也没有顾到个人的利害;我对你最大的渴求,就是希望你能忠实于一个人,让她安心为你念书,为你活着。”

贺尔沉默的低下头,曼萍激动的说:

“只有我这样软心肠的人,才对你苦苦哀求;这些话埋藏在我内心里面已经很久了,你应该明白我的心,人的一生,不能有一件遗憾的事情。”

“我没有遗憾!”

“但愿如此,我哀求你,贺尔,过去的就让它过去吧! 我对你没有别的话再说,也没有勇气再说，我爱一个人，不是平凡的，也不是神经质的。”

“好，我走了！”

“让我跟你一路回去！”

“不，我一个人先走，我还要去参加系会。”贺尔说罢，迳自去了。

这里曼萍，一阵空虚，压上她的心头，她看看天，星云下春天的夜晚，那么圣洁，那么静穆；她无力的靠在城头，禁不住漾出酸楚的热泪，渐渐的流满了双颊，她不去擦，一任它流到唇边嘴角，在她睁开一对模糊泪光的眼睛，万籁俱寂，夜的江城是那么美，也那么凄清，那么悲凉。

她酷爱贺尔的真情，渐渐变成一股仇恨，她要掀起这一道爱的波澜，她想要去找江川一趟，刚有这个念头，她便走下城墙，往宿舍去了。她很快的走到江川门口，里面有灯光，她停住脚，心开始跳动，她见了江川应该说什么？从什么地方说起？她踌躇了，她的勇气又渐渐消失，她想走，可是一想到自己的运命，她又停住了，她终于敲了敲门，里面问“找谁？”她轻轻答“江川”，里面说“出去了！”她呆住了，不知如何是好，她不想回自己的屋子，她茫然，她的脚在甬路上踱了两三遍，突然她想到梦菲，她应该找他去谈谈；她没有想到理由，便又飞快的出城了。梦菲住的村庄，正凉沁沁酣睡在春夜里，断续的犬吠，阵阵的菜花香，四野一片水声，曼萍的心渗进去一点小小的轻快；她走进一家柴扉，来到梦菲的窗前，她心又跳了，她迷惘地用手轻轻弹了弹窗棂，梦菲走出来，当他发现是曼萍，他惊讶的后退了一步说：

“哦！刘小姐，请屋里坐吧！”

“想不到我来吧！梦菲。”

两人在屋里坐下了，屋内正燃着一只红烛，梦菲在写一篇文章，曼萍说：

“春天的夜晚，你却能安下心写东西？”

梦菲觉得曼萍的话有些异样，他看了她一眼，见她在烛光下微微有一点憔悴，但是却显得那样楚楚可怜；他对于曼萍是倾慕，是同情，是敬爱，今天她突然来了，就坐在自己的对面，那么温情的对着他，他几乎是有一点激动了。

“最近怎么样？生活好吗？”

“谈不上好，梦菲，我问你，最近贺尔有什么轨外的行动？”

“没有，我最近不常见他。”

“他跟淑英到了什么地步？”

“真相①不明，也是只听别人说；你可以在谈话里探听一下贺尔的口气，如果是真的话，倒②可以劝劝他。”

---

① 原文为“象”。

② 原文为“到”。

“我为这件事,心已经碎了,我没有勇气再问他。”

“我倒可以跟他谈谈。”

“谢谢你,梦菲,你说我是相信运命的女孩吗?”

“不,你在慈柔的心肠里,还有一副倔强的性格。”

“真的吗?我几乎不相信我自己了!”

“环境是可怕的,这小城错综复杂,尤其一个女孩,应该把脚步站稳。”

“我现在应该怎样做?”

“我希望能跟贺尔和好如初,如果不可能的话,也不要太伤了身体。”

“我要自己找路子,几次我都在运命前面低了头,我的泪已经流干了!”

“过去的就让它过去吧!”

“是的,也许只有你能了解我,可是你偏偏不是贺尔。”

梦菲回答不出,静默了片刻,曼萍把眼睛转向挂在墙上的六弦琴,她露出点笑意说:“是新买的吗?我来试试。”

“好!”梦菲摘下来,曼萍轻轻拨着琴弦,她确有高尚的音乐天才,梦菲想起两年前的秋天,她弹琴教一群女孩唱歌,那情景历历如昨,可是人生的变幻也不知有多少了。他禁不住轻轻唱起一支缠绵的曲子,当歌声还没停止的时候,门外有双孩子的手,轻轻扣起了门环;她不待主人的回答,就推门进来了,是林兰,她穿一件蓝色带白斑点的旗袍,镶着金边,上面套一件红毛背心,像女神般美丽,站在烛光下,但当她看见屋中这种情景,她痴呆了一下,转身便出去了!

“林兰,回来!”梦菲笑着喊出:

“我还有事,我要走了!”林兰娇嗔的话语,在夜空中抖荡。

“不,我有话跟你说。”梦菲站在门口召唤,林兰进来了,梦菲为她介绍了曼萍,她手上拿着一个小盒子,双手递给梦菲道:

“邵老师,这是几条青蚕,我给你养的,现在大了,送给你吧!”她把盒子打开,几条青蚕正吞食着桑叶,梦菲谢了一声接过来了!

曼萍看见这种情景,她在羡慕林兰,女孩在这种年龄,正是天真烂漫,浑浑噩噩的时候,她或许用最大的痴情,在爱着她的老师,她不知道嫉妒,却更知道强有力的想来占据她所爱的东西,她也许有痛苦,但为的是什么,却说也说不出来;她把那几条青蚕递给梦菲,正是向自己夸耀,她有这样一位好的老师;那桑叶上面的露汁,是她渗流出的情液,青蚕也是她的心在蠕动;她想到这儿,她有些坐不住,她相信林兰,已经用孩子的诅咒,向她发出怨恨的光;她不禁痛苦的站起来,握握林兰的手,热情的说:

“小妹妹,没事到我那儿去玩!”

“好!”林兰有些不好意思的回答,见曼萍走后,便问梦菲说:“邵老师,这位刘小姐跟您是什么关系?”

“一位朋友的朋友!”梦菲挂起六弦琴。

“我相信您这句话!”林兰脸上是微微的一些挑逗。

“你这孩子,为什么不相信呢?”梦菲笑了。

“不提刘小姐吧,邵老师,您组织孩子剧团,团员我已经物色好了,这是名单,有初一两个最聪明的男孩子,增子跟小清。”她拿出一张纸条,梦菲接过来。

“明天我们就组织成立。”

林兰说完就走了,红烛还淌着泪,梦菲小立窗前,默有所思,他又轻轻的拿起来那一支笔……

春色更柔媚了,年轻的艺人,也更加活跃起来,江川也在岭南中学兼了课。梦菲领导的孩子剧团正式诞生,他自任团长,团员三十多人,都是活泼聪慧的孩子,尤其是生长在本地的儿女,几年的熏陶,他们的智慧都增高了,他们都能说流利的国语,态度也都那么落落大方;梦菲按照每个团员的个性,写出第一个独幕剧《青春之诉》,每天为他们排练;贺尔领导的岭南音乐学会,也准备做一次大规模的演奏;里面分国乐西乐及歌唱三种,参加的同学一共二百多人,贺尔选了几个大合唱:《黄河大合唱》《我所爱的大中华》《中国人》《行军乐》《同护江山》《青年颂》等,每天晚上在大礼堂集中练习,歌声高唱入云,为江城生色不少;另外江川主持的五十年代剧团,准备排演曹禺的《日出》,青年剧社演出沈浮的《重庆二十四小时》;银星剧艺社演出熊佛西改编的《赛金花》,跟郭沫若的大悲剧《孔雀胆》,各演员都在鼓荡的春风中,揣测角色的性格。第一个剧是《日出》,梦菲因为给孩子剧团排《青春之诉》,他担任了《日出》后台的总管理。女主角陈白露淑英不愿演,她愿过赛金花的瘾,所以请曼萍饰了;方达生由江川自己上,另外他还兼了舞台监督,他跟梦菲两个人,迁到岭南大戏院去住,日夜赶做大小道[①]具,《日出》的海报有两丈多长,江川用艺术字写上,岭南第一线大学剧人,合力公演曹禺名著《日出》;第一幕的立体窗子,江川亲自画图样,设计。他披散着头发,在紧张的工作中,他忘记了疲劳,忘记了休息,忘记了吃饭;他是海浪涛涛中一根擎天的柱石,越在危疑震撼的时候,他越是坚韧不屈,他侠情,他勇毅,他支撑得住,别人也信赖他的力量,他的工作热情,平均比别人高十倍,在一个剧团里面,他是颗亮晶晶的星星,他发着光,发着热;他同梦菲几乎有五天不出戏园子了。一天他们两人在一个大窗子前面,低着头钉景片,梦菲把《日出》里面打夯的歌子,改成两个曲子,《大生命》跟《生之呼喊》,他写在一张大布告上面,准备练习演唱;江川低着头用力的钉着钉子,当他钉完一块轻松的舒口气,满头上是汗珠,直起身来,梦菲把窗子打开,两个人都不禁惊叫了一声,原来窗外两棵桃树不知什么时候,都开得花团锦簇,一片红粉了,江川叹息着说:

① 原文为“导”。

“几天不离开后台,春光都快老了!”

“用我们的工作,向春天祝贺吧!”梦菲握住了江川的手。

桃花开了,江城春色更浓,数不清的男男女女,都奔向了江边的桃林,那周围四五里地大的一座园林,岭南春色都聚拢了来,桃花开得红白相映,蓝蓝的天下,绿色的江流,远远望去,桃林红艳艳,那是座花的世界,粉红的世界,没有人能了解到她的神秘,她的诱惑,她的醉人的怀抱;岭南春天,当桃花盛开的季节,也是年轻人感情最容易颠狂,最容易神经质的时候;每当一阵风吹过,落英片片,千万朵花瓣,千万种风流,痴情的儿女,禁不住洒下几点粉泪,感触青春的易失……

一切工作都停顿下来了,全城的人们,都去游春;有些孩子,走在田野上就轻轻唱出《青春之诉》里面的一个插曲《草儿青青》,他们轻快的唱道:

草儿青青呀,
你离开了家,
骑一匹白马,
扬一片风沙,
你奔向了天涯,
为了国家,
为了你身旁的她!

草儿青青呀,
我转过了山洼,
一阵风儿呀,
吹开了蚕花,
这松松的土地,
为了你呀,
又长出了相思的芽!

草儿青青呀,
为你寄上书札,
千万里关山,
带一个梦吧,
你回来的时候,
你的青春,
为什么染了白发!

孩子们唱着，少男少女们笑着，春色更媚人了。原野上遍地都是踏春的人们，笑做一团，唱做一团，也嚷成一团。鲁野兴匆匆的跑来，拉住梦菲，江川，贺尔，周天德喊着要游春去，他拿着酒走在前面，五个人迈向桃林，大家团团坐下，喝一口酒，唱一回歌，接着就漫无边际的谈起来，鲁野笑着说：

"春天到了，这小城什么怪事都有，中学的女学生跟着大学生跑了，纺二的小凤姑娘突然怀了孕了，四大皇后都有了主了，蓉花小姐表弟遍天下呀……真是说也说不尽！"

贺尔呷了口酒，也笑着说："女孩儿都变了，春天里都在找理想的丈夫，现在是小学生，想嫁给中学生，中学生想嫁给大学生，大学生想嫁给出洋的！"

"出洋的呢？"周天德问。

"那只有嫁给下海的了！"大家哈哈一阵大笑，鲁野说：

"听说咱们学校的女同学，从入学到毕业对于自己的青春有四种做法。"

"哪四种做法？"周天德又问。

"一年级是囤积居奇，二年级是待价而沽，三年级是廉价出售，老周你猜四年级是什么？"

"我不知道。"

"四年级是大拍卖！"又是一阵大笑，贺尔，江川不住的喝酒，梦菲说：

"西门外的潘金莲是怎么回①事？"

"那还不知道，你真笨！"贺尔回答："一个本地卖花生的老婆，长得有几分姿色，不知谁给她起名叫潘金莲，于是谁从那儿过，都买一点花生。"

"这是沾了潘金莲的光。"梦菲笑了，鲁野又说道：

"老周，你知道男同学里面，又有四种分类吗？"

"我不知道。"老周脸一红。

"他就知道吃猪肝，读死书，害伤寒病。"贺尔嘲笑着他：

"听我告诉你，第一种是希腊人，第二种是犹太人，第三种是日本人，第四种是中国人。"

"我不明白。"

"凡是没有女朋友希望得到 Lover 的，是希腊人；已经结婚有了太太的，是犹太人；同本地女孩搞恋爱或结婚的是日本人，什么都没有的，是真正的中国人。"

鲁野说完，众人笑得前仰后合，贺尔说："老周是犹太人了！"

鲁野接着对贺尔说：

"你跟江川是半犹太人，梦菲是希腊人，咱们里面，没有日本人，只有我一个是中

① 原文为"会"。

国人。”

“算了吧，中国人不要你这样的！”江川已喝得半醉，他又咽了口酒。鲁野继续说：

“女同学的绰号，我统计了下，一共有一百三十七个，让我为你们背诵一下：袖珍密斯，驱逐机，冲天炮，航空母舰，金字塔，甘帝的侄女，赛珍珠，二分之一，四大松懈，四大紧张……”

“好啦，好啦，你积点德吧！”贺尔阻止鲁野不要让他说下去。

“贺尔，你也要长点良心！”这突如其来的一句话，使贺尔的心怦怦跳起来，他有点儿吃惊，忙着说：“谁不长良心？”

“你，说的是你，你不长良心！”江川一拳向贺尔打去，贺尔一闪身，刚要发作，梦菲嚷着说：“江川醉了，快拉住他！”

话刚刚说完，一阵风吹来，从千万柄桃枝上，抖下那么些红的白的，柔香的花瓣，缤纷起舞，真是落红如雨，洒得满头满身，众人陶醉在一片旖旎的红粉里了，大家忘了争吵，都懒懒地睡去。

当天晚上孩子剧团在桃林举行一个春夜游园晚会，江川也参加了，他们唱了会歌，把《青春之诉》通排了一次。这时新月如眉，斜挂林梢，空中氤氲着温馨的花香，青草的气息，孩子们有的坐着，有的卧着，江川为他们讲《远方公主》，大地上沁流着柔软的风，风中飘浮着一个缠绵的故事。梦菲听见远远林中有人低低地唱：

春天到了，
桃花开了，
颜色比人更娇娆……

声音是那么甜，那么柔美，他顺着歌声走去，清滢的月光正照着林兰，那纯情的少女，她不知什么时候，离开队，斜倚桃枝，眼睛痴望着远远的江水在唱；梦菲轻轻走回去取了六弦琴，又回到她的身边很远的地方坐下，颤颤地为她伴奏起来。林兰一点不知晓，及至一曲歌罢，站在她的身后，拿着琴，带着微笑，她回过头来，一阵惊喜，不知说些什么，顿时脸上浮起层羞怯，梦菲说：“唱的很好，正是此时此景啊！”

“邵老师，我们到那面林子里走走吧……”

两个人往前走下去了，他们坐在离江边最近的桃林里，这是从林兰认识梦菲以后，头次坐在一块谈话，不知为什么，她坦洁的心灵，这时候不禁泛起一股悲情，她觉得这种难得的机缘，也许以后不会再有，幸福也许会很短，她不像两年前那样嬉笑自若了，近来一种莫名的感伤，常常苦缠着她；她大了，今年已经十七岁了，学识也增高了，她开始认识了命运，她常常自己猜想，也许有一天命运会像一座苦难的山压在她的头上，她逃也逃不出；现在她安详地坐在梦菲的身边，梦菲对于她，是股生命的活力，她不能缺少他，她几乎是跳出师生的范围，而有点爱他的人格同品性了，她相信梦菲会引导她走上好的路子，她也相信自己这种想头，当他们坐下静默了片刻以后，她轻轻的说：

“邵老师，两年了，第一次相会的时候，我还小呢！”

“现在你还是个快乐的孩子！”

“不，我不像从前那么快乐了，我已经知道了，什么是痛苦。”

“痛苦，你为什么会想到这两个字？”

“我不知道，你还记得上礼拜单独给我出的作文题吗？《少年的情怀》，我竟一句快乐的话也写不出来。”

“你好像有点变了，我不希望。”

“我没变，我只是更深刻的了解了我自己！”

“头一次相会，你说的话，曾经温暖过我创痛的心，以后我才爱这小城，也爱这小城的儿女。”

“是的，故乡还是这样可爱，但是年年岁岁，桃花一次一次的开，人也一天一天的不寻常了。”

“我希望远方人为江城带来幸福。”

“我也深愿，邵老师，你告诉我，为什么有些人，想望着的，她得不到，不愿接近的，却偏偏的找上来了！”

“这不是运命！”

“也许是种机缘吧。”

她睁着两颗水汪汪的眼睛，凝视着梦菲，她希望他回答，梦菲只望着江水无言；这时空中月色流泻下来，地上满是桃花的影子，湖畔有点点渔火，像是刚刚滑下来的流星，闪烁着飘向远方了；梦菲的手，无意中触了琴弦一下，铿的一声，像空中溅下一滴露珠，春夜如一缕轻纱似的，大地更静了！林兰变得那么温婉而又痴情的说：

“邵老师，好静啊，记得你给我们讲过冰心一篇文章，她说，世界上最美的东西，是默契的灵魂，她溶化了大地，溶化了整个的一切，最后连什么都没有了！”

梦菲的心动了下。林兰继续说：

“我希望江上有朵白帆，我随着它飘，飘，没有止境的飘向遥远的尽头……”

停了会儿，她又接着说：

“我愿望世界上每个人都幸福的过活，而我自己却单独的受苦！”

“为什么？”

“因为我爱他们，他们也都爱我！”

梦菲站起来，往回走，林兰默默的跟着，穿过那座林子，回到原来的草地上，江川《远方公主》的故事，刚刚讲完，孩子们听得出神，月光都扑到他们的脸上，夜已经深了……

当桃花渐渐开谢了的时候，江城蓝蓝的天下，常常发出了警报，年轻人们把躲警报当作工作当中安息的摇篮；当警报一响，田野间就跳荡着人群，有的谈心，有的散步，有的索性到湑水河畔去钓鱼，敌机有时一架两架飘到上空来，没有人理会，六十里地以外的飞机场，炸毁了，这儿还是静静的，警报声中的林野，却变成了爱的溶和场了；蚕豆花渐渐老了，菜花也老了，麦芒已经出穗，海棠丁香也都开放了，桃林里，软红红的花香混入了泥土，林兰变得一天比一天忧郁起来，她曾经一个人跑到开谢了的桃林里，黯然神伤，自己莫名的哭了一场，她边哭，边用小刀在一棵桃树上刻了"痛苦"两个字；另外曼萍也一天天消瘦下来了，她对贺尔虽然失望，但是她没有绝望，因为演戏的关系，她跟江川接近的机会渐渐多起来，她发现江川没有贺尔那么风流柔美，却另外有一种坚毅的侠情，这侠情正是江川的杰作，为了排《日出》，她亲眼看见他处理了那么些困难的问题，这些事，贺尔万万做不到的；她觉得淑英爱江川，是有她的高明的地方，但是她[①]不晓得淑英跟贺尔的事情，江川知不知道；她几次想跟江川提提，又苦于无从出口，相反地却是淑英常常当着江川开曼萍的玩笑；江川为工作的热情所激动，他没有时间再计较别的，他只是希望这个戏能光荣地演出，便完成他的心愿；菜花盛开的时候，他的工作曾经松懈下来，现在桃李已谢，海棠将红，工作又紧张了；他们还缺少"小东西"一个角色，江川去问梦菲，向孩子剧团借一下，梦菲就让林兰演，林兰起初不答应，最后也就从了梦菲的话了。在排戏当中，江川耳朵里老是有人说贺尔同淑英的坏话，他听得不耐烦，却又不能不听；贺尔自从兼课以后，同时在排《赛金花》，并且主持岭南音乐学会，在一次晚会上，他们会面了，江川满腹闷气，愤恨的说：

"贺尔，最近有人说你的坏话，你知道吗？"

"我不知道。"

"你别装糊涂，你跟淑英是怎么回[②]事？"

"只要你明白就行了，我承认爱她，但是我并没有忘记你。"

"放屁，你根本不够朋友！"

"爱，应该是倾心所欲的，应该是主动的，不是勉强的，我对于淑英，并没有首先发难！"

"你胡说，你以为我不知道，曼萍对你多么好，你辜负她的一片苦心，你又来找我的事，我告诉你，你不要瞎了眼睛。"

"江川，不要动气，是非自有公论，一切你去问问淑英好了！"

"淑英是小孩子，你欺骗了她！"

"不，我拯救了她！"

"好，演完《日出》，我们再见吧！"

江川愤愤的去了，他去找淑英，淑英正在宿舍里读台词，她对于江川的来，并不惊

---

① 原文为"他"。

② 原文为"会"。

异,她是个轻松愉快的女性,任何一种诱惑的力量,战胜她理智的时候,便跳到那个漩涡里,尽情的玩,尽情的欢笑,她年轻,她貌美,她有向人夸耀的青春;江川跟她好,她喜欢江川,贺尔跟她好,她喜欢贺尔,她说爱一个人就要专爱那个人的长处。她喜欢江川的庄重,她喜欢贺尔的风流,但是在她喜欢贺尔风流的时候,江川的庄重就渐渐的忘了;她认为生命是应该具有弹性的,生活过程中谁变幻得最快,谁就能抓住现实,她从来没有想到过去,更不想将来,一切只要现在满足就够了,有一天青草发黄,鬓发变白,人们一天天衰老的时候,她说那不是属于她自己的时代,她不会有那么一天,她现在正读台词,一见江川,就笑着说:

"江川,我的故人,你的戏排得怎么样了,陈白露对你并没忘情啊!"

"你太奇怪了,淑英,你为什么变得这么快?"江川余怒未息。

"你看我变了吗?我还是这么愉快,这么年轻,我还是喜欢唱歌,喜欢演戏,我还是爱早晨的阳光,爱秋天的傍晚……我变了吗?"她是在江川面前读台词了!

"淑英,你受人欺骗了!"

"笑话,别人会骗我,是不是我骗了他还未可知。"

"有人造你的谣!"

"我不怕,江川,请你相信我,我爱一个人,是有立场的,是有绝对理由的。"

"你为什么跟贺尔好起来?"

"如果你认为是真的话,贺尔也许有他可爱的地方。"

"你太不自爱。"

"朋友,尊重些,在贺尔面前,你问他,我是表示爱你的。"

拍的一声,江川负气的把门关上走了,他失恋了吗?他不相信自己会为失恋痛苦,但一种说不出的郁闷,压抑着他,他没有办法摆脱,他相信淑英受了贺尔的骗,他也相信淑英变了心,但是一想到工作,想到他一手支撑的戏,他不敢放松自己,他把痛苦跟愤恨的热潮,都潜伏下去了,这是旁人所不能及的地方。《日出》决定四月五日上演,彩排那天晚上,他一夜未睡,窗外声声鸡啼,有海棠花香,他的头发披散着,在他的眼睛里面,一会儿闪出了贺尔,一会儿闪出了淑英;他看看后台,后台是温暖的家,许多人都在那儿安睡,他发现曼萍也披着大衣斜卧在沙发上睡着了,她的头发,为了上台,烫得很美丽;他轻轻往前走了两步,她睡得那么静,几乎连呼吸的声音都听不见,他不禁想到她的性格,想到她的聪慧;他暗暗的思索,这样一个娴淑的女孩,贺尔为什么不爱她呢?莫非世界上的事,只有不满足的欲望,才是人类追求的目标吗?如果曼萍是淑英,她绝不会跟贺尔好,但偏偏曼萍就不是淑英,淑英偏偏跟贺尔好了;他深深的叹了口气,恰巧曼萍微微的翻身,大衣的一半掉在地上了,他想为她盖一盖,却又觉得勉强,正在犹豫的当儿,曼萍醒了,她睁开眼,方桌上燃着一截蜡头,江川站在她的面前发呆,她慌忙坐了起来问道:

“江川,这么晚,你也该休息会了!”

“天快亮了,我不想睡!”

“怎么,你心里有事吗?”这句话在曼萍的心里,蕴藏了多少天,这时候她说出来了,她几乎有点可怜江川。

“没有什么事。”

“你太累了,你真该睡会儿,来,在这沙发上睡吧!”她站起来了,推江川睡下,又把大衣为他盖好,她走到前台去了!

这种温情的抚慰,使江川在郁闷的心情上有了转机,他感激,他睁开眼,他明白刚才让他睡下并为他盖上大衣的是曼萍,不是淑英,他自己不是爱淑英的吗?别人也都知道他爱淑英,他痛苦了,他望着那快烧完的残烛,窗纸发白了,像是有鸟儿在叫。

为了这点稀有的温情,他觉得有人在暗中鼓动他,引导他,他的戏成功了。春天的第一个戏,江川用手把太阳招上来,他暗暗感激一个人对他帮助的力量;全剧演出过程,都很顺利,只是梦菲发现林兰总是郁郁不乐,他问了她几次,她总是不说;第三天晚上,当一幕终了,观众们都流着泪,林兰的表情跟动作,血淋淋的写出那一幅悲惨的画面,小东西被人们悲悯着,哀怜着,当她在万众凄凉的氛围里,散开头发去自缢的时候,她的泪流出来了,她的头脑发昏,心乱如麻,幕刚刚闭上,她竟哭倒在椅子下面,接着昏过去了;众人一阵大乱,梦菲慌忙扶她回到后台的休息室,让她躺在一个大沙发上,她渐渐清醒过来,仍就痛哭不已,或许小东西的身世,勾起她的伤心,梦菲问她,她只是一言不发,好容易劝她止住哭,梦菲把她送回家去了。曼萍说:“这孩子心里一定有事,戏使她动了真感情,她或许有隐痛。”

“她不像从前那么快乐了!”梦菲有些黯然。

《日出》上演后第五天,大家聚了次餐,检讨工作的得失;席上,江川当着曼萍喝了许多酒,有人提议,男女主角,互敬三杯,大家一齐鼓掌,江川站起来说:

“刘小姐喝三杯,我情愿陪六杯!”

“不是刘小姐,是露露!”

一阵大笑,曼萍将三杯酒一饮而尽,众人鼓掌,江川也将六杯全喝了;他已有七八分醉意,踉跄的走出来,外面是月色濛濛的晚上,他心头阻塞的郁闷,又冲上来,他信步来到文理学院的后身,迈向城墙,城上是刚刚修竣的一座小花园,一角茅亭,可以俯瞰远山近水;每天晚上,都有一对情侣在亭上喁喁私谈,那是个最幽静的地方,江川绕过一棵绿色的芭蕉树后,远远听见亭上有对男女在合唱一支歌子,月色有些朦胧,他看不清是谁,看背影女的酷似淑英,他的火冲上来,他一步步沿着台阶走上去,他停在离亭子最近的一棵芭蕉树后,他[1]看出亭上的男女,正是贺尔同淑英,不知是什么力量,他

① 原文为“她”。

从芭蕉树后一跃便跃到亭子上去了,贺尔淑英回头一看,江川头发蓬乱,两只眼睛发着光,领带扭在一边,十足喝醉了的样子;他们两个人想走,却又走不开,要说话又不便说,只听江川冷笑一声道:“谈得好!”

“江川,不要来找麻烦!”贺尔镇静的把淑英拉在身边。

“江川喝醉了!”淑英慢慢的说:

“我没醉,可是我早就麻木了;这些天,我的心头像横着一块木头,我吐不出来,我痛苦的往下咽,往下咽……”江川站在那儿一动也不动。

“江川,不要把人生看得太紧张吧,我对一切都是毫不介意的,我知道你的痛苦,可你不是怯懦的男子!”

“是的,我不怯懦,我阴险,我不顾朋友的道义,我欺骗人,我在欺骗一个女孩……”他的声音渐渐高昂上去,两个拳头握得很紧,一阵风吹过来,使他的头发掩住了额角,他站在那儿,像演戏,像一位武士。

“你说谁?”贺尔用力的说出来。

“江川,我看你真的喝醉了,不要辜负月色,还是找露露去吧,你这简直是在做戏!”淑英微笑了。

“什么?”江川的眼睛几乎要冒出火来。

“你在做戏!”她说完把身子转过去脸望着月亮,嘴里又喃喃的说:“我又不是陈白露!”

江川愤恨的一拳向淑英打去,接着他把她的身子扭转过来,抓住她的头发,一推就把淑英推到亭子左边,淑英惊吓得叫起来,江川像条猛虎似的,双手用力扼住淑英的咽喉,他想一下就结果她的性命,可是贺尔也早扑上来同江川扭打做一团,江川酒意冲上来,不知从哪儿来的力量,凶猛的一脚,把淑英踢下亭子,淑英从台阶上滚下去了;这里江川抓住贺尔的领子咬着牙说:

“贺尔,记得十天以前给你说的话吗?我要你死!”

“你……”贺尔的力量,本不如江川,但是他知道自己不用力,就会吃亏。他说不出话,他头上冒着汗,他在挣扎,也在抵抗,两个人的衣服都破了,头发也都乱了,江川猛然想起口袋里还有把钉景片的小斧头,他伸手拿出来了,照准贺尔的额角劈了去,贺尔惨叫一声,血流如注,顿时晕倒在地上了!

月色朦胧,大地无声,江川看也没看一眼,扬长而去,三分钟后,校警跑来了,几个人把贺尔同淑英抬起,淑英摔昏,已经缓过来,贺尔仍是昏迷不醒的被抬到医院里去了;这全武行的惨剧,当晚就传遍各学院,曼萍还没有睡,听见这消息,她又呆住了,她不知是快乐,还是难过,她觉得江川太可怜,应该惩治贺尔一次,这一打,自己的愤恨,也许能消了;她又想到贺尔,那么孱弱的身体,受这么大的伤,怎么能够禁受得住,虽然他对自己不好,究竟有一段缘分,他究竟不是太阴险的孩子,想到这儿,就仿佛她看见贺尔躺在床上，满头满脸鲜血淋漓，那种可怕的情景；她想去看看他，在他最痛苦的时候去看他；但一转念，她想如果她要去看贺尔，是不是表示自己又爱上他？别人是不是会又说闲话呢？她踌躇了，她不经意的披上大衣，想往外走，又停住，最后终于走出去了，刚出门，迎面遇见江川，江川正来找她，他问到哪儿去，曼萍回答不出，江川说："你的恨我已经消了！"

"谢谢你，江川，你是不是想看看淑英？"

"不，她不会怎么样。"

"精神还没有恢复过来，江川，你休息去吧！"又是彩排《日出》时那种热情的声音，温润着江川的胸怀，他就带着那点嘱托跑回宿舍倒在床上了！

曼萍走出学校，到街上站了会，她决定到医院去，十分钟后，她站在贺尔病房外边了，听了听里面没有声息，片刻走出个护士，曼萍问："怎么样？"护士点点头："还好！"曼萍轻轻推门进去了，贺尔躺在床上，满头缠着白布，面色苍白，他睁开一对模糊的眼睛，发现向他身边走来的是曼萍，这头一个来看他的朋友，就是他所遗弃的女孩，他头部一阵剧痛，止不住流出感激的泪花来，他探了探身子，想去握曼萍的手，曼萍却在很远的地方站住了。

"哦！曼萍，我对不起你……"贺尔呜咽的声音。

"伤怎么样？贺尔，少说话！"曼萍还站在那儿不动。

"我事情做错了！"

"你还好，过去的话，不必再提吧！"

"我很追悔，我得罪了你，得罪了江川，淑英，梦菲……还有更多更多的朋友。"

"请你不要说下去吧，我不想听！"

"我希望……曼萍……啊！好疼……"他抱着头，声音发颤。

"不……要说话吧！"

"我希望我们还能和……和好如初！"他的声音是那么微弱。

"我再没有勇气！"

"曼萍，你坐到我身边来，我请求你，我以后再也不胡闹了，我感激你对我的好处，只有你爱我，也只有你能够了解我，我不恨江川，我恨我自己。"

"我看看你，我就要走了！"

"你别走，曼萍，我请求你再呆会儿，我想，我的伤两个礼拜就会好了，好了以后，我们不再演戏了，我要静静的念点书，曼萍，你帮助我在村里找间房，你为我布置好，晚上你可以到我那儿去看书，你就坐在我的对面，我们点一只蜡，天到九点的时候，我就送你回宿舍，路过甜酒的铺子，我们一定喝碗甜酒，然后我一个人再回来，临走，我要向你道声晚安，如果你允许的话，我想再握握你的手……"他像孩子说梦话似的滔滔的说下去，脸上有点笑容，渐渐他没有力气，他的神经迷惘了，他像是昏昏的睡着了！

曼萍在他说这段话的时候，她慢慢靠近窗子，脸背着他，说到最后，护士进来了，她向曼萍招招手，表示要她离开，曼萍会意，叹了口气，轻轻出来了，她走到门口，有个人在等她①，她想不到是江川，惊讶的问道："你不是睡了吗？"

"我睡不着，曼萍，究竟是旧情难舍呀！"江川脸上没有一丝表情。

"他的伤很重，你送我回去！"

两个人往回走，一路上谁也没有话，直到女生宿舍门口，江川说了声"再见"，便走开了；曼萍躺在床上，百感交集，她细细咀嚼贺尔刚才那片梦呓的话语，她觉得他可怜，也许他以后会变好，就像他所说的，把生活调理得同一首诗一样，自己是不是还可以跟他好下去，她又想到江川，他已发现自己去看贺尔，他是不是要猜疑，想到这儿，阵阵伤心，她觉得女人的运命太苦，她控制不住自己的情感，她抽抽搐搐的哭起来了，越哭越伤心，惊动了整个女生宿舍，有些人由于她的哭，勾出自己的隐痛，也禁不住流出泪来，直闹了半夜，宿舍才渐渐静下去了。

春天女孩儿好流泪，春天已经过了一半，蚕豆上市了，乡姑提着篮子到城里沿街叫卖，麦穗青青泛起绿色的波浪，红杏结实了，田野间一声声杜鹃的哀啼，春天快过去了，谁又能留住她呢？自古红颜薄命，女孩儿的泪，流也流不尽啊！

江川这幕悲喜剧，流荡在江城的每个角落，贺尔还住着院，淑英，曼萍因为难为情，终日躲在宿舍不出来，江川反而变得寂寞无聊起来；他想代替贺尔排《重庆二十四小时》，各方面的困难，使他很感辣手，他染上了春天年轻人的忧郁跟怅惘。

窗外落着雨，天已经薄暮，梦菲回到村中的小屋，静静的写日记，江川的一幕，使他获得很大的教训，他觉得年青人的感情，是匹脱了缰②的野马，在它奔逐的时候，收也收不住，他深深的关怀曼萍，他观察她在走哪条路。

七点光景，孩子剧团的增子，喘吁吁的跑来，手里拿着封信，说是林兰写的；梦菲打开信，上面写着：

邵老师：

春色将残，多少天不见了，我病未好，

希望今晚能来看看我！

林兰

林兰请病假，梦菲是知道的，她从演完《日出》，精神就没好过，今天晚上应该去看看她才对；他披件雨衣，增子撑着伞，往城内走去，空中微微有些风，走过街中心，转进一条胡同，在一座门楼前停住，增子说："到了，我要走了！"梦菲同他握握手，拍一下门，门开了，一个六七岁的女孩，引他穿过庭院，来到后面的小楼上，中间经过的走廊，

① 原文为"他"。

② 原文为"疆"。

客厅及堂屋，完全是红木油漆的家具，大条案，大穿衣镜，充分保持着旧传统下面，大家庭的深沉与古老；林兰的房子摆设着一张床，一座立柜，一架梳妆台，一个书桌，墙上装饰着画片，书桌上燃着盏红纱灯，绿色的窗帷，窗外是小花园，各种花草，开得争奇斗艳，两年多，梦菲头次看见这样优美而又华贵的环境，他像是同战争隔得更远了。

这时候林兰正斜倚床栏，盖着床粉缎被子，她穿件红蓝交织的绒紧衣，胸前扎条白飘带，她[①]比演《日出》前消瘦多了，头发蓬松的，两只眼睛，像是刚刚流过泪，那么湿润，也那么美丽，整个这情景，使梦菲有点迷惘了，他爱这儿的静，这儿的柔美，这儿温存的气息，他脱下雨衣，轻轻走到林兰的床边，林兰想要起来招呼，被梦菲止住了！

显而易见梦菲的来，给了这纯情少女说不出来的温暖，屋的环境虽然好，在林兰眼中看来，却是一座牢笼，黑暗，潮湿，没有阳光，她想把窗子完全打开，她想自由的飞出去；她躺在床上，她觉得一切都像缺少一件东西似的，她希望春天的夜晚，会有双热情的手，轻轻扣起门环，那声音清脆的就像敲在她的心弦上，然后门轻轻的推开，一个人进来了，他那么年轻，那么美，他留着长长的鬓发，他的嘴角永远有微笑，……他是谁呢？她也不知道，一想到这儿，她脸上就浮起希望的笑容，眼睛注视着门，却是好半天门并没有开，窗外的雨淅淅沥沥的，那只是一个幻梦啊，她悲哀的低下头去了，她知道那不过只是一个影子，一种想象，谁又能来看她呢？但是今天，恰好在她想望的时候，门真的开了，梦菲带着浑[②]身的热情，向她走来，她暗暗祷告，“这不是梦吧！”她觉得那盏红纱灯也格外的亮了！

小说

“邵老师……”她温情的叫了声。

“林兰，病好了吗？我该早来看你！”梦菲坐在对面椅子上。

“好些了，邵老师，谢谢你冒雨来看我！”她心里蕴藏着悲楚的情液，她想要使它流泻出来，但是那么些应该说的话，她不知从何处说起。

“林兰，你瘦了，啊，记得什么时候，你曾经这样问过我！”梦菲往记忆里搜索，他想不起来。

“前年冬天，我们在渭水河畔……”林兰轻轻的笑了下。

“是的，后来，我自杀的时候，你曾经去看我，带着梅花，前些天你又替我送几条青蚕……”

“一切都像昨天啊！”

“一切都像昨天啊！”他轻轻重复了一句。

“令人难以忘怀的是两个晚上，一次是江边，一次在桃林，月色清明，你轻轻弹着琴；邵老师，你为什么不把琴带来呀，让我为你唱个歌子，啊，多少天我没有唱了！”她

---

① 原文为“他”。

② 原文为“混”。

的痛苦,她的热情,都淙淙地流出来。

“林兰,先不要提唱歌,你告诉我,你最近精神很不好,你有什么事吗?”梦菲站起来了,他期待林兰的回答。

“没有,我……我只是心里郁闷……”

“年轻人为什么把日子过得这样不快活呢?”

片刻的沉默,窗外滴哒滴哒的雨声,梦菲注视着她。

“这日子好难过啊!”好半天林兰才抬起头来。

“你是说这下雨的天气吗?”梦菲回身走到窗前。

“这雨都淋到我的心里去了!”

“林兰,一个女孩在求学时代,应该使她的心安静,什么也不想,什么也不去过问。”

“我不能,我永远静不下去,我恨妈妈生下我来,为什么让我这样多感!”

“好孩子,告诉我,你心里一定有事。”他想去拍拍她的肩,手又放下了。

“也许有吧,邵老师,你爱这下雨的日子吗? 在雨天你都做些什么消遣呢?”

“我,不一定,看看书,写点东西,倦了的时候,就弹弹琴。”

“邵老师,你为什么不去打打牌,泡泡茶馆,喝几杯酒呢?”

“林兰,你问这些做什么? 这些我都不会。”他又坐在椅子上了。

“你能猜想出一个多感的女孩,在雨天的夜里,她要做些什么吗?”

“这很难说,也许她要写封长长的信,寄给远方。”

“还干什么?”

“要不就织织毛线,学学绣花,抄几支可爱的新歌,不然就躲在妈妈怀里,故意皱起了眉头……”

“你说,她还干什么?”

“那我就不知道了!”

“也许她要对着一个人,诉说几句内心的话。”

窗外的雨大了,滴在台阶上,发出清脆的声响。林兰继续说:

“这些天,闷在我心里面的事情太多了,邵老师,我觉得幸福不会轻轻的来,人人都有一个梦想,可是,人就活在这个梦里吗?”

“人都为一个希望活着!”

“希望的后面是什么呢? 邵老师,你该了解我内心的痛苦。”

“你太多感!”

“我也觉得自己是变了,我恨这个家,邵老师,你离开家这些年,不想它吗?”

“不,战争把年轻人的家族观念,都冲散了,五年来,我对于家,只是个淡淡的回忆!”

“家里都有些什么人?”

“爸爸妈妈和弟弟。”

“我为他们祝福,邵老师,你是我最敬佩的先生,人们都说中学时代的老师,印象最深,也最难忘怀,一生也会牢牢的记住他。”

“噢!”

“在这漫长的日子里,每天总有一个人,默默地在暗中促我努力,他让我读书,让我写文章,让我的心平静。”

“这只是一种想象。”

“不,是一种安慰,一种力量,跟一种信仰。”

“真有这么一个人吗?”

“也许有,也许没有,不过,隔三天五天,或是十天半月,只要我见他一次,就那么轻轻地看他一眼,只看他一眼,便什么都满足了,我会安心的读书,安心的写字,安心的为他活着。”

“这个人是谁?”

“他……哦! 邵老师,这是什么鸟在叫?”

窗外杜鹃一声声哀啼……

“是杜鹃,下着雨,它叫得这么凄切!”

“春天了! 像梦……邵老师,我要看看窗外的雨。”她慢慢的下了床,梦菲为她披上一件斗篷;她走到窗前,打开窗子,提起红纱灯往外照了照,窗外一阵急雨,百花在万缕银丝中,颤颤的发抖。

“关上窗子吧! 别着了凉!”

“不,杜鹃还在叫,它飞得那么高,那么远……”

“它在呼喊人间的不平。”

“邵老师,一年多了,我常常想把自己,变成一只鸟儿,就从这屋子里飞出去,窗外是蓝蓝的天,我自由的掠过祖国的天野,一面飞一面唱歌,飞过汉江,飞过秦岭,向一个更远更大,更美丽的地方去。”

“年轻人总好有幻想!”

“不是幻想,那地方有丰富的草原,有甜美的沃土,有海洋,有森林……在我飞过的地方,也都是静静的村庄,朴实的人家,广阔的田野跟河流……我自由的飞,快乐的飞,没有人管我,我可以自由的呼吸,尽情的歌唱,最后我停在一个地方。”

“什么地方?”

“那地方吗? 有我的幸福,有我的青春,我会在那儿长大。”

“你不怀恋你的故乡吗?”

“不,一年前,我还热恋着这块土地,我愿在这儿静静的读书,将来静静的过日子,我死守着这一片土,我什么也没有希求;但是现在我变了,我想跳出这个圈子,跳到一个广大的世界里去,我不愿一个女孩生在那儿,就死在那儿,我不愿让我的青春埋葬在一个地方。"

"你想要离开这儿?"

"嗯,世界是多么大,多么美丽,我愿我是一只自由的鸟儿,从这个窗子里面飞出去,飞得那么高,那么远,如果我能再伴着一个人,一个跟我性情投合的知己,我在他身边走着,我想……"

"你该怎么样?"

"我想,我一直就在为他唱着歌,快乐地唱着,永远的唱着,但是……"

她兴奋的面容,开始黯淡下来了,她关上窗子,两只眼睛注视着梦菲,禁不住的一阵凄楚,呜咽的说:"我,我有点怕。"

"怕什么?"

"我,我怕这家的门墙太高,我飞不出去,我的羽毛还没有丰满!"

她一头倒在床上,悲哀的哭起来了,她一面哭一面说:"我怕时间把我的青春毁灭,我的命太苦了……"

"林兰,不要难过,你的病还没好。"

"邵老师,今天晚上,你使我有机会,说这么些话,把藏在我内心里面的苦闷,都发泄出来了,我真是痛快,可是痛快以后,便什么都完了!"她越发伤心的哭起来。

"林兰,告诉我,你有什么事,我帮助你解决。"

"邵老师,事到如今,我不得不告诉你,我爸爸硬要……"

她悲哀到极点,说不出话来。

"硬要怎么样?"

"他硬要逼着我……嫁……给乡下的一个中,中年商人,并且不让我念……念书了!"

林兰说出她最伤痛的心事,泪如泉涌,她哭着说:

"爸爸今天去给人家下聘礼,就算订婚了,妈妈不乐意,也哭了一天;今天爸爸不在家,我才敢请您来,邵老师,我的命好苦,你,你该救救我!"

窗外的雨紧一阵,慢一阵,林兰的悲痛使梦菲万感交集,他了解这是一个悲剧的诞生,几千年传统下来的这甜美的水乡,不知什么时候,荡起一股细流,没有边际的流进年轻人的心怀,少女们都渐渐的变了;当战争卷到这儿的时候,人们一天天的多起来,她们接触的领域扩大了,她们开始有了新的憧憬,新的希望,她们喜欢跟外乡人学习,她们想摆脱乡土的爱,跳出这个小圈子,到那一个更广大的世界里去,可是封建势力下的旧礼教,压得她们喘不过气来,她们挣扎,她们反抗,怯懦的就在运命前面倒下去,沉进无底的深渊。梦菲抬起头,林兰躺在床上悲泣不已,他温情的说:

“林兰，这是个严重的社会问题，你不要难过，你应该更坚强的活下去；林兰，你是个聪慧的孩子，你年轻，你美丽，你应该不相信运命，你应该把勇气拿出来，哦，好心肠的孩子，听我的话，从今天起，你要奋斗，奋斗才有生命的价值，眼泪只是一种屈服的表示。”

“我年纪小，我没有力量，我想奋斗，却没有人……”

“我帮助你，林兰，我愿尽我最大的力量，给你活着的勇气，希望你做个新生的孩子。”

“邵老师，你说你给我勇气……”她抬起头，露出两颗泪光模糊的眼睛，烛光映着她娇美的面容。

“是的，勇敢起来，坚强起来，从旧礼教中解放出来，我要首先为你祝贺……”

“谢谢你，邵老师，只要你在我跟前，我愿意勇敢的活着，为了一个希望，一个理想……”

“好，为这个希望活着吧，天不早了，我走了，我要看你睡好！”梦菲披上雨衣。

“不，我送你出去！”她满面泪痕的站起来，脸上已经刻画出希望的微笑，她顺手提起那盏红纱灯！

“你病还没好，听我话，睡下吧，也该做个好梦了；明天好了，我们还要演，《青春之诉》呢！”

“好，我听你话，邵老师，你走吧，我站在西边这窗子面前送你，窗外就是你走的那条小巷，你不是喜欢红灯吗？我隔着玻璃，用红灯为你照着路，这象征我们的光明，也象征我们的希望！”

梦菲往外走了，雨势甚紧，他踏着泥泞的路，经过那条小巷，远远望去，东边这座楼的一个窗子，有片模糊的红光，红灯上下的摇动，隐隐约约的有个纯情的少女，在向他挥手……那红灯照亮了这条小巷，照亮了空中的雨丝，也照亮了他的心……

五

春残了，春天梦一般的飘过去……

战争还在遥远，紧一阵松一阵，江城三月渐渐的消逝，麦子熟了，蚕豆也都晒成干的了；遍地的镰枷声，农妇们在打麦场拍着麦子，行人道上，也铺满了麦芒，任人们来来往往的践踏；空中是一片白云，一片蓝天，新秧翠绿的都已成行，人们嚼着鲜美的蜜桃，也咀嚼着传奇的故事，×××又发生婚变了，×××投江了，×××没有结婚就怀了孕，×××跟×××被捕了……太阳一天比一天的热，人们脱了棉衣，夹衣，现在又换上短短的白衬衫了；有人埋头写论文，有人计划一个漫长的暑期，转眼旧历五月到了，家家准备插蒲艾，过端阳，园里园外榴花开得耀眼。女孩儿身边都缀上红葫芦，带着香包，几个学院联合发起选举五月皇后，事先派出许多活动分子，分头去游说讲演，软性壁报也大肆宣传，结果托上帝的福，淑英以七百五十三票当选，荣膺五月皇后了。端阳节这天，万千男女，都穿红挂绿，带着生命的笑，带着幸福，成群结队的奔向汉江，连成一条十里长的队伍，他们叫作"游百病"。全体男女同学，也都参加了这个伟大的行列，江水微微的起伏，夏风轻轻的吹，多少男女在放情的追逐，尽情地调笑，疯狂般的抢夺香袋；女孩儿把那种小巧的东西，缀成各种各样的形态，缀满各种彩色的珠子，她们夸耀的挂在胸前，鲜艳的露出些丝穗，让那些健壮的小伙子，用色情的眼睛，包围他们，抢夺他们；于是江边上锣鼓喧天，女人们的嬉笑，男子们野性的呐喊，闹成一片，也搅作一团；人群中有人发现了五月皇后，同学们疯狂般的拥上去了，淑英打扮得像天仙，脸上泛着青春的笑靥，数不清的眼睛凝望着她，对她招手，向她呼唤，她点头，她微笑；江川挤在她的前面了，他向她伸出手，他们握了一下，轰……赞美的手掌，从四面八方拍起来了，贺尔也挤在她的对面了，他的头上还裹着药布，他也向她伸出手，他们也握了一下，轰……掌声又起了。远远人海里有林兰，她比从前快乐些了，她亲手缀成了几个香包，分赠给梦菲，鲁野，江川他们，周天德也穿着一件蓝蓝的大衫，出现在人丛中，这一天没有人看书，没有人去寻找悲苦……

端午过后，孩子剧团演出了《青春之诉》，梦菲把林兰的身世当作主题，写了个三幕剧，《金莺初唱》，他想从买办式的婚姻制度下，解放出女孩的身心，让她们自由的活下去，他请林兰担任剧中的主角，他要她有勇气，坚定信念，为自己的幸福奋斗；林兰不顾家庭的反对，欣快的答应了，她曾同她父亲吵过几次，她庆幸自己的勇气，一天天大起来；在岭南中学欢送毕业同学的游艺会上，《金莺初唱》光荣的演出了，林兰没有屈服在运命的脚下，博得了同情与赞赏的眼泪；梦菲很愉快，他希望这股细流，能鼓荡成江河，涌出一条新生的路。

终于悠长的暑假到了，六月的江城，人们流着汗，外面的太阳像火烧，大批男女，投入了汉江的怀抱……

"游泳去！"大学生，中学生，小学生，数不清的男女，他们浴在绿色的浅波中，任它漂流起伏，无忧无虑的像轻舟般荡了去。虽然年年的暑天，这江河的底层，会浮上一两具含冤的尸身，虽然女同学到江里游泳，本地人士认为是不祥的征兆，但是谁又能禁得住年青人的智慧呢？夏日的风情，都流溢在江边了。沙滩上躺着年轻的儿女，他们在晒太阳，把皮肤染成健康的颜色，他们躺在那儿自由的谈心，看江山如画，秦岭苍翠地缭绕着白云，他们的心想得很远……

淑英同几个女同学天天去游泳，贺尔不再去找她，她也不找贺尔；江川曾经跟曼萍一度谈得很密切，但是曼萍郁闷的心情，总是舒展不开，她还有点恋恋于贺尔，贺尔伤口完全康复以后，他在计划一个新的理想，他找曼萍谈过几次，贺尔表示他今后要专诚地死心塌地的爱她一个人。有天晚上，他们谈得很久，贺尔激情的说："曼萍，你告诉我,你对我是不是真心?”

“我不知道。”

“那么你到底怎么样?”

“过去的就让它过去吧!”

“好,以前种种譬如昨日死……曼萍,你是我真正的知己!”曼萍走了,也许她带着点难以捉摸的希望,她不能忘记同贺尔的旧情,她矛盾,她痛苦,她又暗暗的滴下泪,当江川问她为什么的时候,她弹着泪花说不出话来;第二天傍晚,她带着梦幻的心情,跑到贺尔房子里,一推门里面坐着位半乡下式的少妇,贺尔正跟她谈话,她一迟疑,贺尔尴尬地站起来给她介绍说:

“曼萍,我给你介绍一下,这是我的内人,昨天刚刚从家乡来!”复向那位少妇,指着曼萍说:“这是刘小姐,我的同学!”

曼萍呆住了,像是做梦,真是想也想不到,她能说些什么呢?那个少妇凝神的注视着她,她一句话也没有说,像幽灵般的退出来了;贺尔并没有送她,只见他脸上是痛苦的表情,她不相信这是真的,昨天贺尔还亲口对她说过,他要实行一个新的理想,刚刚一天工夫,事情就变得这么快吗?天晓得这是谁在作祟;她往回走,她最初并没有痛苦,只觉这事情不会是真的,是夏夜的一个梦境,是她的想象,是她的磨[1]难……她走回宿舍,她发现有许多只眼睛,都像在讥笑她,又像有好些人,在背地议论她,说她是世界上最愚蠢的傻子……她渐渐觉得这事情是真的了,不是梦,也不是想象,是贺尔又变了心,写信把他太太叫来的,奇怪,贺尔什么时候有了太太,他没有说过,别人也没有提过,这也许是贺尔对她的一种报复吧!她渐渐的恨起贺尔来,她觉得真像江川所说,他欺骗了淑英也欺骗了自己,他不该这样对待她,他会使一个懦弱的女孩,丧失活着的勇气……想到这儿,她[2]把一切都归结到自己悲苦的运命上,她躺在床上哭起来,哭得最痛心的时候,贺尔匆匆的跑去,两个人没有话,曼萍把头转到里面了,贺尔站在地上伤心的说:

“曼萍,饶恕我,饶恕我的运命,想不到……人生的变幻太快,我的心是难以压抑的痛苦……”

曼萍不答,仍是低低的哭泣,贺尔轻轻的出去了,曼萍从那一夜开始把人生看破,她患了高度的神经衰弱症,她不再想什么了,她想把自己麻醉下去……

这是夏天的一个插曲,整个暑期恹恹的,悄悄的度过;人们谈论着贺尔的事情,也同情着曼萍的命运;中午时候,江城酣睡正浓,大家都掩着门,喝杯苦茶,翻翻线装书,度这悠闲的假期;黄昏时候,江畔草丛有些人在徘徊,夜间十二点钟以后,茶馆中还有

① 原文为“魔”。

② 原文为“他”。

一两个知己,在细细咀嚼小城的韵事,偶而体育系发动一两次小型的游泳赛跟垒球赛,是炎热季节中,微微泛起的波纹;大家都期候早秋的消息,因为有些新的伙伴,从远方来,迎新席上又添了新客,江城又饰上一层新装了。

果然树叶渐渐飘零,男女同学早晚都加上一件毛背心,秋天真的到了;学校经过两三年的动荡不安,现在完全平定下来;新校长加强教授阵容,强调"安定第一,读书至上",党派问题,大的冲突已经没有,同学们吃得都很好,读书空气渐渐的养成了,抢参考书,抢自修位子的事情,逐渐加多,抢饭的现象,已经不见;大家把笔记写在用树皮做的黄草纸上,晚饭后点一盏菜油灯碗,刻苦攻读,没有怨言,也没有凄楚,往远处看,战争有光明的憧憬,一切都需要更艰辛的支撑啊!

秋天来了,江城的每个角落,都飘着桂花香,人们夹着书,走进每条胡同,桂花温馨的气息,都要使你停住脚,仰起头,看看是不是有花瓣纷纷的洒下来,人们温润在桂花城中,从早到晚,都感到秋天的可爱。

鲁野,梦菲发起,组织一个以纯粹研究诗为主体的星社,经常执笔的有五十几个爱好文艺的同学,淑英的诗写得很好了,她近来专门研究莎士比亚的悲剧,她对于星社很帮忙,她主张演两个戏为星社筹募基金,她和颜悦色的把曼萍拉出来,重排《重庆二十四小时》跟《大地回春》;曼萍也想用演戏来刺激一下生活,也就答应了,于是江川演了《重庆二十四小时》的康泰,梦菲演了林白野,贺尔饰了《大地回春》的大少爷……秋光盈野,大家一团和气,过往的斗争跟角逐,都早已忘怀了,贺尔跟江川握了手,虽然他们中间还有小的裂痕;贺尔从太太来了以后,不再提"恋爱"两个字,江川跟淑英始终未和好,也更没挽回曼萍的伤痛,他们在热烈团结中完成了两个戏,成绩出乎人的意料,梦菲感激的说:

"这是我们继募捐游艺会以后,第二次的大团结了,象征我们的进步,也象征学校前途国家前途,民主精神的蓬勃,我们应该欢欣的庆贺一下。"

"只要都能开诚布公的去做,团结是没有问题的!"淑英笑着说。

"也一定会有成绩!"江川好像顺着淑英的意思来说话。

"我相信,我们现在的努力,是为了星社的成就,因此我们成功了,因为我们的目标相同,我们单独没有立场!"梦菲兴奋的说。

"是的,梦菲,我赞成你是个自由人!"曼萍轻易不说话,现在也开了口。

"我想红叶烂漫的时候,我们到橘林去旅行,大家畅快的谈谈。"鲁野做了个庄重的提议,梦菲接着说:

"好,再有两个礼拜,橘子都红了;那时候岭南中学到橘林露营,我们也可以凑热闹,住上一夜。"

"赞成,我最爱秋天的晚上!"淑英看了梦菲一下。

计议已定,大家分头散了;两个礼拜,梦菲为孩子剧团编排了一个独幕剧《月亮上升》;江城的田野,遍布着打稻子的声响,隆隆的像从空谷中传来的回音,新米上市了;田间的渠水,不再像春天那样潺潺做歌,微弱的流起来了;树上金黄的柿子,广场上金黄的谷粒,你会想到这水乡年年是丰收的季节,秋天的江城,更洋溢着生命的豪迈同美丽。

重阳节后,月亮渐渐圆起来了,满山红叶,令人遐思,各学院纷纷做秋季旅行,大地上秋高气爽,人壮马肥,原野间又徘徊着年轻人的脚步;到橘林去的孩子,都红红的脸,提着一大提包橘子回来了,有的骑在自行车上,用条灯笼裤,装满一裤子橘子回来;有的一面走,一面嚼,一面唱;在橘林里面,可以大嘴的吃果子,没有人来争夺。早年这橘林周围四十多里完全是果园,经过多少年来的变迁,橘园渐渐的少了,但仍然是黑压压茂密的一片,从这村连到那村,橘林造成一座美满的田庄;这儿叫神仙村,靠着排绿色的山坡,山坡下有密密的人家,红红的枫树;这面是座茂密的大森林,她还保有原始时代的雄伟跟神秘,旁边是道堰闸,整个水乡的溪流,都导源于此,一眼望去,水声震天,落叶满地,大森林的枝干,一条条,一条条,使你感叹造物者崇高的魄力,这儿是水乡的灵魂,遥遥系着年轻人的心脏!

岭南中学一千多男女童军,宿在这座大森林里了,孩子剧团同五十年代剧团,青年剧社,银星剧社,单独占据了一角,支了六座帐篷,他们在森林的极北部,搭了座台,那儿只是松风低啸,轻微的水音;台上正布着森林的野景,正是演《月亮上升》的舞台面,每个同学都带来了饭盒家具,他们要在林中烧起野火,自己做饭,准备狂欢的度过这秋天的夜晚……

江川一行来得较迟,一路上他们过小桥,荡渔舟,沿河边拣发光的玩石,攀着半山的枝桠去采红叶,来到神仙村已近黄昏,他们先到林中大量的吃了阵橘子,就回到这座神秘的黑林里,贺尔,梦菲为他们安排好帐幕,月亮就渐渐的爬上东山了!

林中阵阵嘹亮的军号,那旁又响起一串大合唱声,炊烟缕缕,水声风声,夹杂着战马的哀嘶,正是幕悲壮的宿营图。鲁野说:

"你们看这情景,又让我想起了太行的战斗。"

"谁骑马来了?"淑英在问。

"岭南中学的军训教官。"贺尔回答。

"梦菲呢?"

"他给孩子剧团在化装,《月亮上升》快上演了!"

他们拥到后台,才知梦菲正在着急,原来他发现林兰上妆以后突然不见了,他赶快派几个人去找,都没有找到,最后的人回来说:

"林兰在森林的东边,自己靠在树上流泪呢!"

梦菲跑去了,林兰在《月亮上升》里扮一女神,她穿一身轻罗,长长的白纱拖在地上,她的身后长着对美丽的翅膀,她在一棵大树下暗暗啜泣,梦菲温婉的说:

"林兰,怎么了,身体不舒服吗?"

"不,邵老师,我忽然心情感觉不好,不知为什么?"

"好孩子,安静会儿,戏快上演了!"

"我觉得将来的日子很可怕!"

"不是我告诉过你,不要怕,有我在你身边!"

"我也这样想,哦! 月亮快上来了吧!"

"是的,随我回去好了!"

林兰擦擦泪,默默的走回去,岭南中学的同学,正在吃晚饭,饭后经过半个钟头的休息,《月亮上升》,轻轻地揭幕了,那时月亮正隐入林梢,台前点着两支大红烛,一千多人都静静的坐在草地上,静悄悄,只是四野的虫声,织成美妙的音乐。

《月亮上升》是写森林中一个女神的故事,她因为这森林太黑暗,便去追求光明,中间遭受种种磨难同波折,她曾几次到人间找寻一支遗失的金箭,为了射穿月亮前面那座银色的屏风,她悲歌,她受苦,几次失败,空中都有种诱人的音乐,促她努力,最后她终于冲进广寒宫,把月亮牵引到这森林里来了,于是月亮上升了,大地上充满银色的光芒。当全剧告终,舞台只流荡着阵阵仙乐时,那对大红蜡烛,恰好淌尽,月亮也真的从林梢中升起来了,全剧在音乐同诗一般美好的气氛里完成;全场少男少女的心境,陷入到月光神秘的想象里,没有掌声,只是无限的遐思,萦绕心怀,像梦,像回到另外一个真理的世界;多少人阖上眼,女神的美丽同那娟娟的面庞,便映入眼帘,他们爱她,倾慕她,想念她……

林中是月光的世界了,红叶涂了层月色,显得那样娇红,松针都亮晶晶地闪烁着……秋天的月亮,那样美,那样清滢,那样皎洁,这座远古的森林,在月光下年轻了,它在感激女神,为它带来了青春的憧憬。

同学们都分散开举行小的集会,夜静了,风清了,水声像音乐,虫声如一支缠绵的情歌,年青人在这时候都应该找自己最知心的朋友,对着月光,对着森林,对着坦洁的心灵,低低的倾吐……

那旁远远坐着的是淑英同曼萍,她俩挨得那么近,手握得那么紧,月光照着她们的头发,她们的脸……谁让她们两个人坐在一块,没有人知道;曼萍脸上是悲愁,眼角浮出了泪光;淑英温和得像小妹妹,她指着月亮说:

"曼萍,月光真好,我最爱秋天的夜晚,我们不要辜负它。"

"是的,月光真好……"她像在自语,那么慢,那么低沉。

"两年了,我们从来没有在一块谈谈吧,人家会说我们是仇敌。"

"我不这样想!"

"我看你太悲苦,曼萍,我很坦白,把一切都看淡点吧!"

"我想不开。"

“你是不是还想贺尔？”

“不，我早就死了心！”

“我赞成，我觉得，有朋友就玩玩，没有朋友，就自己跟自己玩，你看月亮是我们的朋友，森林也是我们的朋友。”

“我不如你，淑英！”

“不，我们都还年轻，还有的是好日子！”

“我觉得不会再有好日子了！”

“放宽心吧，路是人走的，多少人还倾慕我们呢！”

“也有多少人在替我们悲叹！”

“曼萍，你是天生的苦心肠，在找寻人生的乐趣方面，你不如我！”

“我的命太苦，我很愿意像你那样快乐的活着，但是我不能，我遇见的都是黑暗如山，骇人的暴风雨……”

“那又怕什么，撑紧舵，风越大，我越觉得好玩。”

“我太胆怯，也太懦弱。我怕我活……”

“不要胡想吧！”

“我，我不如你！”

曼萍哭起来了，淑英揽住她，让她低低的隐泣……

另外远远坐着的是贺尔同江川，他俩谈得那么亲切，也那么真诚，江川往后拂了拂头发说：

“贺尔，我们同时入学，一块为争取革命而奋斗，我们是同学，也是同志，不想中途，竟遭遇了意外的磨①难。”

“过去的就让它过去吧！”贺尔像在重复曼萍的话。

“我深深忏悔过去的鲁莽！”

“我深深忏悔过去的无理！”

“这是我的遗憾！”

“这也是我的遗憾！”

“贺尔，今晚月亮这样好，国家还在打着苦仗呢！”

“我们惭愧！”

“我们学了什么？快毕业了，又能给国家做些什么？”

“但愿本着良心，国家培育我们不容易！”

“我近来对于党务有些灰心，一面求学，一面办党，什么都做不好。”

“我抱有同感！”

---

① 原文为“魔”。

“梦菲究竟是坚稳地站住脚了!”

“他有他的看法!”

“我们生在这个时代已经不平凡,愿我们不要辜负它。”

“我也这样想。”

“时间是把血淋淋的刀子……”

贺尔沉默;梦菲望望淑英同曼萍,又看看江川同贺尔,他感激的握住鲁野的手说道:

“这是精诚的感召,鲁野,希望离开岭南以前,我们再有几次空前的大合作。”

“只要有机会!”

梦菲笑了笑,跑进孩子剧团的帐幕,招呼他们睡觉,林兰坐在一块大石头上,正对着月亮出神。

“林兰,睡去吧,天不早了!”

“我愿坐到天明。”

“你又在想什么?”

“我想明天回家,怎样对付爸爸。他不准我露营,他并且威吓我,说那家商人,要来催我过门了!”

“你怎么样?”

“我说我根本不承认这门亲事,你们逼得我紧了,我只有死。”

“不是死,是反抗。”

“反抗不了呢?”

“继续反抗,你的勇气还不够,孩子,再坚强些!”

“邵老师,我的力量究竟太小,我的羽毛还没有丰满,有一天你走了,我一个人,谁来帮助我,谁来鼓励我呢?”

“孩子,我不走,不要倚靠我,是我帮助你,你要自立。”

“你是我的导师!”

“睡去吧,夜有点凉了!”

林兰回到她的帐幕里去了,月亮已到中天,金黄黄的,大森林静下去了。

一阵号音,飘过夜空,虫声更密了,孩子们也入梦了,森林的怀抱里,只剩下一个个帐篷,一个个岗兵,月光照着他们,年轻的儿女们睡熟了!

不知什么时候,一片乌云涌上来,大地黑暗了,月亮蒙在云彩里面,吐不出光来,有个黑影子长长的头发,幽灵一般的从帐幕中出现,她浑身像在颤抖,她走一步,停一步,像在祷告,又像在悲泣,最后她悄悄的隐没在林中了!

五分钟后,一阵凄厉的警笛响起,好些人都从梦中惊醒,一个守卫的童军,大声的喊道。“有人跳河！有人跳河！”慌忙中十多个勇敢的队员跳下去了，在湍[①]急的河水里，他们救起一个女郎，早已不省人事，经过一阵紧急的救护后，才渐渐清醒，原来是曼萍，她被梦菲，鲁野抬到帐幕里去，淑英为她换了衣服，大家围着她坐下，林兰也醒了，凑上来，一齐问她为什么投河，她握住林兰的手，眼泪汪汪的说：“我相信运命！”

梦菲阻止大家，不要再问她，让她养养神，这时阵阵风来，凉气袭人，鲁野烧起一簇篝火，大家围着取暖，月亮还没有出来，远远的有鸡啼，鲁野说：“天快亮了，我们坐着等待黎明吧！”

曼萍在淑英的怀里，闭上了眼睛，贺尔始终沉默，突然梦菲在火光前大声嚷道：

“等待黎明，等待黎明，一切都需要等待天亮，我们的国家，我们的前途，我们的事业，朋友们，我们需要早晨，早晨的阳光，阳光里生命的力，为了纪念这个夜晚，为了曼萍的投河，我想把我们星社的定期刊物定名为《待宵草》。”

“待宵草……”曼萍梦中喃喃的声音。

远远的鸡又在唱了！

他们真是伴着早晨的阳光回来的，回来以后，曼萍就病倒了。江城桂子飘香的季节，褪了色，深秋过后，就是初冬的天气了；战局一天天的严重，敌人进犯湘桂路，直取桂西，那个山水甲天下的文化城，便在凄[②]惨的炮火下粉碎了，多少文化人，颠沛流离的逃出来，挣扎在死亡线上；湘桂路上，成千成万难民的行列，造成历史上空前未有的大撤退；桂林沦陷了，金城江沦陷了，敌骑纵横，山河变色，虽然隔得那么远，江城流溢着不安的空气，在紧张中，贵阳变成最前线，重庆有钱的人士，准备做最后一次的逃离，政府也有迁往康定之说。幸而庞大的天兵，从中原飞到桂北，扑灭了这条火焰，敌兵节节败退，金城江收复了，柳州收复了，万千的健儿，源源开往前方，他们稳住了这个危疑震撼的局面；他们都穿着草鞋，跋涉几千里长途，冬天快到了，大公报首先号召发动全国献金，慰劳过境国军，顿时各处响应，冯玉祥先生以年老的身子亲赴各县劝募，这消息传到江城，梦菲同鲁野，江川，贺尔召开了一个会议，他强调国家高于一切，任何成见，都可以在国家前面，放弃小我，成全大我，来维护民族的最高权益；他强调每一个集团都应该合作，不能单独的去做，他主张响应献金运动，扩大劝募；江川，贺尔，非常赞成，鲁野也表示承认；于是他们联络学校当局跟地方党政军商各界，成立了“慰劳国军献金劝募委员会”，扩大宣传，定期在十月十五日到国民兵大操场举行全市各界献金竞赛，事先劝募委员会发动许多人到各中小学讲演，那些天真的学生都想尽方法，把自己的糖果钱省下，把自己的积蓄拿出来，准备献给英勇的战士，全城掀起了献金的狂潮，各学校都在争取献金最高纪录的冠军；梦菲，鲁野等，更是每天忙到晚，他们在写标

① 原文为“喘”。

② 原文为“悽”。

语撒传单,编了许多献金跟慰劳将士的歌子,分发各中小学去演唱,又组织了街头劝募队,家家户户去劝告,正在如火如荼的当儿,冯玉祥先生在十四号下午赶到了,这不啻是火上加油,献金热潮,如疯如狂;十五号早晨,天空飘着雨丝,大家兴致丝毫未减,全城大中小学生及市民等,两万多人,组织了伟大的游行行列;他们在街上走着,旌旗招展,歌唱入云,每个人都准备献出最大的力量,最多的金钱;各村的保甲都组织了锣鼓队,一路敲打助威,九点钟,大队人马齐集在大操场上了,雨丝飘着,主席团宣告开会,仪式举行完毕,两万多人,用最热烈的掌声欢迎冯玉祥先生莅台讲演,他穿套灰棉军装,深深的鞠了一躬,向大家说道:

"同学们,我们是中华民族的子弟,抗战打了七年多了,我们还能在这儿有书念,有房子住,有饭吃,这是不是国家的恩典?"

"是……"一阵天崩地裂的回答声。

"现在我们的国家,已经到了最紧急的关头,我们的仗打得最苦,我们已经遭受了惨重的牺牲,我们再不努力,我们的国家就要亡了,我们的民族没有了!……"

台下是痛苦的回忆。

"为什么我们这样苦,牺牲这样大,不是我们军队不能打,是我们的国军武器不好,装配不好,粮饷不足,不够营养……但是他们还能打胜仗,还能以少数的兵力,消灭敌人大的兵团,这是什么力量,这是我们中华民族不可撼动的元气。"

又一阵热烈的掌声。

"现在冬天快到了,我们的国军还穿着草鞋,穿着单衣,挨冷受冻,吃不饱,穿不暖,虽然这么苦,他们还是在那里天天打着仗,时时刻刻的拼着命,因此我们不忍坐视,我们不能让我们的国军受罪,我们要他们吃得饱,穿得暖,养好力气再去为我们打胜仗;他们在出力,我们要出钱,因此我们要热诚的献金,踊跃的献金,我们多献一块钱,国军就多增一分力量,国军多增一分力量,敌人就减少一分力量,同学们,大家伸出热情的手来吧,为国家为民族,为了自己……"

掌声从四面八方传了来,雨渐渐的大了!

主席团是由梦菲,鲁野等九个人组成,梦菲当了主席,这时候宣布献金开始,锣鼓声大作,国立第一中学的代表首先捐献五万元,众人大鼓掌;岭南中学接着献七万元,春明女子中学献上许多刺绣枕头,毛巾,花手帕跟国币十万元;人群有些骚动了,一个代表冲到前面来说:"报告主席团,私立立人中学全体师生捐献国币十五万元。"

一阵喝彩声,春明女中的代表,马上站在条凳子上,高声喊道:"春明女中再增加五万元。"

"好!好!"锣鼓声响了!人们拥挤得更厉害。

"不行,不行,我们也要加,不能让女同学占先!"立人中学的学生嚷起来了,他们当场募捐,几分钟后,那个代表也站在凳子上喊道:

"立人中学再献派克自来水笔三支,国币八万元。"

"好!好!"先前喊好的人又助上威了!

春明女中的代表,像是羞红了脸,挤在人群中不见了;接着,第一小学献六万元,考院小学献八万元,江南馆小学献七万元,自强小学献九万元,突然有个粗壮的嗓子喊道:"师范学院献国币二十万元。"

一下暴风雨似的喝彩,接着流水样的,文理学院二十万元,法商学院二十万元,工学院二十万元。忽然有个同学又大声嚷道:

"师范学院体育家政两系单独捐献国币三十万元。"

这个大的数字,人像潮水般的泛滥起来,有几个学院,力争到底,最高纪录曾经到达三十六万元之多,雨一阵大,一阵小;最后是商会献金主席用传音筒向观众报告,大家在热烈期待的静穆下,有人喊道:

"商会代表慰劳国军捐献国币十五万元!"

轰……群众们的感情爆炸了!各个角落鼓荡着愤怒同咆哮的声音!

"奸商,奸商,卖国贼……"

"打倒囤积居奇,发国难财变相的汉奸!"

"再让他捐!再让他捐!"

"打,打这种丧尽天良的东西!"

一阵骚乱之后,主席团派人跟商会代表交涉,商会表示无力再捐;在交涉的时候,举行个人献金,首先一个女孩子跑到献金台前虔诚的说道:

"刚才春明女中的代表,愿意把她刚刚订婚三天的金戒指,献给英勇的抗战将士!"

她说完便拿出一个亮晶晶的金戒指,双手捧着掷进柜里去了,雨中满场飞花的赞美声,大家都在人群里搜索春明女中代表的影子。

片刻有个衣衫褴褛的乞丐也挤到前面,拿出两张钞票说:"这是昨天讨饭要的五十块钱,捐给国家,聊表我一点热心吧!"

又有个白发的老婆婆,领着个五岁的孩子,颤巍巍的走过来,拿出一千块钱说:

"先生,我的大儿子作战死了,二儿子在中央军校,这是我最小的儿子,现在把他的糖果费一千块钱,献给国家吧!"

多少小学生向着这老婆婆致敬,雨大起来了,主席宣布了商会无力再捐的消息,全场上是内心悲愤的叫喊,呼打之声不绝,这时梦菲,他压抑着情感颤声的说:

"同学们,请大家看看,我们今天献金的情绪是多么高涨,竞赛的程度是多么热烈,我们是来自战区的穷学生,没有钱,没有接济,为了表示一点我们热爱国家的衷情,我们卖大衣,卖字典,凑点钱,献给英勇的战士,我们甚至把自己最心爱的东西,自来水笔跟订婚戒指都献了出来,这是我们今天最大的收获,我们的最高纪录都到了三十六万元;但是商会比我们钱多,买卖都很发财,他们竟献出十五万元,这太少了,我们不能强迫他们出钱,献金是激发于良心的驱使,我们只有哀求他们拿出良心,拿出钱来!"

一段话,场上静下去了,梦菲又对着商会代表热情的说:

"朋友们,再捐点吧,我们都是苦孩子,钱太少;你们不比我们,多捐点钱,多打几个胜仗,胜利也就多接近一天,你们都是爱国的商人,都是有良心的儿女,再捐点吧!"

商会代表们把头转过去了,没有理会,梦菲看着他们,看看群众,再看看主席团,他用最高度的容忍,感情的说:"朋友们,你们就不动一点心吗?你们可以再少捐点,让大家知道你们是更爱国的商人,不落人后,呵……"说到这儿,他变得非常痛苦的,用手擦擦脸上的雨点,更感情的说:"我真诚的恳求你们,让我来跪下,让我们主席团全体都来跪下恳求你们,再捐一点钱吧!"

主席团九个人都跪在台上了,雨打在他们的头上,群众陷入痛苦的沉默的期待里面,商会代表你看看我,我看看你,没有声音,也没有表示。

三分钟后,梦菲头上淌着泪,也淌着汗,他跪在那儿,挺直了身子,悲痛的喑哑地喊道:

"亲爱的同学们,雨这么大,我们主席团全体都跪在这儿,恳求他们再捐点钱,他们没有表示,我们是中华民族的儿女,我们用我们最大的容忍,最大的热情,做最后一次的恳求,让我们全体有良心的好儿女,大家一齐跪下来恳求他们吧!"

他呜咽了,咕咚一声,两万多纯情的学生,都跪在泥泞中了,满天急雨掠过来,全场悲情如火,冯玉祥先生,掩面而泣,半数以上的人们都下泪了!这悲壮的大场面,真是震动了天地,没有人想到更大的灾难,悲苦占满了整个身子,学问,青春,事业……什么都没有了;沉痛,耻辱,七年的苦仗,弱小民族该翻身了,跪在那儿脸上的泪是悲愧,是说不出来的热爱民族的痛苦……

商会代表们屈服了,他们也献出了最高数三十六万元,献金竞赛宣告结束,共得四百五十二万三千元,全部交学校当局转给重庆劝募总会了。献金造成江城第一等大事,人人都没有忘记膝盖上面的泥泞,是噙着血泪的真诚地反抗;当走过那座大操场,热潮泛起,每个人都牢记了那个歌泣的故事……

渐渐从家家户户赶制寒衣,跟女同学手上的红蓝毛线上面,发觉冬天又来到这小城;今年的冬天,什么都冷静了,冷静中有人传诵着曼萍同周天德热恋的消息;这消息起初人们不相信,最后终于证实了;他俩已经没有办法摆脱,也没有办法排解,自然的要归结到婚配的路上来了;离圣诞节还有十天的光景,周天德因为勤苦攻读,品学兼优,学校发给奖状,并颁发清寒好学奖金三万元,他用这笔钱宣布跟曼萍在圣诞节那天结婚,委托鲁野,梦菲办理;鲁野,梦菲商议了下,他们分头去找周天德跟曼萍;鲁野跑到宿舍,周天德正在看《经济政策》,鲁野笑着说:

"老周,快结婚了,还有心看书吗?"

“我是结婚不忘读书!”周天德比从前开通多了。

“我问你,你跟曼萍怎么这样快?”

“我们都有这种需要!”

“你不是已经有了太太!”

“我知道,她也知道;那是乡下式的,古董式的,我跟她没有感情,我们结婚半月,我就跑出来了;她的性情,品德,学问,事先我都不知道,她不是我的妻子,她只是伺候我母亲的工具,是封建制度下的牺牲品;她是善良的,我可怜她,同情她,但她不认识字,对我事业上没有帮助,我没有办法救她,也只有让时间拖下去……”

“想不到你也搞上恋爱,并且结婚了!”

“奇怪吗?鲁野,像我这样的书呆子,曼萍竟爱上了我,并且我也爱上了她!”

“你的结婚动机在什么地方?”

“我寂寞,我孤独,你们都参加任何活动,我没有;我的想望,只是能求得更高深的学问;但是冬天的晚上,当我读书的时候,我希望能有个温暖的家,那我会读到深夜,也写到深夜!”

“你把曼萍当成你解除寂寞的工具!”

“不,这句话太罪恶;我深深爱着她,我几乎爱一种具有林黛玉典型的女孩;她悲观,她痛苦,她需要有我这样老实人,来安慰她,来鼓励她;她不需要跟别人,胡乱的好下去,那将要遭遇更悲苦的运命;我们的结合,毋宁说是我救了她,使她走上新生的路。”

“你倒满有你的恋爱哲学!”

“我向她说,我家里有太太,可是由家庭主婚,我们可以离异,现在我需要事业上的朋友,我需要小家庭,我的妻子需要是大学生,并且需要有才干。”

“她怎么样?”

“她笑了,她说想不到你也能这样侃侃陈辞。”

鲁野大笑,拍了拍周天德的肩膀走了。

在他找周天德的时候,梦菲去找曼萍,曼萍已知来意,笑着打招呼道:

“梦菲,我已经有归宿了!”

“想不到!”

“我也这样想,梦菲,也许我跟周天德结婚,是我痛苦的一种解脱,我爱贺尔,也爱江川,我还深深的爱着一个人……”

“那个人是谁?”

“那只是一条影子,也只是我心上的一个念头,现在也都成过去了;梦菲,那天晚上投河,我没有死,我有了新的警悟,也许我能活得更久,但是我必须走另外一条路子!”

“什么路?”

“同周天德结婚的路子!”

“是的,我有些明白。”

“我深深的爱着贺尔;江川追过我,我跟江川好,几乎是我对贺尔的报复;但是我爱江川究竟是痛苦,因为他跟淑英好过,我喜欢一个男子痴情的专爱一个女孩,后来贺尔的太太来了,我发现他们并没有龃龉,于是我就死了心;我不愿贺尔在爱他的太太之外,还来爱我,如果他是真心的话;因此我发觉越是智慧的孩子,越不容易爱,也不值得爱;现在我跟周天德结婚,与其是‘爱’,还不如说是‘恨’,是‘悔’。”

“是的!”

“我太脆弱,太怯懦,也太相信运命,我跟周天德结婚,也许是运命注定了的!”

“你对周天德的印象怎么样?”

“周天德不过是一个影子罢了,我只是爱他的典型,爱他的灵魂,甚而可以说是爱他天真的愚蠢!”

“他是一个忠厚老诚的青年。”

“是的,他对我也许是一座新生的桥梁。”

“不过他家里有个旧式的太太!”

“我知道,他也告诉过我;我就因为他的纯朴无华,才把自己的青春,献给一个最老实的人;在这个社会里,周天德也许没有更大的发展,但是他是父亲的好儿子,妻子的好丈夫!”

“是的,老周会忠实于你。”

“为我安心吧! 梦菲!”

梦菲走了,他跟鲁野开始筹备周天德的婚礼;另外岭南第一线大学剧人联合公演曹禺的《家》,也在加紧排练了;鲁野饰高老太爷,梦菲饰觉新,贺尔饰觉民,江川饰觉慧,淑英饰琴表妹,林兰饰鸣凤;导演把瑞珏排成曼萍,但是因为她要做新娘,婚期跟演期,冲突一天;可是大家都希望看曼萍的戏,又因为梦菲演觉新,大家便要求梦菲请曼萍出来,演一天瑞珏,曼萍在略一思索之后,慨然的允诺了;当下瑞珏决定采 AB 制,第一天由曼萍演,第二天第三天由另一位丁兰小姐演,第二天便是曼萍的婚期;江城的冬天,迷蒙了一层白色的雾,园子里的红梅都开了,开得那么娇艳,像新娘润红的双颊;这里周天德,曼萍,在忙着做衣裳,借家具,粉刷房子,准备安排一个“家”;那边江川,贺尔忙着找角色,做大小道[①]具,借服装,也在安排一个“家”;梦菲一面排戏,一面忙着筹备婚礼;《家》的第一幕,是描写觉新同瑞珏结婚的场面。他心头是些异样的感觉,在舞台上排着戏,那个“家”里,他是新郎,曼萍是新娘,觉新同瑞珏结成了夫妇;而回到

① 原文为“导”。

周天德的新房为他布置的时候,这个"家"里,新娘还是曼萍,新郎却变成周天德了!他体会着这两种"家"的意味,也许舞台上那个"大家"的崩溃,就象征舞台下这个"小家"的诞生吧!人生就像一场戏,也像一场梦,他叹息的往往把曼萍就叫成瑞珏,却又不自知的笑了。

在《家》演出的前五天,另外的"家"里又发生了剧变,林兰逃婚了;他的父亲逼迫她正月初六就要嫁过去,她死也不肯,她仍然坚持不承认这门亲事,父女争持不下,母亲同情她,让她到城外的外婆家暂住;她挥着泪扮演了鸣凤,她比从前的境遇更坏,意志却相反地更坚强了!

这时候江城为两个"家"的诞生,像从冬天的雾里,看见了早春,看见了阳光;周天德的新房就设在梦菲院内,同梦菲的房子,紧紧靠在一边,中间只隔一道墙,窗外是株红梅。新房是由梦菲一手设计的,他几乎就想到这是觉新的新房,也像是为自己布置的;红暖帐,红绫被,桌上是满满的梅花,中间一对二尺长的大红喜烛,下面是红红的炭火;满屋子洋溢着喜气,洋溢着纯静的美;梦菲坐在书桌前,静静的写"家"的说明书;头一句他就这样说:

红梅夜,花烛照春宵。

高家大房的长子觉新,在行婚礼,月色铺满湖畔,雾霭迷濛,梅花像雪,爱梅的人,正抚摩着梅林低徊,湖水是一片蓝色的梦……

周天德立在他的身后,他迷惘的说:

"天德,像是我结婚,却明明在你的新房里!"

"是我结婚,也是觉新结婚,也是你结婚。"天德回答。

梦菲继续写下去:

春天了!像梦,新人哭旧人也啼……

"啊!林兰说过这句话,那纯情的孩子!"他喃喃的自语着。他想起鸣凤的运命,又继续写下去:

夜色凄清,是大风雨的前刻,一个纯情的少女,轻轻扣着窗棂,渺茫的黄金梦,爱恋的人……什么都完了!

"林兰不会是鸣凤吧!"

他走出这个"家"了;转眼就到彩排日期,正是圣诞节的前两天,团契的同学举行大合唱;舞台上那个"家",从高老太爷到仆人张二,二十八个人都挤在一块了,四幕五景七场的戏,直排到深夜四时,窗外声声鸡啼,全家人围着一大盆炭火,困倦的话起家常;江川,贺尔对曼萍直呼大嫂;鲁野在旁笑道:

"曼萍今天离开这个'家',明天就回到那个'家'里去了;新娘去了,新郎是不是跟着去呢?"

曼萍把头低到怀里,梦菲脸红了,鲁野又笑着说:

"几年的漂流,曼萍终于有个家了！希望你们的结合,不是奉儿女之命！"

"也希望这家是真正的'家',而不是'枷'！"江川接着说。

"愿明年今日有个小宝宝！"淑英嘻笑的说。

"三天以后,我们这个大家庭就崩溃了,小家庭也跟着诞生起来！"鲁野不住的赞叹。

"幸福的是老周,我们为'家'挨到天明！"

梦菲的话说完,窗外鸡鸣不已;远远一阵悠扬的赞美诗同大合唱声;第二天周天德结婚的前夕,《家》正式上演,瑞珏同鸣凤都成功了,台上淌着泪,台下也淌着泪;周天德坐在第三排,着看那个"家",又想想自己的"家",觉新的新房里,红暖帐,大红烛,窗外湖畔,湖畔上的梅花……他又想到自己的新房,红暖帐,大红烛,窗外的梅花,屋中的炭火……他羡慕觉新,羡慕梦菲,也羡慕自己……他觉得自己就是梦菲,也是觉新……一时又想到台上新房的新娘是瑞珏,是曼萍,自己新房里的新娘,是曼萍还是曼萍,……一阵迷惘的憧憬,他阖上眼,意境飘飘什么也不知道了！

次日圣诞节的早晨,天上飘着雪花,教堂的钟声响着,年轻人们特别忙了,忙过节,忙婚礼,忙看《家》……人人呈露喜色;周天德的结婚大典,鲁野当了总务;梦菲男嫔相,淑英女嫔相;江川,贺尔都是介绍人;经济系系主任为男方主婚人;中国文学系系主任为女方主婚人,校长为证婚人,地点在青年食堂,下午二时行礼,贺客迎门,一团喜气,好不热闹,来宾纷纷用红绿彩纸块跟绿豆,往新郎新娘脸上抛,落英缤纷,林兰在行礼时候为他们朗诵了一段喜歌,大家逼迫新郎新娘报告恋爱经过,接着仪式完毕,一阵排山倒海的闹酒声,曼萍已经微微有些醉意,不久,天近黄昏,同学纷纷起座,圣诞夜到了,雪花纷飞中,圣诞老人家家户户去送礼物;新郎新娘入洞房了,有的人们也跟着去了;梦菲,鲁野等又回到舞台上那个"家",新娘换了。这个"家"红烛高烧,音乐低奏,调笑新娘闹得最热烈的时候,那个"家",也正是红烛高烧,音乐低奏,大家围攻新娘最紧张的阶段;台上的瑞珏望着梅花出神,台下的曼萍也望着梅花出神;台上的梦菲叹息了,台下的周天德也叹息了！《家》一直演到两点才完,最末一场,窗外正是弥天的大雪,瑞珏病倒,觉新垂泪,窗外有孩子在学杜鹃叫……观众们散了,演员们纷纷卸妆离去,后台只剩下三五个人;梦菲发现林兰披一紫红色的斗篷,靠着窗子,正默默的出神,他忙问:"林兰,还不回去！"林兰不答,梦菲走到她的跟前,看她已是热泪盈眶,惊诧的问道:

"你怎么了,孩子！"

"我,我感到空虚！"好半天她才说了一句。

"快回去吧！天不早了！"

"回去？回到哪儿去？我是个没有家的孩子了！邵老师,刚才这儿是多么热闹,一家人出出进进,笑语连天,尽管有冲突,有斗争,究竟还是一个'家',可是转眼的工夫,什么都完了,什么也都没有了,‘家’崩溃了,人也散了,死的死,走的走……就剩下我一个人了,剩下我一个有‘家’归不得的孩子了!”

她哭出声音来了,静夜里哭得那么凄①切。

梦菲同情地站在她的身后道:

“好孩子,不要难过吧! 有我在你身边,不回去也可以,跟我去闹周先生的新房去!”

林兰擦擦眼泪,两人走出戏院,空中雪花未停,却是已经露出个多半圆的月亮来,月光凉沁沁的,经过福音堂,圣诞树上烛光辉耀,大弥撒典礼的合唱声,正鼓荡着夜空,他们出了城,月光下踏着雪,披着红斗篷的林兰,是那么娇柔,那么美丽,她在梦菲的身边,轻轻走着,她低低朗诵着《家》里面的台词:“明月何时有?”梦菲也就轻轻地回答着:“把酒问青天”,“不知天上宫阙,今夕是何年?”……念到最后,林兰热忱地说:“‘但愿人长久,千里共婵娟。’邵老师,不,我愿叫您一声大少爷,我问你,你喜欢瑞珏吗?”

“喜欢!”

“喜欢梅表姐吗?”

“喜欢!”

“那你就不喜欢鸣凤了!”她娇嗔的说。

小说

“我更喜欢!”梦菲笑了! 林兰忽然站住,仰起两道亮晶晶的眼睛,痴情的说:

“真的吗? 邵老师,你叫我一下鸣凤!”

“鸣凤!”

两个人沉默了,只是脚下踏着雪,沙沙的声音;他们走回去,周天德的新房内,最后的一批同学还在取闹,他们逼迫新娘子唱桃花江,梦菲回来给解了围,大家把目标又集中到梦菲身上,都在喊:“又一个新郎来了,觉新也入洞房了!”梦菲端起一杯酒,对大家道:

“我把这杯酒,请新娘子喝干,大家休息去吧,天不早了!”

“到底新郎偏向新娘子!”一阵嘻嘻的笑声。

曼萍感激的把那杯酒端起来,一饮而尽,众人散了,梦菲回到自己房里,也是红红的炭火,红红的蜡烛,林兰正坐在书桌前出神,隔壁新房渐渐的静下去了;他剪了剪灯花,林兰梦幻的说:

“新郎新娘安睡了!”

“天已经发亮!”

“邵老师……”

---

① 原文为“悽”。

“什么?”

林兰抬起头,在她脸上,正浮出一个美好的梦,她像自语似的说道:

“这房子里有红烛,也有炭火,邵老师……”她又温柔的叫了一声:“你,你为什么永远是一个人,没有一个家呢?”

“我……”

“我们都是没有家的孩子!”

突然梦菲披上大衣,拿起手杖,温情的对林兰道:

“林兰,天快亮了,你要休息一下,我走了!”

“到哪儿去?”

“学校宿舍,孩子,安睡吧! 明天一早我来看你,我轻轻扣着窗子,也轻轻扣着你美好的梦……我走了!”

他慢慢的转过身,推开门,出来了,他怕林兰不睡,又低低的在窗前说了一句:

“孩子,你的心太好,为了我内心安宁,睡下吧!”

林兰在屋里轻轻的答应:“好! 邵老师,我听你的话,你走吧!”

梦菲站在院子当中,回过头来,看看周天德的房子,又看看自己的房子,红烛还烧着,梅花吐着芳香,雪正纷飞,他想想曼萍,又想想林兰,禁不住又想到《家》的情节:

红梅夜,花烛照春宵……

月色铺满湖畔,雾霭迷濛,梅花像雪……

湖水是一片蓝色的梦……

他走出街门,原野一片辽阔的白雪,月光清冷,他一步步往宿舍的路上走去……

六

第四年的冬末……

江水悠悠的流着,岭南迎春开遍了原野,小城还是那么纯情的哺育着一代儿女;这宁馨的摇篮,多少人在她的怀中,梦一样的推开窗户,绿色的枝叶,鲜红的花朵,智慧的手采撷了林中软熟的种子,他们就捧来播在自己的心田里;看春去秋来,花开花落,什么时候盼望金色的果实,临到收获的季节,他们就离开她的怀抱了;面对这甜美的静静水乡,四年苦守的寒窗,也许要临风洒泪徘徊不忍离去。再相会还不知要什么时候,托战争的福,带我们到遥远,现在却要踏上归途了!

江城残腊,泛不起微波,多少绮丽的梦,多少歌泣的故事,都像烟云般的飘走了;事过境迁,偶而回忆起来,不过是一股感伤,一点清滢的热泪……眼前还是迷惘的雾,苦难的岁月已经不同了!

鲁野,江川,贺尔,周天德……都在安心地写论文;梦菲到本年冬季,学分已经修完,他掷下笔就要同江城告别了！当他把论文交给系主任的时候,他感激林兰,那十五万字的文稿,是这个痴情女孩费半年的工夫,静静的誊清完的;这十五万字,更陶冶了这少女多感的性格;她的心变得更纯,更静,更美,也更坚定了。她今年已经满了十八岁,逃婚以后的日子,她一向都住在外婆的家里,外婆对于她的婚事,力主自由,她想挣脱枷锁,她要排除万难,开始同运命斗争！这是梦菲的赐予,每当她天天抄写梦菲的论文,就有一股温存的力量,一股坚毅的力量,鼓荡着她,激动着她;她常常把笔衔在嘴边,对着镜子照照自己,鬓发低垂,眉峰如黛,她暗暗祝祷,已经不是个懦弱的女孩了！

正是星月交辉的晚上,家家户户挂着红灯,周天德同曼萍婚后第一个孩子降生了;是个男孩,长得像妈妈,周天德给他起名叫小萍,这新生的一代,生下来,就落在这温暖的摇篮里！

学校党派的纠纷越发的平静下去,同乡会跟系会的活动也逐渐减少;有学术性的壁报同刊物,却日渐增多,这说明同学读书的风气,不但养成,而且更进一步的有所作为了！

梦菲,江川为孩子剧团编导一个新型歌剧《夜行曲》,他们以一种新形式,来创造一个新的理想,没有管弦乐,他们凭借旧中国的大三弦,把弓子搭上,就嗡嗡的拉起来;这是新的尝试,也收到良好的效果。《夜行曲》歌剧的演出,为小城吐露了光明;梦菲跟江川亲切的握住手,他们意外的成功了！

江川又准备排《万世师表》,跟《清宫外史》。鲁野毕业,决定再回到太行山区游击队的根据地。周天德做了爸爸以后,生活的担子压着他,他到国立第七中学教书去了;校址离城三十里地,他每星期回来上两小时的《国际贸易》。曼萍整天在家抱孩子,她比从前消瘦了,也很少去上课;婚后的曼萍,也许一切都变了,周天德或许就是她新生的桥梁,她不再回想过去,那孩子就是她的生命,她把一切都寄托在这娇小的下一代了,虽然她还那么年轻,还不满二十三岁……

淑英呢,还是那么愚昧纯直的过着,她没有愁,没有憧憬;她的未来笼罩着模糊光明的远景！

天快亮了！

中国广大的土地上,都呼喊着这种声音;战争已经看见胜利的果实,摸不着阳光的人们,他们在伫盼天明！

天真的快亮了,但是黎明以前,最黑暗的阶段,还没有过去,战争在接近胜利的时候,也更艰苦。七年多的苦仗,中华民族的一切都在蜕变,旧的势力倒下去,新的翻上来。海洋上的战争,反侵略的炮火,已经逼近了三岛,中国需要强大的反攻力量,中国需要新式装配,新式武器……于是超越历史功绩的史迪威公路,在人定胜天的开拓下完工了。这条中国的输血管,她流进来,战车,坦克车,新武器,新机械,战争的新精神,反攻的新动力,……她牺牲了无量数中美健儿的血肉,为中国战时的神经中枢,辟开一条大的动脉。在辽阔的国土上,敌人正以他残余的兵力,作孤注一掷。我们需要反扫荡,反轰炸;我们需要新军,需要素质优秀的青年,来拯救胜利前最艰苦的阶段,来完成反攻的壮举。为了这神圣的使命,国家英明的掀起了“十万智识青年从军运动”的热潮;七年的苦仗,智识青年应该拿起枪直接的参加战斗了。国家大声疾呼:“青年们到战场上去!”“青年们飞上天去!”他们指出了“一寸山河一寸血,十万青年十万军”,青年们应该起来了!这一伟大神圣的号召,全国闻风响应,其势直如怒涛汹涌,激荡澎湃,不可遏止,全国各地学校的青年,都放下书本,走出学校,参加青年军的行列了;全国各地成立了“青年军征募委员会”,每天往那儿报名的青年真是争先恐后,络绎不绝;往往一个学校全班毕业同学,全体从军,那种慷慨悲歌,从容赴战的精神,令人钦仰,也令人感泣!岭南江城也卷入这从军的狂潮里了,各学院同学,纷纷请缨,狂潮激荡了悠静的水乡。男同学开始拍卖衣服字典同各种书籍,女同学把各种心爱的东西,也都赠给心爱的朋友。有些人准备送出征,江川预备用《清宫外史》这个戏作为赠别的礼物,大家纷纷交换纪念品。中学更是如火如荼,本乡的女孩儿也把花朵摘下,告诉妈妈说“要走了!”校长在纪念周报告,庄严的说:

“这是我们热血智识青年报国杀敌的机会,千载一时,万不可失去。希望我们从军,不是神经质,不是麻木的响应;更不是借从军来改变我们的环境,故意荒废我们的学业,而达到某一种自私的企图。我们是激于爱国的赤诚,激于我们的责任感,激于中国青年的良心,把一切都献给我们的国家!”

江城为从军热,震动了天地,白发的老婆婆,都忙着为自己的儿女,准备行装。一对对情侣,在依依话别。鲁野头一个报名从军了,鲁野的从军,很出人意料,他向人表示:“不管我的立场如何,我爱的是国家,是民族,国家现在需要我们,我们现在就要把自己还给国家,因为我们是中华民族的儿女,只有国家的利益,才是真正的利益,也只有国家最可爱!”

他报名了,由于他体质特别健康的关系,允许他受训三月后直接飞美学驱逐,再回来为国效命。这使鲁野更真诚的把自己献给了战争,他不久就可以成为一个空军将士了!

贺尔继鲁野之后,也报名从军。征募委员会想请他到远征军当一级译员,他请求直接参加作战;他的妻子已经怀了孕,再有一个月就可临盆,他希望生下来是个男孩,他可以不再回来了!

淑英是女同学中第一个从军的战士,她头天报名,第二天就把头发剪短了。有些人说她从军,是为了出风头,更有人说她去追贺尔,她绝对否认,并且在壁报墙上刊登一段启事,请求尊重她个人的信誉;她确实是受热情的鼓荡从军了,她觉得女孩并不比男孩弱,在这血与火的时代,女孩为什么不可以轰轰烈烈的干一场呢?她应该走在前面,为中国新女性奠下一条胜利的基础。

淑英的从军,使曼萍暗暗流下泪;她觉得女孩一结婚,意志,青春,事业,想望……便什么都没有了,她看看怀中的小萍,那就是她的生命,她什么也不再想了。周天德对于从军没有反响,他是准备用学术报国的。江川在排练《清宫外史》之余,特意去找梦菲,天已近黄昏了;梦菲正在作一个远行的计划,江川进来了。

"《清宫外史》排得如何?"梦菲问。

"还好,梦菲,我问你一件事,你对从军运动做何主张?"

"一寸山河一寸血,十万青年十万军,这当然是一股庞大的反攻力量。"

"你打算怎么样?"

"江川,我正要跟你谈谈,我在计划一个远行;一个月后,我想回到北方去;平津有部分朋友在计划反攻期间发刊一个大型的报纸,用它来激发陷区青年爱国的情热,我需要回去①,为它去工作。"

"计划已经有把握了吗?"

"差不多,工作是很艰苦,但却富有革命性;我们应该为它努力的!陷区青年,八年来②,水深火热,他们的痛苦已经不堪言状;潜伏在他们内心里面的是郁闷,是熬煎,是高度爱国的真诚;他们想发泄出来,他们想投到国家的怀里,因为他们所要倾吐的是悲苦,是爱,是眼泪,是仇恨;我们需要为他们带回热,带回同情,带回兴奋的鼓舞,带回更大的安慰!"

"是的,梦菲,我也常常这样想,陷区青年,他们爱国的情热正是庞大无比的力量,在反攻时候,他们将是一支主力。"

"现在最重要的,是使前后方青年,互谅互信,自动的携起手来,汇成一股洪流,来担当未来的艰苦。因为胜利以后,更大的难关,更多的障碍,就要接踵而至,只有青年才是国家的新生代,才能建设国家,复兴民族;陈腐的落伍的官僚已经不属于这个时代了!"

"是的,前后方青年携起手来,向一个目标前进,把这经过七八年苦仗的国家,建设一个新兴的科学的民主的中国!"

"因此我需要回去!中国需要青年,我们绝不敢落后。但是说真的,我不想离开这小城,她的爱溶和了我的灵魂,什么时候我再回来看看她!"

"梦菲,我想留在这儿,贺尔跟鲁野就要走了,老周有家室之累,你走了以后,我想候到毕业。"

"好!报国的路子正多,而且学校也离不开你。"

"你预备什么时候动身?"

---

① 原文为"出"。

② 原文为"八来年"。

“一个月以后，我想为这小城留下点东西。”江川起身告辞，他刚要走，林兰兴匆匆的从外面跑进来，她头上沁着汗，满脸通红，进门就笑嘻嘻地嚷着说：

“邵老师，我报名从军了！”

“好，家里答应没有？”

“母亲答应了，明天早晨检查体格！”

“好！希望你做个英勇的女战士！”

“邵老师，也许我出头的日子到了，这是我一条新生的路。两年多，我的苦已经受够了，我不知流过多少泪，哭过多少次，现在我可以自由的飞出去了。为了国家，为了我自己，我要做个勇敢的女孩！”

“这证明你过去的泪并没有白流！”

“我相信是你给我的勇气，我知道做人，知道同运命斗争，我相信有一天会从封建的桎梏中解放出来，现在这一天果然到了；我可以跳出这个家，跳出这个小圈子，到那一个广大的世界里去！”

“也不要太兴奋！”

“不，我兴奋极了，我想我从军以后，一定会走许多许多的地方，那崇山峻岭，那长江大河……我可以认识更多的人，经历更多的故事……”

梦菲，江川注意的倾听。

“在受训的时候，我穿上军装，带上军帽，天还没亮，我就起来洗脸，上早操，上课，打野外；到晚上跟同学坐在一块，谈谈笑笑，熄灯号一吹，我们就都睡觉了，睡得那么甜，也那么警觉，紧急集合号一吹，我们又都从梦中爬起来了，那生活是多么紧张，多么愉快……”

“我可以学放枪，学掷手榴弹，学开战车；我们还可以学怎样去偷营，怎样埋伏，怎样冲锋，怎样做有计划的撤退！”

“在战场上，我们伏在战壕里，防备敌人夜袭，地上是雪，是月光，我们一动也不动的伏在那儿，两只眼睛，凝视着前方；偶而抬起头来，风吹草动，看看天上的星星，我们不想家，也不想别人……白天，一阵冲锋号响过，我们在枪林弹雨中冲了过去，掷手榴弹，掷手榴弹，轰的一声，弥漫了一片硝烟……”

“一旦我受了伤被抬回医院里去了，我身上流着血，裹着药布，我……我躺在床上，眼睛含着泪……啊，像梦……邵老师，那时候……我想看见你……看见你站在我的身边，站在我的身边……”

她的倾吐完了，一种少女赤诚的天真，使她的胸怀，开出花朵，她看看梦菲，她的脸上是热，是欢喜，是期望。梦菲笑着说：“林兰，冷静些，你的话里稍稍有些幻想，但是我愿祝你成功，做时代的新女性；你跟江先生一块回去吧，早点休息，明天还要检查身体！”

“谢谢你，邵老师！”

她跟江川一块走了；梦菲想起林兰，这还是头次见她这样兴奋的快乐，可钦仰的少女的纯诚……

他睡得很早，第二天九点半的时候，他正在写信，林兰急急的跑来了。这次跑来，她的头上是汗，眼睛泪汪汪的进门叫了声邵老师就哭起来了，梦菲惊异的问是怎么回事？她呜咽的说道：

“他们说我年纪小，身体太弱，而且不够从军年龄，硬把我取消了！”

“你报的多少岁？”

“十八岁，可是他们说我假报岁数，并且说主要的是身体不行。”

“这太不公平了！”

“我的命太苦，也许我父亲为了不让我去，在后面说了什么话；邵老师，现在报名已经届止，……我……怎么办呢？”

林兰哭得很伤心，梦菲答应去给她想办法。但是傍晚时候，梦菲告诉她说：

“林兰，不要失望；你的身体确实弱一点，先静养些时候，下次征召，再入伍吧！机会有的是，孩子，听我话！”

林兰含着满眼热泪去了。转眼已是从军同学集体开拔的日期，街上多了许多拍卖衣物的摊子；从军人数，男同学三百零二人，女同学九十二个人，他们都换上了新发的灰棉军装，女同学把头发也都剪短；他们胸前都别着枚红色的纪念章，走在街上，孩子向他们敬礼，大人对他们微笑；各商店自动减价，招待青年军。出征的前夕，全城各界欢送大会在岭南大戏院举行，江川以全力演出了《清宫外史》，欢送这批新时代的战士，博得万众的赞赏。第二天，刚一发亮，全城都挂满国旗，炮竹噼噼①啪啪的响着，将士们要出征了。西城门外汽车站上高高的搭起彩棚；各学院各中小学，各界士绅，教授，县长，民众，五万多人，参加了送出征的行列。他们绕城一周，军乐在奏，青年军走在最前面；五万多人欢送这批儿女走上战场，爆竹在天空开了花，两丈长的鞭火烧得满天通红，家家户户男女老幼都挤在门口，看这新生的一代。出征的同学，挺着胸、昂着头，步伐整齐的走向前去。这是中华民族的灵魂，当大队来到汽车站，成千成万的群众，潮水样的人群，这小城的心脏，被震动了。青年军被围在核心，万千的脸孔，向他们慰问，向他们招呼；向他们依依惜别，鲁野，贺尔，淑英，站在队伍里，他们的眼睛不敢看一看四围，热情，友谊，亲切的家人……使他们悲，使他们欢喜，他们的心脏，反而阵阵的麻痹了！

梦菲，周天德，江川……内心都是说不出的情味，有许多话要说也无从出口。曼萍抱着孩子，挤在人丛中，脸上的表情，很难描述，林兰也红着眼圈，痴痴的呆望，她在羡

① 原文为“劈”。

慕白发老教授那个女儿，今天也从军了！

校长在台上致欢送辞：

“出征的同学们，你们走了，你们带走了这小城的光荣，你们是最荣誉的儿女……今天你们走，明天就听到你们杀敌报国的消息……”

校长说完，贺尔代表男青年军致答辞，向群众告别，他步上台热情的说：

“再会吧，师长们，同学们，国家需要我们青年上前线，我们先走一步了！谢谢这小城的培育之恩，各位的欢情正是我们杀敌的勇气，再会吧，江城！再会吧，朋友！”

淑英代表女青年军致辞，她穿上军装，更显得年轻美丽，她更热情的说：

“朋友们，把我们的青春，献给国家吧！我们都是在战争中长大的孩子；我们该把家族的爱，推广到民族的爱，国家才是我们真正的爱人……”

潮水般的掌声，人们拥挤着。突然白发老教授的女孩，跑到台上悲情的说；

“朋友们，我今天也走了，我爸爸死在国家菲薄的待遇下，但是我不恨国家，国家的爱，超过了我爱父亲的爱，为了纪念爸爸的死，为了把自己还给国家，我从军了；我有眼泪，但也许是欢喜的泪……”

万众的欢声，多少人为这纯情的倾吐，失声的哭了，中华的儿女太可爱，这个民族该翻身了！一阵雄浑的军乐奏过，出征的健儿整队上车了，十辆载重大汽车，要把他们运往遥远。当汽车发动，总领队宣布出发的时候，离绪万千，军乐不住的吹，炮火疯狂般的燃烧，白发的老教授，白发的老婆婆，万千送行者的情怀，淌着泪，欢喜的泪，痛苦的泪……亲爱的儿子，亲爱的女儿，亲爱的家人，亲爱的情侣……别了……为了战争，为了国家，为了民族的求生，再会吧！第一辆汽车的轮胎蠕动了，送行者疯狂般的呐喊，眼泪……一切都变成模糊的一团了，再睁开眼睛[①]，万千的手挥动着，汽车开出去了，开出去了，只剩下一片风沙，一片迷惘的悲哀……

健儿们出征了！

回到家里，梦菲开始写独幕剧《还乡记》，他向这静静的水乡告别，他描述了一个还乡的故事；他请求林兰担任剧中的女主角，诚恳的向她说：

“为了一个记忆，答应我，做最后的留念！”

他亲自参加演出，并且用这个独幕剧，在一个晚会上，他向一群知己的朋友告别：

“人类纯情的爱，萌芽于天真无邪的心灵，到大了的时候，才有了恨。四载相处，如今别了；岭南故居，将使我瞻念于永久……

“春天又来了，我——即将离去！”

他准备第二天启程，晚上江川周天德给他饯行，就在老周的家里，曼萍劝了他几杯酒，回去便睡了，后半夜四点钟光景，他从梦中惊醒，外面有指甲轻轻弹着窗棂的声音：

① 原文为“睁”。

“谁？”他迷惘地吃了一惊。

“邵老师，我来送你！”是轻柔的林兰的声音。

“哦！是林兰，我还没有起床！”

“我可以进来吗？”

“门虚掩着，进来吧！”

林兰轻轻地推开门，冬天的夜晚，她穿一件黑大衣，手里提着个提包进来了。屋里漆黑黑的，梦菲说：“把桌上那支红烛点上吧！”

林兰划开了火柴，屋内漾出淡淡的红光，炭火没有灭，桌上地上，梦菲的行装，还没有整好，杂乱得很，他并没有起床，看了看表，惊诧的说：

“还不到五点，你为什么来这么早？”

“我睡不着。邵老师，你要走了，我多看你一会，我心里多得点安慰！”

“这么黑的夜，这么远的路，而且天气这么冷，你就一点也不怕吗？”

“不，平常我也许不敢走；今天，不知为什么，我一点也不怕，因为我就要看见你！”

“好心肠的孩子！”

林兰端起红烛，往梦菲的脸上照了照，苦情的说：

“邵老师，让我借着烛光看看你，你不是喜欢红烛吗？”

“是的，它可以使人年青！”

“从你告诉我喜欢那天起，我的屋里就永远点着一盏红纱灯！”

“为什么？”

“它可以让我想到一个愿望。邵老师，你这次走，很奇怪，我一点也没有流泪！”

“不流泪好！”

“可是我的难过，已经超过了流泪，我有一点点恨！”

“恨什么？”

“我说不出来！”

“哦！孩子，我心里很乱！我应该告诉你，我为什么走；我曾经对你说过，我不离开你，但是我现在不得不走了！”

“你已经毕业，也应该离开这儿了！”

“不，我还有更大的任务；我离开你，虽然不放心，却是你已经能站住脚，而且，我嘱咐过你，不要依靠我，要自己站起来！”

“是的，邵老师，只要你不会忘记我，我会站起来的，不然……”

“啊，善良的孩子，你的心为什么这样好，让我看看你，我心里乱得很！”

“你多睡会儿吧，我来替你收拾下东西！”

她转身把红烛放在桌上，开始去捆扎书籍跟衣服，梦菲把眼阖上了，片刻又睁开，他看林兰在地上细心的为他整理行装，不禁衷情的叫道：

"林兰,你到我头前坐会儿!"

"好!"林兰坐在床前了,轻轻的问:"喝水吗?"梦菲答:"不!"林兰又慈柔的问道:"你有什么话吗?"

好半天,梦菲才说。"没有,再替我收拾下东西吧,我要睡一下。"

林兰站起来,又整理东西了,梦菲望着她那婀娜的背影,想起这孩子,四年来,就一直在他的身边,那么纯情,那么痴心,也那么圣洁的跟着他,看她从小渐渐的长大,看她由运命的圈子里,渐渐的翻身,渐渐的挣扎出来,羽毛渐渐的丰满了。她现在已经能写文章,能唱歌,能待人接物,能说很动听的话了,但是她还具有一颗感伤的心,她的年纪还小,她还需要有人培育,有人鼓励,使她能真正做个自由的女孩,可是他要走了,要离开她了,他想起她对他的那种真情,那种热爱,真是令人感泣,他现在几乎有种极端的念头,他想让林兰一块跟着他走向遥远,但是他不敢,他连想也不敢想想啊!

片刻痛苦的回思,使他感到人生的残酷,也体会到情感的可怕,一股莫须有的悲哀,涌上他的心头,他不知不觉的流下了两行热泪,渐渐他朦胧的阖上眼了。

林兰收拾好东西,拿蜡烛又向梦菲照了照,见他已经阖上眼,但是脸上一片模糊的泪光,她呆住了,她轻轻坐在床边,掏出手帕,想去给梦菲擦泪,又怕惊醒了他,她的手颤颤的伸出来,又缩回去了。她静静的坐在那里,梦菲并没睡着,突然睁开眼醒了。林兰说:

"邵老师,你流泪了!"

"那不是伤感的表示!"

"我来擦擦吧!"

"不,那是耻辱。林兰,我们相处四年,你还记得有几个晚上吗?"

"记得,汉江月夜,你在那儿抚琴;你自杀的晚上,我守你到半夜;桃林晚会,我们看天上的星星;下着雨,你到我家里为我指示迷途;闹洞房的晚上,你让我睡好,你一个人单独的走了!"

"哦!孩子,你记得这样清楚,可是今天晚上……"

"今天晚上,我们就要离别了!"

"不要难过,林兰,四年了,你已经长大,愿你做我理想中的孩子,自己要站稳,世界上的好人太少了!"

"谢谢你,邵老师,你说到北方去,那是个什么地方啊?"

"一座古城,离这儿很远很远!"

"路上好走吗?"

"不好走,这条路,我要自负行装,跋涉前往,要通过敌人的封锁线,要遭遇更多的苦难!"

"我有些担心!"

“路是人走出来的，孩子，别牵挂我，牵挂的是你自己；记住我的话，不相信运命，不为环境所屈，奋斗努力，给自己找出路，给全中国的女孩找出路，不要辜负了我的期望，你没看见吗，鲁野走了，贺尔走了，淑英也走了，他们都是好青年，国家需要他们，当然也需要你，你回去吧！太阳没有出来的时候，我就要走了！”

“我不回去，我要送你上路！”

“不！回去，听我话，回去！”

“好，邵老师，我在江边桥头等你！”她站起来，打开那个提包，羞怯的说：“这是包点心，预备你在路上用的，这是我亲手绣的一个纪念香袋，上面有我的名字，藏在你的身上吧，愿你时时刻刻的看到它，别忘了我这苦命的孩子！”

她恭恭敬敬的把东西放在梦菲头前，她想掉泪，忍着心，鞠了个躬，出去了！

“啊！孩子……”梦菲呜咽了！

窗外一声声鸡啼，天还没有亮，他收拾起身，雇个挑夫，挑着行李，江川，周天德，送他到公路旁汉江桥边，晨光熹微中，林兰以一颗悲痛怀想的心，虔诚的站在桥头伫望，江水浅浅的，从下游泛上三只大船，百十多个船夫，正弯着腰，弓着身子，紧紧的拉着纤绳，发出吭唷吭唷的声响。江边的柳枝上，都挂着一层霜，弥漫着雾气，东方的天空，隐隐约约的露出了一片早霞，太阳还在水平线下，梦菲对江川，周天德说：

“我们就要离开了，我有几句话想说，江川，用您超人的智慧，埋下头，像老周那样苦读一个时期，这时代太需要我们了！”他又向周天德说：“老周，毕业以后，希望能多做积极的社会活动，中国需要真正有学问的青年，也需要‘动’的志士！”停了会儿，他又接着说：

“今后的世界，将是人民的世纪，科学的年代；看大势，中国的胜利，就在目前；但是胜利以后的国际政治，一定是综错复杂，危疑震撼的；那时候，中国青年，应该有远大的眼光，宽阔的胸襟，自己站住脚，做最大最有力的抱负；我们的信仰，是全民的力量；我们的理想，是争取全人类的自由，我们不但要改造中国，还要改造世界；这个时代，天生就是我们的时代，我们要抓住它，超越它，做一番顶天立地的事业，因此我们要有学问，有魄力，有胆量，有做法，我们的方向，需要我们自己去走，朋友们，再会吧！希望我们不为这个时代所浮沉！”

“好，我们送你上路！”江川说。

“不，你们先回去吧，我要跟林兰说几句话！”

“好，一路珍重，再会！”

他们握握手，走了。这里梦菲来到林兰身边，两个人靠在桥栏上，沉默了几秒钟，林兰感伤的说：

“走了！江水还是这样悠悠的流着，那沙滩，那沙滩上的桃林，一切都还依旧啊！”

“回去吧！孩子，我没有话了！”梦菲把千言万语都咽在了心底。

“好,邵老师,你去的那个地方,再告诉我,是座什么古城?”

“是古老的一座文化的故都,我的故乡,八年没有回去,不知要变成什么样子了!”

“那个地方我可以去吗?”

“当然可以,这次我回去,我将重见北方的父老,我要告诉他们,我在战争中渐渐的长大了!”

“你变得更年青了,邵老师,你为什么要步行到汉城?”

“为了我爱岭南,我爱这静静的水乡,我要一步步徘徊不忍离去!”

“你还想我吗?你来的时候,我还这么小;哦,邵老师,你答应我吗?我想……”

“你想怎么样?”

“我想……我想叫你一声梦菲!”

“好,你叫吧!”

“梦菲……哦!邵老师,让我握握你的手!”

四年来他们热烈的第一次,紧紧的握住了手,两个人都觉一阵酸楚,说不出话来。沉默了片刻,梦菲说:

“再会吧!好心肠的孩子!不要想我,想你自己;你年青,你美丽,你有更光明的前途;你看,天已经大亮了,晓雾散了,太阳就要出来了,柳枝已经发绿,云雀在叫,春天就到了,你不是最喜欢春天吗?阳春三月,桃林一片红粉……这一切都象征着你的青春,你的希望,也象征着青年的希望,胜利的希望,你听,这是什么声音?”

江边荡起一股雄浑的纤歌,那悲壮愤激的声音,是一个民族求生的呼喊,潜藏着郁闷,痛苦,压榨跟仇恨;那声音像波涛似的掀起来了,又喑哑的压下去,但在一阵挣扎之后,那声音愤怒了,鼓荡了,像一万匹马在急奔,像要冲破了天空……三只大船缓缓的上来了。梦菲兴奋的说:

“这是一股浩荡荡的生命,一股庞大的求生的力量,林兰,勇敢的站起来,坚强的站起来,做新生中国的主人……”

他挣脱林兰的手,大踏步沿着江边走下去了,他没有回头,也不忍心再回头……

林兰的脸上,一抹悲情,一股兴奋的微笑,她痴痴的看着梦菲的背影,尽她的力量,一直到梦菲连点影子也没有的时候,想想他的话,听听纤歌,一些欢喜的泪流下来了,她痛苦的把头埋下去,泪滴落在水面上,亮晶晶的像银珠……待她抬起头来,模糊的看见江边那一座座桃林,岭南三月,江城落红如雨……春天又到了!

她把头抬得很高,两颗晶莹的眸子,凝望着远方那蓝蓝的天,那蓝蓝的天……

(完)

戏剧

XIJU

傀　儡(存目)

黎风

狂风暴雨(存目)

黎风

北京屋檐下(存目)

李紫尼

还乡曲(存目)

李紫尼

落花时节(存目)

李紫尼

翻译

FANYI

我是劳动人民的儿子(节选)[1]

卡达耶夫 著 曹靖华 译

第一章 炮队上等兵——瞄准手

兵士从前线回来了。他出去打仗的时候,是一个年轻的炮手。退役回家的时候,就当了炮队上等兵——瞄准手了。手里拿着手枪 ——兵士用的六轮手枪,配着十颗子弹和一把“别布特”——炮兵的弯弯的短剑,插在尖端带着小铜球的疙瘩皮的剑鞘里。

这件官方武器填在复员的证明书上,盖着炮兵连的蓝印,那是一颗刻着短尾鹰的,丧失了自己短促寿命的临时政府的印(没有王冠、金珠十字和帝王权杖)。

此外,我们的炮兵,在路上为防万一起见,还带了一枝马枪和一对“柠檬式”的手榴弹。

短小而豪迈的谢明·柯特科把牛犊腿皮做的皮帽子,扣到眼上,穿着两胯间吹胀得鼓腾腾的合身的外套,傍晚的时候,在严冷的旷野的路上走着,满装着各种东西的背囊,在脊背上磕碰着。

他早已应该休息了:换一换脚,用切成大片的罗马尼亚的下等烟叶卷一根烟。可是他却一步步地向家园走去了。他四年多没有回家了。

越接近故乡,两腿就移动得越快了。地方也更其熟悉起来了。最后的八俄里路,这位兵士不是走的,而几乎是跑的。

胡萝卜色的手枪绳,在胸上摆动着。脚掌发烧起来了。

冰般的月亮和一颗尖尖的星儿,挂在天上,那星儿好像从它旁边飞了似的,飞着,没有落到地上,就冷凝到青空里了。夜间起的二月的风带着干燥的飒飒声,吹到玉蜀黍的叶茎上。

很快就听见犬吠声。房舍都望见了。谢明认出了长形的铁匠铺。一串蹄铁,在没

---

① 原刊于《中苏文化》第4卷第1期,1939年8月1日,第83-86页。作品全文共31章,本书节选第一章和第二章。

皮的墙上的钩钉上挂着,那墙被月色映成青的了。他绕过被马啃过的熟识的拴马桩。下了栏杆和踏脚板的熟识的马车,停在熟识的院子中间的土屋的斜影里。

兵士停住换了一口气。然后他扮着孩子一般的鬼脸,用脚尖走到跟前,在黑洞洞的小窗子上敲了一下,就即刻跳到旁边去,背囊紧贴到墙上。他张着两臂,仰着下巴。激动得连喘息的力气都没有了,他咬着没有刮过胡子的嘴唇。谜一般的微笑,停留在他那紧紧眯缝着眼睛的圆脸上。心里像水泉似的激荡着。

他对开这玩笑期待四年了。他四年来梦想着:他从前线回来了,用脚尖走到家屋跟前,在那亲人似的窗子上敲着;母亲从屋里出来问道:"谁在那里,干吗的?"她气愤地看着陌生的兵士,可是他照着行军的样子,粗野而愉快地喊道:"好吧,女主人!让炮兵英雄,让戴乔治勋章的英雄宿一夜吧!从炉子里把馅饼都掏出来,或者你锅里有什么东西都盛来吧!炮队上等兵——瞄准手想吃呢!"她不高兴地望着他,可是总认不出来。那时他笔直地挺着身子,手举到帽子跟前,就明确地报告道:"报告阁下,您的合法儿子谢明·柯特科,今天由现役军退役回来。请铺桌子开饭吧,此外任何事件不会发生!"母亲叫起来,抓着胸膛,抱着儿子的脖子——就高兴得不亦乐乎了!

可是什么人也没有从房子里出来。干透的残雪,好像云母似的,在村周围闪着光辉。忽然间,插闩响了一下。门开了。一位高个子的瘦骨嶙嶙的女人,穿着家机布裙子和粗布衬衫,露着满是青筋的脖子,站到门限上。

她不害怕也不惊奇地端详着躲在黑影里的兵士。

"找谁?"她用伤风的嗓子问道。

慈母的嗓音触动了兵士的心,心就停止跳动了。

兵士由黑影里出来,用两只手脱了皮帽,赔罪似的低着剪了发的头。

"妈妈,"他悲伤地说。

她凝神望着他,忽然把手放到喉咙上。

"妈妈,"他又说了一声,扑上去抱住她瘦骨嶙嶙的肩膀,忽然间,鼻子贴到她那发着干羊皮气的衬衫上,像小孩子似的哭起来。

第二章　芙罗霞

谢明很好地睡了一觉,醒了。当他睁开眼的时候,已经是很晚的早晨了。可是这位兵士醒得多么奇怪:是热醒的呵!灿烂的阳光,交映着用玉蜀黍的干茎烧的炉火的玫瑰色的反光。玻璃也热得冒汗了。

谢明把非常大而且重的,平平的好像馅饼似的棉被,从身上揭下去。旧松木床吱吱地响起来。穷屋子充满了兵士的名贵的东西。

衣服和武器,占满了墙壁和窗台,武器和衣服后边,藏着一切家用的什物:筛子、时钟、小画片、蜡制的复活节彩蛋。

“瞧吧,一个兵士从前线能带回多少东西呵!”谢明由梦中醒来,不能不带着夸耀的神气想道:“满满一屋子东西!而且还有满满一背囊呵!”

一位十三四岁的姑娘,穿着褐色的自织呢的男装的棉上衣和大皮靴,她照着农妇的样子,包着细棉纱头巾,她的脸就像从漏斗形的纸袋里露出来似的,她带着胆大而好奇的心情,像望太阳似的,用手遮着眼睛,忽而望着谢明,忽而望着遍地乱摊着的兵士的东西,已经望了好久了。

兵士瞧见了小姑娘。他带着一点狐疑的神情瞅着她。

“呀!”忽然间,他带着愉快的惊讶叫起来。“可是我看着就在想:这是哪一个洋娃娃呢?她从哪儿来呢?谁知道这竟是我们的小芙罗霞啊!你瞧一瞧,长多大了……唔?你干吗不作声,小妹妹?你把舌头吃掉了吗?可是你是小芙罗霞,或者根本不是芙罗霞呢?照规矩回答吧!”

“小芙罗霞,”小姑娘大胆答着,一点也不因为同兵士说话而难为情。

“昨天你在哪里,我怎么没有看见你呢?”

“在炉炕上。你没有看见我,可是我看见你了。你是得勋章的吗?”

“呵,你怎么着呢!得勋章的!”谢明哈哈大笑起来。“这样的小毛丫头,可是已经明白什么是得勋章的了。你从哪儿看我是得勋章的呢?”

“你胸前有十字章,”姑娘说着,走到桌子跟前,桌上摊着一件对襟制服,制服的两袖展开着。她把缝在衣兜上的小十字章摸了一下。“白的。不带小绫结。这么着,是四级的。圣十字勋章。您说吧——不是吗?呵,这是什么!可了不得——马枪!”芙罗霞不注意哥哥,继续说。

他瞪着眼睛望着她,惊奇这四年来她长得这样大了:他去打仗的时候——她很小,没人注意;回来的时候——你瞧吧:她长得这么高,一点也不拘束,生着一对胆大的眼睛(像那只山羊的眼睛一样),主要的是懂得兵士的事情了——真可以出嫁了!

“奇怪”,姑娘看着一件东西一件东西说:“奇怪,多少贵重的东西呵!瞧吧——多么好的软皮鞋,鞋头也还完全好着的!可是这刀有多么弯!炮兵的刀。您说吧——不是吗?呵哈,背囊呵!真重。你两只手也搬不起来。整整一箱子。这里边装些什么呢?”

“别动那背囊。”

“我没有动它。我不过瞧瞧就放下。”

“呵,小芙罗霞,你想挨揍吧!”

“一点也不。您从床上够不着我。”

“呵,我的带铜扣环的腰带在哪里?这能够着。”

“你的带铜扣环的腰带没有了,”小姑娘哈哈大笑着:“我把它扔到棚上了!”

翻译

“实在说,去你的吧!把背囊放下。你想把房子炸坏吗?也许,这背囊里装有手榴弹,你从哪知道呢?”

“柠檬式,还是瓶子式的?”芙罗霞不放下背囊,马上带着热烈的好奇心问道。

兵士拍着手。

“您说什么呢?”他惊叹了一声,“柠檬式或者瓶子式!你从哪儿学的懂得这个?就算是柠檬式的吧。该怎么呢?”

“我晓得!柠檬式的才上来应当把这样的小保险环扣开,不然的话,它总是不会炸的。您说吧——不是吗?”

“现在我就照你身上来抽一下,”谢明咕哝着,就忽然敏捷地从被窝里跳出来,这种敏捷,当时从他那幸福的以及由于好久的幸福的睡眠而微肿的脸色看来,是猜想不到的。

可是芙罗霞却比哥哥更快,更敏捷。她带着可怕的尖锐的叫声,转眼间就窜到门洞里了——头巾从头上溜下来,搭到结实的小肩膀上——只有用细纱布条扎着的又长又硬的辫子,在谢明的鼻子前边闪了一下。

光亮的,圆圆的,机警的眼睛,从门洞的黑暗里望着兵士。“可没有捉住吧!”

“我正是不想捉住。”谢明带着假装的冷淡说着。

他玩滑头的。他非常想捉住这无礼的小姑娘,抽她一顿教训教训,叫她对军人的身份恭敬一点。

但他很明白,——这里硬来是不行的。应当谨慎小心地来下手。

他不注意芙罗霞,小心地在屋里来回踱着,仿佛寻找他要的什么东西。他甚至故意走得尽可能离门远些,并且到窗台上乱翻着,不致使她怀疑。

“反正捉不住。”芙罗霞的声音从后边传来。

他隔着肩膀斜着望了一眼。无礼的小姑娘一只脚已经站到屋里了,她为防万一起见,捉住门搭连,以便在任何时候,在哥哥的鼻子紧跟前,把门哗啦关起来。

“我正是不想捉住,”他咕哝着,不慌不忙地捡着东西,可是他自己恨不得扑上去捉住小姑娘。

“可是反正捉不住。”

“正是不想捉住。我想捉就能捉住。我现在把靴子和裤子穿上,把腰带拿到手里……”

“休想!”

“那你瞧着吧。”

谢明懒洋洋地欠身取裤子,忽然间,板起可怕的面孔,向芙罗霞扑去。可是她像一股风似的,由门洞里飞去了。水担子倒了,水桶哗啦啦地响起来。外门的搭连哗啦响了一声。兵士没有抑制住自己,就穿着厚棉布衬裤,跳到院子里,在二月的融雪的灿烂的阳光下，在眩目的，闪烁的，濡湿的，冰冷的地上，光着脚跑起来。

有几个好奇的姑娘和妇女带着水桶，从早晨就已经在房子旁边徘徊，要看一看由战场回来的男子汉——谢明，——她们都带着尖锐的叫声，向四面八方跑去，假装用头巾盖着脸，叫得满街上都能听见：

“鬼东西，不知羞的！救救吧，好人们！站岗的！”

谢明用手遮着太阳。他看见跑着的姑娘中间，有一个穿黑短上衣和打襞的裙子，特别的时时回顾着，特别的高声哈哈大笑，特别的羞答答地用带绿玫瑰花的粉红色头巾角掩着脸，黑黝黝的樱桃似的眼睛，从头巾下边闪着光芒。

忽然间，他那宽大的，温厚的，带着小皱纹的脸上，起了褐色的兵士的红潮。他抓住开了的大门，羞答答地提了提衬裤，用拳头对芙罗霞威吓了一下，就飞快地跑进屋里去了。

“怎么样，捉住了吗?”芙罗霞的声音从街上送来。（第二章完）

忆王尔德[①]

纪　德　作　盛澄华　译

王尔德(Oscar Wilde)这名字在我国爱好文艺的读者中当毋庸介绍其作品;小说为《道连格雷的画像》(The Picture of Dorian Gray),自述为《狱中记》(De Profundis),我国早有译本,而尤以戏剧方面如《少奶奶的扇子》(LadyWindermere's Fan),《莎乐美》(Salome),战前皆经公演。王尔德是英国19世纪末叶唯美运动中杰出的天才,游法期间曾是巴黎道上显赫的人物,服饰的新奇,举止的放逸,谈吐的动人,曾吸引多少法兰西的文人。其后因同性爱与男色癖被控于英国法庭,一时轰动全欧,友朋中之胆怯者皆与之疏远。出狱后匿名寓法,于一九〇〇年死于巴黎一小旅馆中。本文作者A·纪德系法国当代文坛宿将,以文笔纯净思想雄健著。本文为王尔德周年祭而作,最初发表于一九〇二年Ermitage六月号,后辑入《假托集》(Pretextes[②])并另有单行本,系研究王尔德重要文献之一,兹限于篇幅,仅迻译其中之一部分以飨读者。

悲剧的回忆由此开始。

关于王尔德反常的生活习惯的流言随着他在戏剧上的成功(当时伦敦三个剧院同时出演他的戏)愈来愈盛,对此,一部分人还只用微笑来表示不满,而另一部分人则根本不以为意,而且人们认为对于这些习惯他自己并不隐瞒,相反,他做得非常公开,有些人说:勇气可佩;另一些人说:出于傲世;又一些人说:由于做作。我听了这些流言满怀惊异。自从我与王尔德交往以来,我从不曾感到过有任何可疑之处。——但为谨慎起见,不少老朋友们已开始和他疏远。人们还不到截然和他绝交的地步,但已不再想和他见面。

一种奇特的机遇把我们两人的道路重又交叉在一起。那是一八九五年正月间的事。当时我受一种消沉的心境所驱使正作着旅行,探寻孤独甚于探寻旅途的新奇。天气又非常恶劣:我已躲开亚尔日而到了勃利达;我正要离开勃利达而上皮斯喀拉去,从旅馆出发时,间中好奇,我顺眼一看写着旅客姓名的牌告。我看到了什么呢?——紧

---

① 原刊于《时与潮文艺》第1卷第3期,1943年7月15日,第56-61页,后刊于《公余生活》1945年第3卷第4、5期(合刊),1945年8月,第312-320页。本文据后一版本录入。

② 应为法语单词Prétextes。

挨着我的名字竟写着王尔德……我已说过我是渴念着孤独:我便拿起海绵,把我自己的名字抹去了。

未抵火车站,途中我已怀疑起自己的行为是否带点卑怯;立刻我又折回,让人把行李搬上楼去,而把我自己的名字重写在牌告上面。

我已三年来不曾和王尔德见面(因为我不能把去年在翡冷翠短时间的相遇计算在内),他必然有了改变。在他的目光中已减少了昔日的温情,笑声是哑的,喜悦中带着狂妄。他似乎更擅讨人喜欢,但同时也没有昔日那么切于想讨人喜欢;他变作果决,肯定,成熟。说来奇怪,他谈话时已不再援引寓言;在他和我相处的那几天中,我竟无法引诱他讲出一个故事来。

最初我诧异会在亚尔日里遇到他。

"啊……"他对我说,"那因为如今我躲避艺术品。除了对太阳我已不愿再有别的偶像……你可曾注意到太阳憎恶思想;它逼着思想让步直到它躲入在黑影中。最初思想逗留在埃及;太阳把埃及征服。思想又在希腊住了很久,太阳便把希腊征服;以后思想又到意大利,再到法兰西。如今一切思想已被驱逐到挪威与俄罗斯,那儿太阳永不光临,太阳妒忌艺术品。"

礼赞太阳,唉!也即礼赞生命。王尔德诗情的崇敬已至怒号的境地。他被一种宿命摆布着;他无法,且也无意去避免。他似乎一心一意专用来夸张他自己的命运,用来和自己作对。他趋就寻乐正像别人忠于义务一样。——"我的义务是极端的寻乐"他说。日后尼采并不使我更感惊奇,因为我早听王尔德说过这样的话:

"不需要幸福!最不需要幸福。寻乐已足!必须永远接受最悲剧式的……"

他走在亚尔日路上,前后左右围拥着一大群浪人;他和每个人交谈,他瞧着他们很感兴趣,并且向他们任意施舍。

"我希望,"他对我说,"使这城市伤尽风化。"

我当时想及福楼拜的话,当人问他哪一种崇誉是他所最渴慕的,他回答说:

"一个伤风败俗者的荣誉"。

对这一切,我只能深感惊奇,倾慕,与恐惧。我知道他处境的动摇,别人的敌意与攻击，以及他强为欢笑下所隐藏的阴沉的焦虑。[①] 他提及回伦敦去；某侯爵侮辱他，控诉他，并加他潜逃的罪名。

“但如果他回去，又将产生什么变故呢？”我问他说。

“您可知道您所冒的危险？”

“那根本不必去知道……我的朋友们真别致得很，他们都劝我以谨慎为上策。谨慎！但这在我做得到吗？那除非倒退。我必须尽可能前进……但我已无法再往前进……必须发生一些事情……一些特别的事情。”

翌日王尔德便乘船出发。

留下的故事，尽人皆知。所谓“一些特别的事情”则是 Hard Labour（苦役）。[②]

王尔德一出监狱便重来法国。在博纳伐（Berneval）[③]——地爱浦（Dieppe）附近一个隐僻的小村庄——住着一个自称的 Sebastien Melmoth 的人；这人就是他。在他的一些法国朋友中，我因为是他入狱前最后一个和他见面，这次我却愿意第一个去看他。一待探明他的住址，我便跑去。

我在近午时到达。到达后也不遣人通知，Melmoth 是非到夜间不回寓所的，而且回来时总在深夜。

那时几乎还是冬天，凄冷阴沉，整日里我在荒漠的海滨巡逻，又失望，又懊丧。王尔德何以会选博纳伐来做居留地呢？这实在有点凄凉。

夜临。我回到旅馆中定了一间房间，正是 Melmoth 所住的那家旅馆，其实也就是这地方唯一的一家旅馆。旅馆的地点不算坏，且也干净，但旅客只是些第二流的人物，

---

① 原注一：未离开亚尔日前某一晚上，王尔德似乎决心不说一句正经话。最后我对他一味唯心的诡辩多少动了气：“您除开玩笑以外总还该有些更值得可说的话？”我开始说：“您今晚对我说话好像我就是您的大众。您正应该用您对朋友说话的这番本领用来对大众说话。为什么您的剧作不能更有进步？您自身中最可宝贵的，您都随口而出；为什么您不拿来用在作品上呢？”

“啊……但是！”他立刻大声说，“我的一些剧本根本说不上好；而且我也并没有把它们放在心上……但如果您知道它们的来源才有意思呢……几乎每一剧本里都是赌东道得来的。“道连格雷”在内；我在几天内把它写成，因为其中有一位朋友认为我永远写不成一本小说。其实我对写作最感头痛！”接着他突然靠近我说：“您知道我生命中的一大戏剧吗？——那就是我把我自己的天才用来生活；我只把我的才具放入在我作品中。”

② 原注二：我在最后所引的几段话全按原话，绝未加上任何点缀。王尔德所说的话依然在我心中，而我将说在我耳畔。我并不武断说王尔德当时已在眼前清晰地看到牢狱的阴影；但我敢断言这轰动全伦敦的一场妙戏——使居于控诉人的王尔德突然反成为被控诉者——在他自己实际并不感到惊奇。报章上已只把他看成一个滑稽人，尽量歪曲他辩护的立场，直认他一无所据。来反对这卑鄙的讼案，或能有清洗之一日。

③ 法国地名，今译博纳维尔或贝尔钠瓦勒。原文缺第一个字，只有“纳伐”，根据今译及发音，加上“博”。

一些不惹闲事的傀儡们,我也只好和他们共进晚餐,这周遭对 Melmoth 是够凄惨的!

幸而我还带了一本书。凄寂的寒夜！十一点……我都已不打算再等,当我听到一辆马车的轮声……Melmoth 先生回来了。

Melmoth 已浑身冻僵,他在路上丢了大衣。前一天,他的仆人给他取来一根孔雀毛(不祥的预兆),这已早告诉他要发生不幸的事情;他很高兴不幸的事情幸而也就如此。但他发抖,全旅馆的人忙着给他温一杯棕榈酒,见了我也不问好。至少他不愿把自己的感动在别人面前显露。而当我发见 Sebastien Melmoth 和昔日的王尔德一无差异时,我的情绪几乎也顿时消降:不再是亚尔日里时醉于诗情的狂人,而是回复到未遭难前那温柔的王尔德。而我回想到,不是两年前,而是四五年前的光景;同一疲惫的目光,同一活泼的笑,同一声调……

他占了两间房子,旅馆中,讲究的两间,而且是按他自己的趣味加以布置过的。桌上放着很多书,其中他指给我看,我不久以前所出版的《地粮》。阴暗处,一尊美丽的峨特式圣母雕像安放在一座高脚台上。

如今我们傍灯光坐下,王尔德啜饮他的棕榈酒。在灯光下,我注意到他面上的皮肤已成红色而且显得庸俗,尤其是手上,但他仍戴着以前的那些戒指,其中他最心爱的一枚是埃及产的甲虫形的青扁石,镶在一个活动的框子上。他的牙齿已腐毁不堪。

我们闲谈。我对他重提我们在亚尔日那次最后的会面。我问他是否还记得那时我几乎已预告他灾祸的到来。

“可不是,”我说,“您大体已该知道在英国等着您的是什么,您早见到潜伏着的危机,而您偏去自投罗网？……”

(在此我想不如把当日我和他谈话后所记下的重抄一遍。)

“啊！当然！当然我知道灾祸是会发生的——不是那一次,反正总要有一次,这原是在我意料中的。试想:再往前进,在当时已不可能,且也不容许那样下去,所以您知道这必须告一段落。狱中的生活使我完全变了样。这也是我所希望的——Bosy(即 Lord Alfred Douglas)有点不可理喻;他不能明白;他不明白我不能再过从前的生活;他怪别人使我变了……但同样的生活必须只能有一次……我的生活正像一件艺术作品:一个艺术家永不复制同一作品……除非第一次他没有成功。我在入狱前的生活可说是不能更圆满的了。如今它已告一段落。”

他点上一根烟卷。

“大众是无法理喻的。他们对人的评量总只顾目前的成败。如果现在我回巴黎去,人们就只把我看成一个……罪犯,在未写成一出剧本以前,我不愿意再露面,人们必须让我过一阵清静的生活。”他又突然补充说:“可不是我来这儿总算得计？我的朋友们劝我上南部去休息;因为,最初,我实在非常疲累。但我要求他们在法国北部代觅一处人迹稀少的海滨,那儿我可以不必见人,那儿天气是冷的,那儿几乎没有阳光的照临,……啊!可不是,我住到博纳伐来是最得计的?"(室外的天气恶劣得令人心悸。)

"这儿人人对我都很和睦。尤其是教区的神父。我真喜欢这儿的小教堂!您说奇怪不,它竟叫作利爱斯圣母院!唔!可不是真有意思?——而如今我知道我再不能离开博纳伐,因为今天早上那位神父已答应在教堂中给我保留一个永久的座位。"

"而这儿的一些海关人员!他们真闷得慌!于是我就问他们可有什么读物;而如今,我带给他们所有大仲马的小说……可不是我应该留在这儿?"

"而那些孩子们!啊!他们真喜欢我!庆祝皇后登基五十年纪念的那一天,我大请客,我邀了小学校中的四十个孩子——全体!全体!连他们的教员在内!可不是再不能比这更有意思的了?……您知道我很喜欢这位皇后。我身边总有她的肖像。"于是他指给我看钉在墙上 Nicholson 所作的那幅画像。

我站起来看那幅画像;旁边放着一座小书架;我顺眼一看其中的书。我想设法使王尔德对我谈一些比较正经的话。我又坐下,而小心翼翼地我问他是否看过"死人住宅的回忆"。他并不直接回答我的问题,但开始说:

"俄国的一些作家们是了不起的。他们的作品所以如此伟大,实在由于充满于他们作品中的怜悯之心。可不是,最初我很爱《波华荔夫人》;但福楼拜不愿在他的作品中放入怜悯,因此他的作品显得小气,闭塞;怜悯之心,正是每一作品的孔道,由此它才显出伟大来……dear,您可知道阻拦我自杀的就是这点怜悯之心。啊!最初的半年间我真是万分痛苦,痛苦得使我想自杀;但所以使我不能实现的原因,即是看到"别人",看到他们和我一样的不幸,从而产生怜悯之心。啊,dear!怜悯之心真是值得赞美的。而我以前竟不知道!(他的语声几乎是低沉的,绝无激昂之气。)——您是否确实明白怜悯之心是一件值得赞美的东西?在我,我夜夜感谢上帝——是的,我跪谢上帝使我得了这次的认识。因为我进监狱时还是一副铁石心肠,而只关心到我一己的游乐,如今我心已碎;怜悯入我的心头;如今我才懂得怜悯之心是人间最伟大,最美丽的东西……因此,我无从埋怨那些加罪于我的人们,或是任何别人,因为没有他们,我绝不会认识这一切。——Bosy 来信一味责难,他说他不理解我,不理解何以我不怨恨一切的人们;说我一向觉得人人都可憎恶……不,他不理解我;他无法再理解我。但我在每封信中一再告诉他;我们不能再走同一条道路:他有他自己的路,美满的路;我有我的。他循 Alcibiade 所走的路;如今我所走的则是 Saint Francois d'Assise 所走的路……您知道 Saint Francois d'Assise 吧?啊!真堪赞叹!真堪赞叹!我能否向您有一个要求?请寄给我您所知道的关于 Saint Fran cois 最好的传记……"

我答应他,他又继续说:

"是的,而且我们在狱中有一位可爱的狱长,啊!那人实在可爱!但最初半年间我确是万分痛苦,当时管理监狱的是个恶棍,一个犹太人,这人非常刻毒,因为他完全缺乏想象。"最后脱口而出的这句话实在有点幽默,我禁不住放声大笑,他也笑着,而

且又重说了一遍,才又往下再说:

“他意想不出如何才能使我们痛苦……您可看出他如何缺乏想象……您必须知道在狱中每天只允许有一小时的户外活动;那时大家排成一个圆圈,在院子中散步,但绝对禁止说话。周围有狱卒监视着,违者须受极严厉的惩罚。——那些不谙闭口说话的人,一望而知是初次入狱的……那时我入狱已有一个半月,而我还不曾和任何人说过话。有一天下午,我们正这样排着队散步时,突然我听到背后有人叫我的名字:那是走在我后面的一个囚犯,他说:“王尔德,我怜恤您,因为您一定比我们更受苦。”于是,避免被人发觉,我以最大的挣扎(我相信当时我简直就要晕倒),毫不回头回答他说:“不,朋友,我们都一样受苦。”自从那一天起,我就打消了自杀的念头。

几天来我们就那样互相通话。我知道了他的名字和他的职业。他叫做 P……这是一个非凡的孩子;啊!真是非凡的!……但那时我还不谙开口说话,因此有一天下午:“C 三十三!”(C 三十三是我)——“C 三十三和 C 四十八,出来!”我们只好从队伍中出来,狱卒便说:“你们去见——狱长!”由于当时怜悯之情已进入我的心头,因此我只替他担心;我反自幸能为他受苦。——但那位狱长也真的厉害。他先叫 P 进去:他要个别审问——因为您必须知道先开口的人和答话的人所受的惩罚不同:前者应受加倍的惩罚;普通,先说话的是两周的拘禁,而后者不过一周;所以那位狱长就想知道我们两人中究竟谁先说话。不用说,P,这位非凡的孩子,就说是他先说。而当以后狱长把我叫去审问时,我自然说我先说。于是那位狱长面色涨得通红,因为这太出于他的意外。——“但是 P……也说是他先说!我真莫名其妙……”

“Dear!由此您可想象!他竟莫名其妙!他弄得非常为难;他说“可是我已罚他两周的拘禁……”接着又说:“既然如此,我每人都罚你们两周的拘禁。”您看妙不妙!这人没有丝毫想象。”王尔德自己说着觉得非常有趣;他笑着;他愈谈愈有兴致。

“不用说,两周期满以后,我们比以先更想说话。您不知道相互觉得自己在替别人受苦,这给人以一种多么温柔的感觉。——渐渐,因为每人的位置常在更换,渐渐我可以和其余的人通话。和每一人通话,和人人通话!……我知道他们间每一人的名字,每一人的故事,以及他出狱的日期……而我对他们中每一人说:出狱以后,您第一件应做的事,即是上邮局去;那儿会有一封附着款子的信等待着您。由此,我不断认识他们,因为我很喜欢他们。而其中大有可爱的人物。您可相信其中已有三位跑到这儿来看我!这可不真够让人惊叹的?……”

“以后接替那位可恶的狱长的是一位非常可爱的人物,啊!那实在难得!对我非常和气……而您不能想象这对我多么有利,当我在狱中时,巴黎正出演着我的《莎乐美》。那儿人们本来早忘了我曾是一个文人。当人们看到我的剧本在巴黎所得的声誉,人们就开始说:你看!这真奇怪!他倒有才具呢。从那一刻起,他们就让我任意阅读一切我所喜欢的书。”

“最初我以为使我喜欢的一定该是希腊文学。我就要了 Sophocles;但和我的口味并不相投。于是我想到教会的神父们;但那也不能使我发生兴趣。终于突然我想起但丁……啊?但丁!我天天念但丁:用意大利文的原本;我把但丁完全念了;但我觉得《净园篇》与《天堂篇》都不是为我而写的。我所念的特别是他的《地狱篇》;教我怎么能不喜欢它呢?地狱,正是我们的处境。地狱者,即牢狱也……”

当晚他还和我谈了他的写作计划,以 Pharaon 作题材的一出剧本以及一篇关于 Iudas 的故事。

翌日,他带我到离旅馆二百公尺远的一所精致的小房子去,那是他所租下的,而且已在开始布置。他预备在那儿写出他的剧本;先写他的 Pharaon,再写他自己叙述的非常动听的 Achab et Iesahel。

我所坐的马车已预备好了。王尔德想伴送我一程,便和我一同登车。他又谈起我的书,并加赞许,但总像有话哽在喉中。车终于停住了。他向我告别,正要下车,但突然:“Dear,听我说,如今您必须对我立下诺言。《地粮》,固然写得很好……而且的确很好……但是,Dear,答应我:从今以后切勿再用‘我’字。”

而因我显出不很了解他的意思,他又接着说:“在艺术中,您看,是不许有第一人称的。”

西风歌[①]

雪　莱　作　于赓虞　译

不羁的西风哟，你是神之呼吸，
你虽无形影，败叶却被你吹飞，
似鬼魔被神巫所咒纷纷逃遁，
那败叶，赤黑，金黄，灰白与惨红，
似恶疫侵袭的无数病夫；啊，你
吹驶生翅的子实飘浮到黑的冬床，
在那里冷冷沉沉的长眠，
粒粒像一具死骸在坟墓潜寝，
直到你芳青的妹妹春神吹奏翅的管笛，
响遍了梦境的地球，
追展美的花蕾似就食的群羊，
使田野山泽弥漫着光彩，芳香；
不羁的西风哟，你正周流八垠，
你这破坏者，保护者，听啊，你听！

在那崎岖的天海，在你的洪流，
吹散了流云，似大地之落叶纷飘，
从苍天海洋间纵横宛如丛枝的云，

① 原刊于《文艺月报（西安）》第 2 卷 1 期，1943 年 3 月 1 日，第 36 页。

译者简介：于赓虞（1902—1963），名舜卿，字赓虞，笔名君评、波西、东美等，河南西平人，诗人、翻译家，“绿波社”成员之一。1925 年考入燕京大学国文系，曾在北京、山西、河南、山东等地执教。1935 年赴英国伦敦大学留学。1937 年回国，任河南大学文史系副教授。1942 年任西北大学外文系教授兼文学院院长，讲授英国诗歌、翻译等课程。1944 年转到兰州西北师范学院，担任国文、外语两系教授兼外语系主任。1947 年重返河南大学，历任外文系教授、系主任，中文系教授。著有诗集《晨曦之前》《魔鬼的舞蹈》《骷髅上的蔷薇》《孤灵》等，因其诗歌充满了凄厉的哀吟、颓放的想象和浓郁的象征色彩，被称为“恶魔诗人”。

你摇下雨及电闪的使者；
在你那大气苍青的波涛之巅
布满即来的狂风暴雨的发卷！
从平地幽暗的边涯直到苍天之顶
像凶暴米奈的泽发怒然竖起。
啊，你不羁的西风
你就是这将逝之岁的挽歌，而这即逝
之夜为残年庞大之墓的穹隆，
以你蒐集的浩浩云涛为圆顶，
从云涛稠密之气，那黑雨，雹冰
与电火将一齐迸发，听啊，你听啊！

在那贝宜湾灰石的孤岛之边，
苍绿的地中海正在那里睡眠，
晶莹流破之回旋抚摇它宁静，
从此深沉的夏梦你将它唤醒；
并看那深眠的古的宫殿，高塔，
长遍了苍青之苔与美丽之花，
倒影在阳光之下的苍波颤荡，
那甜美描画时，感觉就会晕茫！
你的足迹踏破大西洋的平衡，
使他的怒涛互拥互冲而升空；
斯时，在幽深之底，披饰着海色
苍黄密叶的各种海花与藻菜
听着了你的声响，就战慄惊恐，
倏然灰白，凿丧了生命！听啊，听！

假若我是一片败叶随你飘飏，
假若我是一朵浮云共你飞翔；
若是在你威力下喘息的狂澜，
有你巨力之飞动，几几似你般
自由，啊你狂放的不羁者！假如
我还在童年，乃随你漫游碧绿
天空之侣伴，在那放怀的驰骋

即如飞越过你的神速的行程，
也不算一个幻想，啊，彼时我就
不再哀恳你赐我巨大的需求。
西风哟！吹我，如苍波，片叶朵云！
我沉坠在生命的荆棘，我怆痛！
时间的重载已将我绳锁，压倒，
我本如你般不驯，轻捷与骄傲；

把我似树林一般作你的瑶琴，
纵然使生命如树叶纷纷凋零
你雄伟歌调之交响将从树林
及我弹出来一曲宏深的秋韵——
悽切，甘芳，猛烈者，愿尔即我身，
你那强悍的精灵即我之精灵；
驱赶我败灭的思想飞越苍空，
似凋残之树叶促起一个新生，
啊，你！请凭这诗章的魔力，播传
我的字文在人间，似余烬，火焰
发自不灭的火炉，从我的双唇
给那沉睡的地球，未醒的乾坤，
这只预言的喇叭，不羁的西风，
冬神若来，那春神会落后遥远？

地狱曲(节选)[1]

但 丁 作 于赓虞 译

Dante Alighieri：Divina Commedia
Part 1：Inferno

第一曲

在我们尘世生命旅途的中程,[2]
　我发觉个人陷于幽暗的森林,
　因为迷失了向前直去的路径。
天哪！那情境是十分的难述,
　那森林是那样的荒莽,阴森,
　回忆时思想就重陷于恐怖:
死也难比它有更大的痛苦!
　与其述在那里看到的幸福,
　不如说所见的其他的事物。
我如何走进那里业已难述,
　那时候我充满昏沉的睡意,
　因而就迷失了正当的道路,
但是当我走到了一个山麓,[3]
　在幽谷的进头有一种恐怖,
　使我颤战,捣碎了我的心田:
向上看,啊,看见了那山的坡肩,

翻译

① 原刊于《时与潮文艺》第3卷第3-5期和第4卷第1-4期,1944年5-12月,一共25曲,本书节选第1曲。下面的注释除个别异体字外,都是当年译者自注。

② 中程(mezzo, middle):但丁起始作神曲,在1300年,时但氏年35岁,故云。

③ 山麓之山(Colle, hill),系基督教的象征。

已披起太阳[①]的灿烂的光辉，那
光引人们在各路平安的行走。
于是这忧惧似稍稍的平息，
它会彻[②]夜在我的心间蛰伏，
昨夜已，已十分可怜的过去。
像一个以艰苦喘息的呼吸，
艰辛的从海涛逃登岩岸之人，
回首向那无情的大海眺睨；
我的心亦然，还正在慄慄颤动，
回看那所经的危难的路程，
还无人从那里逃去过性命。
在倦怠的身躯休息了之后，
就继续那荒莽岩坡的旅程，
所以足跟就觉着更为沉稳。
啊，正在那山岩之麓的近边，
一只花豹[③]，是那样轻捷，灵敏
遍体花斑，骤然出现在面前。
在我面前，她并不闪避，逃逸，
并且还阻碍我前行的路径，
所以我曾几次的转回原程。
那时候东方业已涂上霞彩，
漫天的群星伴着朝日东升，
这群星与朝日都是神圣的爱
最初所感动的美丽的事物；
因而那野兽的绮丽的皮肤，
那美的朝晨与甜美的季节，[④]
都是我快乐的希望的原因：
但这快乐被新的恐怖驱退，

① 太阳（Pianeta，Planet），原系行星之意而指太阳，因但丁时尚以太阳为行星之一，故直译为太阳。

② 原文为“徹”。

③ 花豹（Lonza，panther），乃欢欣的象征，不伤行人。

④ 甜美的季节（La dolce stagione，the Sweet Season），是春天。

在对面，一头雄狮①忽然走近。
他好像是为了反对我而来，
他的头昂然高举，饿得发狂，
即空气也好像因他而战颤；
一只母狼②接踵而来，是那般
羸瘦，像是缺乏一切的食品，
现时前她使许多人在伤心。
她给我这样沉重的恐慌，
看见她就令我神志沮丧，
攀登高山的希冀似已绝望。
像那人正得意扬扬其所获，
但来了必须丧失的时机，
于是就心神困恼，落泪，悲哀；
我被那只凶猛的野兽困恼，
永无平静，她来得那样凶暴，
逼我倒退于无太阳的幽谷。
正当我向下奔逃的时候，
在前面陡然出现一个人影，
他似因长久沉默而嗄声。
当我在辽阔的荒莽看见他，
我叫道："你要可怜我救我啊，
不论你是什么，幽魂或活人！"
他答道："不，我曾经是个活人，
我的父母都是洛慕把底人，
他们的乡镇就叫作曼图凡。
我生于凯撒③的时候，惜已太迟，
在好奥戛斯帝时住居罗马，
彼时都崇拜虚伪诳诈之神。
我是个诗人，我的歌正歌吟

① 雄狮(Leone, Lion)，乃雄心或骄傲的象征。

② 母狼(Lupa, Shewolf)，乃贪欲的象征，特指罗马干与政治大权的教王们。

③ 凯撒(Sub Julio, Julius Caesar)，凯撒在时，维吉尔才26岁，故不能知名于凯撒。

安绮斯之子,他来自特罗依城,[1]
当宏壮的义利安焚成了灰烬。
但是你为何回此险恶之路?
为何不登那清幽畅朗的高山,
那里就是一切欢乐的根源?”
“你就是维吉尔[2]么?从那淙泉,
流泻出富丽的文辞的江流”?
我大胆而羞怯的发出回声。
“啊,你是诗人的光荣与光明,
我对于你的诗长久的爱好
与研索给了我无尽的效用。
你就是我的主师与领导人;[3]
从你自己脱化出我的风格,
它的美已使我享受了大名。
看那野兽,为了她我才逃回,
从她救我罢,赫赫的圣者,
她使我周身的血脉在颤战”。
他见我正在哀泣,就迅然的说:
“倘你想逃出这荒莽的境地,
你必须遵循着其他的道路:
这只使你求救的野兽,绝不
让你经过她的路,在这荒途
她蹂躏并毁灭所有的旅人。
因她有毒恶及残忍的天性,
永不能餍足她无厌的大欲,
她吃饱后,较以前更为贪婪。
她同许多野兽结过了奸淫,

---

① 安绮斯(Anchise)之子,即易尼(Aeneas),维吉尔所著“Aeneid”,歌咏的主题。义利安(Ilion)即特罗依(Troy),并见荷马史诗(Iliad)。

② 维吉尔(Virgillio, Virgil),古罗马大诗人,但丁选他为领导人,一则他为史诗作家,二则也是国家的骄傲。

③ 领导人(Autore,Author),意为创造者或作家,因此地但丁特指诗人,为意义更明白,故依英Cary 氏译为领导人(Guide)。

而且将更多,直到灵猩①来时,
他将使她毁灭于惨痛之中。
他不需土地金银滋养生命,
只需要爱,需要智慧及美德,
他的乡镇在两凡尔卓之间。
他将为低下义大利的救主,
为这美的王国,处女柯米拉,
图诺,额亚拉,尼苏均已伤亡。
他将追击她经过每个城乡,
直到他再将她放进了地狱,
从那里嫉妒第一个将她释放。
所以据我想与判断最好你
随着我,我将为你的领导者,
经历那个千古不变的境地,
那里你将听到绝望的悲怆,
看到那些古代幽魂的苦痛,
正号叫要求个第二次死亡。
并且还可见那些躺在火焰
满意之魂,因他们希望总有
那一天,会到幸福者的中间。
倘若你愿去那些幸福者的
地方,一个比我高贵的灵魂②
将会伴领你,我就同你别离。
因为统治上边地方的君王,
我对他的律令是一个叛徒,
所以不愿我走进了他的城。
他统治一切地方,住在那里,
那就是他的城及他的宝座,

① 灵猩(Veltro,Greyhound),乃但丁注释家最难解决的问题,因说他的乡镇将在两凡尔卓之间(tra Feltro e Feltro),故有人即说是指Can Grande,实际上只是偶合。但丁的原意不过将这灵犬当作将来救意大利的有美德的英雄的象征,只是一个含有希望的预言。

② 高贵的灵魂,乃指毕雅垂斯(Beatrice)而言,她将在炼狱曲第三十卷出现;因维吉尔只领但丁游地狱及炼狱,待毕雅垂斯领游天堂。

啊,中他所选者是多么快乐!
“诗人,凭那位你所不知的神,
我恳切的求您,恳切的求您,
为逃脱这恶境,更大的不幸,
领我去那你所述说的地方,
因而我可见圣彼得的大门,[①]
及那些不幸者困厄的悲怆。”
于是他向前行,我紧紧的追随。

① 圣彼得的大门即炼狱之门(Gate of Purgatory),不幸者即在地狱的幽魂。

伊列克特拉(节选)[①]

索福克勒斯 著 霍自庭 译

梗概 阿加麦农(Agamemnon),从特罗(Troy)回来后,被他的夫人克里特纳斯特拉(Clytemnestra)与其情夫爱几修斯(Aegisthus)所杀,爱几修斯就是擅夺迈锡尼(Mycenae)王位的人。阿加麦农的儿子,奥雷斯提斯(Orestes),当时还在童年,被其姊伊列克特拉(Electra)救出,送到发喜斯(Phocis),有一个忠于旧主的仆人伴行。奥雷斯提斯现已成年,伴着这个仆人和他的友人皮莱底斯(Pylades)秘密回国,他与这位友人,服从阿普娄(Apollo)的命令,定下对他父亲的凶手复仇的计划。

人物:

老人——以前阿加麦农的从者。

奥雷斯提斯——阿加麦农和克里特纳斯特拉的儿子。

伊列克特拉——奥雷斯提斯的姐姐。

合唱者——阿苟斯的妇人。

克里叟希密斯(Chrysothemis)——奥雷斯提斯和伊列克特拉的妹妹。

克里特纳斯特拉。

爱几修斯。

皮莱底斯——与奥雷斯提斯同出,但不发言。

地点:

迈锡尼:帕娄牌底(Pelopidae)宫殿前

---

① 原文刊于《西北学术》月刊第1期,1943年11月12日,第17-50页;第4期,1944年2月15日,第26-42页,本文节选第一部分。该剧译自索福克勒斯经典剧作《厄勒克特拉》。

译者简介:霍自庭(1896—1984),河南安阳人。曾在北京大学英文系学习,1929年毕业于日本庆应大学,历任河南大学、安徽大学、复旦大学教授。1942年8月起任国立西北大学外文系教授,从事英国语言文学专业的教学与科研,讲授英诗选读、英美著名诗人作品研究、莎士比亚选读等课程,译有《哈姆莱特》等作品。

伊列克特拉

奥雷斯提斯和老人——皮莱底斯在场

老 你是以前领着亚该亚(Achaea)军队,围攻特罗城(Troy)的一位国王的儿子,数年来你那急进的精神所渴求的是什么,今天是你看见的时候了。阿苟理斯(Argolis)展在我们的前面,那是伊欧(Io)受痛苦的地方。已经神圣化了:那边,是那个由杀狼神得名的市场;我们的右边,是有名的希拉(Hera)神殿。我们已经到了以藏金丰富著名的迈锡尼了。帕拉仆斯(Pelops)致命的屋顶,耸立在我们的前边,那里藏着许多可怕的事情;在那里,当你那被杀的父亲卧在血泊中的时候,我从你的姐姐的手里接受了你,把你移到安全的地方,养育你到了成人的年龄,可以替你那冤死的父亲复仇。所以,奥雷斯提斯,还有你,皮莱底斯,最亲爱的朋友,虽然来自异邦,你们要赶急进行你们的事情。黑暗的夜间,已随着星辰消逝,白昼的光明的球体,已催醒晨鸟歌唱起来了。那么,趁一般人还未行动,你们俩人快商议吧。这不是懦怯迟延的时候,立刻实行的时候已经到了。

奥 亲切而忠诚的朋友,你对于我家的服务是如何的始终如一!有些骏马,虽说老了,但因为马种优良,战争的时候,还能毫不懈怠,竖耳倾听斗争的情形,你好似这骏马一样,催着你的主人催上前去。请你注意听听我们的意见,如果,你认为我们要做的事情,有什么缺点,或鲁莽的地方,请你给我们指导。

当我为了要知道怎样惩罚我父亲的凶手,去祭拜以神谕著名的皮叟神殿的时候,我得到菲博斯给我以下你要听见的话:啊,国王!使你的胳臂能有正义的致命打击的,不是武装的军队,而是你自己的巧计。神的意思既然如此显示给我们,请你暂且进内,等待着机会,推断他们的情形,给我们以确切的认识,老年和长久的不在,是一种安全的掩护;他们决不疑惑你的来历。你可以对人说:你是异邦发喜斯,或是他们战争上最有力的盟友菲诺提亚斯派你来的。你先对大众发誓,宣布你的新闻:奥雷斯提斯在皮叟的道上,不幸从四轮马车上滚落而死了,你就这样编造你的故事;同时,我们要按照菲博斯的命令,把从我们头上剪下的头发和丰美的奠酒,放在我父亲的坟墓上,然后带着你所知道的那个藏在矮林旁的美丽铜瓶回来,给他们以欢迎的消息,就说我的尸体早已在火中变为灰烬了。为了救我自己,得到美名,这样假死将如何使我痛苦了?有益的虚言,不会给人以凶兆。我常常听见有些聪明人,传说已经死了,却受很光荣的祝贺归来。被这种谣言所激动的我的眼睛,如有毒害的夜星一样,对敌人发出怒焰。啊,祖国的土地!掌握土地的神,请你接受我,使我很顺利地进行!你,祖国啊,我回到你的怀抱中了,因为受了神的命令,为你洗耻雪冤。神呵,你派遣我降世,绝不是徒然的,要使我留下一系优良的后代——我已经说完了。请你负责！请你赶快去做吧！这是需要伟大的首领，去做冒险的大事业的时候了。

伊（场内）啊，我的不幸的命运呀！

老　看呵！少年，我听见有一种悲哀的哭声从门内出来，好像是什么姑娘的声音。

奥　是可怜的伊列克特拉吗？我们何不停止，去听她的悲哀的声调呢？

老　不能。我们要在做一切其他事情以前，先开始设法实行阿仆娄的至高无上的意思，对你的父亲献酒：这能使我们得到胜利和确切的成功。

（退场）

伊列克特拉登场

单音曲

啊，最纯洁的光！
只被地球所测量而限制的
空气，你们常常听见
尖锐的哭声，
椎打我那流血的胸膛的打击声，
当幽暗的黑夜，
迟缓步骤，向太阳投诚！
经过休眠的时间，
啊！我那伤心的枕头，
在那悲哀的空中，知道的很清：
你无快乐地通宵守夜，
他人皆在睡眠之中，
我不惜为我那可爱的父亲呻吟，
他并不是在血的斗争中，
在异乡被战神
赐给以欢迎，
我的母亲，和她的仆从，
好像伐木者砍倒大橡，
以致命的打击，裂开他的头颅。
没有怜悯的光线，除了我，
向你照耀。
我的父亲，死在痛苦之中，
是一种残酷的事情。
但我绝不能

停止哭叫和伤心的歌唱，
当我仰视天空；
闪耀着各种火光，和这个美丽的太阳。
我好像失去了幼雏的夜莺，
以遥远尚能听见的悲声，
响彻在我父亲的门庭。
啊，地下的家呀，
看不见的冥王，可怕的柏塞福泥，
幽暗的哈密斯，被人崇奉的咒语，
人类敬畏的复仇女仙，
天上的女郎，你们看见
谁死的不平，谁冤死在
他们结婚的床边，
请替我们的父亲对敌人雪冤！
援助我们，快把弟弟送到我的身边，
我不能再忍耐
这过于沉闷而克服一切力量的悲哀。

合唱者（登场中）

合　啊，伤心的伊列克特拉呀，你是一个堕落的母亲的孩子，你为什么为那个受妇人的蛊惑与欺骗，而死在奸夫之手——那是很久以前很不正当地已经压服下的事情——的人呢？不断地悲悼呢？把正义忘了吧！如果允许我这种正当的请求的话。

伊　名门的妇女们，你们是来安慰我的悲哀的。我明白。我知道：你们的爱，并不是得不到我的认识。但是，我不能假装我好像忘了一切，亦不能停止悲悼我那不幸的父亲的命运。啊，在你们给我的一切爱中，我只请求这唯一的恩惠：让我狂歌吧！

合　悲悼和祈祷，不能把你的父亲，我们所尊敬的领袖，从那黑暗的死的深渊中举起。过分的悲哀，常使人憔悴，而你的那无用的悲痛，亦不能使你免除了悲哀。你为什么做这样无益的悲悼？

伊　只有无感觉的人，才能忘记了被惨杀的高贵的父亲！迷惑的悲悼者，神圣所教导的飞鸟，我爱你的曲调！因为你那“伊提斯”，“伊提斯”的歌唱，使人听见心焦。奈奥俾（Niobe）呵，我认为你是真神，你是悲哀的女王，你带着满脸泪痕的面容，化为顽石，永远不断的悲哀。

合　悲哀不仅降于你一人，女郎，你为什么如此悲恸，超过那些住在宫中，承认与你是同一祖先的你的同族人呢？克里叟希密斯，她过的什么生活？聪明的伊菲纳莎(Iphianassa)，他已经藏匿，不愿意尝那可怕的命运的滋味。年青的奥雷斯提斯，将来到美丽而有光荣的迈锡尼城，受大众的欢迎，配得上他父亲的名声，而且受薛亚斯很亲切的催迫，带给这土地以最幸运的预兆。

伊　我永远忍耐一切地等待着他；我还是无夫无子地生活着，泪不断地流在脸上，带着不能治疗的忧愁。但是，他忘了他的冤仇和我的一切教训。我送给他的音信，不是仅得到无聊的回音吗？他说，他渴望着，但是，他虽然渴望，却并没有回来。

合　注意，亲爱的孩子！统制一切，密看一切的薛亚斯，是天上最有力的神明。把你那如波涛起伏的悲哀交给他，走在安全的道上，不要使仇恨给你烦恼，但你亦不要忘记你的胸中所抱的仇恨和忧愁的原因。时间给人以慰安，时间的神力，能使人对于一切，处之泰然。住在克里莎(Crisa)海滨牧场的阿加麦农的儿子，要回到他的祖国，阿加麦农现在做了下界地狱之王，还承认他是他的儿子。

伊　在人间，我的生活陷入于绝望之中了，一年一年的过去，忍耐全是徒然。我太失望了；我如孤儿一样心悴，无人给我以照管，我如寄寓者一样，做着奴隶似的工作，无人照顾，亦得不到奖赏，我劳苦在我父亲的宫中，当一个侍食的女仆，穿着这样褛褴的衣服，还免不了受饥挨饿。

合　他来到海滨的时候，你们的会面是悲惨的，你在你父亲倒下去的地方叫号，是非常可怜的，因为在那里，在一个凶恶的日子，你父亲很悲惨地被钢刀刺死的。狡猾者想出计划，摇乱者实行出来：奇怪的母亲和父亲，不知是神或是人制造出来的！

伊　在你那光明的途上，超过一切岁月，你这最可恨的日子！啊，可怕的那个夜间！丑恶而可憎的宴会，不必再说了！我如何能忍受一切？自从我父亲的眼睛，看见死神从一对奸夫奸妇——一块做着残酷的无赖事情——向前来了，以后我的生活就陷入于一团黑的绝望中了。对于做这些恶党，伟大的亚灵正亚神将给以报复，决不能让他们享受辉煌而安逸的王位！

合　你要注意，不要过于哭泣，你的常识不能使你知道：你这样鲁莽，又要使你得到不应有悲哀吗？你将以自生的暗忧的斗争，增加你的不幸，但是，抵抗强敌的人，不久总要得到了胜利。

伊　可怕的压迫，使我知道我的悲怨，使我知道我的愤怒如不灭的火焰；无论什么可怕的事情，在我活在世上的时候，不能限制我的愤怒，亦不能阻止我的悲恸。亲爱的朋友，真正阿苟斯族的亲切的妇女，谁能给我以适合需要的劝告

翻译

或安慰之言？我这痛苦的原因，是超出于治疗之外的呵。不要劝告我了！无用的安慰者，离开这里吧，让我以不停止的痛苦，和不能量的悲痛，痛痛地哀悼吧。

合 我们以亲切的心肠，想给你以安慰的语言，我以慈母的用心，请求你不要再增加你的痛苦。

伊 但是，我的不幸有限度吗？你们说，忘记了死者，是应当的吗？普通人能想出这样大胆的罪恶吗？如果从我父亲的名字的回响中，我能抑制住我那激烈的悲恸，太阳不要再为我发光了，在我所有的生活中，亦不要再有和平的日子了。神圣的廉耻和虔诚的服务，将消灭在人间，如果他——现在变成了尘土，是空无所有了——必须卧在黑暗之中，而他的敌人却不以血还血，受最大惩罚的话。

（未完）

雅典人台满(节选)[①]

莎士比亚　著　杨　晦　译

第一幕

第一场:雅典·台满宅内的一间大厅

【诗人,画家,宝石匠,商人以及其他人等,从各门上】

诗人　你好呀,先生。

画家　托你的福啦。

诗人　许久不见啦。天下大势如何呢?

画家　老太太过年,先生,就一年不如一年的。

诗人　是啊,那是早就知道的啦;可是有什么特别稀罕的吗?有什么新鲜的,就未之前闻的吗?——看哪,恩惠的法术呀,你的法力就把这些精灵都给拘到场啦。——我认识那个商人。

画家　他们两个我都认识的:那一个是个宝石匠。

商人　哈!真是一位有身价的大人。

宝石匠　这还不算的,他就说一不二。

商人　世上最少有的人哪,仿佛,他就知道作好事,永远作好事的。

宝石匠　我有一块宝石在这里——

商人　哦!请你,让我们见识见识吧:献给台满大人的吗?先生?

宝石匠　若是他出到了价钱的话:不过说到——

诗人　"当我们为得到报酬就赞美了恶的时候,
在那宜于歌咏善的妙句里的
那种荣光就受了污染。"

商人　【看着宝石】款式真好。

---

① 1943年9-10月翻译于陕南城固,这期间杨晦在国立西北大学任教。1944年10月重庆新地出版社初版。全剧共分5幕,本书节选第1幕第1场。下面的注释除个别异体字外均为译者自注。

宝石匠　成色也高的：你看吧，这就放光的。

画家　先生，在你的作品，——你呈给这位大人的献诗里，你就聚精会神的呀。

诗人　这不过是我随随便便信笔写来的一篇东西。我们的诗好比是一种树胶，它在那里滋生，就从那里滴流出来：打火石里的火是不打不出的；我们的诗情却不然，它自己就会激发起来，又好比水流一般，每次冲击到岸石啦，反而飞流得更快的。——你那是什么？

画家　一幅画像的，先生。你的大作，什么时候发表呢？

诗人　紧跟着我的呈献就发表啦，先生。让我们见识一下你的画像吧。

画家　这是相称的一幅呢。

诗人　正是呢：这就画得很成功，很出色的呢。

画家　平平常常吧。

诗人　高妙得很哪！这份仪态该怎样说出他自己的身份呀！这双眼睛该放射出什么样的一种威光呀！远大的想象，在这片嘴唇上，该怎样地移动啊！对于这种无言的姿势，你就能做出说明来的。

画家　这是活人的一种很难的临模[①]呢。妙处就在这种地方的：过得去吗？

诗人　我要说，这就巧夺天工的：跟自然争胜负的技巧，活在这些笔法里了，比活人还要活些的呢。

翻译

【一些元老院议员们上场，从舞台上走过去。】

画家　这位大人该有多少人跟在后面跑的呀！

诗人　都是雅典的元老院议员们呢：幸福的人哪！

画家　看吧，还有呢！

诗人　你看见这洪水一般的宾客，都奔流到这里来啦。——在这篇拙作里，我描画出一个人物来，现世界就用最丰盛的接待欢迎他，拥抱他的：我的奔放的流向并不在任何个人的身上停留，只是在一个广阔的蜡海[②]里自己移动：在我的行程里就没有瞄准的恶意染坏了一字一句的呢；但是却是一只鹫鹰啊，飞一个大胆，直前的高飞，在后面并没有途径留下。

画家　我要怎样才会理解你的呢？

诗人　我就要说给你听的。你看见台满老爷了吧，该有多少人对他献出他们的殷勤呀，各种身份的，各种性情的——油嘴滑舌和机变诡诈的，就跟慎重和严

---

① 同“临摹”。

② 蜡海：古代用尖笔在蜡板上写作，所谓蜡海就是作品。

肃的一样:悬在他善良、亲切天性上的他的巨大财产,就任他的仁慈和关切来使用,而且征服各种各样的人心:是呀,从看人颜色的谄媚者到亚庇曼塔斯,说起亚庇曼塔斯来,还有什么比痛恨自己,再使他喜好些的吗?然而就是他,都在台满老爷的面前低下他的膝盖,在台满的点头下心平气和地满载而归。

画家　我看见了他们在一起说话呢。

诗人　我构想:运命女神,在一座高高而又愉快的山上,登了宝座:山脚下排列了各种身价,各种天性的人物,都在这个大地的胸怀上面辛苦劳碌,以增殖他们的财产:在所有,他们的眼睛都定在这位女尊神身上的中间,我把其中的一位,代表台满老爷的人身,运命用她象牙般的手招呼他到她那里去:她的当前的爱宠,使他的敌人都变成他当前的奴隶和仆人了呢。

画家　这设想的真中肯呢。这个宝座,这位运命女神,和这座山,以及一位在下边其余的中间被招呼的人,对陡峭的山,低着他的头,爬到他的幸福上去,我以为,在我们的艺术[①]里一定会表现得很好的呢。

诗人　这还不算,先生,先听我说下去。到最近那些跟他地位相等的,还有些比他地位高些的人,就全都紧紧地追随他的大步,他的接待室就充满一些趋承意旨的人们,把崇拜或是牺牲的私语倾泻到他的耳朵里去,就是他的鞍镫都弄得神圣起来,而且要通过他才呼吸到自由的空气。

画家　是呀,当然地啦,那又怎么样呢?

诗人　一到运命女神,在她心情的转移和改变下,踢倒她以前的爱宠的时候,所有他的依附者,甚至匍匐在地,随他努力爬向山顶的,都让他滑跌下去,没有一个人伴随他跌落的脚步的呢。

画家　这是很普通的呢:我就能给你看上千幅的寓意画,每幅都会显示运命的这种急剧的打击,比文字更为有力。然而,为的要叫台满老爷明白:卑贱的眼光所看见的就脚在头上,你却做得很好呢。

(鸣奏喇叭声。台满老爷上,对于每个有所请求的,都很亲切地应答:一个从樊提达斯那里来的送信人跟他谈着话;留西利阿斯和其他仆人都跟在后面。)

台满　他被监禁起来了吗,你说?

送信人　是的呢,我的好老爷。他的债务是五"太兰特"(Talent)[②],他的财产差得

---

① 这里说的艺术,是指画家的本行,绘画说的。

② 太兰特(Talent)古货币,约值1400余元美金。

最多,他的债主们逼的最紧:他希望大人写信给那些把他关起来的人的;没有你的出面,他的安乐生活就满限了呢。

台满　高贵的樊提达斯吗!好的;我并不是那类的羽毛呢,当我的朋友非需要我不可的时候,却把他给抖掉。我知道他是一位很值得帮助的上流人,他就应该得到它的:我要付出那笔债,使他得到自由。

送信人　大人就使他永远都要感戴的呢。

台满　请代我向他致意吧。我就会送来他的赎金;得到开释的时候,请他到我这里来。只是帮助软弱的人站起来,这是不够的,以后还要支持他才行。再见。

送信人　大人万福。

【下】【一位雅典老人上】

雅典老人　台满老爷,你听我说。

台满　随便说吧,好老伯伯。

雅典老人　你有一个仆人,叫作留西利阿斯的。

台满　我有这样的一个的:他怎么样呢?

雅典老人　最高贵的台满,叫这个人到你的面前来吧。

台满　他在这里侍候没有呢?留西利阿斯!

留西利阿斯　在这里,侍候老爷。

雅典老人　就是这个奴才,台满老爷,这个你的家人,夜里常到我的家宅去,我是这样的一个人,从我的最初就向发财的路上走的,我的产业就应该有一个继承人,要比捧盘送碗的高出一等才行。

台满　好得很,此外还有什么呢?

雅典老人　我只有这一个独生女,别无亲眷,我要把我历年的积蓄都传给她:这个孩子是很美的,算是最年轻的新娘子呢。我曾经,出最高的代价,把她教养成最好的才艺。你的这个人,在极力博取她的爱情:我请求你,高贵的大人,跟我一同禁止他的再到她那里去求爱吧;我一个人的话,说了就不中用。

台满　这个家人是很忠实的呢。

雅典老人　所以他就应该忠实的啊。台满:他的忠实要在忠实里褒赏他才对;不应该拿我的女儿来作奖品呀。

台满　她爱他吗?

雅典老人　我的女儿年轻,容易动感情的:我们自己以前的热情很教我们知道,在青春时期有多么轻举妄动。

台满　【对留西利阿斯】你爱那个姑娘吗？

留西利阿斯　是的，我的好老爷，她并且接受了我的爱的。

雅典老人　她的结婚要是不得我的许可，我喊天神作证，我要到乞丐堆里去挑我的继承人，就把她的一切都给夺个精光。

台满　要是把她配给一个地位相当的丈夫的话，你怎么陪嫁她呢？

雅典老人　眼前先陪送她三“太兰特”；将来呢，就全部都是她的了。

台满　我的这个侍仆侍候我已经很久啦：我愿意尽点力量帮他成家立业的，因为这是人对人的一种应尽之分呢，把你的女儿嫁给他吧；你陪送什么，我在他这方面就给配上什么，使他跟你的女儿相等起来。

雅典老人　最高贵的大人，关于这件事，你肯给我保证，她就是他的啦。

台满　我给你保证的，我一应许了就一言为定的。

留西利阿斯　我就五体投地地感谢大人呢：这一生一世，我的一切地位和财产，就没有一样不欠你的恩情的呢！

【留西利阿斯和雅典老人同下】

诗人　请赏收我的劳作吧，愿大人长命百岁！

台满　我谢谢你；你马上就会听到我的回话的：不要走开。——你手里那是什么呢，我的朋友？

画家　是一幅绘画，这我请求大人收下。

台满　绘画是欢迎的。绘画差不多就是自然的人；因为自从耻辱跟人的本性交接以来，他就只是表面的了呢：这些画的人物呢，却正跟画出来的一样。我爱好你的作品；你也就会知道我爱好它的：等一等，等到你听到我的后话为止。

画家　神保护你吧！

台满　你好，先生：把你的手伸给我吧，我们一定要在一起吃饭的。先生，你的宝石已经有人褒贬啦。

宝石匠　怎么，大人！褒贬吗？

台满　不过是一种赞美的饱满罢①了。我要是就照它被激赏的那样付你钱，那一定就整个把我给瓦解了的。

宝石匠　大人，这是要看卖给谁来估定价值的：而且你十分知道的，同样价值的东

① 原文为“吧”。

西,属于不同的所有主,就拿它的主人来判定它们的价值,你相信吧,亲爱的老爷,这宝石你一带上,就把它的价值给抬高啦。

台满 嘲笑得真好。

商人 不然的,我的好老爷;他说出一般的意见,所有的人都跟他一样的说法。

台满 看哪,他到这里来啦。你愿意挨他的骂吗?

【亚庇曼塔斯上。】

宝石匠 我们愿意忍受的,跟大人一起。

商人 他就谁都不会放过的。

台满 祝你早安,温和的亚庇曼塔斯。

亚庇曼塔斯 直到我是温和的为止,你就等候你的早安吧;——那时候,你就是台满家的狗,这些坏蛋们也就都是忠实的啦。

台满 你为什么要叫他们作坏蛋呢?你就不认识他们的呀。

亚庇曼塔斯 他们不都是雅典人吗?

台满 是啊。

亚庇曼塔斯 那么我就并不失言啦。

宝石匠 你认识我吗,亚庇曼塔斯?

亚庇曼塔斯 你知道我认识你的:我都叫得上你的小名来。

台满 你太高傲啦,亚庇曼塔斯。

亚庇曼塔斯 就没有什么事情像我并不跟台满一样那么能叫我骄傲的了。

台满 你现在要到那里去呢?

亚庇曼塔斯 要去把一个忠实的雅典人的脑子给敲出来。

台满 那是你要犯死罪的一种行为呀。

亚庇曼塔斯 正对呀,假使什么罪都不犯,在法律上就算是死罪的话。

台满 你以为这幅画怎么样呢,亚庇曼塔斯?

亚庇曼塔斯 最好不过啦,因为就天真得很。

台满 他不是很费苦心地画它的吗?

亚庇曼塔斯 制造这位画家的,他就更费苦心啦:然而他却只是一件丢脸的作品。

画家 你真正是一条狗。[①]

亚庇曼塔斯 你妈是我的同种:我要是一条狗,她是什么呢?

---

① 亚庇曼塔斯是犬儒学派的哲学家(cynic),他在嘲骂人时,别人也就拿嘲骂狗的(cynic)的形容词来嘲骂它。

台满　你愿意跟我一道吃饭吗，亚庇曼塔斯？

亚庇曼塔斯　不，我就不吃老爷们。

台满　你要是吃的话，你一定要触怒太太们的。

亚庇曼塔斯　对呀，她们吃老爷们；于是她们才大肚子的呀。

台满　那是一种淫荡的想法的。

亚庇曼塔斯　所以你才怀孕它，拿这当作你的分娩了。

台满　你以为这块宝石怎样呢，亚庇曼塔斯？

亚庇曼塔斯　并没有那么朴素无华，就到了叫人不值破费一文的程度。

台满　你想这值多少呢？

亚庇曼塔斯　就不值得我的一想的。——怎么样啊，诗人！

诗人　你怎么样啊，哲学家！

亚庇曼塔斯　你说谎啦。

诗人　你不是一个哲学家吗？

亚庇曼塔斯　是呀。

诗人　那么我就并非说谎啦。

亚庇曼塔斯　你不是一个诗人吗？

诗人　是呀。

亚庇曼塔斯　那么你就说谎啦：看看你最近的作品吧，在那里你就把他给捏造成一位有价值的人物。

诗人　那并不是捏造：他是那样的呀。

亚庇曼塔斯　是啊，对于你，他是有价值的，你为他作了诗，他就付钱给你：喜欢受恭维的，对于恭维人的是有价值的呀。啊，假使我要是一位老爷呀！

台满　那么，你怎么着呢，亚庇曼塔斯？

亚庇曼塔斯　正就像亚庇曼塔斯现在所作的一样吧；就从心里憎恨一个老爷。

台满　什么，恨你自己吗？

亚庇曼塔斯　是呀。

台满　为什么呢？

亚庇曼塔斯　因为要是一位老爷，我就没有嬉笑怒骂的那份才情了呢。——你不是一个商人吗？

商人　是呀，亚庇曼塔斯。

亚庇曼塔斯　若是诸神不愿意的话，就叫买卖毁灭你吧！

商人　若是买卖做得到的话，诸神也就做得到的。

亚庇曼塔斯　买卖就是你的天神，你的天神也就毁灭你的呢！

【喇叭吹奏。一仆人上。】

台满　为什么吹喇叭呢？
仆人　是亚勒西巴地斯，还有二十骑兵都是他那一帮的。
台满　请，接待他们，领他们进来。

【几个随侍下。】

你一定要跟我一起吃饭的。在我还没有酬谢你以前，千万不要走开；等到吃过饭以后，再给我看这幅画。——看见诸位我真欢喜不尽。

【亚勒西巴地斯跟他的一帮人上。】

欢迎之至的，先生！
亚庇曼塔斯　瞧，瞧，你就瞧吧！叫你们的骨头节，那么一屈一折的，就疼痛的缩紧、麻痹了吧！因为在这些甜言蜜语的坏蛋心里，和这一切的礼节中间，一定不会有多少情爱的呀！人类的子孙，就都退化成狒狒和猴子了呢。
亚勒西巴地斯　先生，你已经救了我的渴慕，使我得最为饥渴地饱餐你的颜色了呢。
台满　正欢迎的，先生！在我们分手以前，我们要在各种快乐里，分享一个充分的时间。你请，让我们进去吧。

【除亚庇曼塔斯外，全下。】

【两位贵族上。】

第一贵族　现在什么时候啦，亚庇曼塔斯？
亚庇曼塔斯　是要忠实的时候啦。
第一贵族　那种时候，始终都在侍候的呀。
亚庇曼塔斯　你就越发该诅咒啦，你就始终都错过去了呀。
第二贵族　你是去赴台满老爷宴会的吗？
亚庇曼塔斯　是呀；去看饭菜填饱坏蛋们，酒灌醉糊涂虫们的。
第二贵族　再见吧，再见吧。

亚庇曼塔斯　你就是一个糊涂虫的，跟我告别两次。

第二贵族　那为什么呢，亚庇曼塔斯。

亚庇曼塔斯　你就应该给自己留下一次的，因为我就什么都不打算给你的。

第一贵族　你就拿根绳子吊死吧！

亚庇曼塔斯　不，在你的命令之下，我是什么事情都不愿意做的：向你的朋友发出你的请求吧。

第二贵族　去你的吧，瞎咬一阵的狗！不然我要把你给踢开的。

亚庇曼塔斯　我情愿像一条狗一样，逃开一条驴的后腿的。

【下】

第一贵族　他就跟人情作对头的。来吧，我们要进去，领受台满大人盛情的吗？他的待人之厚就恩至惠尽了呢。

第二贵族　他就把这倾泻出来的；普鲁图斯（Plutus）那位黄金之神，不过是他的管家：没有礼物他不加七倍地还答的；没有送给他的赠品，他不给赠送人滋生出一种报答——超出一切还礼惯例以上的报答呀。

第一贵族　他就有那种永远支配人类的最高贵心情的呢。

第二贵族　但愿他长在幸运里生活吧！我们要进去吗？

第一贵族　我要跟你一道的。

【下】

【第一场完】

巴赫奇萨拉伊之喷泉(节选)[1]

普希金 作 余 振 译

好多人,同我一样,来访问过,
这个喷泉;但是有的已经死了,有的
又流浪到远方。

——沙地[2]

基列伊,低垂下两眼,坐在那里;
琥珀烟管在他嘴里冒出缕缕的轻烟;
卑屈的廷臣们无言地
站立在威严的可汗底两旁。
在金殿里一切都静寂无声;
大家都诚惶诚恐地
在他的阴沉的脸上
凝视着那忿怒与悲哀底容颜。
但是那高慢的君王
摆了摆焦急难耐的手;

---

① 原刊于《流火》第1期(创刊号),1945年3月,第9-16页,原文将普希金译为"普式庚"。原文标题下注:巴赫奇萨拉伊——克里米亚半岛南端之城市,为16世纪末17世纪初克里米亚汗国之首都。原诗篇幅较长,本书节选第一部分。

译者简介:余振(1909—1996),原名李毓珍,别字秀川,曾用笔名黎新、孟星等,山西崞县(今原平)人,俄苏文学翻译家。1935年毕业于北平大学法学院俄文经济系。1938年任西安临时大学法商学院商学系助教兼讲师,教授俄文精读课程,次年任西北大学文学院外国语文系讲师,并开始文学翻译工作。1943年升为副教授。1946年因支持学生运动,余振和文学院外文系教授徐褐夫、法商学院经济系教授季陶达(三人曾被称为"三位一体")一起被解聘,同年夏任山西大学外文系教授,主编《北风》诗刊。1948年起,先后在兰州大学、中国交通大学、清华大学、北京大学、华东师范大学任教。1958年任上海《辞海》编辑所编辑。译著《普希金长诗选》《莱蒙托夫抒情诗选》《莱蒙托夫诗选》、马雅可夫斯基长诗《列宁》《好!》等。

② 沙地:今译萨迪(1208—1291),中世纪波斯(今伊朗)诗人,代表作《果园》《蔷薇园》等。

大家,低下了头,慢慢地走出去。

他独坐在自己的金殿里;
他的胸口呼吸得稍稍轻顺一点。
他的严峻的面颜更为鲜明地
显现出内心底激动。
正如一片狂暴的乌云反照在
港湾底激荡不平的镜面上。

是什么感动了他那高傲的心灵?
他脑子里是萦绕着甚么样的思想?
是又要对俄罗斯准备战争,
还是要把自己的法令带到波兰,
是血的复仇底火焰又在燃烧,
还是在部队里发觉了叛乱,
是害怕深山里的人民,
还是害怕热那亚[①]底奸计?

不是的,他已经厌弃了战争的光荣,
他的可怕的有力的手已经疲累了,
战争早已远远地离开了他的思想。

难道邪心恶念从犯罪的小径上
潜入了他的内宫,
而奴隶,柔顺与俘虏底女儿们
把她们的心交给了邪教徒吗?

不是的,基列伊底怯弱的嫔妃们
不敢思想,也不敢希望,
在阴郁的寂静里开着惨澹的花朵;
她们,在机警的冷情的守卫下,
在阴沉的烦闷底怀抱中,

① 意大利城市。

不知道什么是失节不贞。
她们的美深藏在
牢狱底保护的阴影里:
如像阿剌伯的花朵
开在暖室底玻璃窗内。
在她们看来,岁月,时日
按着阴沉的顺序不停地飞逝,
而在不知不觉中随手拿走了
她们的青春与爱情。
每天都是一个样子,
而时间之流又是这样地缓慢。
慵散在内宫里统治着人们底生活;
欢乐在这里很少露面。
年青的嫔妃们,不管怎样,
总想要骗骗自己的心,
她们时时在替换美丽的服饰,
玩玩各种的游戏,谈谈闲天,
或者在活泼的流泉底喧闹中,
高临在清澈透明的水流上,
在繁茂的枫树底清荫下
轻妙地一群群地闲步。
一个凶狠的太监常常走在她们中间,
谁也没有办法使他走得感到疲倦:
他的嫉恨的眼睛与耳朵
永远地跟在她们后边。
就靠着他的辛勤的努力
建立起了永远不变的秩序。
可汗底意志就是他的唯一的法令;
他对于神圣的可兰经中的训诫
并不怎么严格地遵守。
他的心也不祈求爱情;
正像一个偶像一般,他忍受着
嘲笑,憎恨,非难,
不逊的恶戏底凌辱,

轻蔑，恳求，畏怯的目光，
轻声的叹息，与懒散无力的哀怨。
他深刻地知道女子的性格；
在随意中或在不自禁的时候，
他实地体验出，他是怎样地居心险恶：
柔情的目光，眼泪底无言的谴责，
对他的心已经毫无感动：
他已经不再信赖它们。

当那——披下了轻云般的头发，
那些年青的奴隶们
在暑热的时候出去洗澡，
而泉水的清波流上了
她们那迷人的美好的身躯时，
她们的寸步不离的欢乐底守护者，
他，已经站在那里；他，漠然的，看着
一群裸着玉体的美人；
他在夜的黑暗中踱着轻微的脚步
在内宫里徘徊；
他轻轻地在地毡上走着，
蹑迹潜踪地走入那顺从的房门，
从一个卧床走向另一个卧床；
在永恒的苦闷中，荣华的梦
窥视着可汗的嫔妃们，
夜的谵语也在窃听着她们；
他在贪婪地注意着一切：
呼吸，叹息，最轻微的心底悸动。
谁的梦中的低语唤出外人的姓名，
或者对知心的女友
倾吐出罪恶的思想，
那么谁就算触到霉头！

基列伊底心中究竟为什么充满了悲哀？
他手里的烟管早已熄灭了；

太监，不敢呼吸，一动也不动地
站在门外听候他的旨令。
沉思的君王站起来了：
门子在面前大开开。他，默默地，
走入了不久以前还是十分可爱的，
嫔妃们底秘密的闺房。

　　无心地等待着可汗，
她们快乐的一群
在活泼的喷泉四围，
坐在柔软的毡毯上，
怀着儿童的天真的喜悦
看着，鱼儿在清澈的水中，
在大理石的水底怎样游来游去。
有的故意把黄金的耳环
给它们投到水底。
而在这些不自由的女郎们的四围，
送来了甘凉清香的金尔拜特①，
响亮而悦耳的歌声
突然响遍了整个的内宫。

---

① 以水果制成之清凉饮料。

春　天①

约瑟夫·斯拉德克　作　魏荒弩　译

愉快地澄明地带着新的力量，
捷克国里又降临了春天。
在那给死亡踏过了的坟墓上
将有花朵镶饰着绿色的祭圈。

捷克的锄头又掘着大地了
从灌溉了血血②的褐色的田畴
我们就有了收获，我们感谢地祷告
向上天，我们有了自由

春天要来了，先知似的燕呢
啾啭着和平的预言，
在夜晚，祖父要给孙儿孙女们讲述

① 初刊于《诗》第3卷第5期，1942年12月，第39-40页，标题为《春天要来了》。后改为《春天》，发表于《火之源》第4期，1945年5月，第32页。本文据后一版本录入。原文作者为"J斯拉狄克"，即捷克诗人 Josef Vaclav Sladek(1845—1912)，今译约瑟夫·斯拉德克，代表作有《光明的足迹》《在天堂门口》《来自生活》和《太阳与阴影》等诗集。其儿童诗集《金色的五月》《云雀之歌》以及《钟与小铃铛》等，深受小读者喜爱。

译者简介：魏荒弩(1918—2006)，原名魏绍珍，曾用名魏真，河北无极人，文学翻译家。"九一八"事变后，曾参加抗日救亡下乡宣传队。1938年在贵州遵义外国语学校学俄语期间开始翻译诗和小说。40年代初，与友人主编《枫林文艺》《诗文学》和《诗文学丛书》。1943年任昆明东方语言专科学校讲师。1945年夏任国立西北大学外文系讲师。1947年任北平铁道管理学院讲师、副教授。1950年被聘为北京大学俄语系教授。译有《爱底高歌》《捷克诗歌选》《希腊的心》《涅克拉索夫诗选》《俄国诗选》《伊戈尔远征记》等；著有《涅克拉索夫初探》《渭水集》《枥斋余墨》等。

② 对照1942年的版本，此处似应为"血汗"。

当他们玩着他花白的须发的时候
他要讲给他们那捷克国
过去的，永不再来的悲哀的世纪。

尾 声

凯 歌[①]

萧一山

日本投降，
日本投降。
捷音传万方；
爆竹声，
震天响，
人人喜欲狂。
溯往事，
热泪盈眶，
八年血战。
多少国殇！
博得最后胜利，
看日月重光。
同盟四强，

① 初刊于《书报精华》第9期，1945年9月20日，第61页。

作者简介：萧一山（1902—1978），江苏铜山（今徐州）人，原名桂森，字一山，号非宇，现代历史学家，有"清史研究第一人"之称。先后就读于山西大学预科、北京大学政治系，受教于梁启超，明清史专家朱希祖、孟森等。1923年起陆续出版《清代通史》（上中下卷）。1925年起，历任清华大学、北京大学、北京师范大学教授，北平文史政治研究院院长，南京中央大学教授，河南大学文学院院长兼河南历史研究所所长。1938年，就任东北大学文理学院院长，并随东北大学迁校于四川三台。1944年，改任国立西北大学文学院院长。1948年，赴台湾大学任教。与张其昀等主持清史编纂委员会，将《清代通史》扩展为5卷，1963年由台湾商务印书馆出版。

十万健儿，
踏破扶桑，
原子一弹威力猛，
空中堡垒任翱翔，
真是我们和平的保障！
中华民族，
雄立世界，
河山增壮。
勿忘，勿忘。
我领袖艰苦备尝！
国旗飘摇十丈，
高树在紫金山巅，
石头城上，
火炬辉煌，
军乐悠扬，
奏凯歌，
千秋万岁永固金汤，
永固金汤！

国立西北大学侨寓城固记[1]

高　明

昔周有狄人之乱，不定于邰，转徙其族；公刘率而之豳，亶父至于岐下，王季文武继之，貊其德音；而文教遂东，浸渍于齐鲁，蔚为有周一代八百年之盛。晋为五胡所逼，幽燕失守，河洛为墟；衣冠南渡，集于江左，挥新亭之痛泪，振玉尘之风流；而三吴文教遂丕著于中国。宋因女真为患，长江天堑，不能限北人之马足，临安帝都，不能庇奔至于播越；避寇之士，南进益深；而文教乃广被于七闽。盖我华族，每遘外祸，辄于士类流离之时，开文教更新之运；稽诸往史，历验不爽。老子曰："祸兮福之所倚，福兮祸之所伏。"岂不然哉！迩者东夷扇毒，猾乱华夏：首据关东势胜之地，续骋兵家谲诈之谋；陷冀鲁，取吴越，蚕食中原，鲸吞南国；名城尽下，海内骚然！于是，北雍学者，右学诸生，痛夫蕃卫之失，耻与非类为伍；或驱车崄路，或徒步荒原；或褰裳涉水，或策杖攀崖，餐风宿露，戴月披星，载饥载渴，载驰载奔，以莅止于陕西之城固。喘息未定，父老来集；劳之以酒食，慰之以语言，荫之以宇舍。于是弦歌不复辍响，绛帐于焉重开，问学之士，闻风而至，咸以志道，据德、依仁、游艺、相与期勉，彬彬乎一时称盛！城固者，北凭秦岭，南倚巴山，中通汉水，号为乐城。垒垣险塞，敌骑望之而不前；平畴沃野，民食资之以不匮。正业居学，藏焉、修焉、息焉、游焉于其间，此诚所谓乱世之桃源也。益以吊张骞之故里，可以发凿空之遐思，展李固之荒茔，可以砺忠贞之亮节；望湑水之奔流，知贤者之泽远；颂桔林之荣茂，想骚人之行洁；登樊哙之台，思鸿门之宴，对子房之山，慕赤松之游。盖进而经纶天下，退而保养性真，无不可供学者之取资焉。唯是大学莅止，风气聿开；平章世事，则谠论出于鸿儒：讲诵道艺，则名言绎于硕学；谈宇宙之玄秘，则极

[1] 1946年4月，国立西北大学在迁回西安之前，在校本部立石（今不存），以纪念在城固的八年岁月。虽然署"西北大学"，实际上代表了西北联大与其后继院校。2023年4月27日，西北大学在长安校区复立此碑。碑文录自李永森、姚远主编：《西北大学史稿》（上卷），西北大学出版社2002年版，第366-367页。

作者简介：高明（1909—1992），字仲华，一字尊闻，江苏高邮人。1930年毕业于国立中央大学。1944年9月任教于国立西北大学，1946年至1947年前后曾任中国文学系主任。后历任台湾师范大学、台湾政治大学、台湾中国文化学院教授。治学长于儒家学术及文学，著有《高明文辑》等。

深而研几；论文辞之奥窔，则发微而抉隐。他如搜奇考古，则西北文物灿然备陈；格物致知，则陕南花木纷焉入览。于是村童野叟，扩其见闻；田父蚕姑，益其神智。蚩蚩群氓，乃睹冠冕之盛；济济多士，益见宫墙之美。文教溥被，迥迈寻常。岂非姬周晋宋故事之重演，所谓因祸而得福也哉！今敌酋成禽，寇军解体，日月重光，典制渐复。国家定百年之大计，将迁校于西安；师弟怀八载之深情，辄萦思乎城固。爰就讲舍旧址，鸠工相石，镌辞铭念。后之考世运之兴替，文教之盛衰者，其有取于斯文！

国立西北大学中国文学系主任高明教授撰书
校长刘季洪于民国三十五年四月三十日立石

后 记

西北大学文学院素有“作家摇篮”的美誉,其文脉传统是如何形成的?这问题多年来一直萦绕我心。大约五六年前,我开始关注大学教育与中国现代文学这个领域。在阅读的过程中,发现在现代文学研究界,除了对延安鲁艺的关注之外,很少有人注意到抗战时期西北地区的大学教育与现代文学的关系。国立西北联合大学和国立西南联合大学作为抗战时期中国最大的两个大学联合体,西南联大已经得到了学界的广泛关注,研究成果璀璨夺目,与之相比,西北联大就显得黯淡许多。虽然“国立西北联合大学”之名仅仅存在了一年多,到 1939 年 8 月,已分裂成国立西北工学院、国立西北农学院、国立西北大学、国立西北医学院、国立西北师范学院五所院校;但这五所学校之间仍保持着密切合作的关系,所以在 40 年代还经常被统称为“西北联大”。比如 1941 年,由国立西北大学、国立西北医学院、国立西北师范学院同学组织的新生剧团在西安公演时,当时的《西京日报》《西北文化日报》《工商日报》就报道了“西北联大新生剧团抵省”,“不日拟演《原野》名剧”的消息,报上登载的演出广告则写着“国立西北联大新生剧团为难童募捐演出”的字样。“西北联大”这一名称也被这五所学校毕业的一些学子所认同。比如 1939 年考入国立西北大学文学院历史系的唐祈,在其回忆文章《诗的回忆与断想——我与外国文学散记》中就称自己的母校是“西北联大”。他的另一位同学扬禾在回忆文章中也是如此。正是由于这样的历史基础,近年来,学界通常把 1937 年以北平大学、北平师范大学、北洋工学院等院校为基干设立的西安临时大学,和 1938 年迁往陕南后改称的国立西北联合大学以及其后的五校分立合作时期统称为“西北联大”。因为西北联合大学的办学宗旨、师资、学生、设备还保留在这五校之中,因而是一个具有特殊的整体性、连续性和统一性,分而有合、血脉相连的高等教育共同体。从 2012 年开始,每年举办的“西北联大与中国高等教育发展论坛”取得了不少成果,但有关西北联大与中国现代文学的关系,对于学界来说,还几乎是一个学术盲点。作为一名在西北大学读书求学 7 年,又留校任教 20 多年的现代文学专业教师,深感自己有责任也有义务去做些工作。于是开始搜集史料,撰写论文,也指导研究生写了几篇与此有关的硕士论文。在积累资料的过程中,头脑中渐渐萌生了一个想法,就是编选一本《西北联大文学作品选》。从民国时期的原始报刊中精选西北联大师生所创作的诗歌(包括旧体诗和新诗)、散文、小说、戏剧以及翻译作品,汇聚成一册,集中展示西北联大在文学写作和翻译方面所取得的实绩,这将会对研究西北联大的文学教育和文学传统提供切实的史料支撑,对追溯西北大学的文脉传统,研究西北大学“作家摇篮”诞生的历史渊源,都有重要意义。

着手编书的时候,我组织了一个编辑小组,由我的9名硕博士生参与。由我先列出一个大致的搜集提纲,然后结合他们所做的硕士毕业论文来确定相近的搜集范围。具体分工如下:丁永杰硕士论文研究唐祈,主要负责搜集牛汉、唐祈、扬禾的作品;杨银环硕士论文研究尹雪曼的早期创作,主要负责搜集尹雪曼的作品;李晨希的硕士论文是西北联大演剧活动研究,主要负责搜集与戏剧有关的史料和作品,其他几名同学按照文体进行分工,杨崧维负责搜集旧体诗,程瑞负责新诗,周文熙负责散文,马宇皎负责小说,蒋欢负责搜集翻译,伏丽敏负责从其他相关刊物中搜集各类散落作品,大家团结协作,相互补充。初步搜齐作品后,由我进行补充和筛选。选择的依据首先是思想性,要选择那些正面反映时代精神,突出西北联大师生家国情怀的作品;其次是艺术性,要挑选出在艺术形式和语言表达方面相对优秀的作品;再次要照顾文体风格的多样性,尤其是散文部分,把抒情小品、纪实散文、演讲稿、学术论文、日记、随笔都纳入其中,尽可能地呈现西北联大文学写作的丰富性和多元性;另外,就是要有一定的史料价值。我特意选编了几篇当时学生写的关于西安临大、西北联大和国立西北大学的纪实性散文,希望读者可以透过这些文字一窥西北联大校史中那些真切、生动的片段。当然,在具体编选的过程中还是遇到很多问题:

第一,按照目前通行的广义的“西北联大”概念,应该包括西安临时大学时期,国立西北联合大学时期和五校分立合作时期。但因时间、精力以及篇幅等原因,西北师院搬迁到兰州之后的作品暂时未能进入这次的编选范围。如果日后有机会编选更全的版本,可以再扩大搜集范围,像1945年起在西北师范学院任教的焦菊隐等人都可以纳入到广义的西北联大作家群中。

第二,在确认作者身份方面,我们主要是从西北联大校史、档案史料以及相关作者的自传、回忆录、日记、年谱等文献中获取线索,然后借助各种数据库,从民国时期的报刊杂志中搜集作品。因为当时很多作者都使用笔名,需要考订作者身份,这项工作对于一些后来成名的作家来说,还较为容易,比如说牛汉原名史成汉,笔名谷风;唐祈原名唐克蕃,在校时发表作品大多用唐那这个笔名;但还有几位作者如吞吐、少颖、里只、紫纹等,从作品内容可以推断是西北联大的学生,但无法确认真实身份到底是谁。另外,我们还需要确认作品发表时间和作者在西北联大的时间是否对应。有些作者在档案史料中有明确的去留信息,那么在相应的时间里找到他发表的作品,选择起来就比较容易,但有些作者要么是去留信息不明确,要么是在西北联大时间较短,一时找不到在时间上完全吻合的作品,就采取相对弹性的处理办法。考虑到文学作品的酝酿、写作、发表是一个较为长期的过程,再加上抗战时期交通不便,投稿和发表的周期较长,所以有些作品虽在作者离校后发表,但时间非常接近,或者有资料可以证明这些作品与他在西北联大时的经历有关,也照收。比如唐祈在西北联大的时间是 1939 年至 1943 年,他的《十四行诗给沙合》虽是 1945 年写于成都,但沙合是唐祈在西北联大时的女同学孙材英的笔名,他们曾一起在新生剧团参与演剧活动,唐祈该诗的内容和他在西北联大时的一段爱情有关,所以也收入。再比如杨晦所译莎士比亚剧作《雅典人台满》,正式出版是 1944 年到重庆中央大学以后,但最初酝酿是在广东乐昌,真正动笔是 1943 年 9–10 月在城固西北大学任教期间。还有他写的《曹禺论》,完稿时虽已在重庆,但这篇 3 万字长文,一定是经过长期积累后的产物。据国立西北大学毕业的唐祈、郗藩封等人回忆,杨晦在给他们授课时,就讲过鲁迅、巴金、曹禺、艾青、田间等人的作家论,说明他在西北大学任教期间就在关注和研究曹禺,鉴于此,本书也将这两篇作品选入。当然,弹性也不是无原则的,有些作家或学者虽在西北联大任教或学习过,比如新月派诗人饶孟侃、翻译家谢文通都在西北联大档案史料中有明确的任教信息,著名作家柳青 1937 年 11 月曾考入西安临大俄文先修班学习,香港的文学史家司马长风(本名胡若谷)1945 年毕业于国立西北大学文学院,档案史料中都有相关记载,但在相应或相近的时间里还没有找到他们的作品,这次就暂付阙如。

第三,我们在搜集西北联大文学作品时,是按照文体来搜索的。西北联大的诗歌创作成就最为显著。像牛汉、唐祈、李满红、孙艺秋、扬禾等人,在大学时就在全国性的刊物上发表了大量诗作,搜集起来并不难。散文作品也很丰富,尤其是尹雪曼的创作量比较大。需要说明的是,尹雪曼的《槐花开了的季节》和黎风的《洋槐花》,原刊都视作散文,但其实是一种散文化小说,故我们暂时将之归入小说类。这样做是否妥当,还请同行专家和读者朋友们不吝赐教。在戏剧方面,这次搜集史料发现西北联大的演剧活动十分活跃,当地报刊广泛报道,社会反响相当热烈。但在戏剧创作方面,虽然文献史料上有不少记载,比如西北联大外文系的王黎风积极地进行戏剧创作,他的三幕剧《傀儡》在城固县的北平文治中学上演时,取得了巨大成功。1940 年前后,黎风又完成了五幕剧《狂风暴雨 》,可惜剧本下落不明。另一位热心创作剧本的是李紫尼。他 1946 年出版的两部小说《青青河畔草》和《三月江城》,在书籍封底都有关于自己所创作的剧本的介绍。比如三幕剧《北京屋檐下》,作者的介绍是:“看过上海屋檐下,重庆屋檐下的人们,该看看北京屋檐下,北京的屋檐,是潮湿的,忧郁的,金漆渐渐的剥落了……”还有独幕剧《还乡曲》,是写一个空中英雄跟白云公主的悲喜剧。另一个独幕剧《落花时节》,是关于战争中农村抒情的小插曲。此外,他还与赵白合作写过大型歌剧《夜行曲》,内容是关于新中国远景的象征与憧憬。但到目前为止这些剧本都没有找到,终稿时只能以存目形式出现。这是此次编选工作最大的遗憾,希望这一遗憾在未来的史料搜寻中能得到弥补。

第四,西北联大教师中有一些非常著名的翻译家,比如曹靖华、盛澄华、于赓虞、霍自庭、余振、魏荒弩等人。从现有的史料来看,他们所教授的外国文学课程以及翻译作品对于曾在西北联大求学的牛汉、李满红、唐祈等人产生了深刻影响。那么他们的翻译作品能否也算西北联大文学作品的一部分?在考虑这一问题时,刚好看到吴俊老师发表在《粤港澳大湾区文学评论》2022 年第 4 期上的文章《近思录(一)——旧体文学、通俗文学、翻译文学“重构”新文学史刍议》。吴老师在文中提出新文学史重构的“四维”观点,即将旧体文学、俗文学、翻译文学纳入传统的狭义新文学史中,拓展现当代文学的历史空间,构建一个与传统中国文学史贯通相契的结构体系。吴老师的这一观点,为我将翻译作品编入此书提供了理论支撑。我的这一次选编,除了选一些典型的新文学作品之外,还编入了黎锦熙、许寿裳、罗章龙等人的旧体诗,在散文中还选了许寿裳的演讲稿《勾践的精神》、杨晦的学术性论文《曹禺论》,小说中选了许兴凯的章回体通俗小说《县太爷》,并将西北联大几位著名翻译家的翻译作品作为一个重要门类编入书中,也可以算是重构新文学史的一次小小的实践吧。

此次编书的过程就像寻宝一样,时而因意外发现欣喜若狂,时而因遍寻不得怅然若失。当我们搜集到牛汉的早期佚文佚诗,发现反映西北联大校园生活的小说《三月江城》,找到许兴凯《县太爷》最初在《华北新闻》副刊上的连载原文,考订出孙艺秋的原名是孙萍,而且在档案中找到了他的学籍和毕业信息时,那种兴奋的心情难以言表;而当我们最初选了饶孟侃、于赓虞的诗作,后来发现这些作品的发表时间并非在我们的编选范围而不得不放弃,尤其是当我们多方查找,四处求教,最终也未能找到李紫尼创作的剧本时那种失望与懊丧的心情,无法为外人道也。两年来,当我们从泛黄的书页中逐字逐句辑录出这些文字,抗战烽火中西北联大师生的身影渐渐清晰起来。他们虽然偏居陕南小城,但始终情系家乡,心怀祖国,以高度的热情、坚韧的毅力从事文学写作、演剧活动、学术研究,以多种形式参与到大后方的文化事业当中,这种精神使人油然而生敬意和感动。于是,这次编书的经历也就成了一段百感交集的旅程!虽然还存在诸多遗憾,但能从尘封的历史中打捞出这些熠熠发光的文字,使其在西北大学120周年校庆之际重现于广大读者面前,已经感到非常欣慰和满足了。

感谢西北大学文学院和社科处、学科处领导为此书的出版所提供的大力支持,感谢李浩老师在百忙之中为本书作序,感谢为编选工作积极献计献策的各位师友,感谢西大出版社柴洁女士的精心编校,也感谢我的研究生们认真高效的工作,没有他们的帮助,仅凭我一人之力是无法完成如此浩大的工程的。

由于经验不足,编选过程中的错误和纰漏在所难免,希望方家不吝赐教。

书中所选作品的原始出处均已标明,并附作者简介。因未能与部分原作者的家属取得联系,请相关版权人见书后与我们联系,以便赠送样书。谨致谢忱。

姜彩燕

2022年5月16日

于西北大学长安校区